Jennifer Ashley

Geliebter Pirat

Die Sehnsucht des Piraten

Weltbild Taschenbuch

Die Autorin

Nach vielen Jahren im Ausland lebt Jennifer Ashley heute mit ihrem Mann und ihrer Katze im Südwesten der USA. Sie hat bereits zahlreiche Liebesromane veröffentlicht. Mehr Infos über Jennifer Ashley und ihre Bücher finden sich auf ihrer Website: www.jennifersromances.com

Jennifer Ashley

Geliebter Pirat

Die Sehnsucht des Piraten

Zwei Romane
in einem Band

Weltbild

Die amerikanische Originalausgabe von *Geliebter Pirat* erschien 2004 unter dem Titel *The Pirate Hunter* bei Dorchester Publishing Co., Inc., New York.

Die amerikanische Originalausgabe von *Die Sehnsucht des Piraten* erschien 2005 unter dem Titel *The Care and Feeding of Pirates* bei Dorchester Publishing Co., Inc., New York.

Besuchen Sie uns im Internet:
www.weltbild.de

Genehmigte Lizenzausgabe für Verlagsgruppe Weltbild GmbH,
Steinerne Furt, 86167 Augsburg
Geliebter Pirat

Ein Unternehmen der Droemerschen Verlagsanstalt
Th. Knaur Nachf. GmbH & Co. KG, München
Übersetzung: Wolfgang Thon
Die Sehnsucht des Piraten

Ein Unternehmen der Droemerschen Verlagsanstalt
Th. Knaur Nachf. GmbH & Co. KG, München
Übersetzung: Wolfgang Thon
Umschlaggestaltung: zeichenpool, München
Umschlagmotiv: Franco Accornero via Agentur Schlück GmbH,
Garbsen; Shutterstock (© irabel8; © J. Helgason; © 1971yes; © Anetta)
Gesamtherstellung: CPI Moravia Books s.r.o., Pohorelice
Printed in the EU
ISBN 978-3-86800-425-0

2013 2012 2011 2010
Die letzte Jahreszahl gibt die aktuelle Lizenzausgabe an.

Jennifer Ashley

Geliebter Pirat

Roman

Aus dem Amerikanischen
von Wolfgang Thon

Weltbild

1. Kapitel

März 1812

James Ardmore schlug die Augen auf. Er lag mit dem Gesicht im Sand, die Arme ausgestreckt, als hätte er mit letzter, verzweifelter Kraft den hellen Sandstrand hinaufzukriechen versucht. Die Sonne schien warm auf sein Haar, seine Jacke war durchnässt und seine Stiefel voll Wasser.

Er hätte sich gerne auf die Seite gerollt und aufgesetzt, um die Orientierung zurückzugewinnen und herauszufinden, wo er sich befand. Nur wollte sich sein Körper einfach nicht bewegen. Er lag lange so da, während der Sand an seiner Wange scheuerte, und versuchte, seinen Muskeln Gehorsam abzuringen. Ein Fingerzucken war die einzige Reaktion.

Eine Möwe landete neben ihm. Sie neigte den Kopf und musterte ihn eindringlich. Er sah den roten Fleck auf ihrem Schnabel, ihren schneeweißen Kopf, die schwarzen Füße auf dem Sand. Sie starrten einander mit der zurückhaltenden Neugier von Fremden an, die gemeinsam in einer Reisekutsche sitzen, bis die Möwe sich schließlich gelangweilt umdrehte und davontrippelte.

Die Zeit verging, und es wurde immer wärmer. Nach einer Weile gelang es James, wenigstens den Kopf zu heben.

Zuerst sah er den Körper eines anderen Menschen, der leblos kaum anderthalb Meter neben ihm lag. Der Mann hatte mittelblondes Haar, wie die Haut von in Butter geröstetem Huhn, und trug die Uniform eines britischen Marineleutnants.

Er hatte braune Augen, das wusste James, obwohl die Gestalt mit dem Gesicht von ihm abgewandt dalag. Das wusste er, weil der Leutnant James' Ketten aufgeschlossen hatte, als die Fregatte unterging, und ihm damit die Chance gegeben hatte, um sein Leben zu kämpfen. Dafür hatte James seinen Helfer auf ein Trümmerstück des Langbootes gezerrt, als dieser an ihm vorbeigetrieben war. Der Leutnant war in dem Moment kaum noch bei Bewusstsein gewesen und mochte jetzt bereits tot sein.

Mehr Zeit verstrich. Eine kleine Krabbe kroch vorbei. Eine Welle schlug an den Strand, überspülte das Tier und sog es zurück ins Meer.

Das Land roch sauber, der Wind frisch. James riskierte einen weiteren Blick und stellte fest, dass er auf einem kleinen Stück Strand lag, das von schwarzen, mit Moosen und Flechten überwucherten Felsen eingerahmt war. Sie schimmerten grün, gelb und tiefrot. Vor ihm hob sich ein Hügel schwarz vor dem strahlendblauen Himmel ab.

Er war nicht in Tanger, denn dann hätte es nach Fäkalien und Kohlenfeuer gerochen; außerdem hätte ihm längst jemand die Stiefel und das Messer abgenommen, das er aber noch in seiner Tasche spürte. Gibraltar war es auch nicht, weil die Felsen anders aussahen und dort ein diensteifriger Soldat der Garnison sie längst gefunden und James bei dieser Gelegenheit verhaftet hätte.

Er konnte an einem entlegenen Teil der Küste Spaniens oder vor Marokko gestrandet sein. Dort würden sie liegen bleiben, bis ein Bauer zufällig über sie stolperte. Falls es Spanien war, würden der britische Marineleutnant in ein

Armeelager verfrachtet und James arretiert werden. In Marokko würden sie beide verhaftet werden, weil sie gegen das Edikt des Königs verstoßen hatten, das Fremden nur Zutritt nach Tanger gestattete. Kein besonders erfreulicher Gedanke. James schloss wieder die Augen.

Als er sie das nächste Mal öffnete, stand die Sonne höher am Himmel, und er hörte Stimmen. Eine etwas jüngere, schrille und die einer Frau. Wahrscheinlich die Frau eines Bauern und ihr Kind.

Ob der Ehemann ihnen wohl folgte? Würde er einen Marokkaner in einer landesüblichen *Galabeeyah* und spitzen Lederschuhen sehen oder einen Spanier in Hose, Hemd und abgewetzten Stiefeln? Beide würden jedenfalls sichtlich verärgert darüber sein, zwei hilfsbedürftige Männer aufzufinden.

Das Klappern von Steinbrocken auf Fels übertönte das Plappern des Kindes. Dann hörte er wieder die Frauenstimme. »Isabeau, nun pass doch auf, um Himmels willen!«

Überrascht hob James den Kopf und sah sich nach ihnen um, aber sie waren noch nicht zu sehen. Die Frau klang wie eine vornehme Engländerin. Nicht wie das Eheweib eines spanischen Bauern, es sei denn, dieser wäre zufällig außerordentlich gut aussehend.

Oder ... Erinnerungen blitzten auf. Das konnte nicht sein! Oder doch? Erst hatte er sich so sehr bemüht, Haven zu finden, dann hatte die Fregatte, auf der er gefangen war, im Sturm Schiffbruch erlitten, und jetzt war er schlussendlich doch an seinem Ziel gelandet. Schmerz brannte in seinen Fingern, während Gelächter in seinem Kopf dröhnte. Das war einfach zu gut.

Vielleicht lag er aber doch am Strand von Gibraltar, und dies hier war gar nicht Diana Worthing, die Frau, die er vor einem Jahr entführt hatte. Vielleicht handelte es sich um die Ehefrau eines Offiziers, die ihren Gatten holen würde, damit er James in den Kerker der Garnison schaffte.

Zwei winzige Stiefel unter einem Faltenrock blieben unmittelbar vor ihm stehen. Das kleine Mädchen bückte sich und sah ihm ins Gesicht, fast wie die Möwe es getan hatte. Sie hatte gerötete Pausbacken, neugierig dreinblickende blaue Augen und flammend rotes Haar, das im Wind flatterte. Er schätzte sie auf acht oder neun Jahre. Sie stieß ein atemloses Quietschen aus, als wollte sie fragen, ob er verletzt war, ohne jedoch die entsprechenden Worte zu haben.

Ein zweites Paar Füße blieb neben dem des Mädchens stehen, in den gleichen Stiefeln unter dem gleichen Baumwollrock, doch die Knöchel gehörten einer Frau. Und zwar einer ausgesprochen attraktiven, die nach frischem Wind und Seife roch. So, wie sie den Rock hochhielt, konnte James einen Blick darunter werfen, was ganz und gar nicht schlecht war. Die Kammgarnstrümpfe und die enge Hose schmiegten sich an ihre schönen Beine. Wäre sie seine Gemahlin gewesen, hätte er ihr gesagt, sie solle auf den Rock verzichten.

Sie bückte sich und drehte ihn herum. Ihre Finger fühlten sich warm und kräftig an.

Ihr ovales Gesicht war sonnengebräunt und von demselben roten Haar umrahmt wie das ihrer Tochter. Die graublauen Augen weiteten sich, als sie ihn erkannte, und James durchströmte plötzlich eine vollkommen unerwartete Freude.

Als er sie das letzte Mal gesehen hatte, war ihr Haar sorgfältig frisiert gewesen und ihre Haut cremeweiß. Sie hatte ein der neuesten Mode entsprechendes Seidenkleid getragen, das nichts von ihren Vorzügen verbarg. An ihren Ohrläppchen hatten kleine Rubine gebaumelt. Jetzt jedoch waren sie ohne jeden Schmuck, und die Frau trug das verschlissene Baumwollkleid einer Bauerntochter. Ihre Lippen waren damals rot geschminkt gewesen, heute dagegen waren sie blassrosa und braun. James stellte sich vor, dass sie immer noch genauso wie früher schmeckten.

Ihre Augen hatten sich indessen nicht verändert. Sie blitzten wie damals, vor einem Jahr im Süden von Kent, als er sie so unverschämt geküsst und sie seinen Kuss ebenso hemmungslos erwidert hatte. Allerdings erst nachdem sie die Terrine mit Kartoffelsuppe nach ihm geworfen hatte.

Jetzt sah sie ihn nur an, starr vor Schreck. Er fragte sich zwar kurz, was zum Teufel sie hier tat, aber seine Neugier wich einer Woge von Übermut.

»Hallo, Darling«, sagte er in seinem gedehnten Charleston-Tonfall. »Ich sagte doch, ich wollte dich besser kennenlernen, weißt du noch?«

In ihren Augen blitzte plötzlich Wut auf, und ihre Lippen öffneten sich. Es war dieselbe warme Altstimme, und Dianas, Lady Worthings, Worte waren ätzend vor Verachtung. »James Ardmore!«, stieß sie hervor. »Dich wollte ich niemals wiedersehen!«

Er lachte grimmig. Das tat weh. »Dachte, ich überrasche dich einfach«, meinte er.

Sie beugte sich über ihn, und ihr kühler Duft umhüllte ihn wie ein Laken, das frisch von der Leine genommen worden war. Ihre großen, blaugrauen Augen waren wunderschön. Sie holte Luft, um vermutlich noch eine weitere sarkastische Bemerkung zu machen, doch plötzlich verschwamm ihr Gesicht, ihre Stimme mischte sich mit dem leisen Rauschen der Wellen, und er verlor erneut das Bewusstsein.

2. Kapitel

Diana suchte etwas, mit dem sie nach ihm werfen konnte. Als sie nicht fündig wurde, begnügte sie sich damit, Sand auf ihn zu treten.

James Ardmore lag zu ihren Füßen, sein schwarzes Haar klebte nass an seinem Schädel, seine Hände waren blutig, seine Kleidung zerrissen. Und er machte sich über sie lustig. Immer noch.

Hatte sie nicht mehr als genug unter seinem hämischen, gedehnten Tonfall, seiner arroganten Gelassenheit gelitten, in jenem heißen Juli vor einem Jahr, als er sie auf sein Schiff entführt hatte? Oder unter seiner unglaublichen Frechheit, mit der er sie von einem Empfang, auf dem es von englischen Admirälen nur so wimmelte, erst geraubt und sie, nicht weniger gelassen, wieder dorthin zurückgebracht hatte. Doch erst nachdem er sie zutiefst verängstigt, verhöhnt, ihr Innerstes nach außen gekehrt, sie krank und wütend gemacht und sie sämtlicher Illusionen über sich selbst beraubt hatte.

Und nachdem er sie geküsst hatte. Er hatte es getan, um sie zu verspotten, und dabei hatte er etwas auf dem tiefsten Grund ihrer Seele aufgerührt.

Diana war zum ersten Mal froh über Isabeaus Taubheit, so dass diese ihre höchst undamenhaften Flüche nicht hören konnte.

Sie hatte ihre Tochter um Hilfe geschickt und bemühte sich jetzt, das Leben dieses arroganten Mist…, äh, James Ardmores und des Mannes zu retten, der das Pech hatte, bei ihm zu sein. Seiner Uniform nach zu urteilen, war es ein Leutnant.

Bilder des dekadenten Hauses an der Südküste von Kent, der langweiligen, wochenlangen Gesellschaften, die von Admiral Burgess gegeben wurden und die sie mit ihrem verstorbenen Ehemann besucht hatte, erschienen vor ihren Augen und brachten den Gestank von Fischresten mit sich, die auf dem Müllhaufen neben der Küche vergammelten. Sie erinnerte sich an die dahinplätschernden Tage, die schwülwarmen Nächte, die Admiräle und ihre Frauen, die mit der Mode zu gehen versuchten, die jungen Männer aus der Stadt, die eingeladen wurden, damit alle glaubten, Admiral Burgess wäre à la mode, an den Sohn des Earls, ein Mann, der lispelte und die Dienstmädchen eines nach dem anderen in sein Bett zerrte, ob sie nun wollten oder nicht. Diana hatte mit Ladys Whist gespielt, die wie der Teufel beim Spiel betrogen, mit Gentlemen geplaudert, die unverschämt auf ihr Dekolleté gestarrt hatten, und mit Admirälen getanzt, die sie auf der Tanzfläche versucht hatten zu betatschen. Mit einem auf dem Gesicht festzementierten Lächeln hatte sie so getan, als würde sie jede Minute genießen.

Ein anderer Gast, ein Amerikaner namens Ronald Kinnaird, war der Einzige gewesen, den Diana einigermaßen erträglich gefunden hatte. Er war höflich und liebenswürdig und flüsterte ihr niemals irgendwelche anzüglichen Vorschläge ins Ohr, während sie den Kotillon tanzten. Und natürlich stellte sich heraus, dass er ein Spion war.

Trotzdem wäre Diana vielleicht damit zufrieden gewesen,

ihre Rolle als Gemahlin des berühmten Sir Edward Worthing zu spielen, hätte sie nicht Isabeau zurücklassen müssen. Sir Edward hatte sich entschieden geweigert, sie mitzunehmen, obwohl Diana bis zur Heiserkeit protestiert hatte. Niemand, herrschte Sir Edward sie schließlich an, wollte ein Kind sehen, das taub war und sich nur mit krächzenden Lauten und heftig gestikulierenden Händen verständigen konnte. Es wäre furchtbar peinlich, wenn sie anfing, diese Geräusche von sich zu geben. Also blieb sie in London bei ihrem Kindermädchen, und damit war der Fall erledigt gewesen.

Diana war wütend geworden, aber Sir Edwards Augen hatten angefangen, bedrohlich zu funkeln, ein sicheres Zeichen für einen seiner gewalttätigen Wutanfälle. Diana hasste es, wenn sie von Isabeau getrennt wurde, und sorgte für gewöhnlich dafür, dass ihre kleine Tochter sie überallhin begleiten konnte. Diesmal jedoch war Sir Edward unnachgiebig geblieben. Er wollte sich den Admirälen von seiner besten Seite zeigen, weil er sich endlich die Beförderung zum Commodore erschmeicheln wollte. Diana versuchte in letzter Minute, eine Krankheit vorzuschieben, aber Sir Edward ließ ihr das nicht durchgehen.

Also begleitete sie ihn, sah jedoch keinen Grund, ihrem Gatten zu verheimlichen, was sie von einem Vater hielt, der sich seines eigenen Kindes schämte.

»Und was ist mit einem Mann, der sich seiner Gemahlin schämen muss?«, konterte Sir Edward. »Halte deinen schamlosen Charakter während dieser Woche unter Kontrolle, Diana. Ich versuche, zum Commodore ernannt zu werden, und wenn meine Frau im Bett eines der Gäste des Admirals entdeckt würde, wäre das wenig hilfreich.«

Diana erwiderte bissig, dass sie ihn noch nie betrogen hätte und das auch nicht zu tun beabsichtigte. Sir Edward warf ihr nur einen seiner gewohnt misstrauischen Blicke zu, woraufhin Diana den Rest der Fahrt in wütendem Schweigen zugebracht hatte.

Der Empfang war eine widerliche Veranstaltung gewesen. Sir Edward tat so, als wäre er stolz auf seine schöne Frau, während Admiral Burgess Diana in den Hintern kniff, wenn er sich unbeobachtet glaubte. Die Ladys tuschelten hinter ihren Fächern oder machten ganz offen unverschämte Bemerkungen. Diana schlief allein und vermisste Isabeau aus tiefstem Herzen.

Sie hasste jede Sekunde, doch sie ahnte nicht, wie viel schlimmer alles noch werden sollte, bis sie sich plötzlich in dem riesigen Garten des Admirals einem kleinen, wettergegerbten Mann gegenübersah, der weder Gast noch Bediensteter, dafür jedoch mit einer Pistole bewaffnet war. Die Diana unmöglich übersehen konnte, da sie direkt auf sie gerichtet war.

Der Weg wurde auf der einen Seite von einer Reihe großer Bäume und auf der anderen von einer hohen Hecke gesäumt. Vom Haus aus sah man weder sie noch den Eindringling. Er hatte tiefbraune Haut, dichtes, schwarzes Haar, große, fast schwarze Augen und ein breites Grinsen auf dem Gesicht.

»Keinen Mucks«, befahl er mit unverkennbar irischem Akzent. »Ich erschieße nur äußerst ungern Ladys. Vor allem so schöne wie Euch.«

Dianas Gedanken überschlugen sich. Es war bereits vorgekommen, dass Iren sich mit Attentaten für die Besetzung ihrer Insel durch die Briten rächten. Nach dem Aufstand von '99 war das alles nur noch schlimmer geworden. War der

Kerl hier gekommen, um einen der Admiräle zu ermorden oder vielleicht sogar den hochdekorierten Sir Edward Worthing?

»Es gibt hier zu viele Offiziere, als dass Ihr Erfolg haben könntet«, sagte sie, überrascht von ihrer Ruhe. »Geht auf der Stelle, dann sage ich nichts.«

Sein unverschämtes Grinsen wurde noch breiter. »Ich glaube, Ihr missversteht die Lage, Mylady.«

Bevor sie fragen konnte, was er damit meinte, tauchte eine Gestalt neben ihr auf, und eine sehr große, sehr kräftige Hand legte sich fest auf ihren Mund. Sie leistete heftige Gegenwehr, wurde jedoch von dem eisernen Griff gegen den muskulösen Körper eines Mannes gezogen.

Sein heißer Atem roch nach Kaffee. Er hatte ein markantes Gesicht, gebräunt von Sonne und Seeluft, eine lange, gerade Nase, blasse Lippen und Augen von einem so hellen Grün, dass sie fast wie Eis wirkten; sein schwarzes, ungebändigtes Haar hing ihm offen bis auf die Schultern. Sein Griff war so fest, dass Diana fürchtete, er würde ihr den Kiefer ausrenken.

Die Stimme in ihrem Ohr verriet den langsamen, schwülen Akzent der amerikanischen Südstaaten. »Keinen Laut, Lady Worthing. Und rührt Euch nicht.«

»Sie hätte mich fast umgerannt«, erklärte der Ire entschuldigend. »Eine Minute früher oder später, und sie hätte mich gar nicht zu sehen bekommen.«

Der grünäugige Mann antwortete nicht, sondern schien nur Augen für Diana zu haben. Er war zu stark, als dass sie hätte gegen ihn ankämpfen können. Viel zu stark, basta. Seine Finger drückten schmerzhaft auf ihre Lippen, und sein Arm hielt sie wie ein Ring aus Stahl. Sie fühlte seinen langsamen Herzschlag, spürte, wie sich seine Brust unter seinen

Atemzügen hob und senkte, und war sich der harten Muskeln seiner Schenkel nur zu deutlich bewusst, die sich dicht an ihre Hüften pressten.

»Spielt keine Rolle«, erwiderte er schließlich gedehnt. »Wir haben ihn.«

Wen hatten sie? Admiral Burgess? Den schleimigen Lord Percy, den Sohn des Earls? Oder gar ihren eigenen Gatten?

Schritte näherten sich, rasch und zielstrebig. »Gute Güte!«, ließ sich eine ausgesprochen englische Stimme vernehmen.

Vielleicht hatte ja einer der Dandys nach ihr gesucht. Und möglicherweise würde er sie in einem Anfall von untypischem Mut retten. Genauso wahrscheinlich war es jedoch, dass die Sonne rückwärts über den Himmel zog und Sir Edward mit Isabeau auf der Straße einen Jig tanzte.

Zwei weitere Männer tauchten vor ihr auf. Einen der beiden kannte sie. Der Engländer, der gesprochen hatte, war ihr jedoch fremd. Er trug einen dunklen, ausgezeichnet geschneiderten Maßanzug und eine goldene Brille. Sein Haar war blond und sein Hut aus Biberpelz sehr elegant, ganz nach der neuesten Mode.

Er sah den jungenhaften Dandys ähnlich, die auf den Festen des Admirals feierten, nur dass seine klugen grauen Augen verrieten, dass er möglicherweise zu einem intelligenten Gedanken fähig war. Oder gar zu zweien. »Wer zum Teufel ist das?«, wollte er wissen.

Der Gentleman an seiner Seite war der Amerikaner, Ronald Kinnaird.

Der freiwillig mit ihnen ging und damit bewies, dass er keineswegs ihr Gefangener war. Außerdem erhob er keine Einwände, als er erfuhr, dass sie Diana mitnehmen wollten. Was sie rasend gemacht hatte.

Trotzdem hatten die Männer sie mitgeschleppt. Einfach so.

Damit begann ihr zwei Tage dauerndes Martyrium bei James Ardmore, dem Piratenjäger. Die meiste Zeit davon hatte sie auf seinem Schiff verbracht, der *Argonaut*, die ebenso stolz und arrogant war wie er selbst. Diese beiden stürmischen, kurzen Tage hatten ihr Leben für immer verändert und waren ihr wie ein ganzes Menschenalter vorgekommen.

Jetzt, in der hellen Frühlingssonne von Haven, erinnerte sie sich an jeden demütigenden, peinlichen und empörenden Moment. Sie erinnerte sich an seinen wilden Kuss und ihren Streit in dem Zimmer in der Pension. Dabei waren Brot und Butter und Kartoffelsuppe durch die Luft geflogen, bevor er ihre Handgelenke gepackt und sie an die Wand gepresst hatte. Seine Hände hatten blaue Flecken auf ihrer Haut hinterlassen, und ihre Lippen waren unter seinem Mund geschwollen.

Sie erinnerte sich an die Dunkelheit der englischen Landstraße, bevor er sie endlich hatte gehenlassen, an den Druck seiner Finger auf ihren Armen, seine warme Stirn an der ihren, seinen heißen Atem auf ihrer Haut. »Komm mit mir, Diana«, hatte er gesagt. Seine Stimme hatte brüchig geklungen, warm durchströmt von seinem Südstaatenakzent.

In dem Tumult ihrer Gefühle hätte sie beinahe eingewilligt. Fast wäre sie in ihrem rosafarbenen Seidenkleid und den perlenbesetzten Schühchen mit ihm durchgebrannt, hätte sich in Schande gestürzt, indem sie die Geliebte des legendären James Ardmore geworden wäre. London würde es nur als die letzte Verfehlung der skandalösen Lady Worthing betrachten und ihren Ehemann bedauern.

Doch bei aller Erregung hatte ein Gedanke sie zurückgehalten. *Isabeau.* Sie hatte an ihre Tochter und Sir Edward Worthing gedacht und ihre Lippen gezwungen, die Antwort zu formen. »Nein.«

Noch nie war es ihr so schwergefallen, eine einzige Silbe auszustoßen.

Sie hielt sich für stark, aber James Ardmore hatte ihr gezeigt, wie schwach sie war; sie hielt sich für welterfahren, doch er hatte ihre Unwissenheit bloßgelegt; sie hielt sich für dekadent, und er bewies ihr, dass sie keine Ahnung von der wahren Bedeutung dieses Wortes hatte. Sie war stolz darauf, dass sie ihrem Ehemann und ihrer Tochter gegenüber ihre Pflicht erfüllte, ganz gleich, wie skandalös ihr Verhalten auch sein mochte; dennoch hätte James Ardmore ihr verzweifeltes Klammern an diese Verpflichtung mit einem leidenschaftlichen, schmerzhaften Kuss beinahe erschüttert. Nur die Furcht, ihre Tochter Sir Edwards Willkür zu überlassen, hatte sie davon abgehalten.

James hatte sie verhört, sie verspottet, war wütend auf sie geworden, hatte mit ihr gestritten, sie belehrt, ihr geholfen und sie geküsst. Als sie schließlich die relative Sicherheit von Admiral Burgess' Haus erreicht hatte, war sie in ihr Zimmer gegangen, auf dem Bett zusammengebrochen und hatte eine ganze Nacht lang geweint. Die Gäste des Empfangs, die von ihrem Verschwinden zunächst alarmiert gewesen waren, hatten schließlich angenommen, dass sie mit dem Amerikaner Kinnaird durchgebrannt wäre und er sie schließlich hatte sitzenlassen. Sie widersprach ihnen nicht. Bösartiger Klatsch machte die Runde, und Sir Edward erhielt selbstverständlich nicht die ersehnte Beförderung.

»Du dämliche Hündin!«, hatte Sir Edward sie angezischt.

»Du hast mich ruiniert!« Admiral Burgess war außer sich vor Wut gewesen. Diana vermutete stark, dass Edward zum Commodore aufgestiegen wäre, wäre sie Admiral Burgess in sein Bett gefolgt.

Sie hatte keiner Menschenseele jemals erzählt, was wirklich passiert war. Kurz darauf war sie in das Haus ihres Vaters gezogen, um Ruhe zu finden.

Und jetzt war James Ardmore hier, auf Haven, und lag ihr zu Füßen. Verletzt.

Als ihr Vater und ihr Diener Jessup ankamen, alarmiert von Isabeaus verzweifelten Gesten, öffneten sie seine Jacke. Eine lange Schnittwunde, die – ihrer Größe nach zu urteilen – von einem Schwert oder einem Säbel stammen musste, teilte Ardmores Bauch. Die Wunde blutete, und James' Gesicht war mittlerweile leichenblass.

Der andere Mann, der englische Marineleutnant, war ebenfalls verletzt. Sein blondes Haar war blutverschmiert, und er ließ sich nicht aus seiner Bewusstlosigkeit wecken. Sie bastelten improvisierte Liegen, auf denen Diana, ihr Vater, Isabeau und Jessup die beiden Überlebenden zum Haus schleppten.

James schlug die Augen auf. Die Sonne schien hell, er lag auf einem schmalen Bett, und sein Rücken schmerzte. Die weißgekalkten Wände der Kammer waren so sauber, als hätten hundert Seeleute sie geschrubbt. Die Dachbalken waren dunkel vor Alter und bogen sich zu ihm herab wie die Sparren eines Schiffes. Ein kleines, schwarzes Insekt kroch gelassen durch einen Riss in der Wand zum Fenster, durch dessen geöffnete hölzerne Läden Wind und Sonnenschein hereinströmten.

Der Raum war ordentlich und kahl. Die einzigen Möbelstücke waren sein Bett und eine Kommode, die aussah, als wäre sie hundert Jahre alt. Alles war ruhig, ordentlich, friedlich. Selbst das Insekt bewegte sich mit dem Anstand einer Südstaatenlady, die zum nachmittäglichen Tee schreitet.

Er wusste jetzt, wo er war. Die Insel, das Heim von Admiral Lockwood, lag etwa hundert Seemeilen südwestlich von England. Und genau diesen Ort hatte er seit sehr, sehr langer Zeit vergeblich gesucht.

Er lag ruhig da und genoss seinen Triumph, der jedoch nur kurz währte. Ja, er hatte Haven gefunden. Aber er war allein und darüber hinaus verletzt. Müde fuhr er mit der Hand zu seinem Bauch und fühlte den Verband unter seinen Fingern. Er erinnerte sich an das Aufblitzen des Schwertes, das der Kapitän der Fregatte gegen ihn geschwungen hatte, an den stechenden Schmerz in seinem Körper. Die Wunde tat immer noch weh.

James schloss die Augen. Einen Moment sah er nur den blutroten Schimmer hinter seinen Augenlidern. Dann spülte eine Woge aus schwarzem Wasser über ihn hinweg, und er hörte die Schreie der Männer, die von ihr fortgerissen wurden. Ironischerweise hatten seine Ketten ihm das Leben gerettet und ihn an Bord gehalten, während die tödlichen Wellen Seeleute wie Offiziere an ihm vorbei von Deck gespült hatten. Das Wasser füllte seine Ohren, und sein Tosen löschte alle anderen Geräusche, jeden anderen Gedanken aus.

Unvermittelt schlug er die Augen auf.

Ein kleines Mädchen stand neben seinem Bett. Es musterte ihn ernst, die blauen Augen fest auf sein Gesicht gerichtet.

James Ardmore besaß nur wenig Erfahrung mit Kindern. Schiffsjungen waren keine Kinder; es waren Jugendliche, die viel zu schnell erwachsen wurden, so wie er selbst einer gewesen war.

»Wie heißt du?« Seine Stimme klang krächzend, brüchig.

Das Kind blinzelte einmal und betrachtete ihn mit demselben furchtlosen Blick wie seine Mutter. Die Kleine konnte das sehr gut. Seine eigene Schwester Honoria hatte ihn genauso angesehen, wenn sie ihn wissen lassen wollte, dass seine Überheblichkeit sie kein bisschen einschüchterte. Genau genommen blickte sie ihn selbst heute noch so an.

Das Mädchen wirbelte plötzlich herum und huschte zur Tür. James schloss wieder die Augen. Sie würden ihn gleich holen, jeden Augenblick. Marinesoldaten in roten Uniformen würden sich in den Raum drängen, ihn zu irgendeinem englischen Schiff abführen und zu einer Gefängnisgaleere schleppen, auf der er warten konnte, bis er gehängt wurde. Dann hätte er die Chance vertan, das zu erledigen, weshalb er hergekommen war. Vielleicht würde der Kapitän des Schiffes ihn ja auch ohne viel Federlesens sofort erschießen oder hängen. Das käme Diana Worthing gerade recht!

Aber noch war er frei. Das Zimmer roch sauber, und der Wind, der durch das Fenster hereinwehte, brachte den Duft von Sand, Salzwasser und Holz mit sich. Die Matratze, auf der er lag, hatte zwar einen dicken Klumpen unter seinen Knien, aber der verschlissene Bezug war weich und anschmiegsam.

Er hörte nur den Wind vor dem Fenster und den schrillen Schrei einer Möwe. Zu schade, dass er nicht genügend Kraft besaß, vom Bett aufzuspringen, durch das Fenster zu klettern, ein Boot zu stehlen und sich davonzumachen. Aber die Flucht musste bis später warten, solange er nur mit Mühe den Kopf bewegen konnte.

Die Tür ging auf. Leise Schritte näherten sich über die Bodendielen, und dann berührte eine kühle Hand seine Stirn. Er schlug die Augen wieder auf.

Diana Worthing beugte sich über ihn. Ihr rotes Haar lag in einem lockeren Zopf, aus dem sich einige weiche Strähnen gelöst hatten, über ihrer Schulter. Sie gefiel ihm besser so, schlicht, ein wenig zerzaust, nicht so künstlich.

Die Konturen ihres Gesichts und ihres Kinns waren klar und kräftig. Sie besaß eine wilde Schönheit von der Art, die den primitivsten Paarungstrieb in einem Mann wecken konnte. In James Ardmore jedenfalls hatte sie ihn entfacht.

Er lag ruhig da und genoss das Gefühl ihrer weichen Hand auf seiner Stirn und seiner Wange, den Duft ihrer Haut. Sie benahm sich so, als glaubte sie, dass er zu hilflos war, um aufzuspringen und sie anzufallen. Offenbar hatte sie nicht bemerkt, dass er sie unter gesenkten Lidern beobachtete.

Er holte rasselnd Luft. »Es überrascht mich, dass Ihr mich am Leben gelassen habt.«

Sie sprang fast einen halben Meter hoch in die Luft. Ihre Lippen öffneten sich, und ihre Augen unter den rotgoldenen Wimpern waren weit aufgerissen.

Doch im nächsten Moment hatte sie sich wieder unter Kontrolle. Ihre roten Brauen zogen sich zusammen, und sie stopfte sein Laken mit einem unvermittelten, heftigen Ruck zurecht, der flüssiges Feuer durch seine Wunde jagte. »Mein Vater ist ein sehr freundlicher Mensch!«, fuhr sie ihn an. »Er besteht darauf, dass wir uns um Euch kümmern.«

Ganz offenkundig teilte sie seine Meinung nicht. »Richtet ihm meinen Dank aus.«

»Er bewundert Euch!«, höhnte sie.

Er versuchte zu lachen, aber es drang nur ein krächzender, harscher Laut aus seinem Mund. »Das funktioniert nicht, Lady Worthing.«

Ihre wunderschönen Augen wurden noch größer. »Was meint Ihr?«

»Dass Ihr Euch wie eine unbeteiligte Lady gebt. Ich weiß, wie Ihr wirklich seid. Feuer und Funken und scharfe Kanten. An Euch ist nichts Damenhaftes.«

Sie zerrte noch einmal an dem Laken, und James Ardmore hielt einen Moment die Luft an, als ihn ein sengender Schmerz durchfuhr. »Ich sagte ja bereits«, erwiderte sie brüsk, »dass ich nicht erfreut bin, Euch wiederzusehen.«

»Ich dagegen bin überaus entzückt, Euch zu sehen.«

Was James Ardmore so gar nicht entsprach. Er kannte nur sehr wenige Frauen, denen er gern ein zweites Mal in seinem Leben begegnet wäre. Doch bei Diana, Lady Worthing, verhielt es sich anders. Er hatte noch nie eine Frau wie sie entführt und befragt. Als er sie in dieser Herberge geküsst hatte, eher um sie zum Schweigen zu bringen als aus einem anderen Grund, hatte er festgestellt, dass sie wundervolle Lippen hatte und sie zu benutzen verstand.

In dem engen Zimmer, in dem er die eigensinnige Frau gezwungen hatte, etwas zu essen, bevor sie ohnmächtig wurde und er sie die nächsten fünf Meilen tragen musste, wäre James Ardmore ihr fast verfallen. Fast. Wie eine mächtige Eiche, die ihr ganzes Leben lang allen Stürmen getrotzt hatte, bis die Berührung eines Schmetterlings sie fällte, als sie nicht mehr damit rechnete.

Er erinnerte sich, wie schön ihre Brüste in ihrem seidenen Dekolleté sich bewegt hatten, als sie vor ihm durch das Zimmer geflohen war, mit geröteten Wangen und feuchten Augen, umrahmt von zarten Haarsträhnen, die sich aus ihrer Frisur gelöst hatten. Sie sagte, sie wäre eine verheiratete Frau und kenne ihre Pflicht, obwohl er merkte, wie sehr sie Sir Edward Worthing hasste. Sie verabscheute ihn aus tiefstem Herzen.

James dagegen begehrte sie mit dem besinnungslosen Verlangen einer Frau, die sich nach körperlichen Berührungen sehnte. Sie hatte dieses Begehren ausgestrahlt wie Funken eines Feuerwerks und bei James eine ganz ähnliche Reaktion entfacht.

Er hätte die Teller vom Tisch fegen und sie in diesem verrückten Fieber darauf werfen sollen, das sie beide in seinen Klauen hatte. Sie hätten sich in wilder Raserei leidenschaftlich vereinigen und damit das Verlangen ein für alle Mal stillen sollen.

Stattdessen hatten sie sich zu einem ausgedehnten, lächerlichen und sehr lauten Wortgefecht herabgelassen. Er, James Ardmore, gefürchtet auf allen Meeren, Schrecken der Piraten und von allen Marinen der Welt gleichermaßen gehasst, war dazu herabgesunken, mit der Gemahlin eines der berühmtesten Seekapitäne Englands Beschimpfungen und Brotgeschosse auszutauschen.

Captain Sir Edward Worthing war mittlerweile tot und Diana Worthing somit frei. Gott sei allen gnädig.

Sie schaute ihn an, wie damals, als er sie mit Gewalt vor die Suppe gesetzt hatte. »Ich werde meinen Vater holen.«

»Es wundert mich, dass Ihr das nicht schon längst getan habt. Er hat sicher bereits nach einem Schiff der Marine geschickt, damit es mich zum Galgen bringt.«

»Er hat nach niemandem geschickt. Wir leben hier ziemlich isoliert.«

James sah sie überrascht an. »Tatsächlich?«

»Wir haben hier nur eine Gig«, sagte sie sachlich. Dieses einmastige Ruderboot war für lange Strecken untauglich. »Wir müssen warten, bis eine Fregatte vorbeikommt, und diese Insel liegt nicht an ihrer üblichen Route.«

James entspannte sich. »Zu schade, hm?«

»Bis dahin bleibt Ihr in unserer Obhut.«

»Warum fühle ich mich jetzt nicht besser?«

Sie legte ihre schlanke Hand auf das Laken, direkt über seiner Wunde. »Tut das weh?« Sie klang so, als hoffte sie, es wäre so.

Sie war sich ein bisschen zu sicher, dass seine Verletzung ihn wehrlos machte. Er hätte sie gerne gepackt und neben sich gezerrt, nur um ihr zu zeigen, dass er dafür noch kräftig genug war. Er würde sie auf das Bett ziehen, sie anheben und auf seinen Schoß setzen. Dann ihre vollen Lippen küssen und sie lehren, ihn wieder berühren zu wollen. So konnten sie sich vielleicht an diesem ruhigen Ort, bevor das wirkliche Leben dort Einzug hielt, einen Moment des Glücks stehlen.

»Es ist nicht schlimm«, antwortete er.

Sie drückte zu. Schmerz wie aus tausend Höllenfeuern durchströmte ihn.

»Jesus!«, brüllte er.

Sie hob die Hand. Der Schmerz ließ nach.

»Verdammt, Weib!«

Sie musterte ihn gelassen. Das Laken reichte ihm nur bis zur Brust und ließ den halben Oberkörper und die Arme frei. Er fragte sich, wie dünn der Stoff war, ob sie seine Beine, seinen Bauch und seine anschwellende Erektion darunter erkennen konnte.

Was auch immer sie sah, es hinderte sie offenbar nicht daran, genau hinzuschauen. Ihr Blick glitt über seine Brustmuskeln zu seinen Schultern und den Sehnen an seinem Hals. Sie würde sich gleich die Lippen lecken. Sich über ihn beugen, weil sie wusste, dass er sich nicht wehren konnte. Und sich dann einen Kuss rauben, den Kuss, den sie in dieser schwülen englischen Nacht letztes Jahr nicht hatte beenden wollen.

Diana tat nichts dergleichen, sondern begnügte sich damit, ihm einen verärgerten Blick zuzuwerfen. Doch sein Blut kochte immer noch.

»Das ist nicht fair«, sagte er. »Ich liege hier vollkommen hilflos vor Euch.«

Er schloss die Finger um ihr Handgelenk. Ihre Pupillen weiteten sich, bis ihr Schwarz das Blau beinahe vollkommen verdrängt hatte. Er erwartete, dass sie die Hand zurückzog, ihn mit dieser höhnischen Verachtung strafte, die sie so gut beherrschte, oder sich vielleicht nach einer Speise umsah, die sie ihm an den Kopf werfen konnte.

Sie beobachtete ihn jedoch nur, und ihre vollen Brüste hoben und senkten sich unter ihren raschen Atemzügen. Ihre Augen glühten. Dann, ganz langsam, fuhr sie mit dem Finger über die bronzefarbene Haut an seiner Schulter.

Es fühlte sich an, als wäre ein Funke von einem Feuerstein auf seiner nackten Haut gelandet. Der Begriff animalisches Verlangen traf genau das, was er empfand. Für diese Frau würden Männer sich duellieren. Nein, verbesserte er sich, das war viel zu zivilisiert. In London mussten sie wie die Bestien um sie gekämpft haben. Vermutlich verlor in ihrer

Gegenwart sämtliche Salonetikette ihre Gültigkeit, Manieren bedeuteten nichts mehr. Jeder Mann würde sie besitzen wollen, sie beherrschen, sich mit ihr paaren. Daran war nichts Zivilisiertes.

Sollte sie ruhig spielen, es machte ihm nichts aus. Er strich sanft mit dem Daumen über die Innenseite ihres Handgelenks. Wie weich die Haut dort war, so weich. Entzückende Diana. Bleib und spiel ein wenig.

»Ich habe es Euch gesagt, wisst Ihr noch?«, flüsterte er. »Wir würden gut zusammenpassen.«

Plötzlich starrte sie ihn mit eisiger Wut an und riss ihre Hand zu ihrem Körper.

»Ihr habt damit angefangen, Liebes.« Er legte seinen Arm bequem hinter seinen Kopf. »Was ist mit dem Leutnant passiert?«

Sie warf ihm einen merkwürdigen Blick zu. »Es geht ihm besser. Mein Vater glaubt, dass er bald wiederhergestellt sein wird.«

»Gut. Wie lange sind wir bereits hier?«

»Drei Wochen!«, fuhr sie ihn an.

»Drei …?« Er unterbrach sich und betastete seine Wangen. Kein Bart.

»Ihr wart sehr krank. Wir hatten Angst, dass Ihr sterben würdet.« Sie klang so, als wäre ihr das sehr recht gewesen.

Drei Wochen. Verdammt!

»Ihr solltet jetzt ruhen«, sagte sie nachdrücklich. »Ich rufe Jessup, damit er Euren Verband wechselt.«

»Wartet eine Minute. Ich möchte mit Euch reden.«

Sie stemmte die Hände in die Hüften, und ihre Augen blitzten. »Nun, das möchte ich aber nicht. Ich habe alles gesagt, was es zu sagen gibt.«

»Daran erinnere ich mich. Ihr sagtet, ich solle in den Sumpf zurückkehren, aus dem ich gekrochen wäre. Ihr habt nicht einmal auf Eure Grammatik geachtet.«

»Ich glaube, vorher habt Ihr einen halben Laib Brot nach mir geworfen.«

»Aber erst nachdem Ihr ihn nach mir geschleudert hattet. Ihr seid übrigens eine ausgezeichnete Werferin.«

Sie drehte sich unvermittelt um. James lachte, jedenfalls so gut es seine wunde Kehle zuließ.

»Ich hole meinen Vater!«, fuhr sie ihn an. »Und den Leutnant. Sie wollen Euch etwas fragen.«

Vermutlich wollten sie vieles wissen. Er war schließlich James Ardmore, galt in England als Gesetzloser, der für zahllose Verbrechen gegen die Königliche Marine gesucht wurde, verdammt seien ihre verfaulten Seelen!

Diana rannte fast aus dem Zimmer. Sie raffte den Rock und gewährte ihm dadurch einen erfreulichen Blick auf ihre langen Beine, die in enganliegenden Hosen und Stiefeletten steckten.

Ihr roter Zopf hatte sich an den Haken ihres Mieders verfangen. Sie gefiel ihm so viel besser als bei ihrer ersten Begegnung, als sie wie eine modische Dirne in Seide und dünnen Tüll gehüllt war. Jetzt sah sie wie eine richtige Frau aus, eine, die er sich über die Schulter werfen und davonschleppen konnte, um sich mit ihr zu vergnügen.

Sie ließ die Tür zum sonnendurchfluteten Flur offen stehen. James ernüchterte rasch. Drei Wochen. Wie interessant. Diese Leute hatten ihn gesundgepflegt, ihn rasiert, sich um ihn gekümmert. Drei Wochen lang. Dabei hätten sie ihn sterben lassen können, dann wäre die Welt von James Ardmore, dem Piratenjäger, befreit gewesen. Admiral Lockwood wäre aufs Neue als Held gefeiert worden. Diana hätte an diesem Ergebnis zweifellos großen Gefallen gefunden.

Seine Schwester Honoria hätte ihm einen Grabstein errichtet, wie sie es schon für Paul und ihre Eltern getan hatte. Danach hätte sie sich darauf eingestellt, in ihrem eleganten Haus auf der Battery in Charleston allmählich zu verwelken. Bis dahin würde sie vollkommen darin aufgehen, ihre Rolle als letzter Spross der Ardmores zu spielen. Sie hatte auch ihre anderen Rollen genossen, die der gehorsamen Tochter, der Debütantin, der vornehmen Schönheit und schließlich auch die der verblassenden Jungfer.

Die einzige Position, die sie nie richtig erfüllt hatte, war die der pflichtbewussten Schwester. Sie hatte schon vor langer Zeit unmissverständlich klargemacht, dass Paul ihr Lieblingsbruder war. James dagegen verdiente keinerlei Hingabe, und folglich würde er von Honoria auch keine bekommen.

Diese Engländer dagegen, die keinen Grund hatten, James Ardmore zu lieben, hatten ihm das Leben gerettet und ihn gesundgepflegt. Aus bloßer Freundlichkeit, oder steckte etwas anderes dahinter?

Schwere Tritte ertönten im Flur, dazwischen mischten sich Dianas leichte Schritte und das Getrappel des kleinen Mädchens.

Sie betraten den Raum, Diana Worthing, ihre Tochter und ein älterer Mann, der dasselbe energische Kinn und dieselbe hohe Stirn besaß wie Diana. Bei ihnen war der blonde Leutnant, der mit ihm an den Strand gespült worden war. Die Knöpfe seiner dunkelblauen Uniformjacke waren auf Hochglanz poliert, und auch seine Epauletten strahlten. Er hatte sein mittelblondes Haar ordentlich geschnitten und gekämmt. Der Blick seiner braunen Augen war wachsam. Und ein wenig verängstigt.

Hm. Der Mann in der Uniform der mächtigsten Marine der Welt hatte also Angst.

Der Offizier näherte sich dem Bett, und die Wachsamkeit in seinem Blick verwandelte sich in Hoffnung. »Hallo.«

James starrte ihn an. Normalerweise sprach kein englischer Offizier so freundlich mit James Ardmore. »Hallo«, antwortete er neutral.

Der Leutnant blieb stehen und schluckte. »Sie kennen mich nicht.«

»Eigentlich nicht, nein.«

Der Mann starrte James noch einen Moment länger an. Dann traten ihm plötzlich Tränen in die Augen, er ballte die Hände zu Fäusten und wandte sich ab. Er trat ans Fenster und blickte hinaus, sein Rücken war kerzengerade.

»Ihr erkennt ihn nicht«, erklärte der Admiral.

»Sollte ich? Er war Leutnant auf der Fregatte.«

Admiral Lockwood sah ihn scharf an. »Und Ihr wisst nicht seinen Namen?«

»Nein. Tut mir leid. Ich bin nicht oft an Deck gekommen.«

Dianas eindringlicher Blick zuckte zu dem Leutnant, dann zurück zu James. Ihre Augen hätten ihn verbrennen können. Und James war sich nicht sicher, ob es ihm lieb wäre, wenn ihn jemand mit Wasser löschte, falls das geschah.

»Er erinnert sich nicht«, erklärte sie. Sie klang wütend, als würde sie James die Schuld daran geben. Andererseits klang sie immer so, als würde sie James für alles Mögliche verantwortlich machen. »Er kann sich an nichts erinnern, was geschah, bevor er hier aufwachte. Wir hatten gehofft, Ihr könntet uns sagen, wer er ist.«

3. Kapitel

Diana saß auf einem Klapphocker auf einem Felsvorsprung am Strand und tat, als würde sie zeichnen. Sie versuchte, sich auf die Landschaft vor ihr zu konzentrieren, aber sie war sich nur zu deutlich bewusst, dass James Ardmore das Haus verlassen hatte, am Gartentor lehnte und sie beobachtete. Eine Woche war verstrichen. Diana hatte seine Pflege Mrs. Pringle übertragen, der kleinen Frau, die als ihre Köchin und Haushälterin fungierte. Es wäre unschicklich, diese Aufgabe weiter zu übernehmen, hatte Diana entschieden erklärt.

Feigling, tadelte sie sich. Aber sie konnte sich nicht trauen, wenn sie in seiner Nähe war.

Sie war nach einem fürchterlichen Streit mit ihrem Ehemann hierhergekommen, um sich im entlegenen Haven zu trösten. In London hatte Edward die Scheidung erwirkt, bevor er sich auf diese Reise begeben hatte, die seinem Leben ein Ende setzen sollte. Hier in Haven jedoch konnte Diana nichts von dem Geschehenen berühren. Hier konnte sie so tun, als wäre ihr niemals etwas Unangenehmes widerfahren. Sie durfte sich in ihre Kindheit flüchten, in die Tage ruhiger Glückseligkeit. Sie konnte die Spaziergänge mit Isabeau und ihrem Vater genießen, friedlich in ihrem Garten arbeiten und am Strand mit ihrer Tochter spielen.

Und jetzt hatte James Ardmore diese Idylle zerstört. Er hatte nach ihrem Vater gesucht, aber sie wusste, dass er nichts dagegen hatte, sie ganz nebenbei um den Verstand zu bringen. Bei ihrer Berührung hatte er nur gelacht, als er wehrlos im Bett lag. Sie mit seinen wissenden grünen Augen beobachtet, während das Laken um seine Lenden sich ein wenig angehoben hatte.

Diese lüsterne Reaktion hatte sie erschreckt, genauso wie damals, als er sie in diesem dunklen Raum in der Herberge in den Armen gehalten hatte. Ihre Bewunderer in London hatten sie gerne durch die Ballsäle gejagt, sie in die Enge getrieben oder sie mit schlecht gereimten Gedichten malträtiert, aber echtes körperliches Verlangen hatte da niemals eine Rolle gespielt, trotz allem, was ihr Ehemann geargwöhnt hatte.

Jedenfalls war es das Beste, wenn Mrs. Pringle die Pflege übernahm.

Isabeau spielte jetzt unter ihr am Wasser. Der blonde Mann, den sie Leutnant Jack nannten, half ihr, Muscheln zu sammeln.

Leutnant Jack konnte sich an nichts erinnern, nicht an den Schiffbruch, an das Schiff selbst oder an irgendetwas aus seinem Leben, bevor er in dem Haus von Dianas Vater aufgewacht war. Er tat Diana leid. Seine Verzweiflung überspielte er mit einer entschlossenen Fröhlichkeit, aber sie sah, wenn er sich unbeobachtet glaubte, in seinem Blick die unverhüllte Furcht eines Mannes, der am Rand einer Klippe entlangging und sich fragte, wann er wohl abstürzen würde.

Er war so voller Hoffnung gewesen, als Isabeau zu ihnen gekommen war und ihnen mitgeteilt hatte, dass James Ardmore aufgewacht war. James konnte Leutnant Jack gewiss seinen richtigen Namen nennen und vielleicht sogar die restlichen Erinnerungen an sein früheres Leben wieder hervorrufen.

Doch James behauptete, nichts zu wissen. Diana fragte sich, ob das wohl stimmte. Er hatte jedenfalls nicht erklärt, was er auf einem Schiff mit einem englischen Leutnant zu suchen gehabt hatte, sondern nur mit den Schultern gezuckt und gemeint, dass er gereist sei. Sehr verdächtig. James war ein Lügner. Ihr Vater wusste es, aber dennoch war er merkwürdigerweise bereit, James zu erlauben, diese Lügen zu erzählen.

Haven war dank ihres Vaters sehr gut ausgerüstet, um Besucher zu empfangen. Dass sie zwei weitere Mäuler durchfüttern mussten, würden sie kaum merken. Außerdem hatten beide Gentlemen rücksichtsvoll erklärt, sie könnten den Gürtel enger schnallen.

Die beiden sind viel zu nachgiebig, dachte Diana düster. Lebensmittelknappheit war nicht die Gefahr, die ihrem Vater und ihr Kopfzerbrechen bereitete. Haven hatte etwas zu verbergen, die Angelenheiten ihres Vaters. Nachdem sie darüber gesprochen hatten, waren sie zu dem Schluss gekommen, sich nicht unnötig Sorgen zu machen. Die Insel vermochte ihre Geheimnisse gut zu schützen, selbst vor jemand so Rücksichtslosem wie James Ardmore.

Dianas Bleistift schwebte über dem frischen Blatt Skizzenpapier, das auf ihre Staffelei geklemmt war. Eigentlich wollte sie die beiden unter sich am Strand zeichnen, die Wellen, die glücklichen Erinnerungen an Haven. Aber sie konnte nur daran denken, dass James Ardmore sich jetzt vom Gartentor abgestoßen hatte und auf sie zu schlenderte.

Sie hatte seine Kleidung ausgebessert, aber weder ihr Vater

noch Jessup besaßen Hemden, die groß genug für ihn waren. Deshalb blitzten jetzt unter seiner offenen dunklen Jacke seine nackte Brust und der weiße Verband um seine Taille hervor. Er hatte nichts über den Ursprung der Wunde gesagt, und ihr Vater hatte ihn seltsamerweise auch nicht dazu gedrängt.

James blieb neben ihr stehen. Er hätte zum Strand gehen und dort Leutnant Jack helfen können, Muscheln zu sammeln. Tat er das? Natürlich nicht. Er blieb neben ihr stehen, stützte einen Fuß auf einen Stein und zog ihre Aufmerksamkeit vollkommen auf sich.

Entschlossen fuhr sie mit dem Stift über das Papier. Der daraus resultierende Strich hatte nicht das Geringste mit dem zu tun, was sich vor ihr befand.

»Ein schöner Tag«, bemerkte er.

Seine Stimme war ebenfalls wieder gesundet. Sie klang nicht mehr so krächzend und erstickt, was ein Beleg dafür gewesen war, dass er beinahe ertrunken wäre. Er sprach mit gedehnten Vokalen und weichen Konsonanten und schaffte es, jedes einzelne Wort sinnlich klingen zu lassen.

»Wir haben immer Glück mit dem Wetter.« Dianas Worte klangen kalt, abgehackt und sehr englisch.

Für ihren Geschmack war er viel zu nah. Sie dachte plötzlich daran, wie sie ihn malen würde, stellte sich die Bleistiftstriche vor, mit denen sie seine Schultern, seine Brust umriss, die Schattierung der Mulde unter seiner Kehle schraffierte. Sie nahm jeden einzelnen Muskel seines Bauches wahr, die weiße Bandage auf seiner braunen Haut und das schwarze Haar auf seiner Brust.

Ihr Bleistift glitt über das Papier, und sie packte ihn so fest, dass er zerbrach.

»Vorsicht«, sagte er.

Diana knallte die Stücke auf die Staffelei. »Ich habe keine Lust zu zeichnen. Es ist zu windig.« Sie riss das Papier geradezu aus den Klammern und stopfte es mit den Bleistiften in ihre Skizzentasche.

Dann klappte sie die Staffelei zusammen und tat so, als übersähe sie, wie James sich bückte, um ihre Skizzentasche aufzuheben. Unten grub Isabeau konzentriert im Sand. Leutnant Jack hockte daneben und zeigte ihr, wie man mit dem kleinen Eimer, den sie mitgebracht hatte, Sandkegel formte.

Einen Moment lang wurde Dianas Herz weich. »Er genießt Isabeaus Gesellschaft so sehr. Ich frage mich, ob er selbst Kinder hat.«

James' Blick folgte dem ihren. »Das wird er erst wissen, wenn er nach England zurückgekehrt ist.«

»Seine Familie glaubt gewiss, dass er verschollen ist.« Sie schaute James an. »So wie Eure.«

Er erwiderte ihren Blick kühl. Er würde ihr bestimmt niemals verzeihen, dass sie damals auf der *Argonaut* in seinem Schrank herumgewühlt und im Tagebuch seines Bruders gelesen hatte. Als er sie allein gelassen hatte, hatte sie nach etwas gesucht, das ihr Aufschluss über den Menschen James Ardmore geben konnte. Doch als er sie verhörte, war ihr klar geworden, dass sie ihn bereits gefunden hatte. Der Mann James Ardmore war kein gefühlvoller Mensch unter einer kalten, rücksichtslosen Schale. Er war eine kalte, rücksichtslose Schale.

Sie hatte wegen ihres Spionierens eine bissige Bemerkung erwartet. »Von meiner Familie«, hatte er jedoch nur geantwortet, »ist nur noch meine Schwester übrig, und die ist heilfroh, wenn sie mich so wenig wie möglich sieht.«

Diana erinnerte sich an das hübsche, schwarzhaarige Mädchen, das ihr von dem kleinen Porträt in seiner Kajüte entgegengestarrt hatte. Ein junge Frau mit James' grünen Augen. »Warum glaubt Ihr das?«

»Nicht in allen Familien geht man mit dieser zärtlichen Herzlichkeit miteinander um wie in Eurer. Das solltet Ihr eigentlich wissen. Ihr konntet Euren Ehemann doch auch auf den Tod nicht ausstehen, oder etwa nicht?«

Sie schrak zusammen, aber dann wurde ihr klar, dass sie sich nur wenig Mühe gegeben hatte, es zu verbergen. »Isabeau winkt«, meinte sie frostig. »Ich gehe zu ihr hinunter.«

Er bestand darauf, ihre Skizzenmappe und die zusammengeklappte Staffelei zu tragen. Sie hastete ungeschickt vor ihm den Pfad hinunter und wünschte sich, er würde endlich weggehen. Aber er folgte ihr und meisterte den felsigen Weg zum Strand hinab ohne Schwierigkeiten, obwohl er bepackt und vor allem verwundet war.

Leutnant Jack stand auf und lächelte Diana strahlend an. Sie mochte den jungen Mann. Er zumindest war höflich. Er bemühte sich, seine Verwirrung mit Freundlichkeit zu kaschieren, und seine Dankbarkeit für ihre Hilfe rührte sie. Er war ungefähr in ihrem Alter und recht gutaussehend. Sie wünschte sich sehr, sie könnte sich in ihn verlieben und James Ardmore endlich aus ihren Gedanken verbannen.

»Eure Tochter möchte eine Burg über den ganzen Strand bauen«, erklärte Leutnant Jack und grinste.

»Das kann ich mir vorstellen«, erwiderte Diana finster.

»Wie verständigt Ihr Euch mit ihr?«, fragte James ihn. »Sie kann nicht reden.«

»Oh, sie macht sehr deutlich, was sie will«, erwiderte Jack. »Lady Worthing und sie unterhalten sich in einer Art Zeichensprache, wisst Ihr. Sehr klug.«

Isabeau hatte die Gesten selbst erfunden. Im Laufe der Jahre hatten Diana und ihr Vater einige hinzugefügt. Diana erwärmte sich immer mehr für Leutnant Jack.

Isabeau war durch die Wellen gelaufen und hatte dabei diese hohen, schrillen Töne ausgestoßen, die sie Singen nannte. Jetzt kam sie zu ihnen gelaufen und nahm Dianas Hand. »Be-Lu?«, fragte sie atemlos.

»Mein Vater bereitet das Boot vor«, sagte Diana zu Leutnant Jack. »Er will auf der windabgewandten Seite von Haven fischen.«

Leutnant Jacks Miene hellte sich auf. Er segelte gern mit dem Admiral um die Insel und hatte das bereits mehrmals getan. Dabei fielen ihm immer wieder Dinge ein, wie er sagte, zum Beispiel wie man Knoten knüpfte, Segel bediente und navigierte. Als Dianas Vater das letzte Mal hinausgefahren war, hatte Leutnant Jack jedoch mit schrecklichen Kopfschmerzen im Bett gelegen, einer Nachwirkung seiner Verletzung. Seitdem hatte er mit beinahe kindlicher Freude auf eine weitere Ausfahrt gewartet.

»Ich würde ihn sehr gerne begleiten«, sagte er jetzt. »Kommt Ihr mit, Ardmore?«

James tat so, als würde er nachdenken. »Nicht heute. Meine Seite brennt noch ein wenig. Es ist sicher besser, wenn ich noch eine Weile die Landratte spiele.«

Leutnant Jack wirkte besorgt. »Dann sollten wir Euch vielleicht besser nicht allein lassen.«

»Macht Euch um mich keine Sorgen. Ich ruhe mich aus und bin zum Abendessen wieder so frisch wie der Regen.«

Seine Miene war ausdruckslos, und er sah aus, als meinte er jedes Wort, das er sagte.

Diana warf ihm einen scharfen Blick zu. Sie traute ihm

kein Stück über den Weg. Aber sie wusste auch, dass sie auf keinen Fall hierbleiben konnte, wenn Leutnant Jack, Isabeau und ihr Vater wegsegelten. Das war viel zu gefährlich. Sie fürchtete dabei nicht Ardmore, sondern ihre Reaktion auf ihn. Doch wenigstens war Jessup hier, der wusste, dass er nicht zulassen durfte, wenn Ardmore seine Nase in Dinge steckte, die ihn nichts angingen.

»Gehen wir«, meinte sie. »Komm mit, Isabeau.« Sie streckte die Hand nach ihrer Tochter aus.

Isabeau ergriff sie und hielt ihre andere Leutnant Jack hin. Diana sah sich um, als das Mädchen sie über den Strand zu der Stelle zog, an der das Boot wartete. James blickte ihnen nach, ihre Skizzenmappe unter dem einen, die Staffelei unter dem anderen Arm. Sie konnte zwar seine Miene nicht genau erkennen, aber sie wusste, dass er etwas im Schilde führte. Sie sah es an jedem Muskel des Körpers dieses verdammten Mannes.

Isabeau grinste sie an und zeigte ihre Zahnlücke, und Diana riss zögernd ihren Blick von James los. Sie spürte, wie sich eine Migräne ankündigte.

James blieb länger als geplant am Strand stehen und sah ihr nach. Sie war so wunderschön, dass es ihn fast schmerzte.

Der Leutnant, der neben ihr ging, war durch und durch englisch, blasshäutig unter seinem Sonnenbrand, mit aristokratisch geneigtem Kopf und modisch kurzgeschnittenem, mittelblondem Haar.

Vermutlich war er Leutnant, weil sein Vater ihm das Offizierspatent gekauft und hervorragende Tutoren besorgt hatte, die ihm geholfen hatten, das Examen zu bestehen. Alles an ihm schrie geradezu englischer Adel.

Dem Mann in James Ardmore gefiel es gar nicht, dass der englische Leutnant Jack mit der wunderschönen Diana Worthing davonging. Doch der Piratenjäger James Ardmore begrüßte es, Zeit für sich allein zu haben. Er hatte bisher keine Gelegenheit gehabt, die Insel kennenzulernen, die er fast ein Jahr gesucht hatte, und er musste ihre Geheimnisse ergründen.

Bis jetzt hatte er nur das Haus und den kleinen Teil vom Strand gesehen, auf dem er jetzt stand. Um sich zu vergewissern, ging er mit der Staffelei zum Haus zurück. Von dem Steg aus, an dem Lockwood sein Boot vertäut hatte, konnte man es nicht sehen, was James nur recht war.

Er hatte die schöne kleine Gig gesehen, ausgestattet mit einem Segel und ausgezeichnet dafür geeignet, die Insel zu umsegeln und sich auch ein Stück aufs sonnige Meer hinauszuwagen. Er bewunderte das Boot als Seemann, und jetzt in diesem Moment segnete er es geradezu. Es würde ihm seine Hüter für eine Weile vom Hals schaffen und ihm Gelegenheit geben, sich umzusehen und Pläne zu schmieden.

Im Haus war alles ruhig. Jessup war wahrscheinlich in der Küche, die in die Klippen gebaut war, auf denen das Haus stand. Oder aber der Mann hatte sich kurz aufs Ohr gelegt, was James eher vermutete. Jessup arbeitete schwer, und es war ein schöner, warmer Nachmittag. Das Klima auf der Insel war milder als in England, und die Temperaturen stiegen selbst jetzt im März auf dreißig Grad. Ein Schläfchen war da gewiss das Richtige.

James stellte Dianas Staffelei und Skizzenmappe in den

luftigen Salon im Erdgeschoss und schaute dann müßig aus dem geöffneten Fenster. Der Raum war offenbar einmal die Behausung eines Mannes gewesen. Die Möbel waren nach Bequemlichkeit ausgewählt worden und nicht, um damit anzugeben. Nichts passte zusammen, die Zusammensetzung schien rein zufällig.

Dann war dieses Junggesellenparadies von einer Frau erobert worden, Diana. Ihre Präsenz zeigte sich an dem Handarbeitskorb am Kamin, an den bestickten Kissen, die auf dem verblichenen Diwan lagen, an dem Teewagen. Jeden Nachmittag trug Mrs. Pringle Kekse auf, und Diana schenkte ihrem Vater Tee ein. Ein Bild häuslicher Harmonie.

Dennoch ...

James spürte die unterschwelligen Strömungen, die Sorge, die Anspannung. Zum Beispiel daran, wie Vater und Tochter ihr Gespräch unterbrachen, wenn er den Raum betrat. Diana beobachtete James misstrauisch, und denselben Argwohn erkannte er auch im Blick ihres Vaters. Leutnant Jack beäugten sie genauso.

James blickte auf das kleine Boot, das aufs Meer hinausfuhr. Das Segel blähte sich mit einem Knall. Er hätte gern ein Fernrohr gehabt, um zu sehen, wie der Admiral und Jack das Segel bedienten, zu beobachten, wie sie das kleine Boot manövrierten, aber für solche professionellen Interessen hatte er keine Zeit. Sie würden nur ein paar Stunden fort sein, was ihm nicht allzu viel Spielraum ließ.

Er überzeugte sich lautlos davon, dass Jessup sich tatsächlich in sein Zimmer hinter der Küche zurückgezogen hatte. Die Köchin schnarchte in einem Liegesessel neben dem Herd. Sie hatten es verdient. Diana hatte James erklärt, dass in diesem Haushalt jeder sein Bett eigenhändig machte und sich selbst versorgte, während Jessup Holz und Wasser heranschaffte und Mrs. Pringle herzhafte und köstliche Mahlzeiten aus den Fischen und Krabben zubereitete, die der Admiral mit Isabeaus Hilfe aus dem Meer fischte.

James hatte fast sein ganzes Leben lang für sich selbst gesorgt, obwohl er aus einem vornehmen Haus in Charleston stammte, und war damit zufrieden. Jack, der erfahrene Seemann, wusste sehr gut, wie man auf kleinem Raum ohne Komplikationen zurechtkam. Sie waren eine höchst angenehme kleine Gruppe.

Trotzdem …

James verließ das Haus durch die Vordertür und ging durch den kargen Garten. Diana hatte ihr Bestes gegeben, aber die Seewinde hatten alle Pflanzen bis auf die widerstandsfähigsten zerstört. Flechten und Moose klammerten sich an Felsen, zwischen denen sich ein Ziegenpfad schlängelte. Stiefmütterchen in Töpfen reckten sich verzweifelt nach der Sonne. Ihre roten Blüten hoben sich strahlend gegen das Grün und Gelb der Flechten ab.

Am Ende des Gartens führte ein Weg hinter dem Tor zu der felsigeren Seite der Insel. James hatte noch nie gesehen, dass jemand aus dem Haus hindurchgegangen wäre.

Der Pfad führte einen steilen Abhang hinab, über schwarze Felsen mit üppiger Vegetation. Der Weg selbst jedoch war gesäubert. Wurzeln und Ableger, die den Boden normalerweise überwuchert hatten, waren zurückgebunden und an manchen Stellen auch geschnitten worden.

James öffnete die Pforte und ging bergab, wobei er sich mit den Händen an den Felsen abstützte. Seine Seite schmerzte, was ihm bewusst machte, dass er noch lange nicht gesund war.

Er erinnerte sich an die Klinge des ach so ehrbaren Kapitäns, die ihm – gefesselt und wehrlos – diese Wunde zugefügt hatte. Auch als James' Blut auf das Deck geflossen war, hatte er nur gelacht. James nannte ihn einen Mistkerl, was ihm einen Schlag mit dem Handrücken über den Mund einbrachte. Wahrhaftig ein anständiger Mensch. Nun, jetzt lag er auf dem Meeresgrund. Der Admiral und Jack hatten vergeblich nach weiteren Überlebenden gesucht, während James noch bewusstlos dagelegen hatte. Sie vermuteten, dass die Leichen abgetrieben waren, und selbst von dem Wrack waren nur wenige Trümmer angeschwemmt worden.

Am Fuß des Hügels führte der Pfad an Felswänden aus Kalksandstein und Granit vorbei. James folgte ihm und stellte fest, dass auch dieses Stück gepflegt wurde. Zu seiner Linken fiel das Land steil zum Meer hin ab. Hier, an der Windseite der Insel, brachen sich donnernd die Wellen.

Er ging langsamer, weil er nicht plötzlich um eine Ecke biegen und das Boot mit seinen Gastgebern und Jack erblicken wollte. Hier auf den Felsen wäre er nicht zu übersehen gewesen. Dann jedoch sah er, dass die Vegetation auf dem Hügel ihn zum größten Teil verbarg.

Er musste mittlerweile eine Meile gegangen sein und wurde langsam müde. Die Wunde hatte an seinen Kräften gezehrt, und dass er drei Wochen untätig auf dem Rücken gelegen hatte, war auch nicht gerade förderlich für seine Kondition. Aber er war fest entschlossen herauszufinden, wohin der Weg führte. Selbst wenn er nur an der windabgewandten Seite der Insel herauskam. Vielleicht war es ja das Geheimnis dieses Ortes, dass er keines hatte.

Doch James wusste es besser.

Der Pfad fiel wieder steil ab und verlief durch eine Bresche in den Felsen. Zuerst dachte James, er würde einfach am Rand einer Klippe enden, aber als er weiterstolperte, sah er, dass er durch die winzige Öffnung zu einer schmalen Sandfläche führte. Und dort fand er die Höhlen.

Sie waren trocken. Das Meer toste weit unter ihm, und der Boden, der zum Eingang führte, war mit feinem, seidigem Sand bedeckt. James balancierte auf den Felsen, kletterte hinunter, schlurfte zur ersten Höhle und sah hinein.

Hinter ihm klapperten Steinbrocken über den Felsen. Er wirbelte herum und sah, wie ein kleiner Strom aus Felsbrocken über den Weg polterte, den er gerade gekommen war. Er schob die Hand in die Tasche und berührte den kalten Griff seines Messers.

Schlanke Hände umklammerten den Felsen, und dann tauchte Diana hinter der letzten Biegung des Weges auf. Sie hatte ihren Rock gerafft und zeigte ihm ihre schlanken Beine. Sie war allein. Weder Jessup noch Isabeau folgten ihr.

Er ging ihr entgegen, die Hand immer noch am Messergriff.

»Keine Lust mehr zu fischen?«, fragte er beiläufig.

Sie war erhitzt von der anstrengenden Kletterpartie, und ihre roten Haare waren vor Schweiß gekräuselt. »Ich dachte, Ihr wolltet Euch ausruhen.«

»Das hatte ich auch vor. Und dann wollte ich spazieren gehen. Ich habe mich gefragt, wohin dieser Weg wohl führt.«

Das war nur die halbe Wahrheit. Aber Diana log ebenfalls. Gut, dann spielten sie eben beide etwas vor.

»Ich habe die Höhlen gefunden«, fuhr er fort. »Warum habt Ihr sie mir nicht gezeigt?«

Ihr Blick flackerte. »Es ist nichts Interessantes darin. Nur Sand und Felsen. Ihr brauchtet sie nicht zu sehen.«

Die beiden obersten Knöpfe ihres Mieders hatten sich geöffnet, wodurch ihre angestrengten Atemzüge ihren Busen ganz entzückend zur Geltung brachten.

»Ich mag Höhlen«, erwiderte er. »Ich hatte schon immer den Hang, sie zu erforschen.«

»Sie sind gefährlich. Kehren wir lieber zum Haus zurück.«

Sie war hochrot im Gesicht, und ihre Augen funkelten.

»Nur wenn wir dort etwas Interessantes tun können.«

»Was immer Ihr wollt.«

Er starrte sie einen Moment an, musterte die graublauen Augen, die vor Wut funkelten. *Lügnerin*!

Er wandte sich ab und hatte kaum zwei Schritte gemacht, als er sie hinter sich hörte. »James!«

Er wirbelte herum. Sie stand direkt vor ihm, hatte den Kopf erhoben, ihre Lippen schwebten unter seinem Mund, und ihre Arme umschlangen seinen Hals. »James«, wiederholte sie heiser. »Küss mich.«

Und schon presste sie ihre Lippen auf seinen Mund, bevor er sie daran hindern konnte.

4. Kapitel

Nicht dass er sie hätte hindern wollen.

Er schlang seinen Arm um ihre Taille und drückte sie an sich. Sie roch nach Sonne und Sand. Ihre Lippen waren feucht, ihr Atem heiß.

Er erinnerte sich an die düstere Herberge in Kent, an den rücksichtslosen Kuss, den er ihr aufgezwungen hatte und dann den reglosen, überwältigenden Moment, als sie diesen erwiderte.

Dieser Kuss hier war nicht weniger leidenschaftlich. *Oh ja, genau daraus bist du gemacht, Mädchen. Aus Feuer und Verlangen, und dabei tust du so sanftmütig.*

Sie war alles andere als das. Diana Worthing war ein Dämon in seinen Armen, und James liebte es. Ihr Versuch, ihn von den Höhlen abzulenken, war offenkundig und unbeholfen. Er hätte sie für klüger gehalten.

Aber was kümmerte es ihn? Sie waren allein, sie war hinreißend schön, und er begehrte sie. Seine Pläne wurden vom Winde verweht.

Er erforschte ihren Mund, genoss die samtige Süße ihrer Zunge. Seine Lippen pressten sich auf ihre, nahmen, was sie ihm anbot. *Darling, das könnte ich den ganzen Tag und die ganze Nacht tun!*

Ihre Finger umklammerten ihn, als wollte sie ihn nie wieder

loslassen. Er küsste sie noch einen Moment, etwas sanfter diesmal, löste sich von ihr und schob sie ein Stück von sich weg.

»Lass uns das richtig machen, Liebes.«

Sie sah zu ihm hoch, voller Panik und Misstrauen, hochrot im Gesicht. Ihr Zopf schlang sich um ihren Hals. »Was meint Ihr?«

»Zärtlich, diesmal. Ich möchte es genießen.«

Sie sah ihn finster an. »Warum?«

»Was erwartet Ihr denn, meine Liebe?« Er strich ihr über die Wange. »Ich habe nächtelang wach gelegen, seit ich Euch getroffen habe, mich daran erinnert, wie Ihr in meiner Kabine so unverschämt dagelegen und Euch über mich lustig gemacht habt. Ich mag diese Vorstellung.«

Sie zog ihre beeindruckenden Brauen zusammen. »Ich habe Euch nicht verspottet. Es gab nur sonst keinen Platz, an dem ich hätte sitzen können.«

»Ihr habt meine Kabine mit Beschlag belegt. Manchmal liege ich wach und stelle mir vor, wie ich Euch auf meiner Koje genommen habe, statt mich Euch gegenüber so höflich zu verhalten.«

»Höflich?« Sie maß ihn verächtlich von Kopf bis Fuß. »Ihr nennt es höflich, mich zu verhören und zu verhöhnen?«

»Es war erheblich rücksichtsvoller als das, was ich eigentlich mit Euch tun wollte.« Er musste über ihre Empörung fast lächeln. »Aber ich frage mich, warum Ihr Euch jetzt entschieden habt, Euch zum Opferlamm zu machen.«

Das schien sie zu verwirren. »Opfer…?«

»Mich mit Eurem Charme zu umgarnen.« Er trat dicht an sie heran und schob eine Locke, die der Wind aus dem Zopf gelöst hatte, aus ihrem Gesicht. »Damit ich die Geheimnisse in Euren Höhlen nicht finde.«

»Hier gibt es nichts, das habe ich Euch doch schon gesagt.«

»Nur glaube ich Euch das nicht.« Er strich mit dem Finger von ihrer Schläfe zu ihrem Kinn. »Aber ich danke Euch dafür, dass ich Euch kosten durfte. Ihr schmeckt nach Vanillezucker, wusstet Ihr das?«

Sie lief purpurrot an. »Nein.«

»Hat Euch das noch niemand gesagt? All diese Männer, die Euch im Haus des Admirals hinterhergejagt sind, haben kein einziges Mal von Euren Vorzügen gesprochen?«

»Sie haben Gedichte geschrieben«, erwiderte sie kalt.

»Ich wette, sie waren furchtbar.« Zögernd ließ er seine Hand sinken und drehte sich dann von ihr weg. Seine Hose hatte sich noch nie so eng angefühlt.

»Wohin geht Ihr?«, rief sie ihm nach.

»Zu den Höhlen.«

Der Sand wurde dünner, als er weiterging, und im Schutz der trockenen Steingewölbe fester. Er hörte ihre Schritte, als sie ihm folgte. Unter ihm rauschte und toste das Meer, und die Wellen auf der Windseite zeigten jetzt ihre ganze Kraft. Diana erreichte ihn, als er gerade in den Schatten der von Wind und Wasser ausgehöhlten Kaverne trat.

Sie war leer. Die beiden Räume verbanden sich kaum drei Meter hinter ihren Eingängen, und es gab dort nichts als Sand und Fels und eine winzige Krabbe, die zu weit hineingekrabbelt und dort gestorben war.

»Seht Ihr!«, sagte sie triumphierend. »Nichts.«

Jedenfalls nichts Sichtbares. Aber warum hatte sie ihn abhalten wollen, hierher zu gehen? Was übersah er?

Der Wind war hier nicht so stark, und seine Stimme hallte hohl in dem Felsenraum. »Ihr habt mich aus einem bestimmten Grund geküsst, Diana. Warum verratet Ihr ihn mir nicht?«

»Ich habe Euch geküsst, weil ich wissen wollte, ob Ihr Euch wie ein Gentleman benehmen würdet.«

Sie log weiter. Denn sie wusste sehr genau, was er war.

»Es gibt einfachere Möglichkeiten, das herauszufinden. Zum Beispiel könntet Ihr beobachten, ob ich meinen kleinen Finger spreize, wenn ich Tee trinke.«

Sie warf ihm einen kühlen Blick zu. »Ich kenne viele Männer, die perfekte Manieren haben, aber trotzdem keine Gentlemen sind, sobald man mit ihnen allein ist.«

»Ihr meint, sobald sie mit Euch allein sind.« Er drehte sich wieder zu ihr um und legte seine Hände auf ihre Hüften. Sie roch immer noch gut, nach Salz und Wind. »Dann geht die gute Erziehung zum Teufel, richtig? In London haben sich Männer Euretwegen gewiss duelliert, nicht wahr? Ich verstehe, warum. Ihr seid eine lohnende Beute. Ein Mann würde alles tun, um Euch zu besitzen.«

Sie zuckte zusammen und wich zurück.

»Was?«, spottete er. »Seid Ihr damit fertig, mich zu verführen, weil ich die Höhlen bereits gefunden habe?«

Ihre Verwirrung schlug in blanke Wut um. »Ich glaube, ich weiß jetzt, ob Ihr ein Gentleman seid oder nicht«, sagte sie schneidend.

»Ich wurde als ein solcher erzogen. Ich stamme aus einer sehr vornehmen Südstaatenfamilie. Meine Schwester ist eine Stütze der guten Gesellschaft von Charleston.«

»Dann würde sie mich gewiss nicht mögen.«

»Doch, ich glaube, das würde sie.«

Diana lachte fast verzweifelt. »Nein, das würde sie nicht. Habe ich nicht eben bewiesen, wie verrucht ich bin?«

Er beobachtete sie leicht verwirrt. Sie war wütend, aber nicht nur auf ihn. In allem, was sie sagte, schwang ein Unterton von Selbstverachtung mit. Als hätte jemand, vermutlich ihr nichtsnutziger Gemahl, ihr immer und immer wieder eingeredet, wie schrecklich sie wäre.

»Ich glaube, Ihr wisst nicht, wer Ihr seid«, sagte er sanft. »Ihr habt ein Spiel mit mir begonnen, Diana. Wollen wir es nicht beenden?«

Sie begehrte ihn, das wusste er. Ihre Knospen unter dem dünnen Mieder waren harte, kleine Spitzen. Als sie sich ihm an den Hals geworfen und ihn geküsst hatte, hatte sie nicht erwartet, ihn zu wollen. Sie hatte vorgehabt, ihn mit dieser List von den Höhlen wegzulocken. Dass sie damit ein Feuer entfachen würde, das die Insel verzehren könnte, war ihr nicht klar gewesen. Ihr gemeinsames Feuer.

Er fuhr mit den Händen zu den Knöpfen ihres Mieders. »Als ich Euch das erste Mal gesehen habe, damals in dem Garten, als Ihr Euch O'Malley stelltet, habe ich mir gesagt, dass Ihr gefährlich wäret. Und ich habe recht behalten.« Die Knöpfe waren aus Knochen, glatt, weiß und an den Rändern aufgerauht. »Wie viele Liebhaber habt Ihr verbrannt?«

Er klappte den Schlitz des Mieders auseinander. Unter dem Kleid war sie nackt. Ihre Brüste waren groß und fest, die Brüste einer Frau, die einem Kind das Leben geschenkt hatte. Die Knospen waren dunkel und hart und bettelten förmlich nach seiner Berührung. Wirklich entzückend. Er hätte Stunden hier stehen und Diana einfach nur ansehen können.

»Wie viele?«, wiederholte er.

Sie sah ihn an. Ihre Lippen glänzten feucht, ihre Augen waren halb geschlossen. Gott, sie könnte Steine erweichen. »Keinen. Ich meine, nur meinen Ehemann.«

»Was ist mit all den Männern, die Euch bedrängt und verfolgt haben? Habt Ihr sie nur verspottet? Mit ihnen gespielt?«

»Ja.« Ihre Augen blitzten.

»Ich wette, das waren allesamt Narren. Ihr habt gewiss über sie Hof gehalten wie eine kleine Königin. Kein Wunder, dass Ihr Euch hier versteckt, so weit weg von England. Nach dem Tod Eures Ehemannes sannen sie vermutlich auf Rache.«

Sie streckte das Kinn vor. »So war es nicht.«

»Dann waren es tatsächlich Dummköpfe. Ihr hättet Euch einen Liebhaber nehmen sollen, der Euch bändigte, der Eure Glut entfachen und wieder löschen konnte, damit Ihr Euren Ehemann nicht auch verbranntet. Hat ihm Euer Feuer gefallen, Diana?«

Sie atmete schnell. »Nein.«

»Wenn Euer Ehemann es nicht ersticken konnte und Ihr keinen Liebhaber hattet, der es für ihn vermochte, dann müsst Ihr ein wahrer Vulkan gewesen sein. Ihr habt jeden Mann verbrannt, den Ihr berührtet, nicht wahr? Es tut mir nur leid, dass ich nicht da war, um Euch einzufangen.« Er beugte sich vor. »Ach, Diana, wir hätten den Himmel in Flammen setzen können.«

Ihr feuchter, heißer Atem berührte seine Lippen. Sein Blut rauschte in seinen Ohren, und seine Erektion war so hart wie noch nie. Sie hatte etwas angefangen, und er würde es jetzt beenden.

»Ihr müsst weißglühend gewesen sein«, flüsterte er. »Ihr habt auf Euren Ehemann gewartet, der nicht wusste, was er mit Euch anfangen sollte. Es strömt aus Euch heraus, Diana. Ihr braucht Liebe.«

Sie riss die Augen auf und trat einen Schritt zurück. Ihr

Mieder klaffte auf. Vom Wind zerzaust und halbnackt erschien sie Ardmore als das Schönste, was er jemals gesehen hatte.

»Ich brauche Euch nicht.«

»Das empfinde ich anders.«

Ihre Augen funkelten vor Wut. »Nein. Ich habe Isabeau. Sie ist wichtiger. Viel wichtiger.«

»Sie ist ein gutes Kind. Ebenso hübsch wie ihre Mutter. Aber versteckt Euch nicht hinter ihr. Das ist nicht fair ihr gegenüber.«

Unter ihrem Blick wären andere Männer tot umgefallen. »Ihr wisst nichts darüber. Wie könntet Ihr auch?« Sie zog die beiden Klappen des Korsetts zusammen.

Wenn er sie jetzt nahm, dann würde sie ihn umbringen und anschließend vor Freude tanzen. Aber was für Freuden er auf dem Weg von dieser Welt kosten würde …

Sie wirbelte herum und rannte zum Pfad. Er ließ sie laufen. Ohne zurückzublicken, stürzte sie über den Sand davon und kletterte dann die Felsen hinauf. Ihr Kleid bauschte sich über ihrer Taille und enthüllte ihre langen, athletischen Beine.

Dann verschwand sie aus seinem Blickfeld. James atmete heftig aus. Seine Kehle war trocken. Sie hatte etwas Gefährliches in ihm geweckt, was ihn anstachelte, sie sofort, hier auf dem Sand zu nehmen, und sonst nichts. Diese gefährliche Bestie in ihm würde sein Untergang werden, und er würde seinen Hals in einer Schlinge wiederfinden, bevor er wusste, was ihn da getroffen hatte.

Aber es kümmerte ihn nicht. Diana wäre es wert.

Es wurde auch langsam Zeit, dass ihm so etwas passierte.

Bei der Rückkehr ihres Vaters, Isabeaus und Leutnant Jacks hatte Diana ihre Fassung wiedergewonnen.

Aber nur gerade so. Sie versuchte, sich selbst davon zu überzeugen, dass niemand sich etwas dabei dachte, wenn sie auf ihrem Zimmer blieb und tat, als quäle sie eine Migräne. Sie hatte ja auch eine erfunden, um nicht mit den Männern hinaussegeln zu müssen.

Isabeau hatte sie jedoch aus ihrem Raum geholt. Sie war noch ganz aufgekratzt von der Bootsfahrt mit ihrem Großvater und Jack und hatte Diana am Ärmel zum Abendessen heruntergezerrt.

Jetzt saß Diana beklommen am Kopfende der Tafel, während ihr Vater aufzählte, was sie jenseits der Brandung gefunden hatten. Treibgut, ein paar Bretter.

Jack beteiligte sich entspannt, ja fast glücklich an dem Gespräch. James dagegen saß schweigend auf der anderen Seite am Tisch und verzehrte den Fisch in Weinsoße ohne jeden Kommentar.

Jedes Mal wenn sie von ihrem Teller aufsah, begegnete sie seinem Blick.

Sie war an dem Nachmittag auf der Insel geblieben, weil sie sich vor dem fürchtete, was er vorhatte, wenn sie nicht da war. In seinen eisig grünen Augen schimmerte einfach zu viel Intelligenz.

Es kam, wie sie vermutet hatte. Kaum glaubte er das Boot außer Sicht, hatte er den Pfad zu den Höhlen gesucht. Sie wusste, dass einfache Überredung bei ihm nicht ausreichen würde, also hatte sie ihre ganz persönliche Waffe eingesetzt. Letztes Jahr hatte James sie begehrt. Männer begehrten sie immer. Sie kämpften darum, an ihrer Seite sein zu dürfen, mit ihr zu tanzen, wetteiferten um ihre Gunst. Sie benahmen sich wie Wahnsinnige und warfen Freunden und Feinden gleichermaßen finstere Blicke zu.

Als sie noch ahnungslos und junge siebzehn gewesen war, hatte sie es genossen. Umschwärmter Mittelpunkt eines Balls zu sein konnte einem zu Kopf steigen. Ihr gefielen die Aufmerksamkeiten der Gentlemen, die neiderfüllten Blicke der anderen Damen. Sie war eingebildet geworden und hatte, Närrin, die sie war, geglaubt, dass diese Männer sie wirklich mochten.

Kurz nach ihrer Eheschließung hatte sie erfahren, was sie wirklich von ihr wollten, nachdem sie ihre jungfräuliche Unantastbarkeit verloren hatte. Da endlich verstand sie, dass diese Männer sie nicht wegen ihrer Bildung, ihrer Klugheit oder ihres Witzes schätzten. Sie begehrten sie. Woraufhin sie, immer noch närrisch, sich darin geübt hatte, das Verlangen der Männer als Waffe zu nutzen. Es hatte ihr Macht verliehen.

James wollte sie. Daraus hatte er auch nie einen Hehl gemacht. Aber er hatte nicht getan, was er eigentlich hätte tun sollen. Er war nicht vor ihr auf die Knie gefallen, hatte nicht um ihre Gunst gefleht und hatte schon gar keine schlechten Gedichte für sie rezitiert. Er hatte sie ausgelacht.

Weil er dieselbe Macht über sie hatte.

Er hatte ihre eigene Waffe gegen sie gerichtet und sie mit geübter Brutalität eingesetzt.

Als er sie in seine Arme zog, hatte sie erneut den Hunger verspürt, von dem sie gedacht hätte, dass sie ihn nie wieder erleben würde. Es war genauso gewesen wie damals in Kent, als er sie geküsst hatte. Seine Berührung heute war genauso erfahren gewesen wie damals – der Mann verstand es, eine Frau zu verführen.

Hatte sie sich etwa von ihm losgerissen, war schockiert in

Ohnmacht gesunken, hatte ihn zurechtgewiesen, weil er sich eine solch unverschämte Freiheit erlaubte? Nein. Sie hatte ihre Arme um seinen Hals geschlungen und den Kuss erwidert, seinen harten Mund genossen, seinen feurigen Geschmack gekostet. Sie kümmerte sich wahrlich nicht um Anstand.

Der einzige Triumph, den sie im Moment empfand, war, dass sie ihn erfolgreich in die Irre geführt hatte. Seine Aufmerksamkeit war von den ungefährlichen Höhlen angezogen und damit von den wahren Geheimnissen abgelenkt worden, die die Insel barg.

Als ihr Blick jetzt wieder zu ihm zuckte, erkannte sie, dass er sich vollkommen im Klaren darüber war, dass sie ihn von den Höhlen hatte ablenken wollen. Und er wusste, dass sie wusste, dass er es wusste.

Ihr Kopf begann zu schmerzen, und sie rührte mit dem Löffel in der Suppe herum.

»Kommt nächstes Mal mit uns, James«, sagte der Leutnant. »Das Meer war ruhig und der Blick auf die Insel wundervoll.«

»Wenn ich gesund bin«, erwiderte James und trank einen Schluck Wein.

»Wir haben nur wenige Trümmerteile von dem Wrack gefunden. Ich kann nur hoffen, dass der Rest der Mannschaft einen ebenso sicheren Hafen erreicht hat wie wir.«

»Wie weit kann die Gig hinaussegeln?«, erkundigte sich James.

»Bei schönem Wetter recht weit«, antwortete der Admiral. »Bis nach Plymouth, wenn es sein muss. Obgleich ich für eine solche Reise lieber ein größeres Schiff unter meinen Füßen hätte. Das Meer ist hier recht ungebärdig. Bedauerlicherweise muss ich sagen, dass wir hier etwas von der Welt abgeschnitten sind. Gelegentlich kommt eine Fregatte oder ein Handelsschiff vorbei, aber wir liegen sozusagen mitten im Nichts.« Das war eine glatte Lüge, und Diana musste zugeben, dass ihr Vater sie gut erzählte.

James nickte, als wäre er nicht sonderlich interessiert. »Ich bin heute spazieren gegangen«, sagte er.

Diana warf ihm einen kurzen Seitenblick zu. »Durch den hinteren Garten bis zu den Höhlen am Ende des Pfades.«

Ihr Vater senkte rasch die Augen, um seine Bestürzung zu verbergen. »Tatsächlich?«

»Ja. Sie sind nicht sehr groß, aber es lohnt sich, sie zu sehen. Begleitet mich doch morgen, Jack.«

Jack nickte. »Gerne.«

James sah Diana an. Der Blick seiner grünen Augen schien sie zu versengen. Sie erinnerte sich noch sehr genau daran, wie sie seine Erektion gespürt hatte, als er sich gegen ihren Unterleib presste. Ihr Gesicht wurde heiß. James sah sie ungerührt weiter an.

Verflucht soll der Mann sein.

Nach dem scheinbar endlosen Abendessen flüchtete Diana in die Sicherheit des Arbeitszimmers ihres Vaters. Der Raum war an einen Flügel im Erdgeschoss des Hauses angebaut worden, und von drei Fenstern konnte man aufs Meer hinausblicken. Es war ein wunderschönes Zimmer, und Diana hatte es schon immer sehr geliebt.

Sie schlenderte zum Westfenster und genoss den Anblick, wie die untergehende Sonne die Wolken am Horizont erleuchtete.

Der Admiral kam herein, schloss die Tür und trat hinter sie. »Er hat die Höhlen aufgespürt?«

Nicht nur das. James hatte den Funken gefunden, der sie wieder auflodern ließ, gerade als sie glaubte, sie hätte alle Glut gelöscht.

»Ja, hat er. Dieser verfluchte Mann hat die Insel erkundet.«

»Was hat er noch entdeckt?«

»Nichts. Er ist nicht über die Höhlen hinausgekommen.«

»Gott sei Dank.«

Diana drehte sich um. »Was tun wir, wenn er es findet?«

Ihr Vater ließ sich mit der Antwort Zeit. »Dann ist es eben so.«

»Ich traue ihm nicht.«

»Das tue ich auch nicht. Dennoch habe ich den Eindruck, dass Captain Ardmore Geheimnisse bewahren kann.«

Sie sah ihn beunruhigt an. »Du meinst doch nicht etwa, dass wir ihn ins Vertrauen ziehen sollten?«

»Natürlich nicht. Nur mache ich mir mehr Sorgen um Leutnant Jack als um James Ardmore. Der Captain hat seine eigenen Pläne. Leutnant Jack dagegen ist ein Angehöriger der königlichen Marine und wird die Admiralität verständigen, sobald er seinen Fuß auf englischen Boden setzt.« Er lächelte seine Tochter auf diese Art an, die immer ihr Herz erwärmte. »Du weißt, wie unzuverlässig wir Marinesoldaten sein können.«

Sie stellte sich auf die Zehenspitzen und küsste ihn auf die Wange. »Ach, Papa.«

Er drückte sie einen Moment fest an sich. »Habe ich schon erwähnt, wie glücklich es mich macht, dass du und Isabeau mir hier Gesellschaft leistet? Ich dachte, ich wäre zufrieden mit meiner Einsamkeit, aber, mein Gott, wie sehr habe ich dich vermisst.«

»Du musst nie wieder allein sein, Papa.«

Er lächelte und sah sie traurig an. »Du bist ein süßes Mädchen, aber dieser Käfig wird dich nach einer Weile einengen. Schon bald wirst du dich nach der Welt sehnen.«

Sie erschauerte. »Nein, bestimmt nicht!«

Er antwortete nicht, doch seine Miene verriet ihr, dass er ihr nicht glaubte. »Gib Isabeau einen Gutenachtkuss von mir. Sie muss müde sein. Auf dem Boot war sie höchst – lebendig.«

Diana lachte, und ihr wurde ein bisschen leichter ums Herz. »Sie ist ein geborener Seemann. Ich hoffe, dass sie dich nicht zu sehr gestört hat.«

»Sie ist eine höchst willkommene Ablenkung. Der Leutnant ist ein bisschen melancholisch, was auch kein Wunder ist. Er hat Angst.«

»Ich wünschte, ich könnte ihm mehr helfen.«

Ihr Vater sah sie scharf an. Sie hob die Brauen, doch dann wurde sein Blick weich, und er küsste sie auf die Wange. »Gute Nacht, Liebes.«

»Gute Nacht, Papa.«

Als sie an der Tür stand, rief ihr Vater ihr etwas nach. »Ach, Diana, bitte richte Captain Ardmore aus, dass ich ihn gerne sprechen würde.«

Sie erstarrte, bevor ihre Hand die Türklinke erreichte. »Jetzt sofort?«

»Wenn er einen Moment erübrigen kann. Aber möglichst noch heute Abend, ja.«

Sie holte tief Luft. Sie konnte mit ihm sprechen. Es gab keinen Grund, warum sie das nicht tun könnte.

Genauso wenig, warum sich ihre Finger plötzlich kalt anfühlen sollten und zitterten.

»Gut, einverstanden.« Ihre Stimme klang brüchig, und sie hoffte, dass ihr Vater es nicht bemerkte.

Als sie im Flur stand und die Tür hinter sich zugezogen hatte, atmete sie tief aus. Ob ihr Vater vermutete, wie sie James Ardmore davon abgehalten hatte, weiter zu forschen als bis zu den Höhlen? Der Admiral hatte sich immer auf ihre Seite gestellt, ganz gleich was ihr Ehemann auch von ihr behauptet hatte. Aber das war in England gewesen, als sie noch mehr oder weniger unschuldig war. War sie das jetzt auch noch?

Sie straffte die Schultern, stieg die Treppe hinab und ging zum Salon.

James spürte sofort, als Diana den Raum betrat. Er stand in der geöffneten Glastür zum Garten und sog den Duft der Bougainvilleen und Hortensien ein. Der Geruch rief Heimweh in ihm wach. Die Gärten seines Hauses in Charleston würden gerade erst anfangen zu blühen, und der junge Frühling würde die Blüten in der Südstaatenstadt geradezu explodieren lassen. Er war schon zu lange fort.

Ihr Baumwollkleid machte kaum ein Geräusch, aber er drehte sich herum, als würde ihre Gegenwart ihn anziehen wie ein unsichtbares Band.

Der Leutnant war in ein Buch vertieft gewesen, blickte jetzt hoch und lächelte Diana an. Sie quittierte es mit einem Nicken, aber James kam die Vorstellung, dass sie in ihn verliebt wäre, jetzt schlichtweg albern vor. Sie war eine leidenschaftliche Frau, und den Leutnant behandelte sie mit einer Mischung aus Freundlichkeit und Mitleid.

Sie blieb fast zwei Armlängen entfernt vor James stehen, als hätte sie in seiner Gegenwart kein Vertrauen in sich.

»Mein Vater wünscht Euch zu sprechen«, sagte sie förmlich. »Sobald Ihr einen Moment Zeit für ihn habt. Er ist oben in seinem Arbeitszimmer.«

James neigte den Kopf. Diana atmete schwer. Sie trug jetzt ein ordentliches, blaues Gewand, das bis zum Kinn zugeknöpft war. Die zerzauste Frau von heute Nachmittag in der Höhle war verschwunden. James wusste jedoch, dass sie sich nur hinter der Fassade der sittsamen Tocher verbarg, wie eine Nymphe hinter einem Felsbrocken.

»Ich werde mit ihm reden«, antwortete James. »Bitte zeigt mir den Weg.«

Ihre Augen blitzten ärgerlich auf. Er erwartete, dass sie sich weigern, aus dem Salon stapfen und es ihm überlassen würde, den Weg zum Arbeitszimmer ihres Vaters selbst zu finden. Doch dann senkte sie die Lider und nickte.

Nun, wenn sie sich unbeteiligt gab, dann konnte er das auch.

»Gute Nacht«, verabschiedete sich der Leutnant von ihnen. »Ich werde mich wahrscheinlich ebenfalls bald zurückziehen. Im Moment ermüdet mich das Segeln noch sehr.«

James wünschte ihm eine gute Nachtruhe und folgte Diana aus dem Raum.

Sie wartete im Flur am Fuß der Treppe auf ihn. »Dort oben.« Sie deutete mit einem ausgestreckten Finger die Stufen hinauf. »Durch die Doppeltür am Ende des Flures.«

James sah nach oben und packte ihr Handgelenk, als sie leise weggehen wollte.

»Vielleicht sollten wir uns eine gute Nacht wünschen, bevor ich hinaufgehe.«

Sie sah ihn scharf an. »Isabeau wartet auf mich.«

»Es dauert nicht lange.« Er legte seine Finger unter ihr Kinn, bückte sich und küsste sie.

Ihr Mund blieb einen Herzschlag lang hart und fest geschlossen. Dann entspannte sie sich, schmiegte sich an ihn und erwiderte die Zärtlichkeit.

Es war ein kurzer, glühender Ausbruch von Leidenschaft. Ihre Münder waren nur eine Sekunde miteinander verbunden, aber das genügte ihm, um ihren berauschenden Geschmack zu kosten. Verdammt wollte er sein, am liebsten würde er die ganze Nacht damit verbringen, sie zu schmecken. Es wäre wie eine lange Entdeckungsreise, sie einfach nur zu kosten.

Er hob den Kopf, wischte zärtlich mit dem Daumen die Feuchtigkeit von ihren Mundwinkeln und strich sanft mit einer Hand über das Haar.

»Gute Nacht«, sagte er leise und stieg die im Dämmerlicht liegende Treppe hinauf.

Er musste fast fünf Minuten vor der Tür des Arbeitszimmers warten, bis seine Erektion so weit abgeklungen war, dass er sich dem Vater der Frau stellen konnte, die er am liebsten sofort geliebt hätte.

Es war schon lange her, dass James derartig von einem weiblichen Wesen fasziniert und gefesselt gewesen war. Dabei hatten genug Frauen versucht, seine Aufmerksamkeit zu erregen, aber er hielt sich schon aus Gewohnheit zurück. Nicht weil er kalt war, wie viele glaubten, sondern weil genau das Gegenteil davon zutraf. Wann immer James Ardmore einer Frau verfiel, dann mit Haut und Haaren. Und das erlaubte er sich nicht.

Auch jetzt konnte er es sich nicht leisten, selbst wenn es die reinste Wonne sein würde. Er hatte einiges zu erledigen, und am Ende würde er entweder tot sein oder fliehen müssen. Diana würde ihn hassen, ganz gleich wie es letztlich ausgehen würde. Die Zeit mit ihr würde einfach nur eine weitere Erinnerung unter den vielen sein, die er in seiner Vergangenheit gesammelt hatte.

Er hob die Hand und klopfte an die einfache Holztür.

Als der Admiral ihn einzutreten hieß, öffnete James die Tür und ging in den Raum.

Die Sonne war untergegangen, und die Fenster waren dunkel. Ein Feuer loderte im Kamin und tauchte den Raum in einen roten Glanz, der gleichzeitig gemütlich und bedrohlich wirkte. Admiral Lockwood hatte gerade die Kerzen auf einem Leuchter entzündet, als er sich umdrehte und James bat, die Tür zu schließen, was dieser auch tat.

Sein Gastgeber warf den Kienspan aus Papier in den Kamin. Das Feuer verzehrte ihn augenblicklich mit einem hungrigen Knistern.

Lockwood hatte sein langes weißes Haar zu einem Zopf geflochten, wie er es zweifellos die ganze Zeit bei der Marine getan hatte. Er hatte dieselben blaugrünen Augen wie seine Tochter, die in einem gutaussehenden Gesicht lagen, das durch Alter und Meer zwar gehärtet, keineswegs jedoch entstellt worden war. Außerdem ging er trotz seiner sechzig Jahre nicht gebeugt, sondern stand mit gestrafften Schultern kerzengerade da.

»Captain Ardmore«, sagte er herzlich. »Sagt, welche Waffen tragt Ihr im Moment bei Euch?«

James erstarrte einen Herzschlag lang, während sich der Admiral und er durch den dämmrigen Raum hinweg musterten.

Dann griff James in die Tasche seiner Jacke und zog das Messer mit dem Stahlgriff heraus. Er hielt es einen Moment auf der Handfläche hoch und legte es dann auf einen kleinen Beistelltisch neben sich.

5. Kapitel

Es war ein einfaches, praktisches Messer, dessen eiserner Griff sauber mit einem Lederstreifen umwickelt war. James hatte es vor langer Zeit auf Martinique gekauft, und seitdem hatte es ihn auf allen seinen Fahrten und Abenteuern begleitet.

Der Admiral sah es an. »Ist das alles?«

James ließ seine Hand sinken. »Nein.«

Als der Admiral weiterredete, behielt er seinen liebenswürdigen Tonfall bei, als würde er freundlich mit einem Untergebenen plaudern. »Als ich meiner Tochter geholfen habe, Euch ins Bett zu schaffen, habe ich über die Anzahl der Messer gestaunt, die Ihr in Eurer Kleidung verborgen hattet. Allerdings fand ich keine Pistole.«

»Ich hatte keine Zeit, mir eine zu besorgen«, erwiderte James ebenso freundlich. »Das Schiff sank gerade.«

»Zweifellos. Und Gefangenen werden selten Pistolen ausgehändigt, nicht einmal um ihr eigenes Leben zu retten. Ich frage mich, wie Ihr an die Messer gekommen seid.«

James sah ihn gleichmütig an, und der Admiral erwiderte den Blick, ohne zu blinzeln. Lockwood war ein erfahrener Seemann. Er war lange Kapitän gewesen, bevor er im Anschluss an Trafalgar zum Admiral befördert worden war. Er wusste alles über James und konnte sich denken, was er auf der Fregatte getan hatte. Ebenso wie James den Admiral genau kannte.

»Die Marinesoldaten haben mich nicht sonderlich sorgfältig durchsucht«, erwiderte er.

Lockwood nickte. »Bestimmt waren sie so glücklich, den berüchtigten Captain Ardmore gefangen zu haben, dass sie leichtsinnig wurden.« Er machte eine kleine Pause. »Ich vermute, dass wir Euch nur deshalb mit einem englischen Leutnant gefunden haben, weil Ihr entweder sein Gefangener oder auf seinem Schiff festgesetzt wart. Ich habe Euch übrigens schon einmal gesehen. Es war nur eine sehr kurze Begegnung, aber ich konnte Eure Augen nicht vergessen. Es waren die Augen eines Mannes ohne Herz.«

Vor seiner Ankunft hätte James ihm zugestimmt. Jetzt jedoch nicht mehr.

Er berührte seine Brust. »Ich habe ein Herz. Es schlägt hier drin.«

»Das sagt Ihr. Ich beobachte Leutnant Jack. Er hat keine Ahnung, wer oder was er ist, und das ängstigt ihn zu Tode. Er fürchtet sich davor herauszufinden, was für ein Mann er gewesen ist. Ihr wisst, wer und was Ihr seid. Und Ihr habt Euch dieser Wahrheit verschlossen.« Er strich mit den Fingern über die geschnitzte Lehne eines Stuhls. »Aber ich habe nicht nach Euch geschickt, um mit Euch über Euer Herz zu plaudern. Ich möchte von Euch wissen, was für Pläne Ihr habt.«

»Ich habe vor, mich zu erholen.«

»Wir können nicht gegen Euch kämpfen, meine Tochter und ich. Ich bin dafür zu alt, und meine Tochter ist eine Frau, obwohl ich Euch warnen muss: Sie hat ein höllisches Temperament.« Er lächelte liebevoll, und James konnte sich gerade noch zurückhalten, verächtlich zu schnauben. Der Admiral hatte ja keine Ahnung! »Wäre zum Beispiel Isabeau in Gefahr, würde sie bis zum Tod kämpfen. Sie liebt ihre Tochter mehr als ihr eigenes Leben. Das verstehe ich, denn ich empfinde dasselbe für Diana.« Er sah James vielsagend an.

»Ich kann versprechen, dass ich nicht die Absicht habe, einem von Euch etwas anzutun. Ich vergreife mich nicht an Unschuldigen.«

»Ja. Ich habe gehört, dass man sich das über Euch erzählt.« Der Admiral betrachtete James listig. »Aber ich habe nie erfahren, ob das auf eine Behauptung zurückgeht, die Ihr selbst in die Welt gesetzt habt, oder auf Beobachtungen anderer. Alles in allem jedoch halte ich Euch für einen ehrenhaften, wenn auch rücksichtlosen Mann.«

»Dann seid Ihr anders als alle Mitglieder der Königlichen Marine. Ich habe bisher noch keinen Kapitän oder Admiral getroffen, der mich für ehrenhaft hielt.«

»Ich habe Eure Laufbahn mit sehr viel Interesse verfolgt. Man sollte seine Feinde kennen, ist es nicht so? Ihr habt eine beachtliche Menge von Piraten an der Barbarenküste und in der Karibik zur Strecke gebracht, die allesamt nichts weiter waren als Halunken und Mörder. Dafür kann ich Euch schwerlich verdammen.«

»Ich tue, was ich kann«, erwiderte James gedehnt.

»Ihr entert englische Schiffe nur zu Eurem Vergnügen. Seht mich nicht so an! Ich weiß genau, dass es Euch amüsiert. Ihr befreit amerikanische Kriegsgefangene und gepresste Seeleute und genießt es, englische Kapitäne zu terrorisieren.« Der Admiral lächelte tatsächlich. »Selbst das kann ich Euch nicht verdenken. Ich habe gehört, dass Ihr Captain

Langford habt auspeitschen lassen. Er war ein Narr, und was Ihr getan habt, war lange überfällig. Wisst Ihr, dass er wegen dieser Demütigung aus der Königlichen Marine ausscheiden musste? Das hat er nie verkraftet.«

»Ich tue mein Bestes.«

»Und seid stolz darauf.« Er musterte James lange. »Aber Ihr seid noch jung. Die Reue kommt später.«

»Oh, die empfinde ich bereits. Ich bedaure sehr viel.«

»Wenn Ihr erst mein Alter erreicht habt, wird es noch viel mehr sein.« Einen Moment klang er traurig. Aber James empfand keinerlei Mitleid. Er wusste sehr genau, was der Admiral bedauerte.

Lockwood deutete auf einen Stuhl neben dem Feuer. »Setzen wir uns, als Freunde. Ich weiß, dass ich mich wie ein Narr verhalte und Euch eigentlich einsperren müsste, bis das nächste Schiff anlegt. Aber wir sind hier auf Haven. Und wenn Ihr mich hättet umbringen wollen, hättet Ihr das längst getan.«

James ging zu dem Stuhl und ließ sein Messer auf dem Tisch liegen. »Das ist wahr.«

Der Admiral trat an eine Anrichte, goss Brandy in zwei Schwenker, reichte James ein Glas und setzte sich dann in den Stuhl gegenüber. »Ich hoffe, dass Ihr mir einige Eurer Abenteuer schildert. Es würde die langen Winterabende verkürzen.«

James trank einen Schluck des warmen Brandys. »Was habt Ihr Leutnant Jack erzählt?«

Lockwood drehte das Glas zwischen seinen Fingern. »Mir ist klar, dass Ihr nicht wollt, dass er etwas über Euch erfährt. Es wäre seine Pflicht, Euch wieder gefangen zu nehmen. Aber er hat alle Hände voll damit zu tun, sein Gedächtnis wiederzufinden. Wenn das geschieht ...« Er machte eine Handbewegung, die wohl besagen sollte: ›Wir widmen uns dem Problem, wenn es so weit ist.‹ »Ich werde Eure Identität bis dahin vor dem Leutnant geheim halten. Aber dafür möchte ich alles erfahren. Angefangen damit, wie Ihr auf diese englische Fregatte gekommen seid.«

»Das«, antwortete James leise, »ist eine lange Geschichte.«

Der Admiral lächelte. »Ausgezeichnet. Wir haben die ganze Nacht Zeit.«

Diana rammte die Gartenschaufel in die Erde und riss an der Wurzel, die fest im Boden verankert war. Ein Schweißtropfen rann aus ihrem verschwitzten Haar über ihre Schläfe. Trotz des kalten Windes war ihr warm von der anstrengenden körperlichen Arbeit.

Ihr Vater hatte sie heute Morgen zur Seite genommen und ihr erklärt, was James Ardmore ihm erzählt hatte. Angeblich war er ein Gefangener auf dieser englischen Galeere gewesen; er war festgesetzt worden, als er der Besatzung eines kleineren Schiffes geholfen hatte, Brandy an der englischen Blockade vorbeizuschmuggeln. Er hatte sich als Geisel angeboten, wenn die anderen Amerikaner dafür freigelassen würden.

Diana hielt nicht viel von einer Besatzung, die ihren Kapitän opferte und dann nicht einmal versuchte, ihn zu retten. Vielleicht hatten sie es auch versucht und waren gescheitert. Oder sie hatten Hilfe geholt, aber es war zu spät gewesen. Jedenfalls hatte der Sturm die englische Fregatte zertrümmert, und nur James und Leutnant Jack hatten überlebt. Jack hatte aus Mitleid James' Ketten geöffnet, und dafür hatte James Jacks Leben gerettet. Es war eine Geschichte, aus der man ein Heldenlied dichten könnte.

Es wurden jedoch bereits viel zu viele Lieder über James Ardmore gesungen. Sie zweifelte nicht daran, dass dieser Mann ihren Vater um den kleinen Finger gewickelt hatte. Der Admiral mochte Männer mit Mut und Integrität, und ganz offensichtlich glaubte er, dass James beides besaß. Aus diesem Grund würde er ihn nicht in den Keller sperren und den Schlüssel ins Meer werfen.

Sie rammte erneut die kleine Schaufel in den Boden. Die trockene Erde brach und verteilte die Blätter des Krauts, das sie aus den Bougainvilleen zupfen wollte.

Ihr Vater hatte sich entschieden, James zu vertrauen. Die beiden hatten einen Pakt geschlossen, der besagte, dass keiner dem anderen etwas antun würde, solange sie auf Haven waren. Dann hatten die beiden Gentlemen die ganze Nacht damit verbracht, sich gegenseitig Geschichten zu erzählen und die Brandykaraffe zu leeren. Typisch Männer. Sie vergaßen Gefahr und Betrug, solange sie bei einem Brandy zusammensitzen konnten.

Die Wurzel gab plötzlich nach, und Diana stützte sich mit der Schaufel ab, um nicht das Gleichgewicht zu verlieren. Sie warf das Kraut zur Seite und machte sich an das nächste. Während ihr Vater und James sich angefreundet hatten, hatte sie die ganze Nacht davon geträumt, neben James, dem Piratenjäger, zu liegen. Sie hatte sich vorgestellt, wie sein kräftiger Körper ihr Bett ausfüllte und seine großen Hände über ihre Haut strichen.

Letztes Jahr hatte es Monate gedauert, bis sie endlich aufgehört hatte, von ihm zu träumen. Und dabei hatte sie niemals denselben Traum gehabt, auch wenn im Grunde immer dasselbe passierte. Er würde sie küssen, sie würde dahinschmelzen, und dann würden sie sich dort lieben, wo sie gerade waren – an einem Strand, im Zimmer einer Herberge, in einer fahrenden Kutsche. Jetzt waren die Träume wieder da, so lebhaft wie zuvor. Sie rammte die Schaufel aufgebracht unter die nächste Wurzel.

Plötzlich kamen zwei Stiefel neben ihr zum Stehen. Diana tat, als bemerkte sie es nicht. Sie kümmerte sich nicht um das abgenutzte Leder, das sich an den Knöcheln faltete, nicht um die abgeschabten Fußspitzen, die auf dem Blumenbeet standen, nicht um die angelaufenen Schnallen auf dem schwarzen Leder. Es interessierte sie nicht, dass er neben ihr auf ein Knie ging, wie seine kräftigen Schenkel das Tuch seiner Hose strafften, bis es sich an jeden Muskel schmiegte.

Was machte es schon aus, dass er seine große, vernarbte nackte Hand auf sein Knie legte oder dass sein männlicher Geruch ihre Sinne vernebelte? Und wieso sollte es sie stören, dass sie seinen brennenden Blick auf ihrem Nacken spürte?

Dann wurde ihr jedoch plötzlich bewusst, dass der oberste Haken ihres Kleides sich bei der Arbeit gelöst hatte, dass ihr Zopf aufgegangen war und sie ihre Röcke bis zu den Knien hochgezogen hatte.

Leutnant Jack hatte Isabeau mit zum Strand genommen, um nach Muscheln zu suchen. Der Garten war leer. Sie konnte sagen, was sie wollte.

»James Ardmore!« Sie spie die Worte förmlich heraus. »Und mein Vater. Zwei legendäre Seeleute, die sich Geschichten erzählen. Ihr habt ihn wahrlich für Euch eingenommen.«

»Warum auch nicht?«

Beim Klang seiner Stimme lief es ihr heiß über den Rücken. Dehnte er die Vokale absichtlich, und sprach er die Konsonanten vorsätzlich so weich aus, um sie abzulenken und aus der Fassung zu bringen?

»Mein Ehemann war auch eine Legende«, erwiderte sie scharf. »Mein Vater mochte ihn nicht.«

Er spreizte die Finger seiner Hand. »Euer Gatte war hochdekoriert, wie ich hörte.«

Sie rammte die Schaufel gnadenlos in die Erde. »Er war ein Betrüger.«

»Wirklich? Wie interessant.«

Als sie das Werkzeug noch einmal in die Erde stieß, klemmte es fest. »Euch *bewundert* Vater.«

»Tut er das?«

Sie blickte hoch. Er beobachtete sie reglos wie ein Raubtier seine Beute.

»Das tut er. Ich kann mir nur den Grund nicht vorstellen.«

Er sah sie merkwürdig an. »Warum sagt Ihr, dass Euer Mann ein Betrüger war?«

Sie hatte ihre Vermutungen noch niemandem gegenüber laut geäußert. Doch jetzt schien sie die Worte einfach nicht zurückhalten zu können. »Weil er alle zu dem Glauben verleitet hat, er wäre ein großartiger Kapitän. Die Hälfte seiner Siege wurde durch seine Untergebenen gewonnen, und er hat an ihrer Stelle den Ruhm dafür eingeheimst.«

»Wirklich?«, fragte er leise. »Ein Mann ist zu bedauern, wenn seine Ehefrau ihn verachtet.« Er warf ihr einen langen Blick zu. »Andererseits sind alle Erzählungen über mich wahr.«

»Ach ja?«

»Jede einzelne.«

Diana dachte nach. Sie hatte Geschichten gehört, dass er Piratenschiffe ganz allein mit der kleinen, schlanken *Argonaut* versenkt hätte. Er hatte englische Schiffe geentert und ihre Kapitäne zu wimmernden Häufchen Elend degradiert, während er die gepressten Seeleute befreite und alle anderen, die er für versklavt hielt.

Sie hatte die Geschichten nicht so richtig geglaubt, weil sie genau wusste, wie sehr Seeleute ihr Seemannsgarn liebten, aber nachdem sie James Ardmore von Angesicht zu Angesicht begegnet war, hatte sie ihre Meinung allmählich geändert. Etwas in seinen Augen zeigte ihr, dass er um jeden Preis der Welt seinen Willen durchsetzen würde. Selbst eine mit Kanonen bestückte Fregatte würde ihn nicht aufhalten. Wäre sie ein Kapitän und würde er ihr Schiff entern, würde sie ebenfalls ihren Stolz hinunterschlucken und ihn gewähren lassen.

Sie malte sich aus, wie sie in Kniehosen und einer blauen Jacke an Bord eines Schiffes stand und mit großen Augen beobachtete, wie er sich ihr über das Deck näherte. Nachdem er sie ausgelacht hatte, weil sie ein weiblicher Kapitän war, würde er sie in ihre Kabine zerren, wo er … alles tun würde, was ihm beliebte.

Diana schloss kurz die Augen, als die Phantasie sich wie von allein fortsetzte, wie er nackt vor ihr stand, sein Mund auf ihrer Haut, seine Hände, die sie liebkosten. Sein Haar würde sich unter ihren Fingern rauh anfühlen, wie warme Strähnen von Rohseide.

Sie schlug hastig die Augen wieder auf. James beobachtete sie, als könnte er ihre Gedanken lesen. Er streckte die Hand aus und strich ihr eine Haarsträhne aus der Stirn.

Sie umklammerte den Griff der Schaufel, während sie nach Atem rang. Seine Finger waren kräftig und so sanft. Oh, er wusste, wie man eine Frau in Versuchung führte.

Er strich ihr ebenso zart über die Schläfe und glättete noch einmal die widerspenstige Strähne. Sie sehnte sich danach, ihre Wange in seine Hand zu schmiegen, seine Wärme zu spüren. Es verlangte sie so sehr danach, dass sie ihre Muskeln versteifen musste, damit ihr Kopf sich nicht von allein bewegte.

Er beobachtete sie, und seine Augen verdunkelten sich. Sie hatte ihn jedes Mal, wenn sie die Chance dazu hatte, geküsst wie eine Dirne, und ohne Zweifel würde sie es wieder tun, wenn er sie darum bat. Seinetwegen machten sich sicherlich andauernd Frauen zum Narren, was kein Wunder war. Von diesen großen Händen berührt zu werden, die eine Lady so sanft liebkosen konnten, in diese grünen Augen zu blicken, die dunkel und auf ihr Gegenüber fixiert waren, musste sich anfühlen … nun ja, wie in diesem Moment.

Er strich mit dem Daumen über ihren Wangenknochen. Widerstand war sinnlos. Sie drehte den Kopf und schmiegte sich in seine Hand.

»Darling.«

Sie küsste die Spitze seines Daumens. Er hielt still, beobachtete sie.

Ihre Vernunft drängte sie, das verführerische Spiel zu beenden. Doch zu spät. Sie biss sanft in die Spitze seines Fingers. Seine Augen fixierten sie weiterhin. Diese Möchtegernfreier in ihren Jugendjahren, diese Gentlemen, die ihr noch nach ihrer Eheschließung nachgestellt hatten, waren alles hohle Puppen gewesen, die Leidenschaft nur gespielt hatten. Dies hier war echt.

Unerfreuliche Erinnerungen stiegen in ihr auf. Sie erinnerte sich an die Nacht, als sie von den zwei Tagen mit James Ardmore zurückgekehrt war, nachdem sie das Schlafzimmer ihres Ehemannes betreten und ihm genau die Ereignisse berichtet hatte. Er war zunächst geneigt gewesen anzunehmen, sie wäre für ein Stelldichein mit Mr. Kinnaird davongelaufen, dem amerikanischen Spion, was schon schlimm genug war. Als sie ihm jedoch eröffnete, dass sie von James Ardmore entführt worden war, verbesserte das ihre Lage nicht gerade.

Edward hatte sich förmlich auf sie gestürzt. »Du kleine Närrin, er hat dir eine Falle gestellt und dich darin gefangen, oder etwa nicht?«

»Es war purer Zufall«, konterte sie, fast krank vor Wut. »Er wollte Kinnaird retten, der ein Spion war. Es überrascht mich, dass du und deine Freunde von der Admiralität nicht darüber gestolpert seid! Ein Spion, mitten unter euch. Ihr seid die Narren, nicht ich.«

Sir Edward war so außer sich vor Wut gewesen, dass er sogar diese heftige Beleidigung überhört hatte. »Sei nicht albern! Er muss das Haus tagelang beobachtet haben, wusste, wer du bist und was für einen Affront es bedeuten würde, Sir Edward Worthings Gemahlin zu entführen. Es überrascht mich, dass er kein Lösegeld für dich gefordert hat, aber er hat wohl befürchtet, dass wir die Küste abriegeln würden. Deshalb hat er dich gehenlassen.«

Sie hätte über seine Naivität beinahe gelacht. »Er hatte niemals die Absicht, mich zu entführen. Ich bin ihm nur im Weg gewesen.«

»Vielleicht hat er ja sogar ein Lösegeld verlangt.« Sir Edwards Augen verengten sich zu Schlitzen und funkelten vor

Gemeinheit. »Was hast du ihm gegeben, Diana? Oder brauche ich gar nicht danach zu fragen?«

»Gar nichts hat er von mir bekommen!«, fuhr sie ihn an. Das stimmte auch. Sie hatte sich davon abgehalten. Sie war vor James Ardmore zurückgewichen, bis zur anderen Seite des Zimmers, und hatte sich mit der Hand an der Wand abgestützt. »Ich bin eine verheiratete Frau«, hatte sie dem Piratenjäger erklärt. »Und habe eine Tochter.« Tränen waren ihr in die Augen getreten. Ardmore hatte die Antwort hingenommen, sie aufgefordert, sich zu setzen, und sie dann dazu gebracht, diese verdammte Suppe zu essen.

Sir Edward war jedoch noch nicht fertig. »Er hat dir nichts getan? Das kann ich nicht glauben!«

Ihre Wut stand der seinen in nichts nach. Sie hatte ihm die Wahrheit nicht sagen wollen, aber jetzt warf sie sie ihm an den Kopf, um ihn zu verletzen. »Er hat mich geküsst. Das war alles. Und es war genug.«

Edward reagierte nicht so, wie sie erwartet hatte. Sie war darauf vorbereitet gewesen, dass er sie schlagen würde, hatte sich bereits zur Flucht bereitgemacht. Stattdessen sah er sie nachdenklich an. »Er hat dich nur geküsst? Was ist passiert, Diana? Hast du ihn nicht nachdrücklich genug angefleht?«

Sie schlug ihn. Sie konnte noch heute das Brennen auf ihrer Handfläche spüren. Edwards Augen funkelten vor nackter Wut, und schon fand sie sich auf dem Boden wieder. Den Schlag hatte sie kaum gespürt. Er stand über ihr, puterrot im Gesicht vor Zorn, beschimpfte sie mit derben Ausdrücken und stieß knurrend hervor, dass er die Scheidung eingereicht hätte.

Sir Edward war in einer Schlacht vor Cadiz den Heldentod gestorben. Es war nicht genug von ihm übrig geblieben, was man nach Hause hätte bringen und in der Familiengruft beisetzen können. Edwards Mutter hatte Diana die Schuld an seinem Tod gegeben. Sie gab ihrer Schwiegertochter an allem die Schuld.

Diana fand sich plötzlich im Garten wieder, schwer atmend. Sie war mit Isabeau auf die Insel ihres Vaters geflohen und hatte versucht, die Erinnerungen zu bannen.

»Was ist mit Euch?« James Ardmores Stimme klang merkwürdig sanft.

In ihren Augen brannten Tränen. Er beobachtete sie forschend, und plötzlich hätte sie ihm am liebsten alles erzählt. »Ich habe ihn gehasst, James«, flüsterte sie. »Ich habe ihn abgrundtief gehasst.«

Sie erwartete eine sarkastische Bemerkung oder die Frage, wen sie meinte. »Ich weiß«, sagte er jedoch nur zärtlich und strich ihr erneut über den Kopf.

Ihre Blicke begegneten sich. In diesem Moment begriff sie, dass er ihre Wut und ihre Hilflosigkeit verstand.

Seine Finger lagen warm auf ihrem Haar. Gestern hatten sie sich aufeinandergestürzt, heute dagegen war es eine ruhige Art von Zärtlichkeit. Sie hätte den ganzen Tag hier im Garten vor ihm auf den Knien liegen können, während er ihr übers Haar strich und sie auf diese ruhige, prüfende Art anschaute.

Vor diesem Schicksal jedoch wurde Diana von der schrillen Lauten ihrer Tochter und der tiefen Stimme von Leutnant Jack bewahrt, der ihr antwortete.

6. Kapitel

James zog die Hand zurück, und Diana atmete tief durch. Sie fühlte sich gleichzeitig erleichtert und enttäuscht. Er drehte sich um, als Isabeau in den Garten hüpfte, die Hände voller Muscheln. »Maa!«, kreischte sie und grinste James an. »Joo.« Damit meinte sie ihn.

»Lass mal sehen, mein Schatz.« Diana war wieder ganz Mutter.

Jack folgte Isabeau keuchend und fröhlich. »Wir müssen fast ganz um die Insel herumgegangen sein«, meinte er. »Sie hat Dutzende von Muscheln gefunden.«

Isabeau kniete sich auf den Boden und breitete ihre Schätze aus. Diana beugte sich darüber und tat, als würde ihr Herz nicht rasen wie bei einem Kaninchen.

Ihre Tochter begann sofort, die Muscheln in Haufen zu sortieren. Die flachen auf den einen, die Schneckenmuscheln auf einen anderen, die in Flötenform auf einen dritten. Isabeau hatte mehrere Muschelsammlungen, die sie sehr sorgfältig in beschrifteten Kartons aufbewahrte, nach Größe und Art sortiert. Sie öffnete diese Schachteln häufig, brütete über ihren Schätzen und untersuchte jede einzelne von ihnen mit dem wissenschaftlichen Ernst eines Mitglieds der Königlichen Akademie.

Diana hatte einmal mit dem Gedanken gespielt, ihr beizubringen, wie man hübsche Geschenke aus diesen Muscheln fertigte, aber das hatte Isabeau gar nicht gefallen. Sie wollte, dass sie so blieben, wie sie sie gefunden hatte.

Isabeau nahm die größte Schneckenmuschel von dem Haufen und hielt sie mit beiden Händen James hin. »Joo.«

Vor Dianas Augen wurde James Ardmore plötzlich weich. Er griff nach dem Geschenk. »Vielen Dank, Isabeau.«

»So«, meinte Diana, ballte die Faust und legte sie auf ihr Herz. »Das ist ihr Zeichen für Danke.«

James ballte seine kräftigen Finger. Erdkrumen hingen an seinen Fingerspitzen. Er legte eine Hand auf sein Brustbein. »Danke.«

Isabeau lächelte. Einer ihrer vorderen Schneidezähne wuchs gerade in die Lücke.

»Was bedeutet das?« Leutnant Jack kreuzte seine Handgelenke, berührte damit seine Brust und breitete dann die Arme aus. »Ich sehe das ständig bei Euch beiden.«

Isabeau kicherte. Dianas Gesicht lief rot an. »Es bedeutet, ich liebe dich.«

»Aha.« Jack grinste.

James wischte zerstreut Sand von der Schneckenmuschel und erhob sich.

Isabeau ging wieder zu ihren Funden zurück. James betrachtete lange sein Exemplar. Er schien von seiner Schönheit fasziniert zu sein.

Als er aufblickte, bemerkte er, wie Diana ihn anstarrte. Ihr Herz schlug schneller. Seine Augen waren so unglaublich grün. Ein Kribbeln durchfuhr ihre Brustspitzen und erregte sie, bis sie hart wurden.

»Und was ist nun mit diesen Höhlen, Ardmore?«, fragte Jack, der davon offensichtlich nichts bemerkte.

Der Captain sah Jack an. Dann warf er Diana einen weiteren langen und erregenden Blick zu, drehte sich um und bedeutete dem anderen Mann, ihm zu folgen.

Jack verbeugte sich höflich vor Diana. »Lady Worthing.« Er folgte James den Weg hinab zu dem kleinen Tor.

Diana ließ sich wieder auf Hände und Knie herab, riss die Schaufel aus der Erde und rammte sie wütend in die Wurzel eines besonders widerspenstigen Krauts. Isabeau begann zu summen.

James ging schneller als beim letzten Mal. Jetzt kannte er den Weg, und außerdem beschleunigte die wärmende Erinnerung, wie sich Diana in seine Arme geworfen hatte, seine Schritte.

Sie war ihm ein Rätsel. Er spürte ihr Verlangen, aber er nahm auch ihre Furcht wahr. Sie war eine sehr komplexe, vielschichtige Frau. Er hätte gern all diese Schichten eine nach der anderen abgetragen und alles über sie in Erfahrung gebracht.

Die Spannung zwischen ihnen war fühlbar gewesen. Die Muskeln ihrer Arme und ihres Rücken hatten sich angespannt, sobald sie seine Anwesenheit bemerkt hatte. Die Haarsträhne, die ihr in die Stirn gehangen war, war einfach unwiderstehlich gewesen. Der Knopf ihres Mieders war aufgegangen, und es hatte ihn seine gesamte Willenskraft gekostet, nicht mit den Fingern ihren Kragen zu berühren. Wären Leutnant Jack und Isabeau nicht gekommen, hätte er diese süße Verführung weitergetrieben, soweit sie es zugelassen hätte.

Er begehrte sie. Sein Verlangen nach ihr war so tief und archaisch, wie er es schon seit langer Zeit nicht mehr verspürt hatte. Sie war eine Frau, die für die Liebe geschaffen war. Und sie wollte ihn. Sie fürchtete ihre Begierde, doch sie leugnete sie nicht.

Dianas Tochter würde ebenso bezaubernd werden wie ihre Mutter, wenn sie erst älter war. Isabeau hatte verschmitzt gelächelt, als sie ihm die schönste Muschel reichte, die mit den hübschen Zeichnungen. Sie wollte, dass er sie bekam, nicht Jack oder ihre Mutter.

Er hatte sie in die Tasche gesteckt. Dort ruhte sie und wärmte seine Gedanken ein wenig.

»Ich glaube, sie mag Euch, Ardmore«, sagte Jack hinter ihm fröhlich. Der junge Mann atmete schwer, als sie den steilen Pfad hinabkletterten.

»Isabeau? Sie ist noch ein wenig jung, denke ich.«

Jack lachte leise. »Die entzückende Lady Worthing, meinte ich.«

James blieb vor der Nische im Felsen stehen, die sie zu der sandigen Fläche führen würde. »Sie ist in der Tat hinreißend.«

Jacks Augen funkelten. »Aha. Das Gefühl wird also erwidert. Ihr beide, die Ihr Euch hier zufällig trefft. Passt lieber auf, sonst landet Euer Hals schneller in der Schlinge, als Ihr glaubt.«

James erstarrte. »Was?«

»Ihr werdet zu einer Ehe verführt. So etwas passiert, bevor man es sich versieht. Aber die wunderschöne Lady Worthing wäre es wert, nicht wahr?«

Er wirkte ein wenig sehnsüchtig. James lehnte sich an den Felsen und verschränkte die Arme. Die beiläufige Erwähnung von Schlingen beunruhigte ihn. »Was ist mit Euch? Seid Ihr in sie verliebt?«

Jack wandte den Blick ab. James spürte plötzlich einen überraschenden Stich in seinem Herzen. Er und Diana mochten sich im Sand vergnügen, aber das konnte nur vorübergehend sein. James hatte ein weit tödlicheres Spiel zu spielen, wie immer. Jack dagegen war Engländer, ein Seemann, Marineangehöriger, einer von ihnen. Vielleicht würde er niemals sein Gedächtnis zurückerlangen. Er könnte sich mit Diana als seiner Frau hier niederlassen, und der Admiral würde ihnen seinen Segen geben. Ein perfektes Paar in einer idyllischen Umgebung.

Jack sah ihn wieder an. Seine grauen Augen waren ausdruckslos. »Ich könnte mein Herz an Diana Worthing verlieren. Wie wohl jeder Mann. Aber Ardmore …« Er hielt inne. »Ich könnte auch jeder sein.« Aus seinen Worten sprach eine tiefsitzende Verunsicherung über seine wahre Identität.

»Ihr könntet zum Beispiel ein Leutnant auf einer britischen Fregatte sein«, erwiderte James trocken. »Was Ihr zufällig auch seid.«

Jack musterte den Ableger einer Flechte, der sich an einen Felsen neben seinem Kopf klammerte. »In den Schreibstuben der Admiralität steht mein Name bestimmt auf dem Personenverzeichnis eines Schiffes. Als zweiter oder dritter Leutnant. Oder vielleicht bin ich ja ein ausgezeichneter Offizier und wurde zum Ersten Leutnant ernannt. Nur, wer ist dieser Mann? Habe ich eine Frau, eine Familie? Wer wartet auf meine Rückkehr? Oder wer ist froh, dass ich tot bin?«

»Das werdet Ihr erfahren«, antwortete James. Das Meer unter ihnen schlug gegen die Felsen und zog sich wieder zurück. »Ein Angestellter wird auf diese Auflistung blicken und Euch Euren Namen nennen. Er wird wissen, wo Ihr lebt. Ihr werdet alles erfahren.«

»Aber was werde ich dann wissen? Bin ich der fröhliche Gentleman, der ich zu sein scheine, der froh ist, dass er sich daran erinnert, wie man Seemannsknoten knüpft und ein Segel bedient? Oder bin ich jemand anders? Ein schrecklicher Mensch?«

»Sehr wahrscheinlich seid Ihr genauso wie alle anderen. Froh, wenn Ihr in einem warmen Bett liegt, und gereizt, wenn das Frühstück kalt geworden ist.«

Jack presste die Lippen zusammen. »Versucht nicht, mich zu besänftigen. Ihr könnt nicht wissen, wie das ist, so etwas zu erleben … diese Leere im Kopf. Ich könnte eine Frau verloren haben, die gut und wunderschön ist. Zum Teufel, ich könnte sogar einen Mann geliebt haben. Ich … weiß … es … nicht!«

Erneut toste die Brandung, und die Gischt sprühte hoch auf. Die Flut kam. »Wenn Ihr zu dem Schluss kommen solltet, dass Ihr eventuell einen Mann liebt, würdet Ihr Euch dann ein bisschen von mir fernhalten?«, sagte James.

Jack starrte ihn an und runzelte die Stirn. Dann lachte er. »Ihr seid ein verdammt harter Brocken, Ardmore. Sind alle Amerikaner so gefühllos wie Ihr?«

»Die meisten, glaube ich.«

»Darüber bin ich froh. Ich brauche kein Mitgefühl, sondern einen Tritt in den Hintern. Danke, dass Ihr so freundlich wart.«

»Wollen wir weitergehen?«

Jack nickte. James hielt sich an den Felsen fest und kletterte den Rest des Pfades zum Strand hinab. Jack folgte ihm behende.

James hätte niemals gedacht, dass er je Sympathie für einen Leutnant der Königlichen Marine empfinden würde. Soweit es ihn anging, waren das alles Mistkerle. Britische Fregatten befuhren mit anmaßender Arroganz die Weltmeere und fegten alles beiseite, was ihnen in die Quere kam. Sie blockierten Schifffahrtsrouten von legalen Händlern ebenso wie die Westindischen Inseln, um die Amerikaner von dem Handel dort auszuschließen. Sie begleiteten die Ostindien-Händler, die gewaltigen Schiffe der Ostindien-Kompanie, nach Asien, nicht nur um sie zu schützen, sondern auch in dem Bemühen, den Handel mit Ostindien den Briten vorzubehalten.

Englische Fregatten kreuzten an allen Ecken und Enden des Globus, und wenn die Kapitäne gereizt waren, dann schikanierten sie amerikanische Schiffe, die von niemandem beschützt wurden. Die amerikanische Marine verfügte nur über wenige Schiffe; die britische dagegen über Hunderte, und sie wurden allmählich zu einem richtigen Ärgernis. Schlimmer als die Piraten. James Ardmore empfand es als seine Pflicht, sie zur Strecke zu bringen, wann immer er konnte.

Und jetzt war er gezwungen, zwei Marineoffiziere als menschliche Wesen zu akzeptieren, Admiral Lockwood, den Helden von Trafalgar, und Leutnant Jack, einen verwirrten und gebrochenen jungen Mann, der versuchte, seine Würde zurückzuerlangen.

Und dann war da noch Diana Worthing, Witwe des legendären Kapitäns Sir Edward Worthing.

James schlitterte über den trockenen Sand und näherte sich den Höhlen. Sie hatte ihren Ehemann einen Betrüger genannt. Voller Wut. Ihr Zorn sprach aus jedem Wort. Ihre

Erklärung, wie sehr sie ihren Gatten hasste, hatte sie geschmerzt; dennoch hatte sie es aussprechen müssen.

Allerdings, wenn er darüber nachdachte, hatte er Diana Worthing noch nie nicht wütend erlebt. Doch das spielte keine Rolle. Der Ärger machte sie noch schöner. Gott, sie musste eine Bresche durch London geschlagen und eine Spur von Gewalt hinter sich gelassen haben. Ihr Wut sagte ihm, dass seine Vermutung stimmte. Ihre Verwirrung dagegen verriet ihm, dass sie keine Ahnung hatte, warum das so war.

Weil du wunderschön bist, Darling, darum. Wunderschön und gefährlich.

Niemals würde er einfach zusehen, wie Jack sie bekam, ganz gleich wie leid ihm der Mann tat.

Sie hatten die Höhlen erreicht. James duckte sich unter dem Eingang der ersten. In ihrem Inneren war es kühl.

Jack folgte ihm und sah sich ohne viel Interesse um. »Recht niedrig.«

»Ja.« James ging zum Ende der Höhle und betrachtete die Wände, untersuchte die Schatten.

»Wonach sucht Ihr?«

»Nach etwas, das zu finden Lady Worthing mich hindern wollte.«

Jack lehnte sich gegen die Felswand. »Hier ist nichts.«

»Sie hat versucht, etwas vor mir zu verbergen. Wenn ich nur wüßte, was!«

James betrachtete die Oberfläche der dunklen Wand und versuchte angestrengt, in der Dunkelheit etwas zu erkennen. Er hoffte, einen Spalt im Fels zu sehen oder eine Öffnung, die ihn zu einer weiteren Höhle führen würde oder ihm wenigstens einen Hinweis gab, was hier versteckt wurde. Diana war jedenfalls sehr darauf bedacht gewesen, ihn von diesen Grotten fernzuhalten.

Sie war eine sehr umsichtige Frau. Das sah er an Kleinigkeiten, zum Beispiel wie sie ihre Tochter im Auge behielt oder Jessup half, nach dem Essen das Geschirr abzuräumen. Sie führte den Haushalt für ihren Vater, und trotz der wenigen Bediensteten tat sie dies gut.

Sie war nicht die Art Frau, die einfach den Kopf verlor und sich James aus einem Anfall von Lust heraus an den Hals warf. Das hatte sie, sehr zu seiner Enttäuschung, letztes Jahr auch nicht getan. Die Leidenschaft, die sie entzündet hatte, als sie ihren Arm um seinen Hals schlang, hatte sie vollkommen überrumpelt. So wie sie ihn überrascht hatte. Sie hatte nicht gewollt, dass so etwas passierte.

James selbst war ebenfalls von den tiefen Gefühlen vollkommen überrumpelt worden, die sich in ihm regten. Er hatte geglaubt, seine Sehnsucht nach Diana Worthing überwunden zu haben. Aber gestern hatte er sie ganz sicher begehrt, ganz gleich wo, an der Wand, auf dem Sand, überall. Und er wollte sie immer noch.

»Hier ist nichts«, wiederholte Jack. Er klang uninteressiert.

James trat zurück. Er ging einmal im Kreis durch die Höhle und kehrte dann zum Eingang zurück. Dort blickte er nach oben und musterte die Decke, die so niedrig war, dass er sie berühren konnte.

Aber auch hier war nichts. Keine Öffnung, kein Geheimnis.

»Ich bin geneigt, Euch zuzustimmen«, sagte er zu Jack. »Aber ich mag es nicht, im Ungewissen gelassen zu werden.«

»Mmh.«

»Geht es Euch gut?«

Das Gesicht des jungen Mannes war blass. »Zu viel Sonne, denke ich.« Er lehnte sich wieder an die Wand.

James verließ die Höhle. Auf dem Sand blieb er stehen und sah sich um. Links von ihm führte der Pfad, den sie gekommen waren, zwischen den Felsen zum Haus zurück. Zu seiner Rechten endete der Felsvorsprung abrupt am Rand der Klippe, von wo aus er scharf ins Meer abfiel.

Plötzlich lachte er leise. Diana Worthing war klug, klüger, als er zunächst angenommen hatte.

Jack hatte recht. Hier gab es tatsächlich nichts. Es hatte nie etwas gegeben. Diana hatte seine Aufmerksamkeit vollkommen auf die Höhlen gelenkt, indem sie bewusst Aufhebens darum gemacht hatte, ihn davon fernzuhalten. Er hatte nur Zeit damit verschwendet, sich zu überlegen, was sie vor ihm verbarg, obwohl es in Wirklichkeit gar nichts gab. Sie hatte ihn hierher gelockt, damit er das nicht fand, was sie wirklich versteckte, und zwar an einem ganz anderen Ort.

Denselben Trick hatte er letztes Jahr bei ihr angewandt, als er ahnte, dass sie seine Sachen durchsuchen wollte. Er hatte die Truhe verschlossen, um sie zu quälen, und den Schlüssel dort versteckt, wo sie ihn finden konnte. Wenn sie erst alles durchsucht hatte und glaubte, sie hätte all seine Geheimnisse entdeckt, war sie gewiss zufrieden. Aber seine List hatte nicht funktioniert. Pauls Tagebuch hatte sie dennoch gefunden und gelesen.

Nun, ihre List hatte auch bei ihm nicht geklappt, aber er empfand eine merkwürdige Freude dabei. So sehr, dass er fast gelacht hätte.

Als er sich umdrehte, sah er, wie Jack auf dem Boden lag, sich den Bauch hielt und angestrengt atmete.

»Was ist los?«

Jack richtete sich langsam auf, sein Gesicht glänzte von Schweiß. »Mein Kopf. Er schmerzt höllisch.«

»Könnt Ihr Euch an etwas erinnern?«

Jack zögerte. James' Herz schlug rascher. *Sag nein, Leutnant. Ich mag dich; ich will dich nicht umbringen müssen.*

»Er tut einfach nur weh. Wahrscheinlich die Sonne.«

Seine Pupillen waren winzig, selbst hier im Schatten.

»Ich würde sagen, Ihr solltet zum Haus zurückkehren«, meinte James. »Jessup soll sich um Euch kümmern.«

Jack lächelte wehmütig. »Ihr habt recht. Jedes Mal wenn ich glaube, dass ich mich erholt habe, fängt die alte Birne wieder an zu pochen.« Er unterbrach sich. »Und warum, James, kann ich mich an diesen albernen Ausdruck *Birne* erinnern, aber nicht an meinen eigenen Namen?« Seine Wimpern schimmerten feucht.

»Ich bringe Euch zum Haus zurück.«

Jack wich zurück. »Nein. Ich brauche keine verdammte Krankenschwester.«

James hielt ihn mit seinem Blick fest, unter dem jedes Mitglied seiner Besatzung erbebt wäre. Kranken Seeleuten der *Argonaut* wurde befohlen, sich beim Schiffsarzt zu melden, ob es ihnen gefiel oder nicht. Und jeder Mann, der an Deck blieb, wenn er krank war, und dann umfiel, wurde im nächsten Hafen abgesetzt. James hatte keine Zeit für Männer, die den Mutigen spielten, so wie Jack es offensichtlich vorhatte.

Jack warf ihm einen trotzigen Blick zu, doch bei James' unnachgiebiger Miene lenkte er schließlich ein.

»Tut mir leid. Ich weiß, dass Ihr mir helfen wollt. Ich gehe zum Haus zurück. Aber Ihr braucht mich nicht zu begleiten. Ich fühle mich schon besser, und ich verspreche Euch, dass ich mich dort sofort ins Bett lege.«

James nickte knapp.

Jack lächelte. »Seid Ihr sicher, dass Ihr kein Marinesergeant seid? Ich kannte einen, der eine ganze Mannschaft nur mit seinem Blick im Zaun halten konnte.« Sein Gesicht wurde weiß. »Oh Gott, James. Ich habe mich daran erinnert. Aber ich kann nicht … Verdammt!«

»Versucht es nicht mit Gewalt«, riet ihm James.

Jack ballte die Hände zu Fäusten, schloss kurz die Augen und öffnete sie nach einem Moment wieder. Er tat, als hätte er sich gefasst. Diese Engländer und ihre verdammte eiserne Haltung. »Ich gehe zum Haus zurück. Während ich mich ein wenig ausruhe, denke ich an meinen alten Sergeanten. Vielleicht löst das ja weitere Bilder aus der Vergangenheit aus.« Er versuchte erneut zu lächeln. »Ich hoffe nur, dass ich nicht wirklich in ihn verliebt war. Allein bei seinem Anblick konnte einem übel werden.«

James zwang sich zu einem Lächeln.

Schließlich ging Jack langsam zu dem Pfad. James sah zu, wie er sich an den Anstieg machte. Der Leutnant war zwar sichtlich wacklig auf den Beinen, aber es gelang ihm, ohne Zwischenfall den oberen Weg zu erreichen.

James folgte ihm nicht. Eigentlich sollte er es, das war ihm klar, falls Jack unterwegs zusammenbrechen würde, aber er spürte, dass der Leutnant nur wütend auf sein Angebot reagieren würde. Manchmal musste man einem Mann auch erlauben, sich zum Narren zu machen.

Sobald Jack verschwunden war, setzte James seine Erkundungen fort. Er folgte der sandigen Ebene bis zum Ende, wo sie unmittelbar an den Klippen aufhörte. Er beugte sich über den Rand, sah jedoch nur schwarze Felsen, die bis zum Meer hinabreichten.

Er stützte sich mit der Hand an der Felswand ab und lehnte sich so weit vor, wie er es wagen konnte. Weit unter ihm jagten sich die Möwen.

Er drehte den Kopf zur Seite. Rechts neben ihm befand sich ein Vorsprung. Und dahinter ein Spalt in der Felswand.

Es würde nicht einfach werden, dorthin zu kommen. Er musste zwei Schritte über glatten Felsen überwinden, wo er mit den Füßen nur sehr spärlichen Halt finden würde. Er beugte sich um die Ecke, hielt sich etwa in Kopfhöhe am Gestein fest und schob sich auf den kleinen Vorsprung.

Der Wind zerrte an ihm. Wenn er nicht aufpasste, würde er ihn aus der Balance bringen und dann ... lebt wohl, James Ardmore.

Jemand hatte jedoch Handgriffe in den Felsen gehackt, kleine Löcher, die die Wand überzogen. Er folgte ihnen, machte die beiden gefährlichen Schritte und war in Sicherheit.

Hier wuchsen Flechten und Moose in Hülle und Fülle. Sie verbargen den Rand der Klippe. Winzige blaue Blüten wiegten sich im Wind.

Der Spalt im Fels war gerade groß genug für einen Mann. James quetschte sich hindurch. Er blieb zuerst mit den Schultern hängen, doch er riss sich los und blieb dann blinzelnd in der Dunkelheit stehen.

Er stand auf einem weiteren Vorsprung, diesmal unter einem Felsdach. Weit unter ihm strömten Sonne und Meerwasser in die Höhle. Die Wellen rauschten, als sie an den Felsbrocken vorbeiflossen.

An der Wand der Höhle über und unter ihm befanden sich verschiedene Felsstufen. Und auf jeder konnte er die Umrisse von Kisten erkennen.

Eine Holzleiter war ein paar Fuß von ihm entfernt an den Felsen befestigt worden. Sie führte hinab bis zum Boden der Höhle. Der Sand dort war feucht; offenbar trocknete er nie ganz ab. James vermutete, dass die Flut ihn immer wieder überschwemmte.

Er hätte gerne ein Seil gehabt, da er der Leiter nicht ganz traute, obwohl sie recht solide aussah. Vermutlich gehörte es zu Jessups Pflichten, sie instand zu halten.

James schwang sich auf die Leiter und stieg langsam hinab zum Boden. Dort kletterte er auf den niedrigsten Vorsprung, den er finden konnte. Dort standen ein halbes Dutzend Kisten an der Wand einer Nische und waren mit einer Segeltuchplane abgedeckt.

James untersuchte sie und fand eine, deren Holz so verzogen war, dass er den Deckel abheben konnte. Darin befanden sich in trockenes Stroh verpackt Dutzende kleiner Fässchen. Er lächelte, als ihm der Duft ihres Inhaltes in die Nase stieg. Kein Schießpulver. Sondern Brandy.

Er legte den Deckel wieder zurück. Als er sich herumdrehte, sah er Diana, die auf dem Absatz unter ihm stand.

James hatte gewusst, dass sie da war. Er konnte immer einen süßen Hauch in der Luft spüren, wenn sie in seine Nähe kam.

»Also seid Ihr und Euer Herr Papa Schmuggler.«

Ihr Gesicht war mit Schmutz und Sand verschmiert. Sie hatte sich einen Umhang übergeworfen und am Hals flüchtig zusammengebunden. Ihr Haar löste sich aus ihrem Zopf. Jetzt zog sie eine Pistole unter den Stoffbahnen hervor und richtete sie auf ihn.

James rührte sich nicht, während sich seine Muskeln unwillkürlich anspannten.

Sie beäugten sich, bereit, sofort zu reagieren. Ihre Augen blickten so hart wie die eines Marinesergeanten.

»Wir sind keine Schmuggler. Was wir tun, ist kein Schmuggel.«

James betrachtete aus den Augenwinkeln die Felsvorsprünge und die Kisten. »Dann seid Ihr Blockadebrecher. Für welche Seite arbeitet Ihr?«

»Für keine. Das heißt, für die Seite, die gegen Napoleon ist.«

»Verstehe. Das spricht für Euch.«

Sie rührte sich nicht.

»Das ist also das Geheimnis, das ich nicht sehen sollte? Warum glaubt Ihr, dass es James Ardmore interessieren würde, wenn Ihr Waren an Bonapartes Kontinentalblockade vorbeischmuggelt? Das mache ich selbst, wenn ich Zeit dazu habe. Die Schiffer in Gibraltar verdienen ein Vermögen damit, dass sie verbotene Waren auf neutrale Schiffe umladen und sie ins Land schaffen.«

»Wir machen das nicht für Geld.« Sie spie die Worte förmlich hervor.

»Nein, natürlich nicht. Sondern aus patriotischer Gesinnung. Immerhin ist Euer Vater ein legendärer britischer Admiral.«

Ihre Augen blitzten. »Wieso habt Ihr keine Angst? Ich richte eine Pistole auf Euch.«

»Wenn Ihr mich umbringen wolltet, hättet Ihr das längst getan.« Er verzog die Lippen. »Warum hattet Ihr letztes Jahr keine Angst vor mir?«

»Natürlich hatte ich Angst. Ihr habt mich entführt.«

»Nein, Ihr wart fuchsteufelswild. So wie jetzt. Ihr braucht mich nicht zu erschießen, Diana. Ich werde es niemandem sagen.«

Sie betrachtete ihn einen Moment lang mit einem unnachgiebigen Blick. Dann ließ sie langsam die Pistole sinken.

James entspannte sich ein wenig. Das Problem mit der Tollkühnheit war, dass sie keine Garantie dafür lieferte, dass die andere Person tatsächlich zurückzucken würde.

»Mein Vater vertraut Euch«, sagte sie. »Auch wenn ich keine Ahnung habe, warum.«

»Euer Vater tut recht daran.« Er stieg langsam von dem Vorsprung herunter. »Aber Leutnant Jack könnte es falsch verstehen. Die Königliche Marine mag es nicht sonderlich, wenn man britische Güter auf den Kontinent schmuggelt, gerade jetzt nicht.«

»Er weiß vielleicht nicht einmal, wer Bonaparte ist.«

Aber er hatte sich an einen Sergeanten der Königlichen Marine erinnert, und das war immerhin ein Anfang.

»Ich werde es ihm nicht verraten, wenn Ihr es nicht tut«, erwiderte James. »Ich schwöre es.«

Er schlug mit der Hand ein Kreuz über seiner Brust. Ihr Blick zuckte dorthin. Sie hatte den Umhang zurückgeworfen, so dass ihr Baumwollkleid zu sehen war. James erkannte, dass sie, wie schon gestern, nichts unter ihrem Mieder trug.

Dumme, närrische Diana. Der erdbraune Umhang war zwar so dick, dass keine Farbe durch den Stoff zu sehen war, aber das Korsett schmiegte sich eng an ihre schönen Brüste. Sie spannten sich unter seinem Blick an, und ihre Knospen wurden hart vor Erregung.

Er streckte die Hand aus und strich sanft mit einem Finger über eine von ihnen.

Diana fuhr zusammen, als hätte er sie geschlagen. Die Pistole zuckte nach oben. »Zieht Eure Jacke aus!«, befahl sie.

James starrte auf die Waffe und atmete langsam aus. Sie hatte keinen Zündhut auf die Pfanne gesetzt. Wenn sie jetzt abdrückte, würde sie vermutlich nicht losgehen. Zweifellos hatte sie sich höllisch beeilt, als Jack zum Haus gekommen war und ihr erzählt hatte, was James plante. Ihr war keine Zeit geblieben, Papa zu verständigen oder die Pistole scharf zu machen, wahrscheinlich noch nicht einmal, sie überhaupt zu laden.

Sie kniff die Augen zusammen. »Ich sagte, zieht sie aus.«

Er hätte ihr die Waffe mit Leichtigkeit abnehmen können. Aber vielleicht war es vergnüglicher, ihr zu gehorchen.

James öffnete die beiden geschlossenen Knöpfe an seiner Jacke und streifte sie mit einem kurzen Schulterzucken ab.

Wie es seiner Gewohnheit entsprach, trug er kein Hemd darunter. Er hatte schon vor langer Zeit gelernt, dass man an Bord eines Schiffes häufiger nass wurde, als einem lieb war. Er war es schnell über gewesen, ständig sein Hemd zu wechseln, also verzichtete er einfach auf dieses Kleidungsstück. Normalerweise trug er auch keinen Mantel, sondern ließ seinen Oberkörper von der Sonne bräunen. Die meisten seiner Männer folgten seinem Beispiel. Selbst Mr. Henderson, sein Leutnant und ein eitler Dandy, arbeitete in der glühenden Hitze mit bloßem Oberkörper.

James hatte alle seine Hemden an Bord der *Argonaut* gelassen, und auf Haven gab es keines, das ihm auch nur annähernd passte.

Dianas Lippen öffneten sich. Sie glänzten feucht von

ihrem Atem, als sie ihn ansah. »Knöpft Eure Hose auf«, befahl sie.

Es dauerte genau zwei Sekunden, dann war er hart.

»Die Flut kommt gleich«, sagte er. »Dann sind wir von der Leiter abgeschnitten.«

»Wir kommen schon zurecht.«

Er warf ihr einen Seitenblick zu. »Ihr solltet beten, dass diese Pistole niemals in meine Hände gelangt.«

»Knöpft sie auf«, wiederholte sie.

»Zu Befehl, Ma'am«, erwiderte er gedehnt.

Langsam und genüsslich öffnete er die fünf goldfarbenen Knöpfe, einen nach dem anderen, bis er den letzten erreichte. Er blickte ihr starr in die Augen, als er langsam die Hosenklappen aufschlug.

7. Kapitel

Seine Erektion hatte nur auf ihre Freiheit gewartet und federte hinaus. Diana riss die Augen auf. Ihre Brust hob und senkte sich, ihre Wangen glühten.

Was hatte sie denn von ihm erwartet? Sie richtete schließlich eine Pistole auf ihn. Er entblößte lieber seinen Unterleib, als eine Kugel in die Brust zu riskieren.

Andererseits war es das erste Mal, dass er nackt vor einer rothaarigen, glutäugigen Frau wie Diana Worthing stand. Noch nie in seinem Leben hatte er ein solches Verlangen verspürt.

Eine Welle brach donnernd durch die Öffnung der Höhle, zischte und floss rauschend um ihre Füße. Das Wasser riss an ihrem Rock und fühlte sich kalt an seinen Knöcheln an.

»Darling«, stieß er durch seine zusammengepressten Zähne hervor. »Es ist kalt.«

Diana spürte die Nässe nicht einmal. Ihr Herz hämmerte so schnell, dass sie kaum Luft bekam. Der Griff der Pistole lag schwer in ihrer schweißnassen Hand.

James stand vor ihr, vollkommen selbstbewusst und gelassen. Er war atemberaubend schön.

Sein Oberkörper wies die tiefe Bräune eines Mannes auf, der sein Leben lang in der Sonne gearbeitet hatte. Seine breiten Schultern waren muskulös und von Narben bedeckt. Ein noch frisches Mal leuchtete rot und kriegerisch auf seinem Bauch. Es stammte von dem Schwerthieb, der Wunde, die sie versorgt hatte.

Seine Bräune endete an der Taille. Oberhalb war seine Haut glänzend braun, unterhalb weiß. Seine Hose öffnete sich in einem V, und daraus ragte seine Erektion hervor, lang und hart.

Sie konnte ihren Blick einfach nicht davon losreißen.

Nur schwach erinnerte sie sich noch daran, wie ihre Freundinnen kichernd mit ihr über ihren Ehemann gesprochen hatten und sie neckten, dass dieses gewisse Organ eines Helden wie Edward doch so groß wie ein Hauptmast sein müsste. Diana konnte sich beim besten Willen nicht daran erinnern, wie es ausgesehen hatte. Edward war nur im Dunkeln zu ihr gekommen, wenn er überhaupt je den Weg in ihr Schlafgemach gefunden hatte.

Jetzt jedoch war es helllichter Tag. Das hier war real. Und schrecklich, fürchterlich aufregend.

So heftig war ihr Wunsch gewesen, ihn anzusehen, dass ihr nicht einmal bewusst war, was sie tat. Die Pistole war nicht geladen, das wusste er sicherlich. Aber er spielte mit. Auch wenn er die Kontrolle übernommen hatte.

Sie schluckte und spürte einen vibrierenden Kloß im Hals. »Legt Eure Hände auf den Vorsprung.«

Er hob langsam seine nackten Arme, in denen die Sehnen und Muskeln spielten, und streckte sie neben sich aus.

Ihr Herz schlug heftig und unregelmäßig. Er wusste es, er musste wissen, dass ihre Leidenschaft sie fast verzehrte. Jeder andere Mann hätte sie aufgehalten. Leutnant Jack hätte es gewiss getan.

Sie hätte sich nicht im Traum vorstellen können, so etwas mit dem Leutnant zu tun. Er war ein ganz gewöhnlicher Engländer. James Ardmore war etwas vollkommen anderes.

Er wartete mit ausgestreckten Armen auf sie, während seine Hose langsam an seinen Beinen heruntterglitt. Sie befeuchtete ihre Lippen. Sie wäre gerne zu ihm gegangen und hätte ihn geküsst und geleckt, von der Wurzel seines steifen Gliedes bis zu seinem bronzefarbenen Hals.

Sie würde es tun. Er würde es zulassen. Sie würde ihn zwingen, sie gewähren zu lassen.

Diana machte einen Schritt nach vorne, dann noch einen. Ihre Hände zitterten so sehr, dass sie die Pistole sinken lassen musste. Sie beugte sich vor, nach oben, hielt den Atem an und berührte mit der Zunge die Mulde unter seinem Hals.

Er schmeckte nach Salz. Sie spürte seinen kräftigen Puls mit ihrer Zunge. Mit geschlossenen Augen sog sie seinen Geruch ein, diesen warmen, männlichen Duft. Seine Erektion berührte ihren Unterleib, drückte sanft dagegen.

Er beugte sich zu ihr, und ihre Lippen berührten sich. Er küsste sie mit einer zärtlichen Leidenschaft, die von schwülen Nächten im Süden und süß duftenden Magnolien kündete.

Sicher, sein Kuss war besitzergreifend, aber dabei so voll sanfter Überredung, dass sie kaum merkte, wie sie sich ihm unterwarf. Seine Lippen liebkosten die ihren, und seine Zunge umschmeichelte ihre mit sanfter Kraft.

Da wurde ihr die Pistole mit einem Ruck aus der Hand gewunden. Diese Bewegung unterbrach den Zauber.

Er richtete sich auf, die Waffe in der Hand. Ihr Handgelenk schmerzte. Er untersuchte die Pulverpfanne am Hahn. »Wie ich es mir dachte«, meinte er sachlich. »Sie ist nicht geladen.«

Sie schüttelte den Kopf. Ihr Herz hämmerte wie verrückt.

»Spielt niemals mit so etwas herum, Diana. Das ist gefährlich.« Noch bevor sie Luft holen konnte, um ihm zu antworten, griff er nach ihren Fingern und legte sie um sein großes, heißes Glied. »Damit könnt Ihr so viel spielen, wie Ihr wollt.«

Sie starrte einen Moment betäubt auf ihre Hand. Seine Männlichkeit lag schwer in ihrer zitternden Hand. Sie fühlte sich so hart an wie der Pistolengriff und ragte dunkel aus dem Schamhaar heraus, das in der offenen Hose zu sehen war. Die Spitze mit der glatten, feinen Haut war auf sie gerichtet. Sie konnte den Stamm mit ihren Fingern kaum umschließen. Und sie hatte noch nie das Glied eines Mannes berührt. Edward war immer sofort ohne Vorbereitung in sie eingedrungen und hatte sich viel zu schnell wieder zurückgezogen. Sie hatte nie die Chance gehabt, es anzusehen, zu berühren oder seine Wunder zu erforschen.

Jetzt untersuchte sie James' Erektion vorsichtig, strich mit den Fingern die warme Haut bis zu seiner Spitze hinauf, an der ein kleiner Tropfen Flüssigkeit schimmerte. »Was soll ich tun?«, flüsterte sie.

James packte sie fest an der Schulter. Sie spürte seine Finger durch ihr dünnes Kleid. »Du machst das ganz wunderbar, Darling.«

Mit dem Daumen fuhr sie über die Eichel und beobachtete fasziniert, wie sich seine Muskeln verspannten. Langsam strich sie bis zur runden, harten Wurzel hinab. Ihre Kehle war trocken, und sie konnte kaum atmen.

Er streichelte ihr Haar, bog ihren Kopf zurück und küsste sie fest auf den Mund.

Das war Verlangen, echtes, animalisches Verlangen, kein Spiel.

Wieder rauschte eine Welle in die Höhle. Das kalte Wasser durchnässte Diana bis zu den Knien. Sie keuchte und ließ seine wundervolle Erektion los.

Er trat von ihr zurück, offenbar vollkommen beherrscht. »Wir müssen das hier woanders zu Ende bringen. Oder die Flut auf einem dieser Vorsprünge abwarten. Ihr scheint diese Kisten ja trocken zu lagern. Aber es ist eine recht kalte Art, die Nacht zu verbringen.«

Diana zitterten die Knie. »Es gibt noch einen anderen Weg hinauf.« Sie deutete an der Öffnung vorbei, durch die immer mehr Wasser drang.

»Dann sollten wir uns beeilen.«

Rasch knöpfte er die Hose zu, hob seine Jacke auf, streifte sie sich über und schob die Pistole in eine Tasche. Er tat das so beiläufig, als wäre er daran gewöhnt, sich in einer kalten Höhle aus- und anzuziehen.

Diana watete durch das eisige Wasser, das jetzt knietief in der Höhle stand, und hoffte, dass die Kälte die Glut in ihren Adern lindern würde. Das tat sie jedoch nicht. Ihr Herz raste immer noch, und sie war sich James' Gegenwart nur zu deutlich bewusst, der ihr mit einem Schritt Abstand folgte.

Auf der anderen Seite der Höhle lag ein Haufen Felsbrocken an der Wand. Sie konnten ohne Schwierigkeiten hinaufklettern. Jessup hatte zwar Mulden für die Hände in den nackten Fels gehauen, aber nur ein sehr athletischer Mensch konnte sich so hinaufarbeiten. Dass James Ardmore es vermochte, daran zweifelte sie keine Sekunde.

Sie kletterte den ersten Felsbrocken hoch und keuchte bereits, ihre Finger schienen keine Kraft mehr zu haben. Dann stellte sie ihren Stiefel auf den nächsten Felsen und versuchte sich hochzuziehen. Und glitt aus.

Er fing sie auf, plazierte seine große Hand fest unter ihrem Gesäß und schob sie hoch. Unterstützt von seiner Kraft, erreichte Diana den zweiten Felsen, als er auf dem ersten stand. Ihre Schenkel in den engen Hosen, die ihre gerafften Röcke entblößten, waren direkt vor seinen Augen. Er tat nicht einmal so, als würde er sie nicht ausgiebig mustern.

Hastig packte sie den nächsten Griff und kletterte weiter. Er half ihr erneut. So kamen sie langsam immer höher, sie zog, er schob.

Schließlich erreichte sie den breiten Vorsprung unter der Decke der Höhle und das Loch darüber. Auf diesem schnelleren Weg war sie hergeeilt, als Leutnant Jack in den Garten geschwankt und seine katastrophale Mitteilung gemacht hatte, dass James weiter die Höhlen erforschte.

Aber sie war zu spät gekommen. Er hatte bereits das Lager gefunden und es untersucht.

Ihr Vater hatte gesagt, dass James es verstehen würde. Das hatte er auch, jedenfalls soweit er Bescheid wusste, was die Kisten bedeuteten. Er hatte jedoch noch nicht alles erraten. Deshalb hatte sie ihn abgelenkt, indem sie ihm befohlen hatte, seine Jacke auszuziehen. Dass er es tatsächlich tun würde, hatte sie eigentlich gar nicht geglaubt. Doch die berauschende Macht, die sie über ihn hatte, hatte sie leichtsinnig gemacht. Würde er sich vor ihr entblößen?

Sie konnte nicht so tun, als würde sie ihn nicht begehren. Sie war keine Lady, hatte ihr Ehemann ihr das nicht ständig vorgehalten?

Edward war ein Narr gewesen. Diana hatte geflirtet und ihre Verehrer geneckt und somit die einzige Macht benutzt, über die sie verfügte, aber sie war nie weitergegangen, was auch immer Edward glauben mochte. Ihr Hofstaat war um sie herumgetanzt, hatte sich gegenseitig mit eifersüchtigen Blicken gemessen, hatte ihr Geschenke gemacht, sie angefleht, diese zu tragen. Man hatte sie begehrt, nach ihr gegiert und ihr beim Tanz höchst unschickliche Anzüglichkeiten ins Ohr geflüstert.

Aber Diana hatte diese Lüsternheit niemals erwidert. Sie hatte geflirtet, um Edward zu quälen, nichts weiter. Sie hatte ihre Begierden sicher verwahrt, weil sie um ihre Gefahren wusste und das Ergebnis nicht wollte, zu dem sie führten.

Dann hatte sie James Ardmore getroffen. Ein Mann, der sich schlicht über all ihre Vorsätze hinwegsetzte. Jetzt wusste sie, dass diese anderen Gentlemen, einschließlich ihres Ehemannes, einfach nur Männer gewesen waren, denen sie leicht hatte widerstehen können.

James zog sich neben sie auf den Felsbrocken und duckte sich unter der niedrigen Decke. »Dort hoch?«, fragte er und übertönte das Brüllen des Wassers unter ihnen.

Sie nickte stumm. Bevor sie jedoch den anstrengenden Aufstieg beginnen konnte, schlang er seine starken Arme um ihre Schenkel und hob sie einfach durch das Loch. Sie landete auf dem weichen, sonnenwarmen Gras, rollte sich zur Seite und setzte sich auf den sanft abfallenden Hang. Ihr Umhang hatte sich um sie gewickelt. Ungeduldig löste sie das Band um ihren Hals und streifte das Kleidungsstück ab.

Der Zugang zur Höhle befand sich hinter einem Felsen. James glitt hindurch und landete mit dem Rücken auf dem Gras.

Diana stand auf. Die Sonne war warm, aber in der Höhle war ihr heißer gewesen, als sie in seinen Armen lag. Jetzt sollten sie zum Haus zurückgehen. Sie musste ihr Verlangen zügeln und sich um ihre Tochter kümmern, ihren Vater und Leutnant Jack.

Eine kräftige Hand schloss sich um ihren Knöchel und zog sie zurück. Sie verlor das Gleichgewicht und taumelte zu Boden, wurde jedoch vorher von seinen Armen aufgefangen und zu ihm hinabgezogen.

»Nein, das tust du nicht«, sagte er. »Du hast eine Verführung begonnen, also bringst du es jetzt auch zu Ende.«

»Verführung?«

»Du hast mir gesagt, ich soll meine Hose aufknöpfen.« Er strich mit seinen schwieligen Händen durch ihr Haar, das sich jetzt vollkommen aus dem Zopf gelöst hatte. »Du verruchtes Weib!«

»Ich war nicht sicher, ob … du es tun würdest.«

»Das musste ich. Du hast mich mit einer Pistole bedroht.«

Sie spürte, wie warme Finger sich an den Knöpfen am Rücken ihres Mieders zu schaffen machten. Der oberste war bereits offen. Er löste den zweiten, den dritten, dann den vierten.

»Was tust du da?«

»Wie fühlt es sich denn an?«

»James …«

Seine Augen waren so zärtlich. »Ich liebe es, wenn du meinen Namen aussprichst. Ich beobachte gerne deinen Mund dabei. Sag ihn noch einmal.«

»Jam…«

Weiter kam sie nicht, da küsste er sie schon liebevoll.

Seine Lippen zitterten, als würde er sich zurückhalten. Was würde er wohl tun, wenn er sich nicht im Zaum hielte, fragte sie sich voll entzückter Erwartung. Sie erinnerte sich an seinen festen Griff um ihre Schulter in der Höhle. Er war kräftig. Er konnte alles tun, was er wollte. Diese Vorstellung sollte sie eigentlich ängstigen.

Was sie aber nicht tat. Mit den Fingern zeichnete er Muster auf ihrem nackten Rücken, glitt zu ihrer Taille hinunter. Er schob seine Hand in den Bund ihrer Hose, fand den Spalt zwischen ihren Gesäßbacken. Sie wand sich und genoss das Vergnügen, das ihr seine Berührung bereitete.

Als er den Kuss beendete, stützte sie sich auf die Ellbogen. Ihr offenes Mieder löste sich von ihren Schultern und fiel ungehindert nach vorn.

Die Sonne schien warm auf ihre nackten Oberkörper. Diana zog die Ärmel aus dem Kleidungsstück und ließ es zu ihrer Taille hinabsinken. Sein warmer, grün funkelnder Blick glitt zu ihren Brüsten. Er betrachtete sie bewundernd.

Seine Jacke war nicht zugeknöpft, und seine muskulöse Brust lag offen in der Sonne. Sie legte sich auf ihn, Haut an Haut.

Zum ersten Mal, seit sie ihn kennengelernt hatte, lächelte er. Das machte sein strenges Gesicht weicher und versprach ungeahntes Vergnügen. Seine Augen waren halb geschlossen, seine Lider verbargen das sündige Grün. Er schlang seine Arme um sie und zog sie an sich.

Sie schmeckte nach Sonne und feinem, kräftigem Rum. Er hätte ewig hier liegen und sie küssen können.

Warum auch nicht? Er würde nirgendwo hingehen. Ian O'Malley kommandierte die *Argonaut*, und sie hatten geplant, getrennte Wege zu gehen, bis James sein Vorhaben zu Ende gebracht hatte. Und im Moment konnte James nur warten. Das bedeutete, er hatte genug Zeit, hier in der Sonne zu liegen und Diana Worthing zu liebkosen.

Sein Herz schlug schnell und heftig. Diana war eine Frau, die es wert war, geküsst, berührt, genommen – und geliebt zu werden.

Er wehrte sich nicht gegen den letzten Gedanken. Eine wunderschöne Frau hatte ihm vor etwa einem Jahr gesagt, dass er jemanden finden würde. Da draußen, hatte sie gesagt und ihn mit ihren strahlenden, entzückenden braunen Augen angesehen. Er hatte ihr nicht geglaubt.

Kurz darauf hatte er Diana Worthing in diesem Garten in Kent getroffen.

Er strich ihr das Haar aus dem Gesicht.

»Diana«, flüsterte er. »Darling …«

Sie antwortete mit einem Kuss aus geschmolzenem Metall. Sie war eine wundervolle Frau, auch wenn sie Engländerin war.

Er sollte Diana Worthing genießen, bevor sie anfing, ihn zu hassen. Sie tat zwar auch jetzt so, als würde sie ihn verabscheuen, aber eigentlich tat sie es nicht.

Ihr Mund glühte. Sie wusste, wie man küsste, dieser kleine Teufel. Er streichelte mit den Fingern den Spalt zwischen ihren Pobacken. *Oh, Liebes, wir könnten diese ganze verdammte Insel verbrennen.*

Ein kleiner Schatten fiel plötzlich über sein Gesicht. Er blickte auf, direkt in die blaugrauen Augen von Dianas Tochter.

Diana stieß einen kleinen Schrei aus und zog ihr Mieder fest um ihren nackten Oberkörper. »Isabeau!«

Isabeau betrachtete ernst ihre Mutter. Der Wind spielte in ihrem offenen Haar.

Dann wirbelte sie herum. Ihr Kleid schwang um ihre Hose, die aussah wie die ihrer Mutter, als sie über das Gras davonhüpfte.

Diana schob hastig die Hände in die Ärmel ihres Mieders und sprang auf.

James konnte gar nicht so schnell folgen. Als er endlich stand, rannte Diana bereits los.

»Diana!«

Sie lief ohne innezuhalten weiter, während ihr Gewand am Rücken aufklaffte.

James sprintete hinter ihr her. Am Grund des Abhangs verlief ein Pfad, der um die Felsen herum zum Haus führte. Die winzige Gestalt von Isabeau war bereits auf halber Strecke angelangt.

James holte Diana ein und packte sie an der Schulter. »Sei nicht dumm«, befahl er barsch. »Wenn du so ins Haus gehst, ist es erst recht demütigend für dich.«

Sie wartete wenigstens so lange, bis er ihr das Mieder zugeknöpft hatte. Er schloss sogar den obersten Knopf, der ursprünglich schon offen gewesen war.

Diana wirbelte zu ihm herum, und ihre wundervollen Augen blitzten. Sie ballte die Hände zu Fäusten. »Du …!«

Sie stammelte, konnte den Satz nicht zu Ende bringen. Mit einem kleinen Schrei, den sie zwischen den Zähnen ausstieß, stürmte sie den Pfad entlang hinter ihrer Tochter her.

Als James den Garten erreichte, war er bereits verlassen.

Von Isabeau und Diana war weit und breit nichts zu sehen, ebenso wenig wie von Leutnant Jack.

Die Tür zu dem Grundstück war angelehnt und schwang knarrend im Wind.

Unterhalb des Hauses rauschte die Brandung an den Strand. Der Wind rüttelte an den Bäumen und den Flechten auf den Felsen. Blumen leuchteten rot und blau. Das Haus stand in der Mitte des Gartens, seine Flügel schienen vollkommen willkürlich angebaut, und die Zweige der Bäume hingen über das Dach. In den offenen Fenstern bauschten sich Dianas Spitzenvorhänge.

Haven. Der Name passte zu diesem Ort. Hier war man weit von allem Bösen in der Welt entfernt, weit weg von jedem Übel, hier war man sicher. Jedenfalls schien es so.

Früher einmal hatte das Haus der Ardmores auf der Battery in Charleston dieselbe Atmosphäre von heiterer Geborgenheit ausgestrahlt. Er hatte mit seinem Bruder und seiner Schwester draußen gespielt, sie hatten sich gestritten, gerauft, sich wieder vertragen, waren um die Wette gelaufen und hatten sich gegenseitig angespornt, die Spaliere hinaufzuklettern. Paul und er hatten miteinander gerungen, während Honoria mit dem Fuß gestampft und sie ausgeschimpft hatte.

James erinnerte sich, dass sie es ganz ausgezeichnet verstanden hatte, jemanden gegen das Schienbein zu treten. Allerdings konnte er sich nur schwerlich vorstellen, dass seine distinguierte Schwester das jetzt auch noch tun würde.

Damals hatte lautes Lachen durch das Haus geklungen. Hier, an diesem Ort, hörte er wieder die klare Stimme seiner Mutter und den dröhnenden Bass seines Vaters. Er war auf sie gestoßen, als sie sich unter der Magnolie geküsst hatten.

Damals war er elf gewesen und hatte sich ihnen weit überlegen gefühlt, weil er niemals etwas so Albernes tun würde.

Er sah vor sich, wie seine Mutter erschrocken vom Schoß seines Vaters aufgesprungen und errötet war. Sein Vater dagegen hatte nur gelassen gelächelt, ohne jede Verlegenheit. Er hatte gewusst, wie es war, wenn man liebte.

Jetzt war das Haus nahezu leer. Seine Eltern waren an Typhus gestorben, als James vierzehn war. Paul war ebenfalls tot, und Honoria lebte allein. Sie war mittlerweile einunddreißig, unverheiratet und unterhielt ein Haus, das viel zu still war. Als James das letzte Mal sein Elternhaus besucht hatte, vor vier Jahren, hatte diese Stille ihn vertrieben. Die Einsamkeit hatte Honoria verbittert. Sie und James hatten sich lange und heftig gestritten, bis er schließlich gegangen war.

Hier würde es seiner Schwester gefallen, dachte er plötzlich. In diesem Zufluchtsort. Diesem Hafen.

Möglicherweise würde sie ja sogar Diana mögen. Lady Worthing, die Witwe eines zum Ritter geschlagenen Marinehelden, würde von Honoria wohlwollend aufgenommen werden.

Admiral Lockwood trat aus der Tür der Bibliothek und schlenderte in den Garten. Er sah James, nickte ihm zu und ging um das Haus, um zu tun, was auch immer er vorhatte.

Noch ein Punkt, der bei Honoria für Diana sprechen würde, sagte sich James. Diana war außerdem die Tochter eines weiteren Kriegshelden, dazu eines ranghohen Admirals. Sie besaß einen genügend vornehmen Stammbaum, um selbst die dünkelhaftesten Ladys von Charleston zu befriedigen.

Isabeau folgte ihrem Großvater in den Garten. Das ernüchterte James. Ein taubes Kind würde nicht mit allzu großem Enthusiasmus begrüßt werden. Man musste sie sehr sorgfältig in die Gesellschaft einführen. James hatte im Lauf der Wochen, die er bereits hier war, fast vollständig vergessen, dass Isabeau nicht hören konnte, dass etwas »mit ihr nicht stimmte«.

Er konnte zwar nicht alles verstehen, was sie mit ihren Handzeichen von sich gab, aber er lernte dazu. »Joo« bedeutete James und »Maa« Mutter. Das gurgelnde Geräusch bedeutete Großvater.

Und jetzt hatte sie James dabei ertappt, wie er ihre Mutter küsste. In einer höchst kompromittierenden Situation. James glaubte fast, Honorias Stimme zu hören. »Also wirklich, James! Was um alles in der Welt hast du dir dabei nur gedacht?«

Die Antwort fiel ihm leicht. »Ich habe gedacht, dass es mir gefallen würde, sie zu küssen.«

Als Isabeau ihn sah, drehte sie sich abrupt um, so gewandt wie ein Schiff, das von einer erfahrenen Mannschaft geführt wird, und lief direkt auf ihn zu. Der Wind hob ihr feines, kindliches Haar, das ebenso rot leuchtete wie das ihrer Mutter.

Sie klopfte auf seinen Unterarm. Diese Geste bedeutete, dass sie etwas sagen wollte. Dann machte sie mehrere Handzeichen, die von quietschenden und gedämpften Lauten begleitet wurden. James erkannte jedoch nur sehr wenige davon, das für »Mutter« und das für »da«.

Er schüttelte den Kopf. »Tut mir leid, Isabeau. Ich verstehe dich nicht.«

Sie begann von neuem und wartete danach auf seine Reaktion, die Hände auf die Hüften gestützt.

Wieder schüttelte James den Kopf. »Tut mir leid. Ich weiß nicht, was du mir sagen willst.«

Isabeau verdrehte die Augen, eine typische Achtjährige, die sich über die Dummheit der Erwachsenen ärgerte. James musste Diana bitten, ihn mehr Zeichen zu lehren. Leutnant Jack lernte sehr schnell.

Plötzlich schob Isabeau ihre Hand in die von James und zog ihn zu dem freien Platz vor dem Gartentor. Sie lief in kleinen Kreisen um ihn herum, während sie seine Hand festhielt. Dabei sah sie zu ihm hoch, in der Hoffnung, dass er wenigstens das verstand. Und lief schneller.

James begriff. Honoria hatte dieses Spiel ebenfalls sehr gemocht, als sie in Isabeaus Alter gewesen war. Außerdem war seine Schwester liebend gern das Treppengeländer der geschwungenen Treppe hinuntergerutscht. Ob sie das wohl immer noch tat? James bezweifelte es sehr.

Er drehte sich schnell im Kreis, zog Isabeau von den Füßen und hielt sie fest. Ihre Beine flogen durch die Luft, und sie lachte laut.

Sie wirbelten herum, immer und immer wieder. Es war schon so lange her, als er, groß für seine fünfzehn Jahre, seine kleine Schwester an einem regnerischen Tag in der geräumigen Eingangshalle so herumgewirbelt hatte. Ihr Gelächter hatte laut von den vornehm bemalten Decken widergehallt.

James sah, wie der Admiral auf sie zuschlenderte, sich ans Gatter lehnte und sie beobachtete.

James wirbelte Isabeau noch einige Male herum, warf sie dann hoch in die Luft, fing sie auf und setzte sie sanft auf die Füße. Er keuchte, und seine fast verheilte Wunde am Bauch begann wieder zu schmerzen. »Ich kann nicht mehr, mein Schatz.«

Isabeau kicherte und entfernte sich von James und dem

Admiral in Richtung Strand, wobei sie ihr Taumeln übertrieb und so tat, als ob ihr furchtbar schwindlig wäre.

Der Admiral sah ihr entspannt nach.

»Sie ist nicht taub geboren worden«, meinte er beiläufig. »Sie war ein ganz normales kleines Mädchen und sehr laut, soweit sich meine empfindlichen Ohren recht entsinnen. Diana war so stolz auf sie. Sie gab überall mit ihr an. Es war ihren Freunden fast schon peinlich, dass sie so sehr von ihrem eigenen Kind verzaubert war.« Er lächelte liebevoll. »Dann, mit zwei Jahren, bekam Isabeau plötzlich Fieber. Diana hatte es ebenfalls. Es fesselte beide lange ans Bett. Meine Tochter erholte sich rasch, Isabeau jedoch etwas langsamer. Schließlich hatte auch sie es überstanden, aber das Fieber hatte sie ihr Gehör gekostet. Es ließ ganz allmählich nach, bis es schließlich vollkommen fort war. Einige, sehr laute Geräusche hört sie vielleicht noch, aber auch das ist nicht sicher.« Er hielt kurz inne. »Sir Edward gab Diana die Schuld.«

James war bereits zu dem Schluss gekommen, dass er Sir Edward nicht leiden konnte. »Warum?«

Der Admiral stieß sich vom Pfosten des Gatters ab und trat auf den Pfad, über den Isabeau immer noch taumelte. James fiel neben ihn in Gleichschritt.

»Edward wollte natürlich einen Jungen. Dianas Freude über das Mädchen verärgerte ihn. Als Isabeau ihr Gehör verlor, redete Edward ihr ein, dass dies die Rechnung für Dianas Stolz wäre, ihre Frivolität. Er sagte, es wäre die Strafe Gottes und allein ihre Schuld.«

»Wie schade, dass er tot ist«, erwiderte James. »Ich hätte es genossen, ihn umzubringen.«

Lockwood warf ihm einen kurzen Seitenblick zu. Wahrscheinlich war er sich nicht sicher, ob James übertrieb. Nun, keineswegs.

»Zudem schämte Edward sich Isabeaus. Am liebsten hätte er sie in ein Heim gesteckt und nie wieder von ihr gesprochen. Es wundert mich immer noch, wie er denken konnte, dass Diana sich darin fügen würde. Sie hat mit ihm Tag und Nacht deswegen gestritten, ihm sogar mit Scheidung gedroht. Schließlich hat er es aufgegeben, aber nicht gerade würdevoll.«

Sie gingen miteinander den Strand entlang. Wellen glitten über den Sand unter ihren Füßen. Isabeau lief durch die Brandung, ihre Röcke hochgerafft. Unter ihren Stiefeln spritzte das Wasser auf.

James konnte sich gut vorstellen, wie Diana sich ihrem Gemahl bei einem Thema widersetzt hatte, das ihr so sehr am Herzen lag. Er malte sich aus, wie ihre blauen Augen vor Wut geblitzt, ihre widerspenstigen Haare ihren Kopf umgeben hatten wie die Schlangen das Haupt der Medusa. Deren Mäuler konnten böse zubeißen, und er hoffte, dass Diana Sir Edward hart zugesetzt hatte.

Dass sie ihm mit Scheidung gedroht hatte, zeigte, wie verzweifelt sie gewesen sein musste. In England ruinierte eine Scheidung beide Parteien. Zweifellos hatte es den legendären Sir Edward geradezu entsetzt, einen solch dunklen Fleck auf seiner Ehre auch nur in Erwägung zu ziehen.

Er war ein Betrüger!, hatte Diana gesagt.

»Wie ist Sir Edward gestorben?«, fragte James. »Ich hoffe, es war ein blutiger und sinnloser Tod.«

Der Admiral sah ihn an. »Blutig, ja, das war er. Er wurde von Kanonenkugeln zerfetzt und war auf der Stelle tot. Sein Schiff hat vor Cadiz gekämpft, zwei englische Fregatten gegen fünf französische Schiffe. Das hätte eigentlich nie passieren dürfen. Man hat ihn auf See bestattet.«

»War er wirklich ein Held? Oder waren seine Erfolge Zufall?«

»Das weiß ich nicht.« Der Admiral klang deprimiert. »Er war sehr hoch dekoriert, und jetzt ist er tot. Vielleicht sollten wir es einfach dabei belassen. Was ist mit Euch? Habt Ihr einfach nur Glück?«

James dachte an die vielen Male in seiner Laufbahn, in denen sich das Schicksal deutlich gegen ihn entschieden hatte. »Ich mache mir mein Glück selbst. Und nutze jede Gelegenheit, die sich mir bietet.«

Wie zum Beispiel die, Admirals Lockwoods Tochter allein im Garten eines Hauses in Kent zu finden. Eine Frau, die die Geheimnisse der Insel Haven kannte.

»Ich glaube, Zufälle leiten uns mehr, als wir zu glauben bereit sind«, sagte der Admiral. Er musterte den Sand zu seinen Füßen.

James schwieg nachdenklich. Er hatte noch nie zuvor in seinem Leben so etwas wie Bedauern empfunden. Reue half den Lebenden nicht weiter. Als er jetzt jedoch den Admiral ansah, spürte er den leichten Anflug eines solchen Gefühls. Bei seiner Suche nach Gerechtigkeit könnte er diesen Mann vernichten.

Auf Haven befand sich der Schlüssel zu dem Geheimnis, und er war kurz davor, ihn zu finden. Er dachte an seinen sterbenden Bruder, das geronnene Blut an Pauls Mund, als er James das Versprechen abnahm. Was James getan hatte, um diesen Schwur zu erfüllen, hatte ihn zu einer Legende gemacht.

Für Bedauern war da kein Platz. Und es käme verdammt

ungelegen, wenn er ausgerechnet jetzt damit anfangen würde.

»Ich hätte Sir Edward Worthing selbst vor die Mündung einer Kanone gebunden«, bemerkte er im Plauderton. »Und dafür gesorgt, dass er den ersten Schuss eine Weile überlebt.«

»Ihr seid ein gewalttätiger Mann, Ardmore.«

»Ich hätte nicht lange überlebt, wäre es anders. Zudem zählt ein englischer Admiral nicht gerade zu den friedfertigsten Menschen.«

Lockwood schüttelte den Kopf. »In einer Schlacht ist das etwas anderes.«

»Anders, als Männer zu jagen und sie zu zwingen, um Gnade zu winseln? Die, die ich getötet habe, haben den Tod für ihre Taten verdient. Die, die ich demütigte, verdienten es gleichermaßen.«

»Vielleicht. Aber müsst Ihr es so sehr genießen?«

»Ich fürchte, das tue ich, Admiral. Um Piraten und Freibeuter wird viel Romantik gesponnen, aber in Wahrheit sind die meisten schlicht nur brutale Verbrecher und Mörder. In nur wenigen ledergebundenen Büchern in den Bibliotheken Londons wird die Wahrheit erzählt, von Piraten, die eine Frau von der Kehle bis zum Unterleib aufschlitzen, weil sie nicht aufgibt. Deshalb bin ich gewalttätig.«

Sie setzten ihren Weg schweigend fort. Isabeau hüpfte im Wasser herum und summte vor sich hin.

»Es muss Euch ein wenig schockiert haben«, fuhr Lockwood schließlich fort, »dass Ihr von einem englischen Admiral und seiner Familie gerettet worden seid.«

James zuckte mit den Schultern. »In jedem Misthaufen findet sich die ein oder andere Perle.«

»Ihr schmeichelt mir. Verzeiht mir diese Bemerkung, Captain Ardmore, aber Ihr seid meiner Meinung nach nicht gerade die Art Mann, in die meine Tochter sich verlieben sollte.«

James zögerte einen halben Schritt lang, ging dann jedoch weiter. »Sie ist nicht in mich verliebt.«

»Isabeau hat mir erzählt, dass sie gesehen hat, wie Ihr sie küsstet. Diana hat es nicht abgestritten, und es war ihr offensichtlich so peinlich, dass es der Wahrheit entsprechen muss.«

»Das bedeutet noch nicht, dass sie mich liebt.«

James hatte sich vorher vorgestellt, wie er Diana mit zu sich nach Hause nehmen, ihr Charleston und das Haus zeigen würde, das sein Vater erbaut hatte. Die schwüle Wärme der Südstaatennächte. Die andere Seite von James Ardmore. Aber angenehme Phantasien erfüllten sich nicht immer.

»Ich will nicht dabei zusehen müssen, wie ihr das Herz gebrochen wird«, erklärte der Admiral.

Wenn hier ein Herz gebrochen wird, Admiral, dann ist es das meine.

»Ihr Herz wird nicht meinetwegen Schaden nehmen«, erwiderte er laut. »Sie vertraut mir nicht einmal. Und ich bin sicher, dass sie mich nicht mag. Ich werde irgendwann von hier verschwinden, dann kann sie sich in Leutnant Jack verlieben.«

Der Admiral schwieg dazu. Am Horizont zogen sich dunkle Wolken zusammen. Die Sonne bleichte die oberen Spitzen der Gewitterwolken zu einem fast schmerzhaft in den Augen stechenden Weiß. Ihre Unterseiten dagegen waren schwarz.

»Was wisst Ihr über ihn?«, fragte der Admiral. »Über Leutnant Jack, meine ich.«

»Das, was ich Euch bereits sagte. Nichts. Ich habe seinen Namen nie erfahren. Er hat sich mir nicht vorgestellt.«

»Dennoch habt Ihr ihn gerettet. Warum?«

James betrachtete einen Moment die drohenden Wolkenberge und die tanzende Isabeau. Dann bückte er sich und hob eine Muschel auf.

»Er hat meine Handfesseln gelöst, als der Sturm uns traf«, erklärte James. »Damit ich eine Chance hatte, mich zu retten. Als ich ihn vorbeitreiben sah, hielt ich es für angebracht, diese Gunst zu erwidern.«

»Das war eine gute Tat.«

James zuckte mit den Schultern. »Wie gesagt, Perlen im Misthaufen. Wie geht es ihm übrigens?«

»Er hat fürchterliche Kopfschmerzen, hat sich jedoch so lange geweigert, das zuzugeben, bis er einfach umgefallen ist. Jessup musste ihn nach oben tragen. Jetzt liegt er in einem abgedunkelten Zimmer und hat ein feuchtes Tuch über den Augen.«

James verschränkte die Hände hinter dem Rücken. »Ich wünschte, ich wüsste mehr über ihn.«

»Damit Ihr ihm helfen könntet? Oder um zu erfahren, was für eine Bedrohung er tatsächlich darstellt?«

»Ich mag ihn. Wenn ich die Insel verlassen muss, könnte er sich vielleicht daran erinnern, wer ich bin, und es für seine Pflicht halten, mich an meiner Abreise zu hinden. Ich möchte nicht gegen ihn kämpfen.«

»Weil er Euch aufhalten könnte?«

»Weil er diesen Kampf verlieren würde. Ich möchte nicht gezwungen sein, ihn zu töten.«

Der Admiral starrte ihn einen Herzschlag lang an. »Ich werde meinen Teil dafür tun, dass es nicht dazu kommt.«

»Sehr freundlich von Euch.«

»Ihr seid ein vielschichtiger Mann, Ardmore.«

»Das haben mir schon viele gesagt. Bis auf meine Schwester. Sie hält mich für sehr einfach. Tut alles, wie James es haben will, pflegt sie zu sagen, und er ist entzückend. Nicht dass sie diese kluge Einschätzung selbst jemals beherzigt hätte. Sie hat eine Willenskraft, vor der jeder französische Admiral zurück nach Le Havre flüchten würde.«

Lockwood lachte pflichtschuldig.

James fragte sich, warum er immer wieder an Honoria dachte. Ihr letzter Abschied war nicht gerade liebenswürdig verlaufen. Genauer gesagt, hatte sie ihm befohlen, zur Hölle zu fahren und erst wiederzukommen, wenn er tot war.

Vielleicht ging ihr Wunsch ja sogar in Erfüllung.

Admiral Lockwood mochte ihn. Und James mochte den Admiral. Ihm wäre es lieber gewesen, wenn dem nicht so wäre. Falls Dianas Vater nicht mit James zusammenarbeitete, würde er ihn dazu zwingen müssen. Vielleicht konnte er es ja sanft bewerkstelligen. Dennoch würde Diana ihn vermutlich erschießen.

»Dieser Sturm wird uns treffen.« Der ältere Mann deutete auf die Wolken. »Ein schwächerer wäre schon längst weggeblasen worden. Wir müssen Jessup helfen, die Luken zu sichern. Ich glaube, Leutnant Jack fällt heute Nacht aus.«

Er wandte sich um und hielt Isabeau die Hand hin. Sie drehte sich noch einmal im Wind herum, hüpfte dann zu ihnen und schob ihre Hände in die der beiden Männer.

James fühlte, wie sich ihre kleinen Finger um seine dicken schlossen. Er sah hinab. Isabeau grinste ihn an. Erneut dachte James an den Tag, als er seinen Vater und seine Mutter in zärtlicher Umarmung im Garten überrascht hatte. Alberne

Eltern, hatte er gedacht. Aber gleichzeitig hatte er sich warm und glücklich gefühlt. Weil er den Unterschied zwischen echter Liebe und Vulgarität gespürt hatte.

Vielleicht hatte Isabeau das auch getan.

»Sagt, Admiral«, fuhr er fort, als sie zum Garten zurückgingen. »Was befindet sich eigentlich in diesen Kisten unter Eurer Insel?«

8. Kapitel

Der Sturm brach los, als Diana Isabeau gerade ins Bett brachte. Ein Blitz tauchte das Zimmer des Mädchens in gleißendes Licht, und der Donnerschlag, der ihm folgte, übertönte den Schrei des Kindes.

Diana liebte diese wilden Stürme, und gleichzeitig machten sie ihr Angst. In London gab es nur selten solche Blitze wie die, die das ungeschützte Haven attackierten. Der Wind heulte in den Giebeln und Schornsteinen. Das ganze Haus knarrte. Es klang, als würde es jeden Moment ins Meer geblasen. Die Zweige der Bäume kratzten über das Dach und die Fenster, rissen an den Schindeln und klopften an die Scheiben.

Isabeau teilte Dianas Begeisterung und Furcht. Sie starrte mit großen, runden Augen aus dem Fenster, und bei jedem Blitz stürzte sie sich kopfüber in die Kissen. Sie versteckte sich ein paar Sekunden, kroch dann wieder hervor und sah erneut nach draußen.

In Diana löste der Sturm gleichermaßen Euphorie wie Schrecken aus. Es war ein ganz ähnliches Gefühl, wie James Ardmore zu küssen.

Zu Dianas Bestürzung hatte Isabeau ihrem Großvater erzählt, dass sie ihre Mutter und James dabei überrascht hatte, wie sie sich küssten. Isabeau hatte es allerdings ungeheuer komisch gefunden. Ihr Vater hatte Diana einen scharfen, besorgten Blick zugeworden, woraufhin sie vor Scham fast gestorben wäre.

Glücklicherweise war in diesem Moment Jessup hereingekommen und hatte ihnen mitgeteilt, dass es dem armen Leutnant Jack sehr schlechtginge. Diana war sofort hinausgestürmt, um nach ihm zu sehen. Sie hatte Jack etwas Kamillentee gegeben und ihm ein feuchtes Tuch auf die Stirn gelegt. Das schien geholfen zu haben. Jetzt hoffte sie, dass der Donner ihn nicht wach hielt.

Ein weiterer Blitz zuckte ganz in der Nähe auf. Isabeau quietschte und vergrub den Kopf unter der Decke. Der anschließende Donner trieb Diana an ihre Seite.

Im Flur wurden Stimmen laut. Sie erkannte James Ardmores rumpelnden Bariton. »Ist alles in Ordnung?«

Ihr Vater lachte. »Isabeau hat Angst vor Blitzen, Diana vor dem Donner. Zusammen werden sie es schon überstehen.«

James' warmes Lachen mischte sich in das ihres Vaters. »Gute Nacht, Admiral.«

»Gute Nacht, Captain.«

Verschwindet nur, Gentlemen. Lasst uns Ladys in Ruhe unseren kleinen Ängsten frönen, dachte Diana verärgert.

Türen wurden geschlossen, und das Haus kam endlich zur Ruhe.

Das Gewitter tobte noch eine Stunde lang. Isabeau erschöpfte sich damit, sich ständig unter der Decke zu verkriechen und wieder herauszukrabbeln. Schließlich legte sie sich hin, das Kissen im Arm. Diana sank ermattet neben sie.

Erneut blitzte es. Diana zählte langsam bis fünf. Dann rumpelte der Donner, nun schon etwas leiser. Er war bestimmt eine Meile weg und entfernte sich weiter.

Sie hörte, wie sich Isabeaus Schlafzimmertür leise öffnete und blieb regungslos liegen. Die Tür wurde noch leiser wieder geschlossen. Behutsame, fast lautlose Schritte überquerten den Boden und verstummten neben dem Bett.

Diana lag ruhig da und sog seinen Duft ein, den warmen Geruch von Seife und Moschus. Er hatte sich nach ihrem Abenteuer in der Höhle und vor dem Abendessen ausgezogen und gewaschen. Das wusste sie, weil seine Tür einen Spalt offen gestanden und sie in sein Zimmer gespäht hatte. Sie hatte seinen muskulösen Körper gesehen, die gebräunte Haut, das straffe Gesäß, an dem die Haut viel heller war als an den übrigen Stellen. Dann war er aus ihrem Blickfeld getreten.

Dieses Bild hatte sie während des Abendessens verfolgt und war ihr auch jetzt gegenwärtig. Durfte eine Frau einen Mann so stark begehren? Durfte sein Bild so lange in ihrem Gedächtnis weilen? Durfte sie sich wünschen, die Zeit zurückzudrehen und in das Zimmer zu treten, in dem er sich wusch? Er würde sie in die Arme schließen, sie würde ganz nass werden, und dann würde er sie küssen.

Sie wünschte es sich mit aller Macht.

Die Matratze senkte sich. James glitt ins Bett und streckte sich an ihrem Rücken aus. Ein kräftiger Arm umschlang ihre Taille. Sie fühlte seine Wärme durch ihr dünnes Nachthemd. Er legte sich bequem hin und zog sie sanft an seine Brust.

Sie fühlte den weichen Samt des Morgenmantels, den ihr Vater ihm geliehen hatte, und einen nackten, kräftigen Fuß, der den ihren streifte. Er streckte die Hand aus und zog die Decke über sich, Diana und Isabeau.

Isabeau drehte sich herum und sah ihn über ihre Mutter hinweg schläfrig an. Sie lächelte, streichelte einmal seine

Hand und ließ den Kopf wieder sinken. Ihre Atemzüge wurden ruhiger und waren dann kaum noch zu hören.

Diana schmiegte sich an seine Wärme und genoss es, wie seine Stärke auf sie überging. Er liebkoste sie nicht, aber seine Handfläche lag auf ihrem Bauch, und die Hitze, die sie ausstrahlte, strömte durch ihren ganzen Körper. Sie fühlte seine Lippen in ihrem Haar, seinen Atem an ihrer Schläfe.

Sie lagen lange so nebeneinander, während Isabeau sanft schlummerte. Trotz ihrer Erschöpfung war Diana hellwach und hatte die Augen geöffnet. Die Blitze zuckten immer noch über den Himmel, doch sie waren weit weg und der Donner nicht mehr zu hören.

Schließlich nahm James seinen Arm von ihrer Taille. Er stand auf, so geschmeidig und leise, dass sich die Matratze kaum bewegte. Er griff nach Dianas Hand und zog sie mit sich hoch.

Diana stieg weit weniger anmutig aus dem Bett als James, aber Isabeau wachte trotzdem nicht auf. Sie schlief, erschöpft von ihrer Aufregung über den Sturm, weiter, selbst als Diana die Decke über sie glattzog und dem Mädchen einen Kuss auf die Stirn drückte.

James führte Diana zur Tür, und sie verließen gemeinsam das Schlafzimmer.

Im Haus war es dunkel, aber die Wolken hatten sich verzogen, und silbernes Mondlicht strömte durch die nicht von Läden geschützten Fenster am Treppenabsatz. James drückte Diana mit dem Rücken an die Wand und stützte seine großen Hände neben ihrem Kopf ab. Sie öffnete die Lippen, um eine Frage zu hauchen, doch bevor sie einen Laut von sich geben konnte, verschloss er ihren Mund mit seinen Lippen.

Diana liebte es, ihn zu küssen. Er öffnete ihren Mund, liebkoste ihre Zunge mit seiner. Diesmal neckten sie sich nicht, versuchten nicht, sich spielerisch zu verführen, sondern küssten sich einfach nur lange, heiß und zärtlich.

Er löste sanft das Band, das ihr Nachthemd am Hals zusammenhielt, und glitt mit seiner Hand in die Öffnung. Seine Handfläche fühlte sich rauh auf ihrer Haut an.

Das war es, was sie brauchte. Küsse um ihrer selbst willen, keine enttäuschte, erstickte Leidenschaft, keine unterdrückten Emotionen. Nur James und seine Stärke. Morgen früh würde sich Diana um sich selbst, ihren Vater, Isabeau und den Tumult in ihrem Kopf Gedanken machen. Heute Nacht jedoch wollte sie einfach nur genießen.

Er küsste sie, als würde er das gerne tun. Er strich mit den Lippen über ihren Hals, und sie lehnte seufzend den Kopf gegen die Wand. Als sie noch jünger war, hatte sie sich gewünscht, dass ihr Ehemann das täte, was James jetzt mit ihr machte.

Als sie Edward das erste Mal ihre Sehnsucht nach ihm gestanden hatte, war Edward nur abfällig geworden. Sie hatte zwei quälende Monate lang gewartet, in denen ihr Mann auf See gewesen war, und überlegt, was sie wohl falsch gemacht hatte.

Als er zurückkehrte, überkam ihre Sehnsucht sie erneut, und wieder hatte er sie verspottet. Sie war achtzehn Jahre alt gewesen und der festen Überzeugung, es wäre ihre Schuld, dass er sie nicht begehrte. Ihre Schwiegermutter hatte ihr wiederholt versichert, dass eine Ehe eine frische, junge Lady wie sie, Diana, beinahe über Nacht altern ließ.

Sie fuhr mit den Fingern durch James' Haar und vertrieb diese unerfreulichen Erinnerungen. Genau so, dachte sie, während sie die köstliche Wärme genoss, muss es sich anfühlen, wenn man mit einem Mann zusammen ist, der einen ebenso begehrt wie man selbst ihn.

Sie hatte James nicht erzählt, dass es Isabeau gefallen hatte, als er ihre Mutter geküsst hatte. Und dass sie gefragt hatte, wann sie heiraten würden. Diana überlegte, ob James aus dem Haus flüchten, in die Gig springen und aufs Meer hinaussegeln würde, wenn sie es ihm verriet.

Sie fühlte seine Erektion an ihrem Bauch. Er machte nie den Versuch, sein Begehren zu verbergen. Er hatte keinen Grund, seine Leidenschaft zu zügeln, vermutlich hatte er das noch nie in seinem Leben getan.

Diana versuchte, ihr Herz vor ihm zu schützen. Das hier war für ihn eine unbedeutende Angelegenheit. Er sah eine Frau, die er wollte, und küsste sie, mehr nicht.

Aber es funktionierte nicht. Seine Küsse brannten wie Feuer auf ihrem Körper, und seine Hände auf ihren Hüften erregten sie, allein durch ihre schiere Kraft.

Er hob den Kopf und löste seine Lippen von ihrem Mund. Genüsslich, als hätten sie die ganze Nacht Zeit. Zärtlich streichelte er ihre Wange. »James«, hauchte sie.

Er legte ihr den Finger auf den Mund, senkte den Kopf und küsste sie erneut. Dann nahm er ihren Ellbogen und geleitete sie zu ihrem Zimmer am Ende der Treppe.

Er öffnete die Tür und führte sie hinein. Das Feuer im Kamin war heruntergebrannt, und niemand hatte Kerzen angezündet. Er schloss die Tür.

Sie blieb mitten im Raum stehen, während sich ihr die Kehle zuschnürte. Er näherte sich ihr lautlos, küsste sie und umfasste ihre Arme. Sie trat entschlossen einen Schritt zurück. »Nein, James.«

Er sah sie verwirrt an. Diana zog ihr Nachtgewand am Hals zusammen und wich seinem Blick geflissentlich aus. Ihr Herz hämmerte und pochte, denn das Feuer, das er in ihr entzündet hatte, brannte noch lichterloh.

Seine grünen Augen wurden kühl. Wenn sie sich Edward verweigert hatte, und nach Isabeaus Geburt hatte sie es immer wieder versucht, war er vor Wut ganz angespannt geworden. James dagegen wirkte … sachlich. Als könnte er sie nach Gutdünken nehmen oder in Ruhe lassen.

»Was hast du denn?«, fragte er ruhig.

»Nichts. Ich habe gar nichts.«

Er runzelte die Stirn. »Ich weiß, wann sich eine Frau nach einem Mann verzehrt. Du brennst immer noch. Also, was hast du?«

Sie versuchte, ihm einen eisigen Blick zuzuwerfen. »Ist Moral nicht Grund genug?«

»Nicht für dich.«

Ihr blieb vor Empörung der Mund offenstehen. »Wie kannst du es wagen?«

»Erspar mir das, Diana. Du hast mir eine Pistole vor die Nase gehalten und mir befohlen, dir meinen Hintern zu zeigen. Das ist ein sehr schönes Beispiel für Moral.«

»Das war ein Spiel.«

Einen Moment flackerte Ärger in seinen Augen auf, doch dann hatte er sich wieder im Griff. Er konnte sich mühelos kontrollieren. »Mit solchen Spielchen bringt man sich manchmal in große Schwierigkeiten.«

»Das weiß ich. Ich habe es bereits erlebt.«

Er trat zu ihr und legte seine Hände auf ihre Schultern. »Du hast kein Spiel gespielt. Du hast mich begehrt, und du wolltest genau das, wohin ein solches Verlangen führt. Jetzt, da ich es dir anbiete, weichst du zurück. Ich möchte den Grund dafür wissen.«

Seine Berührung war so warm. Sie hätte seine Hände am liebsten für immer auf sich gespürt. Ihre Stimme bebte. »Wenn du noch einen Moment länger bleibst, werde ich schreien. Dann kannst du meinem Vater erklären, was du hier machst.«

Seine Augen verengten sich zu Schlitzen. »Ich glaube, er hat bereits eine sehr genaue Vorstellung von dem, was wir tun. Warum rufst du ihn denn nicht? Ich könnte ihm ebenfalls einiges über dich erzählen.«

Sie bemühte sich um einen hochmütigen Blick. »Sei nicht lächerlich.«

»Es wird nicht funktionieren, Diana.« Er wandte sich ab. Sie hörte, wie der Schlüssel im Schloss klickte, und ihr Herz setzte einen Schlag aus. Dann kam er zurück, den Schlüssel in der Hand. »Du versuchst, mich wütend zu machen, oder dich selbst, aber ich weiß nicht, warum. Wir beide begehren uns fast besinnungslos. Wir sollten unseren Gefühlen freien Lauf lassen, bevor wir zugrunde gehen.«

Sie hörte ihn kaum, sondern starrte furchtsam auf den Schlüssel. Sie hatte keine Angst vor dem, was er mit ihr im Bett machen würde, denn das würde wunderbar sein. Sie fürchtete das, was danach käme, kommen musste. Sie dachte an Isabeau, die in ihrem Bett schlief und den Donner nicht hören konnte, der das Haus erschüttert hatte. Sie würde es niemals wieder tun können. Nie, nie wieder.

Er sah sie verwirrt an. »Diana, warum?«

»Ich kann es nicht. Bitte frag mich nicht weiter.«

Er musterte sie sehr lange. »Ich denke«, meinte er dann, »ich habe es verdient, den Grund zu erfahren.«

Sie krampfte die Finger zusammen. »Es ist vollkommen unangemessen …«

Er warf den Schlüssel auf den Tisch, als er schließlich doch die Beherrschung verlor. »Hör mit deiner Litanei über Moral auf! Du gibst keinen Pfifferling auf die verdammte Moral. Wovor hast du Angst? Vor mir?«

»Sei nicht so eingebildet. Ich habe noch nie Angst vor dir gehabt.«

»Das haben mir schon andere Frauen erzählt. Ein paar von ihnen habe ich über Bord geworfen. Meistens hatten sie danach Respekt vor mir.«

»Und ich will auch ganz sicher keine Geschichten über deine anderen Frauen hören. Ich weiß, dass ich nur eine in einer langen Reihe von Geliebten bin …«

»Dann weißt du verdammt noch mal gar nichts!« Er trat einen Schritt auf sie zu.

James Ardmore war wirklich ein großer Mann. Und sehr stark. In seinem Blick lagen weder Bedauern noch Wärme.

Er hob Diana hoch, bevor sie auch nur schreien konnte. Doch trotz seiner Kraft war seine Berührung sanft. Er trug sie durch das Zimmer und ließ sie mit dem Gesicht nach unten auf das Bett fallen.

»Was hast du vor?«, keuchte sie.

»Ich werde dir erst den Hintern versohlen und dich dann lieben.«

Die Wut verlieh ihr Kraft. Sie setzte sich hastig auf. »Nein, das wirst du ganz bestimmt nicht tun!«

»Warum nicht? Vielleicht macht es Spaß. Aber mir ist gerade etwas Besseres eingefallen.«

Sie griff nach dem Kissen und holte damit aus. »Ich habe bereits nein gesagt!«

Sein Blick blieb an ihrem Nachthemd haften, als könnte er durch den dicken Stoff hindurchsehen. »Das meine ich nicht. Du willst es nicht, also werde ich meinen Stolz herunterschlucken und einfach nur sagen, du weißt nicht, was du versäumst. Was nicht heißt, dass ich dir wirklich glaube, dass du es nicht willst.«

Er würde nicht darauf bestehen. Eine plötzliche, heftige Enttäuschung durchströmte sie. Der Ärger folgte, weil sie doch eigentlich hätte erleichtert sein sollen. Warum zum Teufel fühlte sie nie das, was sie fühlen sollte?

James setzte sich neben sie auf das Bett. Seine warmen Schenkel berührten ihre Beine. Er strich ihr Haar glatt und küsste es. »Ich werde dir Lust bereiten, Diana. Nur reines, pures Vergnügen. Möchtest du das?«

Sie versuchte, den Kopf zu schütteln, nein zu sagen. Heraus kam ein brüskes Nicken.

Er lehnte sich gegen das Kopfende des Bettes und löste den Gürtel seines Morgenmantels, lag auf dem Bett, lang ausgestreckt und muskulös. Auf seiner Brust kräuselte sich dunkles Haar. Seine grünen Augen schimmerten in der Dunkelheit fast flüssig, als er die Hand nach ihr ausstreckte. »Komm her.«

Er missverstand ihren Blick, ihre Betäubung, hielt es für Zögern. »Ich habe es dir versprochen«, sagte er leise. »Wir tun nichts, was du nicht willst.«

Diana gab auf. Sie nahm seine Hand und rutschte zu ihm, setzte sich auf seinen einladenden Schoß und wehrte sich nicht, als er seine Arme um sie schlang.

Es fühlte sich gut an, mit dem Rücken an ihn geschmiegt dazusitzen. Seine kräftigen Hände zu halten wirkte auf sie, als würde sie sich an ein Rettungsseil klammern.

»Ich bin nur ein Mann, Diana«, flüsterte er in ihr Haar. »Ich kann nichts dagegen tun, dass ich dich begehre.«

»Du bist eine Legende«, verbesserte sie ihn. »Wie mein Ehemann.«

»Ich bin aus Fleisch und Blut. Genau wie du.«

Sein warmer Atem strich ihr über den Nacken. Er verschränkte seine Finger mit ihren. »Und jetzt, Diana«, sagte er leise. »Zeig mir, wie ich dich berühren soll.«

Ihr Herz hämmerte schmerzhaft gegen ihre Rippen. Dumme Diana, zu glauben, dass er sie nur besiegen konnte, indem er mit ihr schlief. Nein, er würde sie Zentimeter um Zentimeter vernichten, bis sie ihm ganz und gar gehörte. Er war fest entschlossen, sie auf ein glühendes Häufchen Verlangen zu reduzieren.

Aber sie hatte keine Wahl. Bevor sie darüber nachdachte, was sie tat, führte sie seine Hand unter ihre Brüste und ließ sie dort. Dann schloss sie die Augen, ließ ihn los und lehnte sich zurück in seine Umarmung.

James vergrub seine Nase in den weichen Strähnen ihres Haares. Er liebte diesen Duft. Diana hatte es nach ihrer Begegnung in den Höhlen gewaschen. Er wusste es, weil er gesehen hatte, wie Mrs. Pringle Kübel mit heißem Wasser in Dianas Gemach getragen hatte. Er hatte sich an die Tür seiner eigenen Kammer gelehnt und sich vorgestellt, wie Diana dastand, das Mieder heruntergeschoben und den Kopf nach hinten über einen Zuber gebeugt, während Mrs. Pringle Tröge mit Wasser über ihr Haar goss. Nach Lavendel duftendes Wasser.

Sie fühlte sich unter ihrem Baumwollnachthemd unglaublich gut an. Die Rundungen ihrer Brüste, die Knospen, die sich unter seiner Berührung aufrichteten und hart wurden, ihr weicher Bauch, der Schwung ihrer Schenkel. Er strich mit den Lippen über ihren bestickten Kragen, der sittsam auf ihrem Nacken lag.

James wusste nicht, wovor sie Angst hatte, jedenfalls nicht vor ihm. Nicht einmal vor dem Begehren. Sie fürchtete etwas anderes, das sie vor allen verbarg, selbst vor ihrem geliebten Vater und ihrer Tochter.

Nein, sie mochte das Verlangen. Sie wusste, was sie wollte. Unter ihrem gelockerten Nachtgewand führte sie seine Hände zu ihren Brüsten und ihrem Bauch, während ihre Finger wie Taue ineinander verschränkt blieben.

Sie zog ein Bein an ihre Brust. Er streichelte die festen Muskeln ihrer Wade, bis hin zu der warmen Falte ihres angezogenen Knies. Dort verweilte er einen Moment, und ihrer beider Daumen liebkosten die weiche Haut.

Dann glitt er zu ihrem Schenkel, muskulös vom Klettern und Segeln auf dem Boot ihres Vaters. Von da aus weiter zu ihrer Hüfte, die sich so fest an ihn schmiegte. Und schließlich hinauf zu ihrem Bauch, unter die tröstliche Wärme des Nachthemds.

Der Stoff schob sich durch ihre Bewegungen nach oben, entblößte ihre langen Beine, Beine, die ihre Hosen unter dem Kleid so wunderbar ausgefüllt hatten. Sie waren genauso entzückend, wie er sie sich vorgestellt hatte.

Sie drehte den Kopf zu ihm und suchte mit ihren Lippen seinen Mund. Sie küssten sich eine Weile, während ihre Hände zusammen ihre nackte Haut streichelten.

Dann führte Diana James' Hand nach unten, presste seine

Handwurzel gegen den Spalt zwischen ihrem ausgestreckten und ihrem angezogenen Bein. Er fühlte ihre nasse Hitze. Oh ja. Offenbar dachte sie an etwas sehr Schönes.

Funken, hatte er ihr gesagt. Sie regneten auf einen Mann herunter, bis er zu Asche zusammenfiel. Der große James Ardmore war dabei zu verbrennen.

Er tauchte seine Finger in ihr wartendes Feuer. Sie bewegte sich und legte ihren Kopf mit geschlossenen Augen gegen seine Schulter. Er streichelte ihre heiße Glut, und ihre Finger folgten seinen.

»James«, murmelte sie.

Sie hungerte. Ihr Vater und ihre Tochter liebten sie, aber sie konnten nicht alles erfüllen, was sie begehrte. Sie hungerte, genau wie er.

»Es ist mir ein Vergnügen, dich zu erfreuen«, sagte er. »Ein Gentleman gehorcht immer.«

Sie hörte ihm nicht zu, sondern konzentrierte sich mit geschlossenen Augen vollkommen auf ihre steigende Erregung.

»Stets zu Diensten«, flüsterte er und küsste ihr leuchtendrotes Haar. »Weißt du eigentlich, wie schön du bist? Als ich auf dem Strand aufwachte, war ich entzückt, dich wiederzusehen. Ich habe beschlossen, recht lange hierzubleiben.« Er küsste sie hinter dem Ohr. »Ich wette, das sagt jeder Mann.«

Er tauchte seinen Zeige- und Mittelfinger in ihre flüssige Hitze. Sie war eng und doch so bereitwillig. Ihre Brust hob sich, als sie tief Luft holte. Ihr frischgewaschenes Haar verströmte einen Duft von Lavendel.

»Du riechst so gut, Darling«, murmelte er.

Ihre Lider senkten sich, ihr Gesicht war gerötet. Ihre vereinten Hände strichen über das drahtige Haar ihrer Scham, das noch roter leuchtete als das auf ihrem Kopf. Ihre Finger berührten sie, streiften sie, neckten sie, und James Verlangen wurde immer größer.

Sein Bedürfnis, sie einfach mit ungezügelter Leidenschaft zu nehmen, war ebenso groß wie sein Genuss an diesem ruhigen Spiel. Ihre Wange lag weich an seiner, ihr feuchter Atem strich über seine Lippen. Seine Erektion drückte sich höchst angenehm zwischen ihre Gesäßbacken, genau in die Nische, in deren Öffnung er so gerne eingedrungen wäre.

Ihr Haar strich über seine Haut, weich und kühl, und badete sie mit ihrem Duft. Das war Vergnügen, reines, einfaches Vergnügen. Er hatte so etwas seit sehr, sehr langer Zeit nicht mehr empfunden.

Das Feuer knisterte, die Glut loderte wie die Hitze in James' Adern. Diana sah ihn aus glänzenden Augen träge an.

»Siehst du, Liebes?«, sagte er leise. »Ich bin aus Fleisch und Blut, so wie du.«

Er küsste ihre Schläfe. »Ich möchte dir etwas erzählen, Diana, solange ich deine Aufmerksamkeit genieße. Ich habe nicht gelogen, als ich behauptete, wir würden gut zusammenpassen. Das denke ich immer noch, ganz gleich was passiert, verstehst du das?« Hitze durchströmte ihn. »Ich will diesen großen, entzückenden Körper, den du nicht vor mir versteckst. Ich will dich schmecken und lieben und hören, wie du lachst. Ich will deine Augen Funken sprühen sehen, wenn du wütend auf mich bist.«

Sie atmete schneller, als sich ihr Verlangen steigerte.

»Ich werde dir abgewöhnen, Männer an der Nase herumzuführen, Diana. Und ich werde die Insel nicht eher verlassen, als bis ich das geschafft habe.«

Sie stöhnte erneut lustvoll auf. Er wusste, dass sie ihn nicht hörte, jedenfalls nicht bewusst.

»Bevor ich gehe, möchte ich, dass du mich an die Hand nimmst und mir zeigst, wie schön und genüsslich wir uns lieben können. Kein Necken, kein Flirten. Nur einfache, schöne Liebe, weil du es willst.«

Sie öffnete die Augen, als das lodernde Feuer in ihr die Kontrolle übernahm. Sie kam, süß, stöhnend, und umklammerte seine Hand mit ihren inneren Muskeln wie ein Schraubstock. Um nichts in der Welt hätte er sie zurückgezogen.

Ihr Hintern rieb auf höchst gefährliche Weise gegen seine Erektion, aber er würde ihren Wunsch respektieren. Oder vielmehr ihren gebieterischen Befehl, der auf eine so starke Furcht hindeutete. Bevor er diese Insel verließ, würde er herausfinden, wovor sie solche Angst hatte. Und diese dann für immer auslöschen. Denn wenn ihm das nicht gelang, wenn er gezwungen war, die Insel zu verlassen, bevor er Diana nehmen konnte, würde er wirklich in Flammen aufgehen. Von James Ardmore würde nur ein Haufen Asche übrig bleiben, und Diana Worthing würde lachen.

Jetzt jedoch lachte sie nicht, sondern sie verzerrte ihr Gesicht vor Lust und flüsterte leise, glücklich und verlangend seinen Namen.

»So ist's recht«, murmelte er und küsste sie auf eine Art, neben der sich das Gewitter von vorhin wie ein milder Sommerregen ausmachte.

Später lag James allein in seiner Kammer und beobachtete, wie die Blitze den fernen Horizont erhellten. Der Wind hatte den Sturm weggeweht, und die Scheibe des Mondes tauchte den Himmel in ihr silbriges Licht.

Er zog sich Hose und Stiefel an und streifte seinen Mantel über. Das Gefühl von Dianas Körper an seinem und ihr Geruch hüllten ihn immer noch ein.

Das Mondlicht war ihm recht. Es spendete genug Helligkeit, damit er um die Insel herumsegeln und zu der riesigen Höhle gelangen konnte, in der Dianas Vater seine geschmuggelten Güter aufbewahrte. Brandy, Nägel, Taue, alles unschuldige Dinge, hatte Lockwood ihm gesagt. *Das ist nicht alles, Admiral.*

Im Haus rührte sich nichts. Er hatte Diana schlafend verlassen, ihre Stirn geküsst, sie in die Decke gehüllt und war so leise, wie er konnte, aus dem Zimmer gegangen. Sie war nicht aufgewacht.

James verließ seine Kammer und schloss die Tür lautlos hinter sich. Ebenso behutsam ging er die Treppe hinunter und vermied die knarrende Stufe, die vierte von unten. Er hatte Aufgaben zu erfüllen. Er konnte sie nicht einfach vernachlässigen, nur weil er eine Frau gefunden hatte, mit der er schlafen wollte.

Das Haus lag vollkommen still da, und hinter keinem der Fenster leuchtete Licht. Das Tor klickte leise und knarrte, als er es öffnete.

Er folgte dem Pfad, der im Mondlicht deutlich zu sehen war, hinab zum Strand und weiter zu der Bucht, wo die einmastige Gig vertäut war. Sie dümpelte neben dem kleinen Steg, mit Tauen an den Duckdalben gesichert. Er stieg in das kleine Boot und legte ab.

Das hier war der Test, wie weit er schon gesundet war. Er hob die Ruder, tauchte sie ins Wasser und ruderte los.

9. Kapitel

James' Wunde zog ein wenig und tat weh, aber es passierte nichts Gefährliches. Seine Muskeln waren offenbar so weit zusammengewachsen, dass er wenigstens wieder ein Boot rudern konnte.

Sobald das Haus außer Sicht war, verstaute er die Ruder und setzte das Segel. Der frische Wind würde die Fahrt vereinfachen, solange er sich von den Felsen fernhielt. Er befestigte die Leinen, bediente mit einer Hand das Ruder und mit der anderen das Segel. Es war zwar nicht einfach, aber besser als nichts.

Er suchte mehr als anderthalb Stunden nach der Öffnung der Höhle. Doch er fand den Spalt im Fels einfach nicht und knirschte verärgert mit den Zähnen. Der Mond würde bald untergehen, und er wollte wieder im Bett liegen, bevor die Sonne aufging.

Die Insel verbarg ihre Geheimnisse sehr gut. Gerade als James aufgeben wollte, um in einer anderen Nacht zurückzukommen, sah er, wie eine Möwe, die sich weiß von dem schwarzen Himmel abhob, an einem großen Felsen vorbeischwebte und dann verschwand.

Er wendete und fuhr zu den Klippen, ohne den Blick von der Stelle zu nehmen, an der der Vogel verschwunden war. Seine Wachsamkeit wurde belohnt. Als er näher kam, sah er, dass ein Felsen etwas weiter vor einem anderen stand. Dazwischen befand sich eine schmale Öffnung.

Er reffte das Segel und nahm die Ruder zur Hand. Dann manövrierte das Boot vorsichtig hinein, mied die schäumenden Strudel, die auf Felsen unter der Wasseroberfläche hindeuteten. Eine Woge hob ihn sanft an und trug ihn in die Höhle hinein. Das Boot landete kratzend auf dem winzigen Strand, auf dem Diana und er noch vorhin gestanden hatten.

Er nahm sich einen Moment Zeit, sich an den Rausch dessen zu erinnern, was sie hier getan hatten. Dann legte er die Ruder auf den Boden des Bootes und entzündete die Kerze in der Laterne. Ein Windstoß fegte von oben durch die Höhle. Er blickte hoch, auf die natürlichen Felsvorsprünge und die Kisten, die dort lagerten.

Der unschuldige Brandy hatte in Fässchen ganz unten gestanden, wo er leicht zu finden war. Die interessanteren Dinge erwarteten ihn vermutlich weiter oben. Er hob die Laterne auf den höchsten Absatz, den er finden konnte, und stieg hinauf.

Diana hatte ihm den Weg gezeigt, und er folgte ihm jetzt, kletterte immer höher, sich mit der Laterne den Weg leuchtend. Auf einem Vorsprung in halber Höhe rastete er kurz. Unter ihm dümpelte das Boot im Wasser und zog an der Leine, mit der er es befestigt hatte. Wellen schwappten in die Höhle, begleitet von kaltem Wind und Gischt.

James zog das Brecheisen heraus, das er vom Boot mitgebracht hatte, schob es unter den Deckel einer Kiste und drückte es nach unten. Es quietschte, und die Nägel gaben nach. Er riss den Deckel ab und leuchtete hinein.

In der Kiste lagen mindestens zwanzig Musketen, fein

säuberlich gestapelt. James atmete geräuschvoll aus. Sonderlich überrascht war er jedoch nicht.

Er öffnete die nächste Kiste. Noch mehr Waffen. Systematisch durchsuchte er jede Kiste auf diesem Vorsprung. In allen lagerten Musketen. Auf der nächsten Stufe fand er kistenweise Kugeln. Danach Kisten mit den kleinen Beuteln Schießpulver, die die Infanteristen aufrissen und in den Lauf ihrer Waffen rieseln ließen, bevor sie die Kugeln hineinschoben.

Er stieg weiter nach oben. Mehr Kisten, mehr Waffen, aber diese waren französischer Machart. James rieb sich die Oberlippe. Ein weiterer Vorrat an Musketen stammte aus Preußen.

Der Admiral war ein Narr. Seit James den Mann kennengelernt hatte, hatte er gehofft, dass er sich irrte.

Als er letztes Jahr Haven als den Ort ausgemacht hatte, den er finden musste, hatte er angenommen, der Admiral, dem die Insel gehörte, wäre durch und durch korrupt und ebenso widerlich wie der Mann, den er jagte. Das Ende sollte also eigentlich einfach sein.

Doch jetzt war alles komplizierter. Er mochte Admiral Lockwood. Der Mann hatte alle Eigenschaften, die James bewunderte. Mut, Integrität und Respekt. Und dann war da ja noch Diana.

Er trat gegen eine Kiste. Warum hatte er nur geglaubt, dass es einfach werden würde? Er hätte nach dem ersten Blick auf sie sofort die Flucht ergreifen sie richtig entführen und irgendwo einsperren sollen, während er seiner Blutrache nachging. Ihre Gegenwart machte es ihm schwerer als alles, was er bisher erlebt hatte.

Nein, eigentlich hätte er sie in dieser Herberge in Kent

nehmen sollen. Dann wäre er fertig mit ihr gewesen. Direkt auf dem Tisch, neben den Resten der Suppe. Er hätte ihre Röcke hochschieben und in sie eindringen sollen …

Sie hatte vor Leidenschaft gebrannt. Selbst ein Blinder hätte das gemerkt. Sie kochte jedes Mal, wenn er sie berührte. Trotzdem hatte er diesen unverkennbaren Ausdruck von Furcht in ihren Augen verstanden, wenn er indirekt vorgeschlagen hatte, das zu Ende zu bringen, was sie angefangen hatten.

Er knurrte, als ihn Frustration überkam. Er schob eine der geheimen Kisten des Admirals zum Rand des Felsvorsprungs und stieß sie hinunter. Sie zerbarst mit einem befriedigenden Krachen auf dem Boden der Höhle, und ihr Inhalt würde von den Wellen fortgerissen.

Er schickte die nächste Kiste hinterher, dann noch eine. Er arbeitete sich von Felsvorsprung zu Felsvorsprung und warf eine Kiste nach der anderen hinab. Einige zerbrachen, andere blieben einfach im Sand stecken oder schwammen kurz auf dem Wasser, ehe sie versanken.

»Aufhören!«

Dianas Stimme übertönte das hallende Rauschen der Wellen. James blickte hoch. Sie kauerte ein Stück über ihm, in Rock, Hose und derben Stiefeln. Ihr Haar war zu einem Zopf geflochten, und sie warf ihm über den Lauf einer Pistole hinweg böse Blicke zu.

Er trat einen Schritt aus dem Lichtkegel der Laterne. »Darling, du hegst eine höchst ungemütliche Faszination für Feuerwaffen.«

»Diesmal ist sie geladen.«

»Zweifellos.« Er hakte seinen Fuß um die Laterne und schob sie über die Kante des Felsens. Der winzige Funke der

Kerze flog ein paar Meter durch die Luft und erlosch. Schlagartig wurde es stockfinster in der Höhle. Das Gehäuse landete krachend auf den Kisten und Felsen unter ihm. »Ich würde mich nicht rühren, wenn ich du wäre«, riet er ihr freundlich. »Du könntest im Dunkeln fallen.«

»Du auch.« Sie klang so, als würde es sie freuen.

»Für wen sind die?«, fragte er. »All diese Waffen und das Schießpulver, das jetzt vollkommen durchnässt ist?«

Ihre Stimme klang gepresst vor Wut. »Für die britischen Truppen natürlich. Damit sie die iberische Halbinsel befreien können. Wir führen einen Krieg gegen Napoleon, weißt du das nicht?«

»Hat er dir das gesagt?«

»Warum sollte er lügen? Diese Waffen sind für Gibraltar bestimmt, von wo aus sie nach Norden durch die französischen Linien zu den britischen Streitkräften geschmuggelt werden.«

Er lächelte im Dunkeln. »Die Franzosen haben Südspanien bereits aufgeben, wusstest du das nicht? Euer General Wellesley treibt sie nach Norden hoch. Nicht mehr lange, dann hat er Frankreich selbst eingenommen, wette ich. Er braucht diesen kleinen Vorrat an britischen, französischen und preußischen Waffen nicht.«

»Französische Waffen? Wovon redest du?«

»Das ist kein Vorratslager, Diana. Das ist Beute.«

Sie lachte auf. »Wessen beschuldigst du meinen Vater jetzt?«

»Der Piraterie. Ich jage Piraten. Ich weiß, wie Beute aussieht.«

»Ich hatte recht. Du bist überheblich. Mein Vater ist kein Pirat.«

»Nein«, antwortete er sanft. »Das denke ich auch nicht. Aber das hier haben Piraten erbeutet, und ich habe das Gefühl, dass auch Piraten zurückkehren und es sich holen werden.«

Während er sprach, ließ er sich sehr vorsichtig auf den nächsten Vorsprung herunter. Er musste im Dunkeln zwar sehr langsam kriechen, aber das hatte den Vorteil, dass er so gut wie kein Geräusch machte.

»Mein Vater ist kein Pirat«, wiederholte sie eigensinnig.

»Was hat er auf dieser Insel zu suchen? So weit weg von zu Hause?«

»Das ist sein Zuhause. Er hatte die Stadt satt und hat sich hier zur Ruhe gesetzt.«

James glitt auf die nächste Felsstufe. »Er war ein Held, ausgezeichnet für seine Verdienste bei der Schlacht von Trafalgar, und ein verdammt guter Seemann. Er könnte weit oben in der Admiralität rangieren und den Krieg vom luxuriösen Whitehall aus führen. Aber er hat sich einen Zufluchtsort hundert Meilen von England entfernt ausgesucht. Eine etwas merkwürdige Entscheidung, oder nicht?«

Sie schwieg. James ließ sich auf den Boden der Höhle fallen und landete platschend mit den Stiefeln im Wasser. Das Mondlicht schimmerte durch den Eingang, erleuchtete das dümpelnde Boot und ließ den Metallrahmen des Laternengehäuses glänzen.

Er hob die Laterne auf und legte sie vorsichtig ins Boot. Mit Licht wäre es besser gewesen, aber dann hätte Diana auf ihn zielen können.

Er tastete nach der ersten Kiste und wuchtete sie in das Boot. Holztrümmer und Musketen lagen verstreut auf dem Boden. Er hob sie auf und warf sie eine nach der anderen in das Boot. Sein Vorhaben würde mehrere Fahrten hinaus aufs Meer erfordern.

Als Diana wieder sprach, zitterte ihre Stimme. »Mein Vater ist kein Verräter.«

»Das habe ich auch nicht behauptet. Ich sagte, er ist ein Pirat.«

»Warum zum Teufel sollte mein Vater zum Piraten werden?«

»Das weiß ich nicht. Männer werden es aus vielerlei Gründen.« Er band das Boot von den Felsen los. »Allerdings beabsichtige ich, ihn danach zu fragen.«

Von oben antwortete Schweigen. James warf die Leinen ins Boot. Jetzt kam der heikle Teil. Wenn er ins Mondlicht ruderte, konnte sie ihn sehen und feuern. Er setzte die Ruder in die Dollborde ein.

Dann hörte er das Klappern von Steinen auf Fels, ein Knurren und Keuchen, als sie sich an dem Vorsprung wehtat. Sie kletterte herunter. Im Stockfinstern und mit einer geladenen Pistole in der Hand.

»Rühr dich nicht, Diana, um Himmels willen!«

»Ich werde nicht zulassen, dass du ihn zum Narren machst!«

Er sprang wieder aus dem Boot.

Sie hatte bereits mit dem Abstieg begonnen. Er hörte erneut, wie Steine gegeneinanderschlugen, ihr gereiztes Knurren, als sie abglitt. Er lief zu ihr. Obwohl sie sich vermutlich in diesen Höhlen auskannte und schon seit Jahren hier herumgeklettert war. Wahrscheinlich bereits als kleines Mädchen und ebenfalls im Dunkeln, wenn sie ihrem Vater half, seine Vorräte an Waffen zu verstauen.

Er erwischte sie, als sie sich von dem letzten Vorsprung

herabließ. Eine kurze Drehung ihrer Hand, und die Waffe fiel mit einem leisen Platschen in das Wasser zu ihren Füßen.

Sie schlug auf ihn ein und versetzte ihm einige saftige Ohrfeigen. Er verstärkte seinen Griff und zerrte sie zur Gig. Tut mir leid, Schätzchen, dachte er. Er bedauerte es tatsächlich. Schon wieder diese Reue!

Er hob sie über den Dollbord. Ihr Schreien übertönte das rauschende Wasser. »Was hast du vor?«

Er zog ihren Kopf zu sich herum und küsste sie lange und hart auf den Mund. Sie bog ihren Hals unter seinem Druck nach hinten, doch sie erwiderte den Kuss, versuchte ihn zu kontrollieren, James in seinem eigenen Spiel zu schlagen.

Er beendete den Kampf, indem er sie auf den Boden des Bootes stieß. Sie war zwar kräftig, doch er war stärker.

Dafür teilte sie ihm unmissverständlich mit, was sie von ihm hielt. Seit er die *Argonaut* verlassen hatte, waren ihm nicht mehr so deftige Flüche zu Ohren gekommen. Sie würde sogar Ian O'Malley noch etwas beibringen können.

Er hob die Seile auf, mit denen die Ruder zusammengebunden gewesen waren. Erinnerungen an ihr Schlafgemach schossen ihm durch den Kopf. Sie hatte sich so süß und heiß an ihm gerieben. Zu schade, dass sie ihn jetzt hasste.

Er zog ihre Hände um den Mast herum und schlang das Tau um ihre Handgelenke. Er band es nicht zu fest, um ihr nicht wehzutun, aber straff genug, damit sie sich nicht befreien konnte. Einen Moment lang überlegte er, ob er auch ihre Füße fesseln sollte, entschied sich jedoch dagegen. Mochte sie treten, soviel sie wollte. Wenn er alle Kisten eingeladen hatte, würde ihr kaum noch genug Platz bleiben, um sich zu bewegen.

Er richtete sich auf und sprang aus dem Boot. Sie schrie ihm hinterher, nicht im Geringsten gebändigt.

Sie würde sich niemals ergeben. Er hatte eine Wildkatze gefunden, und das Schwierige mit solchen Geschöpfen war, dass es keine Möglichkeit gab, sie sicher freizulassen.

So schnell er konnte, stapelte er die Kisten und einzelnen Waffen in der Gig um Diana herum. Die Wellen rauschten jetzt schneller in die Höhle und umspielten seine Füße. Diana war endlich verstummt. Zweifellos sparte sie sich ihren Atem für später auf.

Nur die Hälfte der Kisten passte ins Boot. James wusste, wie man eine Ladung ausbalancieren musste, und ließ genug Platz, dass er noch hineinklettern und rudern konnte.

Dann stieß er das Boot vom Strand ab, sprang in letzter Sekunde auf die Kisten und tastete sich zur Ruderbank vor. Diana lag direkt hinter ihm, die Füße zum Heck hin ausgestreckt. Er nahm die Ruder auf und legte sich in die Riemen, um die Gig aus der Höhle zu manövrieren.

Sie würde frieren. Der Wind von den Klippen war beißend, fegte die Kälte des Sturm vor sich her. James legte die Ruder auf, streifte sich seine Jacke von den Schultern und legte sie ihr über. Seine Arbeit würde ihn wärmen.

Dankte sie ihm für seine Freundlichkeit? Oh nein! Sie überhäufte ihn weiter mit Beschimpfungen, beleidigte ihn, seine Gewohnheiten und seine Herkunft.

Als sie etwa eine Meile von der Insel entfernt waren, wo nach Leutnant Jacks Auskunft das tiefe Wasser begann, legte James die Ruder erneut ab. Er kletterte über die Kisten und ließ den Anker ins Wasser hinab. Ihm folgte die erste Kiste. Sie zerbrach, als sie auf das Wasser prallte, und die Musketen versanken auf dem Grund des Meeres.

»Was machst du da?«, schrie Diana.

»Was ich am besten kann«, erwiderte James. »Piraten zur Hölle schicken.«

»Du schadest damit nur meinen Vater. Du weißt ja nicht, was du da tust.«

»Ich habe so eine Ahnung. Lass den Kopf unten. Ich will dich nicht verletzen.«

Er warf eine Kiste nach der anderen über Bord, danach die einzelnen Musketen sowie die Kugeln. Seine Muskeln schmerzten von der Anstrengung, und er schwitzte so stark, dass nicht einmal der scharfe Wind seine Haut trocknen konnte.

Schließlich versank die letzte Kiste im Meer, und James wendete das Boot in Richtung Strand.

Diana duckte sich, als der Mastbaum über ihren Kopf hinwegfegte. Das Segel knallte, als der Wind es aufblähte. Sie hing hilflos am Mast und kochte vor Wut. Das Tau, mit dem er sie gefesselt hatte, war so locker, dass es ihr zwar nicht wehtat, sie sich aber trotzdem nicht befreien konnte.

Schließlich erreichten sie die Höhle. James belud das Boot ein zweites Mal, und wieder segelten sie hinaus aufs Meer. Kiste um Kiste flog über den Bootsrand. James keuchte vor Anstrengung, als er den Vorrat ihres Vaters in die Fluten schleuderte.

Sie belegte ihn mit jedem Schimpfwort, das ihr einfiel. Da sie unter Seeleuten aufgewachsen war, verfügte sie über einen sehr farbenfrohen Wortschatz. Sie konnte nicht fassen, dass sie weichgeworden war, als er sich bereit erklärt hatte, ihren heftigen Flirt nicht zu seinem logischen Ende zu bringen. Sir Edward hätte getobt und sie entweder gezwungen oder sie mit schneidendem, beißendem Hohn überschüttet. James hatte sie einfach in die Arme gezogen und ihr gesagt, sie könne sich die Art ihres Vergnügens auswählen.

Sie hatte nicht gewusst, dass es sich so anfühlen konnte. Er hatte auf ihr gespielt wie ein erfahrener Musiker auf einem schönen Instrument. Er hatte genau gewusst, wie er ihre Leidenschaft anstacheln und sie wieder besänftigen konnte. Natürlich wusste er das!

Ihr Vater hätte ihn in Ketten legen sollen, als er angespült wurde. Aber solange sie, ihr Vater, Leutnant Jack und Jessup sich nicht alle gleichzeitig auf James stürzten und ihn im Kartoffelkeller einsperrten, konnten sie nichts gegen ihn ausrichten. Der Admiral war einfach zu weichherzig.

Dianas Mitgefühl dagegen war schon lange erschöpft.

James fuhr ein drittes Mal zur Höhle und wieder zurück und warf die letzte Ladung Waffen ins Meer. Dann wendete er das Boot und nahm Kurs auf die sandige Bucht, in der es normalerweise lag.

Diana kauerte ruhig, des Kämpfens müde. James vertäute das Boot an dem kleinen Steg, rollte das Segel auf, verstaute die Ruder und sicherte die Gig mit den Leinen.

Erst als er damit fertig war, kümmerte er sich um Diana und zerschnitt ihre Fesseln geschickt mit seinem Messer. Dann hob er sie unter den Achseln hoch und hielt sie dabei so fest, dass sie sich nicht umdrehen und ihn treten konnte. Schließlich schleppte er sie an den Strand und ließ sie dort fallen.

Kaum berührten ihre Füße den Sand, riss sich Diana von ihm los. »Du pockenverseuchter Lügner! Du hast mich verführt! Du dachtest, ich würde zulassen, dass du meinen Vater beraubst, sobald du mit mir fertig bist!«

»Schrei ruhig ein bisschen lauter, Diana«, erwiderte James gedehnt und schob ruhig das Messer in die Scheide. »Ich glaube, ein paar Bauern in Frankreich haben dich nicht richtig gehört.«

»Ich will, dass sie mich hören! Ich will, dass mein Vater ganz genau hört, was du ihm angetan hast. Er wird dich in Ketten legen! Er wird dich …!«

»Er wird ziemlich froh darüber sein, dass ich nicht das ganze Lager im Meer versenkt habe.« James hielt Dianas Arme fest. »Hör mir zu. Was er tut, ist gefährlich. Wenn du es mir erlaubst, kann ich die Angelegenheit jedoch regeln. Ich warte schon seit Jahren darauf, das endlich zu tun.«

Sie riss sich los. »Wovon redest du?«

»Er hat diese Waren nicht allein herschaffen können. Ich werde ihn fragen, wer ihm geholfen hat, und dann werde ich seine Piratenhelfer jagen. So einfach ist das.«

»Einfach? Und was willst du dann mit meinem Vater tun?«

»Was soll ich denn mit ihm tun?«

»Nichts. Ich will, dass du ihn in Ruhe lässt.«

Seine Miene wurde hart. »Das kann ich nicht, Darling.«

»Hör auf, mich so zu nennen. Warum sollte er dir gegenüber Rechenschaft ablegen?«

Seine Augen blitzten, kalt wie arktisches Eis. »Piraten sind brutale Mörder, Diana. Wenn sie deinen Vater bedrohen, werde ich ihn von ihnen befreien; sollte er mit ihnen zusammenarbeiten, werde ich ihn daran hindern. Ganz gleich, wie.«

»Oder aber du lässt meinen Vater einfach in Ruhe. Warum kümmert dich ein Lager mit gebrauchten Gütern?«

Das Mondlicht ließ seinen Blick noch abweisender wirken. »Weil ich zu wissen glaube, welcher Pirat dieses Lager angelegt hat. Ich vermute das bereits seit langer Zeit. Aus diesem Grund wollte ich so viel über Haven wissen. Ich will diesen Verbrecher zur Strecke bringen und werde alles tun, was dafür notwendig ist.«

Plötzlich durchströmte sie eine schreckliche Erkenntnis. »Mein Gott! Mein Ehemann, ausgerechnet mein Ehemann, hatte recht. Du hast mich in dem Haus von Admiral Burgess in Kent gesehen. Und mich absichtlich entführt.«

Er nickte, dieser unverschämte Kerl!

»Das stimmt. Ich war da, um Kinnaird zu retten, aber als ich die Tochter von Admiral Lockwood sah, habe ich diese ausgezeichnete Gelegenheit genutzt. Ich hätte dich auch aus deinem Schlafzimmer entführt, wenn du nicht zufällig auf O'Malley gestoßen wärest und mir die Sache erleichtert hättest.«

Ihr Herz schlug rasend schnell, und ihr wurde fast übel. »Also, du hast die ganze Zeit … Ich habe dir direkt in die Hände gespielt, verdammt!«

»Das würde ich nicht sagen. Du hast mir kein Sterbenswörtchen verraten. Selbst als ich dich küsste, hat dich das nicht erschüttern können. Ich habe keinen besonderen Wert darauf gelegt, dass mich die gesamte britische Flotte verfolgte, also blieb mir nichts anderes übrig, als dich zurückzubringen.«

Sie starrte ihn einen Moment wie betäubt an, dann stürzte sie sich auf ihn. »Du …!« Sie trommelte mit ihren Fäusten gegen seine Brust. »Du hast mich benutzt. Ich habe zugelassen …« Sie unterbrach sich, als sie sich an die feuchte Hitze zwischen ihren Schenkeln erinnerte, an seine Hände, die sie streichelten und liebkosten, an seine Lippen, die so warm und sanft waren. »Du bist der schlimmste Schurke, den ich kenne. Und ich bin eine verdammte Närrin!«

Er legte seine großen Hände auf ihre und hielt sie mühelos fest. »Du bist eine wunderschöne Frau. Eine, die jeden Mann zur Verzweiflung bringen kann.«

»Hör auf, mir zu schmeicheln. Ich habe dein Süßholzraspeln satt!« Sie befreite sich aus seinem Griff. »Ich werde meinem Vater sagen, was du heute Nacht getan hast. Willst du mich etwa daran hindern?«

»Nein«, erwiderte er gelassen und mit kühlem Blick. »Ich werde sogar mit dir gehen. Wir werden es ihm gemeinsam erzählen.«

Sie hatte gehofft, dass ihr Vorhaben eine unbändige, glühende Wut in ihm auslösen würde, eine, die ebenso stark war wie ihre, aber seinen kalten Augen war keine Gefühlsregung anzumerken. »Also gut«, sagte Diana. Sie versuchte, frostig zu klingen, scheiterte jedoch kläglich.

Sie kehrte ihm den Rücken zu und marschierte zum Haus zurück. Sie hörte, wie James ihr folgte. Er ging leise hinter ihr und schwieg. Was sie jedoch am meisten erzürnte, war, dass er sich schlicht weigerte, mit ihr zu streiten.

10. Kapitel

James war sich sehr deutlich bewusst, wie Diana ihn quer durch den Raum anfunkelte, obwohl er ihren Blick geflissentlich mied. Sie saßen im Arbeitszimmer ihres Vaters, vor den Fenstern, von denen man aufs Meer hinausblicken konnte, das Zimmer, in dem ihr Vater James neulich nachts verhört hatte.

Diana saß stocksteif auf einem Stuhl neben dem Kamin. Der Admiral lehnte an seinem Schreibtisch. Er wirkte selbst im Morgenmantel würdevoll und beobachtete James aufmerksam.

Ardmore konnte sich einfach nicht setzen. Seine Beine wollten sich nicht beugen. Dennoch hatte er nicht das Gefühl, einen Vorteil zu haben, indem er stand.

Diana hätte ihn mit ihrem Blick töten können, ganz gleich in welcher Haltung er sich befand. Das Gift in ihrer Stimme, als sie ihn angeschrien hatte, schmerzte ihn immer noch.

Lass deinem Hass auf mich ruhig freien Lauf, Diana. Ich bin daran gewöhnt.

Diana hatte ihren Vater geweckt, sobald sie das Haus erreicht hatten. Lockwood war beunruhigt gewesen, als er aus seinem Zimmer getreten war, und doch hatte er gleichzeitig gelassen gewirkt, als hätte er so etwas erwartet. Er selbst hatte vorgeschlagen, sich in seinem Arbeitszimmer zu versammeln.

»Also, James«, begann er bedächtig. »Was habt Ihr mir mitzuteilen?«

»Ich möchte, dass Ihr mir den Namen des Piraten nennt, der Euch zwingt, für ihn zu arbeiten.«

Die Miene des Admirals verhärtete sich. James erkannte in diesem Moment, woher Diana ihren wundervollen Zorn hatte. Unter diesem Blick musste so mancher Leutnant erzittert sein.

»Ich arbeite für niemanden«, erwiderte Lockwood.

»Also überfallt Ihr ganz allein Schiffe und plündert sie aus?« James war nicht in der Stimmung, irgendjemanden mit Samthandschuhen anzufassen. »In dieser kleinen Gig, mit Eurer Tochter und Eurer Enkelin an der Pinne?«

»Lasst dieses Thema ruhen«, antwortete der Admiral. »Es geht Euch wohl kaum etwas an.«

»Es geht mich sehr wohl etwas an. Ich bin ein Piratenjäger. Könnt Ihr mir jetzt einen Namen nennen, oder soll ich Euch einen vorschlagen?«

»Um meiner Tochter willen bitte ich Euch, hört auf damit!«

James verstummte. Diana saß immer noch mit verschränkten Armen da und sah ihn bitterböse an, aber James bemerkte die Unsicherheit in ihrer Miene. Sie hatte wirklich geglaubt, dass ihr Vater diese Waffen für die britische Armee in Spanien lagerte.

Ihm wurde klar, dass er in Diana eine Verbündete gefunden hätte, wäre er nicht so rücksichtslos und dumm vorgegangen. Sie wusste nur das, was ihr Vater ihr erzählt hatte, und was sie jetzt erfuhr, gefiel ihr kein bisschen. Als er sie letztes Jahr entführt hatte, hätte er ihr die Wahrheit sagen sollen. James' ursprüngliches Vorhaben war gewesen, sie so einzuschüchtern, dass sie ihm die gewünschten Antworten gab, und sie dann gehenzulassen. Der Plan war schneller gescheitert, als ein Mastschwein auf einem Markt am Spieß endet. Er hatte den Fehler begangen, sie für die hohlköpfige Gemahlin eines Offiziers zu halten, die sich im Nachhall des Ruhmes ihres Ehemannes sonnte. Allerdings hatte er sich von dieser Idee sehr rasch verabschiedet.

Sie hatte ihn wahnsinnig gemacht, und er hatte sie zähmen wollen. Danach hatte er sie nur noch begehrt. James Ardmore, der für seine kühle Rücksichtslosigkeit berüchtigt war, hatte seinen Emotionen freien Lauf gelassen. Am Ende hatten sie sich geküsst, als würden sie miteinander kämpfen. Er hatte sie sogar gebeten, mit ihm zu kommen und ihn auf seinen Reisen zu begleiten. Wie verrückt musste er gewesen sein, so etwas vorzuschlagen.

Hätte er Diana einfach nur die Wahrheit erzählt, statt sich mit ihr auf ein Lebensmittelgefecht einzulassen, hätte sie vielleicht verstanden. Sie hatte Pauls Tagebuch gelesen, gesehen, was James in der Kiste in seiner Kabine verschlossen hielt. Deshalb war er auch so wütend auf sie gewesen.

Pauls letzter Eintrag war eine verstörte, halb wahnsinnige Mitteilung an seine tote Frau. James hasste diese Aufzeichnungen, aber er war einfach nicht in der Lage gewesen, sie wegzuwerfen. Es war zu viel von Paul darin, und er wollte nicht auch noch dieses Stück von seinem Bruder verlieren.

James hatte Diana mit dem Tagebuch in der Hand in seiner Kabine ertappt. Sie hatte sie verwüstet, um ihn zu ärgern. Ihr seidenes Gewand wies Wasserflecken auf und war zerrissen, und das Mieder enthüllte eine runde, verführerische Schulter, die zum Küssen förmlich einlud. Als er hereinkam, hatte sie mit tränenfeuchten Augen zu ihm aufgeblickt. »Wer war sie?«, hatte sie geflüstert.

Er hatte ihr das Buch aus der Hand gerissen, es weggeschlossen, sie von Bord gezerrt und an Land gebracht.

James landete plötzlich wieder auf Haven, als der Admiral tief aufseufzte. Er wirkte plötzlich sehr alt. »Ich kann Euch in diesem Punkt nicht weiterhelfen, James. Ich bitte Euch unter Gentlemen, von diesem Thema abzulassen.«

James blieb wie angewurzelt stehen. Diana beobachtete ihn, schien ihn mit ihrem Blick herauszufordern, den nächsten Zug zu tun. Selbst als er sie entführt hatte, war sie nicht so wütend gewesen wie jetzt.

»Ich würde heute Nacht gerne noch ein wenig schlafen.« James' Geduld ging zu Ende. »Also werde ich Euch einen Namen nennen, und Ihr sagt mir, ob es der richtige ist.«

»Einverstanden«, antwortete der Admiral. »Um unseres Schlafes willen.«

James verschränkte die Arme. Er wollte das nicht, was er jetzt tun musste. Aber die Erinnerung an Paul zwang ihn dazu. Nachdem die Frau seines Bruders vergewaltigt und ermordet worden war, war Paul nie wieder derselbe gewesen. Und James hatte ihm damals nicht helfen können. Also schuldete er ihm das hier.

»Black Jack Mallory.«

Im Gesicht des Admirals rührte sich kein Muskel. Aber James wusste, dass er recht hatte, als er das winzige Zucken der Pupillen bemerkte.

»Habe ich gerade meinen Namen gehört?«

Leutnant Jack stand in der halb geöffneten Tür. Angetan mit Hose, Hemd und Stiefeln.

Diana riss die Augen auf, als glaubte sie tatsächlich, dass der unschuldige Leutnant der berüchtigte Pirat sein könnte.

»Kommt herein«, bat ihn der Admiral müde. »James spricht gerade von einem anderen Jack.«

»Falls ich überhaupt so heiße.« Der Leutnant schloss die Tür hinter sich. »Würde es Euch etwas ausmachen, mir zu sagen, worüber Ihr diskutiert? Es klingt wichtig.«

Lockwood schwieg resigniert. Diana dagegen sprang auf. »Ihr könntet aufhören, meinem Vater zuzusetzen!«, fuhr sie James an.

»Was geht hier vor?«, wiederholte Jack. Er stand mit verschränkten Armen im Raum. »Ardmore, erklärt Euch!« Er schien bereit, James zum Duell zu fordern, falls ihm seine Antwort nicht gefiel. Diese verdammten Engländer!

»Admiral Lockwood arbeitet – freiwillig oder gegen seinen Willen – mit einem Gentleman zusammen, der auf den Namen Black Jack Mallory hört«, erwiderte James. »Mallory ist ein Pirat. Ich bin schon sehr lange auf der Jagd nach ihm, aber er ist mir immer wieder entkommen. Ich habe vermutet, dass er eine Insel in dieser Gegend als Basis benutzt. Es hat mich viel Zeit gekostet, sie zu finden. Bis zu dem Schiffbruch war mir nicht klar, wie nahe ich ihr war.«

»Warum habt Ihr nicht einfach eine Anfrage an die Admiralität gerichtet?«, wollte Jack sichtlich verwirrt wissen. »Sie müssten doch Haven kennen, oder nicht? Vermutlich würden sie über irgendwelche Piratenaktivitäten gerne informiert werden.«

James warf ihm einen ironischen Blick zu. »Weil mir die Admiralität nicht so ohne weiteres Informationen geben würde.«

»Warum sollte sie das tun?«

»Weil er James Ardmore ist«, sagte Diana laut und deutlich. »Er wird von der britischen Admiralität wegen zahlloser Verbrechen gegen die Marine gesucht. Er ist eine Legende oder ein berüchtigter Krimineller, je nachdem wer die Geschichte erzählt.«

»Verstehe«, erwiderte Jack.

Es wurde still im Raum. Ein Holzscheit knackte, und der Wind heulte leise im Schornstein.

Der Leutnant maß James von oben bis unten, ohne ihn zu erkennen. Dann drehte er sich zu dem Admiral und Diana um. »Würdet Ihr mir vielleicht erklären, warum mir niemand gesagt hat, dass er ein Verbrecher ist? Warum wird ihm gestattet, sich hier frei zu bewegen, allein mit Isabeau, Diana oder mir?«

»Weil«, der Admiral seufzte, »ich ihm vertraut habe.«

Jack sah James an. »Sagt mir«, fuhr er beiläufig fort, »warum Ihr mit mir auf der Fregatte wart.«

Er klang ruhig und streng, ganz der verdammte Aristokrat. Vermutlich war er einer. Diese Adligen sprachen alle mit einer gewissen Autorität, mit der Gewissheit, sich im Recht zu befinden.

Sie hatten das Kommando, und alle anderen taten gut daran nachzugeben. Selbst James' alter Rivale Grayson Finley, der Pirat, der zum Viscount geworden war, legte diese nervende, überhebliche Art an den Tag.

»Ich war ein Gefangener«, erwiderte James. »Euer Kapitän hatte mich dabei erwischt, wie ich einigen amerikanischen Schmugglern half. Euer Schiff war nach Gibraltar unterwegs, um mich in den Gewahrsam der dortigen Garnison zu übergeben.«

Jack beobachtete ihn ruhig. »Habt Ihr Euch deshalb geweigert, mir den Namen meines Schiffes zu nennen? Oder meinen eigenen?«

Seine Augen blitzten vor Wut. Hätte James ihm diese Informationen gegeben, hätte das vielleicht einige Erinnerungen ausgelöst. Dass Ardmore ein solches Wissen zurückgehalten hatte, kam ihm wie ein Betrug vor und war noch schlimmer als die Enthüllung, dass James in den Augen der Engländer ein Verbrecher war.

»Das Schiff war die *Constantine*. Hilft Euch das weiter?«

Jack überlegte einen Moment und schüttelte dann den Kopf. »Ich kann mich nicht daran erinnern. Was ist mit meinem Namen?« Er sah James resigniert an.

»Den kenne ich nicht«, antwortete James. »Das schwöre ich Euch. Ihr seid erst bei dem Sturm vom Achterdeck gekommen, und ich habe nie gehört, dass der Captain, Christianson hieß er, Euch mit Eurem Namen angesprochen hätte. Mehr weiß ich nicht.«

Jack starrte ihn noch einen Moment an und wandte sich dann ab.

»Es tut mir leid.« Die Worte kamen James nur mit Mühe über die Lippen. Er entschuldigte sich nur selten bei jemandem, hatte es, in der Tat, seit ungefähr einem Jahrzehnt nicht mehr getan.

Der Admiral mischte sich ein. »Du solltest vielleicht zu Bett gehen, Diana.«

James unterdrückte ein verächtliches Schnauben. Der Mann konnte doch nicht ernsthaft glauben, dass seine Tochter sich fügen und verschwinden würde.

»Ich will es von dir hören, Vater«, gab sie dann auch prompt zurück. »Hat James recht, was diesen Mallory angeht?«

Der Admiral betrachtete das Muster des Teppichs. »Er hat

recht.« Dann hob er seinen Kopf mit dem silberweißen Haar und warf James einen wütenden Blick zu, der Diana alle Ehre gemacht hätte. »Ich hätte es lieber vermieden, vor meiner Tochter bloßgestellt zu werden. Hättet Ihr nicht gestern mit mir darüber sprechen können, als wir unter uns waren?«

»Da war ich mir noch nicht sicher. Außerdem hat Diana darauf bestanden, dass Ihr mich zurechtweist. Sie wollte mir beweisen, dass ich mich irre.«

Dianas Augen blitzten. »Wagt nicht, mir die Schuld daran anzulasten, James Ardmore!«

»Ich gebe auch nicht Euch die Schuld, sondern mir. Ich hätte Euch in dem Boot gefesselt zurücklassen oder Euch gleich von Anfang an in Eurem Zimmer einschließen sollen. Ich hatte keine Ahnung, dass Ihr mitten in der Nacht in die Höhlen hinabsteigen würdet.«

Ein gequälter Ausdruck huschte über das Gesicht des Admirals, als hätte er schon lange versucht, seiner Tochter riskante Unternehmungen auszureden, natürlich vergeblich.

»Sei es, wie es ist«, mischte sich Leutnant Jack ein. »Jetzt jedenfalls wissen wir es alle.« Seine Miene war gefasst, hart, aber kühl. Verdammt, er musste ein Aristokrat sein. Sie hatten alle diesen Ausdruck von überlegenem Selbstbewusstsein an sich, selbst wenn sie mit dem Rücken zur Wand standen. »Wer ist Black Jack Mallory?«

»Ein brutaler Verbrecher«, antwortete James. »Ein Engländer, der seine Karriere als Freibeuter gegen französische und amerikanische Schiffe begonnen hat, mit dem Segen der englischen Regierung, versteht sich. Wie der Admiral weiß, errichten die Engländer nur allzu gerne Blockaden gegen amerikanische Schiffe, wogegen ich nachdrücklichste Einwände erhebe.«

Der Admiral wirkte verärgert, Diana wütend, Jack dagegen wartete geduldig auf weitere Informationen. Also fuhr James fort. »Freibeuter werden ermutigt, im Namen der britischen Krone zu plündern. Einige von ihnen jedoch, wie Black Jack, finden bald etwas zu viel Geschmack an diesem Geschäft. Also beschloss Mallory, auf eigene Rechnung weiterzumachen. Jetzt sind die Engländer hinter ihm her, die Amerikaner und die Franzosen sowie so ziemlich alle anderen Länder.« Er drehte sich zu Dianas Vater um. »Ich finde es unglaublich, dass Ihr ihn auch nur in die Nähe Eurer Tochter gelassen habt.«

Lockwoods Gesicht war weiß vor Ärger. Leutnant Jack mischte sich ein. »Ich gehe davon aus, dass der Admiral nichts dergleichen getan hat.«

Diana legte sich die Hand auf die Lippen. »Ach, Vater, hat er dich bedroht? Du hättest es mir sagen sollen.«

»Hört auf!«, fuhr der Admiral hoch. »Wenn Ihr mich reden lasst, werde ich es Euch erklären.« Er sammelte sich mit einem tiefen Atemzug. »Mallory hat mich nie bedroht. Ich habe ihm freiwillig geholfen.«

»Freiwillig?«, fragte James überrascht. »Der Mann ist ein Mörder.«

»Nicht mehr, James. Als er zu mir kam, war er verzweifelt, und ich habe ihm beigestanden. Ich schuldete ihm einen Gefallen.«

James konnte die Wut in seinem Mund kosten. Sie schmeckte wie Kupfer. »Er hat Frauen vergewaltigt und ermordet. Nur zum Vergnügen. Erinnert Ihr Euch daran, wie ich davon sprach, dass ein Pirat eine Frau vom Hals bis zur Scham aufschlitzte, weil sie nicht kooperierte? Nun, das war Black Jack Mallory.«

Der Admiral wurde blass. »Ich wäre Euch dankbar, wenn Ihr nicht vor meiner Tochter von solchen Dingen reden würdet.«

»Sie hat das Recht zu erfahren, welche Gesellschaft ihr Vater pflegt.«

Diana starrte ihn an. Nicht wütend oder ängstlich, sondern etwas verwirrt, als würde sie gerade Puzzlestücke zusammensetzen.

»Er ist nicht mehr das, was er einst war, James«, presste der Admiral hervor. »Er hat mir während eines Kampfes vor der Küste Frankreichs das Leben gerettet. Wir hatten zwei Schiffe verloren, und meine Fregatte hatte es ganz allein fast mit der gesamten Flotte der Franzosen zu tun. Dann kam Black Jack Mallory herangesegelt. Er hat sich in die Schlacht gestürzt, und als ich über Bord ging, hat er mich aus dem Wasser gezogen. Er meinte, er wäre genug Patriot, um nicht mit ansehen zu wollen, wie die Franzosen die tapferen englischen Schiffe besiegten. Er hat uns und der Mannschaft der beiden anderen Schiffe geholfen zu entkommen. Als er dann vor ein paar Jahren zu mir kam, krank und am Boden, konnte ich ihn nicht einfach wegschicken.«

»Er hat auf Euer Ehrgefühl spekuliert.«

»Wenn Ihr so wollt. Ich wusste, was er war. Schließlich bin ich kein Narr. Er brauchte Hilfe. Ich gab sie ihm, um meine Schulden bei ihm zurückzuzahlen.«

James' Ärger flammte erneut auf. »Indem Ihr zulasst, dass er Eure Insel als Lager für seine Beute benutzt? Ich habe die Waffen gefunden, trotz Eurer Bemühungen und der Eurer Tochter, das zu verhindern.«

»Das meiste davon ist alt«, erwiderte der Admiral. »Er hat die Insel früher als Schlupfwinkel benutzt. Haven gehört meiner Familie, aber nach der Heirat meiner Tochter und bevor ich mich zur Ruhe setzte, war die Insel einige Jahre lang verlassen. Mallory hat gelegentlich mit der Idee gespielt, Kaufmann zu werden und die Waren zu verkaufen, aber er wusste, dass niemand mit ihm Geschäfte machen würde.«

Diana sagte nichts, sondern starrte ihren Vater nur mit zusammengepressten Lippen an. Höchst ungewöhnlich für sie.

»Wann kommt er zurück?«, erkundigte sich Leutnant Jack.

Lockwood antwortete nicht.

James verschränkte die Arme. »Er kann Euch noch so oft sagen, dass er bekehrt ist, Admiral, doch das kann seine Verbrechen nicht tilgen.«

Lockwoods Augen hatten dieselbe Farbe wie die seiner Tochter, und ihr Blick kündete von derselben Intelligenz. »Das weiß ich.«

»Wenn Black Jack zurückkommt, wird er mich hier finden. Dann werde ich entscheiden, was ich tun werde.«

»Ihr könnt ihn nicht zur Verantwortung ziehen«, wandte der Admiral ein.

»Das kann ich, und das werde ich auch.«

Diana lachte barsch auf. »Solche Worte von einem Mann, der mir einreden wollte, er wäre keine Legende. Ihr glaubt also, das Ihr ganz allein gegen diesen furchteinflößenden Piraten bestehen könnt?«

»Ich kenne Black Jack, und ich kenne seine Gewohnheiten«, erwiderte James eigensinnig. »Ich jage ihn schon lange.«

»Und Ihr habt Haven gefunden«, entgegnete Diana wütend. »Sagt mir nicht, James Ardmore, dass Ihr auch geplant habt, mit dieser Fregatte Schiffbruch zu erleiden und Euch an unseren Strand spülen zu lassen.«

»Nein. Das war pures Glück.« Er warf dem Admiral einen Seitenblick zu. »Ich habe einfach nur beschlossen, das Beste daraus zu machen.«

Dianas Blick hätte Feuerholz in Brand setzen können. »Ihr habt gelogen. Ihr habt von Anfang bis Ende gelogen.«

»Wie Ihr, Diana, und wie Euer Vater.«

Sie besaß den Anstand, beschämt zu erröten. Erneut breitete sich Schweigen aus. Draußen kratzte ein Zweig unter den letzten Windböen am Fenster.

»Ich glaube«, fuhr Diana schließlich leichthin fort, »dass Leutnant Jack der einzig Aufrechte unter uns ist.«

Jack betrachtete sie ruhig. »Vielleicht nur weil ich mich an nichts erinnere, das ich mit Lügen verschleiern könnte. Aber wir haben ein drängenderes Problem. Euer Pirat wird zurückkommen und feststellen, dass James die Hälfte seiner Beute vernichtet hat. Was wollen wir diesbezüglich unternehmen?«

James bedachte ihn mit einem dankbaren Blick. »Ich schätze Männer, die den Faden nicht verlieren. Ich werde Black Jack Mallory empfangen, wenn er kommt. Mit oder ohne Eure Hilfe, Admiral.«

»Lasst Ihr mir denn eine Wahl?«, konterte dieser gereizt.

»Allerdings.« James lächelte ihn kalt an. »Ihr könnt mit Diana und Isabeau in Eure Gig steigen und weit fortsegeln. Er wird wissen, dass ich Euch gezwungen habe und Ihr ihn nicht willentlich verraten habt.«

Der Admiral blickte ihn genauso finster an wie seine Tochter. James betrachtete die beiden abwechselnd. Sie waren alle aufgewühlt, wütend auf sich und auf ihn. Gut. Ärger machte einen Mann, oder auch eine Frau, stärker als Trauer. Der Schmerz kam noch früh genug.

Und als er in dieser Nacht allein in seinem Bett lag und ihm klar wurde, dass Diana ihn wirklich hasste, wusste er, dass sein Kummer überwältigend sein würde.

Am nächsten Tag nahm Diana einen Keks von dem Teller neben sich und warf ihn auf James.

Der fing das Gebäck in der Luft auf und sah sie gelassen an. »Wofür war das?«

»Ich will nur in Übung bleiben«, konterte sie brüsk. »Wo ist mein Vater?«

James biss ein Stück seines Fangs ab. »Bei Leutnant Jack und Jessup. Sie reparieren das Boot.«

»Warum seid Ihr nicht bei ihnen?«

»Weil sie mich heute nicht sonderlich ausstehen können. Außerdem wollte ich mit Euch reden.«

Er kam um den Tisch herum zu ihr, was ihr gar nicht recht war. Er war einfach zu groß, und seine Anwesenheit schien alles andere aus dem Zimmer zu verdrängen. Einschließlich ihr selbst.

»Wenn Ihr mich um Verzeihung bitten wollt«, giftete sie ihn an, »könnt Ihr Euch das sparen. Das werde ich ganz bestimmt nicht tun.«

»Das hatte ich nicht vor.«

»Gut.« Sie sah zu ihm hoch. »Und warum nicht?«

»Weil ich nichts getan habe, wofür ich mich bei Euch entschuldigen müsste.«

Hitzige Worte lagen ihr auf der Zunge, doch bevor Diana

sie aussprechen konnte, zog er sie hoch. »Kommt mit hinaus und lasst uns spazieren gehen.«

Sie versuchte, sich zu widersetzen, aber er zerrte sie einfach hinter sich her.

Als sie in den Garten traten, blickte Isabeau hoch. Sie half Mrs. Pringle gerade dabei, Bohnen für das Abendessen zu ernten. Das Mädchen sprang auf. »Gehen?«, gestikulierte sie hoffnungsvoll.

Diana hielt ihr die Hand hin. »Komm mit, Isabeau«, erklärte sie strahlend. »Darf ich sie mir ausborgen, Mrs. Pringle?«

Die Haushälterin lächelte, dass ihre weißen Zähne in dem gebräunten Gesicht blitzten. »Sie war heute eine große Hilfe.«

Dianas Herz schlug schneller, als Isabeau ihre Hand packte und an ihrer Seite herumtanzte. *Was bin ich für ein Feigling!* Sie erinnerte sich, was James an dem Tag gesagt hatte, als er die Höhlen fand. »Versteckt Euch nicht hinter ihr. Das hat sie nicht verdient.«

Isabeau mochte James sehr. Das hatte sie Diana gesagt. Mrs. Pringle mochte ihn auch. Wann immer sich Diana über James empörte, reagierte Mrs. Pringle nur mit einem wissenden Lächeln.

Isabeau wollte den steilen Pfad hinter dem Haus entlanggehen, der zum höchsten Punkt der Insel führte. Es war ein flaches, überwuchertes Felsplateau, von dem aus man die ganze Insel überblicken konnte. James ließ Dianas Hand erst los, als die drei auf dem Hügel standen. Isabeau kletterte auf einen schwarzen Felsen und spähte aufs Meer hinaus. James leistete ihr Gesellschaft, zog ein Fernrohr aus der Tasche und setzte es ans Auge.

Es war ein schöner Tag, und die Luft war ganz klar. Der Sturm war schon lange abgeflaut. Weiße Wölkchen trieben über den Himmel, und es war so warm wie im Frühsommer. Das Meer war blau, und Diana sah in der Ferne Delphine, die im Wasser spielten.

James' Silhouette mit dem Fernrohr am Auge hob sich gegen den strahlenden Himmel ab. Der Anblick seiner großen, kräftigen Gestalt in der aufgeknöpften Jacke zog Diana fast magisch an.

Sie erinnerte sich daran, wie es sich angefühlt hatte, seine muskulöse Brust an ihrem Rücken zu fühlen, während er ihr mit seinen großen, vernarbten Händen Freude bereitet hatte. Diese Empfindung vermochte sie einfach nicht zu vertreiben.

Ihre Gefühle waren gemischt und sehr verwirrt. Sie war wütend, aber nicht auf James, jedenfalls nicht nur. Zwar war sie verärgert, weil er sie belogen hatte und es ihm zudem so leicht gelungen war, sie zu verführen. Aber der größere Teil ihrer Empörung richtete sich gegen ihren Vater.

»Er hätte es mir sagen müssen.« Die Worte drangen gegen ihren Willen aus ihrem Mund.

James senkte das Fernrohr und sah sie an. Sein kräftiger Körper war so stark. Es hatte sich himmlisch angefühlt, ihn zu spüren, während er sie mit den Armen umschlang.

»Väter wollen ihre Töchter beschützen«, erwiderte er. »Außerdem möchten sie nur ungern vor ihnen schändlich erscheinen.«

»Vielleicht. Aber trotzdem hat es mir nicht gefallen, wie Ihr ihm zugesetzt habt. Warum konntet Ihr ihn nicht in Ruhe lassen? Er wollte heute Morgen nicht einmal mit mir sprechen.«

Seine Augen blickten um einiges kühler. »Wenn ich ihn in Ruhe gelassen hätte, wäre Euer Vater weiterhin Mallorys Sklave. Black Jack mag behaupten, dass er bekehrt ist, aber ich kenne ihn besser. Er wird Euren Vater vermutlich ermorden, wenn er ihn nicht mehr braucht. Ihr seid nicht dumm, Diana. Ihr wisst, dass dies passieren kann.«

»Ja«, gab sie mürrisch zu.

»Und bei Mallory ist das so gut wie sicher. Er hat weit Schlimmeres verbrochen.«

Isabeau zog an James' Jacke. Er blickte zu dem kleinen Mädchen hinunter, und erneut bemerkte Diana die Veränderung, die in ihm vorging. Der abgebrühte Piratenjäger verwandelte sich in einen Mann, der, an Kinder offenbar nicht gewöhnt, sich sichtlich freute, dass ihn eines zu mögen schien.

Die Kleine wollte einfach nur das Fernrohr ihres Großvaters. James reichte es ihr feierlich. Isabeau setzte es geübt ans Auge und drehte sich herum, um den fernen Horizont abzusuchen.

»Ich bin nach Haven geflüchtet, um Frieden zu finden«, sagte Diana. »Stattdessen habe ich Euch gefunden. Oder Ihr uns. Ich glaube, Gott hat Euch hierher geführt, weil er sich einen schlechten Scherz erlaubt hat.«

James schien von ihrem finsteren Blick unbeeindruckt. »Wenn er mich nicht hergeführt hätte, dann hätte ich Euch auch ohne seine Hilfe gefunden.«

»Pah! Die Legenden über Euch sind Euch zu Kopf gestiegen, James Ardmore. Ihr glaubt, Ihr könnt alles!«

»Alles nicht, nein.« Er näherte sich ihr, kam ihr schon wieder viel zu nahe und blieb kaum eine Armlänge von ihr entfernt stehen. »Nur das, was ich am besten kann.«

»Aha.« Sie sah ihn böse an. »Ihr wollt mich also zu Tode belästigen?«

»Ich genieße es.« Sein Blick wurde warm. »Ich glaube, Ihr tut dies auch.«

Seine verwirrenden Augen schienen bis in ihr Innerstes blicken zu können. Sie fühlte seine Hände auf ihrer Haut in ihrem dunklen Schlafgemach. Und er wusste, dass sie sich daran erinnerte. »Ihr seid ein eingebildeter, mörderischer Mist…!«

Er hob die Brauen. »Solche Worte vor Eurer Tochter … Ich wette, sie kann von den Lippen ihrer Mama ablesen.« Er lächelte sie an, was viel zu selten passierte. »Wunderschöne Lippen übrigens.«

Sein Lächeln erwärmte seine Augen so wundervoll. Anderen begegnete er mit einem kühlen, abschätzenden Blick, aber Diana hatte bereits mehrfach den Mann dahinter sehen können. Vielleicht ließ er das ja auch absichtlich zu, um sie aus der Fassung zu bringen.

Sie warf Isabeau einen schnellen Seitenblick zu. Das kleine Mädchen blickte immer noch aufs Meer hinaus und summte ein Lied.

»Du hast wundervolle Lippen, Diana«, erklärte James.

»Ich weiß«, erwiderte sie und spürte, wie ihre Gereiztheit wuchs. »Man hat Gedichte darüber geschrieben. Und an meine Augenbrauen sogar eine Ode!«

11. Kapitel

James hielt inne. Einen Augenblick dachte Diana, er würde sie auslachen, doch er starrte sie einfach nur mit seinen grünen Augen an. »Ich könnte mir weit Besseres vorstellen, als eine Ode an deine Augenbrauen zu schreiben. Zum Beispiel …« Er strich mit einer Hand über ihre Brust und umfasste sie kurz, bevor er die Hand wieder sinken ließ.

Sie schluckte. »Die Gedichte waren auch nicht sonderlich gut.«

»Dann verstehe ich, warum du hierher geflüchtet bist. Das würde ich auch tun, wenn ich schlechte Poesie über meine Augenbrauen hören müsste.« Seine Belustigung verschwand. »Sie haben dich nicht wirklich geschätzt, Diana.« Er strich ihr über die Wange. »Ich bewundere alles an dir, und ich hoffe, dass ich dir das verständlich machen kann.«

Seine Zärtlichkeit entflammte sie. Er war so groß und stark, und jedes Mal, wenn er sie berührte, fühlte sie sich auch stark. Sie hätte ihn so gerne dafür gehasst, dass er ihren Vater bloßgestellt, dass er Sorge in die Augen des Admirals gebracht hatte.

Aber Diana hatte gesehen, was James Ardmore in der Truhe in seiner Kabine verschlossen hielt, hatte das Tagebuch gelesen, das seinem Bruder gehörte, hatte sein Gesicht gesehen, als er hereinkam und sie dabei ertappte. Sie glaubte zu wissen, warum er Black Jack Mallory bis nach Haven verfolgt hatte. Ebenso wie sie den Grund zu kennen sicher war, warum er den Schmugglern geholfen hatte, die in der Nähe von Haven gesegelt waren, ja sie ahnte sogar, warum er sich der englischen Fregatte ohne Gegenwehr ergeben hatte. Weil die Chance bestanden hatte, dass diese damit dicht an Haven vorbeisegeln oder gar dort vor Anker gehen würde und er dann versuchen konnte zu fliehen …

Er war nicht wegen ihres Vaters hier oder ihretwegen oder wegen Haven. Sondern wegen Black Jack Mallory. Er jagte, wie ein Inder einen Tiger verfolgte oder ein Amerikaner einen Bären. Er war der Jäger, und Haven war sein Köder.

Was sie und James letzte Nacht miteinander geteilt hatten, nach dem Sturm und bevor er in die Höhle gegangen war, hatte alles verändert.

Sie war hoffnungslos in ihn verliebt, doch jetzt begriff sie, dass er sich niemals ganz in ihr verlieren würde. Dafür war er ein zu tiefgründiger Mann, der von zu vielen Geistern getrieben wurde.

Er hatte sie nicht einmal gefragt, warum sie so ängstlich reagiert hatte, als er mit ihr schlafen wollte. Er hatte sie zwar prüfend angesehen, niemals jedoch ihre Privatsphäre verletzt, indem er sie direkt fragte. Sie wusste nicht, wie sie ihm sagen konnte, dass sie nichts gegen die aufregenden Spiele der letzten Nacht hatte. Sie war bereit, all seine Kunstfertigkeit zu lernen, solange keine Gefahr bestand, dass sie wieder empfing. Sie hatte in ihrer ersten Mutterschaft schrecklich versagt. Gott allein wusste, was bei einer zweiten geschehen würde.

Er unterbrach ihr Schweigen. »Ich habe vor, dir zu zeigen,

wie sehr ich dich schätze. Letzte Nacht war nur ein Vorgeschmack.« Seine grünen Augen glühten.

Seine Worte, seine unglaubliche Arroganz erregten sie und stachelten gleichzeitig ihre Wut an. »Ich habe durchaus schon einmal Verlangen verspürt«, erwiderte sie. »Ich war verheiratet.«

»Mit dem kaltherzigen Sir Edward Worthing. Er hat dir nie gegeben, was du wolltest. Sonst wärst du nicht so explodiert.«

»Also sind wir wieder so weit, dass nur du meine Begierden erfüllen kannst.«

Er strich mit dem Daumen über ihre Unterlippe. »Das stimmt. Ich glaube, ich muss dir immer und immer wieder Freude bereiten, bevor dein Feuer erstickt ist. Ich hoffe, dass es sehr, sehr lange dauert.«

Das wünschte sich Diana auch. Letzte Nacht hatte sie trotz ihrer Wut auf ihn und ihren Vater davon geträumt, welch köstliches Vergnügen James' Hände auf ihrem Körper ihr bereitet hatten. Die Träume hatten sie fast wahnsinnig gemacht, und sie war schweißgebadet und in zerwühlten Laken aufgewacht. Einen Knoten darin hatte sie fest gegen die feuchte, heiße Stelle zwischen ihren Beinen gepresst.

Sie wandte sich unwillkürlich zu ihm hin. Ihre Zunge stahl sich aus ihrem Mund und schmeckte die Spitzen seiner Finger.

Seine Augen verdunkelten sich, und er beugte sich vor. Sein Atem, der nach Kaffee duftete, strich über ihre Haut.

»Nein«, flüsterte sie. »Isabeau.«

»Sie beobachtet das Meer und interessiert sich nicht im Geringsten für die Narrheiten der Erwachsenen.«

Wahrscheinlich stimmte das. Sie drehte den Kopf und lud

seine Lippen ein. Er lächelte, als er sie küsste, dann umfasste er ihren Hinterkopf mit seiner Hand und zog sie an sich.

Er erforschte ihren Mund, jeden Winkel, mit warmen, langsamen Bewegungen seiner Zunge. Sie strich sein Haar zurück, das sich warm und rauh unter ihren Fingern anfühlte. Er hatte sich bis in ihr frivoles Herz geschmeichelt. Sie war eine Närrin, aber im Moment machte diese Verrücktheit sie so glücklich, wie sie seit langer, seit sehr langer Zeit nicht mehr gewesen war.

Schließlich wich Diana etwas zurück. Sie dachte an Isabeau, die sich jedoch tatsächlich weit mehr für den Horizont interessierte als dafür, dass James Ardmore ihre Mutter küsste.

Er strich über ihr Haar, und sein Atem wehte warm über ihre Schläfe. »Vor noch nicht allzu langer Zeit hat mir eine vornehme Dame gesagt, dass ich da draußen auf dem Meer die Frau meiner Träume finden würde. Ich hielt sie für melodramatisch, wozu sie auch tatsächlich eine starke Neigung besaß. Aber dieses Mal hatte sie vollkommen recht.«

Diana sah ihn an. Sie war überrascht und erfreut. »Was war das für eine Lady?«

»Ihr Name war Alexandra Alastair. Bis sie geheiratet hat. Jetzt ist sie Viscountess Stoke. Gott steh ihr bei.«

Der Name kam Diana bekannt vor, und sie runzelte die Stirn. Dann erinnerte sie sich. Alexandra Alastair war die Enkelin eines Herzogs und Tochter eines sehr wohlhabenden Adligen aus Kent. Nachdem sie verwitwet war, hatte Mrs. Alastair erneut geheiratet, und zwar diesmal den geheimnisvollen Viscount Stoke.

Sir Edward war zu der Hochzeit eingeladen gewesen, aber er hatte sich zu diesem Zeitpunkt auf See befunden. Diana hatte nicht allein teilnehmen wollen, weil das nur den Klatsch verstärkt hätte. Alexandra Alastair und der Viscount standen im gesellschaftlichen Rang weit über ihr, und zudem kannte sie die beiden auch nicht persönlich. Dennoch hatte sie interessiert die Artikel gelesen, in denen über ihre recht außergewöhnliche Hochzeit in St. Georges, am Hanover Square, berichtet wurde.

Sie sah James neugierig an. »Woher um alles in der Welt kennst du Mrs. Alastair?«

Seine Miene wurde verschlossen. »Das ist eine lange Geschichte. Der Viscount, den sie geheiratet hat, war einstmals ein grinsender Idiot namens Grayson Finley. Vor langer Zeit war er mein Partner und Freund. Dann wurden wir zu Rivalen und schließlich zu Feinden.«

Diana dachte einen Moment nach. »Ich kann mich an Gerüchte erinnern, dass der Viscount früher ein Pirat gewesen sein soll. Ich habe ihnen keinen Glauben geschenkt.« Sie sah ihn unter ihren Wimpern hervor an. »Ich weiß nicht, wieso es mich erstaunt, dass du ihn kennst. Eigentlich sollte mich nichts von dem überraschen, was du tust.«

»Er war ein Pirat«, bestätigte James. »Einer der Besten. Ich habe ihn gejagt. Obwohl ich ihn mehrmals erwischt habe, konnte er immer wieder seinen Kopf aus der Schlinge ziehen.«

»Jagst du ihn immer noch?«, fragte sie vorsichtig.

»Ich habe es aufgegeben. Um seiner entzückenden Frau willen, wohlgemerkt.«

Diana atmete ein wenig schneller. »Aber er war ein Pirat?«

»Vermutlich ist er immer noch einer. Er segelt nach wie vor mit seinem Schiff über die Weltmeere, behauptet jedoch, er würde es nur für seine Tochter in Schuss halten.«

Jetzt erinnerte sich Diana auch an das kichernde Getuschel über das Mädchen, das der Viscount mit nach England gebracht hatte. Angeblich war sie ein Mischling, ihre Mutter eine Eingeborene von einer Südseeinsel. Vornehme Ladys hatten höchst derbe Bemerkungen über die Herkunft des Mädchens gemacht, und sie empfand plötzlich Sympathie für die Kleine. Die feine Gesellschaft von Mayfair behandelte jeden, der anders war, mit grausamer Intoleranz, wie sie selber am eigenen Leibe hatte erfahren müssen, als Isabeau taub geworden war.

Dianas Neugier war zwar geweckt, doch ihr Gespräch wurde von Isabeau unterbrochen, die sich herumgedreht hatte und an James' Ärmel zupfte. Sie quietschte, machte ein Zeichen und deutete aufs Meer.

»Was sagt sie?«, fragte James, noch während sein Blick zum Horizont glitt.

»Das Zeichen bedeutet ›Schiff‹«, erklärte Diana. Ihr war anzumerken, dass ihre Anspannung wuchs.

James ließ sich von Isabeau das Fernrohr geben, stieg neben sie auf den Felsen und setzte es ans Auge. Dianas Herz schlug schneller.

James hatte sie vollkommen von den Piraten, ihrem Vater und der Gefahr, in der sie alle schwebten, abgelenkt. Verdammt sollte er sein! Wie hatte sie das nur zulassen können?

»Was siehst du?«, fragte sie scharf.

»Es ist noch weit weg«, antwortete er, während er das Sichtgerät auf eine offenkundig leere Stelle am Horizont richtete.

Sie streckte die Hand nach dem Gerät aus, noch bevor er es abgesetzt hatte. »Lass mich sehen.«

Er reichte es ihr mit einem amüsierten Blick. Sie hob das Glas und drehte an der Einstellung herum, bis sie endlich den winzigen Fleck fand, den James und Isabeau entdeckt hatten. Sie starrte das weit entfernte Schiff an, bis sie fürchtete, ihr Auge würde ihr aus der Höhle fallen.

James wand ihr das Fernrohr sanft aus der Hand. »Tu dir nicht weh.« Er reichte es Isabeau, die sofort wieder das Schiff suchte. Für sie wenigstens war es nur ein Spiel.

»Wir werden es beobachten«, erklärte James. »Mach dir keine Sorgen. Wir werden ihn lange sehen, bevor er an Land kommt.«

»Und was dann? Willst du ihn zu einem Duell herausfordern?«

»Ich habe einen Plan, Diana. Ich werde nicht zulassen, dass er deinem Vater etwas tut oder diese Insel in Beschlag nimmt.«

»Wirklich?« Sie verschränkte die Arme. »Und wie lautet der?«

Sein Blick wurde wieder undurchdringlich, und er verschloss seine Gedanken vor ihr. »Das werde ich dir nicht sagen. Das Wesen dieses Plans erfordert, dass man ihm nicht zu genau folgt. Und nichts vorwegnimmt. Ich habe viele Alternativen, die darauf beruhen, was Mallory sagt, was er tut und wer bei ihm ist.«

»Mit anderen Worten, du lässt die Dinge auf dich zukommen und reagierst dann dementsprechend.«

Seine Lippen zuckten. »So in etwa.«

»Du könntest mir wenigstens die Grundlagen deines großartigen Plans verraten. Damit ich vorbereitet bin.«

Er schlang seinen Arm um ihre Taille. Er versuchte, sie abzulenken, was ihm ganz ausgezeichnet gelang. Sie legte ihren Kopf an seine Schulter. Ihr Körper reagierte einfach, ohne vorher ihre Genehmigung einzuholen.

»Deine Rolle in dieser ganzen Sache ist recht überschaubar. Du wirst dich mit Isabeau im Haus verstecken und erst herauskommen, wenn alles vorbei ist.«

»Oh, vielen, vielen Dank. Ich soll also abwarten, die Hände in den Schoß legen und erst erfahren, ob Mallory dich und meinen Vater ermordet hat, wenn er mich aus meinem Versteck zerrt?«

»Ich weiß, dass es schwer ist.« James strich ihr mit der Hand über den Rücken. »Aber ich kann nicht riskieren, dass Mallory dich oder Isabeau benutzt, um deinen Vater und mich außer Gefecht zu setzen. Er wird alles tun, was er für nötig hält, und nicht davor zurückschrecken, euch zu verletzen.«

Sein Blick richtete sich in die Ferne, und seine Stimme klang wieder so kalt wie damals, als sie den Piratenjäger James Ardmore kennengelernt hatte. »Und wenn dir etwas zustoßen würde …«

Er brach ab. Seine Worte hatte ruhig geklungen, doch plötzlich bekam die glatte Fassade einen Riss, und Diana erhaschte einen Blick in seine Augen, auf deren tiefstem Grund ein Schmerz loderte, so alt und verzehrend, dass sie ihn kaum fassen konnte. Dieser Mann litt Qualen, und zwar die ganze Zeit. Auf einmal wurde ihr schlagartig klar, dass er sie hinter seiner Kälte und seinem sarkastischen Humor verbarg sowie den Flammen der Leidenschaft, die er manchmal zeigte.

Sie wollte zu ihm gehen, ihn berühren, aber da schloss er sie schon wieder aus. Er drehte sich auf dem Absatz herum und entfernte sich. Der Wind zerzauste sein Haar und ließ die Revers seiner Jacke flattern.

Das Schiff stand eine Woche lang am Horizont, ohne sich Haven zu nähern. Während dieser Zeit verhielt sich James zurückgezogen und ausweichend. Leutnant Jack, der Admiral und er schlossen sich häufig im Arbeitszimmer ein. Diana vermutete, dass sie ihre Strategie planten, obwohl sie häufig das Klirren der Brandykaraffe hörte und den Duft von schwerem Pfeifentabak roch. Männliche Rituale, dachte sie und verdrehte die Augen. Die hauptsächlich dazu dienen, die Damen auszuschließen.

Sie lenkte sich damit ab, Mrs. Pringle und Jessup im Haushalt zu helfen und nach dem kleinen Spiegel zu suchen, den Mrs. Pringle an einem Nagel in der Küche aufbewahrte und der auf geheimnisvolle Weise verschwunden war. Isabeau verkündete lautstark ihre Unschuld. Der Spiegel blieb unauffindbar.

Am Nachmittag des sechsten Tages kam James von dem Hügel herunter und verkündete, dass das Schiff den Kurs geändert hatte und sich Haven näherte. Diana durchfuhr eine plötzliche Panik.

Ihr Vater, Leutnant Jack und Jessup bereiteten sich darauf vor, James' Befehlen zu gehorchen. Der Admiral wirkte gehetzt, Jack dagegen schien auf James' Seite übergelaufen zu sein.

Die beiden luden mit grimmiger Entschlossenheit mehrere Pistolen. Der Admiral sprach zwar nicht mit ihnen, hatte jedoch darauf bestanden, sie zu begleiten, wenn sie das Schiff empfingen.

James beobachtete sie mit Augen kalt wie Eis. Er war wieder in die Rolle des Piratenjägers geschlüpft und wollte verdammt sein, wenn er zuließ, dass ihm jemand in die Quere kam. Seine kühle Arroganz machte Diana wütend.

»Wenn du dich umbringen lässt, werde ich dir nie verzeihen!«, fuhr sie ihn an.

»Dann bleibe ich lieber am Leben«, erwiderte er gelassen. »Das Letzte, was ich will, ist, dass du mir bis in alle Ewigkeit Vorhaltungen machst.«

Sie starrte ihn an, doch er erwiderte ihren Blick unbeeindruckt. Schließlich drehte er sich um und verschwand.

»Männer!«, stieß Diana hervor und sah ihnen nach, wie sie davonstolzierten. Sie wischte sich die Tränen aus den Augen und fuhr zu Mrs. Pringle und Isabeau herum, die hinter ihr standen. »Sollen sie doch die Pocken kriegen! Sie rennen los, der Gefahr in die Arme, und überlassen es uns, die Scherben zusammenzukehren!« Isabeau beobachtete sie verwirrt, aber Diana sah, dass Mrs. Pringle, die den Männern nachsah, ihr aus tiefstem Herzen zustimmte.

James konnte vor Wut kaum atmen, als er mit dem Admiral und Leutnant Jack zum Boot ging. Sie wollten um die Höhle herumrudern, während Jessup später herunterkommen sollte, sobald er James' Signal gesendet hatte. Seine Wut nahm zu, bis ihm ein roter Schleier vor den Augen schwebte und er auf halbem Weg zur Höhle stehen bleiben musste. Es war unbedingt notwendig, dass er ruhig blieb und die Szene mit der eisigen Kühle durchspielte, die James Ardmore berühmt gemacht hatte. Nur war er kurz davor, in die Luft zu gehen. Er hatte Black Jack Mallory seit Jahren gejagt, und dass er jetzt endlich die Chance bekam, den Mann in seine Hände zu bekommen, machte ihn fast krank vor Eifer. Der Admiral würde es verstehen. Dies war James' Kampf.

Das Wasser und der Sand vor der Höhle schimmerten hell in der Sonne, doch innen war die Dunkelheit nahezu undurchdringlich. Hier warteten James, Leutnant Jack und der Admiral.

James sah den Leutnant an, und Jack nickte grimmig. Er hatte ihm angeboten, ihn aus dem Spiel zu lassen, aber der Engländer hatte sich geweigert. Ardmore wusste, dass der Leutnant sich nutzlos fühlte und tatsächlich zwei weitere Male in dieser Woche von seinen rasenden Kopfschmerzen niedergezwungen worden war. Aber der Mann besaß eine natürliche Gabe für Strategien, und er und James hatten mehrere Szenarien ausgearbeitet, wie sie mit Mallory fertig werden würden.

James hatte verhindert, dass der Admiral das herannahende Schiff klar sehen konnte. Was würde er wohl tun, wenn James die Wahrheit enthüllte? Würde Lockwood ihn erschießen? Dann würde er sich vor Diana rechtfertigen müssen, und darum beneidete James niemanden.

Felsbrocken prasselten vom oberen Ende der Höhle herab. Die drei Männer sahen hinauf, aber es war nur Jessup, der durch die Felshöhle hinabstieg. Gerade noch rechtzeitig.

Der Mann erreichte den Boden und schlurfte zu den drei anderen. »Hab gemacht, was Ihr mir aufgetragen habt«, sagte er mit seiner krächzenden Stimme.

»Gut«, antwortete James. Seine Wut drohte seine Lungen zum Bersten zu bringen, und das Atmen fiel ihm schwer. Er trat vor, hob seine Pistole und hielt sie Jessup an die Stirn.

Jessup sah einen Moment lang erschrocken auf die Pistole, dann wich ihm sämtliches Blut aus dem Gesicht. »Verflucht!«, stieß er hervor.

12. Kapitel

Man musste Leutnant Jack zugute halten, dass er nicht einmal mit der Wimper zuckte. Der Admiral lief rot an, sein Blick jedoch war trotzig und unbeugsam. »Dieser Mann steht unter meinem Schutz, James!«

Das Schweigen der Männer lastete schwer in der Höhle, unterbrochen nur von dem Rauschen der Wellen und dem Schrei einer Möwe, die am Eingang vorbeisegelte.

James' Pistole bewegte sich keinen Millimeter. Er hatte den Finger fest um den Abzug gekrümmt, während er die Waffe gegen Black Jack Mallorys Stirn drückte. Der Mann suchte stumm seinen Blick.

»Ich mochte Euch wirklich, Admiral«, sagte James langsam. »Ich hatte Black Jack nie von Angesicht zu Angesicht gesehen, deshalb dauerte es eine Weile, bis ich dahintergekommen war. Hättet Ihr es mir gleich gesagt, hätte uns das eine Menge Umstände erspart.«

Admiral Lockwoods Blick wirkte traurig. »Ich kann nicht zulassen, dass Ihr ihn umbringt.«

»Warum nicht?«, erkundigte sich Leutnant Jack. »Nach allem, was Ardmore gesagt hat, ist er ein Mörder.«

»Ein brutaler Mörder«, bestärkte ihn James grimmig. »Ich kann Euch einfach nicht verzeihen, Admiral, dass Ihr diesen

Mann auch nur in die Nähe Eurer Tochter gelassen habt. Sie hält ihn für Euren Freund und eine große Hilfe. Ihr habt sie mit ihm allein gelassen! Das hat mich ziemlich wütend gemacht.«

»Er ist ein Freund. Und eine Hilfe.«

Ärger fraß sich durch James wie glühende Lava durch einen Wald. »Er ist ein Pirat, der sich nichts dabei denken würde, Eure Tochter in Streifen zu schneiden.«

Black Jack rührte sich nicht, als er antwortete. »Das ist schon lange her. Ich bin kein Pirat mehr.«

»Ich bin sicher, die Frauen und Kinder, die Ihr ermordet habt, werden jetzt endlich in Frieden ruhen können.«

James zog eine zweite Pistole aus seinem Halfter und spannte sie. Black Jack sah ihm zu.

»James!« Die Stimme von Admiral Lockwood klang streng. Der liebenswerte Mann, der sich Jessup genannt hatte, wirkte gehetzt und erschöpft. Unter seinen dunkelblauen Augen lagen tiefe Schatten.

»Ihr müsst zum Haus zurückgehen, Admiral«, sagte James. »Black Jack und ich werden uns in der Zwischenzeit unterhalten.«

»Lasst es sein, James!«

»Das kann ich nicht.«

Admiral Lockwood wirkte ebenfalls müde. »Ich habe ihm mein Wort gegeben. Er kam zu mir, hilfesuchend, und ich habe sein Anliegen respektiert. Zudem ist er im Laufe der Zeit zu einem Freund geworden. Er hätte mich häufig töten oder hintergehen können, aber er hat es nicht getan. Er hat mir gesagt, was er war, und mir auch seine Reue über seine Taten gestanden. Das ist Vergangenheit. Lasst ihn in der Gegenwart leben.«

Reue. Schon wieder dieses Wort. James Ardmore empfand keine Reue, kein Bedauern. Black Jack Mallory dagegen hätte ein Leben lang darunter leiden sollen.

James' Finger am Abzug zitterte. »Ich werde Euch sagen, was passiert ist, Admiral. Seine Mannschaft hat ihn schlicht und einfach ausgesetzt. So etwas tun Piraten, wenn sie einen neuen Kapitän wollen. Sie halten eine Wahl ab. Das ist echte Demokratie. Sie wählen einen neuen Kapitän, und dieser sagt, was mit dem alten zu geschehen hat. Manchmal bringen sie ihn um, aber meistens setzen sie ihn einfach nur irgendwo aus und sagen adieu.« Während er sprach, ließ er Mallory nicht aus den Augen. »Die *Argonaut* hat Euer Schiff letztes Jahr abgefangen. Meine Mannschaft hat sich prächtig amüsiert, aber der alte Black Jack war verschwunden. Also habe ich beschlossen, allein auf die Jagd zu gehen.«

Der Admiral wurde blass. »Ungeachtet dessen, was geschehen ist, ist er fast gestorben. Ich habe ihn gefunden, halb verhungert und krank, und ihn gesund gepflegt. Dann habe ich ihm angeboten, dass er hier leben und mir helfen könnte. Genau das hat er getan. Er ist zu einem loyalen Gefährten und Freund geworden.«

Hass, den James ein Dutzend Jahre genährt und gehätschelt hatte, fraß sich durch seine Adern. Er zitterte förmlich, und ihm wurde fast schlecht vor Wut.

»Er ist ein Freund, ja? Mallory und seine Bande haben das Leben meines Bruders vernichtet. Wusstet Ihr das auch? Sie waren eine nette, glückliche Familie, mein Bruder, seine wunderschöne Frau und ihre beiden hübschen Töchter. Dann kam Black Jack Mallory vorbei. Bereut Ihr das auch? Dass Ihr eine Frau und ihre beiden Töchter einfach nur zum Vergnügen ermordet habt? Mein Bruder ist daraufhin dem

Wahnsinn verfallen. Selbst meine Rachsucht konnte sich mit seinem Drang nach Vergeltung nicht messen, und das will etwas heißen.«

Mallory erwiderte James' Blick ruhig. »Vielleicht habe ich das getan. Ich war die meiste Zeit betrunken. Ich weiß, dass ich einige sehr üble Dinge verbrochen habe.«

James lachte bellend. »Soll die Tatsache, dass Ihr Euch nicht erinnern könnt, Euch vielleicht davon freisprechen, für Eure Taten zu bezahlen?«

»Nein«, flüsterte Mallory.

»James!«, sagte Admiral Lockwood.

»Admiral, ich wäre Euch sehr verbunden, wenn Ihr den Mund halten würdet!«

»Ihr wollt mir nicht erlauben, um das Leben eines Mannes zu bitten?«

»Um das jedes anderen Mannes, ja. Aber nicht um das dieses Piraten hier.«

Das Wasser, das ihre Füße umspülte, war eiskalt. James glaubte, von oben ein leises Geräusch zu hören. Diana. Er wusste, dass sie irgendwo zwischen den Felsen war und zuhörte. Natürlich war sie nicht gehorsam im Haus geblieben, nur weil er es ihr befohlen hatte. Sie musste Mallory zum oberen Eingang der Höhle gefolgt sein und war dort geblieben, während er hinabgestiegen war.

»Leutnant«, sagte James. »Bringt den Admiral zum Haus zurück.«

»Ich denke, ich sollte bleiben«, erwiderte Leutnant Jack ungerührt. »Immerhin ist sein Schiff hierher unterwegs.«

»Nein, das ist es nicht«, entgegnete James. »Sein Kapitän schuldet mir noch einen Gefallen. Ich habe ihn gebeten vorbeizukommen, falls ich Hilfe brauchte.«

Leutnant Jack sah ihn an. Seine sonst so sanftmütigen braunen Augen waren hart vor Ärger. »Also habt Ihr uns die ganze Zeit belogen, richtig?«

»Wenn Ihr auf eine Entschuldigung hofft, könnt Ihr lange warten«.

Jack ließ die Pistole sinken. »Ich war zu dem Schluss gekommen, dass Ihr ein Ehrenmann seid.«

»Ich gebe einen Dreck auf Eure hochgepriesene Ehre!«

»Genau deshalb werde ich bleiben.«

James verlor seine ohnehin bereits sehr strapazierte Beherrschung. Er hob seine zweite Pistole und feuerte Mallory eine Kugel in den fleischigen Oberarm. Black Jack schrie auf und drückte seine Hand auf die blutende Wunde.

Der Admiral trat einen Schritt vor, doch James drückte seine andere Waffe Black Jack an den Hals. »Kommt nicht näher!«

»James …«

Unvermittelt ließ Ardmore seine abgefeuerte Pistole fallen und wand Leutnant Jack seine Waffe aus der Hand. Dann hob er beide Pistolen. »Ich werde gleich sehr gewalttätig werden. Wenn Ihr bleibt, muss ich Euch vielleicht auch erschießen!«

Jack starrte ihn an. Seine Lippen waren nur noch ein weißer Strich im Gesicht, und in seinen Augen glühte eine solche Wut, wie sie James noch nie bei ihm gesehen hatte.

»James!«

Sein Name hallte von oben durch die Höhle, bis er vom Rauschen der Wellen übertönt wurde. Ausgestoßen hatte ihn eine klare, weibliche Stimme.

»Diana weiß«, sagte James, »warum ich ein Piratenjäger geworden bin. Wisst Ihr es auch?«

»Nein«, antwortete Mallory, dessen Stimme man anhörte, welche Schmerzen er litt.

»Ich habe meinem Bruder ein Versprechen gegeben. Kann mir einer von euch sagen, warum er ein Piratenjäger wurde?«

Mallory atmete flach. »Nein.«

»Euretwegen.« James hatte Pauls Tagebuch auf der *Argonaut* gelassen, aber er brauchte es auch nicht. Er konnte jedes Wort daraus auswendig. *»Sie haben sie in Stücke geschnitten«*, rezitierte er die Worte, die sein Bruder vor so langer Zeit geschrieben hatte. *»Weil sie ihnen nicht zu Willen sein wollte. Sie hat alles versucht, meinen Töchtern dieses Schicksal zu ersparen, aber sie haben sie dennoch ermordet. Es waren noch Babys, mit dunklen Locken und den grünen Augen ihrer Großmutter. Ich liege manchmal wach und stelle mir vor, wie entsetzt sie gewesen sein müssen, meine Mädchen und meine Lady, die doch nur Güte kannten. Ich gehe zur Kirche und höre Predigten über Verzeihung, aber in meinem Herzen finde ich keine. Wenn ich den Mann aufspüre, der das getan hat, dann wird er erfahren, was Zorn bedeutet.«*

Die Worte hallten laut und deutlich durch die Höhle, jedes einzelne von ihnen. James stellte sich vor, wie Diana dort oben auf den Felsen kauerte und ihn beobachtete, ihre wunderschönen Augen dunkel vor Schmerz und Mitgefühl. Sie hatte diese Worte ebenfalls gelesen und das Leid gespürt, das aus ihnen sprach.

»Paul hat niemals die Identität des Mannes herausgefunden, der seine Frau und seine Kinder ermordet hat«, fuhr er fort. »Als er starb, hat er mir das Versprechen abgenommen, die Suche fortzusetzen. Ich habe auf dieser Jagd die ganze Welt umsegelt, bis ich Black Jack Mallory endlich gefunden habe. Ihr seid lange vor mir geflüchtet«, meinte James. »Aber entkommen konntet Ihr mir nicht.«

Mallorys Gesicht war eine regungslose Maske. »Davon weiß ich nichts. Ich kann mich nicht daran erinnern.«

»Aber ich. Und Paul. Und seine Frau ganz sicherlich auch.«

Wasser umspülte ihre Füße. Die Möwe schoss wieder am Eingang vorbei, und ihr Schrei gellte laut durch die Höhle.

Mallory schluckte. Sein Gesicht war grau. »Dann tötet mich.«

Der Admiral wartete angespannt. James spürte, dass Diana hoch oben auf dem Vorsprung die Luft anhielt. Er konnte den Blick ihrer graublauen Augen beinahe spüren.

Eine Bewegung seiner Finger, und Black Jack Mallory würde sterben. Der Mann, der Pauls Frau und Kinder getötet und die Familie Ardmore vernichtet hatte.

Dianas Vater hatte Black Jack Mallory auf dieser Insel Gnade gewährt. Auf diesem Haven, dem Himmel. Und auch Leutnant Jack hatte er einen Platz geboten, um gesund zu werden. Schließlich hatte er auch James aufgenommen.

James glaubte nicht an Reue. Er hielt stur seinen Kurs, ganz gleich, was es kostete.

Er erinnerte sich, wie Diana am ersten Tag, nachdem er hier aufgewacht war, gesagt hatte, dass Jessup seinen Verband gewechselt hatte. Das bedeutete, Black Jack Mallory hatte ihn zusammen mit Diana und ihrem Vater gepflegt. Der Mann hatte auch geholfen, Leutnant Jack wieder gesund zu machen.

»Warum zum Teufel«, fragte er Mallory, »habt Ihr nicht versucht, mich sofort zu ermorden? Ihr müsst doch gewusst haben, wer ich bin!«

»Ihr wart verletzt und brauchtet Hilfe.« Mallorys Gesicht war ruhig. Blut tropfte aus der Wunde an seinem Arm und färbte das Wasser zu seinen Füßen rosa.

So viel Blut. James beruhigte seinen zitternden Finger am Abzug. Er ließ die Pistole langsam von Mallorys Kehle sinken und feuerte aus dem Eingang der Höhle aufs Meer hinaus.

Der Knall hallte durch das Gewölbe. James hörte, wie Diana hoch oben einen Schrei ausstieß.

Dann schleuderte er die abgefeuerte Waffe ins Wasser und ging hinaus. Das helle Licht im Freien stach ihm in die Augen, und ihm wurde übel. Das Boot schaukelte auf den Wellen, während es im Sonnenschein auf ihn wartete. Er stieg hinein und ruderte weg. Er musste jetzt allein sein.

Diana lag im Bett und starrte an die dunkle Decke, als sie schließlich hörte, wie James zurückkehrte. Es war lange nach Mitternacht, und alle anderen schliefen tief und fest, einschließlich ihres Vaters und Mallorys. Mrs. Pringle hatte mit grimmiger Miene den Arm des ehemaligen Piraten versorgt und ihm Laudanum gegen seine Schmerzen gegeben.

Bis Sonnenuntergang war James immer noch nicht zurückgekommen. Sie konnte ihn selbst von dem Hügel aus nicht erspähen, wusste jedoch, dass die Insel viele Orte hatte, die man von dort oben nicht einsehen konnte. An ihrem Aussichtspunkt hatte sie, verborgen unter einem Gebüsch, den Spiegel aus der Küche gefunden, mit dem James offenbar dem Schiff Signale gegeben hatte. Es war kein Piratenschiff, hatte ihr Vater erklärt, sondern eine französische Fregatte. Sie war bei Sonnenuntergang am Horizont verschwunden, und Diana fragte sich in den folgenden Stunden, ob James wohl an Bord war.

Sie hatte jedes Wort seines Gesprächs mit ihrem Vater und dem Mann, den sie als Jessup kannte, mitbekommen. Sie hatte vor Wut gekocht, dass ihr Vater Black Jack Mallorys wahre Identität so lange verheimlicht hatte. Sie war zornig, aber dennoch … Der Mann war eben auch noch Jessup, der mit ihr und Isabeau Muscheln suchte, mit ihrem Vater Fische für das Abendessen fing und der ihr geholfen hatte, James' Leben zu retten.

Sie hatte gesehen, wie James seine Waffe aufs Meer hinaus abgefeuert hatte und aus der Höhle gegangen war. Er hatte sich entschieden, und Diana wusste sehr genau, was ihn dieser Entschluss gekostet hatte.

Sie war auf ihr Zimmer gegangen, nachdem sie Isabeau ins Bett gebracht hatte. Mrs. Pringle hatte darauf bestanden, dass Diana sich ihr Nachthemd anzog und schlafen ging, und sie hatte der Haushälterin nachgegeben. Nachdem diese gegangen war, war Diana wieder aufgestanden und hatte die nächsten Stunden im Dunkeln wartend am Fenster gesessen und den Pfad von der Bucht zum Haus beobachtet.

Schließlich hatte ihre Müdigkeit sie ins Bett getrieben, doch sie hatte nicht einschlafen können. Sie hatte auf das leiseste Geräusch seiner Rückkehr gelauscht.

Und jetzt hörte sie es. Das Knarren des Gartentores, seine festen Schritte auf dem Pfad, das leise Kratzen der Haustür.

Sie lag still da, während ihr Herz wie rasend schlug. Sollte sie zu ihm gehen, oder sollte sie ihn in Ruhe lassen? Sollte sie ihn beschimpfen, weil er sie zu Tode geängstigt hatte? Oder einfach im Dunkeln liegen bleiben und überlegen, was er wohl tun würde?

Ihr Herz drängte sie, zu ihm zu laufen, aber ihr Herz hatte sich schon einmal geirrt. Meistens, um genau zu sein.

Sie fragte sich, ob die anderen auch wach lagen und lauschten oder ob sie von ihrer Erschöpfung übermannt worden waren. Nur Isabeau schien gegen diese Aufregung immun zu sein. Alle waren doch in Sicherheit, warum waren sie denn dann nicht fröhlich?

Die Bodendielen knarrten, als James den Treppenabsatz erreichte. Sie verfolgte seine leisen Schritte, als er seine Kammer am Ende des Flures betrat. Eine Weile blieb alles still.

Dann hörte sie das plätschernde Geräusch von Wasser in seiner Waschschüssel. Mrs. Pringle stellte jede Nacht einen Krug mit Wasser und einen Schwamm in jedem Zimmer bereit, damit sie sich waschen konnten, bevor sie ins Bett gingen oder wenn sie aufgestanden waren. Das ersparte ihr die Mühe, das Wasser morgens nach oben zu schleppen, wenn sie die Zeit benötigte, um das Frühstück vorzubereiten.

Diana stellte sich vor, wie er den großen Schwamm in die Waschschüssel tauchte, ihn ausdrückte und die Flüssigkeit über seinen nackten Körper fließen ließ, wie er sich Sand, Schweiß und Schmutz abwusch. Er würde versuchen, die Frustration dieses Tages abzuspülen, würde seine Haut benetzen, und sein Haar würde dunkel vor Feuchtigkeit schimmern.

Sie lauschte auf das Plätschern des Wassers in der Schüssel, als er den Schwamm auswrang, auf das Tröpfeln, als er damit über seinen Körper strich, und auf das Schwappen, als er ihn wieder eintauchte.

Eine Weile lauschte sie den Geräuschen seiner Reinigung.

Er würde bald aufhören, sich mit einem etwas verschlissenen Handtuch abtrocknen, sich danach aufs Bett legen und versuchen zu schlafen.

Die Minuten verstrichen. Der Mond schien in ihr Fenster, und sie wusste, dass auch sein Zimmer sanft erhellt sein würde.

Diana stand auf. Sie schlüpfte in ihre Hausschuhe, war jedoch zu aufgeregt, um sich in ihren dünnen Morgenmantel zu winden. Sie glitt durch ihr Zimmer, hinaus, über den Flur am Treppenabsatz vorbei zu James' schmaler Kammer. Sie stieß die Tür auf, als sie das Wasser wieder plätschern hörte.

Er kehrte ihr den Rücken zu. Das Mondlicht glitzerte auf seinen nackten Schultern, tauchte sein Rückgrat in Schatten, wo es in seine schmale Taille verlief, betonte die weiße Blässe seiner Pobacken. Schatten spielten auch auf seinen muskulösen Beinen und den Sehnen an seinen Armen.

Der Boden war nass, und weitere Tropfen regneten herab, als er mit dem Schwamm von seinem Handgelenk zu seiner Schulter fuhr. Sein langes Haar klebte flach und nass an seinem Kopf und seinem Hals, und von den Enden rannen kleine Bäche über seinen Rücken. Er tat, als würde er sie nicht bemerken, als sie in den Raum trat und die Tür hinter sich schloss, und drehte sich nicht um.

Sie streifte ihre Schuhe ab und ging barfuß über den nassen Boden zu ihm. Mrs. Pringle hatte die Schüssel auf einen Ständer gestellt. Der kleine Läufer davor war durchnässt. James tauchte den Schwamm gerade wieder ins Wasser, als Diana vor ihn trat und ihre Hand auf seine legte.

Er hob den Kopf. An seinen Wimpern schimmerten kleine Wassertropfen. Der Ausdruck seiner Augen beunruhigte sie. Sie waren bar jeder Emotion. Er sah durch sie hindurch und machte keinerlei Anstalten, ihr den Schwamm wegzunehmen, sondern ließ einfach zu, dass sie ihn im Wasser festhielt.

»James«, hauchte sie. »Lass mich das tun.«

Er ließ die Hand an seiner Seite heruntersinken. Wasser tropfte von seinen Fingerspitzen leise auf den Boden.

Mit zitternden Händen drückte sie den Schwamm aus. Er beobachtete sie schweigend. Sie strich ihm über seinen Hals, die muskulöse Brust hinab zu seinem festen Bauch. Den Verband hatte er schon lange abgenommen, und man sah die lange, rosafarbene Narbe, die von seiner Seite bis zu seinem Unterleib reichte. Sie fuhr behutsam darüber, dann hinauf zu seinen Schultern.

Er sah ihr ruhig dabei zu. Sie tauchte den Schwamm erneut ins Wasser und benetzte jetzt seinen Rücken, die Schulterblätter, sein Rückgrat, sein Gesäß. Er rührte sich nicht. Diana trat erneut um ihn herum und wusch diesmal langsam seine Arme, von den Schultern bis zu den Fingerspitzen.

Danach widmete sie sich seinen Seiten. Sie bewegte den Schwamm mit kreisförmigen Bewegungen über seine Taille, fuhr dann hoch zu seinem Hals und massierte ihn dort langsam. Er schloss die Augen.

Ihr Nachthemd war mittlerweile durchnässt, und Schweiß kräuselte die zarten Haare an ihrer Stirn. Sie drückte den Schwamm noch einmal aus und ging in die Knie, um seine Schenkel zu waschen. Ihr Herz schlug schneller.

Er war nicht unberührt geblieben von dem, was sie tat. Seine Erektion reckte sich lang und hart in die Höhe. Dieses wundervolle, glatte Organ, das sie in der Höhle gesehen hatte, als sie ihm befahl, sich zu entblößen.

Sie tat, als ignoriere sie es, fuhr mit dem Schwamm über

seinen Schenkel und seine muskulöse Wade. Das Wasser auf dem Boden drang durch ihr Nachthemd und benetzte ihre Knie. Dann wusch sie langsam sein anderes Bein.

So, jetzt war sie fertig. Sie konnte sich erheben. Nur gelang es ihr einfach nicht, ihren Blick von seinem Glied loszureißen. Es war fest und steif, die Hoden darunter prall. Sein Schamhaar war gelockt und schimmerte feucht.

Sie betrachtete seine Männlichkeit lange, sah, wie Schatten und Mondlicht darauf spielten. Eine Ader pulsierte dort, rhythmisch und deutlich. Sie holte tief Luft, beugte sich vor und berührte mit der Zunge die Spitze.

James schmeckte feucht und samtig, und der kleine Spalt zwischen der Spitze und dem Rest fühlte sich unter ihrer Zunge glatt an. Sie leckte weiter, kostete ihn bis zu seinen Hoden.

Er verspannte sich merklich. »Verdammt, Diana, ich bin noch nicht tot.«

Damit packte er ihre Ellbogen und zog sie hoch. Seine Augen brannten vor Verlangen und Ärger.

Sie ließ den Schwamm in das Becken fallen. »So«, stieß sie bebend hervor. »Fertig.«

Er schlang seinen muskulösen Arm um ihren Rücken und zog sie an sich. »Ich bestimme, wann wir fertig sind.«

Sein Kuss war brutal, als wollte er sie bestrafen. Sie hatte ihn nicht in Ruhe seine Haut wund scheuern lassen. Sie war zu ihm gekommen, hatte ihn aus seiner Trance gerissen, und jetzt war er wütend.

Diana wurde klar, dass selbst in jener Herberge in Kent, als er sie so aufgebracht angefahren hatte, seine Küsse verspielt gewesen waren, fast liebevoll. Doch jetzt war von dieser Zärtlichkeit nichts mehr zu spüren. Das hier war der Kuss eines grausamen Mannes, eines Piratenjägers, der nur seinen eigenen Regeln folgte.

Er fuhr ihr mit den Fingern durchs Haar, packte es und bog ihren Kopf zurück, bis ihr Hals schmerzte. Sein nasser Körper presste sich hart gegen ihren, durchnässte den Stoff ihres Nachthemdes und benetzte ihre Haut.

Er stieß seine Zunge in ihren Mund und erforschte ihn mit heftigen Bewegungen. Seine Finger drückten sich schmerzhaft in ihren Rücken, und sein Griff wurde immer fester, bis sie kaum noch Luft bekam.

»Sag mir, dass du mich liebst, Diana«, stieß er hitzig hervor. Seine Lippen bewegten sich auf ihrem Mund. »Sag es mir.«

»Ich liebe dich, James«, keuchte sie.

Er riss sich von ihr los. Sie fiel schwer atmend gegen die hohe Kante des Bettes. Er presste seine Fäuste auf seine Brust. »Da drin ist nichts, was liebenswert wäre.«

Sie schüttelte den Kopf. »Aber es stimmt. Ich liebe dich, James.«

»Hör auf«, schnarrte er.

»Du hast mir befohlen, es zu sagen. Glaubst du vielleicht, es wäre mir recht, dich zu lieben?«

»Du weißt nichts über die Liebe. Du hast diesen Idioten Edward Worthing geliebt.«

»Das dachte ich jedenfalls, bis ich seinen wahren Charakter erkannte.«

»Was du jetzt empfindest, ist nur ein Irrtum.« Sein Hohn war noch beißender, als Edwards Spott es je gewesen war. James Ardmore hätte Edward Worthing etwas beibringen können.

»Ich habe gelernt, was Liebe ist. Isabeau hat es mich

gelehrt. Sie hat mir den Unterschied zwischen Liebe und Vernarrtheit deutlich gemacht.«

»Wirklich? Ich nehme an, du wirst ihn mir jetzt gleich erklären.«

Sie sammelte sich. »Vernarrtheit meint, du willst die Aufmerksamkeit einer Person erringen und bist bereit, dafür alles tun. Liebe dagegen bedeutet, dass du die ganze Welt verändern möchtest, um sie für diesen anderen Menschen besser zu machen – selbst wenn es dich das Leben kostet.« Sie hob trotzig ihr Kinn. »Das empfinde ich für Isabeau. Und so fühle ich auch für dich.«

Seine Brust hob und senkte sich unter seinen hastigen Atemzügen. »Versuch ja nicht, mein Leben zu ändern. Es gefällt mir genau so, wie es ist.«

Sie lachte leise. »Das tut es nicht.«

»Wage nicht, irgendetwas für mich zu tun.«

Ihre Augen brannten, als sie gegen ihre Tränen ankämpfte. »Du musst meine Liebe nicht erwidern. Das ist schon in Ordnung.« Dann lachte sie wieder, barscher diesmal. »Nein, ist es nicht. Es schmerzt wie Feuer, aber was soll ich tun? Ich kann dich nicht zwingen, mich zu lieben.«

»Du kannst es versuchen.«

Sie blinzelte. »Was?«

Seine Miene war furchteinflößend. »Wenn du mich so liebst, dann gib dich mir hin.«

Ihr Herz hämmerte noch schneller. Ihre alte Furcht durchzuckte sie, doch sie ebbte genauso plötzlich wieder ab. Das hier war etwas anderes. Es war eine Notwendigkeit. »Warum würde das helfen?«

»Du bist zu mir gekommen, um mich dazu zu bringen, dich zu begehren. Gut, es ist dir gelungen, aber das hast du bereits vorher genau gewusst. Warum bringst du es nicht zu Ende, Diana? Mach meine Welt besser. Dann wirst du auch lernen, was Liebe ist.«

Sie ballte die Hände zu Fäusten, während die Hitze ihres Verlangens sich in Wut verwandelte. »Warum tust du das? Jedes Mal, wenn ich dir gegenüber weichwerde, bringst du mich dazu, die Beherrschung zu verlieren.«

»Ich will nicht, dass du mir gegenüber weichwirst. Ich kann deine Wutanfälle und deine Brotgeschosse besser ertragen, als wenn du mir in die Augen siehst und mir sagst, wie du dich wirklich fühlst.«

Sie hätte ihm am liebsten den Inhalt der Wasserschüssel über den Kopf gekippt. »Es tut mir schrecklich leid, dass ich dich aufgeregt habe. Willst du mir tatsächlich verbieten, dich zu lieben?«

Seine Stimme klang wie ein Schnarren. »Liebe hat mich bisher immer nur zutiefst verletzt.«

Ihr Blick zuckte zu der Narbe auf seinem Bauch, aber sie wusste, was er meinte. Die Liebe hatte auch sie selbst bis ins Mark getroffen. »Liebe sollte uns eigentlich heilen«, flüsterte sie.

»Ich will nicht über Heilung reden. Und hör auf zu weinen.«

Diana konnte die Tränen, die ihr über die Wangen liefen, nicht mehr zurückhalten. »Ich muss nicht jedem Befehl gehorchen, den du mir gibst.«

»Du bist so verdammt dickköpfig! Ich will dich, Diana. Ich brenne vor Verlangen. Wenn du wütend auf mich wirst, heizt das mein Blut nur noch weiter an. Und wenn du nicht willst, dass ich dich auf der Stelle nehme, dann verlass sofort dieses Zimmer.«

Sie wischte sich die Tränen vom Gesicht, doch es strömten immer neue nach. »Vielleicht will ich nicht gehen.«

»Dann leg dich aufs Bett, falls du irgendwo landen willst, wo es weich ist.«

Er stand stocksteif da, seine Erektion bretthart, seine Muskeln angespannt. Diana knöpfte langsam ihr Nachthemd auf und zog es sich über den Kopf.

13. Kapitel

James hatte gedacht, dass sein Herz nicht noch schneller schlagen könnte, aber er hatte sich geirrt. Es hämmerte und raste, und er konnte unter dem Rauschen des Blutes in seinen Ohren nicht hören, wie das Nachthemd leise raschelnd zu Boden fiel.

Das Mondlicht fiel auf ihre langen, schlanken Gliedmaßen, ihre geschwungenen Hüften, die etwas breiter waren, als es ihr vermutlich gefiel. Ihre Brüste waren rund und fest. Sie hatte die Fäuste geballt, wie er, und ihr wunderschönes Gesicht war störrisch verzogen. Tränen schimmerten auf ihren Wangen.

»Leg dich aufs Bett«, wiederholte er. Es verblüffte ihn, wie ruhig seine Stimme klang. »Oder wir landen auf dem Boden, und der ist nass.«

Einen Moment rührte sie sich nicht. Er trat einen Schritt auf sie zu. Sie fuhr herum und sprang hastig auf die Matratze. Ihr roter Zopf schwang über ihren Rücken.

Gott, er hätte am liebsten geflucht und geschrien und gelacht gleichzeitig. Da stand er nun und blökte, dass er sie nicht liebte. War sie blind oder dumm?

Nein, nur verwirrt. Genau wie er.

Er konnte sich nicht mehr daran erinnern, wie er auf das Bett gekommen war, aber dann lag er neben ihr und sank auf die knotige Matratze, auf der er jetzt seit mehr als einem Monat geschlafen hatte.

Als Diana Worthing ihm das erste Mal einen Brotlaib an den Kopf geworfen hatte, hatte er sich ausgemalt, wie er sie auf eine einfallsreiche, verführerische Art und Weise nehmen würde, die die ganze Nacht und weit bis in den Morgen dauerte. Aber seitdem hatte ihn jeder vernünftige Gedanke längst verlassen, und er wurde nur noch von seiner Begierde gesteuert. Er hatte einmal darüber nachgedacht, dass Diana Worthing archaische Fortpflanzungstriebe in Männern weckte, und genau dieses Verlangen beherrschte ihn jetzt.

Es kam ihm viel zu zahm vor, sich einfach neben sie zu legen. Er zog sie auf die Knie hoch. Sie lehnte sich gegen seinen Arm, hatte die Lippen vor Leidenschaft geöffnet und die Lider halb gesenkt.

Feuer, oh ja, das besaß sie. Er fragte sich, wieso er bisher so höflich zu ihr gewesen war, so zurückhaltend. Sie würde das anders sehen, aber sie kannte ihn ja auch nicht wirklich, oder?

Andererseits schien sie ihn bereits jetzt besser zu kennen als jemals ein Mensch zuvor.

Er begehrte sie mit einer primitiven Lust, die er seit vielen Jahren nicht mehr empfunden hatte. Er war zynisch geworden, was Frauen anging, hatte gelernt, seine Gelüste an den zahllosen Geliebten zu befriedigen, die sich ihm an den Hals warfen, während er seine Gefühle sorgfältig unter Verschluss hielt. Er hatte gelernt, den Geschlechtsakt vollkommen von tieferen Empfindungen zu trennen.

Diana hatte diese Schranke eingerissen. Er hätte es nicht zulassen sollen, aber jetzt war es zu spät.

Emotionen durchströmten ihn, Wut und Hass und Angst

und Kummer. Sie wusste, was er getan hatte und auch warum und wieso es ihn fast umgebracht hätte.

Ihre Haut war so nass wie seine, ihr Gesicht feucht, ihr Haar gelockt und löste sich aus dem Zopf. Er leckte ihre Tränen von ihren Wangen, und ihr salziger Geschmack stachelte seine Leidenschaft noch mehr an. Er liebte es, wie diese Frau schmeckte und duftete. Sie schlang die Arme um seinen Hals und küsste ihn.

Seine Wollust ließ nicht zu, dass er es langsam angehen ließ. Für ruhige Zärtlichkeit war später auch noch Zeit. Er schob ihre Knie auseinander. Seine Erektion stand pochend in die Höhe, der Brennpunkt des Wahnsinns, der in ihm tobte.

Sie keuchte. Er sah die Furcht in ihren Augen, fühlte, wie sie sich verspannte.

Er brauchte sie. Sein Körper schrie nach ihr. Seine Hände zitterten, als er sie von sich wegschob. »Warum?«, stieß er gepresst hervor. »Sag mir, warum.«

Sie verstand seine Frage und antwortete sofort. »Ich will kein weiteres Kind.«

Er hielt inne. Ihre blaugrauen Augen waren weit aufgerissen und von Schmerz verdunkelt. »Ist das alles?«

»Ja«, hauchte sie.

Er hätte gelacht, wenn er ihr damit nicht wehgetan hätte. »Dann hast du Glück, meine wunderschöne Diana. Von meinem Samen wirst du niemals empfangen.«

»Oh«, hauchte sie überrascht, und dann war James des Wartens müde.

Sie passte perfekt auf seinen Schoß. Und sie war so feucht und heiß, dass er widerstandslos mit einem Stoß tief in sie eindrang.

»Du bist so eng«, flüsterte er an ihrer Wange. »Es gefällt mir, wie eng du bist.«

Sie schloss die Augen und grub ihre Fingernägel in seinen Rücken. Er leckte die Feuchtigkeit von ihren Brüsten und fuhr die Spur eines Tropfens mit der Zunge nach.

Sie umklammerte ihn mit ihren inneren Muskeln, und er küsste sie, rieb zärtlich eine harte Knospe zwischen den Zähnen. Sie grub ihre Finger in sein nasses Haar. Er wollte tiefer in sie eindringen, immer tiefer. Sie trieb ihn in den Wahnsinn. Es fühlte sich an, als würde ihn ein Kokon umhüllen, den er zu sprengen versuchte. Fast war er da, fast. *Diana, was hast du mit mir gemacht, du Dämon von einer Frau?*

»James«, flüsterte sie, dann brach ihre Stimme, als ihr Höhepunkt kam. »Ich liebe dich.«

Oh, verdammt! Er merkte nicht, dass er es laut gesagt hatte, bis er das Echo hörte. Sie riss die Augen auf. Sie waren dunkel vor Leidenschaft und vor Verletztheit.

Er packte ihre Hüften und zog sie fest auf sich. »Warum frisst du mich nicht gleich bei lebendigem Leib?«

Er erhob sich, hob sie mit an, warf sie rücklings auf die Matratze und drückte sie mit seinem Gewicht tief hinein. Er war immer noch in ihr. Ihrer beider Körper waren heiß und nass vor Wasser und Schweiß. Er stieß immer wieder in sie hinein und führte zu Ende, was er begonnen hatte.

Einen solchen Höhepunkt hatte er noch nie erlebt. Er ertrank förmlich in seinem inneren Jubel. Hier hätte er für immer leben oder sterben können, ganz gleich, es kümmerte ihn nicht. Er bemerkte die Knoten in der Matratze nicht mehr, den kalten Wind, der durch das geöffnete Fenster hereindrang, oder die Wassertropfen, die von seinem Haar auf seine Haut fielen. Er nahm den winzigen Raum nicht mehr wahr, nicht das Mondlicht, das sich silbern in der Wasserpfütze auf dem Boden spiegelte, nicht das schmale, zerwühlte Bett.

Er fühlte nur sie, ihren Zopf an seinem Hals und das Brennen in seinen Lungen. Nur Diana, sie war der einzige Mensch auf der Welt, der zählte, war es immer gewesen und würde es immer sein.

Er hatte keine Ahnung, was er schrie, aber er war heiser und zitterte am ganzen Körper. Und sie weinte.

Schließlich sank er auf ihr zusammen, immer noch in ihr, küsste ihre Lider, ihre nassen Wangen, murmelte ein paar zusammenhanglose, beruhigende Worte, bevor der Schlaf ihn wie einen Baum fällte.

Irgendwann in der Nacht musste er von ihr herabgeglitten sein, denn als James erwachte, lag er auf der Seite und atmete den Duft ihres Haares ein. Dianas wunderschöner Rücken lag dicht an seiner Brust.

Sie waren beide nackt und lagen schräg auf dem Bett. Er hatte einen Arm über sie geschlungen, den anderen angewinkelt unter dem Kissen, auf dem sein Kopf ruhte. Diana schlief.

James griff so behutsam, wie er konnte, um sie nicht zu wecken, nach der zerwühlten Decke und zog sie über ihre beiden Körper. Ihre tiefen, gleichmäßigen Atemzüge veränderten sich nicht.

Sie war vollkommen erschöpft, die arme Frau. Immerhin hatte sie einen höllischen Tag hinter sich. James schmiegte sich wieder an sie und entspannte seine Gliedmaßen. Er hatte zwar auch einen verdammt anstrengenden Tag erlebt, aber das schien jetzt nicht mehr wichtig zu sein. Er fühlte sich, als hätte ihn jemand von außen und innen gründlich sauber geschrubbt.

Er hatte sich entschieden, und dafür verachtete er sich. Doch hätte er eine andere Wahl getroffen, wäre er längst fort, vielleicht auf dieser Fregatte auf halbem Weg nach Frankreich, und Diana hätte ihn gehasst. Stattdessen jedoch war sie hier, lag neben ihm, mit im Schlaf entspannten Gesichtszügen.

Sein schläfriger Verstand beschwor plötzlich die Erinnerung daran herauf, wie Grayson Finley, ein Pirat, der die ganze Welt mit seinem Sir John aus der Hose hängend bereist hatte, ihm ernsthaft erklärt hatte, dass das, was er für Alexandra Alastair empfand, anders war. James hatte ihm nicht geglaubt. Obwohl er gewusst hatte, dass die entzückende Mrs. Alastair eine außergewöhnliche Frau war, hatte er Finleys Behauptung als übertrieben abgetan.

Er hatte es nicht verstanden. Als James jetzt jedoch den Duft von Dianas offenem Haar einatmete, wusste er, was Finley damals empfunden hatte. Diana hatte die dunklen, leeren Orte in seinem Inneren gefunden. Sie nicht nur aufgespürt, sondern sie auch geöffnet und Licht hineingelassen. Es war brutal, und es tat weh. Doch er ließ den Schmerz mit Freuden zu.

James hatte sich so viele Jahre der Rache verschrieben, Vergeltung gegen seine Feinde, gegen Finley, gegen jene, die ihm und seinem Bruder ihr Glück geraubt, gegen jene, die seinem Bruder das Leben genommen hatten. Jetzt fühlte er sich plötzlich zerbrechlich. In den Stallungen seines Vaters hatte er neugeborene Fohlen gesehen, die auf ihren dürren Beinchen zitternd und unsicher umherstaksten. Sie hatten die Welt mit verwunderten Augen angestarrt und waren unsicher in ihr herumgetaumelt.

James begriff jetzt, wie sie sich gefühlt haben mussten. Als er an den Strand von Haven angespült worden war, war er zu schwach gewesen, sich zu bewegen. Ein Feind hätte ihn mühelos töten können. Stattdessen jedoch hatte Diana ihn gefunden. Sie hatte ihn ungehalten angeraunzt, ihn mit nach Hause genommen und ihn mit Hilfe seines Todfeindes gesund gepflegt.

James blieb ruhig liegen, während er sich an diese neue Zerbrechlichkeit in sich gewöhnte. Manchmal berührte er Dianas Haar oder ihre Haut, einfach nur um das Gefühl der Berührung zu genießen. Die Luft, die durch das halb geöffnete Fenster wehte, war sehr kalt, aber er konnte sich nicht aufraffen und die Läden schließen. Diana war so warm. Das genügte ihm.

Es ist etwas anderes, hatte Grayson gesagt. Diese Worte schienen eine recht unbeholfene Erklärung. Und niemand, der nicht selbst so etwas erlebt hatte, würde begreifen, wie präzise sie zutrafen.

James hatte sich vor vielen Jahren schon einmal verliebt. Jedenfalls hatte er das geglaubt. Diana hatte ihm jedoch den Unterschied verdeutlicht. Vernarrtheit war keine Liebe.

Sara war die polynesische Frau gewesen, um die James und Grayson Finley ihren ersten Kampf ausgefochten hatten. James hatte sie zuerst entdeckt, doch sie war von ihm zu Finley gegangen, als James ihnen den Rücken zugekehrt hatte. Er hatte geglaubt, dass er die Frau liebte. In nur zwei Monaten hatte Sara James die sexuellen Erfahrungen eines ganzen Lebens vermittelt. Es schien nur sehr wenig zu geben, was diese Frau nicht kannte, und ganz gewiss war sie erfahrener als der zweiundzwanzigjährige James Ardmore.

Vernarrtheit. Er war wütend und frustriert gewesen. Er erinnerte sich daran, wie er nach zwei Wochen Abwesenheit nach Tahiti zurückgekehrt und in die Taverne geschlendert war, die er und Finley bevorzugten. In dem dämmrigen Schankraum hatte er Grayson gesehen, dessen blondes Haar hell in dem dunklen Raum leuchtete. Sein muskulöser Arm war um Saras Taille geschlungen, und während James in der Tür stand, hatte sein Freund ihr den Kopf zugewandt und sie lange und leidenschaftlich geküsst.

James hatte versucht, ihn zu töten. Sein ehemals bester Freund hatte mit weit aufgerissenen blauen Augen protestiert, dass er es nicht gewusst habe. Er war davon ausgegangen, dass James mit ihr fertig war. Ganz ehrlich.

In dieser schwülen tropischen Nacht, in Schweiß gebadet und mit einem für ihn unerreichbar auf dem Rücken herumkrabbelnden Insekt, hatte James ihm geglaubt. Sara log oft, wenn es ihr etwas nützte. Aber Finley hatte ihm nur diesen unschuldigen Blick seiner blauen Augen geschenkt. Gesagt, dass es ihm leidtäte. Ihm Sara zurückzugeben hatte er nie angeboten.

Schlimmer noch, Finley hatte sie, nur so zum Spaß, geheiratet.

Fünf Männer hatten sie auseinanderhalten müssen. In diesem Moment und an diesem Ort hatten sich James Ardmores und Grayson Finleys Wege getrennt. Er war weggegangen. Ian O'Malley und ein Dutzend anderer von der Mannschaft, die sich Finley und James geteilt hatten, waren James gefolgt.

Im Rückblick war ihm klar, dass er früher oder später ohnehin mit Finley gebrochen hätte. Sara war nur der letzte Tropfen gewesen, der das Fass zum Überlaufen gebracht hatte. Finley und er waren einfach zu verschieden. Grayson war Engländer, James verachtete sie. Grayson war ein immer fröhlicher Witzbold, James verbarg seine Emotionen sorgfältig. Grayson war einem schrecklichen Leben entflohen, als er mit 12 Jahren zur See ging, James dagegen kam aus einer liebevollen Familie, hatte seine Ausbildung beendet und besaß immer noch ein Heim, in das er zurückkehren konnte.

Hier auf der ruhigen Insel Haven, mit Diana, die leise atmend neben ihm lag, schien das alles sehr weit weg und ohne Bedeutung. Grayson Finley war zu Viscount Stoke geworden, verheiratet und hatte mittlerweile vier Kinder. Und James Ardmore hatte sich verliebt.

Morgen würde er entscheiden, was er diesbezüglich unternehmen würde. Heute jedoch wollte er Diana noch einmal lieben. Er beugte sich zu ihr und küsste sie auf die Lippen. Verdammt, schmeckte sie gut.

Sie rekelte sich. Nach ein paar weiteren Küssen öffnete sie die Augen. »James«, murmelte sie.

»Hallo, Liebes.«

Sie lächelte, rührte sich aber nicht. »Ich muss in mein Zimmer zurück.«

Er spielte zärtlich mit seiner Zunge an ihrem Ohrläppchen. »Warum?«

»Was wird mein Vater sagen?«

»Er weiß es längst, Diana. Wir haben reichlich Lärm gemacht. Ich bin sicher, dass man uns bis Plymouth hören konnte.«

»Du warst laut«, konterte sie mit einer Spur ihres üblichen Feuers.

»Und du warst ziemlich außer dir.« Er blickte an die Decke. »Ich glaube, du hast sogar etwas von dem Putz heruntergeholt.«

»Ich habe nichts dergleichen …« Sie sah ihn an, dann schlug sie die Hände auf ihre brennenden Wangen. »Ach du lieber Himmel!«

Er lachte leise, küsste ihre Hände und ihr glühendes Gesicht. »Du hast dich prächtig amüsiert.«

»Du hast mich verführt! Das werde ich ihnen sagen. Hör auf, mich zu küssen, verdammt noch mal!«

Er hörte nicht auf. »Ich erinnere mich daran, dass du uneingeladen in meine Kammer gekommen bist und mich gewaschen hast, überall. Und mir befohlen hast, es zuzulassen. Und dann«, er fuhr ihr mit der Zunge über die Nasenspitze, »hast du dein Nachthemd ausgezogen und bist splitternackt vor mir gestanden. Ich kann mich an keine Verführung erinnern. Jedenfalls nicht von meiner Seite.«

Sie warf ihm einen gespielt strengen Blick zu. »Du hast keinerlei Respekt vor meiner Tugend gezeigt.«

»Nein.«

»Oder meiner Stellung als Lady.«

»Stimmt.«

»Du hast dich nicht so benommen, wie man es von einem Gentleman erwarten kann.«

Er lächelte. »Wenn ich mich wie ein Gentleman verhalten und dich hinauskomplimentiert hätte, wärest du vermutlich fuchsteufelswild geworden.«

»Sehr wahrscheinlich.«

»Also was hätte ich tun können, außer dich zu lieben?«

Sie streichelte seine Wange. »Wir hätten einen Tee trinken können.«

»Du hättest mir die Kanne an den Kopf geworfen.«

»Ich werfe nicht ständig mit Lebensmitteln nach dir, James.«

»Nur wenn du wütend bist. Und das bist du die meiste Zeit.«

Sie fuhr mit dem Daumen über seine Unterlippe. »Jetzt bin ich nicht wütend.«

»Klingt aber so, als wärest du es.«

»Nein. Ich tue nur so.« Sie strich mit den Fingern durch sein Haar.

»Es klingt ziemlich gleich, ob du es nun spielst oder ob es echt ist.«

Sie lächelte ihn an. »Du musst eben sehr genau aufpassen.«

»Und wenn ich dich einfach küsse, ohne genau achtzugeben?«

Ihr Lächeln wurde strahlender. »Ich hätte nichts dagegen.« Sie hielt ihn auf, als er sich zu ihr hinunterbeugte. »Außer wenn ich wirklich wütend bin.«

Er schnaubte. »Du wirst dich daran gewöhnen müssen, ganz gleich ob du wütend bist oder nicht.«

Er küsste sie, verlangend und innig, und folgte dem Schwung ihrer Lippen mit seiner Zunge. »Ich möchte dir gern ein paar Dinge zeigen.«

»Mmh?«, wiederholte sie schläfrig. »Was für Dinge?«

Seine Erektion, die sich langsam erhoben hatte, wurde noch größer. »Ich glaube, du wirst sie genießen.«

»Das weiß ich nicht so genau. Ich sollte lieber in mein Zimmer zurückkehren.«

Er rollte sich auf sie. »Das glaube ich eher nicht.«

Sie küsste ihn zart auf das Kinn. »Ich sollte verängstigt weglaufen. Du hast mich schon einmal entführt.«

»Hast du Angst?«, fragte er sehr leise.

Sie schaute scheu zu ihm hoch. »Nein.«

»Gut. Das ist sehr gut.«

Diana warf ihm einen Blick unter ihren gesenkten Wimpern hindurch zu. »Was wolltest du mir zeigen?«

Sein Herz schlug fest und schnell. »Vieles«, hauchte er. »Viele, viele Dinge.«

Und dann begann er.

James kannte verblüffende Dinge. Diana hatte sich immer für sinnlich gehalten, für eine Frau, die mehr über Begehren wusste, als sie sollte. Einige Zeit später hatte sie begriffen, dass sie nur neben der Straße des Verlangens gestanden hatte, einer Straße, die zu Orten führte, deren Existenz sie sich niemals auch nur im Traum vorgestellt hatte.

Ihre Stimme war heiser und brüchig, und sie fühlte sich am ganzen Körper wund. Ihre Handgelenke brannten an den Stellen, an denen James sie auf dem Bett festgehalten hatte. Sein warmer Körper bedeckte sie auch jetzt, und er war so feucht, wie er gewesen war, nachdem sie ihn gewaschen hatte. Das war Stunden her.

Er war immer noch in ihr, heiß von ihrer Liebe. Ganz tief in ihrem Inneren fühlte sie sich müde und zufrieden. Er lag ruhig da und strich ihr über das Haar.

Sie berührte eine Strieme an seinem Hals. »Ich habe dir wehgetan.«

Er lächelte, strahlender und herzlicher, als sie es je bei ihm gesehen hatte. »Du bist ein wahrer Dämon.«

»Es hat dir gefallen?« Sie klang überrascht.

»Allerdings.«

Sie konnte sich nicht einmal daran erinnern, dass sie ihn gekratzt hatte, aber ihre Fingerspitzen passten perfekt auf die Male. Sie errötete.

James hatte sie genommen, weil er nicht anders konnte, und es hatte ihr nicht das Geringste ausgemacht, sich ihm hinzugeben. Aber irgendwann, zwischen dem dritten und vierten Mal, hatte es sich verändert. Er hätte sein Herz erleichtern, zum Ende kommen und sie wegschicken können. Stattdessen hatte sich ihr Liebesspiel geändert, war intensiver, persönlicher geworden. Er hatte ihr zurückgegeben, was er genommen hatte.

Zehnfach. Er hatte ihr Freuden gezeigt, die sie niemals für möglich gehalten hätte. Diana hatte das Gefühl, als hätte sie ihr Leben lang durch ein milchiges Glasfenster gespäht und nicht wirklich erkannt, was Lust war.

Jetzt waren die Scheiben nicht nur zerbrochen, sondern sie war in das Haus der Wonnen gezerrt worden. Er hatte ihr die Lust ganz deutlich und unmissverständlich gezeigt. Sie würde niemals mehr dieselbe sein wie früher, und das war ihr nur recht.

Er legte sich hinter sie und strich ihr durchs Haar. »Sag mir, warum du vorher so viel Angst hattest«, bat er sie leise. »Warum fürchtest du dich so davor zu empfangen?«

Sie erstarrte. »Ich dachte, die Antwort wäre recht eindeutig.«

»Nicht für mich.«

Sie tat streng. »Wenn eine Frau ein Kind aus einer illegalen Affäre bekommt, ist das ein entsetzlicher Skandal.«

»Das reicht nicht, Diana. Du und dein Vater und ein guter Anwalt könnten mich ohne weiteres zu einer Ehe zwingen.

Das ist es nicht.« Er küsste ihr Haar. »Also, warum erzählst du mir nicht einfach die Wahrheit?«

Sie lag lange schweigend da und versuchte, ruhiger zu atmen. »Wegen Isabeau«, gestand sie schließlich.

»Weil sie taub ist?« Sie spürte, dass er die Stirn runzelte. »Das ergibt keinen Sinn. Sie ist schließlich nicht taub geboren.«

»Doch, das ist vollkommen logisch. Ich sollte kein zweites Kind bekommen. Das ist alles. Können wir jetzt bitte das Thema wechseln?«

Er stützte sich auf den Ellbogen. Sein warmes Haar glitt über ihre Schulter. »Du glaubst, dass du die Schuld an Isabeaus Taubheit trägst? Dem ist nicht so. Sie ist krank geworden.«

Diana drehte sich auf den Rücken. »Doch, es ist meine Schuld. Sie ist wegen mir krank geworden. Ich habe darauf bestanden, jeden Moment mit ihr zu verbringen und sie überallhin mitzunehmen, wohin auch ich ging. Ich konnte sie nicht im Kinderzimmer lassen, wo sie besser aufgehoben gewesen wäre. Dann bekam ich Fieber und habe sie damit angesteckt. Ich habe sie krank gemacht, und sie muss darunter leiden. Was bin ich also für eine Mutter?«

Er starrte sie an. Seine Augen glitzerten in der Dunkelheit. »Willst du etwa behaupten, dass du dir diese Schuld aufbürdest? So ein Fieber ist tückisch. Sie hätte es auch bekommen können, wenn sie im Kinderzimmer eingeschlossen gewesen wäre und ihr Tag und Nacht ein Feuer vor der Tür hättet brennen lassen.«

»Das mag sein, aber woher soll ich das wissen?« Sie starrte an die Decke. Ihre Augen waren trocken. »Ich war so stolz auf sie. Ich habe sie überall vorgezeigt, jedem. Seht, seht nur, was ich hervorgebracht habe! Ich habe ein wunderschönes Kind geschaffen. Gott hat mich für meine Eitelkeit gestraft. Ich war dumm, so dumm!«

»Du kannst dich so lange geißeln, wie du willst, Diana. Aber deshalb bist du trotzdem nicht daran schuld.«

Sie verschränkte die Arme vor ihrer Brust und sah ihn finster an. »Wenn du meine Erklärung für unzureichend hältst, dann warte, bis ich dir den Rest erzählt habe. Als wir entdeckten, dass Isabeau taub war, war ich entsetzt. Nicht nur ihret-, sondern auch meinetwegen. Ich hatte schreckliche Angst vor ihr. Ich wusste nicht, was ich tun sollte. Als Edward das erste Mal vorschlug, sie in ein Heim zu stecken, war ich bereit dazu.« Sie drückte ihre Handwurzeln auf die Augen. »Ich wollte es, James. Wenn ich sie wegsperrte, würde ich mich weder meiner Scham noch meiner Furcht stellen müssen. Ich konnte sie gehenlassen und musste sie nie wiedersehen.« Diana wollte weinen, aber es kamen keine Tränen. »Was für eine Mutter bin ich nur? Ich war bereit, ein unschuldiges Kind wegzugeben. Meine Isabeau, die Tochter, die ich so sehr liebte.«

Er legte seine warme Hand auf ihren Bauch, dorthin wo sie Isabeau so stolz all die Monate getragen hatte. »Das erklärt, warum du sie so beschützt.« Er küsste ihre Schläfe. »Es überrascht mich ein wenig, dass sie ein so normales Kind geworden ist, obwohl du sie mit deiner Liebe gewiss fast erstickt hast.«

Sie warf ihm einen vernichtenden Blick zu. »Ich hätte wissen müssen, dass ich von dir kein Mitgefühl zu erwarten habe, James Ardmore.«

»Ich fühle sehr wohl mit dir, Darling. Du hast ein Tal der Schmerzen durchschritten.« Mit den Fingern fuhr er sanft um ihren Nabel. »Aber du musst den Schmerz loslassen. Ich weiß es am besten.«

Sie sah ihn gespannt an. »Warum? Wegen heute?«

»Weil ich nicht da war, als mein Bruder starb. Wäre ich dort gewesen, hätte ich es verhindern können. Wie, glaubst du wohl, fühlt sich das an?« Er lachte grimmig. »Ich habe mich immer gerühmt, dass ich keine Reue empfände. Dabei fühle ich sie die ganze Zeit.«

Seine grünen Augen wirkten so leer wie in dem Moment, als sie heute Nacht sein Zimmer betreten hatte, während er sich wusch. Er sprach weiter. »Wenigstens verzeiht Isabeau dir.« Seine Stimme klang trostlos. »Paul wird mir nie vergeben. Ebenso wenig wie meine Schwester. Das ist einer von vielen Gründen, weswegen wir nicht miteinander auskommen.«

»Das ist nicht fair von ihr.«

Er zuckte mit den Schultern. »Sie fühlt sich ebenfalls schuldig. Nach der Ermordung von Pauls Frau hat Honoria ihn aufgehetzt, den Täter zu suchen. Sie hat Vergeltung geschmeckt, wenngleich meine Schwester sie nicht mit eigener Hand ausüben konnte. Wir sind eine sehr nachtragende Familie.«

Er schwieg und presste die Lippen zusammen zum Zeichen, dass das Thema für ihn erledigt war. Mit den Fingern zeichnete er Falten auf ihrem Bauch nach, ohne sie anzusehen. Diana verfolgte das Thema nicht weiter. Dafür war es noch zu früh.

»Warum hast du mir gesagt«, fragte sie stattdessen, »dass ich von dir niemals empfangen würde?«

Er verzog gequält das Gesicht. »Ich möchte eigentlich nicht darüber reden. Kein Mann gibt gerne zu, dass sein Samen nichts taugt.«

»Woher weißt du das?«

Er warf ihr einen ironischen Blick zu. »Sagen wir, ich habe allen Grund, das zu wissen.«

»Du meinst, weil deine Geliebten niemals Kinder bekommen haben.«

»So in der Art.«

Diana dachte nach. »Vielleicht konnten sie einfach keine Kinder bekommen. Das kommt bei manchen Frauen vor, wie du weißt.«

»Aber nicht bei so vielen.«

Darüber dachte sie einen Moment nach und richtete sich dann ein wenig auf. »Herr im Himmel, James.«

»Nein. Ich werde dir nicht sagen, wie viele es waren.«

Jetzt setzte sie sich ganz auf. »Glaubst du, dass ich so vulgär bin, dass ich das wissen möchte?«

»Ich glaube, dass du einfach verdammt neugierig bist, selbst wenn du das niemals zugeben würdest.« Er küsste sie, bevor sie weiter protestieren konnte. »Dreh dich um.«

»Was?«

»Dreh dich um. Ich möchte dir noch etwas zeigen.«

Sie schaute rasch aus dem Fenster. Draußen war es bereits heller geworden. »Ich möchte nicht, dass du mir noch etwas zeigst. Es ist fast Morgen.«

»Es ist immer noch Nacht.«

»James …«

»Was ist los? Bist du zu müde?«

Sie fuhr mit der Zunge über ihre geschwollene Unterlippe. »Eigentlich nicht.«

»Dann dreh dich um.«

Sie kochte, rollte sich aber gehorsam auf den Bauch, während das Blut in ihren Adern vor Erwartung kribbelte. Sie wühlte in den Laken herum, um eine bequeme Position zu finden. Obwohl das keine Rolle spielte. Ohne Vorwarnung packte James ihre Hüften, zog sie an sich und drang mit einem festen Stoß tief in sie ein.

Sie riss die Augen auf, und das Keuchen, das sich ihr entrang, verwandelte sich in ein Stöhnen. Sie hatte gedacht, dass sie in dieser Nacht Wonnen erlebt hatte. Aber jetzt erst wusste sie, wie sich Lust wirklich anfühlte. Der flüchtige Gedanke, dass er ihr später noch mehr zeigen würde, schwebte am Rand ihres Bewusstseins und erregte sie in unfassbarer Weise.

Jetzt jedoch war sie zu keinem zusammenhängenden Gedanken mehr fähig. James war in ihr, hart und heiß. Sie knüllte das Laken in ihren Fäusten zusammen, schob sich eine Falte in den Mund, um ihre Schreie zu ersticken. Sie wand sich unter der Reibung seines heißen Gliedes und schrie immer wieder auf, während seine Hände schwer auf ihren Pobacken lagen.

»Liebst du mich noch, Darling?«

Sie wusste nicht genau, welche Antwort sie stöhnte, aber sie schien ihn zu befriedigen. Er lachte leise, drückte sie auf das Bett, seine Brust auf ihrem Rücken, flüsterte ihren Namen, küsste ihr Haar.

Langsam, ganz langsam kehrte sie von diesem weitentfernten Ort der Lust zurück. Sie spürte wieder die zerwühlten Laken unter sich, die feuchten Kissen, die kühle Luft auf ihrer verschwitzten Haut. Er lag schwer auf ihr, aber es fühlte sich nicht unbequem an. Sie genoss es sogar, unter ihm zu liegen. Er war so stark und so wunderschön, dass sie sich am liebsten für den Rest ihres Lebens an ihn geschmiegt hätte.

Er zog sich erschöpft zurück und rutschte etwas von ihr herunter. Er verteilte zarte Küsse auf ihrer Haut.

»Können wir jetzt schlafen?«, flüsterte sie.

Sie fühlte seinen Atem auf ihrer Haut, obgleich sein Lachen zu leise war, als dass sie es hätte hören können. »Ja, Diana. Ich lasse dich jetzt schlafen.«

»Danke …«

Sie sank bereits in Morpheus' Arme und hörte seine Antwort kaum noch. »Gern geschehen, Darling.«

Dicke Scheiben Brot mit viel Ziegenkäse. Glänzende Orangen von den Bäumen aus dem Garten. Beeren, zu Marmelade eingekocht. Knusprig gebratener Schinken. Starker, frisch aufgebrühter Kaffee, mit Zucker und Rum gesüßt. James häufte sich alles, was er erreichen konnte, auf seinen Teller und schaufelte es in sich hinein, während die Sonne durch das Fenster des Frühstückszimmers schien und der Admiral so tat, als lese er eine Zeitung, die schon sechs Monate alt war.

Sie mussten viele Dinge besprechen, aber James war zu hungrig gewesen, um seine Fragen sofort richtig zu formulieren. So ausgehungert war er schon lange nicht mehr gewesen. Andererseits hatte er noch nie in seinem Leben eine ganze Nacht lang eine Frau wie Diana geliebt. Seine Barriere zwischen körperlicher Liebe und seinen Gefühlen war wie eine baufällige Mauer eingebrochen. Er hatte nie erfahren, wie erschöpfend und wundervoll es war, wenn man gleichzeitig Wonnen in den Lenden und Freude im Herzen erlebte.

Er hatte bereits die erste Portion Schinken verzehrt und nahm sich noch mehr. Ein Topf mit Minzgelee stand neben dem Teller. Er strich es sich auf sein Brot und griff dann nach der nächsten Scheibe.

»Mrs. Pringle ist eine ausgezeichnete Köchin«, bemerkte er.

Der Admiral klappte die obere Hälfte seiner Zeitung hinunter und sah James über den Rand hinweg an. »Dieses Schiff.«

James aß sein Brot auf und teilte dann eine Orange. »Was ist damit?«

»Es kam sehr gelegen, dass es genau in dem Moment auftauchte, als Ihr es brauchtet.«

»Sehr gelegen, ja«, stimmte James ihm zu,

Admiral Lockwood ließ seine Zeitung sinken. »Wie lange habt Ihr dieses kleine Abenteuer geplant?«

»Jahre.«

»Ihr sorgt dafür, dass die Zufälle für Euch arbeiten, meint Ihr das?«

»Ich versuche es zumindest.« Er formierte seine Orangenscheiben zu einer langen, leuchtenden Reihe. »Ihr habt auch Eure Geheimnisse, Admiral.«

»Was werdet Ihr jetzt tun?«

»Ich werde abreisen. Mit Mallory hier auf der Insel zu bleiben ist keine gute Idee. Ich habe ihn um Euretwillen verschont, was nicht heißt, dass ich nicht vielleicht doch die Beherrschung verliere und es erneut versuche.«

»Das dürfte überflüssig sein«, erwiderte der Admiral grimmig. James warf ihm einen fragenden Blick zu. »Mallory ist tot«, erklärte Lockwood. »Er hat heute Morgen fast die ganze Flasche Laudanum ausgetrunken.«

14. Kapitel

James hielt mitten in der Bewegung inne. Die Orangenscheibe schwebte direkt vor seinem Mund. Er ließ sie wieder sinken. »Zum Teufel!«

»Die Geschichte, die Ihr erzählt habt, ist schrecklich, James. Ich weiß im Grunde meines Herzens, dass Mallory sich geändert hat, aber auch Ihr habt recht. Seine Verbrechen waren durch nichts einfach auszulöschen. Er hat Euch bis ins Mark verletzt.« Der Admiral musterte ihn einen Moment. »Er hat mir gestern Nacht gesagt, dass er sich das Leben nehmen würde. Ich nehme an, das war das Beste. So konnte er wenigstens in Würde gehen.«

James verbarg sein Gesicht in der Handfläche. Er versuchte herauszufinden, was er empfand. Erleichterung, aber auch Ärger und Wut darüber, dass ihm die Entscheidung abgenommen worden war, durchströmten ihn. Er hob den Kopf. »Ich will nicht vorgeben, dass mir sein Tod leidtäte.«

»Ich habe befürchtet, dass Ihr wütend wärt, weil er Euch damit jede Chance auf Vergeltung genommen hat.«

»Ich habe meine Entscheidung gestern in der Höhle getroffen und ihn verschont, um Euretwillen und wegen Diana.«

»Dafür danke ich Euch. Ihr habt ihn seinen Frieden auf seine Weise machen lassen.«

»Macht mich nicht zum Helden. Ich war nur eine Haaresbreite davon entfernt, ihn zu erschießen. Wenn er sich nicht das Leben genommen hätte, wäre ich vielleicht in Versuchung geraten, ihn doch noch umzubringen. Nichts wäre einfacher gewesen.«

»Ich weiß.«

Sie sahen sich an. James wusste nicht, ob der Admiral ärgerlich war, erleichtert oder reumütig. Lockwood hob mit neutraler Miene die Zeitung wieder hoch. Was James an den Engländern nicht mochte, war die Art, wie sie allem mit einer eisernen Haltung begegneten, Kinn hoch, bloß keine Aufregung! Selbst bei wichtigen Dingen wie Leben und Tod und Liebe.

»Wir werden ihn heute Nachmittag auf dem Meer bestatten. Ich nehme nicht an, dass Ihr daran teilnehmen wollt.«

James presste die Lippen zusammen. »Besser nicht.«

»Also gut. Ihr habt übrigens meine Frage nach dem Schiff noch nicht beantwortet.«

Dieses Spiel konnte James mitspielen. »Es war eine französische Fregatte. Ich hatte den Kapitän gebeten, sich ein wenig in diesen Gewässern zu tummeln, aber auf Abstand zu bleiben, bis er mein Signal sah.«

»Warum ist er nicht gelandet? Ein französischer Kapitän müsste es doch wunderbar finden, wenn er auf eine Insel stößt, sei sie auch noch so klein, die einem Engländer gehört. Wir befinden uns immerhin im Krieg.«

James strich sorgfältig Weichkäse auf seinen Toast. »Ich habe ihm gesagt, dass ich ihm ein Signal geben würde, wenn er landen sollte. Wenn keines käme, sollte er weitersegeln.«

»Und Ihr habt ihm kein solches Signal gegeben?«

»Nein.«

»Ihr hättet gestern leicht mit ihm davonsegeln können.«

»Ich weiß. Aber ich habe noch etwas zu erledigen, bevor ich abreise.«

»Und das wäre?«, erkundigte sich der Admiral gespannt.

James ließ sich Zeit und verteilte den Weichkäse sorgfältig in den vier Ecken seines Brotes. »Ich wollte um Euren Segen bitten. Ich möchte Diana heiraten.«

Es wurde sehr still im Zimmer. James legte die Brotscheibe auf den Teller zurück, ohne davon abzubeißen. Der Admiral starrte ihn mit diesen blaugrauen Augen an, die genauso aussahen wie die seiner Tochter.

»Ihr wollt Diana heiraten.« Er musterte James noch eine Weile länger. »Warum?«

Diese Frage überraschte James ein wenig. Er hatte eher etwas erwartet wie: »Ihr solltet sie auch besser heiraten, verdammt!« Der Mann musste gehört haben, dass James sie die ganze Nacht geliebt hatte.

»Weil sie eine wunderschöne Frau ist«, antwortete er bedächtig, »und weil ich sie liebe.«

Der Admiral blinzelte einmal, aber sein versteinerter Blick milderte sich ein wenig. »Sie hat eine sehr unglückliche erste Ehe hinter sich, müsst Ihr wissen. Ich hätte das niemals billigen sollen. Aber Edward Worthings Kapitän hielt große Stücke auf ihn.«

James blickte hoch. »Ihr wollt sagen, er war ein Mann mit mit blendenden Aufstiegsaussichten.«

»Genau das hat mir der Kapitän gesagt. Warum ich geglaubt habe, dass eine brillante Karriere ihn Diana gegenüber freundlich stimmen würde, weiß ich nicht.«

»Ihr habt gehört, was ein Vater hören will. Ihr kanntet Edward Worthing nicht.«

Der Admiral senkte den Kopf. »Aber ich hätte ihn kennen sollen. Was das übrigens angeht: Von Euch weiß ich auch nur die Geschichten über Eure Heldentaten. Wie Ihr jedes Mal aufzutauchen scheint, wenn ein Schiff von Briganten angegriffen wird, es rettet und dann davonsegelt, ohne eine Belohnung einzufordern. Das ist der Stoff, aus dem Heldenlieder gedichtet werden.«

»Nicht von mir. Einige munkeln sogar, die *Argonaut* wäre ein Geisterschiff. Aber wir sind durchaus real.«

»Ich kann wirklich nicht behaupten, dass Ihr ein ehrlicher Mann wärt«, meinte der Admiral. »Weit gefehlt. Ihr lügt, um Eure Ziele zu erreichen, wie ehrenwert sie auch sein mögen. Aber ich habe Euch beobachtet. Ihr behandelt Isabeau sehr freundlich, habt Leutnant Jack das Leben gerettet und fasst die Wutanfälle meiner Tochter nicht als persönliche Kränkung gegen Euch auf.«

»Ich mag Dianas Ausbrüche. Sie ist wunderschön, wenn ihre Augen funkeln.«

»Sie sieht genauso aus wie ihre Mutter«, sagte der Admiral, und plötzlich wurden seine Augen feucht, und er musste den Blick rasch abwenden, um nicht endgültig in Tränen auszubrechen und seine Fassung zu verlieren. James nahm eine Orangenscheibe und schob sie sich in den Mund.

Die Tür ging auf, und Diana kam herein. James' Blick flog zu ihr, als würde er magisch zu ihr hingezogen. Der Admiral sah ebenfalls hoch und musterte sie prüfend. Diana wurde puterrot.

Sie hatte sich das Haar gekämmt und zu einem Zopf geflochten, aber kleine Locken fielen ihr über die Stirn. Ihr schlichtes Kleid war sauber und faltenlos, und ihr hohes Dekolleté wurde von Rüschen bedeckt. James hatte auf ihren

Brüsten Male hinterlassen. Sie glitt betont beiläufig zu ihrem Platz am Ende der Tafel.

»Wir haben gerade über dich geredet, Darling.«

Ihre Hand zitterte, als sie nach dem Brot griff. »Oh? Habt ihr kein interessanteres Thema gefunden?« Sie legte sich hastig zwei Scheiben Toast auf den Teller, strich Käse darauf, dann Marmelade und Minzgelee und Orangen und stopfte alles ebenso hungrig in sich hinein, wie James es getan hatte.

Der Admiral beobachtete sie, und sein Blick wurde weich. Der Mann liebt seine Tochter, dachte James, und er hat sie bereits einmal an einen Idioten wie Sir Edward verloren. Es würde ihm gewiss schwerfallen, sie ein zweites Mal zu verlieren.

»Wo wollt Ihr leben?«, fragte Lockwood James.

Diana erstarrte, während sie in den Toast biss.

James tat, als bemerke er es nicht. »In Charleston«, sagte er. »Und hier. Es gibt keinen Grund, Haven aufzugeben, nicht wahr?«

»Außer dass Ihr ein Gesetzloser seid«, erinnerte ihn der General.

»Nur in England. Und ich würde mich vielleicht überreden lassen, einige meiner extremeren, englandfeindlichen Tendenzen im Zaum zu halten.«

»Wie lange? England steht kurz vor einem Krieg mit Amerika.«

James zuckte mit den Schultern. »Wir werden sehen.«

»Außerdem müssen wir noch an Isabeau denken.«

»Über sie habe ich schon nachgedacht. Sie ist ein ganz entzückendes, gutes Kind. Ganz die Mama.«

Diana griff nach dem Messer. Die Röte auf ihrem Gesicht

war noch tiefer geworden. »Darf ich die Gentlemen vielleicht fragen, worüber ihr diskutiert?«

»Wo ist Isabeau heute Morgen?«, konterte James.

»Sie zieht sich gerade an. Wir haben schon früh im Meer gebadet.«

James' Verlangen erwachte schlagartig zum Leben, obwohl er angenommen hatte, es in der letzten Nacht befriedigt zu haben. Die Orangenscheibe schwebte reglos vor seinem Mund. Er stellte sich vor, wie sie ihr Kleid und die Hose auszog, in die Wellen watete und das Wasser über ihren nackten Körper spülen ließ. Verdammt. Er bedauerte, dass er das versäumt hatte.

»Vielleicht hat sie ja Lust, nachher spazieren zu gehen«, sagte er und spannte seine Muskeln an. »Mit uns.«

Diana warf ihm einen strengen Blick zu, während sie Marmelade auf ihren Toast strich. »Ich bin heute den ganzen Tag beschäftigt. Mrs. Pringle braucht meine Hilfe.«

»Diana«, begann ihr Vater.

Er wurde jedoch von Mrs. Pringle unterbrochen, die hereinkam und einen weiteren Servierteller mit geröstetem Brot auf den Tisch stellte. »Guten Morgen, Mylady. Heute seid ihr alle aber sehr hungrig.«

Dianas Gesicht war mittlerweile so feuerrot wie ihr Haar. »Wo ist Leutnant Jack?«, fragte sie hastig. »Er sollte doch mittlerweile aufgestanden sein.«

Mrs. Pringle nahm die leere Brotschale vom Tisch. »Als ich ihm Kaffee gebracht habe, sagte er, er fühle sich schlecht. Sein Kopf schmerzt wieder. Ich habe ihm geraten, ruhig liegen zu bleiben. Das hilft immer.«

Sie verließ das Frühstückszimmer, nicht jedoch ohne James vorher einen wissenden Blick zugeworfen zu haben. Als die

Tür ins Schloss fiel, sprang Diana auf und nahm einen Teller von der Anrichte. »Ich bringe ihm das Frühstück hoch.«

»Diana«, sagte der Admiral ruhig. »Setz dich. Ich möchte mit dir reden.«

Diana häufte Brot, Früchte und Schinken achtlos aufeinander. »Während Leutnant Jack verhungert? Das wäre sehr unhöflich, Vater. Diskutiert ruhig ohne mich weiter. Das habt ihr ja vorher offensichtlich auch getan.«

Sie flüchtete, Leutnant Jacks Frühstück in der Hand, und warf die Tür hinter sich zu.

Die beiden Männer sahen sich erstaunt an. Nach längerem Schweigen, währenddessen nur das Rauschen des Windes vor dem offenen Fenster zu hören war, bat der Admiral: »Erzählt mir von Eurem Heim in Charleston.«

James betrachtete die geschlossene Tür. »Es ist ein schönes Haus. Mein Großvater hat es erbaut. Man blickt direkt auf den Hafen. Es befindet sich bereits seit langem in den Händen meiner Schwester, also dürfte alles darin perfekt sein.«

»Hättet Ihr Raum für einen Besucher, einen englischen Admiral? Der sich zur Ruhe gesetzt und seine Arbeit beendet hat?«

»Ganz gewiss. Das Haus verfügt über zehn Schlafzimmer. Ich bin sicher, dass wir eins finden, das Eurem Geschmack entspricht. Honoria wäre gewiss höchst erfreut, Gastgeberin für eine so hohe Persönlichkeit wie einen Admiral zu sein. Und ich würde Eure Gastfreundschaft nur zu gern erwidern.«

Der Admiral seufzte. »Ich bin müde, James. Es war ein sehr langer Krieg. Ich dachte, ich würde hier ein Refugium finden, aber dann …«

»Dann kam ich vorbei«, beendete James seinen Satz. »Ich habe Euren Frieden gestört und Eure Tochter gestohlen.«

»Ich will nur ihr Glück. Sie hat genug Schlimmes durchgemacht. Edward hat ihr das Leben so schwergemacht, wie er nur konnte.«

James wollte gerade sagen, dass er Diana so glücklich machen würde, wie sie es zuließ, als sie wieder hereinkam. Der Teller war noch voll. »Vater«, sagte sie alarmiert. »Irgendetwas stimmt nicht. Ich kann Leutnant Jack nicht aufwecken.«

Alle drei sprangen auf, verließen das Frühstückszimmer und eilten die Treppe hinauf. Diana war so um den Leutnant besorgt, dass sie für den Moment nicht mehr an das beunruhigende Gespräch zwischen James und ihrem Vater dachte. James hatte ausgesehen, als glaubte er, dass Black Jack Mallory dem Leutnant etwas angetan hatte, bevor er aus dem Leben schied. Das war jedoch lächerlich. Mrs. Pringle hatte Mallory heute Morgen tot in seinem Bett gefunden, noch bevor sie mit dem Leutnant gesprochen hatte.

Als Mrs. Pringle Diana die Nachricht von Mallorys Selbstmord überbracht hatte, war Diana erleichtert gewesen, wofür sie sich schämte. Sie hatte den Mann, der sich Jessup nannte, zwar nicht so gut gekannt wie ihr Vater, aber er war loyal gewesen und ein Freund von Isabeau. Doch Diana war auch entsetzt und wütend gewesen, als sie gehört hatte, dass er Paul Ardmores Frau ermordet hatte.

Vielleicht konnte sein Tod etwas von dem schrecklichen Schmerz lindern, der in James fraß, möglicherweise würde er ihn ja sogar heilen.

Mrs. Pringle hatte sich um Mallorys Leiche gekümmert, während Diana Isabeau zum Baden mitgenommen hatte, damit sie nichts davon mitbekam. Ihre Tochter hatte geweint, als sie erfuhr, dass ihr Freund von ihnen gegangen war.

Jetzt stand Isabeau oben auf dem Treppenabsatz und sah Diana, James und ihrem Großvater ängstlich entgegen, als sie die Treppe hinaufstiegen. Sie drehte sich um und lief schnell den Flur vor ihnen entlang. Ihr fester Zopf schwang über ihren Rücken.

Jack bewohnte die kleine Kammer im hinteren Teil des Hauses, von der aus man auf die Klippe sah. Von einem schmalen Fenster aus hatte man einen Blick auf den Strand unter dem Garten. Die Kammer war bis zum Eintreffen der unerwarteten Besucher unbenutzt gewesen und war ebenso kärglich eingerichtet wie die von James: ein Bett, eine kleine Eckkommode und ein Waschtisch. Leutnant Jack lag vollkommen regungslos auf dem Bett.

Zuerst hatte Diana gedacht, dass er fest schlief. Er sah auch friedlich aus, nur war sein Gesicht kalkweiß.

James trat zu dem Kranken und legte seine Hand auf Jacks reglose Brust. Das hatte Diana auch getan, als sie ihn nicht hatte wecken können.

»Er atmet.« James packte seine Schulter und rüttelte ihn. »Jack. Kommt, wacht auf!«

Jacks Kopf rollte auf dem Kissen hin und her. Sein mittelblondes Haar wirkte dunkel vor seinem weißen Gesicht. James hob ein Augenlid und ließ es wieder sinken. Dann sah er den Admiral stirnrunzelnd an. »Das sieht nicht gut aus.«

Ihr Vater trat ebenfalls heran, während Diana sich auf die Lippe biss. »Diese Wunde war sehr schlimm. Ich fürchte, dass sie nicht heilt oder aber wir nicht ausreichend helfen können. Möglicherweise ist sie aber auch im Körper wieder aufgeplatzt.«

»Was können wir tun?«, wollte Diana wissen. Sie trat an das Fußende des Bettes. Der arme Leutnant Jack. Es war ihm nie richtig gutgegangen, und dann hatte sie ihn auch noch bei ihren Unternehmungen über die ganze Insel geschleppt. Sie war so von ihrer Sorge um James abgelenkt gewesen, dass sie auf den Leutnant nicht sonderlich geachtet hatte. Er hatte sein Gedächtnis immer noch nicht wiedererlangt. Obwohl er damit stets betont beiläufig umging, hatte sie den gehetzten Ausdruck in seinem Blick sehr wohl bemerkt.

Ihre Schuldgefühle quälten sie, während sie auf die Antwort ihres Vaters wartete.

James hatte Jacks Kopf auf die Seite gedreht und untersuchte die Stelle über dem Ohr, wo er sich verletzt hatte. Seine Miene war grimmig. »Er braucht einen Arzt.«

»Davon gibt es auf Haven nicht gerade viele«, antwortete ihr Vater ebenfalls düster.

Mrs. Pringle drängte sich hinter Diana in den Raum. Sie wirkte beunruhigt. »Ich hab gleich gemerkt, dass er irgendwie komisch aussah. Ich habe noch mit ihm gesprochen, nachdem Ihr und Isabeau hinabgegangen seid, Mylady.«

»Hat ihm der Kopf wehgetan?«, erkundigte sich James.

»Er sagte, es wäre ein sehr starker Schmerz«, bestätigte die Haushälterin.

James legte Jack die Hand auf die Stirn. »Die Wunde ist heiß, aber sein Gesicht ist kalt. Habt Ihr schon einmal trepaniert, Admiral?«

»Ich habe einmal dabei zugesehen, aus der Ferne. Der Chirurg war sehr fähig. Ich habe aber keine Ahnung, was er da gemacht hat.«

Diana rang die Hände. »Was ist Trepanieren?«

James war wieder kalt und abweisend. »Man bohrt Löcher in die Schädeldecke. Das lindert den Druck oder lässt die Körpersäfte hinausfließen. Ich weiß es wirklich nicht genau, aber es scheint zu funktionieren.«

»Könnt Ihr so etwas?«, erkundigte sich Dianas Vater.

»Ich habe immer einen Arzt auf meinem Schiff gehabt, der wusste, was er tat.«

»Ich ebenfalls.«

Die beiden Kapitäne sahen sich an. »Wir könnten es wenigstens versuchen«, meinte Lockwood schließlich.

»Wahrscheinlich würden wir ihn umbringen. Ich wüsste jedenfalls nicht einmal, wo ich den Bohrer ansetzen sollte.« Er musterte den Admiral. »Aber Ihr habt ein Boot.«

Die Miene des Admirals hellte sich auf. »Eure französische Fregatte!«

»Vielleicht. Falls ich sie mit der Gig einholen kann. Oder ich schaffe es bis nach Plymouth. Das sind etwa hundert Seemeilen, richtig? Vermutlich würde ich irgendwo unterwegs auf ein Schiff stoßen. Wahrscheinlich sogar auf mehrere.«

»Englische Schiffe, die Euch nur allzu gerne gefangen nehmen«, erwiderte Dianas Vater nachdrücklich. »Ich sollte besser gehen.«

»Ich kann aber schneller und weiter segeln als Ihr«, widersprach James. »Und Diana braucht Euch hier.«

»Mit anderen Worten, ich bin zu alt?«, fuhr der Admiral ihn an.

James' Miene verhärtete sich. »Wenn Ihr es so ausdrücken wollt. Hier geht es nicht um Stolz, sondern um Jacks Leben.«

Lockwood gab nach. Diana ballte die Fäuste. »Wenn ihr beiden Gentlemen die Meinung von jemand anderem hören wollt: Ich glaube, ihr seid beide verrückt geworden.«

James sah sie aus zusammengekniffenen Augen an. »Ich bin mir vollkommen darüber im Klaren, was du denkst. Aber es gibt keine bessere Lösung.«

»Ich könnte segeln. Ich kann dieses Boot genauso gut navigieren wie jeder Seemann. Das habe ich bereits oft genug unter Beweis gestellt.«

»Nein!«, antworteten James und der Admiral gleichzeitig.

Diana biss die Zähne zusammen. »Ich bin eine ausgezeichnete Seglerin und habe bei den Besten gelernt.« Sie warf ihrem Vater einen vielsagenden Blick zu. »Und außerdem werde ich nicht von der britischen Marine gesucht.«

James maß sie mit einem kühlen Blick. »Ganz sicher?« Bevor Diana Luft holen konnte, um ihm eine passende Antwort zu geben, fuhr er fort: »Ich bin sicher, dass jede Mannschaft entzückt wäre, wenn sie dich allein in einem kleinen Boot ›retten‹ könnte, dich, rothaarig und offensichtlich in einer Notlage. Außerdem, was soll aus Isabeau werden, wenn du untergehst wie ein Stein?«

Sie verstummte, aber ihr Gesicht glühte. James hatte recht. Wenn ihr etwas geschah, bedeutete das, dass sie Isabeau Schaden zufügte. Außerdem jagten ihr James' Bemerkungen über eine Schiffsmannschaft, die sie allein auf dem Meer fand, einen kalten Schauer über den Rücken. Sie war Admiral Lockwoods Tochter, gewiss, doch in diesen Gewässern kreuzten nicht nur englische Schiffe.

»Willst du behaupten«, stieß sie erstickt hervor, »dass du gehen solltest, weil es niemanden interessiert, wenn du stirbst?«

James betrachtete sie einen Moment. »Ich glaube, genau das wollte ich sagen, ja.«

»Du bist ein verdammter, überheblicher Narr, James Ardmore!«

»Du wiederholst dich.«

Er richtete sich auf, ging zur Tür und verließ das Zimmer. Die vier anderen blieben stehen und sahen ihm nach, bis Diana schließlich dämmerte, was er vorhatte.

Sie schob sich an ihrem Vater und Mrs. Pringle vorbei und stürmte ebenfalls hinaus. Sie hörte, wie Isabeau ihr folgen wollte und ihr Vater das Mädchen zurückhielt.

Diana hastete die Treppe hinunter und rannte durch die Haustür, die James hinter sich offen gelassen hatte. Er war nicht weggegangen, um die anderen in Ruhe ihr Vorgehen diskutieren zu lassen. Er beabsichtigte nicht etwa, ihnen taktvoll Zeit zu geben, eine Entscheidung zu treffen. Sondern er ging zur Bucht und machte das Boot fertig zum Ablegen.

Er konnte sehr schnell und entschlossen reagieren, wenn er wollte. Sie hatte es in der Höhle erlebt, als er das Waffenlager im Meer versenkt hatte. Als sie das Gartentor zum Strand erreichte, richtete sich James bereits von der Zisterne auf, an der er zwei Wasserschläuche gefüllt hatte. Sie raffte ihre Röcke und lief zu ihm. Sie wusste, dass er ihr Rufen hörte, aber er drehte sich nicht um.

Sie stürmte ihm nach, zum Strand und zur Bucht. Als sie ihn erreichte, hatte er das Boot bereits losgebunden. Sie packte den Dollbord und hielt sich keuchend fest. »James!«

Er rollte weiter die Taue zusammen und warf sie ins Boot.

»Ich komme mit!«, verkündete sie.

Er drehte sich um und musterte sie von oben bis unten. Sie erwartete eine sarkastische Bemerkung oder dass er sie über die Schulter warf, sie irgendwohin schleppte und dort fesselte. Das war ihm durchaus zuzutrauen, so kalt und unnachgiebig, wie der Blick seiner grünen Augen war.

Er warf ein weiteres Tau ins Boot. »Einverstanden. Dann komm.«

Sie hatte schon den Mund geöffnet, um seinen Einspruch zu entkräften, hielt dann jedoch inne. Hatte sie richtig gehört? Er sah sie gleichmütig an, kehrte ihr den Rücken zu und schob die Gig ins Wasser.

Sie kletterte über den Dollbord und setzte sich auf die Bank, als die erste Welle gegen den Bug klatschte. James löste weitere Leinen und rollte sie zusammen, als würde er sie nicht bemerken.

»Warte!«, rief sie und stand auf. »Niemand weiß, dass ich wegfahre. Ich muss es ihnen sagen.«

Er ließ sich in seiner Arbeit nicht stören.

»James!«

Er sah sie an. Ohne seine Miene zu verziehen, legte er das letzte Tau ins Boot und kletterte hinter ihr hinein. Er bückte sich, hob ihre Röcke hoch und griff nach dem Bund ihrer Hose.

»Was hast du vor?«

»Ich ziehe dir das hier aus.« Er öffnete die Zugschnur und ignorierte ihre Versuche, ihn daran zu hindern. Dann zerrte er die Hose rücksichtslos über ihr Gesäß herunter und zog sie ihr aus. Während er sich aufrichtete, ballte er das Kleidungsstück zu einer Kugel und schleuderte es auf den Strand.

Die Hose landete mit einem Klatschen im nassen Sand und bewegte sich in der Brise.

»James!«

»Vermutlich können sie sich denken, dass du mit mir gesegelt bist, wenn sie das finden.« Er betrachtete sie ungerührt. Seine Augen waren hart wie Glas.

Diana starrte ihn ungläubig an. Seine Miene war vollkommen ausdruckslos. Sie wusste nicht, ob er sie verspottete, ob er triumphierte oder einfach nur wütend war. Der Strand fiel immer weiter hinter ihnen zurück, und das Stoffstück war nur noch ein einsamer, kleiner Klumpen im Sand.

Diana klappte den Mund zu und warf James einen finsteren Blick zu. »Ach, zur Hölle damit!«

Ohne ein weiteres Wort zu verlieren, trat er an den Mast und setzte das Segel.

Ihr Vater hatte einen Sextanten, einen Kompass und eine Karte unter der Bank an der Ruderpinne verstaut. Während James sich mit dem Segel abmühte, blaffte er Diana an, das Boot auf Kurs Nordnordost zu halten.

Sie wusste, dass er sie auf die Probe stellen wollte, ob sie wirklich so gut navigieren konnte wie ein Leutnant. Sie hielt den Sextanten an den Horizont, blickte daran vorbei, las die Position ab, warf einen Blick auf den Kompass und die Karte und bediente das Ruder.

James hatte das Segel gesetzt und richtete es nach dem Wind aus. Das kleine Boot schwankte, als es die schützende Bucht verließ und in die Dünung segelte. Dann band James das Segel fest und tastete sich zum Heck vor. Der Wind fing sich in seinem Haar, das während seines Aufenthaltes auf Haven noch länger geworden war, und die Sonne ließ das Schwarz glänzen.

James nahm den Sextanten, überprüfte die Position und warf dann einen Blick auf die Ruderpinne. Diana hob eine Braue. »Siehst du? So gut wie jeder Leutnant.«

James antwortete nicht. Er setzte sich auf die Bank vor ihr

und hielt die Leinen des Segels, um es zu straffen oder Tau nachzugeben, je nachdem wie der Wind sich drehte.

Diana betrachtete seinen Rücken unter dem Gehrock. »Du glaubst sicher, dass eine Frau auf einem Boot nicht von Nutzen sein kann?«

Er warf ihr einen kurzen Seitenblick zu und ließ sich schließlich zu einer Antwort herab. »Ich hatte mehrere Frauen auf meinem Schiff. Jetzt ist nur noch eine dabei. Ihr Ehemann hat ihr die Seefahrt beigebracht, und sie ist verdammt gut. Eine meiner Besten.«

»Was ist mit ihrem Gatten passiert?«

Er zuckte mit den Schultern. »Ich glaube, sie hat ihn umgebracht. Er war ein Freibeuter und hat sie nur aus Spaß grün und blau geprügelt. Ich habe sie nie direkt danach gefragt.«

Sie verdaute diese Mitteilung schweigend. »Wenn ich mit dir gegangen wäre, als du mich darum gebeten hast«, fragte sie schließlich, »hättest du dann von mir erwartet, dass ich mich in deine Mannschaft eingliedere?«

Er sah sie über die Schulter hinweg an. »Nein. Aber wenn ich herausgefunden hätte, dass du navigieren kannst, hätte ich dich zu Henderson auf das Achterdeck beordert.«

Sie stellte sich dieses Leben vor. Am Tag Karten markieren und Positionen bestimmen, auf Isabeau aufpassen, während das kleine Mädchen auf dem Schiff herumlief. Und in der Nacht in seinen Armen liegen und aus dem Fenster der Kapitänskajüte den Sternen nachblicken.

»James.«

Er machte das Tau los, stand auf und entrollte ein weiteres.

»Hattest du viele Frauen auf deinem Schiff?«

»Etwa zehn. Im Laufe der Jahre.«

»Waren sie deine Geliebten?«

Er antwortete nicht sofort. »Warum willst du das wissen?«

»Ich will es einfach.«

Der Wind wehte ihm das Haar in die Augen, und er strich es sich achtlos aus der Stirn. »Zwei.«

»Erzählst du mir von ihnen?«

»Nein.«

Sie beobachtete ihn in dem schaukelnden Boot. Sein Blick war undurchdringlich.

Schließlich zuckte sie kühl mit den Schultern. »Spielt keine Rolle.«

James wandte sich ab und straffte das Segel. Diana fröstelte. Der Wind auf dem offenen Meer war beißend, obwohl die Sonne schien. Bald würde sie einen Sonnenbrand haben.

Sie zwang sich dazu, nicht länger über das nachzudenken, was James gerade gesagt hatte, und öffnete das Fach unter der Bank, in dem sie den Sextanten gefunden hatte. Sie riss einen Strickpullover heraus und zog ihn sich über den Kopf. Als sie versuchte, die Arme hindurchzustecken und gleichzeitig das Ruder festzuhalten, verhedderte sie sich. Ihr Kopf steckte in der Schulterpartie des Pullovers fest.

Eine kräftige Hand befreite sie. James setzte sich neben sie und hielt den Ärmel fest, so dass sie ihre Hand hindurchschieben konnte. Sie zupfte an dem Pullover herum, bis er richtig saß, und holte dann tief Luft. Das Kleidungsstück hielt den Wind etwas ab und wärmte ihr Brust und Rücken.

James schlang den Arm um sie und zog sie an sich. »Ich

bin froh, dass du mitgekommen bist«, flüsterte er in ihr Haar.

Sein Arm an ihrem Rücken fühlte sich warm und stark an. »Ich meine aber gehört zu haben, dass du vehement dagegen protestiert hast«, entgegnete sie.

»Ich war dagegen, dass du allein segelst, was tatsächlich Wahnsinn gewesen wäre. Aber zwei Personen können das Boot besser führen als eine. Ich würde sagen, wir können eine durchschnittliche Geschwindigkeit von fünf Knoten halten. Wenn das Wetter uns keinen Streich spielt, sind wir morgen früh in Plymouth.«

»Es wäre auch idiotisch von dir gewesen, allein zu segeln. Was passiert, wenn du an Land gehst und dann mit deinem Akzent nach einem Arzt fragst? Du würdest dich verraten, sobald du den Mund aufmachst.«

»Ich kenne Leute in Cornwall, die mir helfen würden. So wie in Kent, letztes Jahr.« Er lächelte sie schwach an. »Für gewisse Gegenleistungen.«

Er war rasiert und roch nach Seife. Der Blick seiner grünen Augen wärmte sie. »Gegenleistungen? Hast du für sie Piraten gejagt?«

»Sagen wir, wir teilen eine gemeinsame Abneigung gegen englische Fregatten, die überall herumschleichen.«

»Es sind also Schmuggler?« Sie seufzte resigniert. »Das hätte ich mir denken können. Deine Welt ist das glatte Gegenteil von meiner, James Ardmore.«

»Das sind sehr aufrechte Menschen, jedenfalls verglichen mit deinem ehrenwerten Kapitänsgemahl.«

Insgeheim stimmte sie ihm zu. Wenn seine Freunde Leutnant Jack helfen konnten, würde sie das bisschen Schmuggelei übersehen. Sie wusste, dass es für die armen Menschen an der Küste oftmals die einzige Möglichkeit war, sich etwas zu essen zu verdienen. Natürlich war James Ardmore für solche Menschen ein Held.

Sie richtete das Ruder neu aus, als der Wind umschlug. James zog ein Tau straff. Dann setzte er sich wieder zu ihr und zog sie an seine Brust. Sie fühlte seinen Herzschlag an ihrem Rücken, langsam und gleichmäßig. Er hatte Reisen wie diese gewiss schon Hunderte Male gemacht, war bei seinen Missionen über das offene Meer gesegelt, hatte Piraten überlistet oder britischen Fregatten zugesetzt.

Er legte seine große Hand auf ihren Bauch. Sie fühlte ihre Wärme durch den Pullover. Wäre der Grund ihrer Fahrt nicht so düster und die Gefahr nicht so groß, dann würde sie es lieben, allein mit ihm unter der Frühlingssonne zu segeln und dabei geborgen in seinen Armen zu liegen. Es wäre himmlisch, gemeinsam die Abenteuer zu bestehen, die auf sie warteten.

Natürlich war dieses Gefühl nur eine Illusion. Wenn sie es bis Plymouth schafften und einen Arzt für Jack fanden, würde James sie einfach zurückschicken und wieder auf sein eigenes Schiff gehen.

Seine Mission, Black Jack Mallory zu finden, war erfüllt. Er hatte keinen Grund, auf Haven zu bleiben.

»James?«, fragte sie nachdenklich. »Warum bist du allein nach Haven gekommen?«

Er küsste ihr Haar. »Ich habe Schiffbruch erlitten, schon vergessen? Ich hatte keine große Auswahl.«

»Aber warum hat deine Mannschaft dich nicht mit der *Argonaut* gerettet? Sind deine Männer so gleichgültig, dass sie dich auf der Insel eines englischen Admirals einfach stranden lassen? Sie hätten das Meer nach dir absuchen müssen. Dein irischer Leutnant wirkte jedenfalls fähig genug, dich zu finden.«

Er antwortete erst ein paar Herzschläge später. »Die *Argonaut* hat etwas anderes zu erledigen.«

»Aber du hättest mit ihnen gehen können, was auch immer sie gegen die englische Marine unternehmen und du mir nicht sagen willst, und dann Black Jack Mallory jagen. Warum wolltest du es allein tun?«

Sie erwartete, dass er sie anknurren oder einfach nicht antworten würde. »Ich musste das selbst tun«, erwiderte er jedoch.

»Aber du hast ihn am Leben gelassen.«

Seine Hand um das Seil verkrampfte sich, bis die Knöchel weiß hervortraten. »Ja. Und jetzt ist es vorbei.«

Seine Stimme klang monoton, emotionslos. Diana drehte sich in seinem Arm um und sah zu ihm hoch. Sein Blick war ebenso ausdruckslos, starr und leer, wie er letzte Nacht gewesen war, als sie ihn beim Waschen beobachtet hatte.

Sie wurde wütend, um nicht unter seiner Trauer zu leiden. »Wie kannst du so davon reden, als würde das keine Rolle spielen?«

In seinen grünen Augen flackerte Ärger auf. »Weil es das nicht tut. Hätte es Pauls Frau und Kinder wieder lebendig gemacht, wenn ich Black Jack getötet hätte? Oder das Leben meines Bruders zurückgebracht und seine Fröhlichkeit? Niemals. Ganz gleich wie viele Piraten ich auch zur Strecke bringe, für ihn ist es zu spät.«

Die trostlose Gewissheit in seinen Worten ging ihr zu Herzen. »Du hast immerhin versucht, sie zu rächen«, sagte sie.

»Rache ist Zeitverschwendung. Das wusste ich. Schon

sehr lange. Aber ich musste ihn trotzdem verfolgen. Mir blieb einfach keine andere Wahl.«

Sie erinnerte sich an ihre eigene, billige kleine Rache an einem Ehemann, der sie, wie sie wusste, niemals lieben würde. Sie hatte all ihre Verehrer ermutigt und sich höchst skandalös benommen, um Sir Edward Worthing dafür zu bestrafen, dass er sie missachtete. Aber ihre Spielchen hatten ihn ihr nicht nähergebracht, ihn nicht veranlasst, sie so zu behandeln, wie ein Ehemann ihrer Meinung nach mit seiner Frau umgehen sollte.

»Es gibt immer eine Wahl«, erwiderte sie leise. »Und wir beide haben uns für die Rache entschieden.«

Er sah sie finster an und zog seine bemerkenswerten, schwarzen Brauen zusammen. Diana streckte die Hand aus und strich mit den Fingerspitzen über sein Gesicht. Dann legte sie ihre Hand auf seine Wange und lehnte ihre Stirn dagegen.

James sagte kein Wort, und auch seine Miene änderte sich nicht. Als er das nächste Mal aufstand, um das Segel festzumachen, kehrte er nicht neben sie zurück, sondern blieb auf der Mittelbank sitzen und starrte brütend aufs Meer hinaus.

15. Kapitel

Am frühen Morgen zogen sie das Boot auf einen Strand in der Nähe von Plymouth. Diana schlief fast im Stehen. Sie stolperte hinter James her, als er sie halb führte, halb hinter sich her über den Kies zerrte, den einladenden gelben Lichtern entgegen.

Sie wollte nur noch auf ein Bett fallen und ausruhen und hoffte, dass James' Freunde, oder mit wem auch immer er da sprach, sie in diese verlockend warmen Räume ließen und ihr erlaubten zu schlafen. Aber nein, sie marschierten weiter den Strand hinauf. Die Person, mit der James gesprochen hatte, ging voran und sprach in einem kaum verständlichen Dialekt.

Sie kamen in ein dunkles Dorf, wo sie in einer Herberge mit noch mehr gelben Lichtern von einer korpulenten Frau, der fast alle Zähne ausgefallen waren, empfangen wurden. Sie führte sie ein schmales Treppenhaus hinauf. Diana musste sich an den Wänden festhalten, damit sie nicht die Stufen rückwärts hinabfiel. Aber James war hinter ihr. Er stützte sie, würde sie nicht fallen lassen.

Ein Raum, ein Salon mit einem Kamin, einem Tisch und einem großen, breiten Bett mit Vorhängen.

Diana wusste nicht mehr, warum sie hier war oder auch nur wo sie sich überhaupt befand. Ihre Gedanken kreisten um die Ereignisse des Jahres zuvor. War seitdem Zeit vergangen? Vielleicht hatte sie das dazwischenliegende Jahr ja nur geträumt, befand sich immer noch in diesem gemütlichen Zimmer, in dem sie so verzweifelt mit James Ardmore gestritten hatte, während sie sich nur nach einem sehnte: dass er sie immer und immer wieder küsste.

James hob sie in seine Arme und legte sie auf das Bett. Eigentlich sollte Suppe auf dem Boden liegen, daran erinnerte sie sich noch, aber vielleicht hatte jemand sie weggewischt.

James zog ihr die Stiefel aus und zog eine Decke über sie. Dann wandte er sich ab.

Sie hob schläfrig die Arme. Er zögerte. »Willst du, dass ich bleibe?«, fragte er leise in seinem melodiösen Akzent, den sie so liebte.

Sie konnte nur nicken, weil sie zu müde war, etwas zu sagen. Er seufzte, fast missbilligend. »Also gut.«

Er zog sich aus. Sie kämpfte mit dem Schlaf, während sie ihm zusah, bis er schließlich nackt und wunderschön in dem flackernden Licht des Kamins dastand. Es fiel auf seine Muskeln und glänzte auf den Bartstoppeln in seinem Gesicht.

Er legte sich zu ihr unter die Decke und glitt mit seinem warmen Körper neben sie. Dann legte er einen Arm über ihren Bauch und zog sie an sich. Glücklich murmelte sie vor sich hin und überließ sich dem Schlaf.

James beobachtete sie in ihrem Schlummer. Ihre klugen Fragen auf dem Boot hatten ihn aufgewühlt. Sie hatte ihm schon immer direkt ins Herz blicken können, selbst letztes Jahr, als er sie entführt und sie so wütend gemacht hatte. Es wäre besser für ihn, wenn er sie verließe, sich eine Lady suchte, die ihn gar nicht kannte, sich körperlich befriedigte und Diana Worthing vergaß.

Nur war das nicht sehr wahrscheinlich.

Es war eine ruhige Nacht. Das Dorf lag etwa eine Meile vom Strand entfernt, zu weit um das vertraute Rauschen und Zischen der Brecher zu hören, die auf den Strand schlugen. Er hatte einen Freund im Dorf benachrichtigt, Augustus Tolliver. Was für ein Name für einen Mann, der Fischnetze flickte. Aber er ging natürlich noch einer zweiten Beschäftigung nach, wie fast alle Menschen an dieser Küste. Augustus hatte nach einem Arzt aus Plymouth geschickt, der zweifellos nach dem Frühstück morgen früh hier eintreffen würde.

James war versucht gewesen, nach Neuigkeiten über die *Argonaut* zu fragen, aber er vertraute Augustus Tolliver und seiner Frau nicht sonderlich. Für eine Handvoll Münzen würde der Mann alles tun, und James wollte vermeiden, dass sich herumsprach, dass er von seiner Mannschaft getrennt war. Er würde morgen diskret Erkundigungen einziehen. Er hatte zwar sein verabredetes Treffen mit der *Argonaut* um mehrere Wochen verpasst, aber O'Malley und Henderson würden sich zweifellos eine Weile in dieser Gegend aufhalten.

James' Lider wurden schwer, aber er wollte nicht schlafen. Er musste wach bleiben, wenn Tolliver mit der Antwort auf seine Botschaft zurückkehrte, und außerdem konnte er sich nie entspannen, wenn er in England war. Dianas Einladung, neben ihr zu liegen, hatte er zuerst ablehnen wollen, weil er wach und aufmerksam bleiben wollte. Es wäre das Beste, wenn er die *Argonaut* finden und Diana sicher an Bord bringen könnte. Dann würde er den Arzt für Leutnant Jack absetzen, und er und Diana waren endlich allein.

Dann würde er ihr zeigen, was er wirklich für sie empfand.

Er vertrieb sich die Zeit damit, sich auszumalen, wie er sie davon überzeugen konnte. Was sie in der Nacht zuvor getan hatten, war nur der Anfang gewesen. Er wollte sie lehren und unterweisen, bis er alles ausprobiert hatte, was er wusste, und dann würden sie selbst ein paar Dinge gemeinsam entdecken. Er hatte da einige Bücher gelesen …

Als seine Phantasie schließlich aufgab, dachte er einfach an ihr wundervoll duftendes Haar, den Honig zwischen ihren Schenkeln oder wie ihre Stimme auf der Höhe ihrer Erregung brach. Sie besaß so viel Leidenschaft. Gestern Nacht hatte er nur die Oberfläche berührt. Er wollte tief in diese Wonne hineintauchen, jedes Stückchen Feuer aufspüren und ans Licht zerren.

James wollte nicht schlafen. Aber das war die Gefahr, wenn er sich den köstlichen Gedanken an Diana hingab. Er merkte nicht einmal, dass er eingedöst war, bis heiße Küsse ihn aus dem Schlummer auftauchen ließen.

Die Gedanken, mit denen er in einen traumlosen Schlaf gesunken war, hatten ihn hart wie Stein gemacht, was noch immer anhielt. Jetzt ließ er die Augen geschlossen und genoss das Spiel ihrer Lippen auf seinem Körper. Ihr langes Haar strich ihm über Brust und Arme, und sie bedeckte ihn mit Küssen.

Er strich ihr durchs Haar. »Guten Morgen, Diana.«

Sie hob erschreckt den Kopf. »Ich wollte dich nicht wecken.«

Er hob den Arm, schlang ihn um sie und zog sie an sich. »Du wolltest über mich herfallen, während ich schlafe?«

»Vielleicht.«

»Dann tut es mir leid, dass ich aufgewacht bin. Vielleicht hätte ich einige schöne Träume gehabt.«

»Du hast aber nicht ausgesehen, als würdest du etwas Angenehmes träumen. Dein Gesicht wirkte furchtbar angespannt.«

Er glättete ihr Haar. »Ich kann mich nicht erinnern. Vermutlich habe ich mir Sorgen gemacht, weil wir hier übernachten.« Er warf einen Blick zum Fenster. Der Himmel wurde gerade erst grau.

»Wir hätten unter einer Hecke schlafen können«, meinte Diana. Sie legte ihren Kopf auf seine Schulter und streichelte die Muskeln an seinem Hals. »Wie Gesetzlose.«

»Das wäre nass und ungemütlich gewesen. Und du hättest nicht angefangen, mich zu küssen.«

Sie fuhr mit der Hand über seine Brust. »Also gefällt es dir, wenn ich das tue?«

»Ja.«

Sie küsste die Stelle, an der ihre Finger gewesen waren, und dann drückte sie einen zarten Hauch in seinen Bauchnabel.

James knurrte zufrieden. »Das ist gefährlich.«

»Du sagst doch immer, ich wäre eine gefährliche Frau.« Sie leckte die blasse Haut unter seinem Nabel, die normalerweise von seiner Hose bedeckt wurde. Ihr langes Haar streifte seine Erektion, die um ihre Berührung bettelte. Wenn sie nur hinsehen würde.

James ballte die Hände zu Fäusten. Er erinnerte sich daran, wie er in dem Bett auf Haven aufgewacht war, mit einer bandagierten Seite und Diana, die das Laken glättete. Damals hatte er gedacht, dass diese Frau einen primitiven, archaischen Trieb in einem Mann auslösen konnte. Das hatte sie damals vermocht und tat es auch jetzt. Die Leidenschaft strömte wie Feuer durch seine Adern.

Er hielt den Atem an. Sie küsste ihn weiter, arbeitete sich

an seinem Körper herab. Ihr Atem strich über die Spitze seiner harten, steifen Männlichkeit. Er zuckte zusammen, als hätte sie ihn mit heißer Suppe übergossen.

Sie hob den Kopf. »Ich weiß nicht genau, wie ich dir Freude bereiten soll«, flüsterte sie.

Sie errötete. Seine süße, wilde Frau stammelte schüchtern.

»Du machst das ganz ausgezeichnet«, erwiderte er heiser. »Tu, was du möchtest. Ich bin sicher, es wird mir sehr gefallen.«

»Du wirst mich verspotten. Das machst du immer.«

»Ich versichere dir, danach steht mir im Moment keineswegs der Sinn.«

Sie lächelte ein wenig triumphierend. »Du begehrst mich wirklich.«

»Ich dachte, das wäre offensichtlich!«

Sie wirkte wieder schüchtern. »Ich meine, ich begehre dich und du begehrst mich. Aber normalerweise klappt das nicht immer so.«

Sein Herz hämmerte heftig, und sein Blut fühlte sich an wie geschmolzenes Metall. »Dann haben wir Glück.«

Erneut strich ihr Haar über seine Erektion, seidig und warm, wie zarte Finger. Gleich würde er explodieren.

Sie sah ihn vorwurfsvoll an. »Ich schütte dir mein Herz aus, James. Du könntest wenigstens Interesse vortäuschen.«

»Wovon zum Teufel redest du?« Er war vollkommen auf sie konzentriert, nur auf sie. Auf ihre Stimme, ihre Lippen, ihre Zunge, ihren Duft. Er würde sich gleich in eine lüsterne Bestie verwandeln.

»Du sprichst so beiläufig von unser beider Verlangen. Als würde ich dir eine interessante Wolke am Horizont zeigen.«

Sie musste verrückt geworden sein. »Ich versuche, mich wie ein Gentleman zu benehmen, Diana. Du bringst mich fast um.«

»Warum? Was habe ich getan?«

»Willst du, dass ich aufhöre, höflich und vornehm zu sein?«

»Wenn du dann sagst, was du wirklich denkst, ja.«

Seine Glieder zitterten. »Bist du sicher? Es gefällt dir vielleicht nicht.«

»Warum sollte es mir nicht gefallen?«

»Ah, zu spät!«

Er packte ihre Schultern und stieß sie zurück aufs Bett. Die Strohmatratze knisterte, als sie beide schwer auf ihr landeten, James auf Diana. Er erhaschte einen flüchtigen Blick auf ihre weit aufgerissenen Augen, dann küsste er sie mit einer solchen Gier und drückte sie so tief in die Matratze, dass er glaubte, das Bett würde gleich auseinanderbrechen.

Zu spät, Liebes. Er riss an den Haken ihres Mieders. Sie gaben zögernd nach, und der dünne Stoff zerriss. Er presste seine Lippen auf ihren Busen. Diana schlang ihre Arme um ihn, krallte ihre Finger in sein Haar.

Er riss ihren Rock hoch, froh, dass er daran gedacht hatte, ihr diese störende Hose auszuziehen. Selbst in dem dämmrigen Licht sah er das leuchtendrote Haar zwischen ihren Schenkeln, das vor Feuchtigkeit schimmerte.

»Willst du mein Begehren schmecken?«, flüsterte er. Sie murmelte etwas Unverständliches, aber er hatte eigentlich auch keine Antwort erwartet. »Du solltest keine Wünsche äußern, Darling. Könnte sein, dass es dir nicht gefällt, wenn sie in Erfüllung gehen.«

Die letzte Nacht war nichts gewesen im Vergleich zu dem,

was er jetzt empfand. Durch seine Adern strömte eine Gier, die er schon seit Jahren nicht mehr gefühlt hatte. Er hatte sich sehr, sehr lange nicht mehr gehen lassen.

Er spreizte ihre Schenkel und küsste ihr rotes Vlies. Sie keuchte laut, als er mit der Zunge in sie eindrang. Sie schmeckte süßer als Wein. James bemühte sich nicht, zärtlich und zurückhaltend zu sein. Seine Finger gruben sich in ihre Haut, und während er sie mit der Zunge liebkoste, streichelte er sie mit den Daumen.

Diana wand sich auf dem Bett und krallte sich in den Laken fest. Dann griff sie wieder in sein Haar. Auch sie war nicht gerade sanft.

Er trank sie, drang immer weiter mit der Zunge in sie ein. Er fühlte, wie ihr Höhepunkt begann, spürte das heftige Pulsieren. Sie bog sich ihm entgegen und rang laut stöhnend nach Luft. Er richtete sich auf, rutschte an ihr hoch und drang mit einem einzigen Stoß tief in sie ein. Sie umschlang ihn mit den Armen und drückte ihn fest an sich. Ihre Münder fanden sich. Er stieß einmal zu, zweimal, dreimal, dann kamen sie gemeinsam.

»Diana!«

Ihr Gesicht war verzerrt, und sie hatte die Augen fest geschlossen. Ganz langsam schlug sie die Lider auf. Ihre Augen waren dunkelblau und trunken vor Leidenschaft. »James«, ihre Stimme klang brüchig, »ich liebe dich so sehr. Ich hasse es, dich zu lieben, aber ich kann es nicht ändern.«

Tränen rannen ihr die Wangen hinunter. Er pumpte seinen Samen tief in sie hinein, ließ sich auf ihren Körper sinken und küsste ihr die Tränen von den Wangen.

»Heirate mich, Diana.«

Sie wäre fast in die Luft gesprungen, kehrte ihm jedoch weiter den Rücken zu. Sie fuhr fort, sich anzuziehen, und tat, als hätte sie ihn nicht gehört.

Nach ihrem wilden Liebesakt war Diana in einen traumlosen Schlaf gesunken. Als sie aufwachte, war sie allein, und die Sonne stand bereits hoch am Himmel.

Eilig sprang sie aus dem Bett. Ihr Kleid lag auf dem Boden. Sie hob es auf, schüttelte es aus und streifte es sich über den Kopf. Einer ihrer Strumpfhalter war zerrissen. Sie band ihn über ihre Strümpfe, aber sie würde ihn reparieren müssen. Doch das war nicht alles. James hatte den Schlitz in ihrem Mieder eingerissen und blaue Flecken auf ihren Oberarmen und Schenkeln hinterlassen. Sie konnte sich vorstellen, dass auch er blaue Male auf den Armen und Kratzspuren auf dem Rücken hatte.

Als sie ihn hereinkommen hörte, vollkommen gelassen natürlich, konnte sie ihn plötzlich nicht ansehen.

»Ich habe Brot geholt«, verkündete er. »Es ist zwar kein sonderlich reichhaltiges Frühstück, aber besser als nichts.«

Sie konzentrierte sich darauf, die Reste ihres Mieders zusammenzuhaken. »Ich muss den Wirt um Nadel und Faden bitten. Ich mag mir nicht vorstellen, was die Leute sagen würden, wenn ich so vor die Tür träte. Du hättest etwas weniger … stürmisch sein können.«

Seine Stimme klang amüsiert. »Ich glaube mich daran zu erinnern, dass du selbst verlangt hast, ich solle aufhören, mich wie ein Gentleman zu benehmen.«

»Sicher, aber musstest du mein Mieder unbedingt zerreißen?«

»Vergiss das verdammte Ding, Diana. Heirate mich!«

Sie holte scharf Luft. Es war so unwirklich. Sie war hier, so weit weg von ihrem Vater und Isabeau, während Leutnant Jack im Sterben lag und darauf wartete, dass sie Hilfe holten; Jessup war tot, dann diese lange, erschöpfende Fahrt und die brutale Leidenschaft ihres Liebesaktes. Er konnte sie doch nicht ernsthaft gefragt haben, ob sie ihn heiraten würde. Oder vielmehr, ihr befohlen haben, seine Frau zu werden.

»Du hast nicht genug Schlaf bekommen«, sagte sie, ohne sich umzudrehen. »Du redest irre.«

»Nein. Ich gebe zu, dass ich verrückt geworden sein muss, dich zu meiner Frau machen zu wollen, weil du die nervenaufreibendste Frau bist, die ich je getroffen habe, aber aus irgendeinem Grund kann mich das nicht hindern.«

Ihr Herz hämmerte schmerzhaft. »Hör auf, James.«

»Du hast keine Wahl, Diana. Dass du die beiden letzten Nächte mit mir geschlafen hast, ist etwas, das keine vornehme Lady der Oberschicht tun würde, hab ich recht? Was soll dein Vater denken?«

Sie fuhr herum. Er stand neben dem Kamin, in dem das Feuer fast heruntergebrannt war, hatte die Arme verschränkt und die Füße leicht gespreizt. Er sprach beiläufig, und seine Augen blickten ruhig.

»Mein Ruf war schon vorher nicht der beste«, erwiderte sie. »Noch bevor ich dich getroffen habe. Ich bin eine höchst skandalöse Lady. Mein Vater weiß das.«

»Dein Ruf ist in den Augen der Welt ruiniert. Das ist etwas ganz anderes, als in den Augen deines Vaters als seine Tochter entehrt zu sein.«

Sie hatte gewusst, dass es dazu kommen würde. Sie hatte Angst gehabt, James allein segeln zu lassen, weil sie um sein Leben fürchtete, aber auch weil sie vor der Möglichkeit

Angst hatte, dass sie ihn nie wiedersehen würde. Er war James Ardmore. Warum sollte er sein Leben riskieren, um einen englischen Leutnant zu retten, den er kaum kannte? Er konnte einfach das Boot nehmen, davonsegeln und niemals zurückkommen.

Jetzt begriff sie, dass er nie die Absicht gehabt hatte, sie im Stich zu lassen. Er wusste genau, wo er Hilfe für Leutnant Jack finden würde. Sie schämte sich ein wenig, weil sie an ihm gezweifelt hatte.

Ihr Vater würde vielleicht verstehen, warum sie James so impulsiv gefolgt war, aber wenn sie zurückkehrte, würde sie sich ihm stellen müssen. Ihr war klar, dass er wusste, dass sie James' Geliebte geworden war. Ob sie die Enttäuschung in seinen Augen ertragen konnte?

»Lass mich einmal etwas Vornehmes in meinem Leben tun«, sagte er.

Sie schluckte. »Was bietest du mir an? Deinen Namen, damit ich in Frieden mit meinem Vater leben kann? Während du Piraten jagst oder englischen Fregatten zusetzt? Während ich mein Leben in Haven friste?«

»Wenn du das willst«, erwiderte er gelassen.

Sie verlor die Beherrschung. »Ich will das nicht! Wenn ich dich heirate, will ich bei dir sein, damit ich dich anschreien, dich nerven und küssen kann, wann immer ich will! Ich will, dass Isabeau mit dir spielt und dir ihre Zeichen beibringt. Ich will, dass du dich mit meinem Vater anfreundest, diesen schrecklichen Tabak mit ihm qualmst und ihr euch gegenseitig Geschichten erzählt. Ich will nicht deinen Namen heiraten, James Ardmore. Ich liebe nicht deinen Namen.«

Tränen strömten ihr aus den Augen, zum dritten Mal in ebenso vielen Tagen. Sie hatte es satt, ständig zu weinen. Sie hatte nie geweint, bevor sie diesen verdammten Mann kennengelernt hatte.

Er wirkte nicht sonderlich mitfühlend »Du weißt, was mit der Familie meines Bruders geschehen ist. Das würde ich niemals riskieren.«

»Daran hättest du denken sollen, bevor du über mich hergefallen bist, nicht wahr? Bin ich sicherer, wenn alle wissen, dass ich Mrs. Ardmore geworden bin? Zweifellos würde die Admiralität mich nur zu gerne verhören, um herauszufinden, wer du bist. Nicht dass ich ihnen da weiterhelfen könnte!«

»Du würdest in Charleston leben. Dort wird der Name Ardmore respektiert. Du wärest sehr willkommen.«

»Also muss ich meinen Vater zurücklassen, ja?«

Er hämmerte mit beiden Fäusten auf den wackligen Tisch. Das Geschirr klapperte, und das Brot hüpfte auf dem Teller. »Verdammt, Diana, du bist die empörendste Frau, die ich jemals getroffen habe! Ich hätte dich nicht entführen, sondern in die entgegengesetzte Richtung flüchten sollen!«

Sie ballte ihre Hände. »Ich werde nicht zulassen, dass du mich einfach zurücklässt, James. Ich habe es satt, alleingelassen zu werden!«

»Ich zweifle keine Sekunde daran, dass du genau das tun wirst, was du willst. Ich habe gestern versucht, dich zurückzulassen, und sieh, was passiert ist!«

»Nur weil du so unglaublich dumm warst, diese Fahrt allein zu wagen! Außerdem schienst du ganz glücklich über meine Anwesenheit zu sein. Immerhin hast du nicht versucht, mich über Bord zu werfen!«

Seine Augen glühten. »Ich hätte das nur zu gerne getan. Es hätte ein höchst befriedigendes Platschen verursacht.«

»Ihr verdammten Helden seid alle gleich. Ich habe euch so satt. Ich bin es überdrüssig, euren Taten applaudieren zu müssen, während ich zurückbleibe. Ich bin es leid, allein zu sein.«

»Ich auch.«

Sie hörte ihn kaum. »Ich will einen langweiligen Mann, einen, der zu Hause bleibt, mit mir redet und nichts auch nur annähernd Aufregendes tut.«

»Den Teufel willst du! Du magst mich nur aus einem einzigen Grund, nämlich weil ich gefährlich bin. Weil ich dich entführt habe. Du wolltest mich auch heute Morgen nicht als langweiligen Gentleman. Du hast mich sogar angefleht, keiner zu sein, wenn ich mich recht entsinne.«

Diana kochte vor Wut. »Du arroganter …!« Sie schnappte sich den Laib Brot vom Tisch.

»Diana, wag nicht, damit nach mir zu werfen! Du wirst teurer dafür bezahlen, als du es dir ausmalen kannst!«

Sie holte mit dem Arm aus, holte tief Luft und wollte ihm sagen, wie sehr sie es hasste, dass er solche Gefühle in ihr auslöste, als sie schwere Schritte auf der Treppe hörten.

Die sich rasch zu dem Trappeln von vielen Stiefeln vermehrten.

Diana ließ den Brotlaib fallen, der über den schmutzigen Boden rollte. James reagierte bereits. Das Zimmer hatte nur ein Fenster, und das war hoch oben in der Wand, über dem Bett. James packte Diana und schob sie dorthin.

»Steig hinaus«, sagte er hastig. »Geh nach Plymouth. Suche jemanden, der deinen Vater kennt!«

Er stieß sie hinauf. »Was ist mit deinem Freund, mit dem du gestern Nacht geredet hast?«, fragte sie.

»Sieht so aus, als hätte er mich verraten. Halt dich am

Fensterbrett fest. Du kannst herunterklettern. Ich habe gesehen, wie gut du das beherrschst.«

Diana griff nach dem Laden. Aber es war bereits zu spät, die Tür flog auf. Sieben englische Marinesoldaten in leuchtendroten Uniformen stürmten in das Zimmer und richteten sieben Musketen direkt auf James.

16. Kapitel

Diana rutschte an der Wand herunter. Der rauhe Putz brannte unter ihren Fingern. James reagierte sehr schnell. Er zog sein Messer, zog sie vor sich und hielt ihr die kühle Metallspitze an den Hals.

»Gentlemen«, sagte er in seinem gedehntesten Tonfall. »Diese Lady hier ist die Tochter von Admiral Lockwood. Ich weiß nicht, ob ihr ihm erklären möchtet, warum sie tot ist.«

Ein blau uniformierter Mann kam herein und baute sich zwischen den Soldaten auf, die sich nicht gerührt hatten. Diana erkannte ihn. Es war Francis Carter, ein Kapitän, den Edward Worthing sehr bewundert hatte. Carter war Edwards Mentor und ein sehr guter Freund von ihm gewesen.

»Lasst sie los, Ardmore«, erwiderte der Captain eisig.

»Dafür sind zu viele Musketen auf mich gerichtet.«

Sein heißer Atem strich über Dianas Ohr. Sie rührte sich nicht vom Fleck.

Carter maß sie von oben bis unten, betrachtete ihr zerrissenes Mieder, ihr zerwühltes Haar. »Wie ich sehe, habt Ihr Euch bereits an ihr gütlich getan. Noch etwas, wofür Ihr zahlen werdet.«

»Warum lasst Ihr mich sie nicht einfach zu ihrem Herrn Vater zurückbringen? Das bereitet doch weit weniger Scherereien, was, Captain?«

Diana musste sich nicht bemühen, Angst vorzutäuschen. Sie durchströmte ihren ganzen Körper. James konnte sie nicht die ganze Zeit vor sich halten, und sobald er sie losließ, würden die Soldaten ihre Musketen abfeuern. Sieben an der Zahl. So viele Kugeln für einen einzigen Mann.

»Lasst sie los!«, wiederholte der Kapitän.

»Es ist besser für mich, wenn ich das nicht tue.«

Carters Mund wurde zu einer harten Linie. »Wenn Ihr glaubt, dass ich meinen Soldaten nicht den Befehl gebe, auf sie zu feuern, um Euch zu erwischen, irrt Ihr Euch.« Er warf Diana einen kühlen Blick zu. »Obwohl das natürlich höchst bedauerlich wäre.«

James erstarrte. Diana erkannte an Carters Blick, dass das keine leeren Drohungen waren. Er würde seine Männer schießen lassen, und dann würden James und sie gemeinsam sterben. Das war vielleicht romantisch, aber nicht das, was sie wollte.

Einige Herzschläge lang passierte nichts, dann nahm James das Messer von ihrer Kehle und stieß sie so fest von sich, dass sie aus der Schusslinie der Musketen taumelte. Sie sah, wie die Soldaten ihre Finger um die Abzüge krümmten.

»Nein!« Sie warf sich mit ausgestreckten Armen zwischen James und diese schrecklichen, runden Mündungen.

»Verdammt, Diana, geh aus dem Weg!«

»Ich komme von meinem Vater«, sprudelte Diana, an Carter gewendet, hervor. »Wir brauchen einen Arzt auf Haven. Dort liegt ein Mann im Sterben. Bitte.«

Carter kniff die Augen zusammen. Er maß sie erneut von Kopf bis Fuß, während sie ihn verzweifelt ansah. Sein Blick zuckte an ihr vorbei, und sie erkannte, dass er die Situation einschätzte und begriff. »Lasst das Messer fallen, Ardmore. Oder meine Männer eröffnen das Feuer. Und sie stirbt.«

Wieder verstrich ein atemloser Moment, dann klapperte etwas Stählernes auf den Boden. Dianas Gliedmaßen waren weich vor Furcht. Sie staunte, dass sie die Kontrolle über ihre Körperfunktionen behielt.

Carter streckte seine Hand aus. »Folgt mir, Lady Worthing.« Er nickte seinen Männern zu. »Ergreift ihn.«

»Nein!«, schrie Diana.

Aber die sieben Soldaten stießen sie rücksichtslos zur Seite, und sie konnte nur in ohnmächtiger Wut zusehen, wie sie sich auf James stürzten.

James gewöhnte sich allmählich daran, auf dem Deck einer Fregatte angekettet zu werden. Die Handschellen, mit denen er an Handgelenken und Knöcheln an der Reling festgebunden war, unterschieden sich nur geringfügig von denen, die man beim letzten Mal benutzt hatte, um ihn zu fesseln. Englische Kapitäne besaßen offenbar nicht viel Phantasie.

Sie hatten ihm seine Jacke und die Stiefel ausgezogen, ihm sein Messer und alles genommen, was in seinen Taschen war. James hatte sich nicht gewehrt. Die Soldaten hatten ihm mindestens dreimal die Möglichkeit gegeben zu entkommen, aber James hatte sie nicht genutzt. Er wusste, dass Carter sich Dianas bedienen würde, um ihn gefügig zu machen, und er wollte nicht wissen, was der Mann mit ihr anstellte, wenn James floh. Carter wusste sehr genau, wer sie war, aber der Blick, mit dem er sie betrachtet hatte, war bar jeden Respekts gewesen.

Diana, störrisch wie immer, stritt immer noch mit dem Kapitän. »Wir müssen nach Haven zurückkehren. Das Leben eines Mannes hängt davon ab.« Ihre Augen blitzten vor Wut, und ihr wunderschönes Gesicht war gerötet.

Ob Carter ihr glaubte, war fraglich. Er hatte sich die ganze Geschichte angehört, wie Leutnant Jack an den Strand von Haven gespült worden war, gerettet von James, und nicht genesen wollte, obwohl er sich wacker gehalten hatte. Bis er schließlich zusammengeklappt war, was ihr Anliegen erklärte. Der Kapitän hörte zu, machte jedoch keine Anstalten, Segel zu setzen und Kurs auf Haven zu nehmen.

Diana redete auf ihn ein, bis sie heiser war. Doch Carter reagierte nicht.

Sie folgte ihm über das Deck und stampfte wütend mit ihren hartbesohlten Stiefeln auf die Planken. Carter blieb vor James stehen und betrachtete ihn selbstgefällig.

Diana setzte ihm weiter zu, gebieterisch, als wäre sie ein Mitglied des Königshauses, das einen ungehorsamen Dienstboten maßregelt. »Captain Ardmore hat sein Leben riskiert, um den Leutnant zu retten. Zweimal. Es gibt keinen Grund, ihn anzuketten.«

»Ja, ich habe vom Schiffbruch der *Constantine* gehört«, erwiderte Carter gelassen. »Merkwürdig, nicht wahr, dass Ardmore überlebt hat, wo doch so viele dabei ihr Leben verloren haben. Sehr wahrscheinlich hat er die Katastrophe selbst herbeigeführt. Dass er den Leutnant gerettet hat, ist vermutlich einer momentanen Laune zu verdanken, oder aber der Mann war ein Mitverschwörer.«

»Wie könnt Ihr glauben …?«, begann Diana hitzig.

»Nein, danke ihm, Diana«, unterbrach James sie. »Er schreibt mir jetzt göttliche Kräfte zu. Ich habe den Sturm beschworen, die Fregatte zerbrochen und bin entkommen, und das, während ich an die Reling gekettet war.«

Carter lächelte ihn frostig an. »Ihr versucht, mich zu provozieren, Sir. Doch Eure Mühen sind vergeblich.«

Die leere Kälte in seinem Blick machte James Sorgen. Es war einfacher, einen Mann zu bezwingen, der gewalttätig war und sich leicht in Rage bringen ließ.

Diana versuchte es erneut. »Captain, Ihr kanntet meinen Ehemann. Er hat sehr große Stücke auf Euch gehalten. Er hat immer versucht, Euch nachzueifern. Ich weiß, dass Ihr seine Karriere gefördert habt. Könntet Ihr nicht um seinetwillen nach Haven segeln?«

Carter fuhr herum. Diana trat unwillkürlich einen Schritt zurück. »In der Tat, ich kannte Euren Gatten gut«, schnarrte Carter. »Sehr, sehr gut. Wir waren die besten Freunde. Das bedeutet, er hat mir alles über Euch erzählt. Er glaubte, er hätte die Tochter eines Helden geheiratet. Was er bekam, war eine Frau mit einem teuflischen Temperament, die kaum besser war als eine Hure.«

Dianas Gesicht wurde kalkweiß. In James wallte glühende Wut auf. Wären seine Handschellen ebenso heiß gewesen wie sein Zorn, würden sie schmelzen. *Das war ein Fehler, Kapitän. Ein sehr großer Fehler.*

»Verzeiht, Captain.«

Ein junger Mann tauchte an Dianas Seite auf. Er war nicht älter als zwanzig Jahre und hatte dünnes braunes Haar. Er trug die Uniform eines Leutnants, aber er konnte diesen Rang noch nicht lange bekleiden.

Der Kapitän betrachtete ihn mit kaum verhüllter Gereiztheit. Diana dagegen drehte sich überrascht zu ihm um, als sie ihn erkannte. »Mr. Pembroke!«

Er nickte ihr höflich, jedoch kein bisschen schüchtern zu. »Mylady. Captain, mein Vater ist mit Admiral Lockwood sehr gut bekannt. Genauer gesagt, unsere Familien sind sehr eng befreundet.«

»Ausgezeichnete Neuigkeiten, Leutnant«, erwiderte Carter sarkastisch. »Und was hat das zu bedeuten?«

»Ich glaube, der Admiral wäre höchst verärgert, wenn wir seine Tochter hierbehalten würden. Sollten wir sie dagegen sicher nach Hause bringen, wäre er bestimmt sehr dankbar.«

Carter sah ihn mit sichtlicher Abneigung an. »Admiral Lockwood hat sich zur Ruhe gesetzt.«

»Das mag sein, Sir. Aber er genießt unter den Admirälen nach wie vor höchstes Ansehen, auch von seiten meines Vaters, der über diese Kränkung der Tochter seines Freundes zutiefst bestürzt wäre. Außerdem war einer der Leutnants, die auf der *Constantine* dienten, Richard Delacroix, der Bruder des Herzogs von Carlisle. Seine Leiche wurde nicht gefunden. Falls er der kranke Unbekannte ist, könntet Ihr sehr viel gewinnen, wenn Ihr sein Leben retten würdet.«

Carters Miene wurde nachdenklich. James dagegen beobachtete den jungen Mann interessiert. Ein Leutnant mit Intelligenz, Verbindungen und Arroganz. Er würde es in der Königlichen Marine weit bringen.

Carter errötete, aber schließlich gewann seine eisige Ruhe die Oberhand. »Ich denke, ein kleiner Abstecher nach Haven kann nicht schaden. Nachdem ich mit Ardmore fertig bin.«

»Aye, Captain.«

»Und, Leutnant«, fuhr Carter mit hämischer Freude fort. »Da Euch Lady Worthing so sehr am Herzen liegt, dürft Ihr

Euch während unserer Reise um sie kümmern. Sie wird Eure Kabine belegen, und Ihr werdet ihr Tee und heißes Wasser bringen sowie alles andere, was sie benötigt. Verstanden?«

Pembrokes Augen funkelten vor Belustigung. Falls Carter erwartet hatte, seinen jungen Leutnant damit einschüchtern zu können, dass er die Kammerzofe spielen sollte, hatte er sich verrechnet. »Verstanden, Captain.« Er salutierte. »Wenn Ihr mir bitte folgen würdet, Mylady.«

Diana sah zu James zurück. Sie öffnete den Mund und schluckte mehrmals.

Mach den Mund zu, Diana, dachte James. Verbring die Reise in der gemütlichen Kabine des jungen Leutnants und nicht in einem Verschlag im Frachtraum. Sei ein gutes Mädchen!

Diana drehte sich abrupt um, als hätte sie ihn gehört, und folgte Pembroke.

Sie hatte wahrlich die schönste Kehrseite von allen Frauen auf den Sieben Meeren. James schnürte sich der Hals zu. Er wusste, was er tun musste, und ihm war ebenso klar, dass sich ihre Wege trennen würden. Fürs Erste. Diana, Lady Worthing, war viel zu kostbar, um sie einfach aufzugeben. Er würde sie wiederfinden, und wenn auch nur um den Streit darüber zu beenden, ob sie ihn heiraten würde oder nicht. Es gab keinen Ort auf der Welt, an dem sie sich vor ihm verbergen konnte. Er hatte sie zweimal gefunden. Er würde sie auch ein drittes Mal aufspüren.

»Diana!«, rief er.

Sie drehte sich um. Der Wind wehte durch ihr Haar, das in der Sonne glänzte.

Er kreuzte seine angeketteten Fäuste, hob sie an seine Brust und öffnete sie wieder. Isabeaus Zeichen. *Ich liebe dich.*

Diana starrte ihn einen Moment regungslos an. Dann senkte sie den Blick, wandte sich ab und folgte dem Leutnant unter Deck.

»Was wird er mit Captain Ardmore machen?«

Diana lief in Leutnant Pembrokes winziger Kabine auf und ab. Dass er eine Unterkunft für sich allein hatte, sprach für seinen Status. Entweder hatte er sehr schnell Karriere gemacht, oder Carter hütete sich davor, Pembrokes Vater zu verärgern, der einen sehr hohen Posten in der Admiralität bekleidete.

Wenn Carter auch nur annähernd Dianas Ehemann glich, dann war Letzteres der Fall.

Pembroke hatte ihr Tee in einer angeschlagenen Tasse gebracht und dazu eine Scheibe weiches Brot. Sie setzte sich hin, trank durstig den Tee, bekam jedoch keinen Bissen von dem Essen herunter.

Der junge Mann lehnte am Türrahmen. Sie hatte ihn das letzte Mal gesehen, als er ein schlaksiger Sechzehnjähriger war, kurz bevor er als Kadett zur Marine ging. »Er wird nach London gebracht und dort vor Gericht gestellt.«

Dianas Panik war kaum geringer geworden. Sie war sehr erfreut gewesen, einen Verbündeten in Julian Pembroke zu finden. Er hatte sich zwar für sie eingesetzt, jedoch nichts für James getan.

»Könnt Ihr Captain Carter nicht überreden, ihn freizulassen? Oder ihn wenigstens meinem Vater in Haven zu übergeben?«

Pembroke spreizte die Hände. »James Ardmore ist ein Gesetzloser. Selbst mein Vater ist nicht abgeneigt, Kriminelle aufknüpfen zu lassen.«

»Aber er ist ein guter Mann. Er jagt Piraten, die Schiffe zerstören und Besatzungen ermorden. Er hat vielen Menschen das Leben gerettet. Er ist keine Legende geworden, weil er ein Verbrecher ist.«

Pembroke sah sie geduldig an. »Er hat sieben englische Fregatten versenkt und mehrere Handelsschiffe der Ostindien-Kompanie gekapert. Vor ein paar Jahren hat er eine gewisse Rolle bei der Entführung des französischen Königs gespielt und eine französische Spionin erschossen, bevor die Admiralität sie verhören konnte. Er hat das Schiff eines Sklavenhändlers geentert und sämtliche Sklaven freigelassen, die daraufhin das Schiff übernahmen und zu Piraten wurden. Ich kenne die Legenden, Lady Worthing.«

»Mein eigener Vater glaubt an ihn«, erwiderte Diana gereizt.

»Dann kann er ihm vielleicht helfen, falls er schnell reagiert.« Pembroke seufzte. »James Ardmore hat einmal einen Kapitän auspeitschen lassen, einen Mann namens Langford. Der war damit entehrt und seine Karriere beendet. Captain Carter ist Langfords Cousin.«

Diana stand hastig auf. Die Teetasse fiel zu Boden und zerbrach in tausend Scherben.

»Oh nein!«, stieß sie hervor. »Nein.«

»Deshalb, so fürchte ich«, fuhr Pembroke fort, »hegt Captain Carter keinerlei Sympathie für James Ardmore. Und zwar gar keine.«

»Mr. Ardmore«, sagte Carter liebenswürdig. »Was wisst Ihr über Vergeltung?«

James warf ihm einen kühlen Blick zu. Seine Wange rieb an dem rauhen Holz des Mastes, an dem ihn zwei Matrosen eifrig festbanden. »Eine Menge«, erwiderte er in seinem besten Charleston-Dialekt.

Carter schien ihn nicht zu hören. »Verzeihung, aber ich bringe es einfach nicht über mich, Euch *Captain* zu nennen. Ich selbst weiß eine Menge über Vergeltung. Zum Beispiel wurde mein Cousin, ein vielversprechender Kapitän, entehrt und seines Kommandos enthoben. Aufgrund Eures Handelns, glaube ich. Er wäre heute gewiss sehr gerne hier und würde zusehen, aber leider werde ich nur das Vergnügen genießen können, ihm alles haarklein zu schildern.«

Die Matrosen fesselten auch James' Füße, schlangen das Seil um den Mast und befestigten es an den Handschellen, die sie nicht entfernt hatten. Aus den Augenwinkeln sah er den Bootsmannsmaat, der mit einem breitkrempigen Hut und einem gestreiften Hemd dastand, die neunschwänzige Katze in der Hand, eine Peitsche mit einem langen Griff und neun mit Widerhaken versehenen Riemen.

»Zwanzig Hiebe habt Ihr ihm verabreicht«, fuhr Carter fort. Seine Augen blickten so eisig wie der Tod. »Zwanzig Hiebe für einen Kapitän mit langer Erfahrung, und das vor den Augen seiner Leute. Er wurde vors Kriegsgericht gestellt. Lasst mich kurz nachrechnen. Er wurde dreimal entehrt, einmal vor seinen Männern, einmal vor der Admiralität und einmal vor seiner Familie. Also halte ich dreimal zwanzig für angemessen. Sollen wir vielleicht noch zehn dazugeben, um meine Wut darüber zu befriedigen? Also dann, Osgood. Siebzig Hiebe.«

Der Bootsmannsmaat blinzelte einmal. »Siebzig, Sir?«

»Habt Ihr Probleme mit Eurem Gehör, Osgood? Siebzig. Und tut verdammt noch mal Eure Pflicht, sonst nehmt Ihr seine Stelle ein!«

»Aye, Sir.«

James kehrte das Gesicht zum Mast. Schmerz war ihm nicht fremd. Niemand bekämpfte jahrelang Piraten, ohne selbst verletzt zu werden. Und auch die neunschwänzige Katze war ihm nicht unbekannt. Der Piratenanführer, der ihn vor zwanzig Jahren gefangen hatte, genoss es, die Peitsche zu schwingen. Derselbe Mann hatte auch noch andere, weit geschmacklosere Freizeitbeschäftigungen. James hatte bei ihm zum ersten Mal Geschmack an der Rache gefunden.

Pembroke tauchte neben dem Mast auf, als der erste Hieb auf James' Rücken klatschte. James' Haut war von dem salzigen Seewind abgehärtet, und er nahm den ersten Schlag hin, ohne Schmerzen zu spüren. Aber er wusste, was danach kommen würde. Schlag auf Schlag würde sein Rücken aufgerissen werden, und mit den letzten Schlägen würde der Schmerz unerträglich werden. Siebzig Hiebe konnten einen Mann töten.

Er sah in Pembrokes junge Augen. »Ihr solltet Euch um Diana kümmern.«

Zwei. Drei.

»Das werde ich tun, Sir«, erwiderte Pembroke ruhig.

»Dann tut das auch.«

Sechs. Sieben.

James zuckte zusammen. Jetzt fühlte er den stechenden Schmerz, der bei jedem Schlag ein wenig heißer wurde. Nach dem zehnten Schlag verlangte Pembroke eine Pause.

Der Maat hielt sofort inne, aber der Kapitän explodierte vor Wut. »Was fällt Euch ein, Leutnant?«

Pembroke trat vor. Er hatte ein Leinentuch in der Hand. James schwitzte, und die Tropfen rannen in die Striemen auf seinem Rücken, wo sie wie Feuer brannten. Pembroke schob James das Leinentuch zwischen die Zähne. Dann trat er zurück.

Der Bootsmannsmaat zögerte. »Macht weiter, verflucht!«, fauchte ihn Carter an.

»Jawohl, Sir.«

Elf. Zwölf. Dreizehn.

Der letzte Schlag traf eine der angeschwollenen Striemen auf seinem Rücken und riss sie auf. Beißender Schmerz lief wie Schweiß über seinen Rücken. Pembroke war so freundlich gewesen, ihm dieses Leinentuch zu geben. Es verhinderte, dass James sich heiser schrie oder sich die Zunge abbiss, wenn es schlimmer wurde.

Er fragte sich, wie es Pembroke gelungen war, Diana in der Kabine festzuhalten. Hatte er die Tür abgeschlossen oder sie ans Bett gebunden? Warum hörte er sie nicht schreien und toben?

Der Wind brannte in den offenen Wunden, und das Blut rann in schweren Tropfen über seinen Rücken.

Neunzehn. Zwanzig.

James hatte diesem verfluchten Narren von englischem Kapitän nur zwanzig Hiebe verordnet. Der Mann hatte beim zehnten Schlag angefangen zu schreien, obwohl nur zwei seine Haut aufgerissen hatten. Die Hiebe hatten ihn demütigen, nicht verkrüppeln sollen. Den Narben auf den Rücken seiner Matrosen nach zu urteilen, war dieser Kapitän nicht gerade sanft mit seinen eigenen Leuten umgesprungen.

Vierundzwanzig. Fünfundzwanzig.

Dieser Maat war sehr geschickt. Die Peitsche pfiff und landete flach auf James' Rücken. Die Riemen waren so dünn, dass sie nur einen Striemen hinterließen. Die Sonne stand am Himmel, und das Wetter war für den Mai sehr schön. Die Hitze war zwar nicht mit der vergleichbar, die er aus Charleston kannte, aber die Sonne schien auf seinen blutenden Rücken und verstärkte die Folter noch.

James schloss die Augen. Sein Rücken war rohes Fleisch und brannte bei jedem Schlag wie Feuer. Vielleicht, dachte er, spüre ich es gar nicht mehr, wenn ich die siebzig erreicht habe. Ich werde solche Schmerzen haben, dass ich nichts mehr spüre.

Einunddreißig. Zweiunddreißig.

Seine Gedanken schweiften ab. Er glaubte, Dianas Stimme zu hören. »Ich bin sehr wütend auf dich, James.«

»Wann wärst du das nicht, Darling?«

Er öffnete die Augen. Schweiß trübte seine Sicht. Alles schien ineinander zu verlaufen, Sonne, Mast, Schiff, Pembrokes Gesicht. Er glaubte, Diana vor sich zu sehen. Ihr feuerrotes Haar wehte im Wind, sie hatte die Arme unter ihre entzückenden Brüsten verschränkt. »Du verschwendest Zeit.«

Er schloss die Augen. Plötzlich stand er wieder in der dunklen Höhle, vor ihm Black Jack Mallory. Der Pirat bettelte um sein Leben und bereute aufrichtig seine Verbrechen. James weigerte sich, ihm zuzuhören. Er schob die Pistole in Mallorys Mund und schoss ihm durch den Kopf. Leutnant Jack sah entsetzt zu, wie Mallorys Blut auf sein blütenweißes Hemd spritzte.

Dann glitt er weiter in der Zeit zurück, zwei Jahre, auf ein kleines Boot in der Nordsee, während eisiger Wind seinen Rücken peitschte. Ein anderer Pirat saß vor ihm, prahlte damit, dass er dem Leben von James' Bruder ein Ende gesetzt hatte. James spürte erneut den schlanken Hals zwischen seinen Händen, hörte das hässliche Knacken der Knochen. Er erinnerte sich, wie seine Muskeln hervorgetreten waren, als er die Leiche in die wartende See geschleudert hatte. Sein ehemaliger Freund, Grayson Finley, der zum Feind geworden war, hatte zugesehen und mit seinem Schweigen James' Handlung verurteilt.

Oh ja, Captain, ich weiß alles über Vergeltung.

Siebenundvierzig. Achtundvierzig.

Der Schmerz brannte auf seinem Rücken, vom Hals bis zum Gesäß. Seine Knie wurden weich, aber er wollte verdammt sein, wenn er vor seinen Peinigern zu Boden ging.

»Hast du genug, Junge?«

In seinen verschwimmenden Erinnerungen sah er sich als junger, schlanker James Ardmore in der Ecke der Kapitänskajüte hocken. Seine grünen Augen waren feucht vor Wut und Furcht, und er hatte nur eine schmutzige Hose am Leib. Der Kapitän des Piratenschiffes, dessen Muskeln in Strängen an seinem nackten Körper hervortraten, kam auf ihn zu und umklammerte die neunschwänzige Katze mit einer Faust, an der die Knöchel weiß hervortraten.

»Du musst dir deine Narben verdienen, mein Junge. Ich will überall auf deiner hübschen weißen Haut Striemen sehen.«

James versuchte, mit den Armen die Schläge abzuwehren, aber sie prasselten auf ihn herunter, Hieb um Hieb, jeder einzelne wie Feuer brennend. Sein Rücken war eine blutige Masse und schmerzte höllisch. Er schrie und hatte plötzlich ein Leinentuch im Mund.

Die Augen des Piraten glühten. »Der Schmerz macht einen Mann aus dir, mein Junge. Es wird dir gefallen.« Er griff nach dem Bund von James' Hose.

James zuckte zurück, voller Hass und Todesangst. Bis zu seiner Gefangennahme kannte James nur einen höflichen Umgangston. Er hatte natürlich gelernt zu boxen und sich zu duellieren, aber so etwas wie diesen ekelhaften, perversen Mann hatte er noch nie erlebt. Und er hatte vor, James in jeder Hinsicht zu seinem Sklaven zu machen.

Der Kapitän verzog lüstern den Mund. »Komm her, Yankee-Bürschchen.«

Wut flammte in ihm hoch, riss ihn auf die Füße, und er richtete sich zu seiner vollen Größe auf. Die Peitschenhiebe schmerzten und brannten, aber diese ignorante Beleidigung verlieh ihm Kraft. »Ich bin kein verdammter Yankee!«, schrie er. Die Worte, im singenden Südstaaten-Dialekt gerufen, hallten durch die Kabine. Er schlug zu, und der Kapitän stürzte zu Boden.

Viele Hiebe von zahllosen Händen unterwarfen ihn schließlich, und James sah von außen zu, wie sie den stolzen Jungen in einen Käfig sperrten, der ursprünglich für exotische Tiere gedacht war. Er blutete aus dem Mund und aus mehreren Wunden am Körper, und ein Auge war zugeschwollen. Der Kapitän befahl knurrend, dass James hungern würde, bis er Gehorsam gelernt hätte.

Es wurde dunkel, und James konnte nichts mehr sehen. Dann hörte er eine Stimme, die mit dem unverkennbaren englischen Oberklassetonfall sprach und von spöttischem Humor nur so troff. Ein blonder junger Mann mit dunkelblauen Augen und muskulösen Armen hatte die Hände um die Gitterstäbe des Käfigs gelegt und spähte hinein. Er blinzelte James zu und grinste mit ansteckender Fröhlichkeit. »Was zum Teufel machst du denn hier drin?« Später, als die Piraten schliefen und es ruhig auf dem Schiff wurde, schmuggelte der blonde Bursche James etwas zu essen in den Käfig.

Hass. Er hatte noch nie so viel Hass empfunden. Dieses Gefühl hatte ihn später durch sein Leben begleitet. James sah dasselbe grinsende Gesicht zwischen seinen Händen, kurz nachdem er beobachtet hatte, wie Grayson Finley seinen sonnengebräunten Arm um die Taille der Frau schlang, die er liebte. »Dafür bringe ich dich um, Finley!«

Er sah Saras erschrockenes Gesicht neben ihm, ihre mandelförmigen Augen, ihr wunderschönes schwarzes Haar. Sie wirkte überrascht, aber nicht verschämt. Sie kehrte ihm einfach den Rücken zu und ging weg. Die Frau, die er geliebt hatte.

»Das war keine Liebe«, sagte Diana Worthings Stimme klar und deutlich. »Das war Vernarrtheit.«

Sie funkelte ihn mit ihren graublauen Augen an, wie üblich wütend auf ihn. Plötzlich war für ihn nichts anderes mehr wichtig. Nichts in seinem Leben besaß noch Bedeutung außer der Frau, die ihn anschrie, Brot nach ihm warf und sich dafür verfluchte, dass sie ihn liebte. *Diesmal ist es anders.*

Sechzig. Einundsechzig.

Der Schmerz raubte ihm den Atem. Er rang keuchend nach Luft, aber der Knebel in seinem Mund erstickte ihn fast. Er sackte zusammen, ohne es zu merken, doch die Stricke um seine Handgelenke hielten ihn aufrecht. Er hörte erstickte, heisere Schreie und begriff irgendwann, dass er selbst sie ausstieß.

Er öffnete die Augen. Pembroke stand neben ihm, aber

seine Umrisse verschwammen durch Tränen und Blut. Dann verfestigte sich die Gestalt plötzlich, doch jetzt war es nicht mehr Pembroke. Es war ein großgewachsener junger Mann mit dunklen Haaren und grünen Augen, der ihn aufmerksam betrachtete. »James, alter Mann, was machst du denn hier?«

Unter dem brutalen Schmerz erinnerte er sich, dass Paul und Honoria ihn »alter Mann«, genannt hatten, als James der Haushaltsvorstand geworden war. Sie spielten ihm Streiche und lachten über seine Wut. Und er liebte sie aus ganzem Herzen. »Ich habe versagt«, stieß er rauh hervor. »Ich habe mein Versprechen nicht gehalten.« Er rang nach Luft. »Es tut mir leid.«

Paul lächelte, als hätte er ein Geheimnis und ränge noch mit sich, ob er es James verraten sollte. »Das spielt keine Rolle, James. Ich bin jetzt wieder mit ihr zusammen. Das ist doch viel besser, oder nicht?« Er zwinkerte. »Du wirst das eines Tages verstehen.«

»Paul …«

Doch Paul Ardmore war schon verschwunden.

Neunundsechzig. Siebzig.

Das Pfeifen und Knallen der Peitsche verstummte. Die plötzliche Stille brannte in James' Ohren. Seine Beine waren schwach, und seine nackten Zehen hatten sich in die Holzbohlen gegraben. Die Schläge waren zwar vorbei, aber der Schmerz brannte unaufhörlich weiter.

Er hörte, wie Pembroke und der Bootsmannsmaat vortraten. Pembroke berührte die Taue, die James' Hände banden. Wenn er sie durchschnitt, würde James fallen. Er versuchte, ‚den Kopf zu drehen, aber jede Bewegung schmerzte höllisch.

»Nein!« Der Ruf des Kapitäns ertönte fast neben James' Ohr. »Lasst ihn hängen.«

Pembroke sah seinen Kapitän an. Die Verachtung in seinen Augen war unübersehbar. »Sollten wir ihn nicht zum Schiffsarzt bringen, Sir?«

»Nein, Leutnant. Er soll am Mast bleiben und über seine Verbrechen nachdenken. Dann kann er beten, dass seine Hinrichtung schnell kommen möge.«

Pembroke presste die Lippen zusammen. Er ist zu arrogant, dachte James. Selbst mit seinem einflussreichen Vater im Hintergrund würde er irgendwann den falschen Mann verärgern, und diese Person würde sich rächen. Mit Rachegelüsten konnte man sich so leicht infizieren.

»Jawohl, Sir.« Pembrokes mangelnder Respekt gegenüber Carter schwang in diesen beiden Worten unüberhörbar mit.

Der Bootsmannsmaat und die anderen Matrosen entfernten sich diskret. Captain Carter blieb noch lange stehen und betrachtete seinen Gefangenen. Vermutlich genießt er seinen Triumph, dachte James. Er kämpfte weder gegen seine Fesseln an, noch stöhnte er. Dieses Vergnügen wollte er dem Engländer nicht gönnen.

Schließlich schlenderte Carter weg, um seine Leute zu beaufsichtigen, wie sie die Segel setzten für die Fahrt nach Haven. James wusste, warum der Mann ihn am Mast stehen ließ. Nicht damit James über seine Verbrechen nachdenken konnte, sondern damit sein Peiniger zurückkommen und ihn weiter verhöhnen konnte. Was in James' Kopf vorging, interessierte ihn kein bisschen.

Das Schiff setzte sich in Bewegung, als die Sonne unterging. James hatte immer noch das Leinentuch im Mund, doch es störte ihn nicht. Als er in seiner Qual darauf biss, hatte er zwischen den Falten etwas Dünnes, Langes von stahlharter Beschaffenheit gespürt. Leutnant Pembroke war gerissener, als er vermutet hatte.

Diana tobte vor Wut, als der Leutnant die Tür seiner Kabine aufschloss und sie hinausließ.

Die Kabinentür hatte ein Schloss aus Eisen und einen großen Schlüssel, den Pembroke mitgenommen hatte. Sie hatte durch das Schlüsselloch geschrien und ihm gedroht, dass ihr Vater für seine Degradierung sorgen würde. Was den jungen Leutnant nicht im Geringsten beunruhigt zu haben schien.

Natürlich hatte er sie auf Befehl des Kapitäns eingesperrt. Als Pembroke Diana erzählt hatte, dass Carter James auspeitschen lassen wollte, war sie vor Angst und Zorn fast verrückt geworden. Pembroke hatte ihr versprochen, alles für James zu tun, was in seiner Macht stand, und ihr befohlen, in seiner Kabine zu bleiben.

Natürlich hatte Diana nicht einfach herumsitzen können. Kaum war Pembroke hinausgegangen, war sie ihm gefolgt. Als sie durch die Tür blickte, die auf das Deck hinausführte, hatte sie den Vormast im Blick, an den James gebunden war. Sein muskulöser Rücken glänzte in der untergehenden Sonne. Sie hatte zugesehen, wie sie ihn schlugen, und ihr Magen hatte sich vor Entsetzen verkrampft. Schlag um Schlag hatte sie beobachtet. Sein Rücken hatte geblutet, aber er hatte nicht einmal den Kopf gesenkt.

Sie wollte vorstürmen, Osgood die Peitsche aus der Hand reißen und sie ins Meer schleudern. Zwei Matrosen hatten sie an den Armen packen und in Pembrokes Kabine zurückschleppen müssen, und der Leutnant selbst hatte die Tür abgesperrt.

Als er sie jetzt herausließ, starrte sie ihn kalt an. »Wo ist er?«

»Ihr dürft ihn nicht sehen, Lady Worthing.«

»Also lebt er.« Wäre James unter den Peitschenhieben gestorben, hätte Carter sie zweifellos bereits zu seiner Leiche gezerrt.

Pembroke schien sie zu verstehen. »Er ist ein sehr kräftiger Mann, Mylady. Er ist verletzt, aber er wird sich wieder erholen.«

Sie tat, als hörte sie ihn nicht, während ihr fast das Herz stehenblieb. »Ich möchte Euren Captain sprechen, wenn ich James schon nicht sehen darf. Ich möchte ihm gerne genau mitteilen, was ich von ihm halte.«

»Aye, Mylady. Ich bringe Euch sofort zur Kajüte des Captains.«

»Ausgezeichnet.« Sie spielte die überhebliche, eisige Lady perfekt. »Dann geht bitte voran.«

Pembroke gehorchte. Er ging, mit Diana im Schlepptau, die fünf Stufen zur Kapitänskajüte hinunter und klopfte an die Tür.

Ohne auf eine Antwort zu warten, öffnete er sie, trat dann zurück und ließ Diana hineingehen. Er schloss die Tür von außen hinter ihr und ließ sie allein.

Nur war sie nicht allein. Hinter einem Tisch mit Notizen und Karten saß ein Mann. Es war nicht Captain Carter. Er trug einen schwarzen Gehrock und eine sandfarbene Hose. Sein Haar war blond, sein Backenbart recht dürftig. Er bedeckte, wie Diana sah, ein gebogenes, vernarbtes Kinn, wo er offenbar von Feuer versengt oder einer Kugel getroffen worden war.

Diana starrte ihn an, sprachlos vor Entsetzen. Sein Haar

hatte zwar eine andere Farbe, und sein Gesicht war nur noch ein höhnischer Abklatsch seiner einst attraktiven Züge, aber Diana erkannte ihn sofort.

Sie wirbelte herum und wich bis in eine Ecke der Kajüte zurück, wo sie sich heftig übergab.

»Diana«, sagte Sir Edward Worthing kühl. »So erfreut, mich zu sehen?«

17. Kapitel

Ihr Magen verkrampfte sich erneut und brannte höllisch. Sir Edward reichte ihr ein Taschentuch, das sie wie betäubt gegen den Mund drückte.

»Das ist nicht gerade die Art, wie ein Ehemann von seiner Gemahlin begrüßt werden möchte«, versetzte er trocken.

Seine Augen waren noch dieselben. Hellblau und niederträchtig. Edward war schon immer ein widerlicher Mann gewesen, das hatte Diana mittlerweile begriffen. Als ahnungsloses Mädchen war sie ihn in verliebt gewesen, weil sie seinen wahren Charakter nicht durchschaut hatte. Aber er war gemein genug, um von den Toten aufzuerstehen und ihr Leben zu zerstören.

Sie wischte sich die Lippen ab und ließ das Taschentuch zu Boden fallen. »Ich war so erleichtert, endlich von Euch befreit zu sein, versteht Ihr. Deshalb ist es ein wenig schockierend, Euch zu sehen.«

»Ihr seid frei.« Sir Edward lehnte sich gelassen an den Schreibtisch. »Ich habe unsere Ehe annullieren lassen.«

Diana durchfuhr eine irrationale Wut. »Annulliert? Wie denn? Habt Ihr ihnen erzählt, dass Ihr impotent seid?«

Seine Faust traf ihren Wangenknochen, bevor sie sich gegen den Schlag hatte wappnen können. Sie taumelte und presste ihre Hand auf die Wange.

»Du musst immer die Hure spielen, nicht wahr?« Seine Gelassenheit wich einem finsteren Zorn. »Die Annullierung war meine Bedingung. Die Admiralität wollte, dass ich heikle Aufgaben für sie erledige. Ich war aus Versehen für tot erklärt worden, was die Admiralität für einen willkommenen Zufall hielt. Also bekam ich einen neuen Namen und ein neues Leben, eines, in dem ich nicht an dich gebunden war.«

Diana zitterte am ganzen Körper und wünschte inständig, sie könnte es abstellen. Sie wollte Sir Edward gegenüber keine Schwäche zeigen. Aber ihre Gliedmaßen bebten, als hätte sie Schüttelfrost. »Es muss Euch sehr schwergefallen sein, tatsächlich zu arbeiten, anstatt von Eurem Ruhm zu zehren. Allerdings nehme ich an, dass Ihr nach wie vor Untergebene in den Tod schickt und den Ruhm für das einstreicht, was sie geleistet haben.«

»Ich weiß nicht, wovon du redest«, erwiderte er kalt. »Ich bevorzuge diese einfache Anstellung. Die Bewunderung wurde allmählich erstickend.«

Diana schnaubte verächtlich. »Erspart mir das! Ihr habt Euch darin geaalt. Ihr wolltet nur Euer vernarbtes, hässliches Gesicht vor der Welt verbergen. Ihr wart so stolz auf Euer gutes Aussehen. Und dann besaßt Ihr die Frechheit zu behaupten, dass Isabeau Euch Schande bereitet hätte!«

»Halt den Mund! Du bist nie still. Carter hat sich so gefreut, als er mir erzählen konnte, dass er dich bei diesem amerikanischen Verbrecher gefunden hat. Sag mir die Wahrheit. Bist du Ardmores Geliebte?«

Sie hob trotzig den Kopf. »Das bin ich.«

»Auch noch stolz darauf, seine Hure zu spielen, was? Er wird sterben, Diana. Er wird gehenkt werden, seine Beine werden zappeln, und er wird nach Luft ringen. Männer beschmutzen sich selbst, wenn sie in den letzten Atemzügen liegen, wusstest du das? Es ist alles andere als würdevoll.«

»Mein Vater wird niemals zulassen, dass man ihn hängt!«

»Dein Vater besitzt keinen Einfluss mehr in der Admiralität. Er ist ein alter Mann, dessen Karriere vorbei ist. Der einzige Grund, warum du nicht als Komplizin Ardmores ebenfalls aufgeknüpft wirst, ist Carters große Furcht vor Admiral Pembroke. Es war dumm von ihm zuzulassen, dass dessen Junge auf sein Schiff kommt, aber er hatte keine Wahl. Pembroke beschützt dich. Bist du auch seine Geliebte?«

»Werdet nicht vulgär«, erwiderte Diana eisig.

»Du warst immer die Vulgäre von uns beiden, liebste Gemahlin. Du hast dich gekleidet wie eine Hure und jeden Mann in London bezirzt. Und dann hattest du die ungeheure Kühnheit, mich zu bitten, in dein Bett zu kommen. Du hast mich angeekelt.«

»Vielleicht hatte Ekel ja gar nichts damit zu tun.« Sie hob das Kinn, als ihr klar wurde, dass sie vermutlich recht hatte. »Sondern Ihr wart einfach nicht dazu imstande.«

Die Wucht des Schlages schleuderte sie zu Boden. Sie rappelte sich auf, insgeheim erfreut. Der große Sir Edward ein Versager im Bett. Kein Wunder, dass er seine Frau gemieden und ihr die Schuld zugeschoben hatte. Was für eine Schande!

»Ihr habt nicht mehr das Recht, mich zu schlagen, Edward. Wir sind nicht mehr verheiratet.«

Edwards Gesicht war kreidebleich vor Wut. »Du bist die Komplizin eines Verbrechers. Das macht dich ebenfalls zu einer Kriminellen. Der Captain hat nichts dagegen, wenn ich meinen Zorn an so jemandem auslasse.«

Sie rieb sich die Seite ihres Gesichts, die von Sir Edwards Fausthieb bereits anschwoll. »Aber James Ardmore hat vielleicht etwas dagegen. Er ist kein Mann, den man reizen sollte.«

Edward sah sie ungläubig an. »Komm mit, Diana.« Er packte sie grob an der Schulter und stieß sie aus der Kajüte, auf das Deck hinaus zum Vormast.

Die Sonne ging langsam unter. Das rote und goldene Licht fiel auf die verkrampften Muskeln von James' Arm und die blutige Masse seines Rückens. Er hing am Mast, seine Beine hatten unter ihm nachgegeben, und nur die Stricke um seine Handgelenke verhinderten, dass er auf den Boden sank. Seine Wange ruhte am Mastbaum, seine Augen waren geschlossen. Niemand hatte ihm das Leinentuch aus dem Mund genommen, das Leutnant Pembroke ihm in den Mund gestopft hatte. Der Wind ließ es flattern, ebenso wie James' schwarzes Haar.

»Siehst du, Diana?«, höhnte Edward ihr ins Ohr. »Hier ist dein heroischer James Ardmore. Er ist ein einfacher Mann, verprügelt und gebrochen wie ein unbotmäßiger Matrose.«

James öffnete die Augen. Sein Gesicht war weiß und schmerzverzerrt, aber seine grünen Augen starrten so kalt wie immer. Nichts an James Ardmore kündete davon, dass man ihn gebrochen hätte.

Sein Blick glitt zu Diana, ruhte auf den Prellungen an ihrer Wange und ihrer Stirn und blitzte in mörderischer Wut auf. Selbst der hochmütige Sir Edward Worthing fuhr ein wenig zurück.

Diana griff nach dem Leinentuch, weil sie fürchtete, dass es ihn ersticken könnte.

Sir Edward packte ihr Handgelenk. »Lass das!« Er rief

nach Captain Carter. »Ich glaube nicht, dass dieser Mann seine Lektion gelernt hat, Captain. Vielleicht helfen zwanzig weitere Hiebe etwas nach.«

Ein Matrose, der zufällig vorbeiging, sah Sir Edward verblüfft und sichtlich angewidert an. Carter schlenderte zu ihnen herüber. »Glaubt Ihr? Einverstanden. Osgood!«

Als sich der Bootsmannsmaat näherte, stürzte sich Diana auf Edward und schlug auf ihn ein. »Nein, verdammt. Lasst ihn in Ruhe.«

Er packte ihre Arme und fluchte, als sie mit ihren Fingernägeln seine Haut aufkratzte. »Pembroke!«, brüllte Captain Carter. »Bringt diese Teufelin zur Ruhe, oder ich lasse sie in Eisen legen!«

Der junge Leutnant trat hastig vor. Sir Edward schleuderte Diana in seine Arme. Sie versetzte ihm jedoch noch einige wohlgezielte Tritte, bevor Leutnant Pembroke sie besorgt um die Taille packen und wegziehen konnte. »Es wird alles gut!«, flüsterte er ihr ins Ohr.

»Nein, wird es nicht! Sie werden ihn umbringen!« Ihre Wut löste sich in Tränen auf. Pembroke führte sie sanft unter Deck, während sie das Pfeifen der Peitsche und das Knallen hörte, mit dem die Lederriemen auf James' Haut auftrafen.

Diana verbrachte eine furchtbare Nacht auf Leutnant Pembrokes schmaler Koje und starrte auf die Planken über ihr. Selbst das Atmen tat ihr weh, und sie fühlte sich innerlich vollkommen leer.

Sie lauschte den vertrauten Geräuschen des Schiffes, dem

Knarren der Planken, dem Wind, der in den Segeln knatterte, den Schritten der wachhabenden Offiziere über ihr. Pembroke hatte ihr gekochtes Fleisch zum Abendbrot gebracht, doch Diana hatte keinen Bissen davon essen können.

Edward, ihr verhasster Ehemann, war am Leben. Sie glaubte ihm, als er sagte, dass er ihre Ehe annulliert hätte, obwohl sie sicherlich Schwierigkeiten bekommen würde, wenn sie sich dessen versichern wollte. Pembroke schien Edwards wahre Identität bereits zu kennen. Der Sohn des Admirals war offenbar in das Geheimnis eingeweiht.

Sie war außer sich vor Erregung ins Bett gegangen, und Pembroke hatte die Tür seiner Kabine abgeschlossen. Sie konnte jedoch nicht schlafen. Immer wenn sie die Augen schloss, sah sie die Peitsche, die auf James' nackten Rücken herabsauste, und das Blut. Sie sah auch, wie James seine Hand zu Isabeaus Zeichen hob, wie er sie musterte und sah, dass sie verstand. *Ich liebe dich.*

Warum hatte dieser verdammte Mistkerl nur so lange damit gewartet, ihr das zu sagen? Und warum hatte er es ausgerechnet jetzt getan?

Weil er sich sicher war, dass er sterben würde. Er wusste, dass Carter ihn nach London bringen würde, damit er dort vor Gericht gestellt, verurteilt und gehängt würde. Diana öffnete die Augen und starrte die dunklen Planken an. Eine war um einen Nagel herum gespalten.

Es sähe James Ardmore jedoch nicht ähnlich, sich einfach so in sein Schicksal zu ergeben. Das wäre höchst untypisch für ihn. Aber er hatte gewusst, dass er nicht mehr mit Diana sprechen konnte, und hatte diese Gelegenheit genutzt, es ihr zu sagen.

Dianas Atemzüge beschleunigten sich. Er würde sich ganz gewiss nicht demütig fügen. Carter würde James nicht nach London schaffen und ihn vor ein Gericht schleppen. Das würde James niemals zulassen, und das wusste er auch.

Er hatte Diana diese Botschaft nicht geschickt, weil er wusste, dass er sterben würde, sondern weil er noch einen Trumpf im Ärmel hatte. Dieser verfluchte Kerl plante etwas!

Diana setzte sich so hastig auf, dass sie mit dem Kopf gegen den Balken stieß, und fuhr gereizt mit der Hand an ihre Stirn.

Er plante seine Flucht. Sie hatte zwar nicht den leisesten Schimmer, wie er das anstellen wollte, aber er war James Ardmore. Er versenkte bewaffnete Fregatten und bekämpfte ganz allein Piraten. Captain Carter hatte ihn in Ketten gelegt und hielt das für sicher. Dieser einfältige Narr!

Sie schwang sich von ihrer Koje. Kaum hatten ihre Füße den Boden berührt, hörte sie im Gang Schritte, wütende Stimmen und Schreie. Hinter dem kleinen Bullauge von Pembrokes Kabine herrschte noch schwärzeste Nacht.

Sie hämmerte gegen die Tür. »Lasst mich raus! Was ist passiert?«

Doch ihr Rufen ging in dem rasenden Gebrüll des Kapitäns unter. Er rannte, gefolgt von mehreren Männern, an der Kabine vorbei.

Sie hämmerte fast eine halbe Stunde lang an die Tür und schrie nach Pembroke, bis der junge Leutnant endlich auftauchte. Seine Augen waren weit aufgerissen, und der Schein der Laterne fiel auf sein blasses Gesicht und seine zitternden Lippen.

Diana ballte die Fäuste. »Was ist passiert?«

Statt zu antworten, packte Pembroke ihr Handgelenk und zerrte sie hinter sich her an Deck.

Am Horizont zeigte sich ein schmaler, grauer Streifen. In dem dämmrigen Licht sah sie den Vormast. James stand nicht mehr dort. Sie sah die Taue, mit denen er gebunden gewesen war; sie lagen zerschnitten auf den Planken, daneben eine Kette und die Handschellen.

Von James Ardmore dagegen war nichts zu sehen. Wie sie erfuhr, war auch ihr früherer Gemahl, Sir Edward Worthing, verschwunden.

Ein Monat später

Lady Whitney-Jones, Ehefrau des siebten Barons Whitney-Jones, hob ihre makellos gezupften Brauen und warf einen entsetzten Blick durch die Werkstatt des Schneiders. Was um alles in der Welt suchten die skandalöse Lady Worthing und ihre höchst befremdliche Tochter ausgerechnet hier? Sie hätte den Anstand besitzen können, sich weiterhin zu verbergen. Nach Mayfair zurückzukehren und bei Madame Aurora elegante Kleider zu bestellen, und das auch noch vollkommen gelassen, war einfach nicht zu ertragen.

Diana spürte diese Gedanken, die der hocheleganten Lady durch den Kopf gingen, während sie Isabeaus Mantel zuknöpfte. Die Dame folgte mit ihren etwas hervorstehenden Augen jeder Bewegung Dianas, sagte aber kein Wort.

Schließlich nahm Diana Isabeaus Hand. Sie nickte der Lady, die sie jetzt höchst unelegant anglotzte, kühl zu. »Guten Tag, Lady Whitney-Jones.«

Dann ging sie entschlossen an ihr vorbei und durch die Tür hinaus, bevor Lady Whitney-Jones sich eine Antwort hatte zurechtlegen können.

Draußen schien die Junisonne warm auf den Bürgersteig der Oxford Street. Londons Einwohner strahlten, froh über das langersehnte schöne Wetter. Diana sah die Kutsche ihres Vaters, die ein Stück entfernt an der Straße wartete. Ein großer, mittelblonder Mann plauderte mit dem Kutscher. Als er Diana sah, drehte er sich zu ihr um und tippte an seinen Hut.

»Hallo, Diana. Euer Vater hat mich gebeten, Euch nach Hause zu geleiten. Also, da bin ich.«

»Leutnant Jack.« Sie nahm seine ausgestreckte Hand. Sie hatte ihn einige Tage nicht gesehen, weil er in der Nähe von Whitehall logierte und im Moment die meiste Zeit in der Admiralität verbrachte. »Ich sollte Euch wohl eigentlich nicht länger so nennen. Schließlich habt Ihr einen eigenen Namen.«

»Leutnant Jack gefällt mir.«

Obwohl er seine Qualen in Haven überlebt hatte, nicht zuletzt deshalb, weil der Schiffsarzt ein kleines Wunder vollbracht hatte, wirkte Jack immer noch ein wenig gehetzt. Die Furchen um seine Augen hatten sich vertieft. Nachdem er aus diesem unnatürlichen, durch seine Kopfverletzung verursachten Schlaf erwacht war, hatte er sich immer noch nicht an seinen Namen erinnern können. Diana hatte gehofft, dass das Trauma seiner Bewusstlosigkeit ihn so schockiert hätte, dass er sein Gedächtnis wiedererlangte, aber es hatte sich nichts verändert. Was Leutnant Jack nur zu deutlich spürte.

Er hieß nicht »Jack«. Sein Name war Richard Delacroix, genau wie Leutnant Pembroke vermutet hatte. Lord Richard Delacroix, um genau zu sein, Bruder des Herzogs von Carlisle. Er war als privilegierter Sohn in Norfolk aufgewachsen und hatte sich dann entschlossen, zur See zu fahren. Er hatte als Kadett angeheuert, seine Prüfungen bestanden und sich bis zum Ersten Offizier hochgearbeitet. Die Admiralität hatte bereits erwogen, ihm sein eigenes Kommando zu geben. Jetzt zögerten sie natürlich und meinten, sie müssten abwarten, wie sich seine Krankheit entwickelte.

Also hatte Leutnant Jack einen Namen und eine Familie – und eine Gattin. Sie lebte mit seinem Sohn und seiner Tochter in Norfolk, hielt sich jedoch zurzeit in London auf, wo sie sich um ihre Kinder und die seiner beiden Brüder kümmerte. Leutnant Jack war nicht zu ihr gegangen. Diana hatte ihn noch nicht nach dem Grund gefragt.

»Der Name Jack kommt mir irgendwie vertrauter vor«, erklärte er.

»Ich fühle mich geehrt, dass ich ihn benutzen darf«, erwiderte Diana. Sie ließ sich von ihm in die Kutsche helfen. Anschließend hob er Isabeau hinein, die glücklich auf die Sitzbank neben ihre Mutter kletterte. Isabeau liebte es einzukaufen.

Jack stieg ebenfalls ein und setzte sich auf die Bank ihnen gegenüber. Die Kutsche fuhr los, über die Oxford Street zur Mount Street, wo Admiral Lockwoods Haus lag.

Kaum hatten sie sich in Bewegung gesetzt, da erlosch Dianas Lächeln. »Gibt es etwas Neues?«

»Nein. Es tut mir leid, Diana.«

Leutnant Jack und ihr Vater versuchten eifrig, James Ardmores Aufenthaltsort herauszufinden. Nach seiner Flucht von dem Schiff war er jedoch wie vom Erdboden verschwunden. Man hatte nirgendwo an Land Spuren von ihm gefunden, obwohl Captain Carter seine Soldaten auf die Suche geschickt hatte. Carter hatte seine Kollegen in Plymouth verständigt, von denen einer sich bereit erklärt hatte, Diana und einen Arzt nach Haven zu bringen, während Carter die gesamte Küste nach James absuchte.

Sir Edward dagegen war relativ schnell gefunden worden. Man hatte ihn vollkommen ausgeraubt, ihm seine Kleidung und seine Pistole abgenommen und ihn nur mit seiner Unterhose bekleidet an einem Strand ausgesetzt.

Er war rasend vor Zorn. Diana dagegen war erleichtert, dass James Edward nicht einfach umgebracht hatte. In seiner Wut wäre er dazu ohne weiteres imstande gewesen. Er hatte sich damit begnügt, Sir Edward zu demütigen. Diana konnte sich sehr gut vorstellen, welches Vergnügen das James bereitet hatte.

Er selbst jedoch blieb unauffindbar. Weder die Admiralität noch Freunde ihres Vaters hörten irgendwelche Gerüchte von James' Gefangennahme, seinem Tod oder auch nur seiner Flucht. Ebenso war die *Argonaut*, sein berüchtigtes Schiff, seit vielen Monaten nicht mehr gesichtet worden.

Diana schwankte zwischen Erleichterung, keine Nachrichten von seinem Tod zu bekommen, und eiskalter Angst. James hatte genau den richtigen Moment zur Flucht abgewartet. Sie vermutete, dass Leutnant Pembroke seine Hand dabei im Spiel gehabt hatte, obwohl er genauso überrascht gewirkt hatte wie der Kapitän. Carter wiederum war fuchsteufelswild gewesen, weil er Diana nicht für James' Verschwinden verantwortlich machen konnte, aber sie war zu dieser Zeit in Pembrokes Kabine eingesperrt gewesen.

Ihr wurde in dieser ersten von vielen schlaflosen Nächten klar, dass Carter James niemals erwischt hätte, wenn sie nicht gewesen wäre. Er hätte mit Leichtigkeit den Soldaten in der Herberge entkommen können. Er hatte sein Messer fallen und sich festnehmen lassen, ihretwegen. Und er hatte den Moment zur Flucht genutzt, in dem man Diana auf keinen Fall eine Mittäterschaft hatte vorwerfen können.

Eine egoistischere Frau wäre vielleicht über sein Opfer froh gewesen. Diana fühlte sich einfach nur elend.

Bei Leutnant Jacks Nachricht beziehungsweise der Tatsache, dass es keine Neuigkeiten gab, änderte sie ihre Meinung und gab dem Kutscher Anweisung, sie nach Whitehall zu fahren. Sie stiegen vor der mit Säulen geschmückten Fassade der Admiralität aus. Jack führte sie und Isabeau hinein. Ihr Vater war heute Morgen ebenfalls hier, weil er Admiral Pembroke einen Besuch abstatten wollte. Diana hatte ihrem Vater von Edward erzählt, und dieser hatte sich bei seinem Freund deshalb beschweren wollen, allerdings unter vier Augen.

Der Admiral hatte Edwards Aussage bestätigt und sich sehr wortreich bei Diana entschuldigt. Sie war nicht sicher, was sie davon halten sollte. Aber ihre Ehe war tatsächlich annulliert. Was das englische Recht anging, waren Diana und Edward niemals verheiratet gewesen.

Sie fand ihren Vater sofort. Er stand auf den Marmorstufen, in ein Gespräch mit Admiral Pembroke und einem großen, breitschultrigen Gentleman mit einem langen blonden Zopf vertieft.

Als sie sich ihrem Vater näherte, sah der blonde Unbekannte sie an, musterte sie mit seinen eindringlichen blauen Augen und verzog den Mund zu einen freundlichen Lächeln, das ihr verriet, dass ihm gefiel, was er sah, und auch, dass er es ihr gesagt hätte, wäre er nicht in Gesellschaft gewesen.

Sie sah den Mann kühl an. Sein Lächeln wurde breiter. Damit konnte er Herzen zum Schmelzen bringen. Nur ihres nicht, selbstverständlich. James hatte es bereits in tausend Stücke zerschmettert.

»Diana«, begrüßte ihr Vater sie herzlich. »Was für eine angenehme Überraschung, dich zu sehen, Liebes. Euer Lordschaft, ich möchte Euch meine Tochter vorstellen, Lady Worthing. Diana, Viscount Stoke.«

James' gedehnte Stimme klang in ihren Ohren, leise und gereizt. *Der Viscount, den sie geheiratet hat, war einstmals ein grinsender Witzbold namens Grayson Finley.*

Sie starrte in die blauen Augen des Viscount, die von langen Wimpern umrahmt waren, bevor sie sich zusammenriss und seine Hand nahm.

Ihre Finger wurden von einer Handfläche umfasst, die ebenso hart und schwielig war wie die von James. Sie ähnelte ihr sogar so sehr, dass ihr die Tränen in die Augen stiegen.

Er hielt ihre Hand einen Moment zu lange fest. Als er sie losließ, sah er sie aus den Augenwinkeln an und zwinkerte ihr kurz zu.

Er war ein Pirat. Einer der Besten. Das hatte James zu ihr gesagt. *Ich habe ihn gejagt. Obwohl ich ihn mehrmals erwischt habe, konnte er immer wieder seinen Kopf aus der Schlinge ziehen.*

Grayson Finley, Viscount Stoke, stolzierte jetzt in der Admiralität herum, als gehöre ihm der Palast, und plauderte gutmütig mit denselben Admiralen, die nur zu gern einen Piraten in Ketten legen würden. Was für ein frecher Bursche.

Dianas Vater stellte auch Leutnant Jack vor. »Er ist der Bruder des Herzogs von Carlisle. Aber er nennt sich Jack.«

Der Viscount schüttelte ihm die Hand. »Wir sind uns bereits begegnet.«

»Tatsächlich?«

Diana sah, wie sehr Jack das hasste. Dass Menschen Dinge über ihn wussten, an die er keine Erinnerung hatte. Kein Wunder, dass er es hinauszögerte, seine Frau aufzusuchen. Sich nicht an sie erinnern zu können musste der schlimmste Schlag von allen sein.

»Und Isabeau«, fuhr der Admiral fort. »Meine Enkelin.« Der Viscount nahm Isabeaus kleine und etwas klebrige Hand in seine, hob sie an und führte sie an seine Lippen. »Hallo, Miss Worthing.«

Isabeau stieß ein gedämpftes Quietschen aus. Der Viscount sah sie einen Herzschlag lang verwirrt an, dann bekam seine Miene einen nichtssagend höflichen Ausdruck.

»Sie ist taub!«, erklärte Diana ein wenig gereizt. »Sie kann nicht sprechen.«

Der Viscount drückte Isabeaus Hand noch einmal ganz zart, streckte dann die Hand aus und zog behutsam an ihrem Zopf. Isabeau lachte. Der Blick, den der Viscount anschließend Diana zuwarf, war zutiefst mitfühlend.

»Was ich gerade erwähnen wollte, Lockwood«, fuhr Admiral Pembroke fort und überspielte den kleinen Moment der Peinlichkeit. »Viscount Stoke könnte Euch vielleicht bei Euren Nachforschungen behilflich sein.« Er sah sich um und senkte die Stimme. »Er kannte James Ardmore.«

Das Lächeln wich schlagartig aus dem Gesicht des Viscount. Und Diana erkannte in seinen blauen Augen die brutale Verwegenheit und scharfe Intelligenz, die es ihm ermöglicht hatten, James Ardmore, dem besten Piratenjäger der Welt, immer wieder zu entkommen.

»Warum stellt Ihr Nachforschungen über ihn an?«, erkundigte er sich kurz angebunden.

»Er wurde an meiner Insel angespült«, erwiderte Dianas Vater liebenswürdig. »Dann wurde er gefangen genommen und ist anschließend verschwunden. Natürlich sind wir alle neugierig auf seinen Verbleib.«

Der Viscount sah Diana an. »Wenn er untergetaucht ist, dann lasst ihn gehen. Ihr werdet ihn sehr wahrscheinlich nie wiedersehen.«

»Es hat bisher keine Berichte gegeben, dass er nach Amerika entkommen wäre«, mischte sich Leutnant Jack ein. »Genauso wenig wurde sein Tod gemeldet.«

»Das wird auch nicht passieren. Er kommt und geht, wie es ihm gefällt. Ich schlage vor, Ihr verschwendet nicht Eure Zeit.«

»Ich schulde ihm mein Leben«, widersprach Leutnant Jack etwas kühl. »Ich kann ihn oder seine Taten nicht einfach vergessen.«

»Wenn er Euren Dank will«, entgegnete der Viscount, »wird er sich bei Euch melden und ihn einfordern. Andernfalls, und merkt Euch meine Worte, werdet Ihr ihn nicht zu Gesicht bekommen.«

Er verbeugte sich, und als er sich aufrichtete, strahlte sein Gesicht wieder liebenswürdig. »Guten Tag, meine Herren Admiräle. Leutnant. Lady Worthing. Ich muss packen, schon wieder. Man schickt mich auf die Kanalinseln, aus einem Grund, den nur Gott und die Admiralität kennen. Man sollte meinen, dass sie nach diesem Monat in Preußen endlich mit mir fertig wären, aber die Bewunderung, die diese verdammten Admiräle meinen Fähigkeiten entgegenbringen, hält mich weiter von meiner Frau und meinen Kindern fern.«

Seine blauen Augen funkelten, als er von seiner Familie

sprach, dann drehte er sich um und schlenderte gelassen die Treppe hinauf.

»Merkwürdiger Bursche«, bemerkte Admiral Pembroke. »Aber sehr nützlich. Er hat den französischen König aufgespürt, als dieser verschwunden war, und zeigt eine bemerkenswerte Intelligenz, was die Franzosen und ihre Verbündeten angeht. Seine Vergangenheit ist zwar ein wenig dubios, aber man hat beschlossen, großzügig darüber hinwegzusehen, im Austausch für seine Dienste.« Er schüttelte den Kopf. »Eines Tages aber wird seine Lordschaft zweifellos alles hinter sich lassen und sich auf seinen Besitz in Cornwall zurückziehen. Er betet seine Frau an und hasst es, von ihr getrennt zu sein.«

Mit diesen Worten führte er Admiral Lockwood und Leutnant Jack die Treppe hinunter. Diana zögerte. Als die anderen außer Sicht waren, eilte sie rasch die Stufen hinauf, hinter dem Viscount her.

Er wartete auf dem Treppenabsatz und sah aus einem der Fenster, das auf den belebten Hof hinausging.

Diana hielt Isabeaus Hand fest, aber das kleine Mädchen war viel mehr von den kunstvoll bemalten Decken fasziniert. »Wisst Ihr, wo er ist?«, fragte sie den Viscount geradeheraus.

Er musterte sie erneut von Kopf bis Fuß, als wüsste er genau, was zwischen ihr und James auf Haven vorgefallen war. »Ihr seid eine außerordentlich schöne Frau, Lady Worthing. Genau die Art Frau, um die Ardmore und ich früher einmal gekämpft hätten. Und zwar erbittert.«

»Also wollt Ihr mir raten, ihn zu vergessen?«

»Er ist nicht gerade ein Mann der sentimentalen Abschiede.«

»Er hat mir erzählt, dass Ihr einst sein bester Freund wart. Und dann sein erbittertster Feind. Aber mir scheint, dass Ihr ihn nicht sonderlich gut kennt.«

Er betrachtete sie unter seinen langen Wimpern. »Ihr seid eine gute Frau, Lady Worthing. Viel zu gut für solche Männer wie James Ardmore.« Er nahm ihre Hand. »Ja, wir hätten sicherlich um Euch gekämpft.«

»Wie geht es Eurer Gemahlin, Mylord?«, fragte Diana zuckersüß.

Lord Stoke verzog den Mund zu einem Lächeln, das leuchtete wie strahlender Sonnenschein nach einer Woche Regen. »Kennt Ihr Alexandra?« Er klang, als würde er liebend gerne über sie reden.

»Ich habe sie einmal getroffen. Sie wird sich nicht an mich erinnern.«

»Jeder, der Euch begegnet ist, würde sich an Euch erinnern.« Er hob kurz ihre Hand an seine Lippen. »Ich werde Euch erwähnen, wenn ich ihr heute Abend schreibe.«

»Ihr seid sehr freundlich«, erwiderte Diana. »Guten Tag, Lord Stoke.«

Er maß sie erneut mit diesen blauen Augen von Kopf bis Fuß und lächelte hinreißend. »Guten Tag, Lady Worthing.«

Als sie sich umdrehte und ging, hörte sie, wie er leise murmelte. »Verdammt, und wie wir um Euch gekämpft hätten.«

»Die Post ist gekommen, Madam.«

Admiral Lockwoods gichtgeplagte Haushälterin legte Diana die Briefe auf einem Silbertablett vor.

Ihr Vater war mit einem Bekannten frühstücken, also saß Diana allein mit Isabeau am Tisch. Sie hatte vorgehabt, den Vormittag über ihre Korrespondenz zu erledigen. Nicht dass sie viele Briefe zu beantworten gehabt hätte. Nur die ältesten Freunde ihres Vaters würden Diana Worthing noch schreiben.

Sie hatte kurz mit der Idee gespielt, James' Schwester Honoria einen Brief zu schicken. Sie sollte sie darüber in Kenntnis setzen, dass sie ihren Bruder getroffen hatte und er verschwunden war. Vielleicht jedoch befand sich James längst sicher in Charleston, und seine Schwester würde ihren Brief als eine vulgäre Aufdringlichkeit betrachten. Diana seufzte, als sie die Post durchblätterte. Außerdem wusste sie auch nicht, wohin sie ihre Nachricht hätte senden sollen. James hatte ihr seine Adresse nicht gegeben.

Sie brach das Siegel eines schweren, cremefarbenen Umschlags. Die Nachricht war kurz, prägnant und unterschrieben mit: »Eure höchst ergebene Alexandra Stoke«.

Dianas Herz zog sich zusammen. Sie hob den Blick zum Anfang des Briefes und las ihn noch einmal.

»Ich richte diese kühne Mitteilung nur zögernd an Euch, Lady Worthing, aber mein Ehemann schrieb mir von Eurer Begegnung in der Admiralität, und plötzlich ergeben einige Dinge, die mich sehr verwirrt haben, einen Sinn. Aus diesem Grund habe ich mich entschlossen, an Euch heranzutreten. Ich wurde Euch vor drei Jahren bei einer Gesellschaft im Hause Lady Featherstones vorgestellt, in das Ihr von Admiral Hawes eingeführt wurdet. Ihr lerntet mich als Alexandra Alastair kennen, mittlerweile bin ich Lady Stoke. Dies vorausgeschickt, glaube ich, dass ich Informationen über einen gemeinsamen Bekannten besitze, die Euch interessieren dürften. Falls ich für Euch nicht in Rätseln

spreche, wäre ich höchst erfreut, Eure Gesellschaft im Sommerhaus der Stokes genießen zu dürfen, in Newquay, Cornwall.

P.S. Solltet Ihr zufällig Lord Stoke treffen, bevor Ihr London verlasst, dann erwähnt diesen Brief ihm gegenüber bitte nicht. Ich werde Euch alles erklären, sobald Ihr eingetroffen seid.«

Diana las die kurze Mitteilung noch einmal, unsicher ob sie den Inhalt wirklich verstanden hatte. Gemeinsamer Bekannter. Unterstrichen.

Ihr Herz raste. Sie dachte über die verwirrende Tatsache nach, dass Lady Stoke zwei Sätze dieses wichtigen Briefes darauf verwendet hatte, Diana zu versichern, dass sie sich kannten, und ihr damit zu sagen, dass es kein Bruch der Etikette wäre. Guter Gott, dachte sie, warf den Papierbogen auf den Tisch und sprang auf. Als wäre das von Bedeutung im Vergleich zu dem, was der Brief noch enthielt.

Sie eilte ins Arbeitszimmer ihres Vaters, gefolgt von der neugierigen Isabeau. Diana holte Karten heraus und entrollte sie auf dem Schreibtisch. Sie betrachtete Südengland und Cornwall. Newquay. Ja. Es lag an der Atlantikküste, etwa fünfzig Meilen über Land von Plymouth entfernt. Länger, wenn man mit dem Schiff um das Kap herumfuhr. In dieser Gegend wimmelte es von Schmugglern. *Sagen wir, wir teilen eine gemeinsame Abneigung gegen herumschnüffelnde englische Fregatten.*

Sie schloss die Augen. James war verschwunden. Lord Stoke war gerade aus Preußen zurückgekehrt und wurde jetzt auf die Kanalinseln geschickt, ohne vorher nach Hause zurückkehren zu können. *Erwähnt diesen Brief nicht meinem Ehemann gegenüber*, hatte Lady Stoke ihr geschrieben. James Ardmores größter Rivale. James Ardmore hatte vertraut und bewundernd über die frühere Mrs. Alastair gesprochen.

Diana stand rasch auf. Isabeau blickte interessiert auf die Karte von Cornwall, aber Diana rollte sie wieder zusammen und verstaute sie zusammen mit den anderen Karten in ihren Fächern. Dann schrieb sie einen Brief an ihren Vater, versiegelte ihn und legte ihn unter sein Tintenfass. Anschließend packte sie rasch die nötigsten Dinge für sich und Isabeau ein und mietete eine Kutsche, die sie nach Cornwall bringen sollte.

18. Kapitel

Lady Stoke, ehemals Alexandra Alastair, hob ihren Sohn auf die Couch neben sich.

»Was hast du da gegessen, Alex?«, fragte sie mit gutmütiger Gereiztheit. Das Gesicht des kleinen Kerls war mit einer pappigen Substanz verschmiert, an der Dreck klebte. Seine Zwillingsschwester Charlotte war draußen im Garten. Zweifellos sah sie noch erheblich schlimmer aus.

Alex und Charlotte hatten gerade ihren ersten Geburtstag gefeiert. Beide krabbelten schnell und behende umher. Es bedurfte der gemeinsamen Anstrengung von Alexandra, ihrer Stieftochter Maggie, einem Kindermädchen, der Haushälterin und zwei weiteren Bediensteten, sie im Auge zu behalten. Grayson behauptete steif und fest, dass der kleine Alex bereits »Papa« sagen konnte, aber selbst Alexandra, die eine hingebungsvolle Mutter war, konnte aus den vielfältigen Lauten, die den Mündern der Zwillinge entströmten, kein artikuliertes Wort entnehmen.

Der kleine Junge, der oben im Kinderzimmer lag, war vier Monate alt und wuchs rasch. Er würde bald ebenso umherrennen wie seine beiden Geschwister.

Alexandra setzte sich ihren Sohn aufs Knie, überlegte zerstreut, was er da auf seinem Hemd hatte, und dachte darüber nach, ob es richtig gewesen war, Lady Worthing zu verständigen. Und sie überlegte ebenfalls, ob es klug gewesen war, Grayson nicht darüber zu informieren. Aber der Mann mit diesen bemerkenswerten grünen Augen, der an der einsamen Kurve der Straße in ihre Kutsche gestiegen war, hatte ihr, bevor er vor ihren Füßen zusammenbrach, noch unmissverständlich klargemacht, dass er nicht bleiben würde, wenn sie ihren Ehemann benachrichtigte.

Sie hatte sofort gewusst, was er meinte. *Ich brauche Hilfe, aber ich werde sie nicht von Grayson Finley annehmen.*

Er hatte vor Fieber geglüht, und sein Rücken war von eiternden Wunden übersät. Sie hatte ihn mit Hilfe ihrer Bediensteten ins Bett geschafft und den ganzen Haushalt zu absolutem Stillschweigen verpflichtet.

Er lag jetzt seit Wochen in ihrem besten Gästezimmer, schwitzend und zitternd, gepeinigt von immer neuen Fieberschüben. Einige Tage war er hellwach gewesen, hatte sie nach den Bewegungen der englischen Flotte ausgefragt und sarkastisch gelächelt, als sie sich weigerte zu antworten. Dann wieder hatte er phantasiert. Er redete schnell, seine Augen glasig vom Fieber oder fest geschlossen.

Was auch immer er durchgemacht hatte, er würde es ihr nicht verraten, nicht einmal wenn er sprechen konnte. Sein Rücken war von der Peitsche so entstellt worden, aufgerissen fast bis auf die Knochen. Jemand hatte ihn grausam bis zur Bewusstlosigkeit geprügelt.

Die Wunden hatten sich entzündet und das Fieber verstärkt. Die Bediensteten badeten ihn, flößten ihm Essen und Trinken ein. Alexandra pflegte ihn, so gut sie konnte. Sie mussten ihm seine schmutzige Hose ausziehen, sein einziges Kleidungsstück. In seinem Fieber riss er sich jedes Hemd vom Leib, das sie ihm überzogen, und lag schließlich nackt in die Decken gewickelt, die er manchmal ebenfalls von sich warf.

Das zermürbte Alexandra zwar beträchtlich, aber sie sagte sich, dass sie Mutter von drei Kindern und zum zweiten Mal verheiratet war. Eigentlich sollte sie nur Mitgefühl und Erbarmen empfinden.

Sie seufzte. Bei jedem anderen Mann hätte sie das auch getan, doch bei James Ardmore verhielt es sich anders. Er war der schlimmste Feind ihres Ehemannes gewesen, und vor zwei Jahren war sie direkt zwischen die beiden geraten. James hatte ihr Dinge erzählt, die er Grayson niemals verraten hatte, und sie glaubte, dass sie James vielleicht besser verstand, als ihr Mann das jemals getan hatte.

Aus diesem Grund hatte sie sich entschieden, nicht Grayson, sondern Diana Worthing zu schreiben.

Maggie kam aus dem Garten in den Salon. Sie hatte die kleine Charlotte auf dem Arm, die, wie Alexandra richtig vermutet hatte, noch schmutziger war als ihr Bruder. Charlotte war abenteuerlustig und kannte bedauerlicherweise keine Angst.

Maggie wirkte aufgeregt, aber Alexandra nahm sich, wie fast immer, einen Moment Zeit, sie zu bewundern. Das Mädchen war Graysons Tochter von der polynesischen Frau, die er auf Tahiti kennengelernt und geheiratet hatte. Maggie hatte Saras Aussehen geerbt, das lange schwarze Haar, die mandelförmigen, braunen Augen, die runden Wangenknochen und die vollen roten Lippen. Aber sie hatte auch viel von Grayson an sich, das sich in ihrem strahlenden Lächeln, ihren funkelnden Augen und ihrem impulsiven Wesen zeigte.

Alexandra liebte das Mädchen sehr. Mit ihren vierzehn

Jahren entwickelte sich Maggie allmählich zu einer wunderschönen jungen Frau. Eine Tatsache, die auch die jungen Männer von Newquay allmählich bemerkten. Für Grayson dagegen war sie nach wie vor sein kleines Mädchen, das er auf Jamaika gerettet hatte. Wenn er irgendwann ebenfalls registrierte, dass die jungen Männer ihr ständig den Hof machten, würde auch die feine Landbevölkerung endlich begreifen, warum in der Stadt jeder tuschelte, dass Lord Stoke ein Pirat gewesen war.

»Mama Alexandra«, Maggies braune Augen glänzten. »Ich glaube, sie ist da.«

Diana öffnete erschöpft die Augen, als die Kutsche langsamer wurde und wendete. Sie warf einen Blick aus dem Fenster, während sie eine halbe Meile über die Auffahrt durch eine sehr gepflegte Anlage fuhren. Sie rumpelten über eine geschwungene Brücke und kamen endlich vor einem mit einem Portikus verzierten Haus zum Stehen, dessen großzügige Seitenflügel sich wie Arme ausstreckten. Es war bereits spät, aber die Junisonne schien immer noch warm auf den Park herab.

Diana tat jeder Knochen weh, und ihr Mund war staubtrocken. Der Kutscher hatte viermal anhalten müssen, damit Diana aussteigen und sich übergeben konnte. Das Schaukeln der Kutsche hatte ihren ohnehin bereits schwachen Magen überfordert. Sie brauchte ein Bad, kaltes Wasser und ein Bett.

Vier Lakaien kamen aus dem Haus, aber der Kutscher von Dianas Mietdroschke sprang vom Bock und öffnete den

Schlag, bevor sie herbeigeeilt waren. Ein Lakai stellte einen gepolsterten Schemel vor den Tritt, warf dem Kutscher einen gereizten Blick zu und drängte ihn mit der Schulter zur Seite. Er hatte den Schemel gerade auf die Erde gestellt, als Dianas Fuß in der Öffnung sichtbar wurde.

»Steigt aus, Melady«, bat der Kutscher sie in seinem unverkennbaren Cockney-Akzent.

Die Lakaien maßen ihn mit frostigen Blicken. *Wir arbeiten für den Viscount,* besagten ihre Mienen. *Ihr, Sir, seid hier ein Nichts.*

Diana hob Isabeau heraus, nahm ihre Hand und ging mit ihr an den steif dastehenden Bediensteten vorbei zur offenen Haustür. Isabeau streckte die Hand aus und zupfte den Letzten in der Reihe an seinen Frackschößen. Er blickte herunter, und seine Brauen zuckten. Isabeau schenkte ihm ihr freundlichstes Lächeln. Der Lakai, der etwa in Dianas Alter sein musste, ließ sich zu einem Grinsen herab. Dann sah er sich schuldbewusst um, als schämte er sich, dabei ertappt zu werden, dass er sich wie ein menschliches Wesen benahm.

Schritte hallten durch die geräumige Eingangshalle, und eine Frau trat in den Sonnenschein heraus. Diana wurde sich plötzlich bewusst, dass sie zwölf Stunden gereist, ihre Frisur vollkommen ruiniert und ihr Kleid, ein schlichtes Baumwollgewand, hoffnungslos verknittert war. Die Lady, die sie begrüßte, trug ein elegantes, braunes Kaschmirkleid, dessen Schärpe mit rosafarbenen Rosen bestickt war, und ihren schlanken Hals schmückte eine zierliche Granatkette. Ihr rotbraunes Haar war glatt und glänzte seidig, und jeder geflochtene Zopf lag ordentlich an seinem Platz.

Hinter ihr stand ein außergewöhnlich entzückendes Mädchen. Sie hatte wilde schwarze Locken, exotische braune

Augen, und ihre Haut schimmerte in der Farbe von Milchkaffee. Sie hielt zwei kleine Kinder an den Händen, mit rotblondem Haar und denselben blauen Augen, in die Diana vor einigen Tagen in der Admiralität geblickt hatte.

Lady Stoke streckte ihre schlanken weißen Hände aus und begrüßte Diana herzlich. »Lady Worthing, bitte, kommt herein. Ihr müsst müde und hungrig sein. Ich habe Abendessen für Euch vorbereitet, und ein Bett wartet auch auf Euch. Ihr habt diesen weiten Weg sehr rasch zurückgelegt. Ihr hättet unterwegs rasten sollen, meine Liebe …«

Mit diesen Worten zog Alexandra Diana in die kühle, schattige Eingangshalle. Die Lakaien folgten ihnen, schlossen die Tür und zerstreuten sich, um ihren Pflichten nachzugehen. Isabeau schlenderte zu den Kindern, verschränkte ihre Hände auf dem Rücken und betrachtete sie auf dieselbe Art, wie sie eine neue Muschelsorte begutachten würde.

Diana zog ihre Hände aus denen von Lady Stoke. »Wo ist er?«

Ihre Gastgeberin zuckte angesichts dieser Direktheit leicht zusammen. »Oben. Aber ich muss Euch vorwarnen, Lady Worthing. Er ist ziemlich krank.«

»Heute Morgen schien es ihm besserzugehen«, mischte sich das schwarzhaarige Mädchen ein. »Aber er hat uns nicht erkannt.«

Dianas Herz schien auszusetzen. Ihre Augen brannten, und ihr Hals schmerzte von der Anstrengung, den Kopf gerade zu halten. »Bitte, bringt mich zu ihm.«

Sie wusste, dass sie entsetzlich grob war, aber Höflichkeiten schienen im Moment wirklich keine Rolle zu spielen. Lady Whitney-Jones kannte alle Regeln der Etikette und war doch nichts weiter als eine hohlköpfige Närrin.

Lady Stoke dagegen verstand sie offensichtlich. Sie schob ihre Hand unter Dianas Arm und führte sie eine breite Marmortreppe hinauf. Im ersten Geschoss gingen sie durch einen weiten Korridor zu einem Zimmer mit einer Doppeltür. Als sie dort ankamen, trat eine große, grauhaarige Frau mit einer Schüssel Wasser und tropfnassen Handtüchern heraus. »Wir haben versucht, ihn ruhigzustellen«, erklärte sie. »Aber er ist rastlos. Wenn das Fieber nicht bald sinkt, Mylady, fürchte ich …«

Den Rest des Satzes hörte Diana schon nicht mehr. Sie schob sich an der Frau vorbei durch die Tür.

James lag mitten in einem großen Bett in einem geräumigen, hohen Zimmer. Ein Himmel aus Brokat schützte ihn vor der hellen Sonne, die durch die Fenster schien. Er war offenbar zugedeckt worden, hatte sich jedoch die Laken wieder vom Körper weggezogen. Jetzt lag er auf der Seite, mit dem Rücken zu Diana. Sein rechtes Bein und eine Gesäßbacke waren entblößt.

Fast sein ganzer Rücken war mit aufgeplatzten Striemen bedeckt, von denen einige bereits vernarbt waren. Andere dagegen leuchteten grellrot, wo das rohe Fleisch zu sehen war. Sein feuchtes Haar bedeckte seine Schultern, die mit blauschwarzen Blutergüssen bedeckt und vernarbt waren.

Diana entwich unwillkürlich ein Schrei. Sie war um das Bett herumgegangen und neben ihm auf die Knie gesunken, bevor sie überhaupt merkte, dass sie sich bewegte. Sie strich ihm das Haar aus dem Gesicht. Seine Haut war fahl unter seiner Bräune und glühte.

Lady Stoke trat leise ebenfalls neben das Bett und griff nach dem Laken, um es glattzuziehen. Jame's Lider flogen auf. Die grünen Augen glühten fiebrig. Er knurrte etwas und schlug dann mit der Faust nach Alexandra. Diana sprang hoch und fing seine Hand gerade noch rechtzeitig ab.

»James!«, rief sie scharf.

Sie hoffte, dass der Klang ihrer Stimme ihn aus dem Fieberwahn reißen, ihn vielleicht sogar zu einer sarkastischen Bemerkung verleiten würde. Wie zum Beispiel dass sie gerade noch rechtzeitig gekommen war, um seinen nackten Hintern bewundern zu können. Doch er grunzte nur gereizt und fiel unmittelbar danach in einen unruhigen Schlaf.

Diana verschwamm alles vor Augen, und seine Gesichtszüge lösten sich auf. Geduldig zog Lady Stoke die Decke erneut glatt, und diesmal rührte sich James nicht.

Schnelle Schritte näherten sich. Diana wischte sich die Tränen aus den Augen, als Isabeau vor dem Bett stehen blieb und auf die Gestalt blickte, die darin lag. Sie stieß einen Freudenschrei aus. »Joo!«

Sie lief um das Bett und kletterte neben Diana auf einen Stuhl. »Ma!«, schrie sie atemlos. »Joo!« Isabeau streckte die Hände aus, als wollte sie ihn umarmen, aber Diana hielt sie fest. Er war krank, lag vielleicht sogar im Sterben, aber noch war er stark. Sie konnte nicht riskieren, dass er wieder ausholte und Isabeau möglicherweise mit seiner Faust traf.

Deren Hände nur so flogen, als sie sich in Zeichensprache mit Diana unterhielt. »Was hat James, Mama? Ist er krank?«

»Ja, er ist sehr krank, mein Liebling«, erwiderte Diana.

»Wir sollten es Großvater und Mrs. Pringle sagen. Er wird ihn wieder gesund machen. Wir müssen ein Schiff holen und ihn nach Haven zurückbringen.«

»Das werden wir auch. Sehr bald.«

Diana streckte die Hand aus und legte sie auf James'

glühende Stirn. Dann beugte sie sich ungeachtet des Risikos vor und drückte ihm einen Kuss auf die Schläfe. James rührte sich nicht.

»Ich nehme an, dass ich mich wohl recht deutlich verraten habe«, sagte Diana.

Lady Stoke warf ihr einen Blick über den Rand der Teetasse zu. »Er hat nach Euch gerufen.«

Diana würgte den Tee herunter und war krampfhaft bemüht, sich nicht daran zu verschlucken. Sie saß mit Lady Stoke in deren privatem Salon. Die entzückende Maggie hatte Isabeau zum Tee mit ins Kinderzimmer genommen, wo auch die anderen Kinder waren. Diana hatte ihre Jacke ausgezogen und ihr Haar mit zitternden Händen so gut wie möglich geglättet, aber Alexandra hatte darauf bestanden, dass sie Tee und ein Stück Kuchen zu sich nahm, bevor sie sich umzog und auspackte.

Jetzt setzte die Lady ihre zierliche, hauchdünne Teetasse mit einem Klirren auf die Untertasse und fuhr fort. »In seinen wachen Momenten tut er so, als wüsste er nicht, wovon ich rede, wenn ich ihn nach Euch frage. Oder er weigert sich schlichtweg zu antworten.«

»Dann will er nicht, dass ich hier bin«, erwiderte Diana trübselig.

»Und ob er Euch bei sich haben will«, entgegnete Lady Stoke. »Sonst hätte er nicht nach Euch gerufen. Ich hatte zunächst keine Ahnung, wen er mit ›Diana‹ meinte. Doch dann erhielt ich einen Brief von meinem Ehemann, in dem er erwähnte, dass er Lady Worthing und ihren Vater, Admiral

Lockwood, getroffen hätte und Ihr Euch nach unserem gemeinsamen Bekannten erkundigt hättet. Also habe ich nachgeforscht und herausgefunden, dass Euer Vorname tatsächlich Diana ist. Aus diesem Grund habe ich Euch geschrieben und bin davon ausgegangen, dass Ihr einfach den Brief verbrennen und mich als exzentrisch abtun würdet, wenn meine eher kryptischen Andeutungen Euch nichts sagten.«

Diana brannte die Kehle. »Ihr habt mich gebeten, Eurem Ehemann nichts davon zu sagen, falls ich ihm erneut begegnete.«

Lady Stokes Wangen färbten sich rosa. »James hat mir dieses Versprechen abgenommen. Er schwor, dass er sofort das Haus verlassen würde, wenn ich es täte. Ihr kennt James. Er hätte es getan.«

»Allerdings. Dieser elende Mistkerl!«

»Außerdem ist James Ardmore ein eher heikles Thema zwischen uns. Grayson und er haben zwar einen Waffenstillstand vereinbart, aber sie trauen einander nicht.«

»Das habe ich bereits vermutet«, erwiderte Diana gelassen.

Lady Stoke schob einen Teller über den Tisch. »Bitte, esst ein wenig Kuchen. Ihr seid erschöpft und müsst zu Kräften kommen.«

Diana wusste, dass Alexandra recht hatte, und zwang ein halbes Stück des Gebäcks hinunter. Unter anderen Umständen hätte sie den süßen, würzigen Kuchen genossen, aber heute schmeckte er wie Sand, und sie fühlte, wie ihr übel wurde.

»Ich weiß, dass ich furchtbar neugierig erscheine«, fuhr Lady Stoke fort. »Aber ich muss unbedingt erfahren, wie Ihr James Ardmore kennengelernt habt.«

Diana ließ Krümel auf das mit Rosen bemalte Porzellan fallen. »Zunächst müsst Ihr mir sagen, was Ihr mit ihm vorhabt. Wollt Ihr ihn zusammenflicken und dann wegschicken? Ihn der Admiralität übergeben?«

Lady Stoke lächelte. »Er befindet sich bereits seit einigen Wochen hier, was ich der Admiralität selbstverständlich verschwiegen habe. Ich hatte eigentlich gehofft, dass Ihr eine Idee hättet, was Ihr mit ihm anfangen wollt.«

»Woher wusstet Ihr, dass mein Vater und ich ihn nicht ausliefern würden? Wenn Ihr ihn schützen wolltet, war es recht mutig von Euch, mir zu schreiben.«

Lady Stokes Lächeln vertiefte sich. »Weil er nicht nur Euren Namen gerufen hat, Diana, Liebes. Sondern auch einige recht, um es so zu formulieren, schmeichelhafte Dinge über Euch. Ein paar Mal hat er mich in seinem Delirium für Euch gehalten. Was er mir sagte, trieb mir die Röte ins Gesicht.«

Dianas Gesicht erhitzte sich schlagartig. »Oh.«

Lady Stoke trank einen Schluck Tee. »Natürlich hat mich das sehr neugierig gemacht.«

Diana betrachtete die Flüssigkeit in ihrer Tasse, die allmählich abkühlte. Noch vor einer Stunde hatte sie nicht über James sprechen, alles, was sie mit ihm verband, für sich behalten wollen. Aber Lady Stokes Gegenwart war sehr tröstlich, und Diana war unendlich müde. Ihre Gefühle für James zu verschweigen war ihr plötzlich unmöglich.

Sie begann zu sprechen, und die Worte sprudelten förmlich aus ihrem Mund, als wenn jemand ihre Lippen für sie bewegte. Sie erzählte dieser eleganten, schlanken Frau alles, angefangen von ihrer Entführung durch James vor einem Jahr, über diesen aufregenden Frühling, an dem er an der

Insel ihres Vaters angespült worden war und sich seitdem alles verändert hatte. Sie ließ nichts aus und endete mit James' Flucht von der Fregatte und seinem Verschwinden.

Als sie ihre Geschichte beendet hatte, saß Lady Stoke neben ihr auf der Couch, den Arm um Dianas Schultern geschlungen. Dianas Tränen durchnässten Alexandras entzückendes Kaschmirkleid.

»Armes, armes Ding. Ihr habt das wirklich sehr dringend gebraucht, nicht wahr?«

»Verzeiht mir«, sagte Diana, aber nur weil diese Worte angebracht schienen. Sie bereute nicht, dass sie alles erzählt hatte.

»Aber warum denn? Wir alle benötigen einen Vertrauten, mit dem wir reden können. Als meine Mutter starb, hatte ich Lady Featherstone, ihre beste Freundin. Aber sie lebt in Kent, und ich vermisse sie sehr.«

»Meine Mutter ist gestorben, als ich sieben Jahre alt war«, erklärte Diana. »Ich hatte niemanden.« Sie erinnerte sich an das letzte Mal, als ihre Mutter und sie dem Boot nachgewinkt hatten, in dem ihr Vater zu seiner Fregatte gerudert war. Sie hasste es, sich von ihm zu verabschieden, lächelte jedoch immer und täuschte Fröhlichkeit vor, wie ihre Mutter auch. Kurz nachdem das Schiff den Hafen verlassen hatte, hatte ihre Mutter sich eine schwere Erkältung zugezogen, von der sie sich nicht mehr erholen sollte. Vierzehn Tage später war sie gestorben.

»Und Ihr hattet eine schwere Zeit, nicht wahr?« Lady Stoke strich eine Locke von Dianas tränenfeuchter Wange. »Ich habe selbstverständlich von Eurer Trennung von Eurem Ehemann gehört. Und von Eurer Tochter.«

Diana lächelte schwach. »Solltet Ihr mich überhaupt empfangen, Lady Stoke? Ich bin zu skandalös, als dass man überhaupt darüber reden könnte.«

Lady Stoke lächelte, und plötzlich verstand Diana, warum Grayson Finley sich in sie verliebt hatte. Sie strahlte Wärme und Freundlichkeit aus und war wunderschön. Ihre Augen waren braungrün, wie ein von der Sonne beschienener Weiher.

»Herr im Himmel, wenn ich mir um Konventionen Sorgen machen würde, hätte ich Grayson niemals geheiratet! Über mich wird sehr viel getratscht, Diana, glaubt mir. Und bitte, nennt mich Alexandra. Zwei Ladys, die dumm genug sind, sich in Grayson Finley und James Ardmore zu verlieben, sollten die besten Freundinnen sein!«

Diana musste lachen. Es klang zwar in ihren eigenen Ohren ein wenig hysterisch, aber Lady Stoke schien das nicht zu stören. Sie schloss Diana in die Arme, und zum ersten Mal, seit Diana gesehen hatte, wie James ausgepeitscht wurde, fühlte sie sich ein klein wenig besser.

19. Kapitel

James schlug die Augen auf. Er lag mit dem Gesicht nach unten, vollkommen erschöpft, und alle Gliedmaßen taten ihm weh. Er musste noch auf diesem weißen Sandstrand sein, neben dem unbekannten englischen Leutnant, den er aus dem Wrack der Fregatte gefischt hatte.

Er lächelte, was seine Lippen aufreißen ließ. Sie musste jetzt jeden Moment auftauchen, ihr Baumwollrock würde sich im Wind bauschen und ihm einen Blick auf ihre schönen Beine gewähren. Ihr rotes Haar würde um ihren Kopf wehen, und sie würde rufen: »James Ardmore! Dich wollte ich niemals wiedersehen!«

Nur, woher wusste er, dass die Frau, die ihn finden würde, Diana Worthing war?

Weil er diesen Traum schon einmal gehabt hatte. Er schmeckte den Sand in seinem Mund, spürte den Wind in seinem Haar. Er erinnerte sich an das Geräusch ihrer Stiefel auf den Felsen, daran dass er die Augen geöffnet und sie über sich gesehen hatte. Später würde er in einem Bett aufwachen, dann würde Diana kommen, ihn berühren und den Funken zwischen ihnen neu entfachen. Sie würden miteinander streiten, um ihr Verlangen zu kaschieren, ihre Kräfte miteinander messen, wie nur Diana Worthing es vermochte.

Ein süßer Traum. Er klammerte sich daran. Er wollte, dass er weiterging bis zu einem Aufeinandertreffen im Sand vor den niedrigen Höhlen, wollte, dass Diana ihre Arme um seinen Hals schlang und in seinen Mund atmete. »James. Küss mich.«

Der Traum verschwand, und er öffnete die Augen.

Er lag mit dem Gesicht nach unten und hatte die Arme ausgestreckt, aber das Weiße unter ihm waren leinene Laken, kein Sand. Er befand sich in einem Schlafzimmer, durch dessen dunkle Fenster kühler Wind hereindrang. Das Bett war groß, und die Betttücher dufteten.

War er zu Hause in Charleston? Würde Honoria gleich an die Tür klopfen und ihn mit ihrer hochmütigen Stimme anraunzen, dass er das Abendessen versäumte und Mama sich aufregte?

Aber die Luft passte nicht zu Charleston. Sie sollte sich mild und warm anfühlen, nach Orangenblüten und Pfirsichen duften. Doch der Wind, der über seinen Körper strich, war erdig und kühl und roch schwach salzig nach Meer.

Er öffnete den Mund, um Honoria zu sagen, dass er aufstand, aber seine Stimme versagte ihm den Dienst. Er streckte seine Finger, einen nach dem anderen, löste sie vom Laken und richtete sich auf.

Er war weder in seinem Zimmer in Charleston noch in irgendeinem, das er kannte. Im Licht der flackernden Kerze sah er die hohe, gestrichene und mit einem goldenen Rahmen abgesetzte Decke. Dieselbe Goldverzierung wiederholte sich in dem prachtvollen Türrahmen. Die Brokatvorhänge an seinem Bett waren zurückgezogen, und die Bettwäsche war aus feinstem Leinen.

Ein leises Schnarchen störte die Stille. Aus einem

bequemen Lehnsessel am Kamin ragten zwei Stiefel hervor. Ein Kopf war nach vorn gesackt, auf dem etwas schief die Perücke eines Lakaien saß.

James machte kein Geräusch, als er aus dem Bett glitt und aufstand. Er war nackt, und der Kaschmirteppich fühlte sich weich unter seinen Füßen an. Nach einem Schritt vorwärts wäre er beinahe gestürzt. Seine Beine waren so schwach, dass sie ihn kaum trugen.

Ihm fiel wieder ein, dass er krank gewesen war, sehr krank. Einzelne Erinnerungsfetzen schossen ihm durch den Kopf, Menschen, die ihm eine glühende Flüssigkeit eingeflößt hatten, einige kräftige Gentlemen, die ihn festgehalten hatten, als er im Fieberwahn um sich schlug. Es war ihm zwar noch ein Rätsel, wo er sich befand und wie er hierhergekommen war, aber er musste in England sein. Selbst das farbenprächtigste Heim in Charleston würde diesem hier an Ornamenten nicht gleichkommen, und die alberne Livree des Lakaien konnte nur einem englischen Hirn entsprungen sein.

Er wartete, bis er die Kontrolle über seine Beine wiedererlangt hatte, dann nahm er das Nachthemd vom Stuhl neben dem Bett und zog es an. Es war für einen recht breitschultrigen Mann gemacht worden und passte ihm genau.

Lautlos durchquerte er den Raum, öffnete ebenso geräuschlos die Tür und ging hinaus.

Er stand auf einer geräumigen, mit Säulen geschmückten Empore, die sich über die vier Wände eines großen Treppenhauses erstreckte. Marmorstufen führten in eine riesige Empfangshalle, und ebenso beeindruckende Stufen schwangen sich zu dem Stockwerk über ihm hinauf. Statuen von Göttern und Göttinnen tollten auf einem Sims hoch oben herum, die meisten nackt und in recht eindeutigen Posen abgebildet. Erleuchtet wurde die Halle von Kristalllüstern, die in regelmäßigen Abständen an den Wänden hingen. Durch großen Fenster drang kühler, frischer Nachtwind herein.

Eine Frau kam die Treppe herauf. James drückte sich hinter der nächsten Säule an die Wand und beobachtete sie. Sie stieg anmutig die Stufen herauf, hielt mit einer Hand einen schokoladenbraunen Rock hoch und trug in der anderen eine Kerze. Ihr Schein erhellte ein Gesicht, das er kannte. Wunderschöne Augen, volle Lippen und cremefarbene Haut. Ihr dunkles Haar glänzte rot im Licht der Leuchter.

Plötzlich fügten sich die Puzzlestücke zusammen, und er wusste wieder, wo er war. Er trat aus dem Schatten zur Treppe. Die Frau sah hoch.

»Alexandra«, sagte er leise.

Sie ließ vor Schreck die Kerze fallen, die in einer Pfütze aus Wachs auf dem Läufer über den Stufen erlosch.

Er hielt ihr den Mund zu, bevor sie schreien konnte. Sie warf ihm mit ihren großen braunen Augen einen strafenden Blick zu, den er nur zu gut kannte.

»Brennt nicht das Haus nieder, Alexandra«, sagte er, ließ seine Hand jedoch, wo sie war, bis er sicher war, dass niemand ihren kurzen Wortwechsel gehört hatte. Im Treppenhaus jedoch rührte sich nichts, bis auf ein leises, vom Wind verursachtes Knarren.

Er warf den obszönen Gottheiten noch einen kurzen Blick zu, dann gab er langsam Alexandras Mund frei. »Ihr hättet mich heiraten sollen, als ich Euch gefragt habe. Mein Haus ist weit geschmackvoller eingerichtet als seins.«

»Graysons Großonkel hat es gebaut«, antwortete sie, als

würde das den schlechten Kunstgeschmack entschuldigen. »Wieso habt Ihr Euer Bett verlassen?«

Bevor er sie daran hindern konnte, legte sie ihre Hand auf seine Stirn. Sie hatte kühle, weiche Finger. James erinnerte sich daran, wie er sich vor zwei Jahren beinahe in sie verliebt hatte. Natürlich war das gewesen, bevor er diese Hexe von einer Frau getroffen hatte, Diana Worthing.

»Euer Fieber ist gefallen«, flüsterte sie zufrieden. »Gott sei Dank. Aber Ihr solltet nicht herumspazieren. Ihr könntet leicht stürzen. Zurück ins Bett mit Euch!«

»Sagt mir erst, wo ich bin.«

»Das habe ich doch bereits. In dem Haus, das Graysons Großonkel gebaut hat. Grayson hat es geerbt, als er Viscount wurde.«

»Ich meinte, wo in England.«

Sie errötete. »Oh. An der Küste Cornwalls.« Sie zögerte. »Grayson wurde auf die Kanalinseln gerufen.«

»Weiß er, dass ich hier bin?«

»Nein.«

Er strich ihr über das Haar an ihrer Schläfe. »Ihr seid eine feine Lady, Alexandra.«

Sie trat einen Schritt zurück und wich seiner Berührung aus. »Ihr solltet im Bett liegen.«

»Wahrscheinlich habt Ihr recht. Ich habe es nur im Moment etwas satt.« Er fühlte sich so schwach wie ein Baby, was seinem Magen auch nicht gerade guttat. »Mag Finley diese Monstrosität, die er geerbt hat?«

Alexandra entspannte sich und lächelte, was ihr Gesicht strahlen ließ. »Er hasst es. Wir hatten schon seit langem eine Schiffsreise geplant, aber ich …« Sie hielt inne und errötete. »Ich war bisher nicht in der richtigen Verfassung dafür.«

»Henderson hat mir die guten Neuigkeiten berichtet. Er liest sämtliche Gesellschaftsblätter. Also hat Finley einen Erben, dazu einen zweiten Sohn und zwei Töchter. Er hat wahrhaftig keinen Grund, sich zu beschweren.«

Ihr Lächeln wurde schüchtern. »Er scheint sehr glücklich zu sein. Abgesehen vielleicht von …« Sie betrachtete ihn abschätzend. »Ihr seid letztes Mal zu schnell verschwunden. Er hatte keine Gelegenheit, Euch mitzuteilen, was er Euch sagen wollte. Zu Eurer Rivalität hätte es nie kommen dürfen. Ihr solltet wieder Freunde sein.«

»Versucht Euch nicht als Friedensstifterin, Alexandra. Ihr liebt ihn, ich jedoch nicht. Wir waren nie Freunde. Nicht einmal ganz am Anfang waren wir in der Lage, uns auf etwas zu einigen. Hatte er einen Plan, musste ich ihn übertrumpfen. Fand ich einen Diamanten, suchte er so lange, bis er einen größeren fand. Wenn er mit einer wunderschönen Frau zusammen war …« James Ardmore hielt inne, denn die offenkundige Fortsetzung ›… musste ich eine schönere finden‹ kam ihm ein wenig unhöflich vor. Also sagte er etwas anderes. »… brauchte ich viel Zeit, mich dazu durchzuringen, sie ihm zu lassen.«

Die Vorstellung von Diana, mit aufgelöstem rotem Haar, die Lider gesenkt vor Verlangen, schwächte seine Beine noch mehr. Er musste so schnell wie möglich wieder gesund werden und nach Haven zurücksegeln, um sie zu finden und sie in seinen Armen zu halten. Dafür lohnte es sich, gesund zu werden.

»Sprecht Ihr von Sara?«

Er unterdrückte ein Schnauben. »Ich rede von Euch, Lady. Ihr verdient einen besseren Mann als Grayson Finley.«

»Er hat eine tadellose Abstammung«, erwiderte sie hochmütig. Sie verteidigte Finleys Titel und Herkunft, wie immer. Als würde das aus dem grinsenden Witzbold einen vornehmen Gentleman machen.

Alexandra wusste nicht, dass James die schlimmsten Seiten ihres Ehemannes kannte. Er hatte einmal beobachtet, wie Grayson ein unschuldiges Handelsschiff geentert, dem Kapitän ein Messer an den Hals gehalten und fröhlich verkündet hatte, dass er und seine Piraten das Schiff jetzt plündern würden. Er hatte den Kapitän in den Frachtraum eingesperrt und beschlossen, dass es sich lohnte, die junge Frau des Kapitäns besser kennenzulernen. Die junge Frau hatte nichts dagegen gehabt.

Also hatte James das Verladen der Beute auf die *Majesty* beaufsichtigt, während Grayson in der Kapitänskajüte verschwunden war. Er war erst herausgekommen, als die *Majesty* bereits von dem Handelsschiff ablegte. James erinnerte sich an den Ausdruck auf Finleys grinsendem Gesicht, als er über die Lücke zwischen den beiden Schiffen gesprungen war, offenkundig höchst zufrieden mit sich. James sagte ihm, dass sie ihn fast zurückgelassen hätten. Grayson hatte ihn nur ausgelacht.

Jetzt fragte er sich, wie viele dieser Geschichten Grayson wohl seiner entzückenden Frau erzählt hatte. Vielleicht wollte Grayson ihn ja deshalb nicht um sich haben, ganz gleich was Alexandra behauptete.

Er zupfte an seinem Gewand. »Das ist seines, richtig?«

»Euch passen nur seine Hemden. Aber das spielt keine Rolle. Er trägt sie ohnehin nie.« Sie hielt inne und wurde tiefrot.

James unterdrückte ein Lachen. Er zog sich das Hemd über den Kopf und drückte es ihr in die Hand, jetzt vollkommen nackt. »Behaltet es. Ich bevorzuge meine eigene Kleidung.«

Sie starrte ihn mit offenem Mund an, verbarg dann plötzlich beschämt das Gesicht in dem Stoff, immer noch flammendrot. James drehte sich um und ging in sein Zimmer zurück. Der kühle Wind wehte angenehm über seinen Rücken.

Sie rief ihm etwas nach. Ihre Worte wurden durch den Stoff leicht gedämpft. »Ihr trugt nur … ehm, die Unaussprechlichen, und die sind vollkommen ruiniert.«

»Verdammt«, knurrte er. Sie wirkte so komisch, mit dem Gesicht in dem Stoffbündel vergraben und fest entschlossen, nicht auf seinen nackten Körper zu starren. Er beobachtete sie einen Moment, drehte sich dann um, ging zurück in sein Schlafzimmer und schloss die Tür hinter sich.

Er glaubte das leise Knarren einer anderen Tür zu hören, das schwache Klicken eines anderen Riegels. Er lauschte einen Moment, aber er hatte seine Kräfte erschöpft und musste schleunigst ins Bett kriechen, bevor er auf dem Boden zusammenbrach.

Der Lakai schnarchte immer noch. James legte sich hin, zog das Laken über seinen Körper und schlief sofort ein.

Diana konnte nicht ruhig sitzen bleiben, sondern wanderte rastlos durch den kleinen Salon, der zum Meer hinaus lag. Die tiefhängenden Wolken und der graue Ozean passten zu ihrer Stimmung.

James war aufgewacht, und es ging ihm besser, das hatte Alexandra ihr gesagt. Vor zwei Nächten war er aufgestanden, sein Fieber war gesunken, und er war fast wieder wie früher. Dann war er wieder ins Bett gegangen und hatte einen ganzen Tag und eine Nacht durchgeschlafen. Ein natürlicher Schlaf, hatte Alexandra sie beruhigt.

Und wirklich, als Diana in sein Zimmer gesehen hatte, schlief er tief und ruhig, den Kopf auf den Arm gelegt. Heute Morgen war er aufgewacht, lautstark nach Frühstück verlangend. Er hatte wie ein Bär gegessen und dann noch mehr haben wollen.

Er hatte kein einziges Mal nach Diana gefragt, weder heute Morgen noch in der Nacht, als er mit Alexandra geredet hatte. Diana hatte jedes Wort des Gesprächs mitgehört, das die beiden im Treppenhaus geführt hatten. Sie war wach gewesen und hochgefahren, als sie hörte, wie sich James' Zimmertür öffnete. Auf nackten Füßen war sie zu ihrer Tür geschlichen, hatte hinausgesehen und ihn erkannt. Ihr Herz hatte kurz ausgesetzt, und sie hatte zu ihm laufen wollen, als sie sah, wie er sich Alexandra näherte.

Sie hatte ihre leise Unterhaltung auf der hohen Empore deutlich hören können. Er hatte sogar die Hand ausgestreckt und Alexandras Haar berührt.

Diana hatte er kein einziges Mal erwähnt, und Lady Stoke hatte nicht verraten, dass Diana im Haus war.

Als James sich das Nachthemd auszog, hatte ihr Herz so rasend geschlagen, dass sie fürchtete, sie würde ohnmächtig werden. Das Licht der Kerzen fiel über die Muskeln auf seinem Rücken, tauchte die Sehnen auf seinen Armen in ein Spiel aus Licht und Schatten. Sie begehrte ihn mit einer solchen Sehnsucht, dass sie fast verrückt wurde. Sie wollte diese starken Arme und Beine um sich fühlen, sehnte sich nach diesen harten Küssen auf ihrem Mund.

Sie kämpfte gegen den Impuls an, zu ihm zu laufen, ihn in ihr Schlafzimmer zu zerren und ihn die ganze Nacht leidenschaftlich zu lieben.

Alexandra hatte Diana erst vor wenigen Minuten gesagt, dass James aufgestanden war, sich angezogen hatte und herunterkommen würde.

»Ich habe ihm nicht erzählt, dass Ihr hier seid«, erklärte Alexandra. Ihre Augen funkelten schelmisch. »Ich dachte, es wäre eine schöne Überraschung.«

Diana brachte es nicht über sich, sie zu fragen, ob er sich nach ihr erkundigt hatte. Also lief sie in dem Salon hin und her, mit zitternden Knien, und rang die Hände.

Isabeau war oben im Kinderzimmer bei Alexandras Kindern und Maggie. Sie war glücklich. Isabeau mochte die beiden Kleinen, und die Zwillinge hatten sie auch gern. Sie fanden nichts Seltsames an Isabeaus Zeichensprache und hatten bereits ein bisschen davon gelernt. Maggie wiederum liebte sie alle, obwohl sie selbst nicht gerade ein fügsames Kind war. Immerhin war ihr Vater ein Pirat gewesen und ihre Mutter eine exotische Polynesierin.

Sie hatte Diana von dem Tag erzählt, an dem ihr Vater sie geholt hatte. Sie hatte in das harte Gesicht und die wilden, blauen Augen eines Piraten geblickt und sofort gewusst, dass er ihr Vater war. Während er sie verblüfft anstarrte, hatte sie gesagt: »Hallo, bist du mein Papa?«, und ihm die Arme um den Hals geschlungen.

Maggie hatte geschildert, wie ihr Vater und sie von Jamaika nach England gesegelt waren, an Bord der *Argonaut,* James Ardmores Schiff. Sie sprach liebevoll von ihren Freunden Ian O'Malley und Mr. Henderson und hoffte, dass sie die beiden bald wiedersehen konnte. Nach allem, was sie wusste, fragte sich Diana, ob James Ardmore diese Reise wohl ebenso sehr genossen haben mochte.

Alexandra hatte Maggie angewiesen, die Kinder zu beschäftigen, während James sich zum ersten Mal unten sehen ließ. Diana wollte zwar Isabeau holen, damit sie ihn begrüßte, aber Alexandra lächelte nur weise und riet ihr davon ab.

Der Wind frischte auf. Diana trat ans Fenster und beobachtete die Schaumkronen auf dem Meer. Ein kleines Fischerboot, das unter dem Wind hart nach Steuerbord krängte, strebte eilig dem sicheren Ufer zu. Während sie es beobachtete, wünschte sie sich, sie wäre dort draußen und würde gegen Wind und Wellen kämpfen, statt dem Ticken der Uhr in dem stickigen Salon zu lauschen.

»Zum Teufel!«, sagte jemand hinter ihr.

Sie fuhr herum. James Ardmore stand in der Tür und sah sie an. Seine Miene war alles andere als erfreut.

Er trug Kleidung, die offensichtlich dem Viscount gehörte: eine feine Rehlederhose, lederne Stiefel, einen Gehrock und ein Leinenhemd. Er hatte weder einen Kragen angelegt noch eine Krawatte umgebunden, aber auch so passten diese modischen Sachen nicht zu ihm. Er hatte sich gebadet und rasiert und sein noch feuchtes, dunkles Haar zu einem Zopf zurückgebunden.

Über die gestreifte Lehne des Sheraton-Sofas hinweg sahen sie sich an. Er mit einer Miene, die so kühl war, wie nur James Ardmore sie zustande brachte, sie mit geöffneten Lippen und kalten Gliedmaßen.

»Warum bist du nicht auf Haven?«, wollte er wissen.

Typisch. Keine Frage nach ihrer Gesundheit oder ihrem Wohlbefinden. Er stürzte nicht auf sie zu, um sie stürmisch in seine Arme zu schließen und ihr zu erklären, wie sehr er sie vermisst hatte.

»Ich war in London«, erwiderte sie klar und deutlich. »Wir haben Leutnant Jack nach England zurückgebracht.«

»Er hat sich also erholt.«

»Ziemlich. Aber er kann sich immer noch nicht erinnern. Dafür hat er festgestellt, dass er der Bruder eines Herzogs ist.«

Er hob eine Braue. »Gute Nachrichten für Jack.«

»Eigentlich nicht. Er scheint davon eher irritiert zu sein. Außerdem ist er auch verheiratet. Und hat Kinder. Zwillinge.«

James ging langsam um das Sofa herum, ohne sie aus den Augen zu lassen. »Das muss ein Schlag für ihn gewesen sein. Er steckt wirklich voller Überraschungen, nicht wahr?«

»So wie du.«

Er betrachtete sie eine Weile scharf, drehte sich dann um und ging zu den Terrassentüren. »Verzeih mir, dass ich dich anstarre«, meinte er gedehnt. »Ich bin nur nicht gewohnt, dich so … ordentlich zu sehen.«

Das klang wie eine Beleidigung. Diana hatte ihren besten Morgenmantel angezogen, aus blassem, cremefarbenem Baumwollstoff, mit einer hohen Taille, schwarzen Säumen und schwarzen, winzigen Knöpfen. Das Gewand hatte lange Ärmel und ein Dekolleté.

Auf Alexandras Drängen hin hatte sie auch eine Kameebrosche angelegt. Alexandras Zofe hatte ihr widerspenstiges Haar gebürstet, zu einem ordentlichen, glatten Knoten gerollt und es irgendwie geschafft, dass jedes Härchen an seiner Stelle lag.

»Natürlich bin ich ordentlich. Das verdanke ich der

eleganten Lady Stoke.« Unter Alexandras Obhut lief alles wie ein Uhrwerk ab.

»Sie ist eine feine Lady«, meinte er zerstreut. Er stützte eine Hand auf den Türrahmen, während er den Horizont absuchte. Der Rasen fiel zu einer niedrigen Mauer ab, an der ein von Bänken gesäumter Weg entlangführte, damit die Sonntagsspaziergänger sich ausruhen und das Meer betrachten konnten.

Diana konnte ihren Blick nicht von ihm losreißen. Er stand groß und hochaufgerichtet da, die Schöße des Gehrocks eng an seinen Schenkeln anliegend. Sie wollte zu ihm gehen, doch gleichzeitig hielt sie sich mit aller Kraft zurück. Verdammt sollte er sein, warum sagte er nichts? Er stand nur da und sah hinaus. Die Hand, mit der er sich abstützte, zitterte plötzlich.

»James …«

»Wo ist Henderson?«, unterbrach er sie.

»Was?«

Er warf ihr einen Blick über die Schulter zu. »Henderson, mein Zweiter Offizier. Ich habe gefragt, wo er ist.«

»Das weiß ich nicht, James. Jedenfalls versteckt er sich nicht unter dem Sofa.«

Er drehte sich um und lehnte sich an die Tür. »Wir wollten uns hier treffen, wenn irgendetwas schiefgehen sollte. Aber sag Alexandra nichts davon. Sie glaubt, dass ich hierhergekommen bin, weil ich mich insgeheim mit ihrem Ehemann versöhnen will.«

Diana wurde von einem wohlbekannten Gefühl durchströmt. Wut. »Du hast diesen Ort hier als Treffpunkt ausgewählt? Warum zum Teufel hast du das getan? Es muss doch sicherere Plätze geben!«

»Nicht wenn die Dinge wirklich schlecht stehen, und genau das tun sie. Ich hatte nicht vor, krank zu werden. Aber so konnte ich nichts anderes tun, als mich zu verstecken und zu warten, bis es mir besserging. Ich wusste, dass Alexandra mich nicht verraten würde. Und Finley auch nicht. Dafür steht er zu sehr in meiner Schuld.«

Sie ballte die Hände zu Fäusten. »Du hättest es mir sagen können!«

»Dazu hatte ich leider keine Gelegenheit mehr. Als ich auf der Fregatte angekettet war, konnte ich wohl schwerlich rufen: *Wir treffen uns in Cornwall!* Aber du hast mir immer noch nicht gesagt, warum du hier bist.«

Sie stieß gereizt die Luft aus. »Doch, das habe ich. Wir haben Leutnant Jack nach London gebracht.«

»Nach London, ja. Aber das ist schon Wochen her. Und London ist weit weg.«

»Ich habe nach dir gesucht. Warum zum Teufel sollte ich sonst herkommen?«

»Und wo ist dein charmanter Vater?«

»In London.«

Sie beäugten sich gegenseitig. Seine Augen waren kalt, abschätzend und unnachgiebig. »Du hättest nach Haven zurückkehren sollen. Ich hätte dich dort getroffen.«

»Als ich dich das letzte Mal gesehen habe, hat dieser grausame Kapitän dich auspeitschen lassen. Dann bist du verschwunden. Ich wusste nicht, ob du tot oder lebendig warst, über Bord gegangen oder in einem Versteck. Wie sollte ich friedlich nach Hause fahren, ohne in Erfahrung gebracht zu haben, was dir widerfahren ist?«

Seine Augen waren wie Jade, kühl und undurchdringlich. Seinem Blick war nichts anzumerken. »Du musstest doch wissen, dass ich zu dir kommen würde, wenn ich am Leben war.«

»Ach, tatsächlich? Wie hätte ich das wissen sollen, mein lieber Herr Piratenjäger? Nur weil ich dich liebe, bedeutet das noch lange nicht, dass du verpflichtet warst, zu mir zurückzukommen.«

»Ich habe dich gefragt, ob du mich heiraten willst, schon vergessen?«

»Das tut mir sehr leid, James. Ich nehme an, die elegante Lady Stoke tut alles, was Lord Stoke von ihr erwartet, aber ich bin nicht so perfekt wie Alexandra. Ich habe mich noch nie einfach so irgendwelchen Befehlen gefügt.«

James öffnete die Terrassentür. Der launische Wind fegte herein und löste Dianas Haar aus seinen Nadeln. »Gehen wir ein Stück.«

Ohne ihre Antwort abzuwarten, packte er ihre Hand und zerrte sie hinaus zu dem Pfad, der zu der Mauer am Meer führte.

Er mochte schwach erschienen sein, als er an der Tür lehnte, und auch jetzt noch ging er nicht sonderlich sicher, aber seine Finger hielten ihr Handgelenk in einem festen, fast schmerzhaften Griff.

Die Wolken zogen sich über ihnen zusammen. »Es wird regnen«, bemerkte Diana.

»Gut. Dann kann uns wenigstens keiner belauschen, wenn wir uns anschreien. Außerdem gehorcht Alexandra Finley nicht. Sie tut, was zum Teufel ihr gefällt. Deshalb mag ich sie.«

Er zog sie zum Pfad. Links von ihnen toste das Meer, wo die Brecher auf die Felsen schlugen. Der Pfad führte um das Haus herum zu einem kleinen Gehölz, das vermutlich der

Großonkel des Viscounts angepflanzt hatte. Im Schutz der Bäume stand eine kleine Laube mit Säulen und einem Kuppeldach. Die Innenseiten der Wände waren mit Bänken gesäumt. James zog Diana auf eine herunter.

Über ihnen knarrten und ächzten die Bäume. James ließ Diana los, aber sie saßen so dicht nebeneinander, dass sich ihre Hüften und Beine berührten. Er roch nach Seife vom Baden, doch der männliche Duft, den er verströmte, war unverkennbar James.

»Wollen wir uns jetzt anschreien?«, fragte sie nervös.

»Ich dachte, dass hätten wir schon hinter uns.«

Er betrachtete die Bäume. Aus der Nähe sah sie die graue Färbung seiner Gesichtshaut. Um die Augen hatte er noch einige Falten mehr. Er war nicht gesund und auch noch längst nicht vollständig zu Kräften gekommen. Sie saßen auf der Bank, weil es ihn seine letzte Kraft gekostet hatte, hierher zu gehen.

»Du solltest dich ausruhen«, meinte sie und berührte seine sehnige Hand, die auf seinem Knie ruhte. »Wir können uns später streiten.«

Er warf ihr einen kühlen Blick zu. »Mach keinen Aufstand, Diana. Du bist ja genauso schlimm wie Alexandra.«

»Oh, Verzeihung«, erwiderte sie eisig.

Einen Moment schwieg er. Dann taute sein Blick ein wenig auf. »Weißt du, warum ich dich mag? Weil du nie Angst oder Unbehagen zeigst, und weil du nie gehorchst. Ich greife dich an, und du schlägst zurück. Manchmal sogar mit vorgehaltener Waffe.«

Seine Belustigung schwand. »Ein Mann mag es nicht, wenn seine Lady ihn schwach sieht. Das verletzt seinen Stolz.«

»Sollte ich deshalb auf Haven bleiben? Damit du in Ruhe genesen konntest?«

»Eigentlich ja. Doch wenn ich es mir recht überlege …«

Sie hätte nicht gedacht, dass er so viel Kraft besaß. Er bewies ihr das Gegenteil, als er sie hochzog und auf seine Knie hob. Seine Hand glitt zwischen ihre Schenkel. »So ist es schon besser!«, erklärte er.

Dianas Kehrseite fühlte sich so gut an. Er wärmte seine Hände in den Falten ihres Gewandes und musterte genüsslich ihre Lippen. Sie waren voll und rot und schimmerten einladend feucht.

»Worüber willst du streiten?«, fragte sie, immer noch mit ärgerlich zusammengekniffenen Augen.

»Über alles, was du willst, Darling.«

Er sog den Duft ihres Haares ein und schloss die Augen. Obwohl dieser kurze Spaziergang ihn fast vollkommen erschöpft hatte, genügte allein, seine Arme um sie zu schlingen, um seine Kräfte zu erneuern.

»James«, murmelte sie. »Wir müssen reden.«

Er öffnete die Augen. Wenn eine Frau so etwas sagte, folgte meist nichts Gutes.

»Worüber? Über deinen Ehemann? Und die unbedeutende Kleinigkeit, dass er noch am Leben ist?«

Sie zögerte. »Du wusstest also, dass es mein Mann war.«

»Ich habe es vermutet. Du hast noch nie jemanden mit so viel Hass im Blick angesehen, nicht einmal mich. Er strömte dir förmlich aus allen Poren. Hat seinen eigenen Tod vorgetäuscht, was? Vermutlich aus irgendeinem hinterhältigen Grund.«

»Die Admiralität wollte, dass er eine Art Spion wurde. Sie sind Narren.« Eine rote Haarsträhne legte sich über ihre weiße Wange. »Warum hast du ihn entführt?«

»Ich musste es tun. Er hat mich erwischt, als ich die Handschellen öffnete. Die Alternative wäre gewesen, ihn zu töten.« Er wartete auf ihre Reaktion, aber sie rührte sich nicht. Stattdessen sah sie auf ihre verschränkten Hände. Ihre Wimpern verbargen ihre Augen. »Ich dachte, du würdest es mir vielleicht nicht verzeihen, wenn ich ihn umbrächte.«

Wenn sie ihn nur ansehen würde. Als er in der vorigen Nacht aufgewacht war, hatte er nur einen Wunsch gehabt: gesund zu werden und nach Diana zu rufen. Er wollte sie in den Armen halten, sie küssen, alles ohne viel Streit und Diskussionen. Er hätte es besser wissen müssen. Zwischen ihnen war es noch nie einfach gewesen. Und jetzt waren die Dinge noch viel komplizierter geworden.

»Du hast ihn dem Gespött freigegeben«, sagte sie leise.

»Ich konnte nicht anders. Ich habe gesehen, was er dir angetan hat. Hoffentlich hat er darüber nachgedacht, als er zitternd am Strand gewartet hat.« Er hielt inne. »Und vielleicht habe ich ihn auch deshalb zum Narren gemacht, weil ich damit zu verhindern hoffte, dass du zu ihm zurückkehrst.«

»Ich wäre niemals zu ihm zurückgegangen«, sagte sie leise. »Das hätte ich auch gar nicht gekonnt. Er hat unsere Ehe annullieren lassen.«

»Wirklich?« Eine kleine Last hob sich von seiner Brust. »Das freut mich zu hören.«

Ihr Blick zuckte zu ihm hinüber. Der Ausdruck in ihren dunklen Augen war eindeutig unglücklich. Sie hatte Sir Edward gehasst, aber die Aufhebung ihrer Ehe demütigte sie. Sie war einfach abgeschoben worden, und das musste eine stolze Frau wie Diana zutiefst kränken. Sie war mit Edward Worthing verheiratet gewesen, hatte mit ihm das Bett geteilt, ihm ein Kind geschenkt. Sie hatte etwas mit Sir Edward Worthing gemein, was sie mit James nicht teilen konnte, und Diana nahm so etwas nicht auf die leichte Schulter. Außerdem erhob sich da die heikle Frage, was die Annullierung der Ehe für Isabeau bedeutete. Dessen war sich Diana zweifellos ebenfalls bewusst.

Ihre Stimme klang tonlos, als sie weitersprach. »Jetzt bin ich in den Augen der Welt eine Witwe und nach dem Gesetz niemals verheiratet gewesen.«

»Du wärest vielleicht zu ihm zurückgegangen, wenn er dich gebeten hätte«, sagte er ruhig. »Ich habe in meinem Leben bereits viele glückliche Wiedervereinigungen gesehen.«

Diana starrte in den Wald. »Wolltest du deshalb nicht, dass Alexandra mich benachrichtigt?«

»Ich habe dir den Grund bereits genannt. Erst wollte ich genesen.« Er wollte ihr gesund und stark gegenübertreten, sie in die Arme nehmen und davontragen. So, wie es jetzt aussah, konnte er kaum sein Gleichgewicht auf der Bank halten.

»Du musst in einem schrecklichen Zustand gewesen sein, als du hierhergekommen bist«, sagte sie. »Und doch hast du es geschafft. Es ist ein langer Weg von Plymouth nach *Newquay*.«

»Ich wusste, dass Alexandra mir helfen würde.«

Diana sah wieder zu Boden und verbarg ihre Augen. Das war neu für James. Er kannte sie, wie sie wütend funkelten und ihn mit ihrem glühenden Ärger traktierten. »Du bist jetzt also eine freie Frau. Das kann mich nur freuen.«

»Ich bin nicht ganz frei«, erwiderte sie mit einem Anflug ihrer üblichen Schärfe. »Du bist mein Liebhaber, und du bist sehr anspruchsvoll.«

Er dachte an die Forderungen, die er in dieser Herberge in der Nähe von Plymouth an sie gestellt hatte. Und die, mit denen sie ihn konfrontiert hatte. Seine Erregung wuchs. Schon wieder. Selbst in seinem geschwächten Zustand hatte er, wenn er von Diana träumte, fast ständig eine Erektion gehabt.

»Aber du bekommst immer deinen Willen, nicht wahr, Darling?« Er wollte den Bann brechen, ihre Frotzeleien wieder in gewohnt lockere Bahnen bringen. »Hast du eine Pistole mitgebracht?«

Sie warf ihm einen überraschten Seitenblick zu. »Nein.«

»Ich dachte, du würdest sie vielleicht auf mich richten und mir befehlen, meine Hose auszuziehen. Das hat dir doch immer gefallen.«

Jetzt endlich sah sie ihn richtig an. Ihr Blick wirkte trostlos. Was seiner Erektion überhaupt nicht gefiel.

»Ich habe etwas viel Schockierenderes vor, James. Ich möchte dich mit der Neuigkeit konfrontieren, dass du Vater wirst.«

20. Kapitel

James wäre fast von der Bank gefallen. Sein Herz setzte einen, zwei, nein drei Schläge aus. Dann schlug es umso heftiger weiter. »Wie kommst du denn darauf?«

Sie warf ihm ihren üblichen verächtlichen Blick zu. »Ich habe schon früher einmal ein Kind bekommen. Ich weiß, wie sich das anfühlt. Es ist zwar noch ziemlich früh, aber ich bin mir sicher.« Sie stöhnte gereizt auf. »Mir ist morgens sehr übel. Eigentlich sogar den ganzen Tag.«

Er betrachtete ihr Haar, die zierlichen Knochen ihres Gesichts. Sie war von einer lebendigen, fast schon brutalen Schönheit. Der Anblick der Prellungen auf ihrer Haut, die zweifellos von Sir Edward Worthings Fäusten stammten, hatte eine beinahe archaische Wut in ihm ausgelöst. Sir Edward hatte das gesehen, deshalb hatte er die zwanzig weiteren Peitschenhiebe angeordnet.

James hatte sie jedoch kaum gespürt. Als es vorbei war, hatte Captain Carter befohlen, James aufzurichten. Er sollte am Mast stehen bleiben, hatte er verfügt. Falls James fiel, würde er erneut ausgepeitscht. James hatte angesichts dieser primitiven Grausamkeit nur Abscheu empfunden. Er war aufrecht geblieben, nur um ihnen zu trotzen.

Doch das hatte ihn fast seine ganze Kraft gekostet, so viel, dass er kaum hatte zum Strand schwimmen können. Er fühlte immer noch, wie das dunkle Wasser über ihm zusammenschlug, wie die kalten Wellen ihn zurückwarfen, wie seine Lungen brannten und sein Rücken loderte wie flüssige Lava. Der Hass hatte ihn angetrieben. Er würde verdammt sein, wenn er dem Kapitän die Genugtuung gäbe, seine Leiche aus den Fluten zu ziehen.

Sir Edward hatte sich aus Leibeskräften gegen ihn gewehrt. Am Strand hatte er James' Rippen mit einem Messer angekratzt, bevor James es ihm wegnehmen und das Blatt wenden konnte.

»Weißt du noch«, sagte er jetzt zu Diana, »als ich davon sprach, dass du von meinem Samen niemals empfangen könntest?«

»Ja.« Sie legte ihre Hand auf ihren Bauch. Ihre Miene ließ ihn den Schmerz der Peitschenhiebe vergessen. »Doch einer dieser Samen hat sich offenbar entschlossen, Wurzeln zu schlagen.«

Seine Stimme wurde hart. »Diana, ich kann keine Kinder zeugen.«

»Ich sage, du kannst es.«

Es fiel ihm schwer, dem offenen Blick ihrer blauen Augen zu begegnen. »Lass mich dir erklären, warum ich es nicht kann. Ich habe die ganze Welt bereist. War auf allen Inseln im Pazifik, in ganz Asien und überall auf dem Atlantik. Mehr als einmal. Keine Frau hat mir je ein schwarzhaariges Baby gebracht und mir gesagt, ich wäre der Vater. Das ist sehr ungewöhnlich für einen Seemann, der zwanzig Jahre lang um die Welt gesegelt ist, findest du nicht auch?«

»Vielleicht haben sie es dir einfach nicht erzählt«, widersprach sie. »Vielleicht haben sie sich dieser unerwünschten

Bürde entledigt oder dafür gesorgt, dass sie gar nicht erst empfingen. In Essig getauchte Schwämme und dergleichen.«

Sie sah so unschuldig und vollkommen überzeugt aus, dass er ärgerlich wurde. »Was weißt du denn davon? Ich dachte, du hättest eine ehrbare Erziehung genossen.«

»Ich bin keine Närrin«, konterte sie ungeduldig. »Ich bin als Mädchen mit meinem Vater gereist und habe Dinge gesehen, die … die er missbilligt hätte. Die aber recht informativ waren.«

»Das erklärt die grauen Haare deines Vaters«, murmelte er.

James wünschte sich sehnlichst, er wäre nicht so krank. Er konnte sich einfach nicht konzentrieren. Er wollte nur im kühlen Schatten sitzen, ihr Gewicht auf seinen Knien spüren und seine Arme um sie legen. Er wollte sie küssen, um den Schmerz in seinem Inneren auszuradieren.

Dennoch, sie könnte recht haben. Aber er erinnerte sich an Sara und an jeden einzelnen Tag der beiden Monate, die sie miteinander verbracht hatten. Sie hatten mehr Stunden des Tages miteinander im Bett verbracht als woanders. Wenn eine Frau ein Kind von ihm hätte bekommen müssen, dann wäre es Sara gewesen.

Aber sie war nicht schwanger geworden. Sie war von James zu Grayson Finley gelaufen, und dann, zwölf Jahre später, präsentierte sie ein Kind, das sie praktisch beim ersten Mal mit Grayson empfangen haben musste. James hatte zuerst gehofft, dass Maggie sein Fleisch und Blut wäre, aber ein Blick hatte genügt, um diesen Gedanken auszulöschen. Sie sah aus wie Grayson, redete wie Grayson und grinste wie Grayson.

»Ich will das im Augenblick eigentlich nicht diskutieren, Diana«, sagte er. »Ich bin noch krank, wie du weißt.«

Sie errötete, als ihr gewohnter Ärger sie packte. »Aber ich möchte darüber sprechen. Du kannst ganz gewiss Kinder zeugen, weil ich eines von dir erwarte. Obwohl ich dir gesagt habe, dass ich kein zweites Kind will.« Ihr aufgebrachter Blick sagte ihm, dass sie ausschließlich ihn dafür verantwortlich machte. Obwohl sie in sein Zimmer in Haven spaziert war und ihn von oben bis unten gewaschen hatte. Und als er ihr sagte, sie solle gehen, hatte sie ihr Nachthemd ausgezogen und war in sein Bett gestiegen. Es war seine Schuld. Natürlich.

Er spürte, wie sein Zorn anschwoll. »Du musst doch wissen, Diana, dass es auch das Kind deines Ehemannes sein könnte.«

Sie riss die Augen auf, die wie graublaues Zwielicht wirkten. Mit einem Satz war sie von seinem Schoß gesprungen und fuhr ihn empört an. »Wie kannst du das nur glauben, James? Sie haben dich da draußen halbtot geprügelt! Glaubst du wirklich, ich wäre zu diesem verhassten Mann gegangen und hätte ihn gebeten, mich zu trösten? Wofür hältst du mich?«

Ihr Blick hätte die Laube in Flammen setzen können. Wenn sie auf die Idee gekommen wäre, ihn zu treten, hätte sie es zweifellos getan.

»Ich habe nicht gesagt, dass du freiwillig zu ihm gegangen bist.«

Sie stand vor ihm, die Hände in die Hüften gestützt, während ihr wundervolles rotes Haar sich aus dem Knoten löste und ihre weißen Brüste das Dekolleté ganz entzückend ausfüllten. »Du begreifst gar nichts, James Ardmore. Sir Edward wollte mich nicht. Er hat mich nie begehrt. Nicht als wir verheiratet waren, und erst recht nicht jetzt!«

Ein heißes Gefühl durchströmte ihn. »Also hat er dich nicht gefragt. Wenn er es getan hätte, wärst du dann zu ihm gegangen?«

Sie zögerte. »Natürlich nicht.«

Ihre Blicke begegneten sich. Dieser winzige Augenblick des Überlegens brannte in seinem Magen, und er musste sich zurückhalten, um nicht wüst zu fluchen. Er hätte Sir Edward das Messer in den Leib rammen sollen, als er noch die Gelegenheit dazu hatte. Er musste endlich aufhören, zu nett zu sein.

Diana errötete. »Wäre ich jünger gewesen, wäre ich zu ihm gegangen. Aber jetzt nicht mehr. Als ich ihn geheiratet habe, war ich jung und verliebt. Er hat mir jedoch sehr bald die Illusion geraubt, dass er etwas mit mir zu tun haben wollte.«

Seine Hände schmerzten. Er wollte nach ihr greifen, ihre geschwungenen Hüften berühren. Sein Schoß war kalt ohne sie. »Manchmal begleiten uns die Sehnsüchte unserer Jugend. Selbst wenn wir älter werden und es besser wissen müssten.«

»Nun, ich habe mich ihrer jedenfalls entledigt«, entgegnete sie scharf. »Und was ist mit Alexandra?« Ihre Miene war streng, aber sie zitterte am ganzen Körper.

»Was soll mit ihr sein?«

»Ihr beide scheint gut befreundet zu sein. Als du krank warst, bist du zu ihr gegangen. Du hast sie gebeten, deine Anwesenheit ihrem Ehemann gegenüber nicht zu erwähnen. Und sie hat zugestimmt.« Sie atmete schwer.

»Ich würde nicht sagen, dass wir befreundet sind. Es ist mehr ein gegenseitiges Verständnis.«

»Ein großartiges Verständnis. Offenbar so groß, dass du dir vor ihren Augen das Nachthemd ausziehst und davonstolzierst, ohne dich davon stören zu lassen, dass sie dich ausgiebig mustert.«

»Du hast es gesehen, nicht wahr?« Er war so froh gewesen, dass er überhaupt aufrecht gehen konnte. »Und es offenkundig nicht für nötig gehalten, dich bemerkbar zu machen. Hast du dich denn satt gesehen?«

Ihr Gesicht glühte. Er mochte es, wie ihre Augen funkelten, wenn sie verlegen war. »Ja, das habe ich, wenn du es unbedingt wissen musst, du eingebildeter Pfau!«

Sie war so wunderschön. Er hatte schon zu lange nicht mehr mit ihr geschlafen. Seine Erektion richtete sich bereitwillig auf und machte sich unübersehbar bemerkbar. »Sind wir mit diesem Streit bald fertig? Du musst dich sofort auf meinen Schoß setzen.«

»Wir sind noch lange nicht fertig! Glaubst du immer noch, dass ich zu meinem Ehemann gegangen bin?«

»Nein.«

Sie warf ihm einen argwöhnischen Blick zu. »Bist du wirklich überzeugt, oder sagst du das nur, damit ich den Mund halte?«

»Ich habe dir bereits gesagt, Darling, dass dich nichts zum Schweigen bringen kann.«

Ihre Miene wurde nachdenklich. Er nahm ihre Hände und zog sie zu sich. Sie zitterte immer noch.

»Warte, James. Was machen wir mit dem Kind?«

»Wir denken uns einen Namen aus und überlegen, in welcher Farbe wir das Kinderzimmer streichen.«

Sie biss sich auf die Unterlippe. »Du willst es also?«

»Ich will seine Mama. Wenn es erst einmal auf der Welt

ist, werde ich es wahrscheinlich auch wollen. Ich war noch nie Vater, also habe ich keine Ahnung, wie ich mich dann fühlen werde.«

Diana setzte sich auf seinen Schoß, entspannte sich aber nicht. Wenn sie sich aufregte, äußerte sich ihre Empörung immer so. Sie war dann so starr wie ein junger Baum, der sich nicht biegen möchte, weil er Angst hat umzufallen.

»Ich sollte kein zweites Kind bekommen. Ich bin eine grauenhafte Mutter.«

Er schlang seinen Arm um ihre Taille. »Dem kann ich nicht zustimmen. Du bist wunderbar zu Isabeau, und deine Tochter vergöttert dich.«

»Ich habe es dir doch erzählt. Wie ich Isabeau fast aufgegeben hätte.«

»Wie alt warst du da?«

»Einundzwanzig.«

»Du warst fast selbst noch ein Kind. Es ist viel von einer so jungen Frau verlangt, sich um ein kleines Wesen zu kümmern, das die Welt für entstellt hält. Vor allem, wenn man ihr die Schuld daran gibt.«

»Aber wie konnte ich jemals auch nur in Erwägung ziehen, sie wegzuschicken? Die einzige Erklärung ist die, dass ich eine schlechte Mutter bin. Ich habe einfach keine Gabe für die Mutterschaft.«

Er hätte lächeln mögen, aber sie wirkte so niedergeschlagen. »Isabeau hätte da gewiss einiges einzuwenden, Diana. Sie liebt dich von ganzem Herzen.«

»Und ich liebe sie.«

»Was sollen dann diese albernen Bedenken? Isabeau wird niemals zulassen, dass du eine schlechte Mutter wirst.«

Sie warf ihm einen hoffnungsvollen Blick unter ihren langen Wimpern zu. »Glaubst du das wirklich, James? Oder willst du einfach nur, dass ich aufhöre zu reden?«

»Beides.«

Sie errötete. »Du bist wirklich unmög…!«

Er legte seinen Finger auf ihre weichen, vollen Lippen. »Lass uns nicht wieder damit anfangen, uns zu beschimpfen, Darling. Sondern lieber genießen, dass wir hier zusammen sind.«

Sie lehnte ihren Kopf an seine Schulter. Ihre Finger glitten über seinen breiten Rücken, so leicht wie Schneeflocken. »Ich sollte nicht allein mit dir sein. Ich kann mir nicht trauen.«

»Freut mich, das zu hören.«

Sie fuhr sein Rückgrat hinunter. Er zuckte zusammen, und sie hörte sofort auf.

»Es ist alles in Ordnung, Liebes. Der Schmerz ist fast verschwunden. Ich bin nur ein wenig steif, das ist alles.« Dann setzte er hinzu: »Das ist übrigens nicht das Einzige, was steif ist.«

Er erwartete, dass sie errötete oder böse auf ihn würde. Stattdessen hob sie den Kopf und blickte mit ihren graublauen Augen an ihm herab. Sie waren dunkel vor Verlangen.

Geschickt schwang sie sich auf seinem Schoß herum, bis sie ihm rittlings gegenübersaß. Ihr cremefarbenes Gewand war bis zu den Schenkeln hochgerutscht. »In deiner Gegenwart bin ich schamlos, und es scheint mich nicht einmal zu kümmern. Selbst wenn ich wütend auf dich bin.«

»Du warst schon immer schamlos, Diana. Und du bist immer wütend auf mich.«

Sie küsste ihn auf die Nase, zwischen die Augen. Ihre Wangen waren gerötet, ihre dichten Wimpern geschwungen. Sie küsste seine Lider, dann wanderten ihre Finger zu den kleinen schwarzen Knöpfen ihres Mieders. Sie fing an, es aufzuknöpfen.

»Hmm.« James versuchte, seine Stimme unter Kontrolle zu halten. »Ich dachte, die wären nur Dekoration.«

Diana antwortete nicht. Der Schlitz glitt auseinander und enthüllte die Spitze eines hübschen Hemdchens, das sie darunter trug.

Sein Herzschlag beschleunigte sich. »Soll ich dir helfen?«

»Nein! Du hast das letzte schon zerrissen, und dieses Kleid war sehr teuer.«

Ihm sollte es recht sein. Er sah ihr auch sehr gerne zu. Mit ihren schlanken Fingern öffnete sie die Knöpfe, die wie saftige, kleine Brombeeren aussahen und richtig appetitlich wirkten. Es waren insgesamt zwanzig, und sie brauchte quälend lange, bis sie alle offen waren.

Als sie schließlich so weit war und begann, die kleinen Schleifen ihres Hemdes zu öffnen, war James hart wie ein Baumstamm. Er konnte nicht ruhig sitzen bleiben, sondern half ihr, die Wunder zu enthüllen, die der Stoff verbarg.

Ihre Haut war gerötet und feucht. Es war so einfach, sich ein bisschen vorzubeugen und die Schweißtropfen zwischen ihren Brüsten abzulecken.

Mit den Fingern strich sie durch sein Haar. Sie schmeckte nach Honig und Zimt und nach Diana.

Sie küsste seine Stirn, und ihr Atem wehte heiß über seine Haut. Seine Beine begannen zu zittern. Er verschränkte seine Finger unter ihrem Gesäß und zog sie dichter zu sich heran. Die Bank unter ihm war hart und kalt. Aber ihre Schenkel waren warm und der Rock weit genug, dass er seine Hände darunter schieben konnte.

Mit dem Daumen fand er die Locken zwischen ihren Beinen. Sie stöhnte zufrieden auf. Sie war heiß und nass, und er strich mit der Daumenspitze über ihre feuchte Spalte. Seine süße Diana war immer feucht und bereit für ihn, diese ungezügelte, entzückende Frau.

»Ich wünschte, ich wäre gesund«, murmelte er. »Das würde dies hier sicherlich interessanter machen.«

Sie hatte die Augen halb geschlossen. »Sollen wir lieber hineingehen?«

»Ich glaube, ich kann noch eine Weile hier sitzen bleiben.«

»Ich möchte nicht, dass dein Fieber wiederkehrt.«

»Es ist vorbei. Mir ging es schlagartig besser, als ich dich im Salon sah.«

»Ich weiß, aber …« Sie legte ihre Hände auf seine Schultern, als sie einen Augenblick nachdachte. Dann warf sie ihm einen schelmischen Blick aus ihren dunkelblauen Augen zu.

Sie glitt von seinem Schoß, hockte sich hin und nutzte die Falten ihres Rockes, um den harten Boden der Laube für ihre Knie zu polstern. Sein Puls raste. Ihr Mieder klaffte immer noch auseinander und enthüllte ihre weichen, nackten Brüste.

»Ich habe zwar keine Pistole bei mir«, meinte sie, »aber ich möchte, dass du deine Hose aufknöpfst. Natürlich würde mir Alexandra eine Waffe ihres Gemahls ausborgen. Soll ich ins Haus gehen und sie fragen?«

»Du bleibst gefälligst hier.« Er öffnete den obersten Knopf der Lederhose. »Ich habe es dir nie gesagt«, meinte er, während er den zweiten aufmachte. »Aber wenn du mich an dem Tag einfach nur gebeten hättest, mich auszuziehen, hätte ich es wahrscheinlich auch getan, wenn du keine Pistole gehabt hättest.«

Sie errötete. »An dem Tag war ich nicht ganz ich selbst.«

»Oh doch, das warst du. Ganz und gar.« Er schlug die Klappen der Hose auseinander. Seine Erektion dankte es ihm. Es war allmählich ein wenig eng geworden.

Diana schloss ihre kühle Hand um seinen Schaft. Sie betrachtete ihn einen Moment, nickte dann kurz, beugte sich vor und nahm ihn in den Mund.

James unterdrückte ein Stöhnen. Die Lust strömte heiß durch seine Adern und vertrieb die letzten Reste seiner Krankheit. Verdammt, wenn Alexandra zugelassen hätte, dass Diana zu ihm ins Bett kletterte, hätte er sich zweifellos viel schneller erholt.

Schneller, ja, hatte jemand gerade schneller gesagt?

Ihr Zunge bewegte sich auf und ab. Er wiegte sich auf der Steinbank und krallte die Zehen in die Sohlen von Graysons eine Spur zu kleinen Stiefeln. Seine Finger strichen durch Dianas Haar und lösten es aus dem Knoten. Warum glaubte sie nur, dass es gut aussah, wenn es so ordentlich war? Er wollte, dass es über seine Hände floss, bis zu ihren Hüften, damit er darin ertrinken konnte.

Er wollte ihren Namen aussprechen, doch seine Stimme brach. Der Wind wirbelte das Laub hoch, wehte es über den Boden des Pavillons. Regen fiel durch das Blätterdach der Bäume und prasselte hohl auf den Stein.

Ihr Mund war heiß und feucht, und ihre Zunge ... Sie hatte so etwas noch nie gemacht. Zwar kannte sie die Theorie, aber sie wusste nicht genau, was sie tun sollte. Doch das spielte keine Rolle. Er würde es ihr beibringen. Was für eine Freude es sein würde, sie zu unterweisen, immer und immer wieder.

Sie leckte bis zu seinen prallen Hoden hinab, dann wieder zurück und umkreiste seine erregte Männlichkeit bis zur Spitze. James konnte zwar ihren Mund nicht sehen, aber er stellte sich ihre kleinen, weißen Zähne vor, ihre roten Lippen, wie sie mit ihm spielten. Er holte tief Luft. Lange hielt er das nicht mehr aus.

Ein Regenschauer fegte in die Laube. Die kalten Tropfen trafen ihn und Diana, was sie keuchend zurückzucken ließ.

James bemerkte die Kälte nicht einmal. Er packte Dianas Arme und zog sie nach oben. »Ich fühle mich plötzlich viel besser«, sagte er.

Er hob sie mit vor Anstrengung zitternden Armen hoch, schob ihre Röcke noch weiter hinauf und setzte sie erneut rittlings auf seinen Schoß. Diesmal drang sein festes, hochaufgerichtetes Glied direkt in sie ein.

Diana schnappte nach Luft und riss die Augen weit auf. *Närrisches Weib, hast du geglaubt, du kannst mich wild machen und dann dem Wahnsinn selbst entkommen? Nein, nein, Diana! Du wirst das mit mir zusammen genießen.* Er wiegte sich vor und zurück, drang tiefer und tiefer in sie ein. Ihre Muskeln legten sich eng um ihn und stachelten seine Lust noch mehr an.

Er hatte mit Frauen geschlafen, deren Fähigkeiten unvorstellbar waren. Sara war eine der Besten gewesen. Aber bei keiner anderen Frau hatte er sich so gefühlt, hatten sein Verlangen und sein Herz sich so vermischt und eine Freude in ihm ausgelöst, die er noch nie erlebt hatte. Was machte da ihre Unerfahrenheit? Nein, sie zu unterweisen würde überhaupt kein Problem sein.

Sie schrie seinen Namen, als ihr Höhepunkt kam, und presste ihre Augen fest zusammen. Fast zerquetschte sie ihn unbewusst mit ihren Beckenmuskeln, was seine Erregung bis zur Raserei steigerte. Er stieß heftig in sie, einmal, zweimal. Der feuchte Wind riss an ihrem lockeren Haar und löste es endgültig aus dem Knoten.

Dann war es vorbei. Er sackte gegen sie, als er seinen Samen in sie pumpte, und flüsterte zusammenhanglose Worte in ihr Haar. Seine Beine waren schwach und zitterten, und er hatte das Gefühl, als würde er jeden Moment von der Bank fallen.

Es spielte keine Rolle. Er würde mit Diana fallen, und er war sicher, dass sie interessante Dinge ersinnen würden, wenn sie erst auf dem Boden lagen.

Sie ließ ihren Kopf auf seine Schulter sinken, und ihr warmes Haar strich über seine Finger. Sie hatten gemeinsam viel Schmerzhaftes erlebt, und es stand noch einiges zwischen ihnen. Sie hatten beide Angst und noch etliche Mauern zu überwinden. Aber in diesem Moment schoss James durch den Kopf, dass sie vielleicht den ersten, kleinen Schritt dieses langen Weges schon getan hatten.

Die nächste Woche verlief ruhig, und James genas immer mehr. Diana schlief während der Nächte zwar allein, aber sie lag lange wach und stellte sich vor, wie sich James nackt in seinem riesigen Bett wälzte und ebenfalls nicht einschlafen konnte. Hätte sie es gewagt, wäre sie über die Empore in sein Zimmer geschlichen, aber Alexandras Hausbedienstete schienen nie zu schlafen. Lakaien und Dienstmädchen patrouillierten Tag und Nacht zu allen Zeiten durch die Flure.

Diana hatte vergessen, wie es war, ständig von Dienern

umgeben zu sein, die ihren Aufgaben nachgingen und das Haus führten. Die Herren und Herrinnen mochten vielleicht glauben, es wäre ihr Haus, aber die Bediensteten wussten es besser. Diana war von Jugend an gewöhnt, sich um sich selbst zu kümmern und Mrs. Pringle zu helfen. Sie fand Dienstboten eher lästig. Die Ladys der besseren Gesellschaft dagegen, zu denen auch Alexandra gehörte, würden zweifellos in Ohnmacht fallen, wenn sie erfuhren, dass Diana Betten machen und Kartoffeln schälen konnte, als wäre sie eine einfache Küchenmagd.

James hatte an dem Morgen nach ihrem Abenteuer in der Laube einen leichten Fieberrückfall. Dianas Herz presste sich vor Angst zusammen, und sie geißelte sich den ganzen Nachmittag dafür, dass sie möglicherweise seinen Tod verursacht hatte. Aber er überwand den Anfall rasch und raunzte sie an, damit aufzuhören, so viel Aufhebens um ihn zu machen.

Der Rückfall schien zu beenden, was sie gerade angefangen hatten. In der Laube hatten sie eine Art Verhältnis begründet, einen Austausch von Gedanken und Gefühlen, den Diana gern fortgesetzt hätte. Aber nachdem sich James erholt hatte, verschloss er sich vor ihr.

Auch die Frage, ob das Kind von ihm war, hatte er nicht mehr angesprochen. Allerdings benahm er sich, als glaubte er ihr, dass sie nicht zu Sir Edward gegangen war. Nur bekam sie keine Gewissheit in diesem Punkt, weil er sich weigerte, darüber zu reden.

Diana beobachtete ihn in den folgenden Tagen mit zunehmender Enttäuschung. Er erzählte ihr, in Alexandras Gegenwart, dass sie nach seiner endgültigen Genesung nach Charleston zurückkehren und dort heiraten würden, nachdem sie unterwegs ihren Vater abgeholt hätten. Er erwähnte mit keinem Wort, wie sie dort hinkommen würden, wo sein Schiff sich aufhielt oder wie er diese Arrangements getroffen hatte. Typisch Mann verkündete er es einfach und erwartete, dass sie gehorchte.

Sie kam sich vor, als würde sie gegen eine dicke Tür aus Stein hämmern. Auf Haven hatten sie eine gewisse Verbundenheit festgestellt, wenn sie stritten, sich versöhnten und wieder stritten. Sie waren beide leidenschaftliche Menschen, aber Diana hatte Gefallen an ihren Reibereien gefunden. Jetzt jedoch wirkte er kalt und in sich gekehrt. Alexandra beobachtete sie beide bekümmert, mit einer Sorgenfalte zwischen den Brauen, machte jedoch keine Anstalten, ihnen zu helfen.

Am Ende der Woche schlug James Diana vor, mit ihr zu der Laube zu gehen. Er wählte dafür die Zeit nach der Teestunde, in der Alexandra sich im Kinderzimmer aufhielt. Diana schlenderte neben ihm in den Wald und hoffte, dass sie Heirat, Kinder und Charleston besprechen würden. Doch als sie die Laube erreichten, stellte sie fest, dass James sie nicht zum Reden hierher geführt hatte.

In den folgenden atemlosen zwei Stunden diskutierte James mit ihr nur darüber, welche anderen Stellungen er ihr zeigen wollte. Er ersann viele kreative Möglichkeiten, sich auf einer Steinbank zu lieben, und er hatte auch einige Decken mitgeschmuggelt, um den Boden zu polstern.

Sie liebten sich bis zur Erschöpfung. Dann zogen sie sich an und gingen zum Haus zurück. An diesem Punkt war Diana viel zu ermüdet für ein Gespräch, was er natürlich genau gewusst hatte. Dieser verdammte Mistkerl!

Sie hätte sein Bedürfnis nach Schweigen vielleicht ja auch verstanden, immerhin war er sehr krank gewesen, wenn er nicht so viele private Gespräche mit Alexandra führen würde. Während er Diana von dem, was in seinem Inneren vorging, ausschloss, öffnete er sich Alexandra in langen, vertrauten und sehr ernsten Unterhaltungen. Wann immer Diana in einem solchen Moment den Raum betrat, verstummten beide. Alexandra sprach dann rasch über etwas Neutrales, und James behandelte sie schmerzhaft neutral.

Diana wälzte sich des Nachts allein in ihrem Bett herum, über alle Maßen frustriert.

Eines Abends fand sie James vor dem Abendessen im Salon. Er balancierte die kleine Charlotte auf dem Knie, während er erneut ein tiefgründiges Gespräch mit Alexandra führte. Aus dem offenen Fenster sah man den weiten, blauen Ozean, den klaren Himmel und ein Stück von dem golden glänzenden Sandstrand. In einiger Entfernung schlenderten Londoner über die Strände, verblüfft, dass in England die Sonne schien, und auf dem Meer bildeten zahllose kleine Segelboote bunte Tupfer.

Ihr Gespräch war so intensiv, dass sie es nicht unterbrachen, als Diana hereinkam.

»Wir alle brauchen jemanden, den wir hassen können, Alexandra«, sagte James. »Und Euer Ehemann hasst mich.«

»Das stimmt nicht«, antwortete Alexandra gereizt. »Ich weiß, wie er in seinem Herzen empfindet. Sein Mitgefühl für Euch ist grenzenlos.«

James' Blick wurde hart. »Das Letzte, was ich will, ist Grayson Finleys Mitgefühl. Er hat die Unverschämtheit, mich zu bemitleiden? Ich weiß Dinge über ihn … Vergesst es, ich werde Euch nicht davon erzählen. Ich werde ohnehin verschwunden sein, bevor er nach Hause zurückkommt, und dann könnt Ihr beide mich bemitleiden, soviel Ihr wollt.«

Alexandra blickte hoch, sah Diana und unterbrach sich. Keiner von beiden machte Anstalten, ihr zu sagen, worüber sie geredet hatten. Diana entschloss sich, nicht beleidigt hinauszurauschen, sondern sich hinzusetzen und den Tee zu trinken, den Alexandra ihr aufnötigte. Sie beschäftigte sich damit, Robert mit ihrem Teelöffel zu necken, um ihre Wut im Zaum zu halten. Wenigstens der kleine Junge war glücklich. Er schob den Löffel in seinen Mund und kaute mit seinen beiden Zähnchen darauf herum.

James beobachtete sie nur. Er schien viel kräftiger geworden zu sein, fast so stark wie früher. Die blauen Flecken auf ihren Schenkeln konnten das bezeugen. Er war noch zweimal mit ihr zu der Laube gegangen und hatte sie jedes Mal mit groben Küssen zum Schweigen gebracht, gegen die sie sich nicht gewehrt hatte. Jetzt trank er schweigend seinen Tee. Alexandra warf ihm einen besorgten Blick zu, aber er schüttelte nur den Kopf. Diana biss die Zähne zusammen.

Sie musste bis zum nächsten Nachmittag warten. Dann würde sie ihn zur Rede stellen, wenn sie wieder zu dem Gehölz gingen und so taten, als wäre alles ganz harmlos. Alle im Haus mussten wissen, was sie dort taten. Alexandra fragte sie nie, ob sie die beiden begleiten konnte, und auch kein Kind oder Gärtner tauchte jemals in der Nähe der Laube auf und störte sie.

Diana musste jedoch noch länger warten, denn James küsste sie bereits, noch bevor sie die Laube erreicht hatten. Er war ganz offensichtlich wieder im Vollbesitz seiner Kräfte, dachte sie, als sein starker Arm sie hielt und sie vor dem Steinboden schützte, der trotz der Decke hart war. Und seine Ausdauer war ebenfalls wieder auf der Höhe. Die wirklich ganz außerordentlich war.

Der verwünschte Mann gab ihr keine Gelegenheit zu reden. Als sie schließlich zur Ruhe kamen und er sich auf ihr ausstreckte, war Diana erschöpft. Es war ein warmer, schwüler Tag, und ihre Kleidung lag in der Laube verstreut auf dem Boden. Zikaden zirpten in den Bäumen, und die Vögel verfolgten einander auf der Jagd nach dem, was Diana und James bereits gefunden hatten.

James döste ein, sein Gesicht an ihrer Schulter, deshalb sah Diana den Mann zuerst, der vor ihnen stand. Seine blonde Mähne wehte sacht in der Sommerbrise, aber seine blauen Augen wirkten nicht amüsiert, und ebenso wenig erheiternd sah die Pistole aus, die er in der Hand hielt.

21. Kapitel

Als Diana leise aufschrie, wachte James schlagartig auf. Mit einer raschen Bewegung rollte er sich von ihr herunter, richtete sich auf und stieß sie hinter sich. Diana wusste nicht, wo er die Pistole herbekommen oder wo er sie versteckt gehabt hatte, aber im nächsten Moment zeigte sie direkt auf Grayson Finley.

Diana verbarg ihren nackten Körper so gut wie möglich hinter James und spähte über seine Schulter. Die beiden Männer musterten sich lange in angespanntem Schweigen.

Schließlich legte Grayson den Lauf der Pistole über seine Schulter und nahm den Finger vom Abzug. »Du bist ein verdammter Narr, Ardmore!«

James entspannte sich nicht. »Du solltest verschwinden, Finley, sonst wird deine Frau meinetwegen sehr, sehr unglücklich sein!«

Grayson Finleys blaue Augen blitzten. »Ich bin hier, um deine Haut zu retten.« Sein Blick glitt mit kaum verhüllter Missbilligung über James' nackten Körper – »deine nackte Haut« – und dann weiter zu Diana und wurde deutlich anerkennender. Sie versuchte, sich noch kleiner zu machen.

»Behalte deine Augen gefälligst bei dir!«, knurrte James.

Grayson ließ sich davon nicht beeindrucken. Er betrachtete Diana genüsslich und versuchte so viel von ihrem Anblick zu erhaschen, wie er konnte. »Du hast verdammt viel Glück, dass Alexandra mir gesagt hat, wo du bist. Und was du sehr wahrscheinlich gerade tust. Eine ausgezeichnete Idee, in der Laube an einem Sommernachmittag. Muss ich mir merken.«

»Das würde dir leichterfallen, wenn du dich umdrehst und verschwindest.«

»James«, mischte sich Diana nervös ein. »Vielleicht solltest du ihn nicht erschießen, bis er dir gesagt hat, warum er hier ist.«

»Ich mag sie«, erklärte Grayson ruhig. »Eine sehr intelligente Frau. Während du dich so sehr darauf konzentriert hast, dich mit ihr zu vergnügen – was ich dir übrigens nicht verdenken kann, denn sie ist außerordentlich schön und viel zu gut für dich … Aber wie dem auch sei, während du dich also mit ihr verlustiert hast, ist die Admiralität in Newquay eingetroffen. Man durchkämmt im Moment auf der Suche nach dir meinen Besitz.«

Das Schweigen wurde nur durch das Zwitschern der Vögel und das Zirpen der Zikaden gestört. Wut kochte in James hoch, erst auf sich und dann auf Grayson, der Diana immer noch interessiert betrachtete. »Willst du behaupten, dass du uns verraten hast?«

»Alexandra hat dich verraten«, erwiderte Grayson gelassen. »Wenngleich auch nicht absichtlich. Sie hat mir von dir und Lady Worthing geschrieben. Bedauerlicherweise ist die Admiralität weit davon entfernt, mir zu vertrauen, ungeachtet dessen, wie sehr ich ihnen geholfen habe. In ihren Augen bin ich immer noch ein Pirat, obwohl der Herzog von St. Clair mich zu seinem engsten Freund gemacht hat. Deshalb wird meine Post gelesen.«

»Oh nein!«, stieß Diana hinter James hervor. Ihr schlanker Arm umschlang immer noch seine Taille.

»Alexandra war klug genug, deinen Namen nicht zu erwähnen. Aber aufgrund von Admiral Lockwoods jüngsten Nachfragen in London, dem spurlosen Verschwinden seiner Tochter und unserer gemeinsamen Vergangenheit haben sie sich rasch einen Reim darauf machen können. Außerdem ist der Idiot Henderson im *Majestic Hotel* abgestiegen, wie immer.«

»Hat man ihn verhaftet?«, erkundigte sich James gespannt.

»Henderson ist spurlos verschwunden, ich habe keine Ahnung, wohin. Die Admiralität glaubt, dass du Alexandra als Geisel hältst. Sie wollten mich unbedingt hierher begleiten, um nach dir zu suchen. Alexandra war geistesgegenwärtig genug, so zu tun, als hättest du sie gezwungen zu schweigen, und wie stets glaubt man alles, was sie sagt. Deshalb durchsuchen sie meinen Besitz.«

James fühlte, wie Diana aufstand, obwohl sie vollkommen nackt war. »Mein Gott!«, stieß sie hervor. »Isabeau ist im Haus.«

Graysons Blick richtete sich erneut auf Diana. »Alexandra und Maggie kümmern sich um sie. Du solltest besser verschwinden, Ardmore, und zwar schnellstens. Bevor sie sich fragen, wo ich so lange bleibe.«

James hatte sich bereits entschieden. Er misstraute Grayson aus tiefstem Herzen, außer in diesem Punkt. Grayson hegte keinerlei Zuneigung zu der englischen Admiralität.

Sie ließen ihn mit ihrem Versprechen einer Generalamnestie für seine Piratenvergangenheit nach ihrer Pfeife tanzen, und er würde alles tun, um Maggie und seine Frau vor Entehrung und Schande zu schützen.

»Zeit, sich anzuziehen, Diana«, saget er. »Wenn Henderson London verlassen hat, wird er uns auf der *Argonaut* erwarten.«

»Ich kann nicht gehen.« Sie stand auf, als James sich erhob, und versuchte, seinen Körper zwischen sich und Grayson zu lassen.

»Ihr könnt und Ihr müsst.« Graysons Augen waren ernst. »Wenn Ihr es nicht tut, werden sie Euch in Haft nehmen und benutzen, um an James heranzukommen.«

Sie riss ihr Hemd von der Bank und hielt es vor sich. »Seid Ihr verrückt geworden? Ich kann doch mein Kind nicht einfach zurücklassen!«

»Alexandra wird Isabeau verstecken und zu Euch bringen. Sie wird vollkommen sicher sein, das verspreche ich Euch.«

»Du kannst ihm vertrauen, Diana«, sagte James, während er seine Hose anzog. »Er ist fast so gut wie ich.«

Grayson ignorierte den Seitenhieb. »Glaubt mir, ich tue dies für Euch, Lady Worthing. Nicht für ihn.« Er unterbrach sich, als James das Leinenhemd überstreifte. »Ist das zufällig meine Garderobe?«

»Von deiner entzückenden Frau für mich ausgesucht«, bestätigte James. »Beeil dich, Diana. Finley, dreh dich um.«

Grayson zeigte sein strahlendes Lächeln, als er Diana noch ein letztes Mal genüsslich musterte. Dann drehte er sich auf dem Absatz um und blickte zum Wäldchen.

James musste zugeben, dass es Vergnügen bereitete, Diana beim Ankleiden zuzusehen. Sie streifte sich das Hemd über den Kopf, was ihre Vorzüge kein bisschen verbarg. Der dünne Stoff glitt höchst verlockend über ihre weiblichen Formen, als sie sich bückte, um das Kleid anzuziehen. James schob die Arme in den Gehrock und bemerkte, wie Grayson über die Schulter blickte.

»Wenn du noch einmal hinsiehst, Finley, erschieße ich dich.«

Grayson ließ sich Zeit, bevor er sich umdrehte. »Ich habe sie nur bewundert. Du hast einen wahrlich ausgezeichneten Geschmack. Sie ist hinreißend.«

»Du hast deine eigene.«

Grayson sah noch einmal zurück, aber Diana hatte sich bereits bedeckt und kehrte ihm den Rücken zu, während sie hastig ihr Mieder zuknöpfte. Auf Graysons Miene malte sich der hingerissene Ausdruck ab, den er immer bekam, wenn er von Alexandra sprach. »Ich weiß. Ich habe die beste aller Frauen.«

»Nicht ganz. Ich glaube, das kann ich von mir behaupten.«

Diana fuhr herum. Sie hatte ihr Mieder zugeknöpft, und ihre Miene war aufgebracht. »Ihr redet, als wären Alexandra und ich Rennpferde! Sie wäre ganz bestimmt nicht erfreut, das zu hören.« Dann setzte sie sich auf die Bank und glitt mit den Füßen in ihre Strümpfe. Sie wackelte mit den Zehen, um den dünnen Stoff überzustreifen, und die beiden Männer sahen ihr in vereinter, selbstvergessener Faszination zu.

Da hörte James Geräusche in dem Wäldchen. Er hob die Pistole und packte Dianas Handgelenk.

»Hier entlang, Sir!«, rief eine Stimme mit dem unverkennbaren Cockney-Akzent der Gassen Londons. »Die Diener sagen, es gibt irgendwo hier in dem Wäldchen eine Laube.«

»Sucht dort drüben, Sergeant!«, antwortete eine gebildete Stimme. »Ich gehe hinten herum.«

Sie machten überflüssigen Lärm. Gut. So konnte James genau erkennen, wo sie sich befanden.

Er zerrte Diana aus der Laube und schob sie hinter einen Baum. Grayson verschwand unauffällig. James steckte die Pistole wieder ein und zog ein kurzes Messer heraus, das er aus Graysons Sammlung stibitzt hatte. Es war ein sehr gut ausbalanciertes Messer, eine sichere, tödliche Waffe.

Ein Mann trat in den Pavillon. James beobachtete ihn durch das Laubwerk der Bäume. Er sah nur seine dunkelblaue Jacke und die weiße Hose, die Uniform eines anonymen Offiziers. Er packte das Messer fester. Diana stand steif und angespannt hinter ihm und atmete leise.

Der Offizier fand die Decke. Er blieb davor stehen und betrachtete sie lange. Als er wieder hochsah, musterte er das Gelände und schritt dann langsam aus der Laube heraus.

Der Engländer kam zielstrebig auf ihr Versteck zu und blieb unmittelbar vor ihnen stehen. James trat aus dem Schatten hervor und setzte ihm rasch das Messer an die Kehle.

Die braunen Augen seines Gegenübers betrachteten ihn gelassen. Er trug die Uniform eines anonymen englischen Marineoffiziers, doch James kannte ihn unter dem Namen Leutnant Jack.

Er ließ das Messer noch eine Weile an der Kehle des Mannes, entspannte sich dann jedoch und ließ die Hand mit der tödlichen Waffe sinken. Leutnant Jack erwiderte seinen Blick schweigend, drehte sich dann ebenfalls wortlos um und ging weg.

Diana nahm Isabeau in Alexandras prächtiger Eingangshalle in die Arme und drückte sie fest an sich. »Ich war so eine Närrin, dich allein zu lassen, mein Liebling. Das mache ich nie wieder, das schwöre ich dir!«

Isabeau zappelte ein wenig, sichtlich verwirrt von Dianas Eifer. Die Vorstellung, Isabeau einfach bei Fremden zu lassen, hatte Diana schreckliche Angst eingejagt. Isabeau bei ihrem Großvater und Mrs. Pringle auf Haven zu wissen war eine Sache, sie an der Küste Englands allein zu lassen, während Marinesoldaten nach ihnen suchten, war etwas vollkommen anderes.

»Es war gut, dass Ihr es getan habt«, meinte Lord Stoke. »Sonst hätten sie Euch hier mit James aufgespürt.«

»Sie hätten uns auf jeden Fall gefunden.« James klang gereizt.

Leutnant Jack war ohne einen weiteren Kommentar gegangen. Sie hatten gehört, wie er dem Marinesergeant gesagt hatte, dass er keine Spur von ihnen in dem Pavillon oder in ihrer Nähe gefunden hätte. Sie und James hatten in gespanntem Schweigen gewartet, während Jack und der Sergeant durch das Gehölz getrampelt waren. Es kam ihnen fast wie eine Ewigkeit vor, bis Lord Stoke wieder auftauchte und ihnen sagte, dass sie unbesorgt ins Haus zurückkommen könnten.

»Aber es wird nicht lange sicher sein«, meinte James jetzt. »Sie werden zurückkehren. Sie werden die Stadt und das angrenzende Gebiet längere Zeit durchsuchen.« Seine Augen schimmerten eisgrün. »Ich meine mich erinnern zu können, dass ich Euch gebeten habe, Eurem Ehemann nichts über mich zu schreiben.«

Alexandra richtete sich hoheitsvoll auf. »Das habe ich auch

nicht getan, bis Ihr wieder gesund wart. Ich habe keine Geheimnisse vor ihm.«

Sie betrachteten sich nachdenklich. »Natürlich nicht«, räumte James schließlich ein. »Aber ich hatte gehofft, still und leise verschwinden zu können. Jetzt muss ich einer Marinepatrouille ausweichen.«

»Wir werden uns etwas ausdenken«, meinte Lord Stoke gelassen.

Unverzüglich begannen sie zu planen. Während des restlichen Nachmittags und des Abendessens umrissen und verwarfen James und Grayson verschiedene Pläne. Diana spürte, dass James das hier allein bewältigen wollte, wie er es auch sonst tat, aber er gab vor, als hörte er sich Lord Stokes Ideen an. Alexandra zögerte nicht, ihre eigenen Vorstellungen einzuwerfen, und Diana hatte sich noch nie gescheut, James zu unterbrechen. Woraufhin sich ein lebhafter, vierstimmiger Disput erhob.

»Die *Majesty* ist der einzige Ausweg«, meinte Lord Stoke viel später am Abend.

»Und gleichzeitig der Weg, der zu deiner Verhaftung führt«, konterte James. »Ich hätte nichts dagegen, dich im Gefängnis zu sehen, aber ich würde nur ungern Alexandras Zorn auf mich ziehen.«

Diana war erschöpft. Ihre Augen brannten, als wäre feiner Sand darin, und ihr Rücken schmerzte noch von den harten Steinen in der Laube. James, der Mann, der das Fieber und die von den Peitschenhieben verursachten Wunden erfolgreich bekämpft hatte, trank dagegen einen Brandy nach dem anderen und marschierte, offenbar vollkommen bei Kräften, durch den Salon.

Alexandra begnügte sich in der Hauptsache damit, die

beiden Männer zu beobachten. Sie waren wahrlich gutaussehende Exemplare, die zu betrachten lohnte. Der dunkelhaarige James mit Augen wie Jade, mit seinem markanten, dunkelhäutigen Gesicht, und Grayson Finley mit seiner langen, blonden Haarmähne und den blauen Augen, die einen Raum erhellen konnten.

Alexandra hatte Diana ein wenig von der gemeinsamen Geschichte dieser beiden Männer erzählt. Wie Grayson James von einem Piratenschiff gerettet und ihn dann eingeladen hatte, ihm zu helfen, eine Fregatte zu kapern. Es gelang ihnen, eine Meuterei anzuzetteln, die Geburtsstunde dieses legendären Piratenduos.

Sie sahen auch wie Piraten aus. Diana konnte sich vorstellen, wie sie ein Schiff enterten, wie Graysons Haar in der Sonne glänzte, wie er lachte und eine witzige Bemerkung machte, während James ruhiger und in seinem Südstaatenakzent mit seinem schneidend scharfen Zynismus konterte.

Irgendwann in dieser Zeit waren die beiden Freunde zu Feinden geworden. Selbst jetzt, das hatte Alexandra ihr gestanden, war sie nicht sicher, zu welcher Seite sich die Waage neigen würde.

Diana spürte die Spannung zwischen den beiden Männern, als sie ihre Pläne schmiedeten. James beobachtete Grayson aus zusammengekniffenen Augen, und Graysons liebenswertes Lächeln erlosch, wann immer James ihn mit beißendem Sarkasmus überschüttete.

»Meine Idee ist besser«, erklärte James jetzt. »Es wäre typisch für mich, und außerdem rettet es dir deinen hübschen Hals vor der Schlinge. Du hast Kinder, für die du sorgen musst.«

Graysons Freundlichkeit war erschöpft. Er betrachtete

James mit blauen Augen, die ebenso kalt waren wie die von James. »Ich will nicht, dass Alexandra in deine Pläne hineingezogen wird. Dafür weiß ich noch zu gut, was letztes Mal dabei herausgekommen ist.«

Die beiden Männer maßen sich lange. Schließlich sagte James: »Ich kann mich noch sehr gut an deine Hände um meinen Hals erinnern. Ich glaube, du hast deine Revanche bekommen.«

»Nicht einmal annähernd, Ardmore.« Graysons Stimme wurde weich und gurrend. Und tödlich. »Nicht einmal annähernd.«

Sie beäugten sich wie zwei Hunde, die mit gesträubten Nackenhaaren umeinander herumschleichen. Alexandra wirkte sichtlich beklommen. Diana wäre am liebsten aufgesprungen und hätte von ihnen zu wissen verlangt, wovon genau sie eigentlich redeten. Diese verdammten Männer! »Können wir vielleicht beim Thema bleiben? James muss entkommen. Sein Plan ist so kühn, dass er funktionieren könnte. Wir müssen etwas unternehmen.«

»Ich stimme Euch zu«, sagte Alexandra ruhig.

Grayson fuhr herum. »Du stimmst ihr zu?« Seine Miene war unbewegt, als warte er auf etwas.

»Ich glaube, damit ist das Thema erledigt«, erklärte James.

»Nein!«, widersprach Grayson scharf. »Ich will Alexandra nicht darin verwickelt sehen. Ich bin mit dem Plan einverstanden, aber ohne ihre Beteiligung.«

»Sie muss mitmachen.« James' Augen schimmerten entschlossen. »Niemand wird uns glauben, wenn sie nicht dabei ist. Du bewegst dich auf dünnem Eis, alter Freund. Die Admiralität scheint deinen Titel zwar zu bewundern, aber sie ist nicht gerade glücklich über den Spaß, den du dir im Pazifik geleistet hast. Ich könnte ihnen eine lange Liste deiner Aktivitäten geben, von denen sie die meisten garantiert nicht mal kennen.«

»Droh mir nicht, James!«

»Das ist keine Drohung. Ich will dir nur verdeutlichen, wo du stehst. Ein Hinweis darauf, dass du mir geholfen hast, dann werden sie dich wegen all deiner alten Geschichten zur Rechenschaft ziehen.«

Sie starrten sich an, blaue Funken und grünes Eis.

Schließlich stieß Grayson ungeduldig die Luft aus. »Einverstanden, verdammt. Ich benachrichtige Jacobs und sage ihm, was er zu erwarten hat.« Er warf James einen bösen Blick zu. »Aber wenn du auch nur den Firnis ankratzt, dann ziehe ich dich zur Verantwortung. Das Schiff ist Maggies Vermächtnis. Ich will es ihr unversehrt hinterlassen.«

»Ich weiß, wie ich ein Schiff zu segeln habe, Finley. Du hast es mir schließlich beigebracht, schon vergessen?«

Grayson knurrte, sagte aber nichts dazu.

Anschließend gingen sie zu Bett, doch Diana konnte nicht schlafen. Sie schlich ins Kinderzimmer, um nach Isabeau zu sehen. Das kleine Mädchen schlief friedlich, eine Faust neben dem Kissen geballt. Diana drückte ihr einen Kuss auf die Stirn. Isabeau hatte ihr alles über Liebe und Sorge beigebracht, und über Courage. Sie konnte sich ein Leben ohne sie nicht mehr vorstellen.

Dann legte sie eine Hand auf ihren Bauch. Sie hoffte, dass etwas ähnlich Kostbares in ihr heranwuchs und dass ihr bei ihrem nächsten Kind nicht dieselben Fehler unterliefen, die sie an Isabeau begangen hatte.

Sie verließ das Kinderzimmer und ging nach unten. James

würde in seinem Zimmer schlafen, doch sie zögerte, zu ihm zu gehen. Er hatte ihr gegenüber kein einziges Mal das Thema Heirat und die Reise nach Charleston angesprochen, aber sie nahm an, dass sie ihn auf dieser Flucht begleiten würde. Doch sein kühles Verhalten beunruhigte sie.

Das Stoke-Haus war prachtvoll dekoriert. Die goldenen und silbernen Einlegearbeiten schimmerten im Kerzenlicht in der Halle. Es war schlicht überwältigend. Ein Diener kam am Fuß der Treppe auf sie zu. Bereit, ihr ein Glas Wasser, ein Kissen, ein Abendessen oder was auch immer sie begehrte zu bringen. Diana nickte ihm nur freundlich zu und ging weiter ins Arbeitszimmer. Sie hoffte, ein Buch zu finden, das sie interessierte und ihre aufgewühlten Gedanken beruhigte.

Stattdessen traf sie auf den Viscount. Er saß in einem Sessel und starrte gedankenverloren ins Feuer. Sein blondes Haar leuchtete in dem dämmrigen Licht. Sie wollte auf Zehenspitzen davonschleichen, aber er hatte sie bereits bemerkt.

»Lady Worthing«, sagte er und winkte sie zu sich. »Kommt und setzt Euch.« Er deutete auf einen Sessel.

Sie folgte seiner Einladung, neugierig auf das, was er ihr zu sagen hatte.

Eine Weile betrachtete er sie schweigend, doch diesmal flirtete er nicht. Diana bemerkte die scharfe Intelligenz in seinen Augen, die er für gewöhnlich hinter seiner liebenswürdigen, etwas verrückten Piratenmanier verbarg.

»In London«, begann er schließlich, »habe ich Euch geraten, James Ardmore zu vergessen. Und dann finde ich Euch hier bei ihm. Sehr nah bei ihm.« Seine Augen funkelten. »In meinem Pavillon.«

Ihre Wangen glühten. »Dafür bitte ich Euch um Verzeihung, aber …«

»Es tut Euch überhaupt nicht leid. Ihr liebt ihn. Aber Ihr solltet wirklich wissen, auf wen Ihr Euch da einlasst.«

Diana stieß gereizt die Luft heraus. »Das weiß ich bereits. Er treibt einen in den Wahnsinn, ist hochfahrend und launisch. Aber das bin ich auch.«

Er grinste. »Ich mag Euch, Lady Worthing. Ihr besitzt Feuer und Courage. Vielleicht seid Ihr genau das, was er braucht. Außerdem seid Ihr unglaublich schön. Wie kommt es, dass er so viel Glück hat?«

Die Röte in ihrem Gesicht dehnte sich auf Hals und Schultern aus. »Eure Feststellung ist ein wenig unschicklich.«

»Aber sie trifft genau ins Schwarze. Die Männer müssen ins Straucheln kommen, wenn Ihr über die Straße geht. Ihr braucht nur mit den Fingern zu schnippen, und schon stellen sie sich einer hinter dem anderen auf, nicht wahr? Ich wette, die Männer in Charleston werden sich nicht anders verhalten.«

Sie dachte an die Ballsäle in London, die Reihe ihrer Bewunderer, ihre leeren Schmeicheleien, die unanständigen Worte, die ihr ins Ohr geflüstert wurden. Dass dies wieder von vorne begann, wollte sie ganz gewiss nicht. Andererseits war sie damals mit Sir Edward Worthing verheiratet gewesen, einem Mann, der sie ignoriert hatte. Wäre sie erst die Frau von James Ardmore, würden die Dinge ganz anders liegen.

»James will eigentlich nicht nach Charleston zurückkehren. Er nimmt mich nur dorthin mit, weil dies der einzige Ort ist, an dem wir sicher heiraten können.«

»Ich weiß.«

Sie sah ihn überrascht an. »Das wisst Ihr?«

Er nickte. »James liebte Charleston. Er ist sehr stolz auf seine Herkunft. Als er mich das erste Mal dorthin mitnahm, hat er mir jeden Winkel gezeigt. Und die Menschen dort lieben ihn ebenfalls. Sie verehren die Ardmores geradezu. Seine Schwester Honoria ist eine wunderschöne Frau. Sehr vornehm und ebenso arrogant wie er. Sie hat alle Ladys der besseren Gesellschaft von Charleston um den Finger gewickelt. Niemand veranstaltet ein gesellschaftliches Ereignis oder tut irgendetwas ohne die Zustimmung von Honoria Ardmore. Ihre Macht könnte Euch Angst machen.«

»Das tut sie jetzt schon. Ich frage mich, was sie von mir halten wird.«

Grayson betrachtete sie prüfend. »Sobald sie herausgefunden hat, dass Ihr Rückgrat besitzt und ihren hoffnungslosen älteren Bruder gezähmt habt, wird sie Euch mögen, würde ich vermuten. Zumindest hätte sie in Euch jemanden, bei dem sie sich über James beschweren kann.«

Diana blickte nachdenklich ins Feuer. »Liegt es an Honoria, dass James nicht dorthin zurückkehren will? Er spricht sehr liebevoll von ihr. Sie scheint eine ehrfurchteinflößende Frau zu sein, aber er liebt solche Frauen.«

»Honoria und er kommen nicht gut miteinander aus, was jedoch daran liegt, dass sie einander sehr ähnlich sind. Nein, er will aus einem anderen Grund nicht nach Charleston zurückkehren. Wegen Paul.«

»Verstehe.« Sie kaute auf ihrer Unterlippe.

»Wirklich?«, fragte Grayson. »Er gibt sich die Schuld am Tod seines Bruders. James hatte einige Piraten verfolgt, die die Küste Carolinas terrorisierten, und Paul hatte beschlossen, selbst auf einen Feldzug zu gehen.« Sein Lächeln veränderte sich und wurde reumütig. »Aber er gibt nicht nur sich die Schuld. Sondern auch mir. Paul versuchte gerade nach Leibeskräften, mich umzubringen, als er von einer Kugel getroffen wurde. Ich habe überlebt. Paul nicht.«

Diana dachte schweigend darüber nach. James erzählte ihr nie die ganzen Geschichte, und es frustrierte sie, sich die einzelnen Bruchstücke zusammensetzen zu müssen. »Ich weiß, dass er immer noch um ihn trauert«, meinte sie und sah Grayson an. »Was kann ich tun? Ich möchte ihm helfen, aber das lässt er nicht zu. Ich weiß nicht einmal, ob ich es überhaupt kann.«

»Ich glaube, wenn es jemand kann, dann Ihr. Ich habe James Ardmore wütend erlebt, gefährlich, und ich kannte ihn schon, als er noch jung und störrisch und meistens glücklich war. Aber so wie jetzt habe ich ihn noch nie erlebt. Es kommt mir so vor, als wäre er wieder zum Leben erweckt worden. Er versteckt sich nicht mehr hinter seiner kalten Schale. Er knurrt mich an und betrachtet Euch, als wollte er Euch fressen.«

Sie sah ihn ängstlich an. »Wollt Ihr behaupten, dass dies nicht seine kalte Fassade ist?«

Der Viscount beugte sich vor und nahm ihre Hand in seine. Er hatte große, gebräunte und vernarbte Hände, die denen von James sehr ähnlich waren. »Bei weitem nicht. Ihr habt ihn aufgeweckt. Wie auch immer Ihr das angestellt habt, macht weiter damit.«

Sie beobachtete, wie seine Finger über ihre strichen. »Ihr habt ihn gern, nicht wahr?«

Grayson wirkte verlegen. »Ich würde nicht behaupten, dass ich ihn gern habe. Aber wir haben eine gemeinsame Vergangenheit und waren Freunde. Ich bin zweifellos nicht schuldlos an dem, was zwischen uns geschehen ist. Er hat mich eingeschüchtert, und ich habe es ihm gerne heimgezahlt. Es war so, als würde man einem Bären einen Pfeil in den Fuß schießen. Sicher, ich habe ihn verletzt, aber meistens habe ich ihn nur geärgert.«

Diana lächelte über das Bild, das Grayson verwendet hatte. Er beschrieb James' Jähzorn und seine rücksichtlose Vergeltung damit äußerst treffend.

Einen Zorn, den sie jetzt spürte, als sich James zwischen die Lehnen ihrer Stühle beugte. Seine Hände umklammerten die Polster so fest, dass seine Finger weiß wurden. »Finley«, schnarrte er. »Was zum Teufel machst du da?«

Grayson blickte zu ihm hoch. Seine blauen Augen waren kühl und wachsam. »Entschuldige, Ardmore«, erwiderte er gelassen. »Reine Gewohnheit.«

»Nicht diesmal, Finley«, erwiderte James leise. »Das ist etwas anderes.«

Grayson sah ihn scharf an. Sie schienen mit ihren Blicken ein Gespräch fortzusetzen, das sie vor Jahren begonnen hatten, eines, aus dem Diana ausgeschlossen war.

Sie sahen sich lange an. Dann nickte Grayson. »Du hast recht, alter Freund«, sagte er leise und gab Dianas Hand frei.

Am frühen Morgen weckte Diana Isabeau und bereitete sie auf ihre Abreise vor.

Sie hatte bereits alles gepackt, bevor sie ihre Tochter ins Bett gebracht hatte, und jetzt gingen sie hinunter in die Halle, wo bereits James, Alexandra, Grayson und Maggie warteten.

Es waren überraschenderweise keine Bediensteten anwesend, und in den Leuchtern brannten auch keine Kerzen. Grayson war zwar immer noch wenig begeistert von James' Plan, aber er hatte dennoch die notwendigen Vorbereitungen getroffen. Diana zweifelte nicht daran, dass James an alles gedacht hatte. Er war jemand, der sämtliche Möglichkeiten einkalkulierte.

Alexandra reichte ihm entgegenkommend die Stricke.

Grayson knurrte und fluchte, bis James ihm nicht eben zärtlich einen Knebel in den Mund stopfte, was ihm einen finsteren Blick über das weiße Leinen hinweg einbrachte.

Alexandra und Diana banden Maggie die Hände. Das Mädchen bestand darauf, dass die Fesseln fester sein sollten, als Diana es vorgehabt hatte, weil das glaubwürdiger wäre. Sie erklärte sich sogar freiwillig bereit, sich knebeln zu lassen, was Grayson sichtlich in Rage versetzte.

Diana hatte gedacht, dass James sie bitten würde, Alexandra zu fesseln, aber er wollte das selbst tun. Als er ihr die Handgelenke hinter dem Rücken band, beugte er sich vor und sagte leise: »Wie in alten Zeiten, Alexandra, nicht wahr?«

Lady Stoke errötete.

Danach nahm er Dianas Hand und führte sie und Isabeau in die Nacht hinaus. Sie gingen zu einem Boot, das im Schatten eines Bootshauses versteckt lag, und James ruderte sie im Licht des sternenübersäten Himmels über das schwarze Wasser. Diana bedachte ihn auf dem gesamten Weg zum Schiff mit finsteren Blicken, aber James gab keine Erklärungen ab, und es war auch nicht der richtige Moment für eine Unterhaltung.

Schon bald gingen sie längsseits neben einem Dreimaster. Es war die *Majesty* in all ihrer Pracht.

James kletterte an Bord, als würde ihm das Schiff gehören. Früher einmal war die Hälfte davon sein Eigen gewesen. Mr. Jacobs, der junge Erste Offizier, betrachtete ihn ebenso schief wie Grayson. Mr. Jacobs' wunderschöne Frau jedoch hieß Diana und Isabeau herzlich willkommen und machte es ihnen gemütlich, während die Männer das Schiff vorbereiteten, um zu dem verabredeten Treffpunkt mit der *Argonaut* zu segeln.

Diana hatte keine Gelegenheit, James etwas zu fragen oder mit ihm zu diskutieren, aber die Blicke, die sie ihm zuwarf, verhießen nichts Gutes für ihn. Sie schwor sich, dass sie beide bald ein langes Gespräch führen würden. Ein sehr langes.

22. Kapitel

Das Ardmore-Haus in Charleston erstaunte Diana. Elegant und weiß erhoben sich seine vier Stockwerke etwas abseits von der Straße. Jedes Geschoss war mit einem verzierten Balkon versehen. Es ähnelte einer eleganten Braut in ihrem Hochzeitsschmuck, einer neckischen Braut, die lächelte und lockte und jeden Betrachter herausforderte, ihre Geheimnisse zu erkunden.

Durch ein prachtvolles, schmiedeeisernes Tor in der hohen Mauer gelangte man in einen Innenhof, der mit gelben und weißen Fliesen gepflastert war. Ein kleiner Springbrunnen, dessen Becken mit Sommergeranien geschmückt war, plätscherte leise im Hintergrund. Ein breite schwarze Tür mit einem fächerförmigen Oberlicht wartete am Ende einer kurzen, geschwungenen Steintreppe.

Die Häuser in London hatten zumeist unauffällige Fassaden und enthüllten den Reichtum hinter ihren Mauern nur wenigen Auserwählten. Dieses Haus jedoch lockte mit hohen Fenstern, in denen Spitzenvorhänge den Einblick verwehrten, mit Bougainvilleen bewachsenen Balkonen, auf denen Weidenstühle standen, die die Bewohner einluden, die Kühle des Innenhofes zu genießen.

Diana spürte die Hitze, seit die *Argonaut* in den Hafen von Charleston eingelaufen war. Ihr Vater wischte sich die Stirn, als ihre Mietdroschke zur Meeting Street auf der Battery fuhr. Isabeau dagegen fand alles nur entzückend, und selbst Diana starrte fasziniert aus dem Fenster wie eine Touristin.

Sie hatte angenommen, dass James sie in einem Hotel absetzen und allein nach Hause fahren würde. Doch er hatte dem Kutscher befohlen, sie alle sofort zum Anwesen der Ardmores zu bringen, einschließlich Mr. Henderson und Ian O'Malley. Als sie sich in den Innenhof drängten, fragte sich Diana unwillkürlich, ob James sie mitgebracht hatte, weil er Honoria zeigen wollte, dass er der Herr des Hauses war.

Die schwarze Tür öffnete sich langsam, als James die Treppe hinaufging. Ein großer Mann, gekleidet wie ein Butler, blickte ihm entgegen. Er war dunkelhäutig und hatte graues Haar. Die Miene in seinem glatten Gesicht war so würdevoll wie die eines englischen Butlers, vielleicht sogar noch eine Spur distinguierter, aber Diana sah, wie seine dunklen Augen vor Freude aufblitzten.

»Mr. James.« Die Stimme des Mannes zitterte kaum vernehmlich. »Ich habe Miss Honoria von Eurer Ankunft unterrichtet.«

Er öffnete die Tür weit und bat James hinein. Dann trat er ehrerbietig zur Seite, um sie alle eintreten zu lassen, aber seine Augen waren dabei nur auf James gerichtet.

Das Innere des Hauses war noch beeindruckender als das Äußere. Die Wände waren hellgelb gestrichen, als hätten sie den Sonnenschein eingefangen. Über den schwarzweiß gefliesten Boden gelangten sie durch eine weitere Doppeltür in eine Eingangshalle mit einer überwältigenden Treppe. Die Stufen schwangen sich ohne sichtbare Stütze vom Erdgeschoss in den ersten Stock, von dort in den zweiten und noch weiter hinauf.

Isabeau betrachtete die Treppe abschätzend, und Diana wusste, dass es nur eine Frage der Zeit war, bis Isabeaus Kehrseite das Geländer polieren würde.

»Ihr habt ein wunderschönes Heim, James«, bemerkte Admiral Lockwood, der die Gemälde in der Halle betrachtete.

»Das ursprüngliche Haus«, erklärte der Butler mit seiner melodischen Stimme, »wurde 1778 von Mr. James' Großvater gebaut. 1795 hat Mr. James' Vater es instand gesetzt und um die Salons im rückwärtigen Teil des Hauses erweitert.«

James spähte die Treppe hinauf. »Schon gut, Daniel. Du kannst die Besichtigungstour später noch machen. Veranstaltet Honoria noch ihre Sonntagnachmittagführungen?«

»Miss Honoria hält die Tradition aufrecht«, erwiderte Daniel.

»Dachte ich mir.« Plötzlich hörten sie Schritte auf der Treppe, und James' Miene wurde vollkommen ausdruckslos. Er verschränkte die Arme und wartete, während seine Schwester die Stufen herunterschritt.

Diana erkannte sie sofort anhand der Porträts, die sie in James' Kabine gesehen hatte. Schwarze Locken, ein rundes Gesicht mit einem energischen Kinn, eine klassisch griechische Nase und Augen so grün wie die von James. Auf dem Porträt hatte sie gelächelt. Jetzt jedoch verrieten die Falten um ihre Augen die Widrigkeiten, die sie durchgemacht hatte, seit das Bild gemalt worden war. Die Ähnlichkeit mit ihrem Bruder war verblüffend, einschließlich des leichten Anflugs von Herablassung. Selbst wenn Diana dieser Frau irgendwo anders auf der Welt begegnet wäre, hätte sie sie sofort als James' Schwester erkannt.

Honoria Ardmore ließ ihren Blick über die kleine Gruppe am Fuß der Treppe schweifen. Einen Moment lang verweilte er auf Diana, als wäre sie neugierig, wollte sich das aber nicht anmerken lassen. Ihr dunkelgrünes Kleid passte zu ihrem Teint, doch es war schlicht und bei aller Eleganz einfach. Es war das Kleid einer Frau, die ihre Mädchenträume schon lange aufgegeben hatte.

»James«, sagte sie. Ihre Stimme war seiner ebenfalls ähnlich, ein tiefes Alt, mit der weichen Melodie der vornehmen Südstaatler. »Du hättest mich benachrichtigen können. Es ist nicht anständig der Köchin gegenüber, so schlechte Manieren an den Tag zu legen.«

James' Miene veränderte sich nicht. »Ich wäre vor dieser Nachricht eingetroffen.«

»Du bist immer in Eile. Wäre es so schlimm, einmal höflich zu sein?«

»Ist das nicht rührend?«, murmelte Mr. Henderson, der hinter Diana stand. »Sie haben sich seit vier Jahren nicht gesehen.«

Honorias kühler Blick zuckte zu Henderson und überschüttete ihn mit einer Verachtung, die selbst James' Arroganz in den Schatten stellte. »Bitte, Daniel, führe unsere Gäste in den Salon. Und bring ihnen Erfrischungen. Sie spüren gewiss die Hitze und sind erschöpft, wenn sie James begleitet haben.«

Daniel gehorchte, ohne seine Würde einzubüßen. Er streckte seine weißbehandschuhte Hand aus.

»Übrigens, Honoria«, warf James beiläufig hin, »ich werde heiraten. Lady Worthing, die hier neben mir steht. Ich hoffte, dass wir es in zwei, drei Wochen schaffen können. Du darfst gerne eine schöne Hochzeit ausrichten, wenn du willst.«

Honorias kühle Haltung schmolz wie Eis in der Junisonne.

»Zwei bis drei Wochen? James Ardmore, ich kann keine Hochzeit in dieser kurzen Zeit arrangieren!«

»Warum nicht? Es muss keine große Angelegenheit sein. Ein kleines Fest mit Familie und Freunden.«

Honoria starrte ihn fassungslos an. Dianas Zorn flammte ebenfalls auf. »James, um Himmels willen! Ich habe nicht einmal ein Hochzeitskleid! Es wird mindestens einen Monat dauern, ein solches Ereignis zu planen, und selbst dann wäre es noch höchst überstürzt! Du kannst nicht erwarten, dass die Menschen von Charleston alles stehen- und liegenlassen, um an deiner Hochzeit teilzunehmen, wenn du es ihnen erst zwei Wochen vorher mitteilst!«

»Wirklich, James«, nahm Honoria den Faden auf. »Wir brauchen mindestens zwei Monate! Du bist der gedankenloseste, arroganteste Mann, den ich kenne!«

James warf Diana einen Blick zu, der fast selbstgefällig wirkte. »Ich wusste, dass ihr beide euch blendend verstehen würdet.« Er ging die Treppe hoch an der empörten Honoria vorbei. »Du wirst sie mögen, Honoria, sie ist von sehr vornehmer Herkunft. Diana, stell dich ihr doch einfach selbst vor, hm?«

Vollkommen entspannt ging er weiter hinauf und verschwand außer Sicht. Dieser verdammte Kerl! Honoria sah ihm böse nach. »Wirklich, James, ich kann dein unangekündigtes Auftauchen und Verschwinden zwar ertragen, aber dass du so unhöflich bist, das geht zu weit!«

James erwiderte nichts, aber sie hörten, wie er leise eine Melodie vor sich hin pfiff.

James stand in seinem Schlafzimmer, und Erinnerungen stiegen in ihm hoch.

In diesem Raum war er aufgewachsen. Er hatte auf dem Himmelbett gelegen und sich von Verletzungen erholt, die er sich beim Klettern und Reiten oder bei irgendwelchen verbotenen Unternehmungen geholt hatte. Hier hatte er seinen Vater gefragt, wie es wäre, sich zu verlieben und ob es so schön wäre, bei einer Frau zu liegen, wie er gehört hatte. Hier hatte er auch wach gelegen, mit von Tränen brennenden Augen, als seine Eltern den Kampf gegen ihre Krankheit verloren hatten und gestorben waren, gemeinsam, wie sie alles andere auch getan hatten.

Die Bilder aus der Vergangenheit überfluteten ihn, doch merkwürdigerweise schmerzten sie nicht. Er hatte das Haus und diesen Raum gemieden, seit er seine Karriere als Pirat und dann als Piratenjäger begonnen hatte. Seine Kabine auf der *Argonaut* war jetzt sein Zufluchtsort, der Platz, an dem er den größten Teil seines Lebens als Erwachsener zugebracht hatte.

Aber in diesem Zimmer fand er sich ebenfalls wieder. Die alten zerschlissenen waren durch neue Brokatvorhänge ersetzt worden, und die Stühle, die er zerbrochen hatte, waren ebenfalls erneuert worden, aber ansonsten ähnelte es noch sehr dem, in dem er morgens vom Duft von Schinken, Maisbrei und Brot aufgeweckt worden war und in dem er die weiche, melodische Stimme seiner Mutter und den Bariton seines Vaters gehört hatte.

Diese Erinnerungen gehörten nicht zu James Ardmore, dem Piratenjäger. Dennoch waren es seine, zutiefst in ihm verankert.

Er hatte das Zimmer allein betreten wollen, ohne Diana.

Sobald sich sein innerer Aufruhr gelegt hatte, würde er sie hierherbringen und den Raum mit neuen, glücklichen Erinnerungen füllen. Der Geschmack ihrer Lippen, das Gefühl ihres weichen Körpers unter seinem wären gewiss sehr schön.

Er hatte gewusst, dass die einfachste Möglichkeit, Honoria dazu zu bringen, Diana zu akzeptieren, die war, sie in ihrem Groll gegen ihn zu vereinen. Honoria würde die Hochzeit der Saison ausrichten wollen. Natürlich war die Trauung des Oberhauptes der Ardmores keine Kleinigkeit. Und nach dem was er unten in der Halle hörte, hatte seine List funktioniert.

Er verließ sein altes Zimmer und ging zu einem Schlafzimmer am Ende der Treppe. Seine Schritte wurden langsamer. Sich seinen eigenen Jugenderinnerungen zu stellen war eine Sache. Aber womit er sich jetzt konfrontieren würde, flößte ihm wahrhaftig Furcht ein. Diana hatte es vermutet, aber er hatte nicht gewusst, wie er ihr hatte erklären sollen, was mit ihm nicht stimmte.

Also musste er seinen Dämonen allein gegenübertreten. Er konnte es vermeiden, nach unten gehen und die Herzlichkeit und Wärme genießen. Diana würde ihn mit ihren graublauen Augen anfunkeln, und er würde das Feuer in seinem Herzen spüren. Aber er hatte dies hier schon zu lange aufgeschoben.

Er öffnete die gefürchtete Tür und trat ein.

Der Raum lag zum Innenhof hinaus, und durch eine doppelte Glastür gelangte man auf einen kleinen Balkon. Die Wände waren hellgrün gestrichen, die Zierleisten zeigten ein Relief von klassisch griechischen Gestalten bei der Feldarbeit.

Auf dem Bett lag eine elfenbeinfarbene Tagesdecke, die zu den Vorhängen passte. Den Boden bedeckte ein kostbarer orientalischer Teppich. Der Raum war elegant, peinlichst sauber und vollkommen anonym.

»Honoria!«, stieß James hervor. Dann ließ seine Stimme die Wände erbeben. »HONORIA!«

Er hörte ihre Stimme von unten. »Verzeihung«, sagte sie mit angestrengter Höflichkeit, dann huschten ihre Schritte über die Treppenstufen.

James wartete in der Mitte des Zimmers auf sie. Honoria blieb an der Schwelle stehen. Ihr Blick war kühl, und sie fragte ihn weder, warum er sie gerufen hatte, noch maßregelte sie ihn wegen seiner Unhöflichkeit.

»Was hast du getan?«, fuhr er sie an.

»Ich fand, wir benötigten noch ein weiteres Gästezimmer. Die anderen sind recht klein.«

Er fegte eine zierliche Porzellanfigur von der Kommode. Sie zerschellte auf dem Boden. »Ein Gästezimmer für wen? Wie viele Gäste hast du denn in meiner Abwesenheit empfangen?«

»Kaum einen. Ich verbringe sogar Weihnachten allein, es sei denn, Freunde erbarmen sich meiner und laden mich zu sich ein.«

Er war zu wütend, um sich von ihr Schuldgefühle einreden zu lassen. Er hatte mehrmals versucht, Weihnachten mit ihr zu feiern, und jedes Mal hatte es nur in hitzigen Streitereien geendet. Wahrscheinlich hatte sie sich mit ihren mitfühlenden Freunden weit besser amüsiert.

»Was hast du mit seinen Sachen gemacht?«, fragte er gepresst.

»Ich habe sie in die Dachkammer bringen lassen. Keine

Sorge, James, ich habe sie nicht etwa verkauft oder sonst etwas damit gemacht.«

»Du hast sie einfach wegstellen lassen? Warum hast du nicht meine Sachen weggepackt, wenn du noch ein Gästezimmer brauchtest? Du weißt genau, dass mir das vollkommen gleichgültig gewesen wäre!«

»Weil es wahrscheinlicher war, dass du noch einmal nach Hause kommst.«

Sie maßen sich mit Blicken. Vor dem Fenster summten die Bienen um die Blumen, und aus dem Erdgeschoss drang Isabeaus Lachen zu ihnen herauf.

»Du hast also alles weggeschafft«, meinte James schließlich. »Alles, was uns von ihm geblieben ist. Ich weiß, dass die Erinnerung wehtut. Warum, glaubst du wohl, bin ich so lange weggeblieben? Aber ich hätte nie erwartet, dass du ihn vollkommen auslöschst!«

Honoria fuhr mit geballten Fäusten zu ihm herum. »Du konntest dir wenigstens den Luxus erlauben wegzugehen! Wie, glaubst du, habe ich mich gefühlt? Ich habe hier gelebt, Tag um Tag, Jahr um Jahr, und wusste, dass er niemals zurückkehren würde! Während seine Sachen noch auf dem Tisch lagen und auf ihn warteten. Du hast Paul niemals so nahegestanden wie ich, also wage ja nicht, darüber zu jammern, wie sehr sein Verlust dich schmerzt!«

»Ich stand ihm niemals nahe?«, schrie er ungläubig. »Ich bin mit ihm gesegelt, habe mit ihm gekämpft! Ich habe ihn in den Armen gehalten, als er gestorben ist, um Himmels willen!«

»Aber du warst nicht bei ihm, als er angeschossen wurde. Sonst hättest du vielleicht die Kugel abbekommen. Deine Sachen hätte ich ohne zu zögern aus dem Fenster geworfen!«

Honoria verstand es, ihn zutiefst zu treffen. Was James am meisten bedauerte, die Schuld, die des Nachts an ihm nagte, war sein Entschluss, diesen Freibeuter zu verfolgen und sich erst später mit Paul zu treffen. Sein Bruder hatte die *Majesty* verfolgt und angegriffen, ein verrücktes Unterfangen, das James ihm ausgeredet hätte.

Aber Paul war fast wahnsinnig vor Rachsucht gewesen und wollte jeden Piraten auslöschen, vor allem diesen berüchtigten Grayson Finley. Er hatte die *Majesty* gerammt, Grayson fast augenblicklich niedergeschossen und war dann selbst von einer Kugel niedergestreckt worden. Paul hatte gerade noch lange genug gelebt, dass Ian O'Malley ihn zu James zurückbringen konnte, damit er in den Armen seines Bruders sterben konnte.

»Wir standen uns viel näher«, sagte Honoria jetzt. »Er hat hier bei mir gelebt, nachdem du uns im Stich gelassen hast. Ich kannte seine Frau, habe bei der Geburt ihrer Kinder geholfen. Wo warst du da? Du bist mit deinen Freunden um die Welt gereist und hast dich ab und zu blicken lassen, mit deinen albernen Geschenken und grandiosen Geschichten. Wo warst du, als Pauls Frau ermordet wurde und ich bei ihm war und ihn davon abhielt, seinem Leben ein Ende zu setzen? Warum hast du dich nicht hier in Charleston als Anwalt niedergelassen, bei uns gelebt und dich um uns gekümmert, wie du es eigentlich hättest tun sollen?«

»Ich war nicht so gut als Advokat, Honoria«, stieß er zwischen den Zähnen hervor. »Ich bin gut darin, Piraten zu jagen.«

»Deine eigene Form von Gesetz! Selbstverständlich beugt sich ein James Ardmore niemandes Regeln! Viel Glück für Lady Worthing, wenn du sie deinen unterwirfst. Oder hast du sie hergebracht, um dich mit ihr hier niederzulassen, in Charleston zu bleiben und wie eine richtige Familie zu leben?«

»Allerdings!«, blaffte James.

»Das arme Ding! Was hat sie dir nur angetan?«

»Wir werden hier leben. Wie eine Familie. Das hier ist mein Haus, Honoria, und wenn ich will, dass Pauls Habseligkeiten in seinem Zimmer sind, dann kommen sie dort hinein!«

»Warum?«, fuhr sie ihn an. »Du hast dieses Zimmer seit sieben Jahren nicht betreten. Sieben Jahre! Wovor hattest du Angst?«

»Ich dachte, wenn ich mich an ihn erinnern wollte, sollte ich wenigstens die Gelegenheit dazu haben!«

Ihre grünen Augen schwammen in Tränen. »Das ist nicht dein Haus, James. Dein Name steht vielleicht auf der Besitzurkunde, aber es gehört mir. Ich habe hier gelebt, als alle anderen es zurückgelassen haben. Ich habe es am Leben erhalten. Du bist weggegangen und niemals zurückgekehrt.«

»Hölle und Verdammnis!«

»Ich hasse dich, James! Ich bin ganz allein, und das ist nur deine Schuld!«

Diana stürmte in den Raum, schlug die Tür zu und schloss Honoria in die Arme. Seine stolze Schwester ließ tatsächlich ihren Kopf auf Dianas Schulter sinken.

James sah zu, verletzt und wie betäubt. Er hasste es, nach Hause zu kommen.

»Du bist wirklich der gefühlloseste Mann, den ich kenne«, sagte Diana klar und deutlich.

»Um Himmels willen, Diana!«

Sie maß James mit diesem Blick, der ihm so vertraut war.

»Du interessierst dich mehr für Geister als für die lebenden Menschen um dich herum, James Ardmore. Glaubst du wirklich, dein Bruder wäre etwas weniger Besonderes, weil seine Habseligkeiten auf dem Dachboden stehen? Natürlich nicht!« Sie strich Honoria übers Haar. »Ich glaube, jede Schwester, die es so lange mit dir ausgehalten hat, hat jedermanns Hochachtung verdient.«

»Das ist kein Spiel, Diana.« Er knirschte mit den Zähnen.

»Das Leben auch nicht, James.«

Sie war so hochmütig und wunderschön. Das hatte er schon gedacht, als sie sich das erste Mal gesehen hatten. Er wusste, dass sein Herz immer einen Schlag aussetzen würde, wenn sie einen Raum betrat, ganz gleich ob er einen Streit mit ihr gewonnen oder verloren hatte.

Honoria sah ihn von Dianas Schulter aus wütend an. Diana dagegen warf ihm einen Blick zu, der ihn höchst argwöhnisch machte. »Ich weiß genau, wie wir ihn dazu bringen können, dass es ihm leidtut«, verkündete Diana. »Sollte der älteste Sohn einer der vornehmsten Familien Charlestons nicht die prachtvollste Hochzeit des Jahrhunderts bekommen? Er ist ein Held. Ich bin sicher, dass die Leute meilenweit reisen werden, um an einem solchen Ereignis teilzunehmen.«

Honoria wischte sich die Tränen von den Wangen. Auf ihrem Gesicht regte sich ein Hoffnungsschimmer. »Ja, wir halten die Zeremonie in der Episkopalkirche ab. Ihr gehört der Kirche von England an, und unsere Mutter hat uns im episkopalen Glauben erzogen. Das würde ihr gefallen. Wir dekorieren die Kirche mit Orangenblüten und rosafarbenen Rosen. Und Euer Kleid lassen wir von Madame Madeline anfertigen. Sie ist die beste Schneiderin in Charleston. Weiß und rosa, ja, das ist eine entzückende Zusammenstellung, vielleicht mit ein bisschen Gelb darin.«

Dianas Augen leuchteten triumphierend. »Und wir planen ein Bankett für nach der Zeremonie. Vielleicht sogar einen Ball.« Sie sah James kritisch an. »Er muss eine Krawatte tragen. Und einen Hut. Vielleicht kann Mr. Henderson ja etwas empfehlen.«

Sie sah so entzückend und glücklich aus, als sie seinen Untergang plante, dass er einfach nicht das Herz hatte aufzubrausen. »Du hast Glück, dass ich dich so liebe, Diana, sonst würde ich diesen Firlefanz nicht mit mir machen lassen.«

Honoria hob den Kopf und schüttelte ihre Bitterkeit ab. »Ich muss Musiker engagieren und die Dekorationen für den Ballsaal planen. Du hättest mich wirklich vorher benachrichtigen sollen, James. Dann wären die Vorbereitungen jetzt schon halb fertig.«

Sie verließ das Zimmer, während sie stirnrunzelnd über die Arrangements nachdachte. Diana schloss die Tür hinter ihr. Schweigen senkte sich herab.

James ließ sich auf die gepolsterte Bank am Fußende des Bettes fallen. In diesem Raum hatten sich einmal Pauls Spielsachen und später die seiner Kinder in einem heillosen Durcheinander gestapelt. Modellschiffe, Stofftiere, Schnüre, Haarbänder, Bauklötze und Puppen. Jetzt war der Raum kahl und leer.

Diana sah ihn an. »Soll ich gehen?«

»Nein.«

Sie trat zu ihm. Ihr Kleid raschelte auf eine Art und Weise, bei der er an ihre Beine darunter denken musste. Ihre langen, eleganten Beine.

»Ich meine nicht, dass du ihn ganz vergessen sollst«, sagte sie leise.

Er streckte die Hand aus und legte seine Finger auf ihren Bauch. Darin wuchs sein Sohn oder seine Tochter. Er konnte es immer noch nicht glauben. Aber er wusste, dass dieses Kind von ihm war. Wenn nicht, hätte Diana ihm die Wahrheit ins Gesicht gesagt.

»Ich hätte auf ihn aufpassen sollen«, sagte er bedächtig. »Und habe es nicht getan, als es am wichtigsten war.«

Ihre Stimme klang eine Spur gereizt. »Das kannst du nicht wissen. Er wäre vielleicht trotzdem gestorben. Du hättest ihn wahrscheinlich nicht aufhalten können.«

»Möglicherweise. Das werden wir nie erfahren, nicht wahr?« Er packte ihre Hand. »Ich dachte, wenn ich Black Jack Mallory töte, würde das alles wiedergutmachen, Diana.« Er sah in ihre blauen, aufmerksamen Augen. »Aber jetzt, da ich hier sitze, wird mir klar, dass das nicht stimmt. Selbst wenn ich Mallory vor den Augen deines Vaters erschossen hätte, wäre nicht alles gut geworden.« Er hielt inne. »Was ich mir einzugestehen versuche, ist die Erkenntnis, dass mein Versprechen gegenüber Paul mich zu dem gemacht hat, was ich bin.«

»Eine Legende«, sagte sie leise.

Er schnaubte abfällig. »Die nie wirklich existiert hat. Und jetzt habe ich mein Versprechen eingelöst. Was bleibt mir da noch?«

Sie nahm seine beiden Hände in ihre und setzte sich auf seine Knie. Das wurde langsam zur Gewohnheit. Auf ihrer Fahrt über den Atlantik hatten sie jeden Morgen so auf einer Bank auf dem Achterdeck gesessen, sie auf seinem Schoß, er seinen Arm um ihre Taille geschlungen, und hatten den Sonnenaufgang betrachtet.

»Weißt du noch, wie wir vier Tage, nachdem wir Haven verlassen hatten, den Freibeutern begegnet sind, die diese Handelsschiffe kapern wollten?«, fragte sie.

Er und Diana hatten gerade die kühle Morgenluft genossen, als sie am Horizont eine Rauchwolke gesehen hatten, was nur eins bedeuten konnte. James hatte befohlen, Kurs darauf zu nehmen.

Sie fanden einen französischen Freibeuter, der gerade ein englisches Handelsschiff in Brand gesteckt und zum Entern angesetzt hatte. James' Fahne, mitternachtsblau mit einem goldenen Strich diagonal von Ecke zu Ecke, wurde am Heck gehisst. Die Freibeuter zeigten ebenfalls ihre Flagge und luden James ein, ihnen zu helfen und sich die Hälfte der Beute unter den Nagel zu reißen. James antwortete mit einer vollen Breitseite.

Das Piratenschiff erwiderte das Feuer. Ein Kanonier auf der *Argonaut* stürzte verwundet zu Boden. Diana, leichtsinnig wie sie war, rannte an die Kanone und nahm seinen Platz ein. Ihr rotes Haar leuchtete in der Sonne, und sie schrie ihren Sieg genauso laut heraus wie die anderen, als die Gegner schließlich aufgaben.

Der Kapitän, ein unglaublich arroganter Franzose, reichte James die Kaperbriefe, die er von Napoleon selbst erhalten hatte. James hatte sie verbrannt, nur um ihm zu zeigen, was er von Napoleon Bonapartes Unterschrift hielt.

James hatte den Kapitän und die überlebende Mannschaft gefangen genommen, weil er wusste, dass er gnädiger mit ihnen umspringen würde als die wütenden Matrosen der Handelsschiffe. Als er zur *Argonaut* zurückkehrte, jubelte die Mannschaft ihm zu.

Diana feierte mit ihnen, schwenkte in bedenklichem

Leichtsinn den Ladestock des Kanoniers und schlug den anderen Matrosen auf die Schultern.

Und diese Frau wollte er heiraten. Gott steh ihm bei.

James hatte seinen Arm um Dianas Taille geschlungen und stand mit ihr auf dem Achterdeck, als die *Argonaut* ihre Triumphrunde drehte. Das war O'Malleys Idee gewesen. Die Mannschaft der Handelsschiffe jubelte ihnen zu. Henderson hatte seinen Säbel grüßend erhoben, dessen Klinge ebenso in der Sonne blitzte wie Dianas Haar.

»Das hatte nichts mit Paul oder deinem Versprechen zu tun«, erklärte Diana jetzt in dem ruhigen Zimmer in dem Haus in Charleston. »Du hast es genossen, diese Piraten zu besiegen. Du warst glücklich. Du hast gelacht.«

Er durchlebte noch einmal den Geschmack des Triumphes und, besser noch, den wilden Kuss, den er Diana gegeben hatte. »Es war nicht ohne«, gab er zu.

»Das ist genau das, was du bist, James. Ein Rächer. Es gefällt dir. Du hast angefangen, Piraten zu jagen, noch bevor dein Bruder gestorben ist, und du hättest auch ohne seinen Tod damit weitergemacht. Ich glaube, dieses Versprechen war nur ein Vorwand. Begreifst du das nicht?«

Ihre Wärme lenkte ihn ab. Sie schwitzte in dem feuchtwarmen Klima von Charleston, und er drehte den Kopf herum, um den feuchten Spalt zwischen ihren Brüsten zu küssen.

Er dachte an die Jahre, die er und Ian O'Malley jetzt schon über die Meere gekreuzt waren, es wagemutig mit Schiffen aufgenommen hatten, die über weit mehr Kanonen verfügten als sie; sie hatten sich mit Fregatten angelegt und Piraten den Untergang bereitet. Er hatte alle Weltmeere besegelt, kannte die stinkendsten Häfen und die exotischsten

Inseln und das süße Gefühl von Frieden bei der Rückkehr nach Hause.

Er war rücksichtslos und grausam gewesen, aber auch voller Mitleid, wenn es nötig war. Er hatte das Leben von bedrängten Matrosen gerettet, war einfach so davongesegelt und hatte es den Geretteten überlassen, weiter an seiner Legende zu stricken.

Diana hatte recht. Er liebte es.

Er sah sie an. »Ich bin wirklich ein rücksichtsloser Mistkerl, nicht wahr?«

»Das habe ich ja schon immer gesagt.«

Er zog sie dichter an sich. »Ich habe Honoria gerade gesagt, dass ich nach Hause gekommen bin, um mich hier niederzulassen.«

»Ich sehe keinen Grund, warum sie uns nicht auf der *Argonaut* Gesellschaft leisten sollte. Ihr würde Haven gefallen.«

»Aha, wir gehen also nach Haven zurück?«

»Natürlich. Das ist mein Heim. Wir könnten die Sommer dort verbringen und die Winter hier. Und du könntest Piraten jagen, soviel dein Herz begehrt.«

Er küsste ihre lächelnden Lippen. »Du hast ja wirklich alles sehr fein arrangiert.«

»Du brauchst jemanden, der die Dinge für dich plant, James. Abgesehen von der Piratenjagd, meine ich. Die beherrschst du vollkommen.«

Er unterbrach sie auf seine bevorzugte Art und Weise, was er ebenfalls sehr gut konnte. Als sie den Kuss beendet hatten, funkelten ihre Augen.

Er schob sie von seinem Knie und klopfte ihr auf die Kehrseite. »Warum hilfst du Honoria nicht bei der Hochzeitsplanung? Sie hat vermutlich die Gästeliste schon fertig und zermartert sich jetzt das Hirn wegen der angemessenen Garderobe.«

Diana lächelte, und sein Herz schwoll an. Sie hatte sich in sein Leben gedrängt, gut. Als er auf dem Schiff neben ihr gestanden und seinen Arm um sie gelegt hatte, während sie an den dankbaren Handelsschiffern vorbeisegelten, hatte es sich genau richtig angefühlt. Als hätte er all die Jahre etwas vermisst.

Allerdings hatte er sie an ihrem Kleid zurückzerren müssen, als sie versuchte, mit den anderen Matrosen den Freibeuter zu entern. Darüber würden sie noch ein Wörtchen zu reden haben.

Als er auf Haven Black Jack Mallory gestellt hatte, waren ihm die lebenden Menschen plötzlich wichtiger geworden als die uralten Versprechungen von Gewalt und Tod. Viel wichtiger.

Er hatte es in seinem tiefsten Inneren gewusst und deshalb seine Pistole in die graublauen Fluten abgefeuert, nicht in Black Jacks Kopf.

Natürlich war das alles noch wichtig. Paul war wichtig. Diana. Aber James' Schwur nach Rache, seine Wut und sein Hass waren Relikte der Vergangenheit. Diana und ihr gemeinsames Kind waren die Gegenwart. Es ging jetzt um die Liebe, um das Hier und Jetzt und um die Zukunft.

Sie küsste seine Stirn. Ihr Duft beruhigte ihn. Dann verließ sie das Zimmer, mit einem Lächeln, das nur ein winziges bisschen selbstgefällig war.

Er sah ihr liebevoll und zugleich selbstzufrieden nach. Sollten Diana und seine Schwester ruhig eine schöne Hochzeit und einen großen Ball planen, von dem die Leute noch in vielen Jahren reden würden. Sollte Diana für ihr gemeinsames Leben so viel planen, wie sie mochte. Denn während Diana ihre Rache genoss, indem sie die Hochzeit organisierte, konnte James in aller Ruhe die Hochzeitsnacht vorbereiten.

23. Kapitel

Es war vorbei. Der letzte Gast war in die Nacht verschwunden, und die verwelkten Girlanden waren zu Boden gefallen. Ian O'Malley stöberte Isabeau unter dem Stuhl des Geigers auf, wo sie sich zusammengerollt hatte, und Honoria brachte sie ins Bett.

Dianas Vater hatte viele alte Freunde aus seiner langen Karriere getroffen und war mit einem älteren Gentleman aus der Tradd Street in dessen Haus gefahren, um dort alte Geschichten auszutauschen.

Honoria hatte ihre großartige Hochzeit bekommen. James hatte sich nicht geweigert, was Diana außergewöhnlich fand. Er sah hinreißend gut in dem schwarzen Frack aus. Sogar eine Krawatte hatte er getragen, die sich gegen seine gebräunte Haut schneeweiß abhob. Sein Haar war frisch geschnitten und zu einem Zopf geflochten. Er sah so ganz anders aus als sonst, aber als sie die Kirche betreten und seinen großen, muskulösen Körper in dem gutsitzenden Frack gesehen hatte, waren ihr die Knie ein wenig weich geworden.

Honoria gab eine wunderschöne Brautjungfer ab in ihrem Kleid aus cremefarbener Seide. Diana hatte sie zu der hellen Farbe überredet, weil sie zunächst vorgehabt hatte, etwas Dunkles, Unauffälliges zu tragen. Isabeau, ebenfalls in einem hübschen Kleid, hatte überall Blumen gestreut und sich prächtig amüsiert. Ian O'Malley hatte auf sie aufgepasst, wie er es schon auf der *Argonaut* getan hatte.

Honoria war über Dianas Herkunft hocherfreut gewesen und hatte dafür gesorgt, dass jeder, von Charleston bis nach Savannah, davon erfuhr. Mit einer englischen Lady, der Witwe eines zum Ritter geschlagenen Kapitäns und Tochter eines Admirals, dessen Familienstammbaum viele Generationen zurückreichte, konnte man schon angeben. Diskret natürlich.

Honoria Ardmore hätte niemals offen mit etwas geprahlt. Aber die Leute hörten es, redeten darüber und waren beeindruckt.

Am Altar hatte James ruhig und gelassen ausgesehen, als hätte er Routinebefehle an Deck seines Schiffes gegeben. Diana dagegen hatte am ganzen Körper gezittert. Die Erinnerungen an ihre erste Ehe waren eng verbunden mit den verdrängten, schlimmen Gedanken an Edward, und der Anblick des Priesters in seiner Robe und ihres Vaters, der sie zum zweiten Mal in ihrem Leben über den Gang des Mittelschiffs einer Kirche führte, hatte sie für einen Moment in Panik versetzt.

Sie hätte sich am liebsten umgedreht und wäre gelaufen, so weit ihre Füße sie trugen.

Aber es war James, der am Altar auf sie wartete, nicht Sir Edward Worthing. James, der ein echter Held war, nicht wie der Schwindler Edward. James, der auf sie mit seinen warmen, grünen Augen und dem frechen Grinsen wartete.

Als sie ihre Finger in seine kräftige, schwielige Hand legte, war ihre Panik verschwunden. Und plötzlich bedauerte sie ihre albernen Pläne mit der Hochzeit und dem Bankett.

James und sie würden lange warten müssen, bis sie endlich allein sein konnten.

Als er Diana den kühlen goldenen Reif über den Finger streifte, der einst seiner Mutter gehört hatte, bedauerte sie es noch mehr. Und als er sich vorbeugte und ihren Mund mit seinen Lippen streifte, wünschte sie sich, er würde sie einfach über seine Schulter werfen und mit ihr zur *Argonaut* flüchten.

Natürlich kam es nicht dazu. Sie überstand das Dinner und die zahllosen Toasts, unablässig lächelnd, während die vornehmsten Bürger von Charleston ihr und James gratulierten. James absolvierte die Prozedur entspannt und mit neutraler Miene, während er unter dem Tischtuch verführerisch mit ihrem Fuß spielte.

Diana war mit ihren Nerven am Ende, als sie, endlich allein, ihr Schlafzimmer im Obergeschoss betraten.

Die Bediensteten der Ardmores hatten ihnen eine Mahlzeit zubereitet und sie auf Platten mit silbernen Hauben bereitgestellt.

Falls sie in den wenigen Stunden zwischen dem Bankett und dem ausgiebigen Frühstück, das um neun Uhr beginnen sollte, etwa Hunger verspüren sollten.

James bestand darauf, etwas von den Köstlichkeiten zu essen, um die Gefühle der Köchin nicht zu verletzen. Sie kochte für die Ardmores, seit er ein Baby war, und sie würde ihm niemals verzeihen, wenn er volle Teller zurückschicken würde.

Diana zwang sich, etwas von der Krabbensuppe zu kosten, von den weichen Brötchen, die er Biskuits nannte, von dem Schinken und dem gekochten Maisbrei. James aß zufrieden, als hätte er sich den ganzen Tag auf diese Mahlzeit gefreut.

Sie rührte mit ihrem Löffel in ihrer Schale und beobachtete ihn argwöhnisch. Er war viel zu friedfertig.

»Sprich, Diana«, sagte er schließlich, während er einen Schinkentoast aß. »Was willst du mich fragen?«

Sie blinzelte. Eine Strähne hatte sich aus ihrem Zopf gelöst und strich über ihre Wange. Seine gelockerte Krawatte entblößte ein Stück seiner dunklen Kehle. Sie malte sich gerade aus, wie sie seine Haut mit ihrer Zunge berührte.

»Wie bitte?«

Er biss genüsslich in den Toast und warf ihr unter seinen dichten Wimpern einen Blick zu. »Du hast mich beobachtet, als hättest du eine Wette mit dir selbst abgeschlossen. Als wolltest du mich schon seit längerem etwas fragen. Nur waren wir zu beschäftigt, als dass wir viel Zeit allein hätten miteinander verbringen können, weder auf der Reise von England hierher noch während der Hochzeitsvorbereitungen. Und außerdem wollte ich deinen Ruf nicht ruinieren.«

Er wusste es, der verdammte Kerl! Sie sah ihn finster an. Es stimmte, sie hatte ihn etwas fragen wollen, seit sie in Lord Stokes Haus die gemurmelten Worte gehört und Lady Alexandras Erröten gesehen hatte. Aber während ihres Hochzeitsessens hatte sie das Thema eigentlich nicht zur Sprache bringen wollen.

Er sah sie gelassen an. Sein Blick war kühl. Er kannte die Frage längst.

Er sollte um seinetwillen hoffen, dass ihr die Antwort gefiel. Sie rührte erneut in der Suppe herum und legte dann den Löffel weg.

»Also gut«, meinte sie. »Da du das Thema angesprochen hast: Was genau bedeutet Lady Stoke für dich?«

Er zuckte nur ein kleines bisschen zusammen und senkte den Blick auf seinen Toast, plötzlich sehr an dem Stück Brot interessiert.

Aha, dachte sie. Also doch nicht die Frage, mit der du gerechnet hattest. Was sie auf den Gedanken brachte, was er dann wohl erwartet hatte.

»Ich würde in meiner Hochzeitsnacht wirklich nur ungern über Finley und seine Frau sprechen.«

»Das bedeutet, es gibt etwas, worüber wir sprechen sollten.«

Er bestrich einen weiteren Toast mit Butter. »Ich glaube, aus diesem Grund vermeidet Ian O'Malley jede ernsthafte Beziehung mit Frauen. Sie stellen zu den unpassendsten Zeitpunkten die unglaublichsten Fragen.«

»Ich glaube, du wolltest, dass ich dich frage.«

»Ich habe es mir anders überlegt.«

Sie sah ihn finster an. »James Ardmore, wenn du die ausgezeichnete Suppe deiner Köchin nicht überall auf deinem neuen Anzug wiederfinden willst, dann wirst du diese Frage beantworten.«

»Du drohst mir?«, fragte er liebenswürdig. »Und dabei bin ich soeben dein Herr und Meister geworden. Du solltest dich deinem Ehemann unterwerfen und ihm gehorchen.«

Ihr verächtliches Schnauben hallte durch das ganze Zimmer. Sie hätte schwören können, dass sie ein Zucken um seine Mundwinkel sah, bevor er sich seinem Toast widmete.

»Wart ihr ein Liebespaar?«

So, sie hatte es ausgesprochen. Sie wollte es eigentlich nicht wissen, aber sie musste es einfach erfahren. Er war zu Alexandra gegangen, als er Hilfe brauchte, nicht zu dem mächtigen Lord Stoke. Er hatte Alexandra darum gebeten, seine Anwesenheit vor ihrem Ehemann zu verheimlichen, und das hatte sie getan. Er vertraute ihr und wusste, dass er es konnte. Dieses Vertrauen kündete von einer Intimität, die möglicherweise selbst Diana nicht mit ihm teilte.

»Nein«, antwortete er. »Niemals.«

Er legte den Toast weg und sah sie über den leeren silbernen Servierteller hinweg an, der zwischen ihnen stand.

Sie entspannte sich etwas. Aber das erklärte trotzdem nicht seine Worte, als er Alexandra die Hände auf den Rücken gebunden hatte. Sie atmete schneller. »Du hast zu ihr gesagt: ›Wie in alten Zeiten.‹ Was zum Teufel hast du damit gemeint?«

Er strich mit den Fingern über den Stiel seines Weinglases. Das Kerzenlicht warf einen rubinroten Fleck auf das Tischtuch. »Willst du das wirklich wissen?«

»Ja.« Es stimmte nicht. »Ich will es wissen.«

»Also gut.« Er trank einen Schluck Wein und stellte das Glas dann umständlich auf den Tisch zurück. »Ich habe sie entführt.«

Ihr Herz hämmerte heftig. »Das scheinst du öfter zu tun.«

»Ich habe sie entführt, sie nackt ausgezogen, sie in Ketten gelegt und mich ihrer bedient, um mich an Grayson Finley zu rächen.«

Er nahm ruhig das Glas vom Tisch, trank einen Schluck und stellte es wieder ab.

Diana starrte ihn an. Er erwiderte den Blick gelassen, als würde er so etwas jeden Tag tun. Und als sollte es sie nicht überraschen. Sie versuchte zu schlucken, doch war ihre Kehle so trocken, dass sie hustete musste. »Warum?«

Einen Augenblick dachte sie, er würde ihr nicht antworten. Sie erwartete, dass er wieder kalt und abweisend würde, sich von ihr zurückzöge und diese Geschichte den Rest ihres Lebens zwischen ihnen stehenlassen würde.

Er zuckte unmerklich mit den Schultern. »Ich habe Finley an Pauls Tod die Schuld gegeben, auch wenn er nicht abgedrückt hatte. Ich hätte alles getan, um mich dafür an ihm zu rächen, einschließlich ihm die Frau zu stehlen, die er liebte. Wäre Alexandra nicht die Frau, die sie ist, hätte ich sie ruiniert und Finley das Herz gebrochen. Ich hätte ihrer beider Leben zerstört und sie in mein Elend mit hinabgezogen.« Er streckte die Hand aus und berührte den goldenen Reif um Dianas Finger. »In den Ardmores ist eine Welt aus Schmerz verborgen. Du musst uns nur ansehen, dann weißt du es. Ich habe beschlossen, dies zu ändern. Es ist Zeit.«

Diana blickte auf seine schwielige Hand, deren Narben von Jahren der Kämpfe ums Überleben kündeten. Er hatte Menschen das Leben gerettet und es anderen genommen. Er hatte dieses stille Glück in seinem Haus kennengelernt und Schmerzen erlebt, die sie kaum fassen konnte.

Eine Klammer schien sich um ihre Brust zu legen. »Ich bin froh, dass du mich erwählt hast, dir zu helfen.«

»Ich habe dich nicht erwählt, Diana. Du bist wie ein Komet in mein Leben geschossen und hast alle Vorurteile zertrümmert, die ich hatte. Mit dir zu sein ist, wie eine Wildkatze am Schwanz zu halten. Ich traue mich nicht, sie loszulassen.«

»Das ist nicht sehr schmeichelhaft, James.«

»Aber es ist wahr. Ich wusste, wie wild du bist, als ich dich damals dabei ertappte, wie du meine Kabine zerlegt hast. Trotz deines Titels und deines berühmten Vaters wusste ich, dass du alles andere bist als eine anständige junge Lady. Aber das ist gut so. Ich mag keine langweiligen Frauen.«

An seiner Lippe hing noch ein Tropfen Wein. Diana hätte sich gerne über den Tisch gebeugt und ihn abgeleckt. Sie zwang sich dazu, ruhig sitzen zu bleiben. »Zurück zu Alexandra, obwohl du das Gespräch so geschickt von ihr abgelenkt hast. Warum hast du sie gehenlassen? Hat sie dir gesagt, du sollst dich zum Teufel scheren?«

»Nein. Sie war bereit, sich zu opfern, um Finleys Hals zu retten. Sie liebte ihren Piraten von nebenan inniglich und hätte alles für ihn getan, sogar geheiratet hätte sie mich, nur damit ich ihn verschone.«

Diana sprang auf und stieß gegen den Tisch. Die Suppe schwappte bedenklich in der Terrine. »Du hast sie gebeten, dich zu heiraten?«

»Ich hielt das für den sichersten Weg, Finley wehzutun. Ich wollte ihn leben lassen, damit er leiden musste.«

»Und sie hat ja gesagt?«

»Allerdings. Nur bezweifle ich, dass ich es sehr genossen hätte. Sie hätte das Opferlamm perfekt gespielt. Ich wäre ihrer sehr schnell müde geworden.«

Diana hatte ihre Serviette festgehalten, als sie aufgesprungen war, und jetzt knüllte sie den Stoff zu einem Ball zusammen. »Ich nehme an, Alexandra ist zur Besinnung gekommen und hat deinen Vorschlag abgelehnt?«

»Nein. Ich habe mich zurückgezogen.« Er beobachtete sie gelassen, doch seine grünen Augen glühten wachsam. »Sie taten so widerlich miteinander, dass ich es nicht mehr ertragen konnte.«

»Widerlich?« Sie knetete die unschuldige Serviette in den Händen.

»Bereit für einander zu sterben. Es wurde am Ende etwas süßlich. Ich habe beschlossen, nicht länger den Bösewicht zu spielen und der wahren Liebe ihren Lauf zu lassen. Sehr romantisch von mir, fand ich.«

Er besaß die Frechheit, noch einen Schluck Wein zu trinken, als Toast auf den Helden des Stückes. Was bildete er sich eigentlich sein?

»*Romantisch?*« Diana kochte. »Du bist der unromantischste Mann, den kennenzulernen ich jemals das Pech hatte!«

»Mäßige deine Stimme, Diana. Die Leute versuchen zu schlafen.«

»Wie romantisch soll das sein, wenn du dir einfach nimmst, was du willst? Du entscheidest, dass Alexandra und Lord Stoke zusammen sein dürfen, weil es dir nicht gelungen ist, sie so einzuschüchtern, dass sie auf deine Seite überlief. Du willst mich nach meinem Vater ausfragen, also entführst du mich einfach. Du hast mich hergebracht, weil du mich hier bequemer in die Enge treiben kannst, als wenn du dabei noch der Königlichen Marine ausweichen musst.«

»Du musst zugeben«, erwiderte er auf diese empörend gelassene Art und Weise, »dass mein Haus weit angenehmer ist als eine Dorfherberge oder eine feuchte Höhle in Haven. Ein ordentliches Bett nach einer anständigen Mahlzeit. Ich dachte, das würde dir gefallen.«

Sie schnappte sich einen gebutterten Toast mit Schinken. »Sag mir bloß nicht, dass ich auch noch dankbar sein soll!«

Er sah sie wachsam und drohend an. »Wage nicht, diesen Toast nach mir zu werfen, Diana.«

»Wenn du deinen verdammten Anzug retten willst, sag mir, ob du sie geliebt hast!«

»Nein.«

»Das klingt ja sehr überzeugt.«

»Das bin ich auch. Ich habe keine Frau geliebt, bis mir eine in einer Herberge ein Brot an den Kopf geworfen hat. Ich will damit nicht andeuten, sie solle es wiederholen. Das sind schlechte Manieren. Meine Schwester wäre schockiert.«

Diana ließ sich jedoch nicht ablenken. »Du und Alexandra, ihr scheint euch sehr zu mögen.«

»Ich bewundere und respektiere sie. Es gibt nicht viele Frauen, die sich mir widersetzen und mir sagen, in welchen Punkten ich mich geirrt habe. Schon gar nicht wenn ich sie gerade in Ketten gelegt habe. Sie hatte eine Todesangst vor mir, aber das hat sie nicht davon abgehalten, mir genau zu sagen, was sie von mir hielt.«

»Mir gegenüber hast du nicht so viel Respekt gezeigt.«

»Du lebst noch«, meinte er. »Ich finde, das zeigt, wie sehr ich dich respektiere.«

»Du arroganter, hochmütiger, nichtsnutziger Mistkerl! Ich kann einfach nicht fassen, dass ich mich in dich verliebt habe! Ich könnte ein wundervoll friedliches Leben mit meinem Vater auf Haven führen, und stattdessen lasse ich zu, dass du mich um die halbe Welt schleppst, helfe dir, Piraten zu jagen, sehe zu, wie Männer, die ich respektieren sollte, dich so lange verprügeln, bis es mich fast umbringt, und dann lässt du auch noch zu, dass ich dich für tot halte. Was für ein Leben werde ich an deiner Seite führen? Eines voller Wahnsinn. Und das alles nur weil ich so dumm war, dich zu lieben.«

»Ich bin verdammt froh, dass du das tust.«

Sie verstummte. Aus irgendeinem Grund machten seine sanfte Antwort und der warme Blick seiner Augen sie nur noch wütender.

Sie schleuderte ihm den Toast entgegen, dann noch einen und am Ende die nur halb verzehrte Suppe aus der Schale. Er stand auf, noch während die Geschosse ihn trafen. Die

Flüssigkeit landete mit einem nassen, sehr befriedigenden Platschen auf seinem schwarzen Kaschmirfrack und der feinen, seidenen Weste.

»Diana.« Seine Stimme klang sehr, sehr leise und höchst gefährlich. »Ich kann dir das nicht durchgehen lassen.«

Sie trat nervös einen Schritt zurück. »Deine Schwester wäre außer sich, wenn diesem Kleid etwas passiert, James.«

»Dann solltest du es ausziehen.«

Sie kannte den Blick in seinen Augen. So sah er aus, wenn er vorhatte, Piraten zu Hackfleisch zu verarbeiten. »Ich werde es lieber anbehalten.«

Er trat einen Schritt auf sie zu. »Dann mache ich es für dich.«

»Nein, nein!« Ihre Hände flogen förmlich über die Haken und lösten sie in rasender Eile. »Du würdest es zerfetzen.«

»Genau das hatte ich vor.«

Sie beeilte sich, weil sie wusste, dass er ungeduldig werden und ihr das Kleid vom Leib reißen würde, wenn sie sich zu viel Zeit ließ. Sie streifte die warme Seide an ihrem Körper herab, trat heraus und hängte das Kleid dann sorgfältig in den Schrank. Seine Hemden und Gehröcke hingen bereits dort. Sie dufteten nach Wolle und Baumwolle und James.

Als sie sich umdrehte, hatte er sich bereits gerüstet. Sie schrie auf, aber es war zu spät.

Der gebutterte Maisbrei war eine ausgezeichnete Waffe. Er breitete sich über ihre Schultern aus. James lachte, doch dann blinzelte er und fluchte, als sie mit einem Schöpflöffel Krebssuppe antwortete. Auch der Schinken klatschte höchst befriedigend, als er ihn traf.

Doch das Gefecht dauerte nicht lange. Nach wenigen Sekunden hatte er sie an den Handgelenken gepackt und aufs

Bett gezerrt. Diana fand sich flach auf dem Rücken in dem weichen Federbett wieder, James auf ihr.

Er küsste sie leidenschaftlich, während er ihre Arme über ihrem Kopf festhielt.

»Ich liebe dich, Diana«, sagte er heiser. »Ich hätte nie geglaubt, dass ich jemanden so lieben könnte. Es tut fast weh, wie stark meine Gefühle für dich sind. In meinem ganzen Leben hat noch niemand mich jemals so …«

Seine Hände brannten, und seine Lippen scheuerten auf ihrer Haut. Sie hob ihr Knie zwischen seine Beine und hakte ihren Fuß um seine muskulöse Wade. »Ja?«, fragte sie in gespielter Unschuld.

»So wütend und so glücklich gemacht. Und das gleichzeitig. Du bist eine Dämonin!« Seine Augen funkelten. »Und du hast Maiskörner im Haar.«

Sie lachte und fuhr mit der Zunge über seine Wange, an der noch Krabbensuppe klebte. »Du schmeckst gut.«

»Du schmeckst besser.« Er demonstrierte ihr, wie sehr er ihren Geschmack liebte. »Verdammt, aber ich liebe dich, Diana.« Er küsste sie erneut, diesmal sanft. »Du hast mich nach Hause gebracht.«

Sie streichelte sein Haar. »Wir werden sentimental, Captain Ardmore. Ich denke, wir sollten fortfahren, uns zu lieben.«

»Da muss ich Euch zustimmen, Mrs. Ardmore.«

»Ich denke weiterhin, wir sollten uns lieben, bis wir vollkommen erschöpft sind. Aber es wird bald Morgen. Man erwartet uns zum Frühstück.«

Sein Lächeln schien die Nacht zu erwärmen. »Dann sollten wir uns besser beeilen.«

Er packte den Schlitz in ihrem Hemd und riss es vom Hals

bis zur Taille auf. Dann beugte er sich hinab und liebkoste ihre Brüste mit der Zunge. Sein heißer Atem entfachte endgültig die Glut, die er bereits entzündet hatte.

Diana lachte, voller Liebe, schlang ihre Arme um ihn und zog ihn zu sich herab.

Epilog

Frühling 1813

»Es gibt einen neuen Ardmore auf der Welt, Alexandra. Gott steh uns bei.«

»Ja, Grayson. Einen süßen Jungen.«

Grayson Finley warf einen Blick durch den Salon auf seine Gemahlin. Er hatte einen Brief gelesen, den Diana Ardmore, frühere Worthing, ihnen beiden geschrieben hatte.

Alexandra lag mit angezogenen Beinen am Ende eines Diwans, den Rücken gegen die Lehne gestützt, und schaute ins Feuer. Ihre rotbraunen Locken hatten sich gelöst, und sie rekelte sich entspannt und zufrieden.

Es war bereits dunkel. Das Rauschen des Meeres drang durch die geöffneten Fenster herein, zusammen mit der kühlen Frühlingsluft. Alexandra wirkte etwas abgelenkt heute Abend, seit sie den Brief von Diana gelesen hatte.

Nun, sein alter Freund und Feind war zweifellos auf Rosen gebettet. Diana Worthing, diese unzähmbare Rothaarige mit genug Glut in den Augen, um ganze Dörfer niederzubrennen, würde ihn sicher auf Trab halten. Und warm. Und glücklich. Ardmore war kein einfacher Mensch, aber Diana schien der Herausforderung gewachsen zu sein.

Ardmore und er hatten Blut vergossen, gegeneinander gewütet und sich sogar gehasst, aber dennoch wünschte Grayson dem Mann Glück. Und falls Diana ihn so sehr beschäftigte, wie er es vermutete, würde Ardmore sich auch von Alexandra fernhalten.

Er faltete den Brief zusammen und warf ihn hinter sich auf den Tisch. »Was denkst du, Liebling?«

Sie drehte sich zu ihm um und schenkte ihm dieses strahlende Lächeln, das seine Knochen noch immer zu Brei verflüssigen konnte. »Ich habe ein wenig Genugtuung empfunden.«

»Worüber?« Eigentlich hatte er gar keine Lust auf ein Gespräch. Die Admiralität hatte ihn in diesem letzten Jahr viel zu lange von Alexandra ferngehalten. Er hatte mit dem Herzog von St. Clair gesprochen und ihm gesagt, dass das aufhören müsse. Ich möchte mit meiner Frau zusammen sein, hatte er dem Herzog erklärt, der ein anständiger Mensch war. Er hatte nicht hinzugefügt: Ich will mit ihr in meinem Bett liegen, und auf dem Boden und im Garten und im Wald in dem Pavillon. Sie hatten Ardmores Idee häufig ausprobiert, und sie beide, Alexandra und er, hatten es sehr genossen.

»Ich habe James gesagt, dass er irgendwann jemanden finden würde«, sagte Alexandra träumerisch. »Jemand auf dem weiten Meer, der für ihn bestimmt wäre. Damals hätte ich mir niemals träumen lassen, dass es Diana Worthing sein sollte, die sich zu der Zeit gerade in London aufhielt. Außerdem war sie ja auch mit Sir Edward verheiratet. Aber wenn ich mir vorstelle, dass James und sie sich kurz danach kennengelernt haben und sie dann auf ihn auf Haven gewartet hat … Das ist sehr romantisch, finde ich. Kein Wunder, dass sie sich verliebt haben. Ich bin sehr stolz auf mich.«

Grayson grinste. Seine Frau glaubte fest daran, dass ihre guten Wünsche sich auf jeden übertrugen. Andererseits war sie jemand, der anderen wirklich Glück wünschte. Vielleicht war das einer der Gründe, warum er sie liebte.

Ihr Blick wurde nachdenklich. »Ich wünschte mir nur …«

Er stand auf und schlenderte zu ihr. Er hatte seine Lord-Stoke-Garderobe abgelegt und trug jetzt wieder das bequeme offene Hemd und die weite Hose des Piraten Grayson Finley. Alexandra musterte ihn höchst anerkennend. Er bekam nie genug davon, wie sie ihn ansah. »Was denn, Liebste?«

»Ich wünschte mir, dass ihr beiden euch versöhnen würdet.«

Ihr alter Streit. Er wollte schon den Kopf schütteln und ihr sagen, dass dies niemals passieren würde, doch dann hielt er inne. »Wir sind versöhnt, Alexandra. Er hat sein Leben und ich meines, und das respektieren wir beide. Wenn er meine Hilfe braucht, weiß er, dass ich sie ihm geben werde. Und wenn ich seine Hilfe brauchte, wüsste ich …« Er unterbrach sich. »Nein, ich weiß nicht, ob er mir helfen würde. Er ist ein unberechenbaren Mistkerl.«

»Nun, jetzt ist er verheiratet und verliebt. Ich wünsche ihm alles Gute.«

»Das tue ich auch.« Er salutierte schweigend aus dem Westfenster. Irgendwo da draußen war James jetzt. In Charleston. Jedenfalls dachten das alle. Aber wer konnte das bei James Ardmore schon genau wissen?

»Grayson?«

Der Klang ihrer Stimme ließ seine steigende Erregung noch ein wenig höher schnellen. »Ja, Alexandra?«

»Die Kleinen liegen alle im Bett im Kinderzimmer.«

»Ich weiß. Ich habe ihnen gute Nacht gesagt. Du auch.«

»Maggie ist ebenfalls zu Bett gegangen«, fuhr sie fort.

»Ja. Ihr habe ich auch einen Gutenachtkuss gegeben.«

»Die Dienstboten haben sich alle in ihre Kammern zurückgezogen.«

»Hoffentlich haben sie angenehme Träume.«

Sie erhob sich von dem Diwan und ging lautlos zu ihm. »Ich glaube, bis zum Morgengrauen wird niemand diesen Raum mehr betreten.«

»Ich bin davon überzeugt«, erwiderte Grayson, während er den Duft ihres Haares einatmete, »dass du vollkommen recht hast.«

Als er sich herunterbeugte, um sie zu küssen, wähnte er einen Moment lang eine Stimme in seinem Hinterkopf zu hören, kühl und sarkastisch mit dem gedehnten, melodischen Akzent Charlestons.

»Finley, du hast verdammt viel mehr Glück, als du je im Leben verdient hast.«

Dem konnte Grayson Finley nur aus ganzem Herzen zustimmen.

Danksagung

Mein besonderer Dank gilt Glenda Garland für ihre galante Kritik in letzter Sekunde und ihren großartigen, wohlbegründeten Rat. Außerdem danke ich Trudy, Al und dem gesamten Ashley-Clan für ihre unermüdliche und begeisterte Unterstützung. Und natürlich danke ich Forrest für seine nie nachlassende Bereitschaft, sich das Hirn zu zermartern, zu kritisieren, Korrektur zu lesen, sich in die Schlange vor dem Postschalter einzureihen und mich liebevoll zu unterstützen.

Jennifer Ashley

Die Sehnsucht des Piraten

Roman

Aus dem Amerikanischen
von Wolfgang Thon

Weltbild

1. Kapitel

Juni 1813

Honoria Ardmore sah über die dunkle Straße und direkt in das Gesicht des Piraten Christopher Raine.

Nebelschwaden waberten zwischen ihr und dieser Erscheinung, verbargen den blassen Fleck seines blonden Haares, seinen großen grobknochigen Körper und sein gebräuntes, attraktives Gesicht.

Drei Ladys in Operngarderobe und mit hoch aufgetürmten, gefährlich schwankenden Frisuren wären beinahe in sie hineingelaufen. »Also wirklich«, meinte eine hochnäsig zu ihren Begleiterinnen.

Honoria verrenkte sich fast den Hals bei dem Versuch, um die Damen herumzusehen, aber die Erscheinung war bereits verschwunden.

Natürlich war er auch nie da gewesen, denn Christopher Raine war tot. Er war vor vier Jahren in Charleston gehängt worden, nachdem ihr Bruder James ihn gefangen hatte. Man hatte ihm den Prozess gemacht und ihn dafür zum Tode verurteilt, dass er ein Pirat mit Leib und Seele war.

Anschließend berichteten immer wieder Seeleute, dass sie seinen Geist auf einem verwunschenen Schiff mit einer Besatzung aus Dämonen gesehen hätten, auf dem der berüchtigte Captain Raine die Welt umsegelte, auf der Suche nach Vergeltung. Keiner sprach davon, dass er nach einer erbärmlichen Inszenierung von *Verlorene Liebesmüh* im Covent Garden Theater mitten in der Londoner Theatersaison aufgetaucht wäre.

Die Straße füllte sich mit Menschen, die aus dem Gebäude quollen. Sie strömten an Honoria vorbei, ohne sich darum zu kümmern, dass sie ihr den Blick auf die schattige Bow Street versperrten. Gerade als die Menge sich teilte und Honoria wieder den Ort sehen konnte, an dem sie ihn erspäht hatte, rollte die große schwarze Droschke vor, die ihre Schwägerin angemietet hatte, und kam vor ihr zum Stehen.

Der Mietkutscher sprang vom Bock und öffnete ihr den Schlag, sichtlich erfreut über seine Tüchtigkeit. Er zog jedoch ein langes Gesicht, als Honoria einfach an ihm vorbei in die Kutsche stieg, zu abgelenkt, um ihm ein Trinkgeld zu geben.

Sie ließ sich mit weichen Knien auf die unebene Sitzbank fallen und spähte unruhig durch die staubigen Fenster. Natürlich war nichts zu sehen.

Wie auch zuvor nicht. Christopher Raine war seit vier Jahren tot. Sie war fertig mit ihm. Es ärgerte sie, dass ihre Phantasie ihn heute Nacht aus dem Nebel heraufbeschworen hatte.

Ihre Schwägerin Diana stieg deutlich anmutiger ein, setzte sich neben sie und bedeutete dem Lakai mit einem Nicken, den Schlag zu schließen. Die Kutsche rollte mit einem Ruck an und hätte fast eine andere gerammt. Der Nebel wurde dichter, verschluckte die Menschenmenge, die Straße und alle Geister von legendären Piraten.

»Geht es dir gut, Liebes?«, fragte Diana. »Ich weiß, dass es heute ein scheußlicher Tag war.«

Honoria riss ihren Blick vom Fenster los. »Ja, mir geht es blendend, danke der Nachfrage.« Sie bemühte sich, in ihrem süßen, sanften Charleston-Singsang zu antworten und sich nichts anmerken zu lassen, als sie Dianas prüfenden Blick bemerkte.

Diana hatte recht, der Tag war wirklich schrecklich gewesen. Erst hatte die Zofe Honorias beste Handschuhe ins Kaminfeuer fallen lassen, wo sie fröhlich verbrannten und einen angenehmen Geruch nach gerösteter Seide verbreiteten. Als Honoria und Diana zu einem Handschuhmacher in die Oxford Street gegangen waren, um sie zu ersetzen, waren sie dort auf drei Ladys gestoßen, die sich über Honorias Akzent lustig gemacht hatten.

Diana hatte sie mit kaltem Ärger behandelt, aber Honoria hatte alles einfach an sich abprallen lassen. Sie würde nicht einmal im Traum jemanden einer Reaktion würdigen, der so schlechte Manieren besaß, dass er einen Fremden wegen seines Akzents verspottete.

Dann hatte Dianas taube Tochter Isabeau alle Bänder von Honorias Slippern geschnitten, weil sie die perfekte Länge für das Tau hatten, das sie gerade flocht. Sie wollte sich über die Galerie schwingen, wie es ihr Stiefvater auf seinem Schiff tat. Natürlich trat das vorhersehbare Unglück ein. Isabeaus blaue Flecken waren zärtlich geküsst worden, bevor man sie zur Strafe ins Bett steckte und Honorias Schuhe hastig repariert wurden.

Die Droschke war zu spät gekommen, es goss in Strömen, das Theaterstück war schrecklich gewesen, und die Zuschauer waren unruhig und rüde.

Das alles jedoch verblasste neben dem Schock, den Honoria empfand, als sie Christopher Raine im Nebel sah.

Jetzt beruhige dich endlich, Honoria!, rief sie sich stumm zur Ordnung. *Du kannst ihn unmöglich gesehen haben.*

Außerdem würde sie sich auf keinen Fall, niemals, daran erinnern, wie sich das Gewicht seines Körpers auf dem ihren angefühlt hatte, der kalte Boden unter ihrem Rücken. Sie würde auch nicht an sein verruchtes Lächeln denken, als er flüsterte: »Das ist meine Honoria.«

Niemand wusste von Honorias Geheimnis, und, setzte sie entschlossen hinzu, *keiner wird jemals davon erfahren.*

Diana seufzte, als sie sich auf der harten Bank zurücklehnte. »Ich habe vollkommen vergessen, wie ermüdend ein Abend im Theater sein kann. Alle betrachten uns durch ihre Operngläser oder Lorgnons, als wären wir faszinierende Insekten. Kein Wunder, dass ich aus London geflüchtet bin.«

»Warum sind wir denn hierhergefahren?«, fragte Honoria. Sie warf erneut einen Blick aus dem Fenster, als sie in die James Street einbogen und die Richtung nach Long Acre einschlugen. Von einem blonden, grauäugigen, sündig gutaussehenden Piraten war nichts zu sehen.

»Ich dachte, es würde dir Spaß machen«, antwortete Diana. »Es tut mir leid.« Sie runzelte die Stirn und lachte dann leise. »Das ist gelogen. Ich wollte dich eigentlich heute Abend für mich haben. Wenn du erst Rupert geheiratet hast, werde ich nicht mehr so viel Zeit mit dir verbringen können wie dieses vergangene Jahr. Es ist eine Freude, eine Freundin wie dich zu haben.«

Panik durchzuckte Honoria. *Wer ist Rupert?*, dachte sie einen Moment lang, bevor sie wieder zur Besinnung kam. »Ich hätte gedacht, du heißt meine Verbindung mit Mr. Templeton gut. Vermutlich habe ich wie eine Klette an euch gehangen.«

»Natürlich nicht!«, rief Diana. »Falls James das gesagt hat, werde ich ihm die Leviten lesen.«

»Nein, nein.« Honoria wusste, dass ihre Schwägerin ihre Drohung in die Tat umsetzen und James die Hölle heiß machen oder ihm wenigstens etwas an den Kopf werfen würde. Er würde daraufhin ebenfalls mit Dingen um sich werfen, und anschließend würden sie sich ein lautstarkes Wortgefecht liefern. Diana und Honorias Bruder führten eine recht turbulente Ehe, die Honoria nicht so ganz verstand. Doch sie wusste, dass die beiden sich über alles liebten. Warum das jedoch hitzige Zankereien und fliegende Gegenstände einschließen musste, konnte sie einfach nicht begreifen.

Doch auf einmal erinnerte sie sich an Christopher Raines Kuss, daran, wie er ihren Körper berührt und was er mit ihr gemacht hatte. Vielleicht verstand sie viel zu gut.

Ihr war merkwürdig zumute. Diana starrte sie an, als könnte sie ihre Gedanken lesen. Honoria hatte sich Diana nie anvertraut, im Glauben, dass sie das auch nicht tun sollte. Der einzige, der von ihrer verhängnisvollen Neigung zu Christopher Raine gewusst hatte, war ihr Bruder Paul gewesen, der schon vor langer Zeit gestorben war. James gegenüber hatte sie natürlich nie auch nur eine Silbe davon verlauten lassen. Ihr älterer Bruder war kein Mann, dem man sein Herz ausschüttete.

Honoria zwang sich, zu antworten und die Lücke im Gespräch zu überbrücken. »James möchte dich einfach nur für sich allein haben, Diana. Er wird sich freuen, wenn Mr. Templeton mich ihm endlich abnimmt.«

Diana warf ihr einen Blick zu, der für Honorias Geschmack viel zu hintergründig war. »Schon, aber wirst du dich auch freuen?«

Honoria zwang sich, nicht an ihrem Kleid zu zupfen, zu schlucken oder sonst ihre Nervosität zu zeigen. »Warum sollte ich das nicht tun? Mr. Templeton ist ein ehrbarer Engländer, der ausgezeichnete Geschäftsaussichten in Amerika hat. Und ich habe schon viel zu lange auf der Mauer geblüht. Es wird Zeit, dass ich mich unter die Leute begebe.«

»Du vermischst deine Metaphern.«

»Oh, entschuldige!«, sagte Honoria ungehalten. »Es war ein anstrengender Tag.«

Dianas Miene wurde weich, als sie lächelte. »Das war es wirklich. Ich bin froh, wenn wir wieder auf die Insel meines Vaters zurückkehren.«

Honoria wurde plötzlich von Gewissensbissen geplagt. Sie hatte sich darauf gefreut, mit Diana hier in London zu leben, in dem Stadthaus von Dianas Vater. Ihre Schwägerin hatte Honoria zuvorkommend mit zu den besten Adressen Londons genommen, ihr bei der Auswahl einer neuen Garderobe geholfen und sie prominenten Leuten vorgestellt, zum Beispiel Lady Stoke und Lady Featherstone, die ihrerseits Honoria mit Mr. Templeton bekannt gemacht hatten. Honoria hätte wissen sollen, dass Diana nicht mit dem Herzen dabei gewesen war. Die Skandale aus Dianas Vergangenheit machten ihr das Leben in London nicht leicht, ganz zu schweigen von ihrer Ehe mit dem berüchtigten Piratenjäger James Ardmore. Nur der Einfluss von Lord Stoke und Dianas Vater bei der Admiralität gewährte den beiden jungen Ladys ein gewisses Maß an Frieden.

»Ich weiß, dass du James vermisst.« Honoria legte ihre Hand auf die ihrer Schwägerin. Ihre eigene Beziehung zu ihrem Bruder war im besten Fall als problematisch zu bezeichnen, und sie atmete immer erleichtert auf, wenn er losfuhr, um Piraten zu jagen. Diana dagegen brauchte James, wie ein Körper die Luft zum Atmen benötigte.

»Das ist eben der Nachteil, wenn man mit einem Bösewicht verheiratet ist«, erwiderte Diana und lächelte ein wenig.

»Es gefällt dir, dass er das ist«, stellte Honoria fest.

»Ja, du hast recht.« Dianas Lächeln verstärkte sich. »Wer weiß? Vielleicht entpuppt sich Mr. Templeton ja auch als Schurke.«

»Unsinn!« Honoria ging auf das Spiel ein, obwohl ihr nicht der Sinn danach stand. »Mr. Templeton ist viel zu seriös, um ein Übeltäter zu sein.«

Dianas Augen funkelten. »Aber du wünschst dir, er wäre einer. Du sehnst dich genauso nach Aufregung wie ich, Honoria, das weißt du genau.«

»Sei nicht albern, Diana. Aufregungen führen nur zu Schwierigkeiten.« *Gerade ich sollte das wissen.*

Diana warf Honoria einen langen, prüfenden Blick zu, wie es nur Diana Ardmore konnte. Ihre Schwägerin war viel zu einfühlsam und durchschaute Honorias Fassade zu häufig, vor allem bei Gelegenheiten, bei denen Honoria das überhaupt nicht schätzte.

»Verzeih mir«, sagte Diana schließlich. »Ich weiß, dass ich zu viel von James rede. Es muss wirklich langweilig sein.«

»Ganz und gar nicht.« Honoria zwang sich, unbekümmert zu antworten, weil sie Dianas prüfenden Blick spürte.« Ich finde es sehr schön, dass du James' Herz gewonnen hast. Mir war vorher gar nicht bewusst, dass er eines hat.«

Honorias Federhalter schwebte über einer leeren Seite ihres Tagebuchs. Ein Tropfen Tinte zitterte an der Spitze, bereit, dass sie ihn in Buchstaben verwandelte.

Ihre Finger waren kalt, trotz des Feuers, das im Kamin loderte. Diana und sie hatten sich bei einer Tasse heißen Tees und einem späten Imbiss im Salon entspannt und sich über die schöne Insel Haven unterhalten, auf der sie den größten Teil des Sommers verbringen würden.

Das heißt, Diana hatte geplaudert. Honorias Gedanken hatten sich nur um Christopher Raine gedreht, trotz ihrer Versuche, die Erinnerungen an ihn zu unterdrücken.

Sein Name war bisher kein einziges Mal in dem Buch aufgetaucht, das aufgeschlagen vor ihr auf dem kleinen Sekretär in ihrem Schlafzimmer lag und darauf wartete, dass sie etwas hineinschrieb. Er war in keinem ihrer Tagebücher verewigt, seit sie ihm das erste Mal begegnet war.

James hatte ihn vor sehr langer Zeit in ihr Haus in Charleston eingeladen, zusammen mit diesem lästigen Grayson Finley, der jetzt in London als Viscount Stoke Hof hielt. Sie waren drei junge, arrogante, wilde und atemberaubend gutaussehende Burschen gewesen. Grayson und Christopher waren blond, der eine – Grayson – mit mutwillig funkelnden blauen Augen, der andere – Christopher – mit kühlen grauen. Ihr Bruder James hatte schwarze Haare und grüne Augen und war der überheblichste der drei gewesen.

Honoria war damals ein albernes Mädchen von achtzehn Jahren gewesen und bis über beide Ohren in Christopher Raine verliebt. Sie hatte jedes Heftchen gesammelt, jeden Zeitungsbericht, jede noch so kitschige Bildergeschichte, in der die Abenteuer des berüchtigten Piraten Christopher

Raine geschildert wurden. Christophers Vater war Franzose gewesen, seine Mutter Engländerin, er befehligte eine Mannschaft aus verschiedenen Nationen und war keinem gegenüber loyal.

Damals war Christopher zweiundzwanzig gewesen, groß und muskulös. Er hatte sein weizenblondes Haar zu einem Zopf geflochten getragen, dazu eine dunkelblaue Jacke und Hose und ein elfenbeinfarbenes Leinenhemd. Sie hatte ihn im Wintergarten getroffen, einem entzückenden kühlen Raum, mit bunten Fliesen und einem sanft murmelnden Springbrunnen. Er hatte sie mit Augen, grau und klar wie Eis, gemustert und einem Lächeln, das ihre Gedanken an unvorstellbare Orte geschickt hatte.

Dabei hatte James sie einander nicht einmal vorgestellt, o nein. James hatte Honoria sogar verboten, ihre Gemächer zu verlassen, solange Grayson und Christopher im Haus herumschlichen. Warum sie überhaupt da gewesen waren, hatte sie nie erfahren. Vermutlich wollten sie irgendwelche schändlichen Pläne diskutieren, die James ausbrütete. Es war Paul gewesen, Honorias jüngerer Bruder und Seelenverwandter, der ihre Aufregung bemerkt und ihr versprochen hatte, James so lange abzulenken, dass sie nach unten schlüpfen und einen Blick auf den berüchtigten Piraten Christopher Raine werfen konnte.

Und da stand Christopher, allein im Wintergarten am äußersten Ende des Hauses. Die Stille im Raum wurde nur durch das leise Murmeln des Springbrunnens unterbrochen. Honoria hatte sich an ihn herangeschlichen und ihn mit ihrer schüchternen, wohlerzogenen Stimme gefragt, ob er vielleicht das Heftchen signieren würde, das sie in ihrer schweißnassen Hand zusammenknüllte.

Er hatte es genommen und mit seinen derben Fingern ihre zarten gestreift, hatte es aufgeklappt und gelesen. Offenbar amüsierte es ihn. In seinen Augenwinkeln bildeten sich kleine Fältchen, als er es überflog. Schließlich las er sogar die erstaunlichsten Einzelheiten mit seinem leicht akzentuierten Englisch vor und brachte sie damit zum Lachen.

Er hatte eingewilligt, das Heft mit dem Federhalter und der Tinte zu signieren, die Honoria umsichtig mitgebracht hatte, und dann hatte er leise einen Kuss dafür verlangt.

Nein, das stimmte nicht. Honorias Erinnerung versuchte dem, was wirklich geschehen war, einen romantischen Zuckerguss zu verpassen.

Er hatte das Heftchen über den Kopf gehalten, albern gegrinst und ihr gesagt, er würde es ihr nur wiedergeben, wenn sie ihn küsste. Seine Anmaßung hatte sie verärgert, was sie ihm auch unmissverständlich mitgeteilt hatte, aber sein Lächeln war einfach zu entwaffnend gewesen. Sie hatte sich auf die Zehenspitzen gestellt, am ganzen Körper zitternd, und die Lippen gespitzt. Dann hatte er sich mit geschlossenen Augen zu ihr hinuntergebeugt und sie geküsst.

Mit einem Schlag war alles Spielerische zwischen ihnen verpufft. Er küsste sie noch einmal und noch einmal und zog sie enger an sich. Das Heft war unbeachtet zu Boden geflattert.

Honorias Herz hatte wie verrückt geschlagen, als sie ihre Arme um seinen Hals gelegt und seinen Kuss leidenschaftlich erwidert hatte.

Sie ließ zu, dass er sie auf die kühlen Fliesen legte, erlaubte ihm, mit den Händen durch ihr Haar zu streichen, und gestattete ihm noch viele, viele andere Dinge.

Sie hatte erwartet, dass er auf ihre Tugend aus wäre, doch

darum hatte er sie nicht gebeten. Er berührte sie auf jede erdenkliche Art und Weise, hatte sich jedoch nicht mit ihr vereinigt. Nicht damals.

Anschließend hatte er ihr das Heftchen in die Hand gedrückt, sich von ihr verabschiedet und war hinausgegangen, als kümmerte ihn das alles nicht. Doch an der Tür hatte er noch einmal zu ihr zurückgeblickt. Der Ausdruck in seinen Augen war irgendwie rätselhaft gewesen. Er betrachtete sie, als versuchte er, etwas zu begreifen. Dann hatte er sich umgedreht und war verschwunden.

Sie hatte ihn neun Jahre lang nicht wiedergesehen.

Im Jahr 1809 kaperte Christopher Raine ein Schiff namens *Rosa Bonita* und erbeutete einen sagenhaften Schatz; angeblich war das Schiff bis zum Rand mit Gold aus Mexiko gefüllt und auf dem Weg zu Napoleon. Die Zeitungen druckten eine reißerische Geschichte nach der anderen über die Kaperung des Schiffes und die damit verbundenen verheerenden Verluste der Franzosen, die Schwierigkeiten hatten, den Krieg zu finanzieren. Die Legende Christopher Raine wuchs.

Damals war James Ardmore bereits zum Piratenjäger geworden. Er hatte sich auf die Jagd nach seinem alten Freund Captain Raine gemacht und ihn schließlich auch zur Strecke gebracht.

Christopher wurde in Ketten gelegt, vor Gericht gestellt und zum Tode verurteilt. Von dem mexikanischen Gold jedoch war keine Unze gefunden worden. Christopher weigerte sich, etwas über seinen Verbleib zu verraten, und James hatte sich, typisch für ihn, nicht dafür interessiert. Sollte die Welt sich über das verschwundene Gold das Maul zerreißen; James wollte nur einen Piraten weniger auf dem Meer wissen.

In der Woche, die Christopher im Gefängnis saß, war ganz Charleston verrückt nach dem Piraten. Die Zeitungen druckten Geschichten über legendäre einstige Freibeuter, in der Nähe der Kais wurde eine Piratenmesse veranstaltet, die Ladys der besseren Gesellschaft richteten Maskenbälle mit dem Thema »Piraten« aus. Bücher über die Herrscher der Sieben Meere wurden ein Kassenschlager, und Kinder bettelten um Krummsäbel, damit sie die Nachbarskinder entern und versenken konnten.

Frauen höchst zweifelhaften Rufs umschwärmten die Festung, in der Christopher gefangen gehalten wurde. Sie flehten darum, ihn sehen zu dürfen, baten um eine Locke seines Haares oder einen Fetzen seiner Kleidung. Ladys in vornehmen Equipagen ließen ihre Kutscher unter einem Vorwand an der Festung vorbeifahren und schickten dann ihre Lakaien vor, damit sie bei dem berüchtigten Piraten um eine Audienz ersuchten. Einige Bedienstete fragten sogar aus eigenem Antrieb nach.

Aber die einzige Lady, die vorgelassen wurde, verhüllt und verschleiert, war Honoria Ardmore. Zu ihrer Überraschung ließ der Schließer sie ein, führte sie zu der schmutzigen Zelle, in der Christopher seine Besucher empfing, und schloss sie mit ihm ein. Sie schlug ihren Schleier und das Tuch zurück und sah ihn wortlos an.

Christopher war kein überheblicher Heißsporn mehr. Ein Stoppelbart bedeckte seine Wangen, und Falten hatten sich in Mund- und Augenwinkel eingegraben. Er trug ein altes Hemd, eine zerschlissene Hose und abgetragene Stiefel, die bereits bessere Tage gesehen hatten. Sein Haar jedoch war immer noch weizenblond, seine Augen von demselben klaren Grau und sein Lächeln ebenso sinnlich wie ehedem.

Eine Zeitlang betrachteten sie sich schweigend. Dann sagte er, er wäre froh über ihr Kommen. Sie berührte seine Wange und bat ihn, sie zu küssen.

Nein, o nein, auch hier verschönte die Erinnerung die Vergangenheit. Honoria hatte wortlos seine Arme gepackt, ihre Finger in seine Haut gegraben, und er hatte sie an sich gezogen und geküsst. Sie erinnerte sich daran, wie sein Bart über ihre Lippen rieb, an seine kräftigen Arme auf ihrem Rücken.

Sie lagen auf dem Boden, bevor sie auch nur zwei Sätze miteinander gewechselt hatten. Sie ließ es zu. Die anständige, süße, sanfte Honoria Ardmore hatte zugelassen, dass Christopher Raine sie auf dem Boden seiner Zelle liebte. Als sie sich daran erinnerte, röteten sich ihre Wangen, und ihr wurde am ganzen Körper heiß. Er hatte sie um Erlaubnis gebeten ...

Ach, auch das stimmte nicht. Ihre verräterische Erinnerung versuchte, diese Begegnung zu romantisieren. Doch es war alles andere als romantisch gewesen, sondern heiß, verzweifelt, grob und schmerzhaft. »Ich werde sterben, Honoria«, hatte er heiser gesagt. »Und ich möchte an etwas denken können, wenn sie mich zum Schafott führen.«

Sie hatte sein Gesicht gestreichelt, das so rauh und hart und ganz anders als das der jungen Gentlemen aus Charleston war, die ihr den Hof machten. Sie dachte an die vielen Frauen, die draußen warteten, und die ihm mit Freuden alles geben würden, was er verlangte. »Warum?«, hatte sie hervorgestoßen. »Warum willst du mich?«

»Weil du zu mir gekommen bist«, antwortete er. »Und weil ich dich liebe.«

Natürlich war Letzteres gelogen, das wusste sie genau. So etwas sagte ein Gentleman eben zu einer Lady, um sie zu verführen. Frauen wollten umgarnt werden, nicht einfach nur begehrt, und das nutzten die Männer zu ihrem Vorteil aus.

Sie hatte ruhig erwidert, dass er sie haben könnte, wenn er wollte.

Nein! Honoria zwang sich, der Wahrheit ins Auge zu sehen. Sie wusste sehr genau, dass sie ihn förmlich angefleht hatte. »Bitte, ja, Christopher!« Sie hatte sich wie eine Hure an ihn geklammert. Er hatte gelacht, sie geküsst und liebkost, bis sie heiß und mehr als bereit für ihn war, und dann war er in sie eingedrungen.

Als sie fertig waren, hatte er ihr einen zärtlichen Kuss gegeben und ihr geholfen, sich anzuziehen. Er hatte seine Wärter um eine letzte Gunst gebeten, und zu ihrer Verblüffung hatten sie sie ihm gewährt.

Am nächsten Tag war er zum Galgen geführt worden. Die Zeitungen druckten einen reißerischen Bericht über diese Exekution, der fast ganz Charleston beigewohnt hatte. Honoria war zu Hause geblieben, hatte sich in ihrem Zimmer eingeschlossen und allen erzählt, sie wäre krank. Sie hatte ein schwarzes Band um ihre Schachtel mit Erinnerungsstücken gebunden und sie ganz hinten in ihre Kommode gelegt.

Es war der schlimmste Tag ihres Lebens gewesen. Doch der heutige konnte es mit ihm aufnehmen.

Der Tropfen Tinte fiel von dem Federhalter aufs Papier und breitete sich dort zu einem hässlichen Fleck aus, dem unmittelbar darauf eine durchsichtige Träne folgte.

Honoria riss das Blatt aus dem Buch, knüllte es zusammen und warf es weg. Sie presste die Lippen aufeinander, setzte die Feder an und schrieb. »*Habe einer Vorstellung von* Verlorene Liebesmüh *beigewohnt, ein Stück, das ich schon immer für albern hielt. Ich kann mir nur schwerlich vorstellen, dass die Schauspieler schon je einmal geliebt haben. Der einzige zutreffende Teil des Titels ist* Müh.«

Sie hielt inne, als ihre Finger zitterten. Sie zwang sich zur Ruhe. »*Ich halte diese Schauspieler für Narren. Oder bin ich die Närrin? Ich glaubte, ich hätte …*«

Sie brach ab. Es war ihr unmöglich, den Namen niederzuschreiben, selbst jetzt noch. »*Ich glaube, ich werde senil. Angesichts der geringen Meinung, die London alten Jungfern gegenüber hat, sollte ich eigentlich längst den Verstand verloren haben. Gott sei gedankt für Mr. Templetons Antrag, sonst müsste ich, wie dieser merkwürdige Spruch besagt, Affen in die Hölle führen.*«

Sie ließ den Federhalter sinken. Ihre Finger schmerzten, ihr tat der Kopf weh, und ihr fiel einfach nichts Amüsantes mehr ein, das sie hätte aufschreiben können.

Von draußen hörte sie Dianas gedämpfte Schritte auf der Treppe, als ihre Schwägerin in den zweiten Stock hinaufging. Direkt über Honorias Zimmer lag das Kinderzimmer, in dem Isabeau und Dianas kleiner Sohn schliefen. Sie hatten das Baby Paul genannt. Honoria fand das ein wenig ungerecht dem Kind gegenüber, weil jeder, der Paul Ardmore hieß, ein großes Erbe würde antreten müssen.

Sie hob den Federhalter und notierte: »*Mein ganzes Leben ist eine einzige Lüge.*«

Sie setzte einen Strich unter das Wort »Lüge«. Über ihr hörte sie, wie Diana leise mit dem Kind redete: »Na, wer ist Mamas frecher Spatz?«

Honoria wischte den Federhalter sorgfältig ab und legte ihn auf den Stifthalter. Dann stand sie auf und drehte sich zu ihrem Bett herum.

Neben dem Christopher Raine stand.

Honoria trat hastig einen Schritt zurück und stieß dabei gegen den Stuhl, der an den Schreibtisch schlug und ihre Stiftablage umwarf, die mit dem Federhalter zu Boden fiel.

Nach drei quälenden Herzschlägen knarrten Dianas Schritte auf der Treppe. »Honoria?«, rief sie. »Geht es dir gut?«

Honoria rannte zur Tür und riss sie auf. »Ja, danke!«, rief sie atemlos. »Ich habe nur meine Stifte fallen lassen, das ist alles.«

Diana stand auf dem Absatz und spähte in das dämmrige Treppenhaus. Sie hatte den kleinen Paul im Arm. Nach einer Weile sagte sie: »Nun denn, gute Nacht.« Sie ging wieder die Treppe hinauf.

Honoria schloss die Tür hinter sich und widerstand dem Impuls, den Schlüssel umzudrehen. Wenn Diana das Klicken hörte, würde sie kommen und sich erkundigen, was vor sich ging.

Sie wirbelte herum. Christopher Raine war verschwunden.

»O nein, das machst du nicht noch mal!«, rief sie. »Diesmal habe ich dich gesehen.«

Er trat hinter dem Bett hervor, wo er sich in den Vorhängen verborgen hatte, für den Fall, dass Diana in das Zimmer gekommen wäre.

Langsam ging er auf Honoria zu, die regungslos neben dem Schreibtisch stand. Er sah wirklich lebendig aus. Seine ruhigen Schritte, das Rascheln seiner Manschette, die sein Hemd streifte, all das klang sehr lebendig.

Vor vier Jahren war er schon muskulös und durchtrainiert

gewesen. Jetzt sah er noch kräftiger aus. Das Hemd schmiegte sich um seine breiten Schultern, die schwarze Hose war so abgetragen, dass sie glänzte, und sie spannte sich über seinen Schenkeln. Seine Stiefel, abgewetzt und schwarz, hinterließen Schmutz und Teer auf Dianas wunderschönem Teppich. Das Kerzenlicht warf blitzende Lichter auf die blonden Stoppeln an seinem Kinn und auf die feineren Locken, die im Ausschnitt seines geöffneten Hemds zu sehen waren.

»Wieso lebst du noch?«, wollte Honoria wissen.

»So sehr freust du dich, mich zu sehen?«

Etwas war anders an seiner Stimme. Tief war sie schon immer gewesen, mit diesem leichten französischen Akzent, aber jetzt hatte sie einen scharfen Unterton, als wäre sie zerbrochen und nur ungenügend repariert worden. Wie Schritte über Kies auf einer trockenen Straße.

Sie atmete mehrmals tief durch. »Froh, dich zu sehen? Warum sollte mich das freuen?«

Christopher legte seine Hände auf ihre Schultern. Die Hitze seiner Haut brannte sich durch ihr seidenes Gewand.

»Als wir uns das letzte Mal begegnet sind, hast du dich in meine Arme geworfen.«

»Das letzte Mal«, wiederholte sie, während sie nach Luft rang. »Aber warum gibt es ein dieses Mal?«

»Darum. Und jetzt hör auf, Fragen zu stellen, und lass mich dich küssen.«

Er war so fordernd wie immer. Unbekümmert beugte er sich zu ihr herunter, sein Atem strich über ihre Lippen, und der Blick seiner grauen Augen war kühl und klar. Honoria unterdrückte die Fragen, die in ihrem Kopf gellten, und schlang ihre Arme um seinen Hals.

Sie hatte nie einen anderen Mann geküsst als ihn. So oft in ihren Träumen, aber viel zu selten im richtigen Leben. Vielleicht war er ja in Wahrheit ein Geist, der es amüsant fand, sie zu verfolgen. Aber das war ihr jetzt eigentlich egal.

Für einen Geist war er außerdem recht fest. Und heiß. Sie hatte noch nie eine solche Hitze gefühlt, außer, wenn sie ihre Hand über ein Feuer gehalten hatte. Andererseits behaupteten die Leute, er wäre direkt in die Hölle gefahren und vom Teufel zurückgeschickt worden. Selbst der Höllenfürst hatte Christopher Raine nicht bei sich haben mögen.

Sie fuhr mit den Händen über seine Schultern, seinen Rücken, unter sein warmes Haar. Kein Mann konnte lebendiger sein als dieser hier. An seinem Hals schlug ein kräftiger Puls, und seine Männlichkeit presste sich gegen ihren dünnen Morgenmantel.

Er drückte sein Bein zwischen ihre Knie und zog sie eng an seinen Körper. Sie spürte, wie sich ihr Morgenmantel teilte, fühlte seinen Schenkel zwischen ihren, direkt an ihrer Weiblichkeit. Nichts wollte sie lieber, als an diesem Schenkel entlanggleiten, die süße Reibung genießen.

»Das ist die Honoria, an die ich mich erinnere«, murmelte er.

Jedes Mal, wenn sie sich getroffen hatten, war es genau so gewesen. Sie hatten ein paar Worte gewechselt, und dann konnten sie die Hände nicht mehr voneinander lassen. Er packte ihr Gesäß und zog sie dichter an sich, während seine Zunge spielerisch in ihren Mund eindrang.

Sie wollte ihn wegstoßen, doch genauso gut hätte sie versuchen können, eine Steinmauer umzukippen. Sie drehte den Kopf weg. Seine Stoppeln brannten auf ihrer Haut.

»Christopher!«, keuchte sie. »Wir müssen reden.«

Seine Augen wirkten wie Rauch, der von der Sonne beleuchtet wird. »Ich bin nicht zum Reden hergekommen.«

»Das ist deutlich. Aber du solltest eigentlich tot sein.«

Er fuhr mit den Daumen über ihr Schlüsselbein, und die Hitze seiner Berührung breitete sich unter ihrem Morgenmantel aus. »Das sagst du ständig. Ist es dir unangenehm, dass ich lebe?«

Die Schnüre seines Hemds waren ausgefranst. Er roch nach Seife und Teer und strahlte diesen schwachen Moschusduft aus, an den sie sich bis zu ihrem Todestag würde erinnern können. »Nein, ich möchte, dass du lebst.« Sie streichelte die festen Muskeln an seinen Armen. »Aber ich verstehe nicht – o Christopher, wir haben so vieles zu besprechen.«

Er nahm ihr Gesicht zwischen seine Hände und streichelte mit den Daumen ihre Wangen. »Diesmal haben wir wenigstens ein bequemes Bett. Aber ich glaube, ich bevorzuge bei dir den Boden.«

Immerhin hatten sie wenigstens einen Teppich. Aber wenn sie ihm erlaubte, sie dorthin zu führen, würde sie sich ihm erneut hingeben, und das wäre das Ende von Honoria Ardmore.

Die Jahre in der Ferne hatten seine Kraft nicht gemindert. Er bog sie zurück und fuhr mit den Händen durch ihr offenes Haar. Sie gab ihm recht: Fragen konnten bis später warten. Erwartungsvoll öffnete sie die Lippen, gestattete ihm, ihren Mund mit diesen langsamen, vertrauten, intimen und atemberaubenden Stößen seiner Zunge zu erforschen.

Die Tür öffnete sich mit einem Klicken, und ein kalter Luftzug wehte durch den Raum. »Nehmt Eure Hände von ihr, sonst erschieße ich Euch«, ertönte die klare, ruhige Stimme von Diana Ardmore.

Christopher erstarrte und löste seinen Mund nach einem kurzen, angespannten Moment von Honorias Lippen. Offensichtlich weder verwirrt noch wütend hielt er Honoria fest, als sie schwankte, und drehte sich zu dem Störenfried herum.

Diana stand in einen grünen Morgenmantel aus Seide gehüllt in der Tür. Ihr wundervolles rotes Haar floss über ihre Schultern. In der rechten Hand hielt sie eine Pistole, die, ohne auch nur im Geringsten zu zittern, auf Christophers Herz zielte.

Schockiert und in einer Aufwallung von Ärger trat Honoria schützend vor ihn. »Es ist schon gut, Diana«, sagte sie ruhig. »Er ist mein Ehemann.«

2. Kapitel

Ich verstehe immer noch nicht«, erklärte die rothaarige Dame namens Diana Ardmore.

Sie berührte die zerknitterte Urkunde, die besagte, dass Christopher Raine und Honoria Ardmore am 8. November 1809 in Charleston verheiratet worden waren.

Christopher leerte sein Glas Whisky und stellte es vorsichtig auf den Esszimmertisch. Er hatte immer gehört, dass sich Ladys, wenn sie etwas zu besprechen hatten, Tee bringen ließen. Diese Frau hier, die James Ardmore geheiratet hatte, war geradewegs auf die Whiskykaraffe zugesteuert und hatte sogar Honoria einen Schluck aufgenötigt.

Honoria hatte einmal an ihrem Getränk genippt und das Gesicht verzogen. Dann stellte sie das Glas mit spitzen Fingern auf den Tisch und hielt sich an den Armlehnen des Stuhls fest, als befände sie sich auf einem untergehenden Schiff.

Sie weigerte sich, Christopher oder Diana oder die Urkunde anzusehen. Aber sie hatte das Schriftstück behalten, das war eine Tatsache. Sie trug es sogar immer mit sich herum.

Ihr schwarzes Haar fiel ihr offen um die Schultern, und eine Locke hatte sich in den Ausschnitt ihres Morgenmantels verirrt. Halb bekleidet und zerzaust sah sie zum Anbeißen aus.

Christopher war ihr den ganzen Abend gefolgt. Als er sie aus dem Theater hatte kommen sehen, wäre er am liebsten über die Straße geeilt, hätte sie gepackt und weggeschleppt. Sie war seine Ehefrau; bestimmt würden sie eine gemütliche Herberge finden, in der sie absteigen und sich wieder miteinander bekannt machen könnten.

Die Lage des Hauses in der Mount Street in Mayfair, in dem sie wohnte, hatte er bereits herausgefunden. Es gehörte einem gewissen Admiral Lockwood, dessen Tochter Diana James Ardmore geheiratet hatte. Was unglaublich war.

In das Haus zu schleichen und lautlos die Treppe zu Honorias Schlafgemach hinaufzusteigen, während die Ladys ihren Tee schlürften, war ein Kinderspiel gewesen. Er hatte sofort erkannt, welches Schlafzimmer Honoria gehörte, nämlich das sorgfältig aufgeräumte, in dem die Bücher auf dem Sekretär fein säuberlich nebeneinander aufgestellt waren und ihre Federhalter in einer peniblen Reihe auf der Ablage lagen.

Er hatte wirklich nur mit ihr sprechen wollen, herausfinden, was sie noch für ihn empfand, aber als er beobachtete, wie sie hereinkam und sich mit Hilfe einer verhärmt aussehenden Zofe entkleidete, war sein Blut in Wallung geraten. Es wunderte ihn, dass die Vorhänge, hinter denen er stand, sich nicht plötzlich ausbeulten.

Er hatte gewartet, bis er sicher war, dass die Zofe nicht zurückkam. Honoria hatte an dem Sekretär gesessen, in vorbildlicher Haltung, und etwas in ein Buch geschrieben, bevor sie den Kopf gehoben und in die Ferne gestarrt hatte. Ihre Lippen hatten sich geöffnet, ihre Wangen gerötet, und er hatte inbrünstig gehofft, dass sie nicht etwa an diesen Mr. Templeton dachte, oder wie auch immer der Mensch hieß, den sie heiraten wollte.

Plötzlich war es unmöglich gewesen, mit ihr zu reden. Er war aus seinem Versteck hervorgekommen, wollte zu ihr gehen, ihren Kopf packen und sie küssen, bis sie keinen Gedanken mehr an diesen Mr. Toodlewink verschwendete.

Sie hatte ihn angesehen, mit trotzig erhobenem Kinn, und ihn gebieterisch gefragt, wieso er noch am Leben war. Aber ihre Küsse … sie waren noch genauso süß wie in seiner Erinnerung.

Jetzt fragte er sich, ob Mrs. Ardmore ihn wohl erschossen hätte, wenn er Honoria nicht losgelassen hätte. Der Ausdruck in ihren graublauen Augen ließ ihn das stark vermuten.

Er gab ihr eine Antwort auf ihre Frage. »Es war der Wunsch eines Verurteilten. Der Kaplan, der die Gefangenen besuchte, war ein Romantiker. Er hat seine Beziehungen spielen lassen, um die Heiratsurkunde zu beschaffen, und dann hat er uns vermählt. Am nächsten Tag sollte ich gehenkt werden.«

Honorias Lippen wurden weiß. »Wozu es, offensichtlich, nicht gekommen ist.«

Was sie ziemlich zu verärgern schien. »Ich wurde begnadigt«, erwiderte er. »Aber die Richter fürchteten einen allgemeinen Aufstand, wenn sie meine Begnadigung offiziell verkündeten. Also haben sie einem der Männer, die gehenkt wurden, eine Kapuze übergestreift und der Menge und den Journalisten weisgemacht, er wäre ich. Er ist glorreich zur Hölle gefahren«, schloss er trocken.

Diana Ardmore rückte das Baby auf ihrem Arm zurecht. Der Junge hatte einen schwarzen Haarschopf und schlief so entspannt, wie es nur ein Baby auf dem Arm seiner Mutter konnte. Männer schliefen auch so, nachdem sie eine Frau geliebt hatten. Wenn man sich an den Busen einer wunderschönen Frau schmiegte, verlieh einem Mann das aus irgendeinem Grund einen friedlichen Schlaf.

»Was ist Euch widerfahren?«, fragte sie.

Christopher drehte das Glas auf dem Tisch. Das Licht brach sich in der goldgelben Flüssigkeit und warf Lichtreflexe auf das dunkle Holz. »Sie haben mich gefesselt und durch den Hintereingang hinausgeschafft, auf einen Karren. Ich dachte immer noch, ich wäre unterwegs zum Henker. Aber es wurde ruhiger, und da merkte ich, dass wir nicht zum Galgen fuhren. Als der Karren anhielt, wurde ich auf ein Langboot geführt. Der Schließer, der mich begleitete, erzählte mir, dass meine Strafe ausgesetzt wäre, aber ich sollte Stillschweigen darüber bewahren. Das Boot brachte mich zu einem Schiff, das anschließend sofort in See stach.«

»Wohin ist es gesegelt?«, wollte Diana wissen. Das Baby bewegte seine winzige Faust, und sie wiegte es zerstreut.

»China.« Christopher zog die Whiskykaraffe heran und schenkte sich noch einen Schluck von der goldgelben Flüssigkeit ein. »Es war ein Handelsschiff, und ich habe als Seemann darauf gearbeitet. Mir ist nicht bekannt, ob der Captain wusste, wer ich war. Ich bin wie die übrige Besatzung in den Wanten herumgeklettert und habe Deckwache gehalten.«

Honoria bedachte ihn mit einem frostigen Blick. »Es wundert mich, dass du nicht versucht hast, das Schiff zu übernehmen. Die Fracht muss dich doch gelockt haben.«

Er zwang sich zu einem Lächeln. »Ich hatte meine zuverlässige Mannschaft nicht bei mir, teuerste Gemahlin. Außerdem war der Kaufmann recht ärmlich. Und es machte mir nichts aus, eine Weile ein einfacher Seemann zu sein.«

Honoria hob eine Braue. »Nach der *Rosa Bonita* hätte wohl kein Handelsschiff deinen Maßstäben genügt.«

Er lachte. »Ah, ja, die *Rosa Bonita.* Die Beute des Lebens.«

»Seltsam, dass das Gold bis heute verschollen ist.«

Er hatte dies bereits vermutet, aber es freute ihn, dass Honoria es bestätigte. »Dein Bruder hat es nie gefunden?«, fragte er beiläufig. »Er wird weich auf seine alten Tage.«

»Er hat nicht danach gesucht, soweit ich weiß«, sagte sie. »Es hat ihn nicht interessiert.«

»Seid Ihr deshalb zurückgekehrt?«, mischte sich Diana Ardmore ein. »Wegen des Goldes?«

Sie ließ sich offenbar nicht ablenken. Christopher trank einen Schluck Whisky und stellte dann das Glas sorgfältig auf den Tisch, bevor er antwortete. »Ich bin wegen meiner Gemahlin zurückgekommen.«

Er betrachtete Honoria. Er hätte darauf gewettet, dass Mrs. Ardmore zuvor noch nie von der *Rosa Bonita* und ihrer Ladung, dem mexikanischen Gold, gehört hatte, doch sie war scharfsinnig.

Und betrachtete jetzt erneut die Heiratsurkunde. »Warum wurdet Ihr nach Eurer Verurteilung doch begnadigt? Entdeckte der Gouverneur plötzlich sein weiches Herz?«

Christopher hob überrascht die Brauen. »Es war James Ardmores Werk. Er hat mich freibekommen. Hat er es Euch denn nie erzählt?«

Diana wirkte milde erstaunt.

»Ich bin sicher«, erwiderte Honoria kühl, »dass ich mich daran erinnern würde, wenn er es erwähnt hätte.«

»Hast du ihm nie gesagt, dass wir geheiratet haben?«

Der Schlitz in ihrem Morgenmantel klaffte ein wenig auseinander, wo sie ihn nicht richtig zugeknöpft hatte, und unter der Seide zeigte sich die Wölbung ihres Busens.

»Das ist nicht gerade die Art von Information, die ich James mitteilen könnte«, informierte sie ihn hochmütig.

»Er ist dein Bruder.«

»Wir stehen uns nicht sonderlich nahe.«

Nein, aber jetzt wohnte Honoria mit James' Ehefrau in London. Christopher wusste nicht genau, was das bedeutete, aber es gefiel ihm nicht. Er musste sehr vorsichtig vorgehen, und das war nicht gerade einfach, solange Honoria ihn böse anfunkelte, während ihr wunderschöner Busen wogte.

Hätte er sie nur lieben können, so wie er es vorgehabt hatte, dann hätte er sich beruhigen und seine Gedanken auf andere Dinge richten können. Stattdessen saß er hier wie ein Seemann in Not, der seit sechs Monaten keinen Landgang mehr gehabt hatte. Zwei wunderschöne Frauen erfüllten die Luft mit Wohlgerüchen, eine davon war seine Ehefrau, und er musste an einem Tisch sitzen und seine Phantasien im Zaum halten. Er trank noch einen großen Schluck Whisky.

»Warum sollte James Euer Leben retten?«, fuhr Diana nüchtern fort. »Ich dachte, er hätte Euch gefangen genommen.«

»Er schuldete mir noch etwas.«

In Wahrheit hatte Christopher die Großzügigkeit dieses Mannes überrascht. Er besaß zwar Informationen, auf die James Ardmore sehr scharf gewesen war, doch er hätte nie erwartet, dass er sie gegen sein Leben eintauschen könnte.

»Also wart Ihr die ganze Zeit in China?«, fuhr Diana mit dem Verhör fort.

»Ich bin von Hafen zu Hafen gesegelt«, sagte er und ließ die Krankheiten und Härten aus, ebenso wie die Zeiten, in denen er geglaubt hatte, niemals wieder nach Hause zu finden. »Außerdem habe ich nach meiner Mannschaft gesucht. Ich befehligte eine kleine Flotte, bevor mein Flaggschiff zerstört und meine Leute in alle Winde verstreut wurden. Ich wollte herausfinden, was aus ihnen geworden war.« Er zuckte mit den Schultern. »Sie waren meine Familie.«

Das war die Wahrheit, im tiefsten Sinne des Wortes, aber er hatte nicht vor, in Anwesenheit von Honoria und Diana Ardmore in Sentimentalitäten zu verfallen.

»Was hat Euch nach London geführt?«, erkundigte sich Diana, während sie ihren Sohn wiegte. Sie klang, als würde sie auf einer Dinnerparty Smalltalk betreiben. Er erwiderte ihren Blick so unbefangen, wie er konnte. Zweifellos würde sie ihrem Gemahl jedes Wort berichten, das er sagte. Und sie wusste, dass Christopher dies wusste. Er dagegen wusste, dass sie wusste, dass er … *Es reicht!*, unterbrach er sich.

»Ich suche immer noch nach meiner Mannschaft«, antwortete er. »Mein erster Offizier soll sich angeblich in England aufhalten. Eigentlich wollte ich nach Charleston, aber das Schicksal hat meine Reise ein wenig verkürzt.«

Honoria hob ihre Brauen. »Was um alles in der Welt wolltest du in Charleston?«

Er dachte daran, wie ihre Brüste vor noch nicht einmal einer halben Stunde unter seiner Berührung angeschwollen waren. Wenn er richtig sah, verhärteten sich sogar jetzt in diesem Moment ihre hinreißenden Knospen unter seinem Blick. »Meine Frau finden, natürlich. Zum Glück schlug ich eine Londoner Zeitung auf und sah ihren Namen.« Kühl fuhr er fort: »In einer Verlobungsanzeige.«

Sie zuckte weder zusammen, noch senkte sie schamerfüllt

den Kopf oder sank in einer bezaubernden Ohnmacht vom Stuhl. »Ich dachte mir, dass wir darauf zu sprechen kommen würden.«

»Warum sollte ich sonst hier sein?«

Ihre Lippen wurden weiß. »Ich dachte, du wärst tot. Seit langer Zeit.«

»Das hoffe ich. Sonst könntest du wegen Bigamie verhaftet werden.«

»Du bist offiziell in Charleston gehenkt und für tot erklärt worden«, erwiderte sie aufgebracht.

»Nein. Ich wurde offiziell überführt. Es gab keinerlei Aufzeichnungen über meine Hinrichtung und meinen Tod. Ist dir nie in den Sinn gekommen, das zu überprüfen, bevor du dich in eine neue Ehe stürzt?«

»Du hast mir keinerlei Veranlassung gegeben, zu glauben, dass du noch am Leben bist. Du bist einfach nur verschwunden.«

»Aber jetzt bin ich wieder da. Und ich beharre auf unserer Ehe.«

Sie drehte sich im Stuhl herum und legte einen Arm auf die Lehne. »Warum solltest du das tun?«

Ihr Haar fiel über ihre Schultern, und eine Fülle schwarzer Locken rahmte ihr Gesicht ein. Ihre Arme und Beine waren lang und wohlgeformt. Sie besaß die Schönheit eines Rehs, war geschmeidig, entzückend und anmutig. Es schoss Christopher durch den Kopf, dass er gern sehen würde, wie sie rannte. Über einen weißen, von der Sonne gewärmten Strand einer karibischen Insel vielleicht, und zwar ohne ihr Kleid. Er würde sie verfolgen, selbstverständlich, und sie würde nicht allzu sehr versuchen, ihm zu entkommen.

»Ich habe dich nicht zum Scherz geheiratet«, erwiderte er. »Sondern weil ich dich wollte. Also richte Mr. Tuppeny aus, dass du bereits gebunden bist und dich außerstande siehst, ihn zu heiraten.«

Sie wurde rot. »Mr. *Templeton* ist ein anständiger, respektabler Gentleman.«

»Warum solltest du ihn dann unter Vorspiegelung falscher Tatsachen heiraten?«

Honoria funkelte ihn wütend an. In ihren Augen war keine Spur von Liebe zu erkennen. »Ich werde darum ersuchen, von dir freizukommen, damit ich ihn rechtmäßig zum Mann nehmen kann.«

Christophers berüchtigtes Temperament flammte auf. Er ließ ihm nicht oft freien Lauf, doch wenn, dann flohen selbst kleinere Flottillen um ihr Leben. Er hatte freilich nicht erwartet, dass Honoria ihn mit offenen Armen empfangen würde. Es hatte ihn sogar überrascht, dass sie noch unverheiratet war. Aber als sie ihm damals in dieser Zelle in Charleston versprochen hatte, die Seine zu sein, hatte er in ihrem Blick die Trauer um ihn gesehen, nicht nur Mitleid. Sie hatte ihn geliebt.

Als er ihre Verlobungsanzeige gelesen hatte, war Christopher von seiner starken Reaktion selbst überrascht gewesen. Vorher hatte er nur beabsichtigt, mit ihr zu reden, über alte Zeiten zu plaudern und sie dann gehen zu lassen. Aber als er sah, dass sie sich einem anderen versprochen hatte, wusste er, dass er sich nicht einfach zurücklehnen und sie friedlich ziehen lassen konnte. Er wollte sie finden, sie daran erinnern, was sie vor Jahren für ihn empfunden hatte. Wenn dieser Tuzzlewitz sie wirklich liebte, würde er sich großzügig zeigen und ihrem Glück nicht im Weg stehen.

»Rechtmäßig ist«, erklärte er entschieden, »dass eine Frau ihrem Gemahl gehorcht.«

Ihre Augen funkelten wie Blitze in einer stürmischen Nacht. »Du warst genau einen Tag lang mein Ehemann.«

»Ich war vier Jahre lang dein Mann.«

»Nur auf dem Papier!«

Er lächelte. Sie brachte sein Blut zum Kochen. »In jeder Hinsicht, Honoria. Du hast mir immerhin deine Unschuld geschenkt, schon vergessen?«

Sie wurde über und über rot. »Ich war … außer mir. Ich wusste nicht, was ich tat.«

»Wirklich? Wenn ich mich recht entsinne, sagtest du: *Bitte nimm mich, Christopher!*«

»Wenn du ein Gentleman gewesen wärst, hättest du mich weggeschickt.«

Er stand auf. Der Whisky brannte in seinen Adern, und er hätte am liebsten schallend gelacht. »Ich war ein Pirat! Ich sollte gehenkt werden, und du hattest dich halb ausgezogen. Wenn eine wunderschöne Frau einen Piraten will, dann gehorcht der Pirat.«

»Warum stellst du es so dar, als wäre es meine Schuld gewesen?«

»Wir sind füreinander bestimmt, Honoria. Du weißt es, und dein Körper weiß das auch.«

Am anderen Ende des Tisches wimmerte James Ardmores Sohn ungehalten, als ihre lauten Stimmen seinen Schlaf störten.

Christopher sah Diana an. »Würdet Ihr uns entschuldigen, Mrs. Ardmore? Meine Frau und ich würden uns gern streiten.«

»Ich glaube, ich sollte bleiben«, erwiderte Diana sofort.

»Warum?« Er hätte am liebsten gleichzeitig gewütet und gelacht. »Fürchtet Ihr, dass sie versucht, sich zur Witwe zu machen?«

»Ich weiß nicht genau, was ich fürchte«, antwortete Diana. »Deshalb bleibe ich.«

Honoria schob ihren Stuhl zurück und sprang so hastig auf, dass dieser umkippte. Baby Paul kniff die Augen zusammen und stieß einen protestierenden Schrei aus.

»Verzeih mir, Diana«, sagte Honoria hochmütig. »Ich werde keinesfalls länger hierbleiben und dich in Verlegenheit bringen. Bitte lass Mr. Raine von einem Lakaien zur Tür bringen. Gute Nacht!«

Sie floh aus dem Zimmer, wobei sie noch zwei weitere Stühle anrempelte. Der Morgenmantel rutschte ihr von den Schultern. Es war ein höchst entzückendes Bild.

Diana beruhigte ihren Sohn und wiegte ihn in ihren Armen. Nachdem die Schlafzimmertür ins Schloss gedonnert – der Knall war bis ins Erdgeschoss zu hören – und der Schlüssel vernehmlich umgedreht worden war, beruhigte sich der Junge und schlummerte friedlich weiter.

Christopher ließ Honoria gehen. Dafür war noch Zeit, viel Zeit. Zuerst jedoch musste er Manda suchen, und er konnte England nicht verlassen, bis er sie gefunden hatte. Bevor er abreiste, würde er Honoria einsammeln. Es war unausweichlich. Sie würde sich einfach nur an die Vorstellung gewöhnen müssen.

Ihr Körper hatte sich perfekt an seinen geschmiegt. Sie gehörte zu ihm, das hatte er seit dem Tag gewusst, an dem er sie das erste Mal getroffen hatte. Das Schicksal hatte sie zwar getrennt, aber jetzt hatte eben dieses Schicksal ihn wieder zu ihr zurückgeführt.

Es würde ein Kampf werden. Honoria würde ihm nicht so einfach folgen. Aber er würde sie bekommen. Selbst wenn er sie davonschleppen musste, während sie kreischend um sich trat.

Er verabschiedete sich von Mrs. Ardmore und verließ das Haus. Draußen war es immer noch neblig, doch ihm war warm, und sein Blut begann heißer durch seine Adern zu strömen, als die Sonne auf den pazifischen Inseln vom Himmel brannte.

»Willst du darüber sprechen?« Diana saß neben Honorias Bett.

Sie hatte Paul in das Kinderzimmer zurückgebracht, nach Isabeau gesehen, sich überzeugt, dass das Haus verschlossen war, und war dann in Honorias Schlafzimmer gegangen. Honoria vermutete, dass Diana ihr taktvoll Zeit geben wollte, sich zu sammeln, aber sie bezweifelte, dass sie jemals ihre Fassung wiedergewinnen würde.

Sie fühlte sich schwach, elend und beunruhigt, und gleichzeitig war sie sehr, sehr wütend. Wie konnte er es wagen, wieder in ihr Leben zu treten, als es ihr gerade gelungen war, es endlich einigermaßen zu ordnen?

Natürlich hatte er das absichtlich getan. Davon war sie fest überzeugt. Sie war bereit gewesen, ein normales Leben zu führen, eine Familie zu gründen. Also hatte er selbstverständlich genau diesen Moment gewählt, um von den Toten aufzuerstehen und ihr Innerstes nach Außen zu kehren.

»Was gibt es da zu sagen?« Ihre Worte klangen gedämpft, da sie bäuchlings auf dem Bett lag, mit dem Kopf am Fußende.

Geweint hatte sie nicht. Honoria Ardmore weinte nur selten. »Du hast Christophers Geschichte gehört. Sie ist wahr.«

Diana beugte sich herunter und umarmte sie. »Ach, Honoria, warum hast du das niemandem gesagt?«

»Wem hätte ich es denn erzählen können?« Sie zuckte mit den Schultern, als hätte es sie nicht geschmerzt, dieses Geheimnis bewahren zu müssen. »James ist an dem Tag verschwunden, an dem Christopher gehenkt werden sollte. Ich habe ihn Monate nicht gesehen. Danach kam es mir sinnlos vor. Die Ehe hatte nur einen Tag gedauert. Ich hielt Christopher für tot und alles für vorbei.« Sie richtete sich auf und strich sich das Haar aus dem Gesicht. »Wirst du es James verraten?«

»Ich wüsste nicht, wie ich es ihm verheimlichen sollte.«

Honoria packte Dianas Hände. »Bitte, sag im Moment noch nichts. Ich will nicht, dass Mr. Templeton davon beiläufig erfährt, und ich will mich auch nicht den Klatschmäulern aussetzen.«

»Ich würde niemandem außerhalb unserer Familie etwas verraten, Honoria«, erwiderte Diana etwas steif.

Honoria war zu aufgewühlt, um sich zu entschuldigen. Ihr Körper zitterte immer noch, und die Stellen, an denen Christopher sie berührt hatte, brannten. Sie wollte seinen Mund fühlen, bis weit in die Nacht hinein. Hätte Diana sie nicht unterbrochen, hätte Honoria sich ihm mit Freuden auf dem Boden hingegeben. Oder auf dem Bett. Oder selbst auf dem Fenstersims, während die Passanten von der Mount Street erstaunt zugesehen hätten.

»Bitte lass mich darüber nachdenken. Vielleicht nimmt er Vernunft an und gibt mich frei.«

»Eine Annullierung ist nicht so einfach zu erlangen, wie du vielleicht glaubst, schon gar nicht, wenn eine Partei nicht dazu bereit ist«, erklärte Diana. »Es müssen schon ganz besondere Umstände oder eine peinliche Unfähigkeit des Mannes angeführt werden.«

Honoria bezweifelte sehr, dass Christopher freiwillig behaupten würde, dass er einer Aufhebung der Ehe aus Impotenz zustimmte. Was er auch keineswegs war. Das hatte sie ganz deutlich gespürt. Selbst jetzt wurde ihr noch heiß, als ihre verräterische Erinnerung ihr in allen Einzelheiten die Form, die Länge und das Gefühl seiner Erektion an ihrem Schoß vorgaukelte.

»Es gibt doch Präzedenzfälle, dass eine Ehe annulliert wurde, weil eine der beiden Parteien verschwunden ist«, erklärte sie mit trockenem Mund.

In Zeiten von riskanten Seereisen, Kriegen und allgemeiner Unsicherheit konnten Ehemänner und Ehefrauen oft jahrelang verschwinden, ohne dass jemand ein Wort von ihnen hörte. In dem Fall konnte die hinterbliebene Person den anderen für tot erklären lassen und sich wieder verheiraten.
»Das stimmt«, erwiderte Diana bedächtig. »Das Problem ist nur, dass er wieder aufgetaucht ist. Du hast die Heiratsurkunde, und er scheint entschlossen, die Ehe aufrechtzuerhalten.«

»Warum gibst du ihm recht?«, rief Honoria. »Ich hätte gedacht, du wärest auf meiner Seite!«

»Das bin ich doch, Liebste.« Diana schlang ihren Arm um Honorias Schultern. »Ich weise dich einfach nur auf die Schwierigkeiten hin. Wenn du möchtest, kann ich den Verwalter meines Vaters fragen, natürlich rein theoretisch, welche rechtlichen Schritte eingeleitet werden könnten.«

»Noch nicht, bitte. Ich möchte nachdenken.«

Diana tätschelte ihr liebevoll die Schulter und schwieg. Honoria hasste es, Diana so hinzuhalten, aber sie wollte nicht, dass jemand von ihrer Dummheit erfuhr, bis sie wirklich entscheiden konnte, was sie tun würde.

Sie musste mit Christopher reden und ihm alles erklären, aber das würde vielleicht nichts fruchten. Wann immer sie zusammen waren, schmolz sie vor Lust förmlich dahin. Vielleicht, wenn sie sich an einem neutralen Ort trafen, sich an einen langen Tisch gegenübersetzten, unter Zeugen, vielleicht würden sie dann einen Weg aus diesem Chaos finden.

Das Problem war nur, dass sie Christopher nicht daran hindern konnte, durch ganz London zu laufen und überall lauthals zu verkünden, dass sie vermählt waren. Christopher kannte Grayson Finley, den jetzigen Viscount Stoke. Würde sich Grayson nicht totlachen, wenn er erfuhr, dass die achsoanständige Honoria Ardmore sich zu einer Ehe mit Christopher Raine hatte überreden lassen?

Grayson würde es seiner Frau erzählen, der wunderschönen und vornehmen Alexandra, die zutiefst schockiert sein würde.

Andere würden ebenfalls davon erfahren und die Neuigkeiten entzückt verbreiten. Honoria konnte nicht durch London laufen und alle zum Schweigen verdonnern. Und wenn diese Nachricht erst Charleston erreichte – was sie zweifellos tun würde –, war sie vollkommen ruiniert.

Und all dies war noch gar nichts gegen das, was James dazu sagen würde.

Sie musste mit Christopher reden und ihm klarmachen, dass er am besten wieder verschwand. James hatte ihm die

Freiheit geschenkt, damit er ein neues Leben begann, also sollte er auch gefälligst damit anfangen.

Er würde Vernunft annehmen, bestimmt. Sie schloss die Augen, fühlte seine Hände auf ihrem Haar, seinen heißen Mund, der ihre Lippen teilte.

Christopher würde es verstehen und verschwinden. Er musste einfach. Denn wenn er es nicht tat, würde Honoria verbrennen.

Christopher hielt sich im Schatten der Straßen von Mayfair, als er zum Piccadilly ging. Vermutlich war diese Verstohlenheit überflüssig, aber es war ihm zur Gewohnheit geworden. Er beobachtete die Welt um sich herum gern, ohne dass er selbst zu sehr in Augenschein genommen wurde.

Jedenfalls normalerweise. Heute war er zu sehr von seinen Gedanken an Honoria abgelenkt. Von ihrem Duft, dem Gefühl ihrer Haut, ihrem Geschmack und der wundervollen Tatsache, dass sie immer noch seine Frau war.

Seine Blicke registrierten automatisch die Kutschen, Pferde und Menschen, wie auch die Diebe, die ebenfalls versuchten, im Dunkeln zu bleiben, während er in Richtung Piccadilly und St. James ging, zu seiner Verabredung.

Sein Verstand und sein Herz jedoch blieben bei Honoria. Er begehrte sie mit jedem Atemzug. Normalerweise, wenn sie sich sahen, starrten sie sich ein paar Herzschläge lang an, packten und küssten sich. Dann zerrissen Bänder, Knöpfe flogen davon, Leinen wurde zerfetzt, während sie sich verzweifelt mit Händen und Mündern suchten.

Danach lagen sie am Boden, ihre Röcke hochgeschoben, seine Hose geöffnet, seine Hände auf ihren heißen Schenkeln, die er auseinanderschob für den unausweichlichen und finalen Akt ihrer Begrüßung.

Sie konnten einfach ihre Hände nicht voneinander lassen. *Und*, dachte er grinsend, *warum auch?* Sie war eine wunderschöne und sinnliche Frau, und er war ein Mann, der diese Frau brauchte.

Er erkannte, dass er sie niemals satthaben würde. Selbst nach all den Jahren ihrer Trennung begehrte er sie weiterhin mit einer Intensität, die noch stärker geworden zu sein schien, falls das überhaupt möglich war.

Der tagsüber so elegante St. James Square war nachts ein weitaus interessanterer Ort. Die ganze Gegend um St. James herum – der Platz, die Jermyn Street, St. James Street, Piccadilly – war übersät von Clubs für die vornehmsten Gentlemen des Landes.

Aristokraten, Militärs und wohlhabende bürgerliche Gentlemen versammelten sich hier, um eine Atmosphäre zu genießen, die vor alten Freunden, altem Geld und alten Beziehungen nur so stank. Der Club war für einen Gentleman mehr Heim als sein eigenes Haus.

Jedenfalls hatte Christopher Raine das gehört. Er selbst hatte nie das Vergnügen genossen, Mitglied in einem solchen Club zu werden, und er verspürte auch nicht das geringste Bedürfnis, das jetzt zu tun.

Das aristokratische St. James hatte auch noch eine andere Seite. Versteckt zwischen den ehrbaren Clubs lagen die Spielhöllen, in denen die Gentlemen auf Tuchfühlung mit Falschspielern und anderen weniger gut beleumundeten Mitbürgern gingen. Aristokraten kamen hierher, um sich unters gemeine Volk zu mischen, sich legalen und illegalen Spielen hinzugeben, um mit Ladys zu sprechen, die gut gekleidet waren und diese Gentlemen zu Wetten verführten.

Christopher Raine war hierhergekommen, um sich mit einem Mann zu treffen, der ihm helfen konnte. Er betrat *The Nines,* ein hohes, schmales Gebäude am St. James Square, zahlte den Eintritt und stieg in den ersten Stock hinauf.

Das nennen sie also Laster, dachte er, als er sich in dem Spielsalon umsah. Verglichen mit dem, was er in den Häfen von Siam, China und Brasilien gesehen hatte, war das *The Nines* eine Kinderteeparty. Die Falschspieler mit ihren unbewegten Gesichtern und den aufmerksamen Augen saßen auf ihren Plätzen an den Tischen. Dort nahmen sie eifrig junge Männer aus, die auf ihre illustren Namen vertrauten, die Namen ihrer Väter, und darauf, dass ihre Erbschaft ihnen erlaubte, nach Lust und Laune zu verlieren.

Christopher fand den Mann, mit dem er sich treffen wollte, sofort. Grayson Finley stand am Ende eines Spieltisches. Er war groß, breitschultrig, hatte blondes Haar und ein ebenso gebräuntes und wettergegerbtes Gesicht wie Christopher. Er beobachtete die Würfel und den Werfer mit zynischer Miene, aber Christopher bemerkte, dass er fast bei jedem Einsatz gewann.

Finley war einst einer der rücksichtslosesten Piraten der Sieben Meere gewesen. Jetzt trug er einen Gehrock, eine Cravatte, rühmte sich eines Titels und mehrerer Besitzungen. Er war einst James Ardmores Partner gewesen, bevor sich Ardmore zum Piratenjäger gewandelt hatte. Mittlerweile hatte Finley geheiratet, war Vater von vier Kindern und ein ehrbarer Aristokrat geworden, Viscount Stoke.

Christopher gesellte sich nicht zu dem Würfelspiel. Stattdessen versuchte er sich in einer Partie Faro, einem Spiel, bei dem der optimistische Spieler auf den Wert einer aufzudeckenden Karte setzte. Er gewann ein paar Guineen und verlor einige.

Schließlich merkte er, dass ein kleiner Mann um die vierzig ihn scharf musterte. Er hatte ein freundliches Gesicht mit einer langen Hakennase.

»Findet Ihr keinen Geschmack daran?«, erkundigte sich der Mann liebenswürdig. »Wie ich sehe, seid Ihr abgeneigt, Euer Familienvermögen auf eine einzige Karte zu setzen.«

Christopher hätte mit seinem Geld vermutlich die Besitzungen einiger anwesender Aristokraten aufkaufen können. Er zuckte mit den Schultern. »Ich bin von Natur aus ein vorsichtiger Mann.« Das jedenfalls stimmte.

»Dann überrascht es mich, dass Ihr hierhergekommen seid.« Der andere lächelte. »Das ist kein Ort für einen vorsichtigen Mann.«

»Aber eine angenehme Art, den Abend zu verbringen.«

Der andere lachte leise. »Eine gute Antwort, werter Freund. Ich habe auch eine Möglichkeit gesucht, den Abend zu verbringen, obwohl«, er dämpfte seine Stimme eine Spur, »ich nicht weiß, ob mir die Gesellschaft hier gefällt. Aber einmal im Leben muss ein Mann eine Spielhölle aufsuchen, stimmts? Ich stoße mir die Hörner ab, versteht Ihr?«

Christopher musterte ihn von oben bis unten und hob dann die Brauen. »Ihr habt recht lange damit gewartet, scheint mir.« Christopher hatte sich gewiss ebenfalls ausgetobt, und zwar so wild, dass er sich an einige Abschnitte aus seinen jungen Jahren nicht mehr erinnern konnte.

Der Mann lachte. »Auch das trifft zu, mein Freund. Aber ich werde in einigen Monaten heiraten, also habe ich beschlossen, es lieber spät als gar nicht zu tun. Ich war schon immer ein vorsichtiger Mann. Das hier ist alles neu für mich.«

Die Ehe schien wirklich verlockend zu sein. »Dann wünsche ich Euch viel Glück.«

Die Miene des Mannes hellte sich auf. »Danke. Sagt, hättet Ihr Lust, eine Taverne aufzusuchen? Mir wäre ein Gespräch mit einem vorsichtigen Mann bei einem ungefährlichen Pint weit lieber, als die Sau rauszulassen.«

Christopher warf einen Blick zum Spieltisch, an dem Grayson Finley immer noch stand und die Würfel beobachtete.

Christopher wollte gerade eine Entschuldigung formulieren, als der Gentleman seine Hand ausstreckte. »Ach, wir haben uns ja noch gar nicht vorgestellt. Mein Name ist Templeton. Rupert Templeton.«

Christopher erstarrte, bis er sich nach einer halben Sekunde zu einem kalten Lächeln zwang, die Hand des Mannes ergriff und sie kräftig schüttelte, sehr kräftig. »Raine«, sagte er. »Christopher Raine.«

Templeton verzog etwas das Gesicht unter Christophers energischem Griff, doch er zeigte keinerlei Erkennen. Offenbar hatte er noch nie von Christopher Raine gehört.

Christopher ließ sich bereitwillig von Templeton hinausführen. Er fühlte Finleys verwirrten Blick auf seinem Rücken, aber nur ein Vulkanausbruch mitten in St. James hätte ihn daran hindern können, mit Honoria Ardmores Verlobtem in diese Schenke zu gehen.

3. Kapitel

Die Taverne in Pall Mall schenkte ausgezeichnetes Bier aus und war sehr gut besucht. Christopher und sein neuer Freund Rupert Templeton drückten sich in eine Ecke auf eine Bank. Christopher bezahlte zwei Pints, was Templeton ausgesprochen anständig fand.

In dem Lärm der Stammkunden und der Gäste, die auf ihrem Weg zufällig hereingeschaut hatten, war ein Gespräch jedoch recht schwierig. Neben ihnen diskutierten ein paar Schotten nationale Angelegenheiten mit ihren englischen Gesprächspartnern, und beide Seiten bewiesen zumindest, dass die eine der anderen in Trinkfestigkeit in nichts nachstand.

Rupert Templeton war ein freundlicher, offener Mensch und hatte nichts Falsches an sich, sehr zu Christophers Ärger.

Der Mann ließ sich leicht zu einem Gespräch über seine bevorstehende Heirat lenken. »Dachte, ich würde bis ins hohe Alter ein Junggeselle bleiben, Mr. Raine, wirklich, das dachte ich. Aber als ich Miss Ardmore kennenlernte, sagte ich zu mir, Rupert, alter Freund, sagte ich, warum versuchst du es nicht? Sie ist zwar eine Amerikanerin, aber das habe ich noch nie jemandem übelgenommen.« Er lachte.

»England führt Krieg mit Amerika«, meinte Christopher.

»Ja, was für ein Unsinn. Ich habe ausgezeichnete Geschäftsbeziehungen in Amerika, und wir werden uns in Charleston niederlassen. Sie stammt aus einer sehr vornehmen Familie, fühlt sich jedoch ein wenig verloren, seit ihr Bruder geheiratet hat, das arme Ding.«

»Ihr Bruder«, setzte Christopher nach. Er wollte gern wissen, was ein ehrbarer Londoner von James Ardmore hielt.

Templeton trank einen Schluck Bier und wischte sich den Mund ab. »Wie ich höre, ist er eine Legende. Seine Frau stammt aus einer sehr angesehenen Familie von Marineoffizieren. Ich kann mir vorstellen, dass sein Ruf reichlich übertrieben ist.«

Da irrte Templeton sich vollkommen. James Ardmore war ein Gesetz für sich, und wehe dem, der ihm in die Quere kam.

»Ich muss zugeben«, fuhr Templeton fort, »dass der Ruf ihres Bruders allerdings der Grund sein könnte, dass sie sich mit mir verheiraten will. Vielleicht würden bessere Gentlemen, als ich einer bin, sich nicht auf eine solche Verbindung einlassen. Ich bin kein großer Fang, aber ich war höchst erfreut, in ihrem Netz zappeln zu dürfen.« Er lachte über seinen Scherz.

»Honoria Ardmore ist eine sehr vornehme junge Lady.« Christopher konnte sich diese Bemerkung nicht verkneifen.

Templeton hob die Brauen. »Allerdings. Kennt Ihr sie?«

»Ich bin ein … Freund der Familie.«

»Wirklich?« Das schien Templeton sehr zu freuen. »Ich hatte ja keine Ahnung. Sie hat einen Mr. Raine niemals erwähnt. Allerdings kenne ich sie auch noch nicht lange.«

»Ich war eine ganze Weile verreist«, erwiderte Christopher ausweichend.

»Es war eine ziemliche Überraschung für mich, als sie meine Werbung annahm, das kann ich Euch versichern. Ich hätte mir niemals träumen lassen, dass eine Lady wie Miss Ardmore mich akzeptieren würde. Meine Mutter war vollkommen aus dem Häuschen. Sie hat Miss Ardmore sehr liebgewonnen. Meine Mutter legt außerordentlich viel Wert auf Etikette, und Miss Ardmore ist eine höchst anständige junge Frau.«

»Natürlich.« Christopher strich mit dem Finger um den dicken Boden seines Glases.

Die arme Honoria. Christopher wusste sehr genau, dass sie alles andere als anständig war, und er war gerade eben wieder in ihr Leben geweht, um genau das zu beweisen. Vermutlich konnte er ebenso gut wieder verschwinden und sie ihre Lüge leben lassen.

Doch nein, so leicht kam sie ihm nicht davon. Honoria gehörte ihm, Christopher, selbst wenn Templeton ein liebenswürdiger Trottel war.

Er wollte gerade das Gespräch fortsetzen, als er sah, wie Templeton entzückt die Gäste musterte. »Ist das dort nicht Viscount Stoke?«

Christopher drehte sich herum, und richtig, Grayson Finley hatte die Taverne betreten. Templeton plapperte fröhlich weiter. »Ich dachte, ich hätte ihn im *The Nines* gesehen. Ich hatte die große Ehre, ihm einmal vorgestellt zu werden. Er ist ebenfalls ein Freund von Miss Ardmores Familie. Kennt Ihr ihn?«

»Ja«, antwortete Christopher. Er hatte einmal das Vergnügen gehabt, Finleys Nase zu verrücken, in einem Kampf vor langer Zeit, bei dem es um was auch immer gegangen war.

Finley drängte sich durch den vollen Schankraum, als hätte er Templeton jetzt erst gesehen und wollte ihn begrüßen. Die anderen Gäste machten ihm bereitwillig Platz. Das taten sie meistens. Finley überragte die Leute, und seine harte Miene ließ die Gentlemen für gewöhnlich hastig vor ihm zurückweichen.

Frauen fanden ihn dagegen sehr gutaussehend, hatte man Christopher erzählt. Sie mochten seine hellblauen Augen und sein schiefes Grinsen, was sie geradezu dahinschmelzen ließ. Bis auf Honoria. Sie hatte nichts Höfliches über Grayson Finley zu sagen, noch etwas, was Christopher an ihr mochte.

Finleys hellblondes Haar leuchtete in dem dämmrigen Raum. Er blieb an ihrem Tisch stehen, und Templeton sprang erfreut auf. »Mylord, wie großartig, Euch zu sehen! Wollt Ihr Euch zu uns gesellen? Es sei denn, natürlich, Ihr seid hier mit jemand anderem verabredet.«

Er benahm sich wie ein Hündchen, das gestreichelt werden wollte.

»Mit Vergnügen«, erwiderte Finley und warf Christopher einen neutralen Blick zu.

Christopher nickte. »Eure Lordschaft«, grüßte er ihn gedehnt.

Finleys Miene veränderte sich nicht. Wie durch Magie wurde plötzlich ein Stuhl frei. Finley zog ihn an den Tisch und setzte sich. Die Kellnerin, die sichtlich von seinen blauen Augen und seinem Grinsen beeindruckt war, stellte einen Bierkrug vor ihn und errötete, als er sie anlächelte.

»Mr. Raine hat mir gerade erzählt, dass er mit der Familie meiner Verlobten bekannt ist«, plapperte Templeton, als Finley einen großen Schluck Bier trank. »Es ist schon seltsam, wie man zufällig jemanden kennenlernt und sich dann herausstellt, dass man eine Verbindung zueinander hat.«

Finley hörte auf zu trinken, schluckte und stellte den Krug ab. »Ich treffe ebenfalls immer wieder zufällig auf Mr. Raine.«

»Wie seltsam«, zwitscherte Templeton.

Christopher sagte nichts dazu.

Dies musste der schönste Abend in Templetons Leben sein. Der Mann war beinahe ekstatisch, weil er die Aufmerksamkeit eines Viscounts genoss, obwohl er fast ebenso erfreut darüber schien, Christopher getroffen zu haben, einen einfachen Handelsfahrer. Diesen Bären hatte Christopher ihm auf ihrem Weg zur Taverne aufgebunden.

Christopher beobachtete, wie Templeton und Finley wie gute alte Freunde plauderten, während er selbst nur wenig zur Unterhaltung beisteuerte. Das erlaubte ihm, Finley zu mustern, den er seit vielen Jahren nicht gesehen hatte.

Finleys Ehe und die Kinder, die daraus entsprungen waren, schienen seine Kraft eher noch verstärkt zu haben, statt sie ihm zu nehmen. Zudem strahlte er eine gewisse Ruhe aus. Grayson Finley, der Pirat, war immer rücksichtslos tollkühn gewesen, als wäre ihm das Leben nicht so wichtig. Jetzt jedoch schien sich das geändert zu haben.

Christopher fiel ebenfalls auf, dass Finley nur so tat, als würde er viel trinken.

Endlich verkündete Templeton, dass er aufbrechen müsste, obwohl Mutter sicher aus dem Häuschen sein würde, wenn sie erfuhr, dass er den Abend mit einem Viscount verbracht hatte. Finley bot ihm liebenswürdig an, ihn in seiner Kutsche nach Hause bringen zu lassen. Templeton versuchte, sich zu weigern, aber Finley bestand darauf, und schließlich gab Templeton nach. Die beiden verließen die Taverne, und Christopher folgte ihnen leise.

Die Kutsche setzte Templeton vor einem schlichten Haus in der Nähe von Cavendish Square ab und rollte dann weiter nach Süden, zur Grosvenor Street.

Finley wirkte schlagartig viel weniger betrunken. »Wo seid Ihr abgestiegen?«, fragte er Christopher.

»In einer Pension in der Nähe vom Hafen.«

»Alexandra wird darauf bestehen, dass Ihr bei uns wohnt. Wir haben viele Gästezimmer.«

Christopher schüttelte den Kopf. »Colby und St. Cyr warten da. Ich gehe zurück.«

Die Kutsche rollte langsam durch die Dunkelheit. Das Licht einer Laterne in ihrem Inneren warf große Schatten auf die mit Satin verkleideten Innenwände. »Schöne Kutsche«, bemerkte Christopher.

»Alexandras Idee. Einer Lordschaft ist es offenbar nicht erlaubt, durch die Stadt zu schlendern. Andererseits gelte ich auf dem Land als ausgesprochen energisch. Achtstündige Spaziergänge, dreitägige Jagden in Eiseskälte. Das weiche Leben der Aristokratie.«

»Bin überrascht, dass Ihr überhaupt zurückgekommen seid, um den Titel zu beanspruchen.«

Finley lächelte. Sein Gesicht lag im Schatten. »Es hatte gewisse Vorzüge. Habt Ihr ein neues Schiff gefunden?«

»Eine Brigantine. Ich lasse sie gerade in Greenwich überholen. Ich habe den größten Teil meiner alten Mannschaft wieder aufgetrieben, bis auf meinen ersten Offizier.«

»Manda«, sagte Finley leise.

»Ich habe ihre Spur bis nach England verfolgt. Aber meine

Informationen sind sehr alt. Zwar habe ich Beweise in der Hand, dass sie hierhergekommen ist, aber weiter bin ich noch nicht vorgedrungen.«

Die Nachricht, dass Manda nach England geflüchtet war, stammte von einem Franzosen und war alles andere als verlässlich, aber Christopher hatte gehört, dass sie eine Passage auf einem Schiff über den Kanal genommen hatte. Frankreich und England steckten mitten im Krieg; das Schiff konnte beschlagnahmt, gesunken oder gekapert worden sein.

»Ich sage Euch ganz ehrlich, dass ich sie nicht gesehen habe«, erwiderte Finley. »Ich habe das Land zwar seit meiner Heirat mehrmals verlassen, aber Manda ist mir niemals unter die Augen gekommen.« Er lachte leise. »Und sie ist eine auffällige Person.«

»Ich weiß.« Das Erste, was Männer an Manda bemerkten, war ihre wundervolle Figur. Das Zweite waren ihre Stiefelspitzen, die ihnen die Zähne eintraten. Christopher mischte sich nie ein, wenn ein Mann Manda gegenüber aufdringlich wurde. Dafür machte es viel zu viel Spaß, mitanzusehen, was sie mit ihm anstellte. Aber trotz ihrer Bereitschaft, wie ein Mann zu kämpfen und ein Schiff wie ein Mann zu befehligen, war sie, was Gefühle anging, Männern gegenüber schüchtern. Er bezweifelte sehr, dass sie sich verliebt hatte und mit einem davongelaufen war.

»Ich habe einen Namen gehört«, meinte Christopher. »Eine beiläufige Bemerkung in einer Taverne in der Nähe von Dover. Der Name war Switton. Sagt er Euch etwas?«

Es war ein Schuss ins Blaue. Der fragliche Mann hatte gesagt: »War das nicht eine von Switton?«, doch der Seemann, der bei ihm war, hatte nur mit den Schultern gezuckt.

»Nie von ihm gehört«, antwortete Finley. »Aber ich werde meine Frau fragen. Alexandra ist ein wandelndes Exemplar von Debrett's Adelsrolle. Sie kennt jeden in Mayfair, weiß, wer seine Eltern waren, wen er geheiratet hat, wo er zur Schule gegangen und wer sein Butler ist.«

Christopher unterdrückte ein Grinsen. »Habt Ihr einen Butler, Finley?«

Finley verzog das Gesicht. »Noch nicht. Alexandra hat ein Auge auf einen geworfen, der bei einer Herzogin in Diensten steht. Sie versucht, ihn zu uns abzuwerben. Es ist eine beliebte Freizeitbeschäftigung aristokratischer Frauen, sich gegenseitig die Butler auszuspannen.«

Christopher schüttelte den Kopf. »Ich kann einfach nicht glauben, dass Ihr Euch in einen Viscount verwandelt habt. Die Welt hat sich seit meinem Tod wahrlich verändert.«

Finley sah ihn lange an. »Ich wusste, dass Ihr nicht im Grab bleiben würdet. Das habt Ihr noch nie getan.«

Die Kutsche hielt vor einem großen Haus mit vielen Fenstern in der Grosvenor Street. Finley bat Christopher mit hinein, doch der lehnte ab und verabschiedete sich, um sich eine Mietdroschke zu suchen, die ihn ins Hafenviertel brachte.

Bevor sie sich trennten, lud Finley Christopher zu einem Maskenball ein, den Alexandra am nächsten Abend geben würde. Ihr neuer Freund Templeton würde ebenfalls dort sein, in Begleitung, setzte Finley grinsend hinzu, seiner charmanten Verlobten Honoria Ardmore.

Christopher erwiderte, dass er diesen Ball um nichts in der Welt versäumen würde.

Das Haus in der Grosvenor Street platzte beinahe aus allen Nähten vor Gästen, die Lady Stokes Maskenball besuchten. Honoria und Diana trafen früh ein und zogen sich mitsamt den Zofen in Alexandras Ankleidezimmer zurück, um ihre Kostüme anzulegen.

Sie waren als griechische Edeldamen verkleidet. Ihre schlichten Gewänder fielen in fließenden Falten bis zum Boden und waren an den Schultern mit Broschen befestigt. Immerhin waren sie anders als die derzeitige Mode, meinte Diana, und außerdem waren sie einfach anzuziehen. Honoria versuchte es zwar zu genießen, sich mit Diana zu verkleiden, aber sie war zu gereizt und nervös.

Als sie schließlich hinuntergingen, quoll das Haus bereits vor Gästen über. Alexandras Partys waren sehr beliebt. Auf einer ihrer Soireen, die schon einige Jahre zurücklag, war eine Horde von Piraten, viele von ihnen nackt, durch das Haus gestürmt, hatte mit den Männern gekämpft und sich den Frauen gegenüber etliche Freiheiten erlaubt. Jedenfalls war das die offizielle Version, von der die Zeitungen berichtet hatten.

Honoria kannte die echte Geschichte, von Alexandra selbst. In der kam nur ein mörderischer Pirat vor, plus Grayson Finley. Es hatte auch nur einen nackten Mann gegeben, den bedauernswerten Mr. Jacobs, der mit dem Säbel in der Hand aus einem Schlafgemach gestürmt war, bereit, Grayson und die Ladys des Hauses zu verteidigen.

Der Anblick von Mr. Jacobs, der ein sehr gutaussehender, muskulöser junger Mann war und nichts weiter als einen Piratensäbel trug, hatte die meisten Ladys in eine selige Ohnmacht sinken lassen. Von dem Tag an waren Einladungen zu

Alexandras Partys sehr begehrt, und jede Lady hoffte insgeheim, dass ein solch schockierender Zwischenfall sich wiederholen möge.

Für heute Abend wünschte Honoria sich nichts Aufregenderes als verschüttete Limonade. Als sie jedoch die Gruppe von Gentlemen sah, die an der Treppe neben dem Ballsaal wartete, wäre sie am liebsten im Boden versunken. Nur Dianas Hand unter ihrem Ellbogen hielt sie aufrecht.

Grayson Finley lächelte den Ladys zu, als sie die Treppe hinabschritten. Neben ihm stand Mr. Henderson, ein großer blonder Mann, der stets makellos gekleidet war und eine Brille mit Goldrand trug. Mr. Henderson diente als Offizier auf James Ardmores Schiff, hatte sich jedoch Urlaub erbeten, um mit Honoria und Diana nach London zu reisen. Er hatte nur auf eine Gelegenheit gewartet, in einem luxuriösen Hotel abzusteigen und sich neue Anzüge schneidern zu lassen.

Neben den beiden stand Mr. Templeton. Er war ausgerechnet als Pirat verkleidet. Jedenfalls so, wie er sich einen Piraten vorstellte. Er trug eine gestreifte Hose, ein rotes Hemd, eine schwarze Schärpe, einen Säbel aus Pappmaschee, der zu lang für ihn war, und eine Augenklappe. Und sah unglaublich lächerlich aus. Graysons Augen funkelten übermütig, und Honoria beschlich eine dumpfe Ahnung, wer dieses Kostüm entworfen hatte.

Aber keiner dieser Männer ließ Honorias Blut gefrieren. Dies schaffte allein der Anblick von Christopher Raine, der entspannt neben Mr. Templeton stand.

Grayson und Henderson trugen Anzüge, keine Kostüme, ebenso wie Christopher. Seine grauen Augen wirkten im Licht der Lampen vollkommen gelassen, und seine gebräunte

Haut schimmerte wie Honig über der weißen Cravatte. Der schwarze Gehrock betonte das Grau seiner Augen und den blassblonden Farbton seines Haares. Er trug es wie üblich zu einem Zopf geflochten. Die Haare an seinen Schläfen waren etwas dunkler als der Rest.

Plötzlich hatte Honoria einen Kloß im Hals. Sie hatte die ganze Nacht nicht geschlafen, und irgendwie war ihr schummrig vor Augen. Es half ihrer Fassung nicht gerade, den kräftigen, attraktiven Christopher Raine vor sich zu sehen. Sie musste sich zurückhalten, ihm nicht die kleinen Aufmerksamkeiten zu erweisen, die eine Ehefrau ihrem Gemahl schenkt, zum Beispiel ein nicht existierendes Stäubchen vom Revers zu wischen, den Gehrock auf seinen Schultern zu glätten oder über eine ergrauende Strähne seines Haares zu streichen.

Es ärgerte sie, dass sie all das bei Christopher tun wollte, es ihr jedoch kein einziges Mal in den Sinn gekommen war, Mr. Templeton mit dieser Art von Zuwendung zu bedenken.

Nachdem sie Christopher wegen ihrer eigenen Schwäche böse angefunkelt hatte, hob sie die Schärpe ihres griechischen Gewandes und wollte an ihnen vorbei in den Ballsaal rauschen.

»Nicht«, flüsterte Diana ihr zu. Die Finger ihrer Schwägerin lagen wie Weinranken, die ein Spalier umschlangen, auf Honorias Arm, dünn und leicht, aber dabei so fest, dass sie Knochen hätten zermalmen können.

»Ladys.« Grayson grinste frech und hatte dieses verwünschte Funkeln in den Augen.

Diana lächelte ihm zu und hielt ihm die Hand hin. Grayson beugte sich darüber und blickte Diana warmherzig an. Er beugte sich auch über Honorias Hand, zwinkerte ihr zu und grinste unverschämt. Honoria jedoch bemerkte dies kaum, weil Christopher ihr ganzes Blickfeld ausfüllte und ihre Sinne in seiner Nähe vibrierten.

Mr. Henderson verbeugte sich nur und nickte, ohne ihre Hände zu nehmen. Mr. Templeton begrüßte Diana entzückt und wagte es, einen Kuss auf Honorias Finger zu drücken. Er machte einen kleinen Scherz über sein Kostüm, von dem Honoria kein Wort verstand.

Christopher sah sie unverwandt an, und in seinem Blick mischten sich Belustigung und Ungeduld.

Ihr Herz drohte auszusetzen, als sie darüber nachdachte, worüber sich die vier Gentlemen wohl unterhalten hatten, bevor sie herunterkamen. Schon die Vorstellung, dass Christopher und Mr. Templeton sich kennengelernt hatten, bereitete ihr Herzklopfen. Worüber hatten sie gesprochen? Hatte Christopher vielleicht gesagt: »Guten Abend, ich bin Honorias Gemahl. Und gehe ich recht in der Annahme, dass Ihr Honorias Verlobter seid?«

Aber nein, so wie es aussah, hatte Christopher Stillschweigen bewahrt, zumindest Mr. Templeton gegenüber. Was Grayson und Henderson wussten, konnte sie nicht sagen. Sie benahmen sich nicht merkwürdig, aber andererseits waren beide Männer dafür bekannt, dass sie ihre Gedanken sehr gut verbergen konnten.

»Mrs. Ardmore«, sagte Grayson gerade. »Darf ich Euch Christopher Raine vorstellen? Raine, das ist Diana Ardmore. Sie hat meinen guten alten Freund James geheiratet.«

Guter alter Freund? Meine Güte!, dachte Honoria zerstreut. Die Feindschaft zwischen Grayson und James war legendär.

Christopher nahm Dianas Hand und hob sie an die Lippen. Weder seine Miene noch Dianas ruhiger Blick ließen ahnen, dass sie sich bereits begegnet waren.

»Und dies ist Honoria Ardmore, James' Schwester.«

Christopher drehte sich zu ihr herum. Seine unbehandschuhte Hand legte sich um Honorias Finger. Ihre Blicke trafen sich. Der Ausdruck in seinen Augen war eindeutig besitzergreifend. Er würde ganz offenkundig nicht weichen, um ihrer Verlobung mit Mr. Templeton nicht im Weg zu stehen. Das Feuerwerk würde sehr bald anfangen, die Frage war nur, wann.

»Wir haben uns bereits kennengelernt«, sagte Christopher.

»Ach ja«, mischte sich Mr. Templeton ein. »Das habt Ihr mir ja gestern Abend bereits erzählt.«

Gestern Abend? Honoria starrte Christopher böse an und riss ihre Hand zurück. »Mr. Raine und ich sind bereits miteinander bekannt, ja.«

»Mehr als nur bekannt«, verbesserte Christopher.

Honorias Herz hämmerte, und vor ihren Augen flimmerten Lichter. Er würde es doch nicht hier verkünden, oder? Nicht jetzt. Sie war noch nicht bereit. Sie warf ihm einen scharfen Blick zu und fragte sich, ob es ihr gelingen würde, ihre aufgewühlten Gedanken in seinen Kopf zu schicken.

»Ich bin ein alter Freund ihres Bruders«, fuhr Christopher gelassen fort.

Ihre Panik verwandelte sich in Wut. Hatte er vor, das die ganze Nacht zu tun? Mit dieser schockierenden Erklärung anzufangen und dann im letzten Moment zurückzurudern? Die Zündschnur in Brand zu setzen und sie dann auszutreten, unmittelbar bevor sie die Bombe erreichte?

Honoria wünschte sich, Mr. Templetons Pappmaschee-Säbel wäre echt. Sie würde ihn sich ausleihen, Christopher damit in eine Ecke treiben und ihn fragen, was für ein Spiel er hier gerade treibe.

Christopher war ruhig, gewiss, doch es war die Ruhe im Auge eines Hurrikans. Jeden Moment konnte der Wind umschlagen und sie mit seiner gewaltsamen Kraft hinwegfegen.

»Meine Gemahlin«, ergriff jetzt Grayson das Wort, »hat mich gebeten, Euch zu ihr zu schicken, Mrs. Ardmore. Sie ist im Ballsaal. Der Tanz beginnt jeden Moment.«

Diana gab eine höfliche Antwort, die Honoria nicht genau hörte, löste ihre Finger von Honorias Arm und schwebte davon. Honoria fühlte sich plötzlich verlassen. Dianas Finger hatten sie gestützt; jetzt würde sie jede Sekunde zu Boden sinken.

»Ausgezeichnet«, sagte Mr. Templeton. Er hielt Honoria seinen Arm hin. »Ich bitte um die Ehre des ersten Tanzes, Miss Ardmore. Aber ich bin großzügig. Selbstverständlich kommt jeder dieser Burschen an die Reihe.«

Christophers graue Augen flackerten, doch er sagte nichts. Mr. Henderson, der ein Buch über gutes Benehmen hätte verfassen können, verbeugte sich. »Ich würde mich höchst geehrt fühlen, Miss Ardmore beim Kotillon Gesellschaft zu leisten.«

»Ich hole Euch zu einem Tänzchen«, versprach Grayson. Honoria versuchte, nicht sichtlich zusammenzuzucken. Grayson war zwar ein guter, aber auch höchst ausgelassener Tänzer.

Die Aufmerksamkeit der Anwesenden richtete sich auf Christopher. Es wäre äußerst rüde von ihm gewesen, wenn er ihr nicht ebenfalls einen Tanz angeboten hätte, aber sie hatte das Gefühl, dass er sich nicht im Geringsten darum scherte, was die Höflichkeit gebot. Auch gut. Auf dem Tanzboden würde sie ihn nicht bitten können, Schweigen zu bewahren, und wenn er sie anfasste …

Sie wusste, was passierte, wenn er sie berührte. Selbst dieses kurze Gefühl seiner Finger auf ihrer Haut, durch den Handschuh, den sie trug, hatte diese besorgniserregende Lust in ihr geweckt; dasselbe Verlangen, das sie die ganze Nacht wach gehalten hatte.

Hatte sie im Bett gelegen und versucht, vernünftig einen Weg aus dieser Lage zu finden? Nein, sondern sie hatte seine Küsse noch einmal durchlebt. Jeden Kuss, jede Berührung, das Gefühl seines Körpers auf ihrem, das Wissen, dass er nur ihren Morgenmantel hätte aufschlagen und seine Hand zwischen ihre Schenkel schieben müssen, um festzustellen, dass sie bereit für ihn war. Und über allem schwebte diese glorreiche, erregende Tatsache, dass er noch am Leben und ihretwegen hierhergekommen war.

Wenn er ihre Hand auf dem Tanzboden nahm, würde sie dahinschmelzen. Er würde sie auf seine Arme heben und davontragen müssen, und sie würde es genießen.

Sie sah ihn zusammen mit den anderen an und musste sich zusammenreißen, um sich nicht auf die Lippen zu beißen, während sich das Schweigen etwas zu lange hinzog.

»Ich tanze nicht«, sagte Christopher schließlich.

Die Enttäuschung schlang sich wie dunkle Finger um ihr Herz. *Erleichterung!*, schalt sie sich. *Das solltest du empfinden. Erleichterung!*

»Schade«, meinte Mr. Templeton. Er schien sich zu freuen,

dass er eine Fertigkeit besaß, die diesem so gutaussehenden, hochgewachsenen Mann fehlte. »Meine Mutter hat schon immer ein nettes Tänzchen geschätzt. Fragt sie nur, dann wird sie Euch den einen oder anderen Schritt schon zeigen.«

Christophers Lider zuckten. Honoria starrte ihn zornig an und zwang ihre Gedanken in seinen Kopf. *Wage es ja nicht!*

Er hätte beinahe gelächelt, als wäre ihre Botschaft bei ihm angekommen, und warf Mr. Templeton einen unergründlichen Blick zu. »Ich denke darüber nach.«

Sein Augen glitten wieder zu Honoria zurück, die am liebsten geschrien hätte.

Dann zog Mr. Templeton sie mit sich fort und führte sie in den Ballsaal, als die Musiker gerade anfingen zu spielen. Honoria fühlte Christophers Blick die ganze Zeit in ihrem Rücken. Mr. Templeton neben ihr plapperte etwas über sein Kostüm, das der Viscount vorgeschlagen hatte, und war das nicht ein netter Scherz? Der Viscount hatte auch Mr. Raine eingeladen, und war es nicht interessant, dass sie sich alle kannten?

Honoria biss die Zähne zusammen, als Mr. Templeton sie zu dem Menuett über das Parkett schwang, und dachte an all die Dinge, die sie später zu Grayson Finley und Christopher Raine sagen würde.

Christopher Raine kannte seinen Ruf, ein geduldiger Mann zu sein. Er hatte schon Wochen auf eine Beute gewartet, wenn sie es wert war. Die Kaperung der *Rosa Bonita* hatte er monatelang geplant und dann den Plan mit seiner Mannschaft so genau ausgeführt, als wäre es ein feierlicher Tanz, wie der Kotillon, den Honoria Henderson versprochen hatte.

Christopher war dafür berüchtigt, sich nur sehr schwer ärgern zu lassen, aber auch dafür, dass jene, die ihn reizten, das niemals vergaßen und es auch nie wieder taten. Manda hatte ihn eine Lange Lunte genannt. Er brannte eine ganze Zeit lang, aber wenn das Schießpulver dann hochging, war die Explosion überwältigend.

Und jetzt näherte sich der Funke rasend schnell dem Ende der Lunte. Dass er Manda nicht finden konnte, bereitete ihm Kopfzerbrechen, und nun erwartete seine liebe, süße Honoria von ihm auch noch, dass er sie einfach freigab, damit ein anderer Mann sie für sich beanspruchen konnte. Er fand Templeton amüsant, gewiss, doch das hieß nicht, dass er einfach zur Seite treten und ihm seine Frau überlassen würde.

Christopher würde Honoria diese Nacht gewähren, um sich mit ihren Freunden zu amüsieren. Dann würde er die Angelegenheit jedoch forcieren. Er hatte schon genug zu tun, auch ohne darauf zu warten, dass Honoria eine Entscheidung traf.

Er hätte Finley gern gefragt, ob er etwas über diesen Switton herausgefunden hatte, doch der war von seinen Pflichten als Gastgeber vollkommen in Anspruch genommen, und die Gäste drängten sich in der Eingangshalle. Finley schien die Rolle des Viscount zu gefallen, und wie üblich himmelten ihn viele Frauen an.

Christopher schlenderte langsam in den Ballsaal. Die meisten Gäste waren kostümiert, als Zigeunerbräute, alte Könige und Königinnen, Hofnarren, Schäferinnen oder Clowns. Honorias Verkleidung gefiel ihm. Es war ein einfacher, weißer Musselinstoff, der schlicht von ihren Schultern zu Boden fiel. Ihr Körper bewegte sich verführerisch unter den Falten, als sie das Menuett mit Templeton tanzte, und sagte Christopher, dass sie darunter nicht allzu viel trug. Broschen auf ihren Schultern hielten das Gewand zusammen, und er genoss die Vorstellung, was wohl passierte, wenn er eine davon öffnete.

Er beobachtete sie, während er dieses entzückende Bild in seinem Kopf behielt. Templeton kannte die Schritte des Tanzes, aber er bewegte sich ruckartig, während Honoria anmutig vor und zurück glitt und ihr Kostüm um ihren Körper schwang.

Christopher musste sie bald zur Rede stellen. Wenn sie ihn zu lange hinhielt, würde er sie einfach in die Arme nehmen und sie irgendwohin verschleppen, wo er ihr die Kleider vom Leib reißen konnte. Am besten auf sein Schiff, das fast fertig überholt war. Und dann würde er sich aufmachen, Manda und sein Vermächtnis zu suchen.

»Mr. Raine?« Eine schlanke Frau mit einer Mähne rotbraunen Haares und schönen braunen Augen blieb neben ihm stehen. Christopher hatte Finleys Gemahlin Alexandra früher am Abend kennengelernt und endlich begriffen, warum Finley alles aufgegeben und Viscount geworden war. Finley war von ihr verzaubert, was auch kein Wunder war. Diese Frau war atemberaubend schön.

»Etliche Leute haben mich gebeten, Euch vorgestellt zu werden.« Sie ließ die steife Höflichkeit fahren und lächelte, wobei sich entzückende Grübchen in ihren Wangen zeigten. »Sie haben mich genauer gesagt förmlich angefleht. Offenbar sind sie zu dem Schluss gekommen, dass Ihr ein Pirat seid, und Piraten sind auf meinen Bällen sehr beliebt.«

Christopher hatte die Geschichte von Alexandras berühmter, von Piraten wimmelnder Soiree ebenfalls gehört. Sie war Stadtgespräch gewesen und war es laut Finley immer noch.

Er willigte amüsiert ein, und Alexandra führte ihn zu der ersten Gruppe von Gästen. Die meisten waren Ladys, obwohl auch zwei Gentlemen hinter den Frauen standen und ihm ungeduldig entgegenblickten. Die Ladys sahen ihn mit strahlenden Augen und einem noch strahlenderen Lächeln an. Jedes Mal, wenn Christopher sich über eine Hand beugte, trat die entsprechende Lady zurück und fächelte sich Luft zu, als wäre die Temperatur im Raum plötzlich um dreißig Grad gestiegen.

Sie gingen zum nächsten Grüppchen, das sich genauso verhielt. Kichern, affektiertes Lachen und Augenklimpern. Er blickte zur ersten Gruppe zurück und bemerkte, dass die Ladys ihn aufmerksam beobachteten, während ihre Fächer fast einen Wirbelsturm erzeugten.

Als Alexandra ihn schließlich zum Ende des Ballsaals führte, hatte Christopher das Gefühl, alle Ladys von London kennengelernt zu haben. Die verheirateten und verwitweten Ladys sowie einige der unverheirateten jungen Damen hatten ihm zugeblinzelt und ihn vielversprechend angelächelt. Er hatte mehr unausgesprochene Anträge bekommen als ein Gigolo in einem Damenbadehaus.

Als Alexandra sich schließlich entschuldigte, um ihren Pflichten als Gastgeberin nachzugehen, trat Diana Ardmore neben ihn und lächelte ihn wissend an.

»Jetzt hoffen sie inständig«, sagte sie leise, »dass Ihr Euch Eurer Kleidung entledigt.«

4. Kapitel

Christopher sah sie überrascht an. »Wieso das denn, zum Teufel?«

Diana lachte. Ihr rotes Haar hob sich wundervoll von ihrer weißen Haut ab. »Deshalb sind Alexandras Partys so beliebt. Wegen der Chance, einen Blick auf einen nackten Piraten zu erhaschen.«

Er hob eine Braue. »Die bessere Gesellschaft von London braucht dringend eine Beschäftigung, scheint mir.«

»Ihr seid ein recht gutaussehendes Exemplar, Mr. Raine.«

Sie äußerte das vollkommen sachlich, ohne auch nur im Geringsten zu flirten. Trotzdem warfen die Ladys in dem Ballsaal Diana neiderfüllte Blicke zu, als sie sich bei Christopher einhakte. Die einzige Lady, die dieses Spektakel verpasst hatte, war Honoria.

Sie tanzte jetzt mit Henderson den eher steifen Kotillon. Die beiden passten recht gut zusammen, der aristokratisch wirkende Gentleman und die vornehme Lady.

»Gebt ihr Zeit«, sagte Diana liebenswürdig. »Ihr habt sie erschreckt. Sie ist verängstigt und verwirrt.«

»Und wütend«, bemerkte Christopher. »Sehr, sehr wütend.«

Diana sah ihn streng an. »Das kann ich ihr nicht verdenken. Ihr Männer! Ihr kommt einfach hereingestürmt und entscheidet, was Euch gehört! Ihr gebt uns nicht einmal Zeit, uns an Euch zu gewöhnen, bevor Ihr uns schon davonschleppt. James war genauso.«

Christopher verstand sehr wohl, wieso Ardmore diese Frau »davongeschleppt« hatte. Sie war nicht nur bewundernswert attraktiv, sondern auch von einer unglaublichen Stärke. Die brauchte sie auch, wenn sie Ardmore ertragen wollte. Honoria besaß denselben Kern aus Stahl, und dazu noch die Kälte und Sturheit der Ardmores.

Er beobachtete, wie seine Frau elegant die Schritte des Kotillon absolvierte. »Es mag für sie überraschend gewesen sein«, sagte er. »Für mich war es das nicht.«

In den letzten vier Jahren hatte er häufig geglaubt, diese Seite der Weltkugel nicht mehr zu sehen, geschweige denn, auch nur die nächste Nacht zu überleben. Nur die Gedanken an Honoria hatten ihn davon abgehalten zu verzweifeln. Selbst in den schrecklichsten Nächten hatte er sich mit der Erinnerung an ihre grünen Augen gewärmt, die sich so schnell leidenschaftlich verdunkelten, an ihre Lippen, die sich so bereitwillig unter seinen öffneten. Er hatte gearbeitet, gekämpft und gelebt mit diesem einen Ziel im Kopf: sie wiederzusehen.

»Ich hege keinen Zweifel daran, dass Euch an ihr liegt«, sagte Mrs. Ardmore. »Ihr gebt Euch keine Mühe, das zu verbergen. Aber Ihr müsst ihr Zeit lassen.«

»Bedauerlicherweise ist Zeit genau das, woran es mir mangelt, Mrs. Ardmore. Ich habe einiges zu erledigen und kann nicht warten, bis Honoria sich über ihre Gefühle klar geworden ist.«

»Vielleicht solltet Ihr dann zunächst Euren Geschäften

nachgehen, was auch immer diese sein mögen, und dann später zu ihr zurückkehren«, schlug sie vor.

Christopher sah in Dianas arglose Augen, wählte jedoch seine Antwort mit Bedacht. Er mochte diese Frau bewundern, aber sie war mit James Ardmore verheiratet. »Und ihr so die Chance geben, Templeton zu heiraten?«, gab er gelassen zurück. »Ich bin nicht hier, weil ich um sie kämpfen will. Ich will einfach nur, dass sie eine Wahl trifft.«

Diana betrachtete ihn skeptisch. »Ihr behauptet zwar, Ihr würdet Ihr die Entscheidung überlassen, aber es gibt nur eine Alternative, die Ihr akzeptieren würdet.«

Er zwang sich zu einem Lächeln. »Natürlich. Sie ist eine wunderschöne Frau, und ich will sie.«

Diana legte ihre schlanken Finger auf seinen Arm. »Ich glaube, ich weiß, was Ihr meint. Aber wenn Ihr nur eine Gefährtin sucht, dann findet Ihr hier mehrere Dutzend Frauen, die Euch nur zu gern gefügig sein würden. Ihr solltet Honoria in Ruhe lassen.«

»Darum geht es nicht. Ich will ganz offen sprechen, Mrs. Ardmore, ich musste mich noch nie besonders anstrengen, um weibliche Gesellschaft zu genießen. Und ich sage Euch auch, dass ich noch nie eine Frau wie Honoria getroffen habe. Sie ist es wert, dass ich ihretwegen zurückgekommen bin.«

»Sie wird aber nicht folgsam zu Euch laufen, wenn Ihr pfeift.« Dianas Augen funkelten plötzlich spöttisch. »Ich denke, Mr. Raine, dass Ihr einfach die Herausforderung liebt.«

»Sie verleiht dem eine gewisse Würze«, gab er zu. »Ich werde sie gewinnen, Mrs. Ardmore. Und ich wäre Euch sehr verpflichtet, wenn Ihr mir dabei nicht in die Quere kämt.«

»Honoria ist jetzt meine liebe Schwägerin, meine Schwester. Ich will nur, dass sie glücklich wird.«

»Dann verhindert, dass sie diesen Kerl heiratet.«

Sie betrachteten beide Mr. Templeton, der angeregt mit seiner Mutter plauderte und sein Pappmaschee-Schwert schwang. Dann sahen sie sich wieder an. »Ich glaube, Ihr habt recht«, sagte Diana. »Ich wünschte nur, ich wüsste mehr über Euch.«

»Fragt Euren Gemahl«, erwiderte Christopher. »Er wird Euch ausgiebig informieren. Nur wartet, bis Honoria und ich weit weg sind.«

Sie musterte ihn abschätzend und nickte. Christopher durchströmte ein leichtes Triumphgefühl. Es war immer nützlich, einen Verbündeten zu haben.

Templeton näherte sich ihnen und fragte Christopher, ob er ihm zeigen könnte, wie man ein Piratenschwert richtig schwang. Christophers Stimmung hatte sich so weit gehoben, dass er einwilligte. Er führte den Mann aus dem Ballsaal, lieh sich aus Finleys Sammlung ein richtiges Schwert und ging dann mit Templeton in den Garten hinaus.

Honoria beobachtete, wie sie den Saal verließen, und schlimmste Vorahnungen durchströmten sie. Als ihr Tanz mit Mr. Henderson zu Ende war, führte er sie höflich zu ihrem Stuhl zurück und brachte ihr ein Eis, das sie gar nicht wollte. Sie war gerade im Begriff, es an Mrs. Templeton weiterzureichen und hinter Christopher herzueilen, als Grayson vor ihr auftauchte und sein Tänzchen einforderte. Als sie anfing, sich herauszureden, unterbrach er sie einfach. »O nein, ich entschuldige nicht«, sagte er und zog sie einfach mitten auf die Tanzfläche.

Der ehemalige Pirat war ein leidenschaftlicher Tänzer. Er wirbelte Honoria mit derartigem Schwung herum, dass sie fürchtete, sie würde durch den ganzen Raum fliegen, wenn er sie losließ. Aber er tanzte auch mit – wenngleich ungezügelter – Anmut, und die anderen Ladys warfen ihnen neiderfüllte Blicke zu.

Der Teil ihres Verstandes, der sich nicht darüber Sorgen machte, was Christopher wohl zu Mr. Templeton sagte, dachte darüber nach, dass Alexandras Ballsaal offenbar zu einem neutralen Boden für alle ausgerufen worden war. Grayson und ihr Bruder James waren jahrelang erbitterte Feinde gewesen.

Sie hatten sich wegen einer Frau zerstritten, und Pauls Tod hatte die Angelegenheit noch verkompliziert. Wegen Diana und Alexandra hatten sie ihren Zwist beigelegt, doch eine gewisse Spannung herrschte unterschwellig nach wie vor zwischen ihnen.

Und dann war da Mr. Henderson, der für James arbeitete. Grayson mochte ihn nicht sonderlich, aber Alexandra zählte Mr. Henderson zu ihren Freunden, ebenso wie Diana.

Und heute Abend schlenderte Christopher Raine, ein Pirat, der sich dessen nicht einmal schämte, durch Alexandras Ballsaal, als gehörte er ihm, während er sich ausführlich mit der Gemahlin des Piratenjägers unterhielt, der ihn gefangen hatte.

Sie alle waren miteinander verbunden und doch nicht. Auf dem offenen Meer hätten James, Grayson und Christopher vermutlich ihr Bestes gegeben, um sich gegenseitig zu versenken. Aber hier, im Ballsaal, hielten sie eine Kriegsruhe ein, auch wenn diese recht zerbrechlich war.

Honoria wünschte, sie könnte auch mit Christopher einen Waffenstillstand schließen. Sie wünschte sich, dass sie nicht jedes Mal den Kopf nach ihm drehte, wenn er vorbeiging, dass ihr Blick nicht auf seinen breiten Schultern ruhte, auf dem goldenen Schimmer seines weizenblonden Haares oder den hellgrauen Punkten in seinen Augen. Es sollte sie nicht kümmern, dass andere Ladys ihn mit ihren Blicken förmlich verschlangen. Er gehörte ihr, und sie war es, die ihn verschlingen würde, wenn überhaupt.

Guter Gott, was war nur mit ihr los?

Sie musste Christopher begreiflich machen, dass ihre überstürzte Eheschließung nicht länger von Bedeutung war, musste all ihren Mut zusammenraffen und ihm sagen, dass sie sich gegenseitig freigeben sollten. Die Ehe konnte annulliert werden, wenn man die richtigen Drähte zog, und Grayson konnte sie als Viscount ziehen.

Finley beendete den Tanz und bedankte sich bei ihr. Etwas außer Atem suchte Honoria den großen Balkon auf, weil sie nach dem Tanz mit Grayson dringend frische Luft benötigte.

Auf dem Balkon war es dunkel und relativ leer. Sie atmete aus, erleichtert über die Stille und die kühle Brise auf ihrer schmerzenden Stirn. Sie würde sich einen Moment ausruhen und dann Christopher und Mr. Templeton suchen. Falls Christopher ihr Geheimnis verraten hatte, dann würde sie ihn … sie würde … nun ja, sie würde ihn scharf zurechtweisen.

Honoria lehnte sich auf die Balustrade und sog die Luft

ein, die nach Rosen, Kohlenrauch und dem roch, was auch immer heute Nacht in der Themse schwamm.

Sie wünschte sich plötzlich, dass Christopher hinter ihr auf den Balkon käme, zu ihr träte, seine breiten Hände um ihre Taille legte. Sie schloss die Augen, glaubte seinen warmen Atem auf ihrem Hals zu fühlen, seine rauhe Stimme in ihrem Ohr zu hören, wie er flüsterte, dass er sie begehrte.

Sie hatte keinerlei Grund, so etwas zu träumen. Oder auch nur daran zu denken, wie seine grauen Augen unter seinen goldenen Wimpern sich verdunkelten, wenn er sich vorbeugte, um sie zu küssen. Aber sie dachte daran. Langsam strich sie mit ihrer Hand über ihren Unterleib, während sich dort eine glühende Hitze ausbreitete.

Ein Geräusch riss sie aus ihrer Träumerei. Sie öffnete die Augen und sah in den Garten hinaus, ihre Wangen noch rot und glühend.

Was sie sah, ließ ihr das Blut in den Adern gefrieren. Einige Männer standen dort herum und konzentrierten sich auf zwei Gestalten neben dem Springbrunnen. Der eine war Mr. Templeton. Der andere Christopher.

Mr. Templeton hielt sein lächerliches Pappschwert recht ungeschickt in der Faust, während er die echte, stählerne Klinge in Christophers Hand ängstlich musterte. Entsetzt beobachtete Honoria, wie Christopher Mr. Templeton angriff und ihn Schlag um Schlag durch den Garten zurücktrieb.

Jetzt wäre sie gern ein Pirat gewesen. Denn dann hätte sie auf die Balustrade springen, den Efeu packen und sich hinabschwingen können. Aber sie war eine Lady aus Charleston in einem höchst durchscheinenden Kostüm und würde sich vermutlich nur den Hals brechen.

Sie wirbelte herum, stürmte vom Balkon in den Ballsaal und bahnte sich einen Weg durch die Gäste, die sich für die nächste Polka aufstellten. Noch nie in ihrem Leben hatte sie sich jemandem gegenüber so schlecht benommen. Aber jetzt schubste sie die Leute zur Seite, als wäre sie eine gewöhnliche Frau von der Straße.

Ihr merkwürdiges Verhalten war morgen sicherlich in aller Munde und Gespräch in der ganzen Stadt. Was keine Rolle spielte, solange sie Christopher daran hindern konnte, Mr. Templeton zu ermorden.

Sie flog die Treppe hinab und durch die dämmrige Eingangshalle in den Garten. Die Stimmen vor ihr spornten sie an, ebenso wie das Singen von Stahl. Sie stürmte durch die Hintertür und rannte über das Gras auf die kämpfenden Männer zu.

Mr. Templeton stand mit dem Rücken an der Gartenmauer. Sein albernes Kostüm hob sich deutlich gegen den dunklen Efeu ab. Seine Hand mit dem Schwert hing nutzlos herunter, während Christopher die Spitze seiner Klinge gegen Templetons Hals drückte.

»Gebt auf«, sagte Christopher mit wilder Stimme. »Ergebt Euch, oder ich werde keine Gnade walten lassen!«

»Christopher, nein! Nicht!«, schrie Honoria, doch dann rutschte sie mit ihren Tanzschuhen auf einem nassen Stein aus und stürzte in einem Durcheinander aus Musselin ins schlammige Gras, während ein scharfer Schmerz sie durchzuckte.

Eine Weile später sah sie, wie Christopher sich über sie beugte. Sein gebräuntes Gesicht war von Sorge zerfurcht, aber auch von Ärger.

Mr. Templeton spähte über seine linke Schulter, gesund und munter. Kein Schwertgriff ragte aus seiner Kehle, seinem Bauch oder irgendeinem anderen lebenswichtigen Körperteil hervor.

»Was zum Teufel hast du dir dabei gedacht, Honoria?«, knurrte Christopher.

Sie sah ihn durch einen Schleier der Betäubung an. »Ich musste dich doch daran hindern, ihn zu töten.«

Zu ihrem Erstaunen und zu ihrer Empörung begannen die Männer, die um sie herumstanden, zu lachen. Einschließlich Mr. Templeton.

»Euer freundliches Herz steht Euch ausgezeichnet, Miss Ardmore«, sagte Mr. Templeton. »Aber es gibt keinen Grund, in Ohnmacht zu fallen. Mr. Raine hat mir einfach nur die Finessen des Schwertkampfs gezeigt.«

Honoria glaubte das keine Sekunde lang. »Tatsächlich?«

»Tatsächlich«, antwortete Christopher. Er hielt ihr die Hand hin, um ihr beim Aufstehen zu helfen.

Honorias Broschen hatten sich auf einer Schulter gelöst. Sie hielt sie krampfhaft fest, um zu verhindern, dass sie sich ganz öffneten und ihr Kleid herunterrutschte, umklammerte Christophers Hand und wollte aufstehen.

Sie keuchte, als ein stechender Schmerz ihren Knöchel durchzuckte. Christopher fing sie in seinen starken Armen auf, sanfter, als sie es bei ihm für möglich gehalten hätte. »Was hast du?«, fragte er.

»Ich glaube, ich habe mir den Knöchel verstaucht.«

Honoria wand sich vor Verlegenheit. Sie klang wie die Heldin eines dieser albernen Liebesromane, die sich immer irgendwie verletzten oder in Ohnmacht fielen und dann von den melodramatischen Helden in Sicherheit gebracht werden mussten, vorzugsweise auf deren Armen, versteht sich.

Christopher sah jedoch alles andere als melodramatisch aus. Er runzelte die Stirn, als glaubte er, sie führte etwas im Schilde.

»Verstaucht!«, wiederholte sie gereizt. »Ich kann nicht laufen!«

Der Kreis der Männer schloss sich um sie. Sie hatte eine Menge schwarzen Kaschmirstoff vor Augen, aufgelockert durch Westen in Elfenbeinweiß, Bananengelb, leuchtendem Violett und Kirschrot, dazu mit Cravattes geschmückt, die auf alle nur erdenklichen Weisen gebunden waren. Das alles waren Gentlemen, Männer von Welt, die jede alberne Verkleidung verachteten, dafür aber für jeden Sport zu haben waren, und sei es auch nur ein improvisierter Schwertkampf im Garten. Die Herren begannen prompt, Ratschläge zu äußern. »Verbindet den Fuß.« »Nein, Ihr solltet laufen, dann legt es sich …« »Ich kenne einen Doktor, der wirklich der Gott der Knöchel ist!« »Soll Ich Euch zu einer Kutsche tragen, Miss Ardmore?« »Vergesst es, Sir, ich trage sie.«

Christopher beendete die Debatte, indem er Honoria einfach selbst auf die Arme hob und zum Haus ging. Mr. Templeton trottete neben ihm her, sichtlich erleichtert, dass diese Aufgabe nicht von ihm erwartet wurde.

Christopher brachte Honoria direkt in den zweiten Stock in Alexandras Schlafgemach. Die Männer von Welt verabschiedeten sich einer nach dem anderen, nachdem die Aufregung vorbei war. Diana und Alexandra kamen Honoria dagegen sofort zu Hilfe. Mr. Templeton verkündete an der Tür von Alexandras Schlafzimmer hastig, dass er hinabgehen und Mutter erzählen würde, was passiert war. Er war nicht einmal geneigt, auch nur einen Blick in den offenkundig weiblichen Raum zu werfen, sondern wandte sich mit puterrotem Gesicht ab und verschwand.

Christopher trug Honoria in das Zimmer und legte sie behutsam aufs Bett. Sie hatte den Weg die Treppe hinauf nur vage durch einen Schleier registriert. Denn ihre Wahrnehmung war vollkommen auf seine starken Armen, seine muskulöse Brust und sein regelmäßig und kräftig pochendes Herz gerichtet gewesen. Sie wusste bereits, dass sie schmolz, wenn er sie anfasste. Doch das war nichts im Vergleich zu dem Gefühl, wenn er sie trug.

Diana streifte Honoria die Schuhe ab. Christopher nahm ihren Fuß in seine großen Hände und untersuchte behutsam den verletzten Knöchel. »Gebrochen ist er nicht«, stellte er fest.

»Gott sei Dank«, seufzte Alexandra und legte eine Hand auf ihr Herz.

»Ich verbinde ihn dir, Liebes«, sagte Diana. »Dann fahren wir nach Hause.«

Honoria lehnte sich zurück. Sie fühlte sich elend. »Nein, lass dir nicht den Abend verderben. Ich bleibe lieber ein wenig hier liegen und ruhe mich aus, als in einer schaukelnden Kutsche zu fahren.«

Diana runzelte zwar die Stirn, gab aber nach. Alexandra brachte einen sauberen Verband, während Diana Honorias Strumpfhalter öffnete und ihren Strumpf herunterrollte.

Christopher war dageblieben, nahm von Alexandra die Bandage entgegen und verband Honoria selbst das verletzte Gelenk. Und Diana, ihre verräterische Schwägerin, ließ es zu.

Seine Wimpern warfen Schatten auf seine Wangen, während er sich auf seine Arbeit konzentrierte. Die Wärme seiner Berührung durchdrang den Schmerz, der bereits nachließ. Vermutlich hatte sie sich diesen vermaledeiten Knöchel nicht einmal verstaucht, sondern nur gezerrt.

Als Alexandra sah, dass alles in Ordnung war, kehrte sie wieder zu ihren Pflichten als Gastgeberin zurück. Diana jedoch blieb und tupfte Honorias Gesicht mit einem Waschlappen ab, den sie in parfümiertes Wasser getaucht hatte.

»Mir geht es gut«, sagte Honoria. »Danke.«

Christopher legte ihr Bein sanft auf das Bett. Er ließ seine Hand jedoch auf dem Rist liegen und streichelte mit dem Daumen sanft die empfindliche Innenseite ihres Spanns. »Warum hast du geglaubt, dass ich Mr. Templeton umbringen wollte?«

»Wolltest du das nicht?«

Diana warf Honoria einen schnellen Seitenblick zu, tupfte ihr aber weiter das Gesicht ab.

»Nein«, antwortete Christopher. »Er wollte nur einen richtigen Schwertkampf mit einem Piraten. Also habe ich ihm einen geboten. Natürlich einen gespielten.«

»Ich habe gesehen, wie du ihm das Schwert an die Kehle gehalten hast, ein echtes Schwert.«

Er strich weiter mit dem Daumen über ihren Fuß, was sie nicht unwesentlich ablenkte. »Wenn ich ihn hätte töten wollen, Honoria, hätte ich es weit unauffälliger getan. Und ohne Zeugen.«

Ihr wurde kalt ums Herz. »Warum beruhigt mich das nicht?«

»Ich habe nicht vor, ihn umzubringen. Das ist unnötig. Wir beide sind bereits verheiratet.«

»Wie könnte ich das vergessen, da du mich unaufhörlich daran erinnerst.«

Er antwortete nicht, sondern nahm seine Hand von ihrem Fuß. Wieso nur hätte sie vor Enttäuschung am liebsten aufgeschrien?

»Ich habe die Urkunde gestern Nacht zerrissen«, erklärte sie und sah ihn schwach an.

Lachfalten tauchten in seinen Augenwinkeln auf. »Wenn das genügen würde, um sich scheiden zu lassen, würden das alle tun.« Er drehte sich zu Diana herum, die sie beobachtete und auf ihrer vollen Unterlippe kaute. »Mrs. Ardmore, würdet Ihr uns entschuldigen?«

Honorias Pulsschlag beschleunigte sich beunruhigend. »Du musst nicht gehen, Diana.«

Diana sah zwischen Honoria und Christopher hin und her und runzelte die Stirn. Honoria spürte, wie ihre Panik stieg. Sie hatte gesehen, wie Diana und Christopher sich im Ballsaal unterhielten und Diana Christophers Worte mit einem Nicken quittiert hatte. Sicher würde Diana, die Frau ihres Bruders, sie doch nicht im Stich lassen?

»Aber überanstrengt sie nicht«, sagte Diana. Honoria starrte sie entsetzt an. »Bitte schickt nach mir, wenn sie bereit ist, nach Hause zu fahren.«

»Diana!«

Ihre Schwägerin drehte sich zu ihr herum. Der Blick ihrer blauen Augen war bekümmert. »Du musst mit ihm reden, Honoria. Das zumindest hat er verdient.«

Honoria warf ihr einen bitterbösen Blick zu, aber Diana wirkte nicht einmal beschämt. Sie zog sanft eine Decke über Honorias Beine und verließ hoch aufgerichtet das Zimmer.

Und ließ sie mit Christopher Raine allein. Obwohl sie nicht einmal weglaufen konnte.

Christopher gab ihr nicht die Zeit, einen Streit anzufangen oder ihm zu befehlen, sofort zu verschwinden. Stattdessen beugte er sich zu ihr herunter und küsste sie.

Sein Mund war kühl und weich, als er sie liebkoste. Seine Wimpern verbargen seine Augen, und sein warmes Haar strich sanft über ihr Gesicht. Sie versuchte, ein »Nein« zu murmeln, war jedoch zu sehr damit beschäftigt, seinen Kuss zu erwidern.

Sie liebte das Gefühl seiner Haut unter ihren Fingern, genoss es, wie sich seine kräftigen Muskeln bewegten, wenn er sie küsste.

Sie hatte sich eingeredet, ihn schon längst vergessen zu haben, aber sie hatte die Erinnerung an ihn viel zu oft durchlebt.

Wenn es in ihrem Haus in Charleston am stillsten war, wenn die Bediensteten sich in ihren Quartieren befanden und die Einsamkeit unerträglich wurde, dann zog sich Honoria in ihr Zimmer zurück, schloss die Tür ab und erinnerte sich. Sie lag auf ihrem Bett, die Arme an den Seiten ausgestreckt, und durchlebte jeden Augenblick, den Christopher Raine sie geliebt hatte, jeden Kuss, jede Zärtlichkeit, jede Liebkosung, jedes Gefühl. Wie sein Schweiß sich auf ihrer Haut angefühlt hatte, als sie übereinandergeglitten waren, wie sein rundes, festes Gesäß sich unter ihren Fingern anfühlte, wie unerträglich heiß seine Lippen auf ihrem Mund brannten. Sie liebte ihn, sehnte sich nach ihm, Liebe und Lust vermischten sich, und jeder Anstand war vergessen.

In der Dunkelheit schlang sie ihre Arme um ihre Brust und schrie ihren Höhepunkt heraus. Dann brach sie bei dieser falschen Freude in Tränen aus, denn sie erinnerte sie nur daran, dass sie die echte nie wieder würde erleben können.

Honorias Knöchel pochte und riss sie in die Gegenwart zurück.

Sie legte ihre Hände auf seine Brust, versuchte jedoch erst gar nicht, ihn zurückzuschieben, schließlich wusste sie viel zu gut, wie stark er war. Sie konnte seine kräftigen Muskeln unter ihren Handflächen fühlen. Es waren so herrliche Muskeln.

»Christopher, wir müssen reden.«

Er hob den Kopf einen Zentimeter, und eine Haarsträhne liebkoste ihr Gesicht. »Ich bin gerade beschäftigt, Liebste.«

»Du weißt, dass das unmöglich ist.«

Jetzt setzte er sich neben sie auf das Bett, seine Hüfte neben ihrer Schulter, was ihr einen hübschen Blick auf seinen kräftigen, muskulösen Schenkel gewährte. Er hob ihre Hand an, streifte ihr behutsam den Handschuh ab und beschrieb mit dem Finger kleine Kreise auf der Innenseite ihres Handgelenks. »Ich halte das durchaus für möglich.«

»Du weißt, was ich meine. Dass wir verheiratet sind.«

Er sah sie an. »Wir sind verheiratet, Honoria, du und ich; wir haben sogar eine Heiratsurkunde. Es wird zwar einige Überraschung auslösen, aber es ist geschehen. Wir haben Tatsachen geschaffen.«

»Warum hast du es mir nicht gesagt?« Sie dachte an ihre langen, einsamen Jahre. »Warum hast du mich nicht benachrichtigt? Ich hätte auf dich gewartet.«

»Ich hatte keine Chance, Liebste. Als es mir möglich war, dich zu verständigen, hätte dich meine Nachricht nicht schneller erreicht als ich selbst.«

Vermutlich entsprach das der Wahrheit, aber sie wollte nicht vernünftig sein. »Ich dachte, du wärst für immer aus meinem Leben verschwunden.«

»Warum hast du dann nicht wieder geheiratet?«

»Das habe ich ja. Ich meine, das werde ich. Mr. Templeton.«

»Ich würde sagen, dass du sehr lange damit gewartet hast.«

Er küsste ihre Handfläche, ihr Handgelenk. Heiße Schauer liefen ihr über den Rücken.

»Ich war damit zufrieden, unverheiratet zu sein. Es hat viele Vorteile, wenn man ledig ist, zum Beispiel, dass kein Mann einen in den Wahnsinn treibt.«

Seine Lippen zuckten, und er küsste erneut ihr Handgelenk. »Und was hat sich geändert?«

Sie zögerte. »James hat Diana mit nach Hause gebracht. Sie haben jetzt eine Familie, zu der ich nicht gehöre.«

»Diana mag dich.«

»Ich habe sie ja auch sehr gern. Aber sie will mit James zusammen sein. Allein.« Sie sah ihn müde an. »Deshalb habe ich Mr. Templetons Antrag angenommen.«

Sie wusste, dass er es nicht verstand. Aber er konnte auch nicht wissen, wie es sich anfühlte, wenn Diana immer dafür sorgte, dass Honoria in alles eingeschlossen war, obwohl James und Diana so offenkundig voneinander besessen waren. Außerdem war Diana jetzt die Herrin des Hauses in Charleston. Honoria hatte es jahrelang geführt, und Diana versuchte, ihr das Gefühl zu geben, dass sie dies immer noch tat. Doch Honoria wusste, dass sich alles verändert hatte.

Er fuhr mit seinen rauhen Fingern über die Innenseite ihres Arms. »Wenn du einfach nur einen Ehemann brauchst, nun, du hast einen.«

»Einen Piratenehemann. Auf einem Piratenschiff!«

Sein Gesicht zeigte keinerlei Mitgefühl, aber er fuhr fort, ihren Arm zu streicheln, malte kleine, erregende Muster auf ihre Haut. »Honoria, ich muss England so schnell wie möglich verlassen. Ich kann nicht warten, bis du dir über deine Gefühle klar geworden bist oder bis wir alles durchgesprochen haben. Sobald ich meinen ersten Offizier gefunden habe, setze ich Segel, und ich möchte, dass du mitkommst. Du musst Mr. Templeton diese Botschaft überbringen, dich von allen verabschieden und deinem Bruder eine Nachricht hinterlassen.«

Sie wollte sich aufrichten, aber ihr Knöchel brannte, und sie ließ sich auf das Kissen zurücksinken. »Es ist viel komplizierter, Christopher Raine.«

Er streichelte genüsslich ihre Handfläche mit seinem Daumen. »Warum?«

»Weil ich dich nicht mehr liebe.«

Er erstarrte einen Herzschlag lang. »Ist das wichtig?«, fragte er dann.

»Das sollte es sein, wenn ich mit dir verheiratet bin.«

Er legte ihre Hand auf das Bett. »Begehrst du mich noch?«

Ihre Zunge fühlte sich geschwollen an, und sie blieb ihm eine Antwort schuldig.

Er strich mit dem Finger über ihren Wangenknochen,

hinunter bis zu ihren Lippen. »Ich begehre dich«, fuhr er heiser fort. »Ich werde noch verrückt, so sehr will ich dich.«

Sie bekam kaum Luft. »Du scheinst aber sehr ruhig zu sein.«

»Das muss ich auch. Und ich sage mir, dass wir Zeit haben. Es ist eine lange Seereise über den Atlantik.«

»Segeln wir nach Charleston?«

Er lächelte ein wenig, und da fiel ihr auf, dass sie »wir« gesagt hatte. »Willst du das denn?«, fragte er.

»Ich gehöre dorthin.«

»Du gehörst zu deinem Ehemann.«

Sie stützte sich auf die Ellbogen. Ihr Knöchel pochte wieder, aber schon etwas weniger. »Fang jetzt nicht mit dem Thema der gehorsamen Ehefrau an. Wir haben überstürzt geheiratet, und jetzt bereuen wir es.«

Christopher drückte sie sanft mit den Händen auf die Kissen hinunter, und dann beugte er sich über sie, so dass sie sich nicht aufrichten konnte, ohne ihn wegzustoßen. »Ich empfinde keine Reue. Im Gegenteil. Ich fühle mich so lebendig wie schon seit Jahren nicht mehr.«

Ihr Herz hämmerte schmerzhaft gegen ihre Rippen. »Vielleicht, weil du endlich regelmäßige Mahlzeiten einnehmen, baden und in einem richtigen Bett schlafen konntest.«

Er beugte sich dichter zu ihr herab. »Vielleicht auch, weil ich dich nach der langen Zeit wiedergefunden habe. Wo wir gerade von Betten sprechen, ich bin sehr froh, dich endlich einmal in einem zu haben.«

Sein Hemd roch sauber nach Seife, doch sein männlicher Geruch überlagerte dieses Aroma. Das war nicht fair. Sie liebte es, wenn er ihr so nah war, das hatte sie schon immer getan. Vielleicht stürzte sie sich ja deshalb immer sofort in seine Arme, wenn sie sich trafen.

»Wir haben von Charleston gesprochen«, erinnerte sie ihn.

Er küsste ihren Haaransatz. »Da gibt es auch Betten.«

»Und wo würden wir leben? Du bist ein Pirat. Außerdem glauben alle in Charleston, dass du gehenkt worden bist.«

»Die Menschen können bemerkenswert abgestumpft sein, meine Gemahlin. Aber wir können leben, wo immer es dir gefällt. Ich kaufe dir ein Haus, zwei Häuser, oder auch drei, falls du das erste satt hast.«

Sie berührte sein Kinn, genoss die kurzen Stoppeln unter ihren Fingerspitzen. Er hatte sich seit ihrer ersten Begegnung gestern Abend zwar rasiert, doch sein Bart wuchs schnell. »Wo soll ich leben, während du auf See bist? Ich meine, bis mein Bruder dich wieder fängt?«

Sein Gesicht schwebte direkt über ihrem, und sein Körper lag schwer und warm an ihr. Sein Atem duftete nach Brandy. »Ich habe offenbar weit mehr Phantasie als du. Du kannst alles haben, was du willst, sogar eine eigene tropische Insel, falls dir das gefällt. Und ich wäre dort, bei dir. Jeden Tag. Finley hat das Piratenleben aufgegeben, also kann ich das auch.«

»Nur, weil er ein Viscount geworden ist. Und er hatte eine Tochter. Und er hat sich verliebt.«

Christopher verzog spöttisch die Lippen. »Ich werde niemals einen Titel erben, das verspreche ich dir. Aber ich habe mich verliebt. Und was eine Tochter angeht, nun, das liegt an dir.«

»Willst du das? Kinder?«

»Ich will dich. Wenn Kinder kommen, umso besser.«

»Und es stört dich nicht, dass ich dich nicht lieben kann?«

Er streichelte ihre Unterlippe. »Nicht im Augenblick. Weil ich weiß, dass du mich begehrst.«

Sie schluckte. Ihre Kehle war ausgetrocknet. »Woher weißt du das?«

Christopher machte eine kleine Handbewegung, und die zweite Brosche öffnete sich. Er hatte Honoria abgelenkt, als er ihre Lippen streichelte, aber jetzt warf er das Schmuckstück zufrieden auf den Boden.

Dann zog er den Musselinstoff herunter, entblößte ihre Schulter und eine Brust, die bereits geschwollen war und sich in seine Hand schmiegte.

»Ich fühle, dass du mich begehrst.« Er glitt unter dem lockeren Gewand zu ihrem Bauch. Seine Handfläche war warm. Ohne es zu wollen, bog sie ihm ihre Hüfte entgegen.

Er lachte leise und fuhr mit der Hand gehorsam zu der Hitze zwischen ihren Schenkeln. »Immer noch so kühn wie in meiner Erinnerung.«

Ihr Gesicht wurde heiß, doch sie brachte es nicht fertig, vor seiner Berührung zurückzuweichen. Sie fühlte sich so gut an, so richtig. Sie liebte es.

»Begehren ist keine Liebe«, keuchte sie.

»Nein, aber mir genügt es. Ich habe gelernt, nicht zu viel zu erwarten.«

»Und du würdest bei mir bleiben, nur weil ich dich begehre?«

Er lächelte finster. »Fürs Erste. Aber ich würde versuchen, diese Lust in Liebe zu verwandeln, liebste Gemahlin.«

Sie hörte seine Worte kaum. Seine Finger begannen, die empfindlichen Falten zwischen ihren Beinen zu liebkosen. Ihr ganzer Unterleib begann zu kribbeln.

»Wie gesagt«, fuhr er fort, »es ist eine lange Reise.« Er glitt mit einem Finger in sie hinein. Sie schnappte nach Luft.

»Jede Nacht«, sagte er, das Spiel seiner Finger fortsetzend, »werde ich versuchen, dich dazu zu bringen, mich wieder zu lieben. Ich werde alles ausprobieren, was ich kenne, und wenn das bedeutet, dass ich dich jede Nacht verführen muss, dann bitte. Wenn wir den Atlantik überquert haben und du dann immer noch nicht meine Frau sein willst, bringe ich dich nach Charleston und gebe dich frei. Aber diese gemeinsame Überfahrt wirst du mir gewähren.«

Er schob bestimmt einen zweiten Finger in sie hinein. Ihr schwindelte plötzlich vor Erregung. »Einverstanden«, flüsterte sie heiser.

Die dunklen Pupillen seiner Augen schienen die kühle graue Iris vollkommen zu verdrängen. »Ausgezeichnet. Wollen wir unsere Abmachung besiegeln?«

»Mit einem Handschlag?«

»Nein.« Er packte ihren Nacken, zog ihren Kopf nach oben und küsste sie. Es war ein genüsslicher, leidenschaftlicher Kuss, der eine wahrlich aufregende Seereise versprach.

Als er seinen Mund von ihren Lippen löste, zog er behutsam seine Finger aus ihr heraus. Die Enttäuschung war unerträglich. »Nein, Christopher«, keuchte sie. »Hör nicht auf, bitte.«

»Du wirst deinem Knöchel schaden.«

»Ich fühle mich schon viel besser. Ich habe ihn mir nur gezerrt.«

Er strich noch einmal mit seiner Handfläche über die Stelle zwischen ihren Schenkeln. »Ich liebe dein Feuer, meine Gemahlin. Du versteckst es hinter der Maske einer sittsamen Lady, aber es ist da.«

»Kein anderer Mann außer dir hat es jemals gesehen.«

»Gut.« Er legte seine Finger an seine Lippen und fuhr mit der Zunge darüber. »Mmh. So süß wie eh und je.«

Als er sie zärtlich anlächelte, machte ihr Herz einen Satz. Er legte sich auf die Seite und schlang seinen Arm über sie.

»Morgen bringe ich dich auf mein Schiff«, erklärte er. »Du musst nach den Dingen, die du brauchst, schicken oder sie dir besorgen. Ich gebe dir das Geld dafür. Kauf dir, was dein Herz begehrt.«

»Morgen?«, rief sie. »Nein, das ist zu früh. Ich muss …«

Er unterbrach sie mit einem Kuss. »Es ist nicht zu früh. Wir haben vier Jahre gewartet.«

Ihr Knöchel tat immer noch weh, und das Pochen zuckte einmal scharf durch das glühende Verlangen, das er entfacht hatte, und verschwand wieder. »Du drängst mich jedes Mal dazu, überhastet zu reagieren, Christopher Raine«, beschwerte sie sich. »Ich habe nie die Chance, zu überlegen, was ich will oder wie ich mich fühle. Wir reden nie über das, was wir empfinden.«

Er strich ihr eine Locke von der Wange. »Nein, wir handeln nach dem, was wir fühlen.«

»Und wenn es ein falsches Gefühl ist?«

Das warme Schimmern erlosch in seinen Augen, und er stieß einen gereizten Laut aus. »Du neigst dazu, die Dinge totzureden, meine werte Gemahlin. Wir fühlen instinktiv. Wir können unsere Hände nicht voneinander lassen. Mehr ist dazu nicht zu sagen.«

Er trieb sie schon wieder in den Wahnsinn. Instinkt, sagte er. Dieser Instinkt brachte sie um. »Aber wir sollten wirklich darüber reden …«

Er knurrte und küsste sie und brachte sie damit wirkungsvoll zum Schweigen. Mit der Hand glitt er unter ihr Kostüm und liebkoste ihre nackte Haut.

»Jetzt ruh dich aus!«, befahl er. »Ich will, dass du dich erholst, damit du auf deinen eigenen zwei Füßen an Bord meines Schiffes gehen kannst.«

Er zog die Decke über sie und machte Anstalten aufzustehen. Honoria packte seinen Arm. Worte drängten sich in ihrer Kehle, aber es gelang ihr nicht, sie auszusprechen.

Er wartete, beobachtete sie genau, doch seine Miene war ruhig. Sie streichelte die Muskeln seines Armes. »Bleib«, stieß sie schließlich hervor. Es klang wie ein Krächzen.

Er zögerte, und Honoria erwartete schon, dass er den Kopf schütteln und sie kalt und einsam zurücklassen würde. Stattdessen jedoch legte er sich wieder neben sie. Das Bett sackte bei seinem Gewicht ein und rollte sie gegen ihn.

Sie konnte nicht erklären, dass sie Zeit brauchte, um ihn genießen zu können, sich an die Vorstellung gewöhnen musste, dass er am Leben und gesund war. »Ich bin noch nicht bereit«, flüsterte sie.

Er verstand sie nicht, das war offensichtlich, aber er widersprach auch nicht. Er zog sie an sich, ihren Rücken an seine Brust, und legte seinen Arm über ihre Seite. Sie schmiegte sich an ihn und fühlte sich sonderbar zufrieden.

Ihre schlaflose Nacht, der schreckliche Tag und der Schock ihres Wiedersehens, all das löste sich unter seiner Wärme auf. Ihr Körper genoss das Gefühl seiner Erektion, die sich an ihre Hüfte presste. Er begehrte sie, hatte er geflüstert, aber er würde sein Verlangen im Zaum halten, erst einmal.

Sie entspannte sich und schlief ein.

Als sie aufwachte, befand sie sich in einem Raum voller Menschen. Christopher lag immer noch hinter ihr, seine Hand auf der Kurve ihrer Hüfte. Sie richtete sich erschrocken auf, presste ihr Kostüm vor ihren Busen und sah sich von den Blicken einer schockierten Alexandra, einer missbilligenden Diana, eines überraschten Grayson und eines wütenden Mr. Henderson umringt.

5. Kapitel

Es war vorbei. Honoria war wieder allein und saß erschüttert auf dem Bett in Alexandras Schlafzimmer. Der Kippspiegel vor dem Bett zeigte ihr, dass sie vor ihren Freunden und ihrer Familie gestanden und ihre Sünden gebeichtet hatte, während eine Stoffschicht ihres Kleides herabgesunken war. Der dunkle Hof ihrer rechten Brust zeichnete sich deutlich unter dem hauchdünnen Unterkleid ab. Kein Wunder, dass Christopher so amüsiert ausgesehen hatte.

Die anderen jedoch waren alles andere als belustigt gewesen. Die Nachricht, dass Honoria mit Christopher verheiratet war, hatte alle außerordentlich überrascht, mit Ausnahme von Diana natürlich.

Mr. Templeton hatte sich ausgesprochen anständig verhalten. Honorias Entschuldigung hatte er würdevoll akzeptiert und ihr versprochen, ihre Verlobung rasch zu beenden. Und er verzichtete außerdem auf jede Entschädigung für diesen Vertragsbruch. Immerhin hatte er heiraten wollen, um eine Partnerschaft einzugehen, nicht aus Profitgründen.

Er war so vernünftig gewesen, dass Honoria fast wütend auf ihn geworden wäre. Grayson hatte sie mit einer Mischung aus Heiterkeit und Neugier betrachtet. Seine Gemahlin Alexandra schien verwirrt und besorgt zu sein. Mr. Henderson dagegen war zornig, verständlicherweise, denn immerhin hatte er Honoria einmal den Hof gemacht, und seitdem verhielt er sich ihr gegenüber, als bestünde noch ein Band zwischen ihnen.

Jetzt unterhielten sich Christopher und Grayson über andere Angelegenheiten, als ob sie erleichtert wären, dass der ganze Unfug vorbei war. Honoria ballte die Hände zu Fäusten. *Männer!*

Diana betrat den Raum, gefolgt von Alexandra. Das süße Parfüm ihrer Schwägerin hüllte Honoria ein, als Diana sie umarmte. »Das war so tapfer von dir, Liebes.«

»Wirklich«, bekräftigte Alexandra. Sie sank auf das Bett und lächelte Honoria sehnsüchtig an. »Ich bewundere Euch sehr. Auch ich weiß, wie es ist, die Liebe eines Piraten zu gewinnen. Dies den eigenen Freunden zu erklären ist ungeheuer schwierig.«

Honoria genoss den Trost von Dianas Umarmung. »Wenigstens ist Euer Gemahl ein Viscount«, erwiderte sie an Alexandra gerichtet.

»Dem Namen nach.« Alexandra lächelte, sichtlich erfreut. »Nicht im Geiste.«

»Und meiner ist durch und durch ein Schurke«, erklärte Diana. »Versucht das mal einer Großtante in Coombe St. Mary zu erklären.« Sie strich Honoria übers Haar. »Soll ich es James mitteilen?«

»Nein, das mache ich. Ich habe keine Angst vor ihm.«

Alexandra biss sich auf die Lippen. »Er wird einiges dazu zu sagen haben.«

»Soll er doch«, gab Honoria frostig zurück. »Ich bin an James Ardmores Meinung nicht mehr interessiert.«

Die beiden anderen Frauen warfen sich einen vielsagenden Blick zu. Diana war vollkommen vernarrt in James, und auch Alexandra hatte schon immer eine gewisse Schwäche für ihn gehabt. Den Grund dafür konnte sich Honoria in beiden Fällen nicht einmal annähernd vorstellen. James konnte einen in den Wahnsinn treiben. Er war so ungeheuer arrogant. Aber schon immer hatten sich Ladys zu James Ardmore hingezogen gefühlt. Der Himmel mochte wissen, warum. Dieser Flegel hatte nicht einmal ein Minimum an Höflichkeit gelernt.

»Ich bin sehr froh, dass ihr beide euch für mich freut«, erklärte Honoria. Und brach in Tränen aus.

Das Heim, auf das Christopher sie führte, war eine Brigantine, ein zweimastiges Segelschiff, das an einer Pier in Greenwich ankerte. Er hatte es *Starcross* getauft.

Die *Starcross* lag unter dem grauen Himmel. Ihre Masten waren schwarz, und das Holz ihres Rumpfes schimmerte warm. Sie war vollkommen abgetakelt worden, und ihre Hülle war instand gesetzt worden. Das Quarterdeck hatte man abgenommen, um dem Oberdeck eine einzige lange Fläche zu geben. Die Kapitänskajüte war nach unten verlegt, und Fenster mit vielen bleigefassten Glasscheiben waren eingesetzt worden. Deckbalken und Wände waren nun weiß gestrichen, was der Kabine ein luftiges Aussehen verlieh, auch wenn sie recht eng war.

Honorias Knöchel hatte sich so weit erholt, dass sie ohne allzu viel Schmerzen in die Kapitänskajüte hinabsteigen konnte. Im Hauptraum befanden sich ein Tisch, Schränke und das Logbuch des Captains. In einem kleinen Raum, der nach backbord abging, gab es weitere Schränke und ein Bett, das groß genug für zwei war.

Honoria betrachtete das Bett gereizt. Sie wusste, dass die Schiffszimmerer Kojen für gewöhnlich so bauten, dass nur ein Mann darin liegen konnte, damit der Schläfer eine bessere Chance hatte, bei schwerer See nicht hinauszufallen. Jetzt musterte sie finster dieses offensichtlich für zwei Personen ausgelegte Doppelbett und sah dann Christopher an.

»Du warst dir wohl sehr sicher, dass ich mitkomme, sonst hättest du die Koje nicht so breit machen lassen.«

Christopher lehnte sich an den Türrahmen. Er hatte auf der Fahrt zwischen Mayfair und Greenwich nicht viel gesagt, sondern nur schweigsam in der Ecke der Kutsche gesessen.

»Der Zimmerer hat sie heute Morgen fertiggestellt, bevor ich gekommen bin, um dich zu holen«, erwiderte er.

Es war ein Kastenbett ohne Matratze und Überdecken. Honoria hatte ein paar Decken mitgebracht, die Diana ihr zur Verfügung gestellt hatte, aber sie sah, dass sie hier nur wenig Komfort erwartete.

Christopher trat hinter sie in den winzigen Raum und schlang seine Arme um ihre Taille. »Es ist ein gutes Schiff. Hat ein starkes Gerüst. Magst du es?«

Sie lehnte sich an ihn, ohne es zu wollen. Sie fühlte gern seine starken Arme auf ihrem Bauch. Und sie verstand etwas von Schiffen. Dieses hier war schlank, solide und gut gebaut. »Es ist ein wenig klein«, meinte sie.

»Klein und flink. Es ist auf Schnelligkeit ausgelegt.« Er hob die Hand und legte sie stolz gegen einen Deckbalken. »Sie wird uns hinbringen, wohin wir wollen.«

Honoria verstand genug von Männern, um zu wissen, dass sie stundenlang über Schiffe reden konnten. »Und wohin segeln wir?«, fragte sie. »Nach Charleston?«

Er warf ihr einen unergründlichen Blick zu. Er hatte ihre Frage bezüglich Charleston in der letzten Nacht ebenfalls nicht beantwortet, offenbar, weil er nicht die Absicht hatte, darauf einzugehen.

Es war gerade genug Platz in dieser Schlafkammer, dass sie beide darin stehen konnten. Den Rest nahmen das Bett und die Schränke in Anspruch. Das bedeutete, dass er die ganze Zeit dicht bei ihr stehen musste. Er füllte die Kabine mit seinem Körper und seiner Gegenwart, und er wärmte Honoria bis in die Zehenspitzen.

»Wir stechen bald in See.« Sein Atem strich über die feinen Haare an ihrer Schläfe. »Nimm dir Zeit, dich einzugewöhnen. Ich habe noch etwas in London zu erledigen.«

»Wenn wir nicht sofort lossegeln, hättest du mich noch etwas länger bei Diana bleiben lassen können.«

Er trat zurück, und ihr war plötzlich kalt. »Wir müssen vorbereitet sein, sofort Anker zu lichten, Honoria. Ich hätte dann keine Zeit für irgendwelche tränenreichen Abschiede.«

Sie bedachte ihn mit einem bitterbösen Blick. »Typisch Mann! Es überrascht mich, dass ich überhaupt Gepäck mitnehmen durfte.«

»Warum sollte ich etwas dagegen haben?« Er wirkte überrascht.

Er hatte die Gentlemangarderobe abgelegt und trug wieder Stiefel, Hose und Hemd. Letzteres stand am Hals so weit offen, dass das Ende der Tätowierung auf seinem Schlüsselbein zu sehen war. Sie zeigte einen chinesischen Drachen mit überlappenden Schuppen. Er hatte noch eine Tätowierung, einen Löwen auf der Hüfte. Es war ebenfalls eine chinesische Arbeit, und seine Klauen waren zum Angriff ausgestreckt. Als sie den Drachen das letzte Mal gesehen hatte, hatte Honoria ihn mit der Zunge liebkost.

Er ertappte sie dabei, wie sie dort hinsah, und seine Miene verriet, dass er genau wusste, woran sie dachte.

Sie errötete. »Ich musste mich so beeilen, dass ich nicht genug mitgenommen habe«, plapperte sie drauflos. »Ich brauche Bettzeug.«

Er lächelte anzüglich. »Ich weiß. Schließlich habe ich vor, jede Nacht mit dir ins Bett zu gehen.«

Sie errötete. »Du weißt schon, was ich meine. Ein Federbett, für das Bett. Und einen Stuhl.«

»Ausgezeichnet. Auf einem Stuhl kann ich dich auch betten.«

»Christopher!« Seine Augen funkelten neckend, doch hinter dem Spott lag eine gewisse Aufmerksamkeit, Ärger, der zwar langsam abebbte, aber immer noch da war. »Ich meinte, dass ich nicht in einem Schlafzimmer leben kann, ohne dass ein Stuhl darin steht. Ich muss mich irgendwo hinsetzen können.«

»Setz dich doch dorthin.« Er deutete auf eine kleine Bank in der Ecke. Sie hatte einen Sitz, der auch als Klappe fungierte.

Was *das* war, wusste Honoria. Unter der Klappe befand sich ein kleines, zum Wasser hin offenes Loch. Sie konnte sich dort unbeobachtet erleichtern, statt zum Bug oder Heck zu gehen, wo die ganze Mannschaft ihr zusehen konnte.

Honoria warf Christopher ihren hochmütigsten Blick zu. »Ich hatte eigentlich etwas Eleganteres im Sinn.«

Christophers feines Lächeln verriet ihr, dass er sehr genau wusste, an was sie gedacht hatte.

Er führte sie in die Hauptkabine zurück und nahm eine pralle Börse aus einem Schrank, in der Münzen klimperten. »Nimm das Geld, geh nach Greenwich und kauf ein, was dir gefällt. Vorhänge, Teppiche, welche Kinkerlitzchen auch immer du brauchst, um dich wohlzufühlen.«

Er war viel zu nachgiebig. »Alles, was ich will?«, fragte sie und betrachtete die Geldbörse. »Und wenn dir das, was ich kaufe, nicht gefällt?«

Er nahm ihre Hand und legte die Börse hinein. Sie war schwer. »Dann werfe ich es über Bord. Geh und amüsier dich.«

Honoria nahm die Börse und zupfte nervös an der Zugkordel. »Kommst du mit?«

»Um das Nest mit Federn auszustatten? Nein, Liebes, das ist dein Terrain. Ich habe Piratendinge zu erledigen.«

»Was denn?« Sie war plötzlich misstrauisch. »Worüber hast du eigentlich mit Grayson gestern Abend so dringend sprechen müssen? Das war doch der wahre Grund, aus dem du auf Alexandras Ball gekommen bist, stimmt's? Mit mir hatte das nichts zu tun.«

»Nein«, gab er schonungslos zu. »Ich musste mich erniedrigen, Grayson Finley um Hilfe zu bitten.«

»Hilfe? Wobei?«

»Das letzte Mitglied meiner Mannschaft zu finden. Und sie zu retten, falls nötig.«

Honoria starrte ihn an. »Sie?«

Er nickte. »Manda Raine. Meine Schwester.«

Christopher ging am Hafen flussaufwärts und traf Grayson und den allgegenwärtigen Mr. Henderson in einer Taverne in der Nähe von Covent Garden. Der Geruch von Bier, Kohl, Pferden, Menschen und Fluss drang durch die offene Tür herein und setzte sich in dem engen Raum fest.

Finley wirkte mit seinem offenen Gehrock, dem Hemd, der weiten Hose und den Stiefeln im Schankraum wie zu Hause. Henderson dagegen trug einen feinen Kaschmiranzug und eine elegante Cravatte. Seine Stiefel glänzten so makellos, dass er sie vermutlich jedes Mal putzte, wenn er eine Straße überquerte. Sein Haar war sorgfältig gekämmt, und seine Brille glänzte. Christopher fragte sich, wie der Mann auf einem Schiff arbeiten konnte, wo man nur selten badete und Schmutz zum Leben gehörte.

Finley, das wusste Christopher, hatte sein Piratenleben aufgegeben, nachdem er seinen Titel angenommen hatte. Und er hatte sich in seine Nachbarin verliebt, Alexandra, sie geheiratet, war sesshaft geworden und hatte Kinder gezeugt. Trotzdem bat die Admiralität ihn ab und zu um seine Hilfe. Alexandra war wunderschön, Finleys Heim luxuriös und seine Stellung in der Gesellschaft gesichert. Dennoch schien er sich in der Taverne heimisch zu fühlen.

»Ihr vermisst es«, stellte Christopher fest.

Finley schien genau zu wissen, wovon er sprach. »Manchmal, ja.«

»Ihr könntet einfach weggehen.«

Finley schüttelte den Kopf. »Alexandra hat einen Kalender voller Gesellschaften. Die Ladys lieben es, wie Ihr bald selbst feststellen werdet.«

Honoria konnte so viele Gesellschaften geben, wie sie

wollte, tagsüber. Nachts jedoch … »Und Ihr, Henderson?«, erkundigte sich Christopher. »Warum durchkämmt Ihr nicht mit Eurem Captain die Küsten von Barbados?«

Henderson trank geziert einen Schluck Bier und wischte sich dann die Finger an einem Taschentuch ab. »Ich musste meinen Schneider aufsuchen.«

»Ihr würdet ein Verhör durch die Admiralität riskieren, nur um Euren Schneider zu besuchen?«

Henderson schien von dieser Frage tatsächlich überrascht zu sein. »Seine Firma in der Bond Street schneidert bereits seit Generationen für die Hendersons. Es gibt auf der ganzen Welt keinen besseren Anzugschneider.«

Finley warf Christopher einen Blick zu, der »Fragt bloß nicht!« besagte, und trank sein Bier.

Christopher schüttelte den Kopf. Wie hatte eine so offenkundige Landratte nur jemals auf die Idee kommen können, zur See zu fahren? Er wusste, dass Finley als Junge von zu Hause weggelaufen war und sich sehr gut an dieses Leben angepasst hatte. Christopher selbst war als Pirat geboren und erzogen worden. Er konnte bereits Seemannsknoten knüpfen und in der Takelage herumklettern, als er laufen lernte.

Christophers Vater war ein kleiner Pirat gewesen, ein Franzose, der zwischen Barbados und Carolina sein Unwesen getrieben hatte. Seine Mutter war die Tochter des Captains eines englischen Handelsschiffes gewesen, das zu den Westindischen Inseln unterwegs war. Andere Piraten hatten das Schiff überfallen, den Captain und fast die ganze Mannschaft ermordet und Christophers Mutter und die wenigen Überlebenden in einem Langboot hilflos auf See ausgesetzt.

Christophers Vater hatte die Dahintreibenden an Bord

genommen. Mr. Raine hatte Gefallen an der jungen Engländerin gefunden, sie in seine Kajüte geschleppt und dort sehr wahrscheinlich vergewaltigt. Auf seine Art hatte er sie geliebt und sie bei sich behalten. Christopher hatte keine Ahnung, ob sie jemals offiziell geheiratet hatten, aber seine Mutter hatte sich immer so verhalten, als wäre sie die rechtmäßige Frau seines Vaters.

Außerdem hatte sie versucht, Christopher zu einem gläubigen Anglikaner zu erziehen, mit recht mäßigem Erfolg. Sein Vater tat, als fürchte er Gott, aber in Wahrheit fürchtete er sich vor nichts und niemandem. Als Christopher zehn Jahre alt war, hatten andere Piraten ihr Schiff gekapert und ihnen ihre Ladung geraubt. Christophers Vater hatte geplant, die Ladung zu verkaufen, um Geld für den Winter zu haben.

Der tapfere und unkluge Mr. Raine hatte dem anderen Piratenkapitän genau erzählt, wohin er sich die Ladung stecken konnte. Das hatte ihm eine Kugel eingebracht. Danach hatte der Mann Anstalten gemacht, seine Mutter zu vergewaltigen. Christopher hatte sich eine der Pistolen des Captains geschnappt und ihm damit in den Kopf geschossen.

Die anderen Piraten hatten sich gefreut, dass sie ihren Captain los waren, und hatten kurzerhand einen neuen gewählt. Der verlangte von Christophers Mutter, mit ihm zu kommen, und sie hatte gehorcht. Ein paar Monate später war sie entkommen, als sie in Carolina geankert hatten. Ohne Christopher. Er hatte sie nie wiedergesehen.

Bei den Piraten, die das Schiff seines Vaters verbrannt hatten, fand er ein neues Zuhause. Sein Vater und seine Mannschaft waren kleine Fische gewesen, diese Männer jedoch waren harte und schlaue Kerle. Er hatte sie bewundert. Sie hatten Christopher gelehrt, wie man ein Schiff verfolgt, wie man herausfindet, ob es beladen oder leer ist, wie man den Wert einer Ladung am besten einschätzt und sie am gewinnbringendsten verkauft. Mit vierzehn Jahren war Christopher genauso ein Pirat wie sie und so brutal, wie es nur ein Jugendlicher sein kann.

Jetzt war er zwanzig Jahre älter, und andere Dinge waren wichtig.

Er schloss seine Finger um das Bierglas. »Habt Ihr etwas herausgefunden?«, erkundigte er sich bei Finley.

Dieser nickte und sah ihn ruhig an. »Alexandra hatte recht, wie ich es mir gedacht habe. Ein Lord Switton, ein Earl, lebt in Surrey, in der Nähe von Epsom. Ich kenne ihn nicht persönlich, aber Henderson hat von ihm gehört.«

Das erklärte Hendersons Anwesenheit. »Wo finde ich ihn?«, wollte Christopher wissen.

»Niemand besucht unangemeldet einen Lord«, erwiderte Henderson beinahe ungläubig. »Man bittet um ein Treffen, das entweder gewährt wird oder nicht.«

»Verzeihung, ich habe mein Etikettebuch vergessen«, schoss Christopher trocken zurück. »Aber hier sitzt ja ein Lord. Finley kann ihm einen unangekündigten Besuch abstatten.«

Finley warf ihm einen verächtlichen Blick zu. »Ich wurde ihm noch nicht vorgestellt. Er ist ein Earl, ich nur ein Viscount. Das wäre eine tödliche Beleidigung.«

»Ihr werdet darüber vielleicht lachen«, mischte sich Henderson ein. »Aber man ignoriert diese Regeln auf eigene Gefahr. Wenn Ihr Lord Switton nicht dazu bringen könnt, dass er mit Euch spricht, dann werdet Ihr niemals etwas von ihm erfahren.«

»Das stimmt«, räumte Christopher ein. »Also gut, spielen wir nach Euren Regeln. Was muss ich tun, um zu diesem großen Mann vorgelassen zu werden?«

»Gar nichts«, meinte Henderson. »Aber ich kann. Mein Vater und er sind zusammen zur Schule gegangen. Ich schreibe ihm noch heute Abend.«

»Das ist sehr freundlich von Euch«, erwiderte Christopher. »Aber warum tut Ihr das? Gestern Abend hättet Ihr mich doch am liebsten erschossen, Eurer Miene nach zu urteilen.«

Henderson warf ihm einen vernichtenden Blick zu.

»Weil meine Frau ihn darum gebeten hat«, antwortete Finley. »Und für Alexandra würde Henderson alles tun.«

Sein Tonfall klang ironisch, und Christopher spürte eine gewisse Gereiztheit zwischen den beiden Männern, die über das Gefrotzele an diesem Tisch weit hinausging.

Aber das interessierte ihn nicht. Er trank sein Bier aus. »Was auch immer der Grund ist«, erklärte er. »Wir werden morgen nach Surrey fahren.«

Als Christopher wieder in Greenwich ankam, war es bereits spät und stockdunkel. Honoria hatte ihre Einkäufe gewiss bereits erledigt und das Bett gemacht. Sie würde unter der Decke liegen und ihren Arm als Kissen für ihr im Schlaf gerötetes Gesicht nutzen. Sein Herz schlug schneller, als er sich das ausmalte.

Sie würde sich irgendwann seiner Sicht der Dinge anschließen. Er hatte eine ganze Überfahrt Zeit, sie dazu zu bringen.

Gestern Nacht wäre sie beinahe unter seiner Hand zum Höhepunkt gekommen, und zwar sehr schnell. Das freute ihn. Sollte sie ruhig so tun, als wäre sie ihm gegenüber kühl und gleichgültig, ihr Körper jedoch verriet sie. Sie begehrte ihn, das wusste sogar sie selbst. Sie hatte ihre Hand auf seinen Arm gelegt, ihn gebeten zu bleiben, und ihre Stimme hatte heiser geklungen.

Für immer und alle Zeiten, meine Gemahlin, dachte er. Ihr Geschmack hätte ihn beinahe überwältigt. Seit vier langen Jahren hatte ihn die Erinnerung an diesen Geschmack am Leben erhalten. Und er freute sich darauf, sie heute Nacht erneut kosten zu können.

Als er sein Schiff erreichte, empfing ihn Aufruhr.

Am Bug kläffte unaufhörlich ein Hund. Christopher hörte wütende Stimmen; eine davon gehörte Colby, seinem Bootsmaat. Christophers Dritter Offizier, ein großer Franzose namens Jean St. Cyr, stand daneben, hatte die Arme verschränkt und verfolgte – wie gewöhnlich schweigend – das Schauspiel, das sich ihm bot. Der Rest der Mannschaft war ebenfalls an Deck und genoss das Spektakel sichtlich.

Colby stritt sich lautstark mit Männern, die in einem Langboot unter dem Bug schaukelten. Das Boot war vollgeladen mit … Dingen, Schachteln, Kisten, unidentifizierbaren Gegenständen unter Decken.

Christopher stieg die Strickleiter zu seinem Schiff hinauf. »Schon gut, Colby, worum geht es?«

Colby, ein Bär von einem Mann, wirbelte herum, als Honoria im selben Moment an Deck trat. Statt im Bett zu liegen und zu schlummern, war sie hellwach und wirkte in einem einfachen Leinenkleid mit einer weißen Haube gefasst und kompetent. Es war die Kleidung einer Matrone. Sie hatte sich offenbar entschieden, ihre Stellung als verheiratete Frau zu akzeptieren.

Bei ihr war Colbys Frau, ein ehemaliges Barmädchen. Mrs. Colby wirkte offenkundig amüsiert.

»Colby?«, wiederholte Christopher.

Colby glühte vor Wut. »Dieser Kerl will den ganzen Kram an Bord schaffen. Und er will auch noch Geld dafür.«

Der fragliche Mann sah Christopher ärgerlich an. »Es wurde geordert. Ich rudere nicht zurück, bevor ich mein Geld nicht bekommen habe.«

»Ich habe den Kram nicht bestellt«, knurrte Colby. »Und St. Cyr auch nicht.«

»Ich war das«, mischte sich eine frostige Stimme ein.

Wie Christopher erwartet hatte, trat Honoria vor und warf Colby einen kühlen Blick zu. »Es ist schon gut, Mr. Colby. Ich habe die Bestellung aufgegeben und den Mann instruiert, die Sachen hierherzuschaffen. Mr. Raine bezahlt.«

»Honoria«, sagte Christopher warnend.

Sie ignorierte ihn. »Bringt es bitte hierher, in die Kapitänskajüte. Beeilt Euch, es wird kalt.«

Christophers Blick suchte den von Honoria. Sie hielt inne, drehte sich herum und sah ihn an. Colbys Miene hellte sich hoffnungsvoll auf. Christopher konnte sich sehr gut vorstellen, was der Mann jetzt dachte. »Er wird Euch zurechtstutzen, Missus. Ihr habt keine Ahnung, mit wem Ihr Euch da eingelassen habt.«

Christopher drehte sich zu Colby und zuckte mit den Schultern. »Lasst ihn an Bord.«

Colby starrte ihn mit offenem Mund an. Christopher

hob eine Braue. Sein Maat bedachte ihn mit einem finsteren Blick, stieß eine höllische Verwünschung aus und stapfte wütend davon.

Honoria sah Christopher gelassen an. Ein paar schwarze Locken hatten sich unter der Haube gelöst und fielen ihr in die Stirn. »Du hast mir gesagt, ich sollte kaufen, was ich benötigte, Christopher. Ich hatte leider nicht genug Geld dabei, also musst du ihm die Differenz bezahlen.«

Ihre Augen funkelten trotzig. Sie erwartete, dass Christopher sie anfuhr, sie beschimpfte und ihr sagte, was für eine schreckliche Ehefrau sie wäre. Und wie sie das wollte.

Doch er ließ sich nichts anmerken und gab dem Mann mit ausdrucksloser Miene das Zeichen, die Waren auszuladen. Honoria wirkte ein wenig enttäuscht und schritt zur Reling, um den Vorgang zu überwachen.

Eine höchst merkwürdige Mischung aus Gegenständen sammelte sich an Deck: der gepolsterte, mit Spitzen besetzte Lehnstuhl einer Lady mit passendem Fußhocker, gefolgt von einem ganzen Berg Decken, Bettzeug und Kissen.

Sie war wirklich umtriebig gewesen, hatte Kisten mit Seife, Handtüchern, Stoffballen mit Leinen, Zinnbecher, Gläser mit Zahnputzpuder und ein Handwaschbecken gekauft. Und auch sehr merkwürdige Dinge, zum Beispiel einen Kerzenleuchter aus Kristall, Seidenkissen und eine ägyptische Statuette, die bei schwerem Seegang umfallen und jemanden verletzen würde.

Einige ihrer Einkäufe waren dagegen sehr praktischer Natur, wie zum Beispiel ein Rattanschrank für Kleider und eine viereckige Truhe, die unter eine Koje passte. Andere dagegen waren …

»Was ist das denn?«, wollte Christopher wissen, als ein ovales Messingbecken über die Reling gewuchtet wurde.

»Eine Badewanne«, antwortete Honoria.

»Honoria.«

Sie hielt den Kopf hoch erhoben, und die Bänder ihrer Haube flatterten im Wind. »Ja?«

»Auf See haben wir nicht genug Trinkwasser, um es für ein Vollbad zu verschwenden.«

»Nein?«

Das wusste sie. Sie hatte ihr ganzes Leben in einer Seefahrerfamilie verbracht. Er biss die Zähne zusammen. »Also gut. Bringt das Ding nach unten.«

Honoria bemühte sich, unbeteiligt dreinzublicken, aber sie war über seine Reaktion nicht erfreut, vielmehr, über seine mangelnde Reaktion. Sie suchte Streit.

Du kannst mich provozieren, so viel du willst, werte Gemahlin, aber ich nehme jede Herausforderung an, dachte Christopher.

Er ließ die Waren kommentarlos hinunterschaffen und brach sein Schweigen erst, als er eine Kiste mit einem kompletten Tafelservice sah.

»Planst du eine Dinnerparty?«

»Das ist für dich«, erwiderte Honoria. Ihre grünen Augen funkelten.

»Für mich?«

»Ein Schiffskapitän muss sich von seiner Mannschaft abheben. Das Geschirr ist für dich und die Offiziere, die du zum Essen einlädst.«

»Wir sind Piraten«, erklärte er knapp.

Eine Piratencrew vertraute darauf, dass ihr Captain Entscheidungen traf, das Schiff befehligte und sie im Kampf anführte. Jeder Captain, der anfing, wie ein verfluchter englischer Admiral herumzulaufen, würde über Bord geworfen werden. Und das wusste Honoria ganz genau.

Er betrachtete sie gleichmütig. »Lass es unter Deck schaffen. Wir reden dort weiter.«

Honoria nickte und wandte sich ab, aber er bemerkte ihr zufriedenes Lächeln. Mrs. Colby begleitete sie, und er hörte, wie die beiden ihre Köpfe zusammensteckten und leise miteinander sprachen.

Christopher ging zu St. Cyr. Der Franzose hatte ein Gesicht, das wie aus Marmor gemeißelt schien, hellblaue Augen und hellblondes Haar, das im Wind wehte. Er erinnerte Christopher immer an einen stummen Eisberg. St. Cyr entsprach nicht dem Bild eines Franzosen und trank selten etwas Stärkeres als Wasser. Er glaubte daran, dass Abstinenz der Schlüssel zur Gesundheit wäre.

»Ich fange an, Eure Denkweise zu verstehen«, erklärte Christopher ihm.

St. Cyr blieb unbewegt. »Ein Glas Port gemischt mit Wasser, einmal in der Woche, mehr benötigt man nicht, um die Körpersäfte im Gleichgewicht zu halten.« Diesen Satz hatte er schon sehr häufig geäußert, und Colby behauptete nicht zuletzt deshalb, dass St. Cyr verrückt wäre.

»Wenn ich nicht bei Mrs. Raine bin«, fuhr Christopher fort, »dann sorgt dafür, dass sie den Männern nicht in die Quere kommt. Aber alle disziplinarischen Maßnahmen gegen die Mannschaft, die sie betreffen oder die Konsequenzen ihrer Handlungen, werden von mir getroffen, nicht von Colby.«

Normalerweise war Colby für die Disziplin unter den Männern verantwortlich, und er machte seine Sache gut. Er war unparteiisch und fair und sorgte dafür, dass sich alle an die Regeln hielten. Und er führte die Bestrafung bei denen durch, die die Vorschriften verletzten. Nicht mehr und nicht weniger.

»Jawohl, Sir«, antwortete St. Cyr.

Christopher war sich nicht sicher, aber er glaubte, ein amüsiertes Funkeln in den Augen des Eisberges zu erkennen.

»Sorgt dafür, dass dieses ganze Zeug verstaut wird, und macht das Schiff dann für die Nacht klar.«

»Aye, Captain.«

Christopher wandte sich ab. Er verriet St. Cyr nichts von seiner Spur zu Manda, weil er keine falschen Hoffnungen wecken wollte. Er hatte nur einen Namen und eine Grafschaft. Dieser Lord Switton hatte vielleicht nicht das Geringste mit Manda zu tun, ja kannte sie eventuell nicht einmal. Christopher hatte sich vielleicht verhört, was den Namen anging, oder es war ein ganz anderer Switton gemeint gewesen. Das würde er erst wissen, wenn Henderson und er den Earl besucht hatten.

Er lachte leise. Henderson hatte also eine Schwäche für Finleys Frau. Ein interessanter Mann. Ein Geck und ein Narr, oberflächlich betrachtet, aber Christopher war bereit, einen dicken Batzen Geld darauf zu verwetten, dass mehr hinter der geschniegelten Fassade steckte, als man auf den ersten Blick sah.

Christopher ging nach unten und fand Honoria und Mrs. Colby in seiner Schlafkammer. Honoria sortierte das Leinen, und Mrs. Colby machte das Bett. Sie strahlte ihn mit ihrem feinsten Barmädchenlächeln an, während sie die Kissen aufschüttelte.

Mary Colby war um die vierzig, hatte eine rundliche Figur und war gutmütig. Barmädchen lernen früh, wie man Männer freundlich stimmt, ob im Bett oder während eines rauschenden Chors von Kneipenliedern. Mrs. Colby beherrschte es perfekt, diese Art von Lockerheit auf dem ganzen Schiff zu verbreiten und den jähzornigen Colby friedlich zu stimmen. Sie hatte eine erfrischend nüchterne Sicht der Beziehungen zwischen Männern und Frauen und sprach mit einer solchen Gelassenheit selbst über die anzüglichsten Dinge, dass selbst Piraten erröteten.

Jetzt zwinkerte sie Christopher wissend zu und gab seinem Kissen einen Klaps. »Amüsiert Euch, meine Lieben. Ihr habt viel nachzuholen. Ich muss Colby ins Bett bringen, bevor er das Schiff auseinandernimmt.«

»Danke für Eure Hilfe, Mrs. Colby«, sagte Honoria.

»Aber das ist doch gern geschehen, Liebes. Das hier wird mir ein wirkliches Vergnügen.« Sie zwinkerte Christopher erneut zu, als sie an ihm vorbeiging, und schloss die Tür der Kabine mit einem vernehmlichen Klicken.

Christopher verschränkte die Arme und lehnte sich an den Türrahmen. Er streifte mit einem Blick das Bett, auf dem sich eine Daunendecke und Kissen türmten, den gepolsterten Lehnstuhl, auf dem Seidenkissen lagen, und die bronzene Statuette in der Ecke. Honoria stand mitten in dem überfüllten Raum. Ihre wundervollen Augen blitzten.

Eine Laterne hing an einem niedrigen Deckbalken. Die Kerze verbreitete einen weichen gelben Schimmer. Durch das offene Fenster am Heck drang das leise Rauschen des Flusses herein. Es war ruhig auf dem Schiff, aber es herrschte eine Atmosphäre, als wäre es ungeduldig, in See zu stechen.

Honoria wartete auch, aber sie verriet ihre Ungeduld. Ihre Locken umgaben ihr Gesicht wie ein Heiligenschein und bewegten sich in dem sanften Wind. Ihre grünen Augen funkelten trotzig, während sie nur darauf wartete, dass er sie anschrie, damit sie die würdevolle Märtyrerin spielen konnte.

Pech für sie, dass Christopher geduldiger war als sie. Nein, Geduld war nicht das richtige Wort. Er hatte gelernt abzuwarten, wie ein Leopard, der sich an die Beute heranschlich, lauerte, bis sie nah genug war, damit er sie anspringen konnte.

»Ich habe meine Einkäufe genossen«, sagte sie schließlich. »Ich konnte jedoch nicht alles finden, was ich brauche. Ich muss noch einmal nach London, bevor wir Segel setzen.«

»Morgen fahren wir nach Surrey.«

Sie sah ihn überrascht an. »Warum?«

»Um mit einem Earl zu reden, der vielleicht weiß, wo sich meine Schwester aufhält. Ich brauche meine Frau, damit ich respektabel aussehe.«

Sie hob ihre schwarzen Brauen. »Du wirst niemals ehrbar aussehen, Christopher Raine. Schon gar nicht für einen Earl.«

»Henderson wird mir helfen.« Er hielt inne. »Sag, warum ist Henderson tatsächlich in London?«

Sie hob ihre Brauen noch höher bei dieser unerwarteten Frage. »Ich habe nicht die leiseste Ahnung. Er wollte wohl mehr Anzüge bestellen, denke ich. Warum unterhalten wir uns über Mr. Henderson?«

»Weil du mit mir über deinen Einkaufsbummel reden willst. Aber das interessiert mich nicht. Kauf, was dir gefällt.«

Sie hatte sich auf einen Wutanfall vorbereitet, hatte ihn aus irgendeinem Grund ersehnt. Sie runzelte frustriert die Stirn, versuchte aber, sich zu sammeln. »Nun, es freut mich, dass du es billigst.«

Sein Blick fiel auf die nachgemachte ägyptische Statue in der Ecke. Es war das hässlichste Ding, das er je gesehen hatte. Die billige Bronze war bereits grün angelaufen, und das Gesicht der Figur war schief. Der Künstler hatte offenbar noch nie eine echte ägyptische Arbeit gesehen, und dieses Ding hatte gewiss auch nie den Sand von Ägypten berührt. Sie war einfach grauenvoll.

Christopher trat an dem Stuhl vorbei, hob die Statue hoch und trug sie zu dem offenen Fenster.

»Was machst du da?«, rief Honoria.

»Ich werfe sie über Bord.«

Er stützte das Ding auf dem Fensterbrett ab und kippte es dann hinaus. Ein leises Platschen sagte ihm, dass der Fluss es verschluckt hatte.

Honoria starrte ihn mit offenem Mund an, schien aber nicht wirklich bestürzt zu sein. Sie hatte natürlich gewusst, dass dieses verdammte Monstrum grauenvoll war, und es nur gekauft, um herauszufinden, wie er darauf reagieren würde. Irgendwann würde jemand die Statue ausgraben und sie vermutlich an denselben Laden verkaufen, der sie feilgeboten hatte.

Dann nahm er ein Kissen vom Bett.

»Nicht die Kissen!«, rief sie. »Die brauche ich!«

Er hielt es einen Moment fest, gerade außerhalb der Reichweite ihrer Finger. Dann schüttelte er es langsam auf und ließ es wieder auf das Bett fallen. »Komm her, Honoria.«

Sie ließ ihre Hände sinken und sah ihn argwöhnisch an. »Warum?«

Christopher schloss das Fenster und schob den Riegel vor. »Du hast deinen Versuch gehabt, mir zu zeigen, was für eine schreckliche Ehefrau du bist und dass ich dich wegschicken müsse. Jetzt bin ich dran, dich davon zu überzeugen, dass du bleiben solltest.«

Ihr Blick glitt unruhig durch den Raum. »Ich muss noch auspacken.«

»Das kannst du morgen tun. Jetzt ist es Zeit für das Bett.«

Plötzlich fiel ihr kühner Trotz von ihr ab, und ihre Augen verdunkelten sich. Sie öffnete unwillkürlich die Lippen, und ihr feuchtes rotes Schimmern verriet ihr Verlangen.

Seine Lenden zogen sich zusammen. Seine Leidenschaft war zweimal unterbrochen worden, einmal von Diana Ardmore und ihrer Pistole und einmal von Honorias Freunden, als sie in das Schlafgemach stürmten, in dem sie gerade lagen. Diesmal, dafür sorgte St. Cyr auf seinen Befehl hin, würde es keine Störungen geben.

»Dreh dich um«, sagte er.

Die Ader in ihrem Hals pulsierte. »Warum?«

»Willst du jeden Befehl in Frage stellen, den ich gebe?«

»Sehr wahrscheinlich ja.«

Er kniff die Augen zusammen. »Einiges wirst du nicht hinterfragen. Wenn wir auf See sind und ich einen Befehl gebe oder dir bedeute zu verschwinden, dann tust du es. Es könnte dein Leben oder das eines anderen auf dem Spiel stehen, wenn du nicht gehorchst.«

Ihre Augen flammten kurz auf. »Das weiß ich. Ich war schon einmal auf See.«

»Aber du hast noch nie Befehle von deinem Ehemann entgegengenommen. Einige Frauen lieben es zu widersprechen, selbst im unpassendsten Moment.«

»Einige Ehemänner haben diesen Widerspruch auch verdient.«

»Nicht, wenn ich als Captain spreche.«

Sie sah sich übertrieben sorgfältig in dem Raum um. »Ich sehe hier keine unmittelbare Gefahr. Und ich sehe schon gar keinen Grund, dir den Rücken zuzuwenden, nur weil du es befiehlst.«

»Nicht?«

»Nein.« Sie kniff die Augen zusammen. »Tue ich nicht.«

Er veränderte seine Haltung und sah sie gleichmütig an. »Das Fenster hinter mir ist groß genug für deinen entzückenden Körper.«

Die Ader in ihrem Hals pulsierte schneller. »Du würdest mich nicht über Bord werfen.«

»Genau das werde ich tun, wenn du weiterhin meine Anweisungen missachtest. Und jetzt dreh dich um.«

Sie zögerte einen Moment, wirbelte dann herum und rannte zur Tür.

Sie kam genau zwei Schritte weit, bevor er seine Arme um ihre Taille schlang und sie zurückzog. Ein paar Sekunden kämpfte sie gegen ihn an, wurde dann jedoch ruhig, als seine Hand zum obersten Haken ihres Mieders glitt.

Unwillkürlich schmiegte sie sich mit dem Rücken gegen ihn. Ihr rundes Gesäß drückte sich sehr angenehm an seine Schenkel. Sie hatte ihr Haar unter die Haube geschoben, und einige weiche Strähnen umschmeichelten ihren Hals. Sie fühlten sich unter seinen Lippen an wie Seide.

Sie stöhnte leise; es war weder Trotz noch eine Frage. Der Haken ihres Mieders gab nach, und das Kleidungsstück klaffte auseinander. Er glitt mit den Fingern hinein und strich über die warme Mulde unter ihrer Kehle.

»Ich mag Haken an Kleidung«, murmelte er. »Sie geben nach, einer nach dem anderen, und enthüllen so allmählich die Frau, die darin steckt.«

Während er sprach, öffnete er einen Haken nach dem anderen. Mit der anderen Hand teilte er den Schlitz und schob seine Finger hinein.

Ihr Busen wogte unter seiner Berührung. Zwischen ihm und ihrer Haut lag noch ein hauchdünnes Hemd, aber es schmiegte sich eng um ihre vollen Brüste. Ihre Knospen wurden hart, verlangten nach ihm.

Seine eigene Begierde wuchs. Er war erregt gewesen, seit er die Tür der Schlafkabine geschlossen hatte. Er hatte versucht, sich mit dem Streit und dieser verdammten Statue abzulenken, denn er wollte sie langsam nehmen, nicht ungeschickt und überstürzt vor Leidenschaft. Das würde sie nur wütend und unglücklich machen. Aber sie sollte lächeln und gefügig sein.

Andererseits störte es ihn vielleicht gar nicht, wenn sie wütend war. Er hätte nichts dagegen, wenn sie ihn auf das Bett werfen und seinen Körper mit Küssen übersäen würde.

Sie roch … ein bisschen nach Kohlenrauch und Fisch, den Gerüchen von Greenwich, aber ihr eigener Duft mischte sich darunter, das subtile Aroma von Rosenblüten. Er liebkoste ihren Hals mit seiner Zunge. Sie stöhnte erneut.

Ja, es war wirklich faszinierend, ein Mieder aufzuhaken, es zu öffnen, über die Schultern hinunterzuschieben, bis auf die

Taille. Es war wundervoll, als der Stoff herabsank und ihre Haut freigab.

Ihre Schultern waren weiß und von winzigen dunklen Muttermalen übersät, wie es bei schwarzhaarigen Frauen oft vorkam. Er küsste sie, eines nach dem anderen.

Sie atmete schneller. Er legte seine Hände auf ihren Bauch und streichelte ihn sanft durch das seidene Hemd hindurch.

»Christopher«, flüsterte sie, »hast du vor, mich ins Bett zu bringen?«

»Ja, irgendwann«, murmelte er, an ihrer Ohrmuschel knabbernd.

»Das geht nicht.«

Er unterdrückte seinen Ärger. Er wollte sie. Und er brauchte sie. Diesmal würde er nicht weggehen. Sie war seine Frau, und daran sollte sie sich besser gewöhnen.

Er löste die Bänder, die das Hemd hielten, fuhr mit der Hand hinein und umfasste ihre nackten Brüste. »Wir können, und wir werden.«

»Du verstehst nicht …«

Bestimmt küsste er die Seite ihres Halses. »Hast du deine Menstruation?«

»Nein.«

»Das dachte ich mir. Du bist nicht reizbarer als sonst.«

Sie warf ihm einen bösen Blick zu. »So etwas kann nur ein Mann sagen!«

Er umfasste ihre harte Knospe mit den Fingern. »Ich bin also ein Mann. Darüber hinaus dein Ehemann. Also wird das Bett eine Rolle spielen.«

»Aber das können wir nicht …«

»Oh, ich glaube schon.«

»Nein, weil …«

Er biss in ihre weiche Schulter. »Ich bin an deiner Erklärung nicht sonderlich interessiert.« Mit einer schnellen Bewegung streifte er das Hemd bis zu ihrer Taille herunter, legte seine Hände auf ihre Brüste und liebkoste ihren Hals bis zu ihrem Ohr. Seine Erregung pochte fast schmerzhaft.

Sie versuchte, sich aus seinem Griff zu befreien, drückte sich stattdessen jedoch nur fester in seine Hände. Dass ihr Gesäß dabei gegen seine Erektion rieb, war ebenfalls nicht gerade hilfreich.

»Hör zu, du arroganter Kerl …«

Er verstärkte seinen Griff. »Ich höre zu, sobald wir im Bett liegen.«

»Verdammt sollst du sein, Christopher Raine.«

»Verdammt seist du, Honoria Raine.« Er schlang seinen Arm um sie, zog sie mit sich herab und landete mit einem Plumps auf dem Bett.

Einen Moment lang blieb er reglos liegen, wie betäubt, bis der scharfe, sengende Schmerz durch seine Sinne und seinen Hintern fuhr.

Er sprang vom Bett hoch und schob sie weg. »Was zum Teufel ist das?«

Honoria fuhr herum und starrte ihn mit aufgerissenen Augen an, während sie hastig das Hemd über ihre nackten Brüste zog. »Das ist der Grund!«, keuchte sie.

Christopher starrte auf das Bett. Dann packte er die Decke. Scharfe Kanten drangen durch den Stoff.

»Es sind Späne«, erklärte Honoria gereizt. »Sie hatten keine Federn.«

Christopher Raines berühmte Gelassenheit hatte keine

Chance gegen seine Wut, seine Gereiztheit und das Verlangen, das ihn jetzt durchtoste. Er hatte jahrelang gekämpft, um seine Braut zu finden, und weite Entfernungen überwunden, und sie starrte ihn jetzt furchtsam und bestürzt an und bedeckte sich wie eine Jungfrau vor einem Vergewaltiger. Sein Bett war ein Haufen Kienspäne, und einer davon steckte gerade in seinem Hinterteil.

Er machte sich nicht die Mühe, seine Stimme zu senken. »Warum zum Teufel ist mein Bett voller Holzspäne?«, brüllte er.

»Ich habe dir gesagt, dass ich kein Federbett finden konnte. Der Verkäufer hat gesagt, dass es so warm genug wäre, wenn man es mit Decken und Kissen polstert. Hunde schlafen gern darauf.«

Er ballte die Fäuste. »Verflucht, Honoria, du hast leider eine Tatsache übersehen – ich bin kein Hund!« Er packte ihre Handgelenke, als sie zurückweichen wollte. »Wage nicht, mir die schwache, unschuldige Frau vorzuspielen. Ich weiß genau, warum du das gemacht hast. Aus demselben Grund, aus dem du diese verdammte Statue und den übrigen Kram gekauft hast. Du willst, dass ich dich vom Schiff werfe und ohne dich davonsegele. Aber ich bin nicht um die halbe Welt gefahren, um mich von deinen idiotischen Spielchen abschrecken zu lassen. Du gehörst zu mir, und deine Kienspäne können von mir aus zum Teufel gehen!«

Sie starrte ihn an, kreidebleich und wie erstarrt. Sie hatte vermutlich Angst, dass er sie tatsächlich der Statue hinterherwerfen würde. Und er war auch fast dazu bereit.

Christopher begnügte sich jedoch damit, das Fenster aufzureißen, das sogenannte Federbett zu packen und es durch die Öffnung zu schieben, wo es erst einmal steckenblieb. Er schlug dagegen, trat dann zurück und schob es mit dem Fuß nach draußen.

Als er sich wieder herumdrehte, hockte Honoria auf dem Boden, das Hemd züchtig hochzogen, und hatte die Hände vors Gesicht geschlagen.

»O verflucht, das hat mir gerade noch gefehlt!« Er ließ sich neben sie auf ein Knie fallen. Seine Hose spannte unangenehm über seinem Hintern und grub die Splitter noch tiefer in seine Haut. Sie taten höllisch weh.

»Hör auf zu weinen, Honoria. Es war dumm von dir, aber ich werde mich deshalb nicht von dir scheiden lassen, also verabschiede dich von dieser Idee.«

Sie drückte die Hände noch fester vor ihr Gesicht, und ihre Schultern bebten. Da wurde ihm klar, dass sie gar nicht weinte.

Er stieß einige höchst bildhafte französische Flüche aus und stand auf. Sie spähte durch die Finger zu ihm in die Höhe. Ihre Augen flossen über vor Tränen, und ihr Mund war zu einem herzhaften Lachen verzogen. Sie war wunderschön, wenn sie lachte.

»Lach mich gefälligst nicht aus, verflucht«, knurrte er. »Ich habe Splitter im Hintern.«

Sie presste ihre Finger auf den Mund und bebte am ganzen Körper.

»Hör auf, so verflucht selbstzufrieden dreinzuschauen!«, fuhr er sie an. »Du wirst sie nämlich herausziehen!«

Das ernüchterte sie sofort. Ihre Augen weiteten sich beunruhigt, und sie sprang auf. »Ich hole Mr. Colby.«

»O nein, das tust du nicht.« Christopher konnte sich sehr

gut vorstellen, wie Colby vor Lachen brüllte und sein ganzer hünenhafter Körper bebte, während er sich krampfhaft am Türrahmen festhielt. Er würde zweifellos darauf bestehen, die Mannschaft an der Tür vorbeiparadieren zu lassen, damit sie ihren Captain in Not sahen. »Auf die Füße, meine wunderschöne Gemahlin. Kümmere dich um deinen Ehemann.«

Mit diesen Worte knöpfte er seine Hose auf, schob sie bis in die Kniekehlen hinunter und beugte sich über das Bett.

6. Kapitel

Honoria betrachtete die festen Muskeln seiner Gesäßbacken, die straffen Schenkel, und das Lachen blieb ihr im Hals stecken. Der chinesische Löwe auf seiner Hüfte streckte sich unter der Bewegung, als wäre er selbst rastlos.

Das Atmen fiel ihr schwer. Er hatte sie schon immer besiegt, weil er einen Körper hatte, der ihr die Sinne raubte. Gott machte die Menschen, hatte eine von Honorias Gouvernanten ihr einmal erzählt. Er schuf sie nach seinem Ebenbild, also war daran nichts Beschämendes. Man konnte einen Körper betrachten und sich daran erfreuen.

Sie hatte sich immer ein wenig über diese Gouvernante gewundert, aber sie musste zugeben, dass Gott bei Christopher Raine ausgezeichnete Arbeit geleistet hatte. Sein Rücken verjüngte sich von den breiten Schultern zu seiner schmalen Taille und den Hüften; sein Gesäß war glatt und muskulös und etwas blasser als der Rest seines gebräunten Körpers. Sie hatte ihn seit seiner Rückkehr noch nicht ohne sein Hemd gesehen, aber sie erinnerte sich an seinen glatten, kräftigen Rücken.

Er sah sie über die Schulter hinweg an und zog die grauen Augen zusammen. Sein dicker Zopf hatte sich bei ihrem Kampf ein wenig gelöst. »Also?«

Blutstropfen waren an der Stelle herausgetreten, an der der dickste Splitter seine Hose durchstochen hatte und in seine Haut eingedrungen war. Ein kurzer Stich des Bedauerns durchzuckte sie.

»Er ist ziemlich groß«, sagte sie.

»Ich würde mich geschmeichelt fühlen, wenn ich nicht wüsste, dass du den Splitter meinst.«

»Bedauerlicherweise gibt es da mehr als einen.« Sie trat näher und legte sanft ihre Hand auf seinen Rücken. Sie fühlte die Wärme seiner Haut unter dem Stoff. Sie erinnerte sich daran, wie sie den Löwen auf seiner Hüfte geküsst hatte, höchst lüstern, doch jetzt war sie plötzlich scheu. Sie war mittlerweile jemand anderes, und er auch.

Christopher beobachtete sie alles andere als geduldig. »Du musst sie herausziehen. Ich komme nicht dran.«

»Ich weiß.«

Sie strich über seine Hüfte und glitt zu dem ersten Splitter. Sie packte ihn und zog.

»Au!«

»Ich kann nichts sehen.« Sie stand auf, nahm die Laterne von ihrem Haken am Deckbalken, stellte sie auf den Abtritt und richtete ihren Strahl auf Christophers Hüfte. Dann setzte sie sich wieder aufs Bett und nahm den Splitter zwischen ihre Finger.

»Zieh ihn mit einem Mal heraus«, befahl er gepresst. »Wühl nicht herum.«

»Das mache ich, wenn du endlich stillhältst.«

Er wandte den Kopf ab und spannte die Muskeln an. »Also gut, ich bin … Au!«

Honoria hielt den längsten Schiefer hoch, sah ihn triumphierend an und schleuderte ihn aus dem offenen Fenster. »Nur noch drei.«

»Zum Teufel!«

Honoria wurde nun mutiger und legte ihre Hand auf sein Kreuz, das sein Hemd entblößte. »Christopher«, sagte sie, während sie den nächsten Splitter herauszog. »In den Heftchen über dich stand, dass du angeschossen worden bist.«

»Und?«

»Das muss doch mehr Schmerzen bereitet haben als ein bisschen Holz.«

»Das ist nicht dasselbe.«

Sie hielt inne. »Wieso nicht?«

Er veränderte seine Haltung, sei es, um sich bequemer hinzustellen, oder weil er nicht antworten mochte. »Wenn du angeschossen wirst, hast du solche Schmerzen, dass du entweder ohnmächtig wirst oder jemand dir Opium in den Rachen schiebt. Das hier aber ... ich spüre alles.«

»Du bist wirklich amüsant, Christopher Raine.« Sie widmete sich dem nächsten Splitter.

»Das klang beinahe liebevoll.« Seine Stimme war nicht mehr ganz so scharf. »Sag mir, warum du dich in mich verliebt hast, damals, vor all den Jahren, als du diese Artikel in den Magazinen gelesen hast und mich kennenlernen wolltest.« Er verzog das Gesicht. »Das wird mich von diesen schrecklichen Schmerzen ablenken.«

Sie verstummte und konzentrierte sich auf ihre Aufgabe. »Ich nehme an, weil du anders warst als alle, mit denen ich Umgang pflegte. Die meisten Gentlemen aus Charleston kannte ich schon mein Leben lang. Sie gingen zur Universität und arbeiteten dann in den Unternehmen ihrer Väter, suchten Frauen, mit denen sie eine Familie gründen konnten. Sie sagten die richtigen Dinge, kannten die richtigen Leute und heirateten in die richtigen Familien ein.«

»Und langweilten dich zu Tode.«

Sie dachte darüber nach. »Ich habe versucht, das zu verhindern. Ich wusste ja, dass ich einen von ihnen heiraten würde, es war nur die Frage, wen.« Sie seufzte. »Bedauerlicherweise besitzt die Familie Ardmore einen Hang zum Abenteuer. Mein Bruder konnte diese Neigung ausleben, indem er die Ozeane befuhr und gegen Piraten kämpfte, aber ich musste zu Hause bleiben. Also fand ich meine Abenteuer, während ich von dir las und mir Dinge vorstellte.«

»Was hast du dir vorgestellt?«, fragte er heiser.

»Das werde ich dir niemals erzählen«, erwiderte sie entschlossen.

Sie war froh, dass er sein Gesicht abgewendet hatte und nicht sah, wie sie errötete. Meine Güte, was sie sich alles ausgemalt hatte! Sie hatte des Nachts lange wachgelegen und Abenteuer um Abenteuer erfunden, von sich und Christopher Raine, so lange, bis ihr ganzer Körper verspannt vor Aufregung gewesen war.

In einer ihrer Lieblingsgeschichten hatte sie sich auf Christophers Schiff versteckt. Er hatte sie gefunden, sie wütend in Eisen legen lassen und sie exekutieren wollen. Dann jedoch war er von ihrer Schönheit und Unschuld fasziniert gewesen und hatte sich in sie verliebt. Sie war sehr schlau, hatte ihm bei dem einen oder anderen Abenteuer zum Sieg verholfen, und er hatte sie schließlich zum Offizier gemacht. Er vertraute ihr, und sie half, seine Abenteuer zu planen. Eines Tages hatte sie ihm in einer heroischen Schlacht das

Leben gerettet, was sie fast ihr eigenes gekostet hätte. Er war bei ihr geblieben, bis sie sich erholt hatte, und dann hatte er sie geküsst und ihr seine Liebe gestanden, und sie hatten geheiratet, und die Mannschaft hatte gejubelt …

Sie hatte sich mehrere Versionen dieser Geschichte ausgedacht und durchlebte sie Nacht um Nacht, ohne ihrer jemals müde zu werden.

»Und dann habe ich dich getroffen«, sagte sie leise.

Ihre Mädchenphantasien waren an diesem Tag schnell gestorben und wurden von einem tieferen, erheblich beunruhigenderen Gefühl ersetzt. Sie hatte im Wintergarten erfahren, was ein Mann war und was er von einer Frau wirklich wollte.

»Ich kann mich gut erinnern«, meinte er. »Du warst so entzückend mit deinen Löckchen, deinen roten Wangen und deinem schüchternen Lächeln. Du warst ein höchst appetitliches Häppchen, und ich habe geschworen, dich bis auf den letzten Krümel zu verzehren.«

»Womit du, wenn ich mich recht entsinne, auch sofort angefangen hast«, meinte sie kühl.

»Ja, und du hast wundervoll geschmeckt … Verflucht!«

Honoria hielt den nächsten Splitter hoch. »Fast fertig. Es sind nur noch zwei übrig.«

»Gott sei gedankt.«

Die beiden letzten Schiefer machten keine großen Schwierigkeiten. Christopher blieb stumm, bis auf ein einziges Knurren und einen üblen Fluch, als der letzte schließlich nachgab.

Honoria warf die Übeltäter weg und suchte nach einem Handtuch. Sie tunkte es in die Waschschüssel im anderen

Raum und kehrte damit zu Christopher zurück. Sie wusch die Wunde aus, jetzt viel sicherer in ihren Berührungen. Sie war davon überzeugt, dass er ihr dankbar war, weil sie daran gedacht hatte, Handtücher zu kaufen.

Anschließend fuhr sie mit den Fingern über seine gespannte Haut, erfreut, dass sie nur winzige Kratzer spürte, wo die Splitter gesessen hatten. Sie lächelte. Männer machten wirklich wegen jeder Kleinigkeit eine Szene.

Sie konnte nicht widerstehen und streichelte die Umrisse des springenden Löwen nach, dann beugte sie sich hinunter und küsste ihn.

»Mmmh«, murmelte er.

Er roch so gut. Sein Hemd kitzelte ihre Nase, und seine Haut schmeckte etwas salzig. Sie hielt seine Pobacken fest in ihren Fingern, direkt über den Wunden, doch das schien ihn nicht zu stören.

Er griff hinter sich, fuhr mit der Hand durch ihr Haar und schob ihr die Haube herunter.

Sie glitt zu Boden, und die kühle Luft strich über ihren Kopf. Ein paar Locken lösten sich aus ihren Nadeln und fielen ihr über die Schultern. Sie fühlten sich fast so an wie die zärtlichen Küsse, die er dort plaziert hatte. Er lächelte sie an, als wüsste er genau, was sie dachte.

Jetzt gleich würde er sie zu Boden werfen, auf ihr landen, und dann würden sie sich wie verrückt vor Lust lieben und ihre Kleidung zerfetzen, wie gewöhnlich. »Ich habe dich vermisst, Honoria«, sagte er stattdessen, und seine grauen Augen verdunkelten sich.

Sie antwortete nicht, sondern streichelte weiter den Löwen, blickte auf ihre Finger. Seine Haut war glatt und warm, und der Saum seines Hemdes bewegte sich unter seinen Atemzügen.

»Hast du mich auch vermisst?«, wollte er wissen.

»Nein.«

Er erstarrte. »Vor einer Minute meintest du noch, du liebtest mich.«

»Das habe ich auch. Als Mädchen. Ich war vollkommen fasziniert von dir.«

Er schwieg. Sie beugte sich vor und fuhr die Umrisse der Tätowierung mit der Zunge nach. Er schmeckte himmlisch; es war ein Geschmack, den sie nie vergessen hatte.

»Hast du mich geliebt, als du mich geheiratet hast?«

»Ja.«

»Aber jetzt liebst du mich nicht mehr?«

Sie ließ ihre Zunge über das komplizierte Muster des Löwenschweifs gleiten. »Nein.«

»Für eine Frau, die nicht liebt, benimmst du dich aber recht kühn.«

Der scharfe Unterton schwang wieder in seiner Stimme mit. Sie blickte auf. »Das ist nicht kühn. Du bist mein Gemahl.«

Er rollte sich plötzlich zur Seite, zog die Hose hoch und verbarg die Tätowierung und auch alles andere Verlockende. Jedenfalls das meiste. Ihr Blick wurde wie magisch auf einen quälend verführerischen Fleck seiner nackten Haut unter seinem Nabel gelenkt.

Er seufzte und strich ihr durchs Haar. »Ich sollte ärgerlich mit dir sein, Honoria, aber ich begehre dich einfach zu sehr. Wenn du glaubst, dass du nur deine ehelichen Pflichten erfüllst, dann sei es so.«

»Das habe ich nicht …«

Er zog sie zu sich. Sein Atem strich heiß über ihre Lippen. Er roch nach Bier und seinem eigenen Duft.

Sie vergaß, was sie hatte sagen wollen, als die Erregung jeden Gedanken in ihrem Kopf beiseite schob. Die Reue würde später kommen. Jetzt jedoch hämmerte ihr Herz wie wild, ihre Gliedmaßen kribbelten, und das Verlangen, das sie durchströmte, war so intensiv, dass es beinahe wehtat.

Sie beugte sich vor und küsste ihn.

Mit einem leisen Stöhnen zog er sie an sich. Honoria schmeckte seine Lippen, fuhr mit der Zunge über die Bartstoppeln an seinem Kinn.

Er nahm ihren Kopf zwischen die Hände und küsste sie leidenschaftlich. Ihre Zungen tanzten miteinander. Er schmeckte würzig und heiß.

Ohne den Kuss zu unterbrechen, schob er ihr Hemd und ihr Mieder zu ihren Hüften hinunter. Dann zog er sie hoch, langsam, fuhr mit der Zunge von der Mulde an ihrem Hals zu ihren Brüsten, die sich ihm entgegenreckten, geschwollen vor Erregung.

Sie bog den Kopf zurück, schloss die Augen und legte ihre Hände um seinen Kopf. Er presste seinen Mund auf eine ihrer Brüste und saugte, hart. Es tat weh und fühlte sich phantastisch an.

Jedes Mal, wenn sie zusammenkamen, war es wie ein Gewitter, eine Anspannung, die sich erst aufbaute und dann in einer plötzlichen Explosion von Sturm und Blitzen entlud. Nun, die Atmosphäre zwischen ihnen knisterte bedrohlich, und die Entladung würde das Schiff versenken.

Er schob ihre Kleidung weiter hinunter und küsste dabei

jeden Zentimeter ihrer nackten Haut. Seine Muskeln traten hervor, als er sie anhob und auf den Boden stellte. »Zieh das Kleid aus!«

Ihre Hände zitterten, während sie ihm gehorchte. Sie schob es über ihre Hüften hinunter und trat heraus. Gleichzeitig streifte er Stiefel und Hose ab, alles achtlos zur Seite tretend. Nur mit seinem Hemd bekleidet legte er sich hin und zog sie über sich.

Sie setzte sich rittlings auf ihn, während seine warmen Hände über ihren Oberkörper strichen. Es machte sie ein kleines bisschen verlegen, ganz nackt vor seinen Augen zu sein. Die anderen Male hatten sie sich nie die Mühe gemacht, sich ganz auszuziehen.

Doch jede Schüchternheit verflog, als sie sich in dem Anblick seiner Schönheit verlor. Seine Erektion ruhte lang und hart auf seinem Unterleib. Blonde, drahtige Locken ringelten sich am Stamm. Sie rutschte ein wenig hin und her, bis sie genau zwischen ihren Beinen lag, und rieb sich selbst daran. Ein kleiner Vorgeschmack auf das Vergnügen, das noch kommen sollte.

»Du bist immer feucht für mich, Honoria«, sagte er heiser. »Ich brauche mich nie zu fragen, ob du mich willst. Bist du auch offen für mich?«

Sie nickte. Sie war angeschwollen, weich, fühlte ihn schon fast in sich. Er hob sie an, grub seine Finger in ihre Haut. Seine Erektion richtete sich zwischen ihnen auf, und er hob sie darauf.

Er dehnte sie so weit, wie sie es noch nie erlebt hatte. In der Zelle in Charleston war alles schnell gegangen, verrucht, hitzig. Jetzt jedoch ließ er sie langsam auf sich heruntergleiten, Zentimeter um Zentimeter, ließ ihr Zeit, sich an ihn zu gewöhnen. Seine Hände waren nass vor Schweiß, so wie sie nass vor Verlangen nach ihm war.

Er zog sie herab, weiter, weiter, während er in sie drang, hart und groß. Seine Augen verdunkelten sich, während er sie beobachtete. Das Licht der Laterne schimmerte auf seinen Wimpern, auf den Stoppeln in seinem Gesicht.

»Gott, Honoria, ich habe dich so sehr vermisst«, flüsterte er.

Er zog sie ganz auf sich herunter, bis kein Platz mehr zwischen ihnen war. Ihr Kopf schwang von allein zurück, ihr offenes Haar strich über ihre Schultern. Ihre Haut rötete sich, kribbelte, die Knospen ihrer Brüste wurden hart und hoben sich dunkelrot von ihrer weißen Haut ab.

Er lag beinahe bewegungslos unter ihr, und nur seine Muskeln spielten unter seinem Hemd. Sie wünschte sich, dass er es auszog, damit sie ihn streicheln konnte, aber das tat er nicht. Seine bronzefarbene Haut schimmerte in dem Ausschnitt seines Hemdes und glänzte vor Schweiß.

Und in sich fühlte sie seine lange, harte Erektion. Sie löste, was so lange verspannt gewesen war. Sie genoss das brennende Gefühl in ihrer Spalte, sie wollte es, wollte ihn.

Das hier war richtig. Nur wenn sie und Christopher Raine zusammenkamen, fühlte sie sich vollständig, ganz.

Sie wusste nicht, warum das so war, sie wusste nur, dass sie ihn noch tiefer in sich hineinziehen wollte, so tief wie möglich.

»Fester, Christopher, bitte.«

Er hob gehorsam seine Hüfte an. Schweiß sammelte sich auf seiner Oberlippe. Seine grauen Augen wirkten verschleiert, wie die eines Betrunkenen, und seine warmen Hände hielten ihre Schenkel fest.

Sie ließ erneut den Kopf in den Nacken sinken und schloss die Augen. Er schob seine Hand an die Stelle, an der ihre Körper sich vereinten, und strich mit dem Daumen über ihren Venushügel. Sie riss die Augen auf und schrie.

Ihr Höhepunkt kam, der Gipfel des Sturms. Sie stöhnte seinen Namen, versuchte, ihn noch tiefer in sich zu ziehen. Er stieß zu, immer wieder, und dann … war er plötzlich weg.

Sie brannte nach ihm, und sie schrie vor Enttäuschung auf.

Er drückte sie auf die Decken herunter, schwer atmend, und legte sich auf sie. Sie sank auf die Kissen, die sie unbedingt hatte kaufen wollen. Dann drückte er ihre Beine auseinander und drang mit einem Stoß in sie ein.

Ihr Höhepunkt dauerte an, und ihre Stimme wurde immer lauter, hallte von den Deckbalken zurück. Er hielt sie mit den Händen fest, und sein Schweiß tropfte auf ihre Brust. Dann suchte er ihren Mund, die Augen geschlossen, als er sie küsste.

Er ritt sie, schweigend. Seine Erektion war heißer als alles, was sie jemals empfunden hatte. Sie wollte sie, weitete sie, nahm sie in Besitz. Sie umschloss ihn eng, fast schmerzhaft eng, ein himmlischer Schmerz, den sie nie vergessen würde, nicht vergessen hatte.

Er atmete tief ein, und seine Lider flatterten. Er stöhnte ihren Namen, pumpte in sie hinein, als sein Höhepunkt kam, keuchte und hielt die Augen fest geschlossen.

Nach einer sehr langen Zeit wurde er langsamer und hielt inne. Er strich ihr das Haar aus der Stirn und küsste sie.

Der Sturm war abgeebbt. Er küsste ihre geschwollenen Lippen, und sie erwiderte den Kuss, zärtlich und müde.

Sie blieben lange nebeneinander liegen, während er sie küsste und sie ihre Ermattung genoss. Das Schiff schaukelte schwach im Fluss; von einem Kirchturm an Land schlug es elf Uhr.

»Christopher«, flüsterte sie.

Er liebkoste ihren Nacken. »Du schmeckst so gut«, sagte er, als hätte sie nichts gesagt.

»Als ich sagte, dass ich dich nicht liebe …«

Er hob den Kopf. Blonde Haarsträhnen klebten an seinem Hals, und seine Lider hingen tief über seinen Augen. »Darüber will ich jetzt wirklich nicht reden.«

»Ich möchte, dass du es verstehst.«

Er legte ihr einen Finger auf den Mund. »Honoria, wir haben noch viel Zeit, über unsere Gefühle zu sprechen. Lass uns jetzt einfach so tun, als wären wir ein Liebespaar.«

»Wir sind Mann und Frau, kein Liebespaar.«

Sein Blick wirkte eine Spur verzweifelt. »Danke, dass du mich korrigierst. Wenn das so ist, Gemahlin, befehle ich dir, mich zu küssen.«

Sie hätte lachen mögen. »Das habe ich doch getan.«

Er packte ihre Handgelenke, hob ihre Arme über ihren Kopf und hielt sie dort fest. »Ich erwarte, dass du diesen Befehl ebenfalls ohne Einspruch befolgst.«

Das Kerzenlicht warf dunkle Schatten über sein Gesicht. Er sah furchteinflößend aus, aber sie fühlte sich nur matt und glücklich. Sie hob den Kopf und küsste ihn.

Seine Lippen streiften ihre, dann küsste er sich zu ihrem Hals hinab, weiter über ihre Brüste und zu ihrem warmen

Bauch. Seine Schultern bogen sich, als er mit der Zunge Kreise um ihren Bauchnabel herum beschrieb und ihn küsste. Er legte seinen Kopf auf ihre Brüste und schwieg.

Seine Wärme beruhigte sie, ihre Glieder fühlten sich schwer an, gelöst, und sie schlief ein, während sie dem leisen Murmeln des Flusses lauschte, den gedämpften Stimmen der Männer, die sich über ihnen unterhielten, dem Kläffen eines Hundes am Ufer.

Als sie die Augen aufschlug, leuchtete der Mond hell in die Kabine. Christophers Kopf lag auf ihrer Schulter, sein warmes Haar über ihrer Brust.

Sein Flüstern drang durch die Stille. »Gott, ich kann das nicht tun.«

»Hmm?«, murmelte Honoria.

Er wartete einen Moment und streichelte mit einem Finger ihre empfindliche Haut. »Schlaf weiter, meine Gemahlin.«

»Du kannst was nicht tun?«

»Ich habe nicht mit dir geredet.«

Sie strich ihm eine blonde Locke aus dem Gesicht. »Ich habe dich nie für einen Kirchgänger gehalten. Oder für jemanden, der zu Gott spricht.«

»Oh, ich kann beten, Honoria.«

»Worum betet denn ein Pirat?« Sie war gut gelaunt, in spielerischer Stimmung, trotz des ernsten Untertons in seiner Stimme. »Um Schiffe, die reich mit Schätzen beladen sind und von einer Mannschaft geführt werden, die ohne viel Gegenwehr aufgibt?«

Er knurrte leise, während sich seine Muskeln anspannten. »Als sie mich an dem Morgen aus dem Gefängnis geführt haben, habe ich darum gebetet, dass ich schnell sterben werde. Ohne diese schrecklichen Dinge zu tun, die ein Mann manchmal tut, wenn er weiß, dass er stirbt.«

Honoria berührte sein Gesicht. Ihr Herz schmerzte vor Mitgefühl. »Ich denke nicht gern daran. Drei Tage lang konnte ich mein Zimmer nicht verlassen.« Sie streichelte seine Wange. »Ich bin sehr dankbar, dass Gott dein Gebet erhört hat.«

Seine Wimpern beschatteten seine Wangen. »Ja, er hat mir den Strick erspart und mich dafür in die Hölle geschickt.«

Seine Augen hatten jede Spur von Ausgelassenheit verloren, jede Wärme.

»Aber du wurdest gerettet«, erinnerte sie ihn. »Du wurdest auf dieses Schiff gebracht.«

»Warst du jemals auf einem englischen Handelsschiff?«

»Nein.«

Er warf ihr einen kurzen Seitenblick zu. Seine grauen Augen wirkten wieder kühl wie immer. »Das Leben als Pirat ist da besser.«

»Piraten sind Halsabschneider.«

»Wir stehlen Fracht«, korrigierte er sie. »Glaube mir, Honoria, die *East India Company* macht sich weit mehr Sorgen um die Güter, die die Piraten stehlen könnten, als darum, ob die Besatzung ihrer Schiffe stirbt. Wenn wir einfach nur alle Seeleute ermorden würden und die Ladung und das Schiff in Ruhe ließen, gäbe es keine Piratenjäger.«

Honoria schwieg. Sie hatte von James oft genug gehört, wie dankbar Captains von Handelsschiffen waren, dass er ihre Fracht gerettet hatte. Sie schienen der Meinung zu sein, dass der Verlust von einem halben Dutzend Seeleuten und mehreren Offizieren ein akzeptabler Preis dafür war, dass sie ihre Ladung aus Steingut und süßem Wein gerettet hatten.

»Mein Bruder Paul wurde von Piraten getötet«, meinte sie leise. »Seine Frau und seine Töchter ebenfalls.«

»Das habe ich gehört.«

Sie betrachtete sein Gesicht, hoffte, Trauer darin zu finden, ein Anzeichen dafür, dass er Mitgefühl empfunden hatte, als er die Nachricht von Pauls Tod erfuhr. Doch seine Miene blieb ausdruckslos.

»Erzähl mir von deiner Schwester«, bat sie. Es hatte sie überrascht, als sie erfuhr, dass Christopher Raine etwas so Menschliches wie eine Schwester hatte.

»Meine Halbschwester.«

»Wie ist sie?«

Jetzt lächelte er, und die Falten um seine Augenwinkel vertieften sich. »Gemein. Es gibt niemanden, von dem ich mir lieber den Rücken freihalten ließe. Sie ist mir gegenüber absolut loyal, und ich vertraue ihr rückhaltlos.« Er zeichnete mit dem Finger ein Muster auf ihre Schulter. »Sie ist zur gleichen Zeit verschwunden, als dein Bruder mich verhaftet hat. Seitdem habe ich sie nicht mehr gesehen.«

»Das tut mir leid«, sagte sie. »Ich hasse James Ardmore wirklich.«

Er sah sie merkwürdig an. »Starke Worte.«

»Es ist die Wahrheit. Er entscheidet, wie die anderen zu leben haben, und gnade dir Gott, wenn du nicht damit übereinstimmst. Er hat mich, seine eigene Schwester, nicht ein einziges Mal gefragt, was mich glücklich machen würde. Ich wundere mich, dass du ihn nicht ebenfalls hasst.«

Christopher zuckte mit enervierender Gelassenheit die

Schultern. »Er hat nur seine Arbeit erledigt.« Er zeichnete ein zweites Muster auf ihre Haut. »Du schienst jedenfalls recht erfreut darüber zu sein, dass er dich zur Witwe gemacht hat.«

Sie stützte sich auf die Ellbogen, und seine Hand glitt von ihrer Schulter. »Wie kannst du das sagen? Ich habe doch erklärt, dass ich tagelang krank war, weil ich dich für tot hielt.«

»Du hast dich erholt.«

»Du glaubst, es war mir gleichgültig?«

»Ich denke schon, dass du gelitten hast, auf deine Weise.«

»Auf meine Weise?« Sie setzte sich ganz auf. »Ich sagte, dass ich dich geliebt habe, Christopher, dass ich um dich getrauert habe. Du hast keine Ahnung, wie es mir ging. Du kennst mich nicht.«

»Das stimmt allerdings.«

Sie sah ihn finster an. Seine Augen waren von einem klaren Grau, fast wie Diamanten. »Warum bist du dann zurückgekommen?«, wollte sie wissen. »Wenn du nicht glaubst, dass mir etwas an dir liegt, und du nicht überrascht warst, dass ich mit einem anderen Mann verlobt war, warum hast du dir dann die Mühe gemacht?«

Er schwieg. Sein Körper passte gerade eben zwischen Honoria und die Wand, eine solide Mauer aus Fleisch, bedeckt von seinem Hemd und den zerwühlten Decken. »Weil sich jeder Mann einmal in seinem Leben für eine Frau zum Idioten machen darf.«

Sie spürte, dass sein Ärger weit über das hinausging, was sie verstand. »Und du hast dich meinetwegen zum Narren gemacht?« Ihr schnürte sich die Kehle zu.

Er schlug die Decken zurück, kletterte über sie hinweg

und stieg aus dem Bett. Er nahm seine Hose, beugte sich vor und zog sie an. Das Licht der Kerze schimmerte auf seiner Hüfte und ließ den chinesischen Löwen tanzen.

Er knöpfte die Hose zu, beugte sich dann über das Bett und stützte seine Hände rechts und links neben ihren Kopf. Er roch nach Liebe, seinem Samen und nach Mann.

»O ja, Honoria. Vollkommen zum Narren.«

Ein schmerzhafter Stich fuhr ihr durchs Herz. »Du willst diese Ehe also nicht?«

Er küsste sie, aber nicht mehr spielerisch oder zärtlich. Mit diesem Kuss wollte er sie in Besitz nehmen, sie zurechtweisen. »Wir werden diese Ehe aufrechterhalten, Mrs. Raine«, verkündete er ernst. »Ich möchte eine Kompensation für das alles.«

Er richtete sich auf und riss ihr unvermittelt die Decken weg.

Die kalte Luft trieb ihr eine Gänsehaut über den Körper. Er betrachtete sie genüsslich, ließ seine Augen besitzergreifend über ihre nackten Brüste wandern, ihren weichen Bauch, ihre Schenkel, die sich so bereitwillig für ihn geöffnet hatten.

Der Blick eines Mannes auf etwas, das ihm gehörte.

Meine Gemahlin, hatte er sie genannt, aber er behandelte sie eher wie eine Kurtisane denn wie eine Ehefrau. Sie, eine anständige und sittsam erzogene junge Dame, sollte darüber eigentlich zutiefst schockiert sein.

Stattdessen durchströmte sie erneut diese schleichende Erregung aus ihren Träumen und Phantasien. Er sah sie gern an, und ihr gefiel es, dass er sie gern ansah. Ohne dass es ihr bewusst war, öffnete sie ihre Schenkel ein wenig und berührte mit den Fingern das dunkle Vlies dazwischen.

Seine Miene verfinsterte sich. »Verflucht sollst du sein!«

Er stieß sie mit einer Hand auf die Decken zurück, während er mit der anderen die Knöpfe seiner Hose öffnete. Wieder gab es ein Gewitter, aber dieses war ein Wirbelsturm aus kalter Wut, der sie ebenso ängstigte, wie er sie erregte.

Christopher drückte ihre Schenkel grob auseinander und drang ohne jedes Vorspiel in sie ein. Er stieß hart und schnell in sie, bis sie vor Verlangen schrie.

Er keuchte heiser, als er sich in sie ergoss. Dann stieß er sich abrupt von ihr ab, richtete sich auf, knöpfte seine Hose zu und stürmte aus der Kabine.

Honoria sank auf die Decken zurück, fröstelnd, erschöpft und allein. Aber sie würde nicht weinen. Sie war Honoria Ardmore, und sie hatte weit Schlimmeres ertragen als den Zorn von Christopher Raine. Eine Lady aus einer der vornehmsten Familien von Charleston ließ den Kopf nicht hängen, nur weil ihr Ehemann wütend auf sie war.

Aber sie war verwirrt. Die Erregung, die er in ihr auslöste, brachte sie vollkommen durcheinander, bis sie nicht mehr wusste, was sie fühlte. Ihr ganzer Körper schmerzte von ihrem Liebesspiel, und gleichzeitig verlangte er nach mehr. Sie hatte sich das Versprechen gegeben, diese Ehe anzuerkennen und ihre Pflicht zu erfüllen, nur hatte sie keinen blassen Schimmer mehr, was ihre Pflicht eigentlich war.

Sie rollte sich auf die Seite, auf den Decken, die noch nach ihm rochen, wickelte sich darin ein und starrte mit trockenen Augen auf die hölzernen Planken.

7. Kapitel

Der Sattel des Pferdes, auf dem Christopher nach Surrey ritt, war nicht gerade sanft zu seinem Hintern. Er hatte die Wunden nicht gespürt, als er Honoria geliebt hatte, aber jetzt war die Reizung seiner Haut beinahe unerträglich.

Links neben ihm ritt Finley, der sich ebenso unbehaglich auf dem Pferd zu fühlen schien wie Christopher. Beide liebten die See – eine Reise über Land war ein notwendiges Übel für sie. Pferde waren sehr nette Tiere, zumindest in der Theorie, und es machte ihm nichts aus, ihnen Karotten zu geben oder ihre warmen Flanken zu tätscheln.

Aber sobald man auf ihnen saß, verwandelten sich diese gutmütigen Tiere in Dämonen mit einem eigenen Willen. Er war einmal in China in eisiger Kälte über einen Bergpass geritten, und das auf einem störrischen Vieh, das es genoss, auf dem Rand des Abgrundes zu tänzeln. Ein falscher Schritt, und es schickte Geröll in die Tiefe, um dann plötzlich zurückzuspringen, als wäre es davon überrascht. Als sie schließlich sicheren Grund erreicht hatten, war Christopher abgestiegen, vor das Pferd getreten und hatte es ausgiebig verflucht, sehr zur Belustigung des Chinesen, von dem er es gemietet hatte.

Die Straße nach Epsom wies zwar keine tückischen Klippen auf, und es war warm, aber sein Gaul vertrieb sich die Langeweile damit, vor jeder Fliege, Biene, Libelle, jedem Moskito und jedem noch so harmlosen Schmetterling zurückzuschrecken, die an seiner Nase vorbeiflogen. Christopher knurrte es böse an, aber das Vieh tänzelte weiter nervös herum, ohne auf Christophers Zorn zu achten.

Mr. Henderson, ein Gentleman, der die englische Landschaft sozusagen seit seiner Geburt verinnerlicht hatte, saß elegant auf seinem Ross. Er war einer dieser nervigen Engländer, die alles reiten konnten und vermutlich Hengste besaßen, die Beelzebub oder Mephisto hießen und die sie ihrem Willen gefügig machen konnten. Henderson wusste das natürlich und rieb es Christopher unauffällig unter die Nase, indem er elegant den Schlammlöchern in der Straße auswich, durch die Christophers Pferd offenbar unbedingt hindurchgehen wollte.

Den drei Reitern folgte ein Landauer, dessen Verdeck hochgeklappt war, um die Insassen vor der Sonne zu schützen. Er gehörte Grayson Finley, und darin saßen Honoria und Alexandra.

Grayson hatte Christopher unterwegs erklärt, dass die Ladys die Gelegenheit dieser Ausfahrt nützen würden, um lang und breit über die Männer herzuziehen. Er sagte es mit sichtlichem Vergnügen.

Christopher stellte sich vor, wie Honoria Alexandra die Schrecken der letzten gemeinsamen Nacht erklärte. Die beiden würden entweder zu der Ansicht gelangen, dass Christopher ein entsetzlicher Rüpel wäre, oder sich königlich amüsieren, was noch schlimmer war. Er warf einen finsteren Blick zurück auf den Landauer, was sein Pferd dazu nutzte, um durch das nächste Schlammloch zu stolpern.

Nach außen hin waren die fünf schlicht Freunde, die einen Tag auf dem Land genossen. Swittons Haus in Surrey lag in der Nähe der Epsom Downs, und der Mann hatte auf Hendersons Brief geantwortet, dass er ihn mit Vergnügen dort empfangen würde.

Nach vielen Diskussionen über die angemessene Etikette, die vor allem von Henderson und den beiden Damen geführt wurde, kamen sie zu dem Schluss, das Henderson den Earl allein aufsuchen würde. Finley, Christopher und ihre Ehefrauen würden in einer Herberge in der nächstgelegenen Ortschaft absteigen und so tun, als genössen sie ein Picknick im Grünen.

Jedenfalls würde Christopher so tun. Die anderen schienen sich tatsächlich köstlich zu amüsieren.

Kaum war alles für das Picknick vorbereitet, mit viel Gekicher von Seiten der Ladys, nahm Christopher seine rastlose Wanderung über den Hügel auf. Von hier aus konnte er die Straße überblicken, die Henderson entlanggeritten war. Swittons Besitz lag hinter einigen niedrigen Hügeln, die von mehreren von Bäumen gesäumten Bächen eingefasst waren. Hecken schlossen Felder ein, auf denen Bauern gebückt arbeiteten oder mit Ochsen- und Pferdegespannen pflügten. Auf offenen Weiden grasten Schafe, auch auf dem Hügel, auf dem Christopher stand. Ein Schaf rupfte kaum anderthalb Meter von ihm entfernt Gras aus dem Boden und betrachtete ihn mit mildem Interesse.

Auf dem Hang des Hügels mischte sich Finleys volltönendes Gelächter mit dem glockenhellen Kichern von Honoria und Alexandra. Die beiden Ladys hatten diesen Ausflug minutiös geplant, angefangen von der Auswahl der richtigen Speisen über die Wahl eines ausreichend großen Picknickkorbes bis hin zur angemessenen Garderobe. Als sie sich am Fuß des Hügels niedergelassen hatten, hatten Honoria und Alexandra geplaudert und sogar gekichert und ihre Köpfe zusammengesteckt, auf denen sie dünne, mit Spitzen besetzte Hauben mit flatternden Bändern trugen.

Christopher fragte sich, ob andere Männer sich wohl ebenfalls in eine Ehe mit entzückenden grünäugigen Mädchen stürzten, neben denen aufzuwachen sie alles geben würden, nur um dann feststellen zu müssen, dass sie sich eine penible Frau eingehandelt hatten, die einen höchst indigniert ansah, wenn man andeutete, dass die Serviette nicht zur Picknickdecke passte.

Vermutlich gibt es einen ganzen Haufen solcher Männer, dachte Christopher. So wie Finley seine Frau anhimmelte, schien der Mann sogar mit Freuden in diesem Becken weiblicher Verrücktheit zu ertrinken.

Honoria hatte gestrahlt, als sie entschied, dass die Hummersoße mit gelierten Shrimps zubereitet werden sollte. Doch wann immer sie Christophers Blick begegnete, erstarb ihr Lachen, und ihr Blick wurde kühl. Auch aus diesem Grund hatte er sich auf den Hügel geflüchtet.

Sie war so anders als der Rest seines Leben, so zerbrechlich wie die winzigen gelben Blüten, die ihre Köpfchen aus dem Gras zu seinen Füßen reckten, und doch kräftig genug, hier zu gedeihen. Während dieser vier Jahre war der Gedanke an sie das Einzige, was ihn schließlich nach Hause gebracht hatte.

Und als er sie endlich gefunden hatte, hatte sie ihn angesehen, als wäre er verrückt geworden. Er hatte gemerkt, dass sie sich fragte, warum er sie nicht in Ruhe gelassen hatte. Das fragte er sich ja selbst.

»Eine wunderschöne Aussicht.«

Als ihr weicher Südstaatenakzent in sein Bewusstsein drang, fiel ihm der Grund wieder ein.

Honoria blieb neben ihm stehen. Sie trug ein gelbes Sommerkleid aus dünnem Musselin und nicht viel darunter. Um ihn zu verführen? Sie hatte gestern Nacht unmissverständlich klargemacht, dass sie ihn begehrte, ganz gleich, was sie sonst für ihn empfand. Er wäre ein Narr gewesen, wenn er das nicht ausgenutzt hätte.

Als sie diese Geste gemacht hatte, als er gehen wollte, und ihn damit stumm fragte »Willst du mich?«, hätte nur ein Hurrikan ihn aufhalten können.

»Alexandra sagt«, fuhr sie fort, als wären sie nur Bekannte, die zusammen picknickten, »dass man von hier aus das Derbyrennen verfolgen kann, ohne den Staub und den Lärm ertragen zu müssen.«

Die Frau, die gestern noch geschrien hatte, er sollte niemals aufhören, machte sich heute Sorgen um die Unannehmlichkeiten eines Pferderennens.

»Vielleicht«, spann sie den Faden weiter, »könnten wir einmal hierherkommen und zusehen, wenn du deine Schwester gefunden hast. Es wäre ein schönes Picknick.«

»Ich interessiere mich nicht im Geringsten für Pferderennen!«, fuhr er sie an. »Oder für Picknicks.«

Sie betrachtete ihn einen Moment. Das Schaf beäugte sie beide und kaute gemächlich an seinem Gras, während es lauschte.

»Du bist heute nicht ganz du selbst«, bemerkte Honoria.

Ihre Miene wurde weicher. »Ich nehme an, du machst dir Sorgen wegen deiner Schwester.«

»Das kannst du laut sagen.« Er richtete den Blick wieder auf die Straße. Dass die Bäume ihm die Sicht versperrten, machte ihn wütend. Falls Henderson nicht innerhalb der nächsten Stunde zurückkehrte, würde Christopher das Anwesen stürmen, ganz gleich, ob Henderson und der Earl schockiert wären.

Christophers Vorstellungen von Verhandlungen bestanden darin, seinem Verhandlungspartner ein Schwert an die Kehle zu halten und ihm zu sagen, was er tun sollte. Seiner Erfahrung nach eine höchst effektive Methode.

Honoria lächelte, höflich, neutral, ohne jede Wärme für Christopher Raine. »Lass Alexandra oder Mr. Henderson bloß nicht hören, dass du dich nicht für Pferderennen interessierst. Das ist offensichtlich sehr unenglisch, du würdest geächtet.«

»Ich bin nur ein halber Engländer, und das auch nur zufällig.« Er trat gegen ein vertrocknetes Grasbüschel. Der Wind packte es und wehte es zu dem Schaf. Das Tier musterte das trockene Gras verächtlich und widmete sich dann weiter den saftigen Halmen. »Ich gehöre nicht hierher. Und du auch nicht.«

»Ich weiß.« Sie ließ ihren Blick über die endlosen Felder schweifen. »Ich sage zwar, dass ich es entzückend finde, aber eigentlich gefällt es mir nicht. Ich habe mein ganzes Leben lang von meinem Schlafzimmerfenster aus den Ozean sehen können, den Wind gespürt. Ich tue immer so, als könnte ich bis auf die andere Seite der Welt blicken, wenn ich mich nur genug anstrenge. Hier jedoch fühle ich mich … auf dem Trockenen.«

Christopher nickte. »Mir geht es genauso. Man muss teuflischen Pferden trauen, um von einem Ort zum nächsten zu kommen. Sie schmieden Ränke.«

Diesmal lächelte sie aufrichtig, und ihre weißen Zähne schimmerten. »Das tun sie nicht, Christopher.«

»Sag mir nicht, dass du auch mit Pferden gut umgehen kannst, Honoria.«

Ihre Grübchen vertieften sich. »Nein. Ich bin einfach nur mehr an sie gewöhnt.«

»Man kann diese verfluchten Viecher einfach nicht lenken. Sie gehen, wohin sie wollen, nur um dich zu ärgern.«

»Sei nicht albern.«

Ihre Augen, so grün wie das Gras zu ihren Füßen, funkelten vor gutmütigem Spott.

»Das ist gefährlich, Honoria.«

»Was ist gefährlich?«

Sie sah so verflucht unbefangen aus. »Mich so zu verspotten.« Seine Stimme wurde leiser. »Und dabei auf diese Art zu lächeln.«

Das besagte Lächeln erlosch. »Das wollte ich nicht. Verzeih mir.«

»Mir ist es lieber, wenn du mit mir zankst wie ein Waschweib, als wenn du so verdammt wohlerzogen bist.«

Sie hob ihre makellos gezupfte Braue. »Warum sollte ich meinem Ehemann gegenüber unhöflich sein?«

»Ich will nicht, dass du höflich und gesittet bist.« Er kehrte dem Ausblick den Rücken und packte ihre Schultern. »Ich will, dass du dich mir hingibst, so wie du es letzte Nacht getan hast.«

Sie errötete, wich seinem Blick jedoch nicht aus. »Ich fürchte, ich war letzte Nacht ziemlich unanständig.«

Vielleicht trieb sie ihn ja absichtlich in den Wahnsinn, so wie die Pferde es taten. Er schlang seinen Arm um ihre Schultern und beschrieb mit dem Daumen kleine Kreise auf ihrem Schulterblatt. »Ich will keine anständige Frau.«

»Das wollen alle Männer.«

»Woher weißt du das? Du warst doch nur mit mir verheiratet.«

»Ich lese.«

Er hätte fast gelacht, nahm stattdessen jedoch ihre Hand und drückte sie gegen die harte Beule in seiner Lederhose. »Fühlt sich das an, als wollte ich, dass du anständig bist?«

Sie sah ihn schüchtern an und schob ihre Handfläche nach unten. Er biss die Zähne zusammen, als ihre Berührung ein scharfes Ziehen in seinen Lenden auslöste.

»Du willst, dass ich schamlos bin.« Sie lächelte. »Ich bin gern liederlich.«

»Das freut mich, liebste Gemahlin.«

»Als du mich das erste Mal berührt hast, habe ich dich so sehr begehrt.« Sie stellte sich auf die Zehenspitzen und legte ihre Lippen an sein Ohr, als wollte sie ihm ein Geheimnis verraten, etwas, das das Schaf nicht hören sollte. »Ich begehre dich immer noch, Christopher.«

Er spürte ihre Wärme trotz des kühlen Windes. »Das freut mich zu hören.«

»Alles ist irgendwie falsch und genau entgegengesetzt zu dem, wie es sein sollte.«

»Das stört mich nicht, solange du das weiterhin tust.«

Sie verbarg ihr Gesicht an seiner Schulter und gehorchte.

So standen sie eine Weile da; er hielt sie fest, sie massierte ihn langsam und machte ihn damit wahnsinnig.

»Christopher«, flüsterte sie schließlich. »Als ich sagte, dass ich dich nicht liebe, habe ich es so gemeint.«

»Das dachte ich mir bereits.«

Jetzt sah sie zu ihm hoch, während ihre Wange an seiner Schulter ruhte. »Trotzdem fasse ich dich gern an. Und es erregt mich so sehr, wenn du mich berührst.«

Er streichelte mit dem Daumen die harte Knospe, die sich unter dem dünnen Stoff deutlich abzeichnete. »Das sehe ich.«

»Aber das ist nicht dasselbe, habe ich recht?«

Ihre Hand setzte die sanfte Massage fort, und Christopher konnte nicht mehr klar denken. Er drückte einen Kuss auf ihren Scheitel. »Im Moment kümmert mich das nicht.«

Sie fuhr mit den Fingern über die Umrisse seiner Erektion. Das Atmen fiel ihm plötzlich schwer. »Ich liebe deinen Körper«, erklärte sie. »Ich habe mich immer nach ihm gesehnt, und weil ich jetzt deine Frau bin, darf ich ihn auch erfreuen.«

»Ich bin froh, dass du deine ehelichen Pflichten begriffen hast.«

»Wenn wir nicht hier draußen wären, würde ich dich gern mit meiner Hand zum Höhepunkt bringen.«

»Du bist kurz davor, Liebste.«

Er hob ihr Kinn an, senkte den Kopf und küsste sie. Ihre Lippen waren erfahren, aber sie vermochten nur das zu tun, was er sie gelehrt hatte.

Ihre Hände beendeten ihre köstliche Folter, als sie die Arme um seinen Hals schlang und sich festhielt, wie sie es gern tat. Sie wand sich ein wenig in seinen Armen. Sie war wirklich eine entzückende kleine Person. Er beendete den

Kuss, drückte sie an sich, streichelte ihren Rücken und grub seine Nase in ihre Kappe, die nach ihrem Haar duftete.

Das Schaf starrte sie beide an, während Grashalme aus seinem offenen Maul fielen.

»Was glotzt du so?«, knurrte Christopher.

Honoria drehte sich in seinen Armen herum, sah das Schaf und lachte. Sie sah hinreißend aus, wenn sie so fröhlich war. Das Schaf warf ihnen einen letzten gelangweilten Blick zu, senkte den Kopf und fraß weiter.

Christopher wollte sie wieder in die Arme ziehen, aber sie trat zurück und rückte hastig ihre Kappe zurecht. »Christopher, ich möchte dir erklären, warum ich sage, dass ich dich nicht lieben kann.«

Er verdrehte die Augen. Warum wollte sie immer dann Gespräche über Herzensangelegenheiten führen, wenn sie beide vor Verlangen fast explodierten? Das konnte sie sich doch für irgendwelche langweiligen Tage aufsparen, wenn sie keine Chance hatten, sich zu befriedigen.

»Es spielt keine Rolle«, erwiderte er gepresst. »Das alles war ein Schock für dich. Du wirst dich daran gewöhnen.«

Sie schüttelte so heftig den Kopf, dass die Locken auf ihrer Stirn tanzten. »Nein, bitte, lass es mich dir erklären. Ich will, dass du mich verstehst. Wenn ich sage, dass ich dich nicht liebe und es nicht kann, dann meinte ich genau das. Und zwar für immer. Du bist gestorben, Christopher. Ich habe dich geliebt, und du bist gestorben.«

Er streichelte ihr sanft über die Wange. »Aber das stimmt nicht, Liebste.«

Ihre Stimme wurde harter. »Das spielt keine Rolle. Wie, glaubst du wohl, war es für mich, dich an nur einem Tag zu bekommen und wieder zu verlieren? Es hat so wehgetan, dass ich glaubte, ich müsste selbst sterben.«

Er berührte ihr Haar, aber sie wich zurück. Ihre Augen waren so hart wie Smaragde. »Also habe ich den Schmerz zugelassen und um dich getrauert. Schließlich habe ich mich von dir verabschiedet. Das musste ich, weil es mich fast gebracht hat. Ich habe dich hinter mir gelassen, ein schwarzes Band um meine Schachtel mit Erinnerungsstücken gebunden und sie ganz hinten in meiner Kommode vergraben.«

Sie sah ihn finster an. »Verstehst du das, Christopher? Ich habe aufgehört, wegen dir zu leiden. Ich hatte keine Wahl. Ich habe den Bruder verloren, den ich mehr als mein Leben geliebt habe. Er war wie mein anderes Ich, und ein Pirat hat ihn erschossen, als er weit, weit weg war. Erst wurde er mir genommen, und dann habe ich auch noch dich verloren. Das kann ich nicht noch einmal durchmachen, und das werde ich auch niemals mehr tun.«

Schwer atmend hielt sie inne. »Ich werde deine Frau sein, weil ich es geschworen und die Urkunde unterschrieben habe. Ich werde dein Bett teilen, aber ich werde niemals mehr zulassen, dich zu lieben.«

Ihre Augen glitzerten, als sie darauf wartete, dass er sie anbrüllte, ihr sagte, wie schrecklich sie war.

»Bist du fertig?«

Sie nickte. »Fürs Erste. Ich will nur, dass du verstehst …«

»Oh, du hast dich unmissverständlich ausgedrückt.« Er packte ihr Kinn und hob ihr Gesicht mit einem Ruck an. »Wenn du mir dienen willst, ohne dein Herz hineinzulegen, dann mach nur. Aber vergiss niemals, was ich dir hier und jetzt sage: Du bist meine Frau, dem Namen nach und mit deinem Körper. Ich werde dich diesbezüglich in jeder möglichen Art und Weise beim Wort nehmen. Hast du mich auch verstanden?«

»Du willst, dass ich dir gehorche?«

»Und zwar jedem Befehl, den ich dir gebe«, sagte er hart. »Wenn ich dir jetzt also auftrüge, deine Kleidung abzulegen und mir gefügig zu sein, während deine Freunde am Hang auf uns warten, würdest du es tun?«

Sie wurde blass, doch der Blick, den sie ihm zuwarf, war trotzig. »Ja.«

Christopher riss ihr die Matronenkappe vom Kopf, die er sowieso hasste, und ließ sie vom Wind davontragen. »Spiel mir die Märtyrerin vor, Honoria, und du wirst es dein Leben lang bereuen. Ich will kein Opfer.«

Er riss sie an sich und küsste sie rücksichtslos.

Tief in seinem Inneren hatte er immer damit gerechnet, dass sie nicht auf ihn gewartet hatte, aber die Illusion, dass es anders sein könnte, hatte ihn am Leben erhalten. Sonst wäre er gestorben. Dass sie ihm jetzt jedoch ins Gesicht schleuderte, wie wenig sie ihn liebte, entzündete die lange Lunte seiner Wut. Die Explosion würde bald folgen.

Aber noch nicht jetzt. Er musste zu Henderson und diesen Earl von Switton durchschütteln, bis der Mann endlich ausspuckte, was er über Manda wusste. Falls er überhaupt etwas zu erzählen hatte.

Christopher beendete den Kuss so abrupt, dass Honoria ins Gras taumelte. Sie starrte ihn mit großen Augen an, und ihr gelöstes Haar fiel ihr in die Stirn. So zerzaust sah sie einfach … köstlich aus.

Wütend packte er ihr Handgelenk, riss sie auf die Füße

und zerrte sie hinter sich den Hügel hinunter, dorthin, wo Finley und Alexandra warteten.

Sie lief keuchend neben ihm her. »Ich dachte, du wolltest …«

»Du kannst von Glück reden, dass dieses Schaf zugesehen hat«, knurrte er.

Mr. Henderson kam gerade zurück, als das Picknick sich dem Ende zuneigte. Honoria bekam keinen Bissen herunter und bemerkte, dass auch Christopher nur in seinem Essen herumstocherte.

Grayson und Alexandra jedoch schienen die angespannte Atmosphäre nicht wahrzunehmen. Sie flirteten miteinander und neckten sich wie gewöhnlich, bis Honoria fast geschrien hätte.

Sie hätte wissen sollen, dass Christopher es nicht verstehen würde. Stattdessen war er wütend geworden, hatte es so aufgefasst, als wäre es gegen ihn gerichtet.

Alexandra hatte sie in der Kutsche gewarnt, dass es immer eine heikle Angelegenheit war, mit Männern über Gefühle zu reden. Gentlemen, hatte sie gemeint, weisen häufig trotz ihrer ansonsten bemerkenswerten Intelligenz erstaunliche Defizite auf, wenn es um ihre Empfindungen geht. Sie verstehen Dinge nicht, die Frauen ganz natürlich erscheinen.

Honoria hatte Alexandra die eigentliche Natur ihrer Gefühle nicht gestanden, und sie war sich auch nicht sicher, ob Alexandra tatsächlich recht hatte. Sie hatte Christopher verwirrt, gewiss, aber sie selbst war nicht weniger durcheinander.

Gleichzeitig war sie Alexandra dankbar für ihre Idee,

Christophers Aufforderung, zu kaufen, was ihr Herz begehrte, wörtlich zu nehmen. Es war sehr nützlich gewesen. Alexandra hatte erfreut gelächelt. Etwas Ähnliches, hatte sie gemeint, hätte auch bei ihr und Grayson ausgezeichnet funktioniert, als er Alexandra den Hof gemacht hatte.

Honoria wurde aus ihren Gedanken gerissen, als Mr. Henderson seine goldene Brille zurechtrückte und dankbar den Wein und den Kuchen akzeptierte, den Alexandra ihm reichte. Er nippte an seinem Glas, biss ein Stück von dem Gebäck ab und betupfte sich dann mit der Serviette die Lippen, ganz der perfekte englische Gentleman.

Christopher wartete überraschend geduldig, bis Henderson den Teller abstellte, sich räusperte und Bericht erstattete.

Der Earl von Switton war ein durchaus angenehmer Gentleman, meinte Mr. Henderson. Switton war von Hendersons Brief geschmeichelt gewesen und hatte ihn hocherfreut eingeladen, damit sie über alte Zeiten plaudern konnten. Doch der Mann behauptete, nichts über eine Frau namens Manda Raine zu wissen.

Christopher ballte die Hände zu Fäusten, aber seiner Miene war kaum etwas anzumerken. Nur seine Lippen pressten sich zu einem weißen Strich zusammen.

Mr. Henderson berichtete weiter, dass der Earl sie alle zu einer Gartenparty eingeladen hatte, die morgen stattfinden sollte. Wenn sie daran teilnahmen, könnte Christopher den Mann direkt fragen.

Christopher nickte einmal kurz. Er strahlte eine gewisse Anspannung aus, doch er blieb stumm.

»Allerdings«, schloss Henderson, »bin ich der Meinung, dass die Ladys nicht mitkommen sollten.«

Die fraglichen Ladys verlangten natürlich sofort aufgeregt, die Gründe dafür zu erfahren.

Henderson wirkte verlegen. »Der Earl ist ein wenig … anstößig. Er redet gern über Frauen, und ich meine damit keine Damen.«

»Seine Ehefrau wird ebenfalls anwesend sein«, warf Alexandra ein. »Also wird es vollkommen gesittet zugehen.«

»Schon, aber er kam mir ein wenig seltsam vor. Ich habe ihn nicht mehr gesehen, seit ich ein Junge war, und ich kann mich auch nicht mehr sonderlich gut an ihn erinnern.« Er nippte an seinem Wein. »Zudem bin ich nicht sicher, was für eine Art Gartenparty er geplant hat.«

Alexandra zog die Brauen zusammen. »Umso mehr Grund für uns, daran teilzunehmen. Ich werde ganz sicher nicht sittsam zu Hause herumsitzen, während mein Gemahl in Gespräche über leichtfertige Frauen verwickelt wird.«

Grayson grinste, und die Lachfalten um seine Augen vertieften sich. Er schlang einen Arm um die Taille seiner Frau. »Kein Grund zur Sorge, Liebste.«

»Wir werden alle gehen«, erklärte Christopher. Er saß ein Stück von ihnen entfernt und hatte seinen muskulösen Arm um sein Knie geschlungen. Er sah ausgesprochen verführerisch aus. Sein Gehrock war geöffnet, und sein weites Hemd klaffte am Hals auf. »Honoria und Alexandra können die Frau des Earl in ein Gespräch verwickeln und ihr Fragen stellen, während Finley und ich den Earl angehen.«

»Wie sieht Eure Schwester aus?«, erkundigte sich Henderson. »Ich sah zwei Ladys in einem der Flure im Untergeschoss, aber ich konnte sie nicht ganz deutlich erkennen.«

»Groß«, erwiderte Christopher gepresst. »Schlank. Schwarzes Haar. Sie sieht aus, als wenn sie Euch von hier bis Jamaika treten könnte, was vermutlich auch stimmt.«

»Hat sie schwarze Haut?«

Christophers Kopf fuhr herum. Er erhob sich mit einer flüssigen Bewegung wie ein Löwe, der Beute gewittert hat. »Ihr habt sie gesehen!«

8. Kapitel

»Ich könnte sie gesehen haben«, korrigierte ihn Henderson. »Die Flure waren nicht besonders gut beleuchtet.«

Honoria beobachtete Christopher, der sich zusammenriss und sich ins Gedächtnis rief, wie viele große, schlanke Frauen mit schwarzer Haut in der englischen Landschaft umherschlendern konnten.

Mr. Henderson betrachtete ihn abwägend. »Wenn Ihr mit dem Gedanken spielen solltet, einfach dort hineinzustürmen und Informationen aus dem Earl herauszuprügeln, rate ich Euch davon ab. Er hat gesehen, wie ich die Ladys beobachtet habe, und mir versichert, dass sie an der Party teilnehmen würden. Wenn wir uns wie zivilisierte Gentlemen benehmen …«

»Das sind wir aber nicht«, mischte sich Grayson ein. »Wir sind Piraten. Stellt Euch den Earl und seine Hütte als ein Piratenschiff vor. Wir werden es entern und Manda befreien.«

Henderson warf ihm einen missbilligenden Blick zu. »Es ist immer das Beste, ein Gefühl dafür zu entwickeln, was der andere Captain tun wird. Beziehungsweise sollte man in diesem Fall erst einmal das Terrain sondieren. Hals über Kopf dort hineinzustürmen wird mehr Schaden anrichten als Gutes bewirken.«

»Vermutlich habt Ihr das von James Ardmore gelernt, einem Mann, der für seine Besonnenheit bekannt ist«, meinte Grayson ironisch.

»Er ist in der Tat besonnen«, gab Henderson zurück. »Auf seine Weise. Das ist der Grund, warum er immer gewinnt.«

Graysons gutmütige Miene verdüsterte sich ein wenig, aber er signalisierte mit einer Handbewegung, dass er die Bemerkung durchgehen lassen würde, und lenkte ein.

»Wir machen es, wie Henderson vorschlägt«, unterbrach Christopher die beiden. Er klang eiskalt, wie überfrorener Granit, und seine grauen Augen wirkten wie Fenster, die den harten Mann zeigten, der sich dahinter verbarg. »Wir beobachten das Haus, um uns zu überzeugen, dass niemand es verlässt, und nehmen an seiner Gartenparty teil. Wenn die Frau nicht Manda ist, lassen wir ihn in Ruhe.« Sein Blick glitt in die Richtung des Hauses, als könnte er durch die Hügel und Bäume hindurchsehen. »Falls er jedoch meine Schwester gegen ihren Willen dort festhält, dann gnade ihm Gott.«

Seine Stimme klang ruhig, aber er hatte die Hand so fest zur Faust geballt, dass seine Knöchel weiß unter der Bräune hervortraten.

Diese Geste verriet Honoria, dass Christopher seiner Schwester gegenüber dasselbe empfand, was sie für Paul gefühlt hatte. Sie hätte ihr Leben für ihn gegeben. Wäre Paul in dem Haus des Earls gefangen gehalten worden, hätte Honoria sich nicht aufhalten lassen, ihn zu retten, und zwar mit allen Mitteln.

Sie wusste, was Christopher fühlte, auch wenn er ihr das vermutlich nicht glauben würde. Aber dieses Verständnis brachte sie dem Mann, den sie geheiratet hatte, einen kleinen

Schritt näher. Sie sagte nichts, während sie Alexandra half, die Reste des Picknicks zusammenzuräumen, aber sie fühlte sich ein klein wenig besser.

Die Gattin des Earls wirkte wie eine liebenswürdige Frau, deren einziges Laster es war, dass sie zu viel Schminke auftrug. Sie begrüßte am nächsten Nachmittag ihre Gäste mit unverhülltem Entzücken in der Eingangshalle des von Menschen bereits bevölkerten Hauses.

»Lord und Lady Stoke, ich fühle mich geehrt.«

Hierarchisch gesehen stand Lady Switton zwar eine Stufe höher als Viscount und Viscountess Stoke, aber sie wirkte sehr erfreut, dass sich Grayson und Alexandra herabgelassen hatten, auf ihrer Party zu erscheinen. Grayson stellte ihr Honoria und Christopher vor.

Die Gräfin war von ihrer Anwesenheit gleichfalls entzückt. Honoria zeigte ihre besten Manieren, als sie vor ihr knickste und die Hand der Lady nahm.

Henderson hatte Lady Switton bereits früher begrüßt. »Ich bin so froh, dass Ihr zurückgekommen seid, Mr. Henderson. Ihr seid zwar noch allein, aber ich vermute stark, dass das nicht lange so bleiben wird. In meinem Garten flanieren einige der hübschesten Ladys Englands.« Sie kicherte. Hendersons Lächeln war ein wenig bemüht.

Dann gingen sie weiter. Alexandra und Honoria zogen sich in ein Vorzimmer zurück, um sich frisch zu machen, während die Gentlemen in die Gärten spazierten.

Der Raum war zu Honorias großer Erleichterung leer. Sie

setzte sich mürrisch vor einen Spiegel und stopfte eine Locke unter ihre Haube. Alexandra zwickte sich in die Wangen und zog einen verdrehten Ärmel glatt. »Lady Switton wirkt jedenfalls nicht schuldbewusst, sondern einfach nur albern«, bemerkte sie. »Ich habe die beiden in der Stadt nie getroffen. Sie leben recht zurückgezogen und verkehren mit so gut wie niemandem.«

»Vielleicht lieben sie ja das Leben auf dem Land«, spekulierte Honoria.

»Ihr seid zu liebenswürdig, meine Liebe. Ich vermute eher, dass sie einfach niemand mag.«

Honoria zog eine Haarnadel heraus und fixierte sie neu. »Ich wollte nur höflich sein.« In Wahrheit gab sie nicht viel auf den Earl und die Gräfin von Switton. Christopher war für den Rest des gestrigen Tages und auch nachts in sich gekehrt und abweisend gewesen und hatte die meiste Zeit mit Henderson das Haus der Swittons beobachtet.

Sie hätte ihm gern erklärt, dass sie sein Bedürfnis verstand, seine Schwester zu finden, und bereit war, ihm so gut sie vermochte zu helfen, hatte aber keine Gelegenheit dazu bekommen. Er war entweder verschlossen gewesen oder gar nicht da.

Er war erst ins Bett gekommen, als sie bereits geschlafen hatte. Im Morgengrauen hatte er sie geweckt und rasch und nüchtern mit ihr geschlafen. Dann war er verschwunden und hatte sie heiß, müde und einsam zurückgelassen. Sie hatte ihn erst wieder gesehen, als sie vor dem Haus der Swittons aus dem Landauer gestiegen war.

»Wenn Lord und Lady Switton so unbeliebt sind«, sagte sie jetzt, um sich von ihren düsteren Gedanken abzulenken, »warum sind dann so viele Leute hier?«

Alexandra zuckte mit den Schultern. »Es ist Sommer, und Gartenpartys sind sehr beliebt. Außerdem sind wir sehr nah an den Epsom Downs. Die Leute verzeihen alles für ein paar Tipps für die Rennen.«

»Ach ja, die Engländer sind ja ganz verrückt nach Pferden. In Charleston ist das nicht anders. Obwohl sich Christopher wenig aus Pferden und Rennen zu machen scheint.«

Alexandra lächelte, und ihre weißen Zähne blitzten. »Meine Liebe, wir sind mit Piraten verheiratet, was uns natürlich ein wenig aus der Menge der gewöhnlichen Menschen heraushebt.«

Honoria betrachtete ihr Spiegelbild. Ihre Wangen waren gerötet, und ihre Augen funkelten. Sie musste zugeben, dass sie viel besser aussah, seit sie ihren Ruf in den Wind geschossen und zugegeben hatte, dass sie mit Christopher Raine verheiratet war. Ungeachtet der Konsequenzen.

Alexandra legte einen Arm über Honorias Schultern. »Und Ihr seid wenigstens mit dem Mann zusammen, den Ihr liebt, meine Liebe.«

Honoria antwortete nicht. Alexandra war vollkommen vernarrt in Grayson Finley, die arme Frau, und sie nahm einfach an, dass auch Honoria und Christopher in dieser Wolke aus Idylle schwebten. Diana hatte sie vorgewarnt, dass Alexandra in einer Welt von honigsüßem Optimismus lebte.

Jetzt jedoch legte sich die perfekte weiße Stirn von Alexandra in Falten, als sie Honorias Miene sah. »Es ist doch alles in Ordnung zwischen Euch und Christopher?«

Honoria hatte gelernt, nichts Negatives nach außen dringen zu lassen. »Ja, selbstverständlich.«

Alexandra wirkte alles andere als überzeugt, aber zu

Honorias Erleichterung hakte sie nicht nach. »Sollen wir uns zu den Gentlemen gesellen?«, fragte sie stattdessen.

Honoria nickte, froh, dieses Gespräch beenden zu können, und sie verließen das Vorzimmer.

Das Haus des Earl von Switton war von Palladio entworfen worden und in dem strengen Stil renoviert, der vor zwanzig Jahren modern gewesen war. Die Eingangshalle war mit schwarzem und weißem Marmor ausgelegt, und eine geschwungene Treppe führte ins Obergeschoss. Porträts der Earls und Ladys von Switton schmückten die Wände.

Der Garten erstreckte sich hinter dem Haus, angelegt von Capability Brown, wie die Gräfin stolz verkündete. Gerade Rasenflächen oder Kieswege führten zwischen makellosen Blumenbeeten, getrimmten Hecken und kunstvoll in Form geschnittenen Bäumen hindurch. In den Ecken sprudelten Springbrunnen, und der Hauptweg führte zu einer ganzen Reihe von ihnen, jeder größer als der davor. Das Wasser ergoss sich in gewaltige Becken aus Granit. Gischt sprühte auf, und der Wind wehte Tropfen auf die Gäste. Einige lachten, andere fluchten und versuchten, ihre feuchten Kleider zu trocknen.

Alexandra und Honoria fanden die Männer auf einem Rasenstück. Sie unterhielten sich mit einem Gentleman, bei dem es sich um den Earl von Switton handeln musste.

Er sah genauso aus, wie Honoria es sich vorgestellt hatte: Ein Mann in den Fünfzigern, korpulent von zu viel Port und Rindfleisch, und sein gerötetes Gesicht ließ sich gewiss auf denselben Grund zurückführen. Er hielt sich gerade und war tadellos gekleidet, kurz, ein typischer englischer Landadliger. Er unterschied sich für ihren Blick kaum von den anderen englischen Adligen, die sie in London kennengelernt hatte, oder von denen, die Charleston besuchten.

Christopher, Mr. Henderson und Grayson standen in einem Halbkreis vor ihm. Alexandra blieb kurz stehen und sagte hinter vorgehaltenem Fächer: »Sehen sie nicht großartig aus?«

Honoria musste ihr zustimmen. Christophers schwarzer Gehrock spannte sich über seinen breiten Schultern, und seine engsitzende Hose betonte seine kräftigen Schenkel und festen Waden. Etliche dürre Gentlemen, die sich offenbar Sägemehl in die Strümpfe gestopft hatten, beäugten Christophers athletischen Körper mit unverhohlenem Neid.

Christopher hatte sein weizenblondes Haar zu einem Zopf geflochten, den er mit einem einfachen schwarzen Band zusammenhielt. Zöpfe waren zwar beim Militär und der Marine nicht mehr in Mode, doch Christophers Haartracht schien nicht nur akzeptiert, sondern von Ladys und Gentlemen gleichermaßen mit Neid betrachtet zu werden. Christopher achtete offenkundig nicht auf die ihm entgegengebrachte Aufmerksamkeit, sondern starrte Switton kalt an, während er ihn plaudern ließ.

Die beiden anderen Gentlemen sahen genauso gut aus, obwohl Christopher der Einzige war, der Honorias Phantasie reizte. Grayson und Mr. Henderson trugen schwarze Anzüge, die perfekt an ihren hochgewachsenen, muskulösen Körpern saßen. Grayson hatte sein blondes Haar ebenfalls zu einem schlichten Zopf geflochten, doch Hendersons Haar, das von allen dreien den hellsten Blondton aufwies, war in der momentan modischen Weise gestutzt. Hätte sich Honoria nicht eigentlich immer über Grayson und Mr. Henderson geärgert, hätte sie die Gesellschaft solch gutaussehender Gentlemen nahezu genießen können.

Der Earl von Switton sprach fast ausschließlich darüber, wie sehr er sich freute, dass sie gekommen waren. Er mochte neue Gesichter, berichtete er. Als Mr. Henderson ihm jedoch Honoria und Alexandra vorstellte, spürte Honoria plötzlich, wieso Henderson eine Abneigung gegen den Earl von Switton gefasst hatte.

Die Augen des Earl waren braun und groß, und sie wanderten etwas unstet umher. Jetzt richtete sich dieser Blick auf Honoria, als wollte er bis in ihr tiefstes Inneres schauen und es nach außen kehren. Er strahlte weder Liebenswürdigkeit noch Herzlichkeit aus, sondern nur lüsternes Interesse.

Grayson legte beschützend den Arm um seine Frau und zog sie an sich. Seine Augen wirkten kühl und aufmerksam und waren so blau wie ein vereister See.

Christopher war nicht ganz so offenkundig beschützend, aber unter seinem tödlichen Blick zog der Earl die Hand zurück, die er Honoria hingehalten hatte. Sie machte einen Hofknicks und hielt sittsam ihren Fächer unter ihr Gesicht, womit sie ganz beiläufig ihren bloßen Hals und den Ansatz ihres Busens bedeckte.

»Charmant«, sagte der Earl. Seine Stimme klang ein klein wenig … unangenehm. »Jetzt verstehe ich, warum Ihr Eure Gattinnen nicht zu Hause lassen wolltet.«

Graysons Griff um Alexandras Taille verstärkte sich. Christopher berührte Honoria nicht, aber Mr. Henderson rückte unauffällig etwas näher an sie heran.

Der Earl lenkte das Gespräch auf unverfängliche Themen wie Gänsejagd und das Derby, das in ein paar Wochen stattfinden würde, und auf den Regen, der die Straßen in fast unpassierbare Schlammpisten verwandelte. Honoria und Grayson antworteten mit entsprechenden Belanglosigkeiten. Christopher sagte nur wenig, war jedoch so angespannt wie eine Violinsaite.

Schließlich erklärte der Earl, dass er sich seinen Pflichten als Gastgeber widmen müsste und die Gentlemen ihren ach so charmanten Ladys überlassen würde. Doch bevor er wegging, ließ er noch eine Bemerkung fallen, die gelinde gesagt ein wenig befremdlich war.

»Ihr werdet mir doch hoffentlich bei meinem *pièce de résistance*, bei meinem Höhepunkt des Tages Gesellschaft leisten?« Er verzog die Lippen zu einem anzüglichen Lächeln und schien Honoria erneut mit seinem Blick durchbohren zu wollen. »Um fünfzehn Uhr. Ihr werdet nicht enttäuscht sein, denke ich.«

Ohne auf eine Antwort zu warten, drehte er sich herum und schlenderte davon.

»Ich mag den Mann nicht«, knurrte Grayson.

»Er ist ein Bauer«, stimmte Henderson ihm zu. »Mir ist auch wieder eingefallen, dass sein Großvater den Titel nur deshalb bekommen hat, weil er eine höchst anrüchige Information über Königin Anne in Erfahrung gebracht hatte. Der Adelstitel wurde ihm offenbar verliehen, damit er Stillschweigen bewahrte. Ein Emporkömmling …«, der Rest seiner Worte endete in unverständlichem Gemurmel.

Grayson strich zerstreut über eine Locke, die auf Alexandras weißem Hals lag. »Liebste, ich bin hin- und hergerissen zwischen dem Wunsch, dich weit von hier wegzuschicken und dich nicht aus den Augen zu lassen.«

»Ich dachte, wir sollten die Gräfin aushorchen«, entgegnete Alexandra.

»Nun, ich habe meine Meinung geändert. Du wirst nicht von meiner Seite weichen, bis das hier vorbei ist.«

Alexandra schien von dieser Nachricht keineswegs erschüttert zu sein.

»Wir müssen irgendwie etwas herausfinden«, knurrte Henderson. »Je früher ich hier wegkomme, desto besser. Im Vergleich mit dem Earl ist selbst eine Unterhaltung mit Finley angenehm.«

Grayson warf ihm einen giftigen Blick zu. »Mischen wir uns unter die Gäste, Ladys und Gentlemen. Und treffen wir uns anschließend für dieses *pièce de résistance.* Ich habe das Gefühl, dass das sehr wichtig ist.«

Er schlenderte davon, Alexandras Hand fest unter seinen Arm geklemmt. Henderson nahm sein Lorgnon ab und ging in die andere Richtung davon.

Damit war Honoria allein mit ihrem grimmigen, wortkargen Ehemann.

»Du weißt hoffentlich«, sagte sie leise, »dass die Gesellschaft uns sehr missbilligend ansehen wird, wenn du den Earl einfach erschießt.«

Seine Augen wurden hart. »Glaubst du, dass mich das auch nur im Geringsten kümmern würde?«

»Ich habe nicht gesagt, dass ich dich deshalb tadeln würde.«

Er betrachtete sie kühl. Es war das erste Mal, dass sie sich seit ihrem Gespräch auf dem Hügel am Vortag allein unterhielten. »Ich habe schon Männer erschossen, die mich weniger gereizt haben. Du wirst einiges sehen, wenn du dich für ein Leben mit mir entscheidest. Ich hoffe, du bist widerstandsfähig.«

»Ich falle nicht so schnell in Ohnmacht, falls du das meinst«, erwiderte sie spitz. »Und ich breche auch nicht bei jeder Kleinigkeit in Tränen aus.«

»Gut.« Er packte brüsk ihren Ellbogen und führte sie unter die Gäste.

Sie sprachen mit niemandem, sondern flanierten durch den Garten, lächelten höflich und taten, als bewunderten sie die Blumen. Das machte jedenfalls Honoria. Christopher begnügte sich damit, die Gäste mit abweisenden Blicken zu bedenken, worauf sie sichtlich verunsichert zurückwichen.

Eine große, schlanke und dunkelhäutige Frau konnte Honoria unter den Anwesenden jedoch nicht entdecken. Dafür sah sie etliche Ladys, die skandalös tiefe Dekolletés trugen, stark geschminkt und aufdringlich parfümiert waren und Christopher vielversprechende Blicke zuwarfen.

Christopher ignorierte sie, als wären es Felsbrocken, denen er aus dem Weg gehen musste. Honoria übersah sie ebenfalls, wie es von einer anständigen Lady auch erwartet wurde. Sie fragte sich, wie lange Christophers Geduld wohl anhielt, bevor er das Haus auseinandernehmen würde, um herauszufinden, was er wissen wollte.

Ihr Rundgang endete am Rand des Sommergartens. Dort plätscherte leise ein Springbrunnen, der von leeren Bänken umringt war. Hinter einem kleinen Gehölz erstreckte sich ein grüner Rasen, der zu einem See führte, der sich flach und grau bis zu den braungrünen Hügeln im Hintergrund erstreckte. Nur wenige Gäste waren bis hierher geschlendert. Die meisten waren im Zentrum des Gartens geblieben, wo die Speisen und Getränke standen. Die meisten Gentlemen, das war Honoria aufgefallen, hatten den Getränken bereits großzügig zugesprochen.

Christopher verschränkte die Hände hinter dem Rücken, während er über den silbrig schimmernden See blickte. Seine Miene war ruhig, doch in seiner Wange zuckte ein Muskel.

Honoria hätte ihn gern getröstet, ihm gesagt: »Mach dir keine Sorgen, wir werden sie finden.« Aber sie wusste, dass es keineswegs sicher war, dass sie Manda Raine fanden. Es verschwanden ständig Menschen – sie blieben auf See, starben weit weg von zu Hause an irgendwelchen Krankheiten oder gerieten an einem fernen Ort in eine Notlage, mittellos und unfähig, nach Hause zu kommen. Wenn seine Schwester schwarze Haut hatte, bestand, obwohl sie ein freier Mensch war, durchaus die Möglichkeit, dass man sie gefangen und als Sklavin verkauft hatte.

Die freien Schwarzen in Charleston mussten immer Dokumente mit sich führen, die bewiesen, dass sie tatsächlich frei waren. Je dunkler ihre Hautfarbe, desto mehr wurden sie verfolgt. Wenn Christophers Schwester an Bord eines englischen oder französischen Schiffes aufgewachsen war und keine Dokumente vorweisen konnte, die bezeugten, dass sie von Geburt an frei gewesen war, konnte sie durchaus in Gefangenschaft geraten und gezwungen worden sein, auf irgendwelchen Plantagen auf Jamaika oder Antigua zu arbeiten.

Honoria legte ihre Hand auf seinen verkrampften Arm und wünschte, sie könnte ihn trösten. Aber er würde wissen, dass alles, was sie sagte, nur eine falsche Hoffnung sein würde. Christopher Raine war nicht der Mann, der sich Illusionen hingab.

Sein Blick glitt zu ihr. Seine hellen Wimpern verdeckten seine grauen Augen. Er ließ sich nicht anmerken, ob ihre Geste ihn tröstete oder ärgerte, aber er schüttelte ihre Hand auch nicht ab.

Seinen Arm zu spüren gefiel ihr. Er war muskulös, so fest wie ein Fels, unbeweglich. Sie wusste, dass die Haut unter seinem glatten Gehrock warm war, lebendig. Sie ließ ihre Finger darübergleiten, genoss seine Stärke.

Es war so befriedigend, seine nackte Haut zu berühren. Ganz gleich, was ihr Herz oder ihr Verstand ihr sagten, ihr Körper verlangte nach ihm, und sie wusste längst, dass sie sich niemals von ihm trennen würde. Ihre Sehnsucht war zu groß, und ihre Begierde war zu lange nicht gestillt worden. *Ich begehre ihn. Kann man eine Ehe auf Lust aufbauen?*

Ihr war klar, dass körperliche Leidenschaft ein sehr wichtiger Teil der Ehe war. Diana und James berührten sich in der Öffentlichkeit nicht häufig, aber sie konnten sich stundenlang in ihr Schlafgemach zurückziehen, aus dem dann gedämpfte Geräusche drangen, die Honoria nicht zu hören vorgab. Grayson und Alexandra sahen sich oft auf eine Weise an, als würde der Rest der Welt nicht existieren. Honorias Eltern hatten sich täglich geküsst und sich ihre Zuneigung mit anderen Gesten gezeigt, was ihnen spöttische Bemerkungen ihrer Kinder eingetragen hatte. Dennoch hatte ihre Eltern das nie verlegen gemacht.

Ja, Honoria wusste, dass Leidenschaft zur Ehe gehörte, aber die Intensität ihrer Gefühle schockierte sie. Sie hätte Christopher am liebsten ständig angesehen, ihn berührt, ihn genossen. Sie erinnerte sich an eine Freundin in Charleston, die ihren eigenen Ehemann begehrt hatte. Unter Tränen hatte sie Honoria erzählt, dass sie ihrem Gemahl dieses Verlangen gestanden hatte, worauf er angewidert reagiert, sie ans Meer geschickt und ihr eine Kur verordnet hatte, um sie von dieser Krankheit zu heilen.

Honoria bezweifelte sehr, dass Christopher von ihrem Verlangen abgestoßen wäre; andererseits war ihre Ehe auch nicht gerade normal. Eine hastige, verstohlene Zeremonie in der Todeszelle eines Verurteilten war nicht das Gleiche wie eine Vermählung in der Gesellschaft.

Sie streichelte Christophers Arm und kam sich idiotisch vor, weil sie schon über diesen kleinen körperlichen Kontakt glücklich war. Es war ungehörig, dass sie ihn in diesem überladen prunkvollen Garten begehrte, während er nach seiner Schwester suchte. Aber ihre Lenden schmerzten vor Lust, und ihr Körper reagierte auf seine Nähe, seine Berührung, seinen Duft.

Als könnte er ihre Sehnsucht spüren, ließ er seine Hand zu ihrer Taille gleiten und zog sie an sich, um sie zu küssen.

Er schmeckte nach Champagner, und ihr Verlangen steigerte sich zu einer wahren Flut. Sie vergaß, wo sie waren und was sie hier wollten. Sie nahm nur noch seine Zunge wahr, die ihre umspielte, seine warmen Hände auf ihrem Rücken, ihrem Gesäß, seinen Atem auf ihrer Wange. Sie wollte nur eins – ihn genießen. Vielleicht konnten sie sich ja hinter eine Hecke zurückziehen und dort das fortsetzen, was sie begonnen hatten. Vielleicht würde er sie streicheln und niemals mehr aufhören.

Gott sei gedankt für Christophers Selbstbeherrschung. Er beendete den Kuss und löste seinen Mund von ihren Lippen.

»Es ist fünfzehn Uhr«, sagte er. »Wir müssen zu der Vorstellung, die unser Gastgeber arrangiert hat.«

Sie trat verwirrt einen Schritt zurück. »Ja, natürlich.«

Christopher nahm ihre zitternde Hand und führte sie zum Haus.

Als sie zum Zentrum des Gartens zurückkehrten, fiel Honorias Blick auf ihren Earl Switton, der nicht weit von ihnen entfernt stand. Er starrte sie an und lächelte wissend.

»Um Himmels willen!«, stieß sie hervor. »Der Earl hat uns beobachtet. Wie peinlich.«

»Das macht ihm nichts aus«, erwiderte Christopher leise. »Er ist ein Voyeur. Es gefällt ihm zuzusehen. Das hat er uns erzählt.«

Honoria wurde fast übel. »Wie ekelhaft.«

»Ich habe nichts dagegen, wenn er mich für ebenso ekelhaft hält. Jedenfalls so lange, bis ich vernünftige Informationen aus ihm herausbekommen habe.«

Sie blieb abrupt stehen. Ihre Röcke schwangen raschelnd um ihre Beine. »Du glaubst, dass Manda sein *pièce de résistance* ist!«

»Wenn sie hier ist, wird sie genau das sein.«

Er zog sie weiter, als er langsam, aber kraftvoll voranschritt. Honoria warf einen Blick aus dem Augenwinkel auf den Earl und biss sich auf die Lippen. Wenn Manda tatsächlich Swittons Beute war, hatte er nur noch eine Sorge in seinem Leben, nämlich die, welche Methode Christopher wählen würde, um ihn umzubringen.

Sie sah Grayson und Alexandra, die zu dem Rasenstück schlenderten, auf dem sich die meisten anderen Gäste versammelten. Henderson folgte ein Stück hinter ihnen.

»Weiß Alexandra, was der Earl ist?«, flüsterte sie.

»Nein. Finley hat uns gebeten, es ihr nicht zu sagen.«

Honoria warf ihm einen kurzen Seitenblick zu. »Mir hast du es aber erzählt.«

»Du hältst das aus«, erwiderte er, ohne eine Miene zu verziehen.

Sie gesellten sich zu den anderen Gästen. Am Ende des Rasens stand ein kleiner, protziger Pavillon. Wohlhabende Gentlemen errichteten gern solche Gebäude auf ihrem Besitz, um sich als Liebhaber griechischer Architektur aufspielen zu können. Die Gäste versammelten sich um das Bauwerk, als wäre es eine Bühne.

Vor diesem Laubentempel stand ein großer viereckiger Schrein, der von Seidenvorhängen verhüllt war. Lakaien servierten den Gästen Champagner und Port, während sie zwischen ihnen herumgingen, und für die Ladys gab es Fruchtlikör und Limonaden.

Christopher führte Honoria mit sanftem Druck seiner Hand auf ihrer Taille zu Grayson und Alexandra, die vorn in der Menge standen. Mr. Henderson baute sich an Graysons anderer Seite auf.

Henderson und Grayson erzählten kurz, was sie herausgefunden hatten. Von Manda wussten sie nichts zu berichten, aber dafür hatten sie eine Menge Klatsch aufgeschnappt.

»Der Prinz von Wales ist ebenfalls hier«, sagte Henderson leise. »Irgendwo in der Menge. Keiner weiß, mit wem er gekommen ist. Er ist offenbar inkognito. Die Zeitungen werden sich überschlagen.« Die Falten in seinen Augenwinkeln vertieften sich. »Ich kann es kaum erwarten, sie zu lesen.«

»Meine Güte«, meinte Alexandra, als sie die Menge unauffällig musterte. »Ich kann mir vorstellen, dass wir ebenfalls in der Zeitung genannt werden.«

Honoria drehte den Kopf und sah sich um. Sie erkannte keine erlauchten Persönlichkeiten. Sie kannte sogar überhaupt niemanden der anderen Gäste, bis auf …

»Mr. Templeton!«

Vor Überraschung sprach sie den Namen laut aus. Mr. Templeton war offenbar allein gekommen, ohne seine Mutter.

»Hono…, äh, Miss Ardm… Verzeihung, Mrs. Raine. Ein höchst angenehmer Tag für eine Gartenparty.«

Honoria starrte ihn an. Alexandra stupste sie in die Seite, um sie an ihre Manieren zu erinnern. »Ja, hm, ziemlich angenehm.«

Mr. Templeton lief rot an, verbeugte sich und zog sich dezent zurück.

Honoria sah Christopher an. »Was macht er denn hier?«

Christophers Stimme klang dicht neben ihrem Ohr. »Ich habe keine Ahnung«, erwiderte er leise. »Und es interessiert mich auch nicht sonderlich.«

Alexandra fächerte sich Luft zu und beobachtete, wie Mr. Templeton versuchte, in der Menge unterzutauchen. »Es überrascht mich, dass er hier ist, wenn der Earl tatsächlich so unappetitlich ist, wie er scheint.«

»Er stößt sich die Hörner ab«, erklärte Christopher.

Bevor Honoria fragen konnte, was er mit dieser befremdlichen Bemerkung meinte, bezogen die Lakaien des Earls Position auf den Stufen des griechischen Pavillons, und der Earl baute sich vor dem verhüllten Schrein auf.

»Wir müssen vorsichtig sein, meine Freunde«, sagte er und

lächelte ein wenig. »In unserer Mitte befindet sich ein wildes Tier, das auf keinen Fall entkommen darf.«

Aufgeregtes Gemurmel lief durch die Menge. Einige Ladys fächerten sich hektisch Luft zu, und die Gentlemen verrenkten sich fast die Hälse, um einen besseren Blick zu bekommen.

»Aber keine Sorge«, fuhr der Earl fort. »Wir werden es im Käfig lassen. Sollte es jedoch entfliehen …« Er machte eine dramatische Pause, um seine unausgesprochenen Worte wirken zu lassen. Eine Lady gab vor, ohnmächtig zu werden. Sie sank gekünstelt in die Arme des Gentleman neben ihr.

Switton lächelte. »Wir haben alle notwendigen Schritte unternommen, um für Eure Sicherheit zu sorgen.« Er nickte. Zwei Lakaien traten vor und näherten sich dem verhüllten Schrein. »Wir sind so weit. Wer unter Euch ist bereit, einen Versuch zu wagen, diese wilde Bestie zu zähmen?«

Die Lakaien rissen die Seidenvorhänge herunter.

Darunter kam ein Käfig zum Vorschein. Er bestand aus Holz, wirkte recht solide und war groß genug, dass ein Mann sich aufrecht darin bewegen konnte.

In der Mitte des Käfigs stand mit erhobenem Kopf und trotzig funkelnden Augen eine Frau. Ihr Körper wurde von einem Leopardenfell nur spärlich bedeckt. Sie war groß, schlank, und ihre schwarze Haut glänzte. Sie sah sehr, sehr wütend aus, aber ihr Zorn war nichts im Vergleich zu der glühenden Wut, die Honoria in Christophers Augen sah.

9. Kapitel

Christophers Lunte brannte ab, und die Explosion setzte ein. Er konnte sich nicht mehr daran erinnern, dass er Honoria Henderson in die Arme gedrückt hatte, doch er nahm wahr, dass er sich mit der unaufhaltsamen Entschlossenheit eines Lavaflusses auf den Käfig zubewegte.

Manda drehte den Kopf herum und sah ihn an. Ihre dunklen Augen blitzten einmal kurz auf, als sie ihn erkannte, und sie hielt den Atem an. Dann drehte sie sich absichtlich zur Seite, mit unbewegter Miene, als hätte sie ihren Bruder nicht soeben lebendig gesehen, nachdem sie ihn jahrelang für tot gehalten hatte.

»Mr. Raine!«, rief der Earl entzückt. »Wollt Ihr der Erste sein, der es mit unserer Amazone aufnimmt?«

Christopher nickte, knapp und angespannt. Mit zwei langen Sätzen nahm er die Stufen zur Tür des Käfigs. Lachen und Applaus brandeten unter den Zuschauern auf, und – man war ja in England – schon begannen die ersten Männer, Wetten abzuschließen. »Zwanzig Guineen auf die Amazone!«

»Lasst mich rein!«, zischte Christopher die Lakaien durch die Zähne an.

Switton strahlte wie ein Schulmeister, dessen Schüler plötzlich seine Lektion begriffen hatte. »Mrs. Raine lässt

Euch gewähren, richtig? Es ist sehr angenehm, eine verständnisvolle Gemahlin zu haben.« Er nickte den beiden Lakaien zu, von denen einer einen Schlüssel aus der Tasche zog. »Wenn Ihr sie besiegt, könnt Ihr sie haben«, sagte der Earl leise. »Wenn nicht«, seine Augen funkelten, »werden wir versuchen, Euch in einem Stück dort herauszuholen.«

Manda und Christopher wechselten einen Blick, schwarze Augen blickten in blaue. Sie hatten gelernt, sich ohne Worte zu verständigen.

Christopher spürte, dass Honoria ihn eindringlich beobachtete. Sie hatte ihm weder widersprochen noch seine Entscheidung in Frage gestellt, noch versucht, ihn davon abzuhalten. Sie schien zu wissen, was er fühlte und was er tun musste. Sie stieg noch höher in seiner Wertschätzung.

Christopher zog seinen Gehrock und seine Cravatte aus und rollte die Ärmel seines Hemdes hoch. Einige Ladys in der ersten Reihe seufzten.

Dann nickte er dem Lakaien zu, der mit zitternden Händen die Käfigtür aufschloss, sie hastig aufzog und Christopher bedeutete einzutreten. Die Tür schloss sich, und das leise Klicken verriet ihm, dass sie hinter ihm zugesperrt worden war. Die Zuschauer wurden etwas leiser und warteten gespannt darauf, dass das Spektakel begann.

Manda lief wie ein wildes Tier in dem Käfig umher, nervös und rastlos. Sie war unbewaffnet und trug nur dieses alberne Leopardenfell, das zweifellos von ihrem Körper fallen würde, sobald sie anfing zu kämpfen. Auch wenn Manda das nicht störte, war es für Christopher ein weiterer Grund, aus dem Switton sein Leben verwirkt hatte.

Christopher fragte sich, ob schon irgendein Mann Manda

besiegt hatte. Ihrem wildem Blick nach zu urteilen wohl eher nicht.

Er gab ihr ein verstecktes Handzeichen, das sie mit einem kaum wahrnehmbaren Nicken beantwortete. Sie rückte näher und trat mit dem Fuß nach seinem Gesicht. Er fing den Tritt mit Leichtigkeit ab, und dann begannen sie ihren gewohnten Sparringskampf, verfielen wie von selbst in Muster, die sie vor Jahren erlernt hatten.

Aus irgendeinem Grund rutschte das Leopardenfell nicht herunter, sehr zur Enttäuschung der Gentlemen. Dafür jedoch wurden reichlich hohe Wetten getätigt. Einige auf Christopher, die meisten jedoch auf Manda.

Manda atmete schneller, und Schweiß glänzte auf ihrer dunklen Haut. Die Gentlemen riefen ihr anzügliche Komplimente zu, die sie ignorierte. Sie hatte nur Augen für Christopher, wartete auf seine Instruktionen.

Sie hatten diese Art von Sparring oft betrieben, um sich fit zu halten. Manchmal hatten sie auch in Kaschemmen Kämpfe inszeniert, um Wetten zu gewinnen. Sie trat wieder zu, er erwischte ihren Fuß und drehte sie weg; dann wollte er sie packen, doch sie wich ihm mühelos aus. Es war vier Jahre her, seit sie sich zuletzt gesehen hatten, und dennoch konnten sie problemlos ohne Worte kommunizieren. Sein Herz schlug heftig gegen seine Rippen, vor Erleichterung und Freude. Sie lebte und war gesund.

Er hatte keinen klaren Plan gehabt, als er zu dem Käfig geeilt war, sondern war nur von Wut erfüllt gewesen, einer brennenden, übermächtigen Wut. Jetzt zwang er sich zur Ruhe und arbeitete eine Strategie aus, die zu dem passte, was Finley, Henderson und er bereits geplant hatten.

Er gab ihr ein weiteres Zeichen, das sie erneut mit einem unmerklichen Kopfnicken beantwortete. Als sie sich das nächste Mal auf ihn stürzte, packte sie sein Hemd und riss es ihm vom Leib. Die Männer lachten, die Frauen kreischten. Er hörte Honorias vernehmliches Keuchen. Manda wickelte das Hemd rasch zu einem langen dicken Strick. Als Christopher sich erneut auf sie stürzte, schlang sie es ihm um den Hals und zog es zu.

Sie war stark. Christopher spannte seine Nackenmuskeln an, fühlte jedoch immer noch das Brennen des Leinens an seiner Kehle. Er hustete, und die Muskeln ihrer schlanken Arme spannten sich an, als sie ihn immer weiter nach hinten zog. Er riss an dem Tuch, und er tat nicht nur so als ob. Die Männer jubelten, und Manda wickelte das Hemd mit theatralischen Gesten immer enger.

»Bitte helft ihm! Hilf ihm doch jemand!« Honorias gellender Schrei übertönte den Lärm.

Christopher hörte Finleys Stimme. »Öffnet den Käfig!«, brüllte der Viscount. Er musste ganz in der Nähe stehen.

Der Schlüssel klapperte im Schloss, und die Holztür schwang auf. Manda ließ das Hemd fallen, und geschlossen sprinteten sie und Christopher zum Ausgang. Finley hatte bereits einen der Lakaien zur Seite gestoßen, und Manda schickte den anderen hinterher.

Unter den Zuschauern brach Chaos aus. Ladys kreischten, Gentlemen fluchten. Einige Männer sprangen vor, um Manda und auch Christopher aufzuhalten. Er hörte das dumpfe Klatschen von Fausthieben, als Grayson sich seinen Weg zu ihnen bahnte. Manda trat aus, und die Männer duckten sich rasch, aber sie waren betrunken und aufgepeitscht, und die meisten von ihnen hätten gern selbst gekämpft. Der Ring aus Leibern zog sich um sie herum zusammen.

Er hörte einen hohen, schrillen Schrei, das Geräusch eines Körpers, der auf das Gras fiel. »Hilfe, Hilfe!«, schrie Alexandra. »Zu Hilfe! Mrs. Raine ist zusammengebrochen!«

Christopher grinste. Sie waren wirklich wahre Schätze, alle beide. Er würde Honoria seine Dankbarkeit über ihre Hilfe ausführlich zeigen.

Aber zuerst einmal musste er überhaupt entkommen. Auf Alexandras Hilfeschrei hin hatte sich etwa ein Drittel der Männer abgewandt, erfreut, eine Aktivität zu finden, die weit weniger gefährlich schien. Die restlichen kämpften jedoch fröhlich weiter, bereit, sie zu Boden zu reißen und windelweich zu schlagen.

Da tauchte Henderson auf. Er hielt eine Pistole in der Hand. Beim Anblick der vernickelten Waffe, deren Perlmuttgriff weich in der Faust eines Mannes schimmerte, der ganz offenkundig so wirkte, als verstünde er es, damit umzugehen, überlegten es sich noch mehr Kämpfer. Sie wichen zurück und schrien: »Schön ruhig, Mann!«

Doch immer noch versperrte ihnen eine Gruppe von Männern den Weg. Sie waren vom Port berauscht und streitlustig und bereit, diese Amazone zurückzuerobern, mit welchen Mitteln auch immer.

Eine kleine Gestalt schoss an Christopher vorbei auf die Gentlemen zu. Seine wehenden Rockschöße ließen ihn wie einen kleinen entschlossenen Kometen aussehen. Rupert Templeton schwang etwas, vermutlich das zeremonielle Schwert irgendeines Gentleman, und schrie den Männern vor ihm etwas zu.

Sie starrten ihn an, als wäre ein Welpe aus dem Zwinger ausgebrochen und würde jetzt wie ein Wolf knurren. Doch die erstaunte Belustigung wich schnell aus ihren Mienen, als Templeton begann, sie mit der Schwertspitze zu pieksen. Einige Männer heulten auf und griffen nach ihm, wodurch sie eine Gasse für Christopher und Manda bildeten.

Manda rannte los. Aber sie stolperte über ein Grasbüschel, und Henderson packte ihren Arm, um sie zu stützen. Sie wich zurück und holte schon aus, um ihn zu schlagen, als Christopher sie aufhielt. »Er gehört zu uns. Finley, die Ladys!«

Grayson war bereits auf dem Weg. Christopher, Manda und Henderson rannten querbeet durch den eleganten Garten zu dem See. Als sie an Mr. Templeton vorüberliefen, hob der salutierend das Schwert.

Christopher erwiderte diese Höflichkeit, indem er den kleinen Mann von den Dandys wegzerrte, die er sichtlich erzürnt hatte, und ihn zum Garten schob. »Passt gut auf sie auf, Mr. Raine«, rief Templeton ihm nach, bevor er zum Haus trottete.

Manda, Henderson und Christopher rannten zu dem flachen Gewässer, das sich von dem Besitz bis zu den unbewohnten Hügeln dahinter erstreckte. Am Ende des kleinen Stegs lag ein Ruderboot. Wenn Christopher das Boot erreichte, würden die meisten Verfolger schwimmen oder aber über die Straße hasten müssen, in der Hoffnung, ihn auf der anderen Seite des Sees zu erwischen. Doch der Ritt über die Straße von Swittons Anwesen bis zu den Hügeln würde eine Stunde dauern.

Ein Großteil ihrer Verfolger war zurückgefallen. Die meisten Lords und Gentlemen auf dieser Soiree schienen außer einem kleinen Sonntagsspaziergang nur sehr selten körperliche Ertüchtigung zu betreiben. Die wenigen, die fit genug waren, genossen die Jagd. Sie lachten, gaben anzügliche Kommentare ab und scherzten, was sie mit Manda tun würden, wenn sie sie erst eingefangen hätten.

Christophers Stiefel knallten laut auf dem Steg, und dann stiegen er, Manda und Henderson nacheinander in das Boot. Christopher packte die beiden Pistolen, die er in der Nacht zuvor dort versteckte hatte, und hob sie an, als der erste Gentleman den Steg erreichte. »Stehen bleiben!«, sagte er klar und deutlich.

Der Gentleman hob die Hände und blieb so abrupt stehen, dass er ein Stück über das Holz schlidderte. Hinter ihm drängten sich die anderen Verfolger.

Henderson hob die Riemen an, ließ sie ins Wasser gleiten und ruderte gelassen davon. Der Steg, der nicht dafür ausgelegt war, zehn betrunkene Gentlemen zu halten, die brüllend darauf herumtrampelten, neigte sich knarrend zur Seite und brach schließlich zusammen. Christopher entsicherte die Pistolen, setzte sich auf die Ruderbank und ignorierte das Chaos hinter ihm.

Christopher hatte kein Hemd an, und Manda war so gut wie nackt. Hendersons Kleidung wirkte dagegen so makellos wie immer. Seine Brille glänzte in der Sonne, und selbst sein Scheitel war perfekt.

Manda sah Christopher an. »Wieso zum Teufel lebst du noch?«

»Ich habe nach dir gesucht«, antwortete Christopher. »Henderson, übernehmt die Pinne. Mir wird zu kalt, wenn ich nicht rudere.«

Sie tauschten die Plätze, und Henderson nahm sich kurz die Zeit, seinen Gehrock aufzuknöpfen und ihn über Mandas Schultern zu legen.

Christopher hielt den Atem an, während er darauf wartete, dass sie Hendersons Handgelenke packte und ihn über Bord warf. Stattdessen starrte sie ihn nur an, als hätte sie jemanden wie ihn noch nie gesehen.

Dann drehte sie sich, mit dem Gehrock über den Schultern, wieder zu Christopher herum. »Also hast du nicht gebaumelt? Ich hätte es mir denken können.«

»Raines sind schwer umzubringen«, erwiderte Christopher und knurrte ein wenig, als er an den Rudern zog. Jetzt, da das Adrenalin aus seinem Blut verschwand, wollte er einen starken Drink und Honoria in seinen Armen, und zwar beides sofort.

Henderson räusperte sich. »Ich würde diese Vereinigung erheblich rührender finden, wenn ich wüsste, dass Honoria und Alexandra in Sicherheit sind.«

»Finley wird sie wie geplant in die Kutsche verfrachten.« Christopher lächelte, als er daran dachte, dass er Honoria in seine Arme ziehen würde, sobald er sie wiedersah. Allerdings hatte sie die schreckliche Narbe auf seinem Oberkörper gesehen, als Manda ihm das Hemd vom Leib gerissen hatte, und sie würde gewiss viele Fragen haben. Er bemerkte, dass seine Schwester ihm verstohlene Blicke zuwarf und offensichtlich gern gefragt hätte, sich jedoch entschied, damit zu warten.

»Ich hoffe es.« Henderson zog eine Grimasse. »Da ist Wasser auf dem Boden dieses verdammten Bootes. Das ist das Ende meiner Schuhe. Ich hoffe, Ihr wisst das zu schätzen, Miss Raine.«

Manda starrte ihn erneut verblüfft an. Christopher konnte sich nicht vorstellen, dass jemand schon einmal Manda mit »Miss Raine« angesprochen hatte.

»Ich würde sagen, das ist nicht gerade ein seetüchtiger Kahn«, erwiderte sie abschätzig.

»Ich würde sagen, es ist das Beste, das wir finden konnten«, konterte Henderson gereizt.

»Ich würde sagen, Ihr seid ein recht merkwürdiger Retter«, fuhr sie fort. »Solltet Ihr nicht eigentlich Tee mit der Königin schlürfen?«

»Ich würde sagen, Ihr seid verflucht undankbar«, grollte Henderson. »Wir haben Euch mit Müh und Not retten können.«

»Vor einer Horde betrunkener Dandys? Ich würde sagen, das war keine große Herausforderung.«

Sie war angespannt, umklammerte den Rand des Bootes, und ihre Stimme zitterte. Christopher bemerkte es, aber Henderson sah sie nur gereizt an. »Ich würde sagen, das war Euer Glückstag!«

Der Kahn schien sich gegen die Ruder zu wehren, bis plötzlich eine Welle kalten Wassers Christophers Stiefel und Hose umspülte. »Und das, Freunde«, sagte er gelassen, »würde ich sagen, nennt man sinken.«

»Gut, dass Piraten schwimmen können«, meinte Manda. Sie schüttelte Hendersons Gehrock ab und sprang elegant über Bord. Christopher ließ die Ruder fallen und folgte ihr. Als er auftauchte, hörte er gerade noch Hendersons Fluch: »Verdammt und zugenäht! Das war ein brandneuer Anzug!«

Der Earl von Switton saß vor dem Feuer, hatte seine manikürten Füße in weiche Slipper geschoben und hielt sie vor den Kamin. Sein Kammerdiener hatte ihn mit einem Port und seiner schlechten Laune allein gelassen. Sein schwerer, samtener Morgenrock schmiegte sich um ihn, konnte ihn jedoch auch nicht über den Verlust seines liebsten Ausstellungsstücks hinwegtrösten.

Der Sohn vom alten Henderson würde einige Fragen beantworten müssen. Switton hätte eigentlich sofort sehen müssen, dass Raine trotz seiner ganz offenbar vornehmen Frau und seiner Freundschaft zu einem Viscount ein Rüpel war.

Switton hatte zwar Raines Statur bewundert, aber als diese Amazone ihm das Hemd vom Leib gerissen hatte, war Switton vor Entsetzen einen Moment der Atem gestockt.

Ein Rohling, das war er.

Hendersons Junge dagegen, nun, das war ein echter englischer Gentleman, mit heller, von der Sonne gebräunter Haut und silberblondem Haar. Henderson sollte mit Raines entzückender schwarzhaariger Frau zusammen sein. Raine war ein gemeiner Schläger. Ein Raufbold.

Switton war niedergeschlagen. Raine hatte ihm seine schwarze Amazone gestohlen, diese große, geschmeidige, wunderschöne Frau, die besser kämpfen konnte als jeder Mann, den er kannte. Jemanden wie sie würde er nie wieder finden.

Ein Scheit fiel im Kamin zusammen. Flammen fauchten kurz hoch, bevor sie ruhig weiterzüngelten. Das Feuer ließ bereits nach, sollte aber bis morgen brennen. Missmutig griff Switton nach dem Schürhaken.

Etwas Kaltes presste sich an seine Wange. Switton sah sich gereizt um und blickte in die Mündung einer Pistole.

An deren anderem Ende Christopher Raine stand. Er trug nur Hose und Stiefel und gewährte Switton einen gründlichen Blick auf die entsetzliche Narbe. Seine grauen Augen waren eiskalt, und sein langer Zopf war feucht.

Swittons Aufmerksamkeit wurde jedoch sofort wieder wie magisch von der Narbe auf der muskulösen Seite des Mannes angezogen. Es war fast, als hätte jemand aus der perfekt gemeißelten Marmorstatue eines vollkommenen griechischen Athleten ein großes Stück an der Seite herausgehackt. Raines Schultern waren perfekt, seine Brustmuskeln fest und hart, aber die linke Hälfte seines Bauches und Oberkörpers war zu einer nach innen gewölbten Masse von Narben und weißen Streifen verformt, die sich deutlich von seiner honigbraunen Haut abhob.

Jemand hatte den Körper dieses Mannes gründlich ruiniert, und weniger wegen der Pistole als vielmehr angesichts dieser Verunstaltung fühlte sich Switton plötzlich schwach.

Er versuchte jedoch, sich nicht einschüchtern zu lassen. »Was erlaubt Ihr Euch, Sir? Ihr seid unter einem falschen Vorwand in mein Haus eingedrungen und habt mir mein Eigentum gestohlen!«

Die Pistole grub sich erneut in seine Wange. »Sie ist keine Sklavin. Sie ist eine freie Frau, die Ihr in einem Käfig gehalten habt.«

»Ich habe für sie bezahlt!«

»Sie hat gesagt, Ihr hättet ihr wenig zu essen gegeben und dann ihre Speisen mit Opium versetzt, damit sie zu erschöpft war, um wegzulaufen.«

»Dann lügt sie.«

Der Schlag gegen seine Schläfe war so hart, dass ihm schwindelte. Switton fiel vor den Kamin, und seine Knie schlugen hart auf den Steinboden auf. Er keuchte vor Schmerz und griff verstohlen nach dem Schürhaken.

Der polterte über den Teppich, als Raine ihm einen Tritt mit seinem schlammverkrusteten Stiefel versetzte. »Ich versuche gerade zu entscheiden, ob ich Euch töte oder nicht«, sagte er. Seine Stimme klang kälter als alles, was Switton jemals gehört hatte. »Meine Frau macht sich Sorgen wegen der Konsequenzen, die es haben könnte, wenn ich einen Earl umbringe. Mich dagegen bekümmert das nicht sonderlich.«

Switton zitterte plötzlich am ganzen Körper. »Ihr werdet hängen. Ihr seid nur ein gewöhnlicher Verbrecher.«

»Ich wurde bereits einmal gehenkt. Und bin immer noch am Leben.«

Switton schluckte. »Ich hätte sie Euch verkauft, wenn Ihr sie so unbedingt haben wolltet.«

»Sie ist meine Schwester.«

Switton starrte ihn an. Hatte der Kerl denn keine einzige zivilisierte Faser im Leib? »Das ist schwerlich etwas, womit Ihr herumprahlen solltet.«

Im nächsten Moment fühlte sich Switton am Haar hochgezogen. Raines eiskaltes Gesicht und seine entsetzlichen Augen kamen sehr, sehr nahe. »Ich habe sie großgezogen, seit sie laufen konnte. Sie ist mir sehr lieb. Könnt Ihr Euch vorstellen, was ich dagegen von einem Mann halte, der sie in einen Käfig sperrt?«

»Ihr werdet mich nicht umbringen. Wenn Ihr gekommen wäret, um mich zu töten, hättet Ihr das schon längst getan.«

Zu Swittons Verblüffung zogen sich Raines Mundwinkel auseinander. Aber es war kein sonderlich einnehmendes Lächeln. »Wäre das hier ein Piratenschiff, ja, dann wäret Ihr schon tot. Die Haie würden Euren Leichnam bereits zerfetzen. Aber ich versuche, mich zivilisiert zu benehmen.«

Switton klammerte sich an dieses Wort. »Zivilisiert, ja, wenn Ihr das wäret, würdet Ihr mich zu einem Duell herausfordern und diese Angelegenheit wie ein Gentleman regeln.« Sein Verstand arbeitete fieberhaft. Wenn er diesen Grobian dazu bringen konnte, sich auf ein Duell einzulassen, würde er, Switton, ganz gewiss eine Möglichkeit finden, sich davor zu drücken oder, noch besser, jemanden finden, der für ihn einsprang. Er konnte schwache Augen oder so etwas anführen.

Raines Lächeln wurde breiter, und er sah fast so aus wie einer dieser Haifische, von denen er eben geredet hatte. »Also gut, machen wir es auf die sportliche Tour.« Er beugte sich hinunter und hob den Schürhaken auf. Die Muskeln in seinem Oberkörper arbeiteten. Dann, immer noch lächelnd, reichte er Switton die Pistole.

Der Earl drehte sie rasch herum, spannte sie und feuerte. Eine laute Explosion erschütterte den Raum, aber sie konnte das tödliche Pfeifen nicht übertönen, mit dem der Schürhaken heruntersauste.

Honoria wärmte ihre Hände an der zierlichen Tasse und atmete das Aroma des heißen Kaffees ein. Sie saß in einen weichen Schal gehüllt in Alexandras kleinem Salon und hörte zu, wie die anderen ihre Seite der Geschichte erzählten. Diana war mitsamt ihren Kindern hergekommen, sobald sie von ihrer Rückkehr erfahren hatte. Jetzt hörte sie gespannt zu, und ihr rotes Haar leuchtete hell in dem von Kerzen erhellten Salon.

Honoria schilderte rasch ihren Teil der Geschichte. Als sie gefürchtet hatte, dass sich zu viele Feinde auf Christopher und Manda stürzen könnten, hielt sie den geeigneten Moment für eine dramatische Ohnmacht für gekommen.

Alexandra und mehrere hilfreiche Ladys hatten sie zum Haus getragen, wo Honoria sich verblüffend rasch erholt hatte. Sobald sie allein waren, waren sie und Alexandra zum Vordereingang gelaufen, wo Grayson sie in ihre Kutsche verfrachtet hatte. Weil die Jagd auf Christopher und Manda im Garten stattfand, war die Straße vor dem Haus verlassen gewesen.

Sie hatten sich mit Mandas recht nassen Rettern wie verabredet und ohne Schwierigkeiten auf der anderen Seite des Sees getroffen. Alexandra und Honoria hatten Manda in warme Decken gehüllt, da ihr Leopardenfell auf dem Boden des Sees ruhte.

Manda Raine war außerordentlich verblüfft gewesen, als Christopher beiläufig sagte: »Die Schwarzhaarige ist meine Frau.« Sie hatte Honoria den ganzen Rückweg über nach London angestarrt.

Grayson hob sein Glas zu Ehren Honorias. »Ihr seid eine ausgezeichnete Schauspielerin. Ich werde Euch weiterempfehlen.«

Honoria hatte sich höflich bedankt, aber sie hatte sich alles andere als selbstzufrieden oder klug gefühlt. Christopher hatte bisher kein Wort mit ihr gewechselt. Er war stumm und zurückgezogen gewesen, und sie hatte fast ausschließlich an diese schreckliche Wunde an seiner Seite denken müssen.

Seit seiner Rückkehr hatte er sein Hemd in ihrer Gegenwart niemals ausgezogen, das wurde ihr jetzt bewusst. In Charleston, bei ihrer Hochzeit, war sein Körper noch kräftig und unversehrt gewesen, seine Muskeln hinreißend und fest. Etwas war ihm in der Zwischenzeit zugestoßen, etwas, was er ihr nicht erzählen wollte.

Jetzt saß er gelassen auf einem Lehnstuhl, die Arme auf den Knien und ein Glas Whiskey zwischen den Fingern. Er hatte seine übliche Kleidung angelegt – Hose und Stiefel, ein weites Hemd und einen Gehrock –, die seinen zerstörten Körper vor ihren Blicken verbarg.

Manda hatte ihre eigene Geschichte mit kurzen Worten erzählt. Sie war nach London gekommen, weil sie Arbeit suchte, und hatte einen der Handlanger des Earl von Switton getroffen. Der Kerl hatte ihr angeboten, für Swittons Freunde eine wilde Frau vom Amazonas zu spielen. Sie hatte das für einen netten Spaß gehalten und eingewilligt.

Dieses Spiel funktionierte so außerordentlich gut, dass Switton Manda zum Bleiben überreden wollte. Als sie ablehnte und ihr Geld verlangte, weigerte er sich zu zahlen und wollte sie nicht gehen lassen. Als sie daraufhin versuchte, sich gegen ihn zu wehren, hatte er sie einfach in ein Zimmer eingeschlossen und sie hungern lassen. Was sie an Essen bekam, war mit Opium versetzt gewesen.

Doch das Abenteuer schien ihr nicht sonderlich zugesetzt zu haben. Sie trug ein Hemd und eine Hose und hatte die Beine untergeschlagen. Alexandras Angebot, ihr ein Kleid zu leihen, hatte sie abgelehnt. Ihre schwarzes Haar hing in wundervollen schwarzen Zöpfen über ihren Rücken. Ihre schwarzen Augen, die von langen schwarzen Wimpern eingerahmt wurden, betrachteten jeden der Anwesenden neugierig. Sie lächelte offen und presste ebenso rasch missbilligend die Lippen zusammen. Sie war eine junge Frau, die sich nicht die Mühe machte, ihre Gefühle zu verbergen.

»Er ist einfach widerlich«, bemerkte Mr. Henderson. »Ich werde dafür sorgen, dass die Hendersons ihn von nun an schneiden.«

Manda schnaubte. »Das wird ihn sicher zu Tode erschrecken.«

»Oh, das wird es allerdings, Miss Raine«, mischte sich Alexandra ein. »Das Schlimmste, was einem Gentleman geschehen kann, ist, wenn andere Gentlemen ihn ignorieren. Und das wird ihm passieren. Er wird von allen geschnitten werden, die Rang und Namen haben. Wenn Grayson mit dem Herzog von St. Clair und anderen bei *White's* gesprochen hat, wird sich der Earl von Switton nirgendwo mehr blicken lassen können.«

Manda starrte sie alle an und drehte sich dann zu Christopher herum. »Sind die echt?«

Ihr Bruder lächelte schwach. »Finley ist ein waschechter Adliger geworden.«

»Wirklich?«, fragte Manda ihn.

Grayson nickte sachlich. »Ich fürchte ja.«

»Was ich Euch fragen wollte, *Miss Raine*«, Henderson betonte ihren Namen überflüssig deutlich. »Warum habt Ihr nicht versucht zu entkommen?«

Mandas Miene verfinsterte sich, als sie ihn ansah. Die Spannung zwischen diesen beiden war unnatürlich groß. »Was soll das heißen, ich hätte es nicht versucht?«

»Ich sah Euch gestern mit Swittons Frau im Haus. Ihr

gingt durch den Flur. Es fällt mir schwer, Euch zu glauben, wenn es mir nicht gar unmöglich ist, dass Ihr nicht einer Lady entfliehen konntet, die nur mit einem Pompadour bewaffnet war.«

Mandas Miene wurde drohend. »Ich durfte nur frei herumgehen, wenn dieses Weibsstück mich mit Opium vollgepumpt hatte. Ich war zu desorientiert, um irgendwohin zu laufen.«

Es wurde still im Raum. Bis Christopher leise sagte: »Es tut mir leid, dass ich ihn nicht umgebracht habe.«

Grayson nickte ernst. »Überlasst ihn mir. Wir werden ihn erwischen, auch wenn er ein Adliger ist. Das mache ich zu meinem persönlichen Anliegen.«

Honoria hatte nicht gefragt, was Christopher mit dem Earl gemacht hatte. Als er sich am See von ihnen getrennt hatte, war seine Miene so grimmig gewesen, dass sie nicht den Mut aufbrachte, ihn nach seinen Plänen zu fragen. Wenn Christopher tatsächlich das Leben des Earls verschont hatte, war der Mann glücklicher davongekommen, als er es verdient hatte.

Manda zuckte mit den Schultern. »Irgendwann wäre ich sicher entkommen. Ich hätte mir jedenfalls nie träumen lassen, dass du von den Toten auferstehst und mich rettest.« Sie lächelte ihren Bruder so strahlend an, dass selbst das härteste Herz geschmolzen wäre.

Sie sahen sich ähnlich, stellte Honoria fest. Manda mit ihrer hohen Stirn und ihrem festen Kiefer war die weibliche Version von Christopher. Ihre Augen hatten zwar eine andere Farbe, aber dieselbe Form, und beider Augen funkelten wie die von Leuten, die sich vor nicht viel auf dieser Welt fürchteten. Eher war es so, dass die Welt sich Sorgen machen sollte, wenn sie Christopher und Manda kommen sah.

Sie saßen sich gegenüber, ohne sich ihre Freude und ihre Aufregung darüber anmerken zu lassen, dass sie sich wiedergefunden hatten. Trotzdem spürte Honoria das Band zwischen ihnen, das sehr demjenigen glich, das sie zu ihrem Bruder Paul gehabt hatte. Christopher und Manda hatten sich unterhalten, als wären sie nur vier Tage getrennt gewesen, nicht vier Jahre. Manchmal beendete der eine den Satz des anderen, ohne es überhaupt zu bemerken.

Honorias Glieder fühlten sich schwer an, jetzt, nachdem die Aufregung vorbei war. Es war ein langer, anstrengender Tag gewesen, aber sie wollte noch nicht schlafen gehen. Die Unterhaltung, die sie früher am Abend mit Alexandra geführt hatte, ging ihr nicht aus dem Kopf. Christopher hatte gesagt, dass sie sich den Rest der Nacht hier ausruhen und erst am nächsten Morgen auf sein Schiff gehen würden. Sie hoffte, dass sie ihre Ideen noch umsetzen konnte und so lange wach blieb.

Es war bereits zwei Uhr. Unvermittelt sagte Christopher zu Honoria, dass sie müde aussähe und nach oben ins Bett gehen sollte. Der Blick, der seine Worte begleitete, war allerdings alles andere als sinnlich.

Honoria gab auf. Sie verabschiedete sich und ging hinauf in das Gemach, das Alexandra ihnen gegeben hatte. Nachdem sie sich ausgezogen, ihr Haar gebürstet und ihre Zähne gereinigt hatte, legte sie sich in das schwere Himmelbett. Sie versuchte, wach zu bleiben, aber die Augen fielen ihr immer wieder zu.

Natürlich würde er nicht zu ihr kommen. Er würde unten

bleiben, mit Manda und Grayson reden, vermutlich die ganze Nacht. Trotz Mandas offenkundiger Zähigkeit würde sich Christopher überzeugen wollen, dass es ihr gut ging. Und außerdem hatten sie noch vier Jahre nachzuholen.

Honorias Augen schlossen sich gerade, als sie hörte, wie er den Raum betrat. Er zog die Tür hinter sich zu und ging langsam zum Bett. Sie roch seinen würzigen Duft, als er sich über sie beugte und sie zärtlich aufs Haar küsste.

10. Kapitel

Christopher hatte angenommen, dass Honoria bereits schlief, aber seine Frau öffnete die Augen und lächelte ihn an. Ihre langen Wimpern waren sehr verführerisch.

Unten im Salon hatte sie noch erschöpft ausgesehen. Ihre Wangen waren gerötet gewesen, und die Augen waren ihr fast zugefallen. Aber er war froh, dass sie noch wach war.

Er küsste ihre weichen, halb geöffneten Lippen und hielt die Karaffe mit Whisky, die Grayson ihm auf dem Weg nach oben mitgegeben hatte, so, dass nichts herauslief. Finley hatte gemeint, Christopher wirke auf ihn wie ein Mann, der sich unbedingt betrinken müsste.

»Mmmh«, murmelte Honoria verschlafen. Ihr Blick glitt zu der Karaffe, und sie runzelte leicht die Stirn.

Er stemmte sich mit dem Knie vom Bett hoch und trat zu dem kleinen Sekretär, auf dem man Kristallgläser für die Gäste bereitgestellt hatte. Christopher goss etwas in ein Glas und hob es hoch. »Möchtest du?«

Das Bettzeug raschelte, als sie sich aufsetzte und ihm einen damenhaften Blick zuwarf, der wirklich bewundernswert war, wenn man bedachte, dass sie noch im Halbschlaf war. »Ich trinke keinen Schnaps.«

Christopher schon. Er leerte das Glas, füllte es erneut und

nahm auch davon einen tiefen Zug, bevor er mit Glas und Karaffe zum Bett zurückging.

Sie zog die Knie an ihre Brust. »Warum versuchst du, dich zu betrinken?«

Er setzte sich neben sie und atmete tief die berauschende Wärme ein, die unter dem Bettzeug hervordrang. Der Whisky wärmte ihn, aber er war überraschend mild. »Weil ich es möchte.«

»Wie geht es Manda?«

Er leerte das Glas und genoss die letzten Tropfen auf der Zunge. »Gut. Alexandra hat sie zu Bett gebracht.« Er deutete mit dem Glas hinter sich. »Irgendwo im Haus.«

»Du solltest mit ihr reden.«

Er schenkte sich ein bisschen Whisky nach. »Worüber?«

Sie sah ihn mit ihren klaren grünen Augen ernst und missbilligend an. Ihre runden Wangen waren rosa und hübsch. »Sie hat eine schreckliche Erfahrung gemacht. Sie wird darüber reden wollen.«

Er schüttelte den Kopf. Der Whisky lockerte endlich seine Gliedmaßen. »Darüber zu reden ist das Letzte, was sie will.«

Honoria wirkte wenig überzeugt. »So etwas kann nur ein Mann sagen.«

»Manda geht mit den Dingen auf ihre eigene Art und Weise um, und für gewöhnlich allein.« Er deutete mit dem Glas auf Honoria. »Also versuch nicht, sie dazu zu bringen, dir ihr Herz auszuschütten. Es wird ihr nicht gefallen.«

Darauf erwiderte Honoria nichts, doch ihre Augen funkelten eigensinnig.

Der Ausschnitt ihres Nachtgewandes war in Spitze gefasst, die sich unter ihren Atemzügen bewegte. Er stellte die

Karaffe auf den Nachttisch. »Du solltest schlafen«, meinte er mit belegter Stimme.

»Ich wollte auf dich warten.« Sie errötete. »Ich wollte dir etwas zeigen. Es könnte dich entspannen, damit du schlafen kannst. Besser, als Whisky das vermag.«

Er strich über ihr Nachthemd, zog jedoch die Hand zurück, bevor er ihre Haut berührte. Der Whisky hatte zwar seinen Zorn ein wenig besänftigt, aber noch traute er sich nicht. Nicht bei ihr.

»Honoria«, sagte er gepresst. »Wenn ich dich heute Nacht nehme, dann wird das keine so schöne Erfahrung wie zuvor.« Er wurde bereits hart, als er sich daran erinnerte, doch er ignorierte es. »Ich würde dich hart nehmen und kann vielleicht nicht aufhören, auch wenn es dir nicht gefällt. Und du bist viel zu unschuldig für die Art und Weise, wie ich dich vielleicht nehmen würde.«

Sie beobachtete ihn, und ihre Augen schimmerten. »Ich bin nicht unschuldig.«

»Das bist du«, verbesserte er sie. »Du würdest es zulassen, aber das bedeutet nicht, dass du für all das bereit bist, was ich mit dir tun könnte.«

»Was denn?« Ihre Stimme klang heiser.

»Das sage ich dir, wenn du bereit dafür bist.«

Sie fuhr sich mit der Zunge über die Unterlippe. Sie roch nach Lavendel, als hätte sie ihr Haar damit eingesprüht. Seine Erregung wuchs. Letzten Endes war sie seine Frau; sie musste tun, was er ihr sagte.

»Dann wirst du mich heute nicht verführen?«, fragte sie flüsternd.

Er musste sich zwingen, das Glas an die Lippen zu setzen

und den Whisky zu trinken. »Nicht heute Nacht, Darling. Ich werde betrunken.«

»Gut«, erklärte sie entschieden. Sie schob die Decke zurück und stieg aus dem Bett.

Enttäuschung machte sich in ihm breit. »Was meinst du mit ›gut‹?«

Sie suchte etwas in dem Schrank neben dem Bett. »Wenn du mich nicht verführst, kann ich vielleicht etwas für dich tun.«

Er hielt mitten in der Bewegung inne, und das Glas schwebte vor seinen Lippen. Der Whisky hatte ihm bereits einen angenehmen Schwindel bereitet, doch jetzt wurde er schlagartig aufmerksam. »Was?«

Sie richtete sich auf, eine Flasche mit einem Glaspfropfen in der Hand. »Ich werde dich mit Öl einreiben. Du musst dich ausziehen und hinlegen.«

Wenn er gerade Whisky getrunken hätte, hätte er sich gewiss verschluckt. Er starrte in die bernsteinfarbene Flüssigkeit, als suchte er dort Erleuchtung, dann setzte er das Glas behutsam auf dem Nachttisch ab. »Warum?«

Sie zuckte mit den Schultern, stand jedoch da wie ein Vogel, der abwartete, ob er ihn streicheln oder beiseiteschieben würde.

Schweigend knöpfte er seinen Gehrock auf und ließ ihn von den Schultern vor das Bett auf den Boden gleiten. Danach streifte er die Stiefel ab. Ein ovaler Schlammklumpen, den Graysons Lakai bei seiner hastigen Reinigung übersehen hatte, landete auf dem rotgoldenen Teppich. Dann öffnete er seine Hose, einen Knopf nach dem anderen. Honoria beobachtete ihn mit schmeichelhafter Aufmerksamkeit.

Er richtete sich auf und warf die Hose auf einen Stuhl.

Seine Unterhose folgte ihr sogleich. Sie war noch ein wenig feucht vom Bad im See.

Dann baute er sich vor ihr auf. Der Saum seines Hemdes wölbte sich ein wenig über seiner Erektion.

Honoria deutete auf das Hemd. »Das auch.« Sie umklammerte die Flasche. »Ich habe schon gesehen, was dir widerfahren ist.«

Christopher zögerte. Der Whisky wärmte ihn zwar, aber in seiner Seele fühlte er sich immer noch kalt. Schämte er sich? Er hatte kaum über die schreckliche Narbe an seiner Seite nachgedacht, bis er Honoria wiedergesehen hatte. Sie war immer noch so wunderschön, unverändert, unversehrt.

Rasch, bevor das Selbstmitleid ihn übermannte, streifte er auch das Hemd ab und stand nackt vor ihr.

Sie musterte ihn ausgiebig. Ihre Augen verdunkelten sich, als ihr Blick über seine Schultern, seinen Bauch, seine Beine und seine Erektion glitt. Sie betrachtete alles an ihm, was unversehrt war, bevor sie seine Narbe ansah. Sie presste die Lippen zusammen.

Er kehrte ihr den Rücken zu, als er zur Zimmertür ging. Sie holte Luft, als wollte sie ihm etwas zurufen, unterdrückte es jedoch, als er nur die Tür abschloss und den Schlüssel abzog. Er wollte auf keinen Fall, dass eine beflissene Magd mit einer zusätzlichen Decke oder in dem Bemühen hereinkam, ein Scheit auf das Feuer zu legen, während seine Frau seinen Körper mit Öl massierte.

Den Schlüssel legte er auf die Marmorplatte eines Wandtisches neben der Tür. Die Platte wurde von einer Stütze aus Mahagoni gehalten, die einer ägyptischen Göttin mit schwellenden Brüsten nachempfunden war.

Christopher waren die lebendigen, seidigen Brüste von Honoria lieber. Er ging zurück zum Bett.

Honoria blieb daneben stehen und hielt die Flasche in der Hand. Sie strich unbewusst über den Glaspfropfen. »Was ist passiert, Christopher?«

Er warf sich aufs Bett und landete auf dem Rücken. Dann verschränkte er die Hände hinter dem Kopf und kreuzte die Füße. »Wolltest du mich nicht einölen?«

»Sag es mir«, bat sie ihn. »Bitte.«

Er holte tief Luft. »Ich wurde in eine Falle gelockt und ausgeraubt. Irgendwo im Osten.« Er war nicht einmal sicher, wo er damals gewesen war. In China? Oder Siam? Es war heiß und feucht gewesen, und er hatte förmlich nach dem Fieber gestunken, das ihn schwächte. »Sie haben mich beraubt und wollten mich dann abschlachten.«

Ihre Augen weiteten sich. Nicht vor Faszination, sondern vor Entsetzen und Wut. »Wie hast du das überlebt?«

»Aufgrund der Freundlichkeit von Fremden.« Vor allem der Mitmenschlichkeit eines alten Bauern und seiner Tochter. Keiner von ihnen sprach zwar seine Sprache, aber der Bauer hatte ihn gesund gepflegt und seine mageren Vorräte mit ihm geteilt. Die Missionare behaupteten zwar, diese Menschen wären heidnisch und verdammt, aber der Mann und seine Tochter waren freundlicher zu ihm gewesen als die meisten christlichen Europäer, die er kennengelernt hatte.

Sie streichelte immer noch den Stöpsel, während sie ihn bestürzt ansah.

»Ich habe es überlebt, Honoria«, sagte er und verbannte die Erinnerungen an den Schmerz und die Demütigung aus seinem Kopf. »Es war nur ein Abenteuer von vielen.«

Sie starrte ihn immer noch an. Sie hatte ihr Haar gelöst und trug es in einem dicken Zopf auf ihrem Rücken. Einige widerspenstige Locken ringelten sich über ihre Schultern, und feine Strähnen berührten ihre Stirn.

»Du bist so wunderschön«, murmelte er. *Der Whisky scheint mich überwältigt zu haben*, dachte er.

Sie sah auf die Flasche in ihren Händen, als wäre ihr gerade erst aufgefallen, dass sie sie noch hielt. Rasch zog sie den Stöpsel heraus und goss ein paar Tropfen auf ihre Handfläche. Der Duft von Jasmin und Gewürzen breitete sich aus.

Sie stellte die Flasche auf die Frisierkommode, zog ihr Nachthemd hoch und kniete sich neben ihm auf das Bett. Er nahm eine Hand hinter seinem Kopf hervor und legte sie auf ihr warmes Knie. Dann schob er sanft den Saum ihres Gewandes höher, bis er den Bogen ihres unterschlagenen Beines sehen konnte, ein Stück ihres gerundeten Schenkels.

Honoria rieb die Handflächen mit dem Öl aneinander und legte sie auf seine Brust. Ihre Hände waren kühl wie Quellwasser. Sie strich über seine Schlüsselbeine, dann über seine Muskeln.

»Warum wolltest du nicht, dass ich die Narbe sehe?«, erkundigte sie sich.

Er bohrte seinen Daumen in die warme Falte hinter ihrem Knie. »Aus Eitelkeit, nehme ich an. Ich wollte dich nicht enttäuschen.«

Doch in Wirklichkeit hatte er gefürchtet, dass sie nach einem Blick darauf entsetzt vor ihm fliehen würde. Sie hatte kein Hehl daraus gemacht, dass die Anziehungskraft seines Körpers der Hauptgrund war, dass sie bei ihm blieb. Wenn sie ihn nicht länger körperlich attraktiv fand, hatten sie nichts mehr.

Sie strich über die Haare auf seiner Brust, umkreiste seine flachen Brustwarzen, die sich hell von seiner sonnengebräunten Haut abhoben, und fuhr dann mit der Handfläche zu der Narbe auf seiner Seite. »Ich bin nicht enttäuscht«, sagte sie.

Sein Herz erwärmte sich, und sie streichelte mit ihren vom Öl schlüpfrigen Händen über seinen Oberkörper, erforschte ihn zögernd, beinahe fragend.

Er war schon so erregt, wie er nur sein konnte, aber sie ignorierte seine Erektion und widmete sich stattdessen den Muskeln auf seinem Bauch. Dabei streiften ihre Ärmel sachte seine Erregung, entfachten ein Feuer in seinen Lenden.

»Du bist so spröde außerhalb des Schlafzimmers, meine Gemahlin«, bemerkte er. »Aber innerhalb dieser vier Wände …«, er beschrieb mit dem Daumen einen Kreis auf ihrem Schenkel, »da bist du genau richtig.«

Sie warf ihm einen sittsamen Blick zu. »Was ich mit meinem Ehemann in unserem Zimmer tue, geht niemanden etwas an.« Sie fuhr mit ihren Handflächen seine Arme hinauf und beugte sich vor, um die harten Muskeln auf seinen Schultern zu kneten. »Außerdem bin ich nicht spröde. Das würde einen Mangel an Gefühl und rationalem Denken implizieren. Anstand nur um seiner selbst willen. Ich finde mich eher diskret.«

Er betrachtete sie amüsiert. »Nenn es, wie du willst.«

Sie fuhr mit den Fingern über die Narben, tastete die Ränder ab. »Du hast das hier überlebt«, meinte sie, »aber vor zwei Nächten haben ein paar Splitter dich fast zum Wahnsinn getrieben.«

Er lächelte. »Du hast es genossen.«

»Wie kannst du denken, dass ich es genießen würde, wenn ich dir Schmerzen bereite?«

Sie hatte ihre grünen Augen weit aufgerissen. Sie schimmerten wie Juwelen in dem dämmrigen Raum.

Er legte seine Hand auf ihren Schenkel; seine Finger gruben sich in ihre weiche Haut. »Dir wäre es lieber, wenn ich tot wäre.«

»Ganz bestimmt nicht.«

»Aber es war einfacher für dich, als ich es offiziell noch war.«

Ihre Finger beschrieben zerstreut ein Muster auf seiner Brust, als würde sie mit dem Öl malen. »Es war nicht einfacher. Das habe ich nicht gemeint.«

Er streichelte zärtlich ihren Schenkel, genoss die weiche Haut, stellte sich vor, seine Lippen darauf zu pressen.

»Ich glaube, wir haben dieses Thema bereits ausführlich besprochen«, sagte er. »Mach mit dem weiter, was du da gerade tust.«

Trotzig hielt sie inne. Sie öffnete den Mund, ihre roten Lippen waren feucht und ihr Blick beleidigt.

Er packte ihr Handgelenk. »Du hast mir fromm erklärt, dass du einverstanden wärest, deinem Gemahl zu gehorchen und seinem Anspruch auf deinen Körper. Also mach es.«

»Nicht, wenn du so grob bist.«

Er runzelte die Stirn. »An diese Worte aus der Hochzeitszeremonie kann ich mich nicht erinnern. Ich verspreche, meinem Ehemann zu gehorchen, außer, wenn er grob ist.«

»Ich bin mir sehr sicher, dass die Schreiber des Gebetbuches genau das gemeint haben.«

»Also gut, suchen wir sie und fragen nach.«

Sie sah ihn verständnislos an. »Sie sind schon vor Hunderten von Jahren gestorben, Christopher.«

»Na also, was wissen sie dann darüber? Mach weiter, dein Ehemann möchte massiert werden.«

»Das kann ich nicht, wenn du mich nicht loslässt.«

Er zog ihr Handgelenk zu seinen Lippen und küsste ihre duftende Haut. Dann gab er sie frei. Ihr dichtes Haar war über ihre Schultern geglitten, und ihre Locken fielen wild herab.

»Tu es«, sagte er leise, »sonst nehme ich mir, was ich will.«

Ihr Blick konnte schärfer brennen als eine Peitsche. Sie drehte sich zum Nachttisch herum, riss die Flasche an sich, zerrte den Stöpsel heraus und goss das Öl direkt auf seine Brust. Es landete mit einem Klatschen auf seiner Haut. Die Pfütze breitete sich aus und rann zu seinen Seiten und an seinem Bauch hinab.

Honoria stellte die Flasche mit einem Knall auf den Nachttisch zurück. Dann schlug sie ihre Hände auf seine Brust und verteilte das Öl mit schnellen, fast schmerzhaften Bewegungen. Das Klatschen ihrer Handflächen auf seiner Haut hallte in dem Zimmer wieder.

Er packte ihre Arme. »Du kleine Hexe!«

»Beweg dich nicht!«, befahl sie. »Sonst verteilst du das ganze Öl auf Alexandras feiner Bettwäsche.«

»Wenn du damit nicht aufhörst, wird Alexandra glauben, dass hier etwas ganz anderes vorgeht.«

Sie hielt verwirrt inne. »Was denn?«

Gott, wie konnte sie nur gleichzeitig so hoffnungslos verführerisch und naiv sein? »Sie wird glauben, dass ich dir eine Lektion erteile. Eine, die du lernen musst.«

»Christopher, ich habe nicht die geringste Ahnung, wovon du sprichst.«

»Ich rede davon, mit meinen Händen auf deinen Hintern zu schlagen. Und die Vorstellung erscheint mir zusehends schöner.«

Sie öffnete verblüfft den Mund. »Das würde Alexandra niemals vermuten.«

»Vielleicht schon. Wer weiß, was sie und Finley so treiben?«

Ihre Augen verdunkelten sich, als sie darüber nachdachte. Ihr Gesicht war blass und wirkte in dem dämmrigen Licht wie gemeißelt. Dann verfärbte sich der weiße Marmor langsam zu einem sehr hübschen und sehr verlegenen Rosa.

»Also«, meinte sie schließlich, »ich würde dir niemals erlauben, so etwas zu tun.«

Sein Griff um ihre Arme verstärkte sich. »Vorsicht, Honoria. Der Gemahl entscheidet, was erlaubt ist.«

Sie warf ihm einen eisigen Blick zu, was Christopher gefiel. Andere Frauen ihrer Herkunft hätten wahrscheinlich längst Angst vor ihm, würden weinen, in Ohnmacht fallen oder ihn anflehen, nett zu ihnen zu sein. Honoria dagegen sagte auch ohne Worte nur: »Mach, was du willst, und sei verdammt dafür!«

Sie war wie ihr Bruder, o ja. James Ardmore stand in dem Ruf, rücksichtslos zu sein. Ardmore hätte Switton vermutlich einfach erschossen, ohne überhaupt mit ihm zu reden. Christopher dagegen war zu dem Schluss gekommen, dass es weit befriedigender war, wenn der Mann seine Strafe lebendig fühlen konnte. Jedes Mal, wenn er jetzt in den Spiegel schaute, würde er die Narbe auf seiner Wange sehen und sich an Christopher Raine erinnern.

Christopher überlegte, wer grausamer war, er selbst oder Ardmore.

»Zieh das Nachthemd aus«, befahl er Honoria mit einem barschen Ton in der Stimme.

Ihre Augen glühten in einem grünen Feuer. »Sind alle Ehemänner solche Barbaren?«

»Keine Ahnung. Zieh es aus!«

Sie sah ihn finster an, aber sie packte den Saum ihres Nachthemdes und zog es sich über den Kopf. Das zerzauste ihre Frisur noch mehr, und ihre Locken fielen jetzt ganz ungebändigt.

Er vergrub seine Hände in ihrem Haar und wickelte die warmen Strähnen um seine Finger. Sie war nackt; ihre Brüste ragten unter den Locken hervor, und ihre festen Pobacken ruhten auf ihren Fersen.

»Ich wette, die feinen Gentlemen von Charleston haben sich deinetwegen gegenseitig das Herz aus der Brust gerissen«, stieß er heiser hervor. »Wie viele haben um deine Hand angehalten?«

Ihre Augen verdunkelten sich erneut. Sie ließ ihre vom Öl glitschigen Hände auf seinen kräftigen Oberarmen ruhen. »Fünfzehn.«

Ein Stich der Eifersucht durchzuckte ihn, was er mit einem rauhen Lachen kaschierte. »Fünfzehn? Mehr nicht?«

»Nur zwei von ihnen waren eine ernsthafte Überlegung wert«, fuhr die sittsame Honoria fort. »Die anderen wollten einfach nur eine Beziehung zur Ardmore-Familie und ihrem Vermögen.«

Er betrachtete sie von oben bis unten. Sie war so hinreißend nackt und duftete so gut. »Ich bin sicher, dass sie mehr wollten. Wer waren die beiden, deren Anträge du in Erwägung gezogen hast?«

»Gentlemen aus vornehmen Familien, deren Vermögen so groß war, dass mein Bruder sich keine Sorgen machen musste. Eine Verbindung mit einem dieser beiden wäre vollkommen akzeptabel gewesen. Unter anderen Umständen.«

»Du meinst, weil du mit mir verheiratet warst?«

Sie sah ihn überrascht an. »Aber nein, diese Anträge wurden mir gemacht, lange bevor ich dich heiratete. Ich habe sie abgelehnt, weil diese Gentlemen zu viele Charakterfehler hatten.«

Christopher musste sich zusammenreißen, um nicht schallend herauszulachen. »Also hast du sie verworfen, um stattdessen einen Piraten zu heiraten, der zum Tode verurteilt worden war?«

Ihre Brüste schwollen unter ihren Atemzügen an. »Ja, das habe ich wohl.«

»Darüber bin ich sehr froh.« Er strich ihr durchs Haar. »Sie waren nicht gut genug für dich.«

Sie neigte den Kopf, nach wie vor ganz die tugendhafte Lady, obwohl sie splitternackt neben ihm saß. »Wahrscheinlich nicht, nein.«

»Aber ein Halsabschneider von einem Piraten schon.«

Ihre Brauen zogen sich zusammen. »Das war nicht dasselbe.«

»Nein«, sagte er. »Es ist nie dasselbe, nachdem du es einmal gekostet hast. Sobald ein Mann dich erregt und vor Leidenschaft zum Zucken gebracht hat, betrachtest du alle, die das nicht tun, mit anderen Augen.«

Sie ballte die Hände so fest zu Fäusten, dass das Öl herausquoll. »Meine Entscheidung, sie nicht zu heiraten, hatte nichts mit dir zu tun. Ich habe nicht geglaubt, dich jemals wiederzusehen. Dass ich nicht verlobt war, als du nach Charleston zurückgekommen bist, um gehenkt zu werden, war reiner Zufall.«

»Den Teufel war es.«

»Du bist arrogant.«

Er löste ihre Fäuste und legte ihre Hände flach auf seine Brust. »Hältst du es auch für Zufall, dass ich keine Frau hatte, als ich wieder nach Charleston kam? Ich habe versucht, mir einzureden, dieses kleine Mädchen mit seinen Heftchen wäre nicht die einzige richtige Frau für mich. Ich habe es immer wieder versucht, so getan, als würdest du keine Rolle spielen. Aber als du zu mir in diese Zelle kamst, wusste ich, dass du wichtig warst.«

Sie starrte ihn an. Ihre Augen bewegten sich nicht, funkelten wie Sterne in der Dunkelheit. »Ich hätte niemals zu dir kommen sollen. Schon damals nicht, als ich noch ein Mädchen war. Paul hätte mich in meinem Zimmer einsperren sollen.«

»Ich bin froh, dass er es nicht getan hat.« Ihm wurde heiß bei der Erinnerung daran. »Weißt du, du warst genau so eine Frau, die ich nicht ausstehen konnte, gekleidet wie ein Modepüppchen und mit einem überlegenen Blick auf alles um sich herum. Ich habe dich geküsst, um dir eine Lektion zu erteilen. Und dann hast du deine süße Zunge in meinen Mund gesteckt.«

Die Hitze in seinem Körper stieg und löschte jeden vernünftigen Gedanken aus.

Er hatte keine zärtlichen Gefühle für diese hübsche junge

Lady mit ihren Löckchen und ihrem Musselinkleid gehegt, mit ihrem französischen Parfüm und den kleinen Ohrringen, die klingelten, wenn sie sich bewegte. Sondern eine Lust, wie er sie noch nie in seinem Leben empfunden hatte. In zwei Sekunden hatte er sie auf den harten Boden gezogen, und seine Erektion hätte fast seine Hose zum Platzen gebracht.

Sie hatte sich an ihn geklammert und ihn die ganze Zeit geküsst, während er sie hinabzog. Er hatte sie in seinen Armen vor dem kalten Marmor geschützt, und sie hatte sich an ihn geklammert und zugelassen, dass er sie anfasste und in den Wahnsinn trieb.

Er hatte sie brutal geküsst, damit sie nicht aufschrie und die Hausangestellten alarmierte, während er im Wintergarten gerade über die Tochter des Hauses herfiel. Sie dagegen hatte in seine Ohrläppchen gebissen, schmerzhaft und wundervoll, und gestöhnt: »Ja, Christopher, bitte!«

Wäre er vom Hauptmast direkt ins Meer gefallen, hätte er keinen größeren Schmerz empfinden können. Er hatte eine tiefe Wunde davongetragen und es nicht einmal gemerkt.

Als er das Haus verließ, hatte er sich jung und selbstzufrieden gefühlt und nicht geahnt, dass die süße Honoria Ardmore ihn ewig in seinen Träumen verfolgen würde.

»Mein«, sagte er jetzt. Er stieß das Wort mit einer leidenschaftlichen Intensität hervor. »Ganz und gar mein.«

»Das nehme ich an, ja.«

Ihr gelassener Ton brachte das Fass zum Überlaufen. Zum zweiten Mal an diesem Tag flammte Christophers Temperament auf wie Schießpulver.

Er rollte sich auf die Knie und zog sie hoch. Das Öl lief zäh über seinen Brustkorb. Er presste sie an sich, und ihre

Brüste glitten über das Öl auf seiner Haut wie feiner, weicher Samt. Er packte ihr Haar, zog ihren Kopf zurück und presste rücksichtslos seinen Mund auf ihren.

Lippen und Zungen begegneten sich, und dann übernahm ungebändigte Leidenschaft die Kontrolle.

11. Kapitel

Diana Ardmore schlief in ihrem Zimmer im Haus ihres Vaters in der Mount Street. Sie war vollkommen erschöpft von der langen Nacht, von Sorgen und von ihrem Abschied von Honoria am Morgen dieses Tages.

Diese Trennung hatte ihr am stärksten zugesetzt. Sie hätte es lieber gesehen, wenn Honoria in London geblieben wäre, bis sie sich mit James trafen, aber Christopher Raine hatte darauf bestanden, sofort loszusegeln. Diana musste einräumen, dass sie rechtskräftig verheiratet waren, und sie sah auch, dass er Honoria liebte, aber deswegen vertraute sie noch lange nicht darauf, dass dieser Mann sie auch gut behandelte. Schließlich kannte sie ihn gar nicht. Und Honoria eigentlich ebenso wenig.

Diana hatte versucht, Honoria zum Bleiben zu überreden und sich vielleicht später mit Christopher zu treffen, aber Honoria hatte ihr diesen sturen Ardmore-Blick zugeworfen und ihr gesagt, dass sie ihren Gemahl begleiten würde.

Alexandra dagegen hielt das alles für schrecklich romantisch, aber schließlich war diese auch ein bisschen naiv, so gern Diana sie auch mochte. Immerhin hatte Alexandra in Grayson Finley einen großherzigen Mann gefunden und neigte zu der Annahme, dass ihre Freundinnen dasselbe Glück finden würden, ungeachtet der merkwürdigen Umstände, unter denen sie ihre Männer kennenlernten.

Christopher und seine jamaikanische Halbschwester wirkten wie ein wildes Paar, dem man besser nicht in die Quere kam.

Diana fragte sich, wie Honoria wohl zu Christopher und seiner Schwester passen würde, und auch das bekümmerte sie. Ganz zu schweigen davon, was den Rest der Piratenbesatzung anging.

Was James tun würde, wenn er von Honorias Ehe und Fortgang erfuhr, wusste nicht einmal Diana einzuschätzen. Er und Honoria waren nie gut miteinander ausgekommen. James könnte fuchsteufelswild werden und Honoria zurückholen oder aber einfach nur kühl mit den Schultern zucken und sagen, dass Honoria sich ihr Bett selbst gemacht habe und jetzt auch darin schlafen müsse, im wörtlichen Sinne.

Ihre Sorge ließ jedoch nach, als die Junisonne das Zimmer erwärmte. Sie versuchte, wach zu bleiben und sich weiter zu grämen, aber ihre Glieder entspannten sich, als ihr Körper allmählich in den Schlaf driftete. Schließlich schlossen sich auch ihre Augen. Sie träumte von der Insel ihres Vaters, von der kühlen Luft und dem tosenden Ozean, von den vom Meer überspülten Höhlen, in denen ein grünäugiger Piratenjäger sie in die Arme gezogen und geküsst hatte.

Sie wurde wach, als eine schwielige Hand ihr das Haar aus dem Gesicht strich. Die warme Berührung an ihren Schläfen wanderte sacht durch ihren ganzen Körper. Sie lächelte schläfrig, sog den vertrauten Duft von Ozean und würzigem Moschus ein, der ihren Ehemann ankündigte. Ihre Träume von ihm waren manchmal so real. Sie spürte seine Wärme an ihrer Seite, fühlte, wie seine kräftige Hand über ihren Bauch zu der Wölbung ihrer Brüste glitt …

Mit einem Ruck war sie hellwach. Ihr Gemahl lag neben ihr, mit gelöstem schwarzem Haar, und seine grünen Augen waren so kühl und abschätzend wie damals, als sie ihn getroffen hatte und er sie entführte.

»James!« Sie schlang ihre Arme um seinen Hals und drückte ihr Gesicht in die Kurve seiner Schulter.

Er schloss sie in die Arme, bog ihren Kopf sanft zurück und küsste sie, küsste sie endlos. Er ließ sich Zeit, ihren Mund zu erforschen, und sie genoss jeden einzelnen Moment.

»Was machst du hier?«, fragte sie atemlos, als sie wieder sprechen konnte. »In London? Am helllichten Tag?«

James Ardmore wurde in England wegen seiner Gewohnheit gesucht, englische Schiffe zu überfallen und zwangsrekrutierte amerikanische Seeleute zu befreien. Wenn die Admiralität James Ardmore dabei erwischte, wie er durch London flanierte, würden sie ihn auf der Stelle verhaften, und sie bezweifelte, dass selbst Grayson oder Dianas Vater, trotz ihrer Verbindungen zur Admiralität, ihn vor dem Strick bewahren konnten.

»Ich habe meine Angelegenheiten erledigt«, sagte er, als wäre er ein ganz gewöhnlicher Ehemann, der nach einem ruhigen Tag im Kontor nach Hause kam. »Sammle die Kinder und Honoria ein. Wir segeln noch heute Abend nach Haven.«

Es sah James ähnlich, Pläne und Treffpunkte von einem Moment auf den anderen zu ändern, ohne irgendjemandem ein Wort zu sagen. Er ging davon aus, dass ein einfaches »Wir fahren jetzt« ein ausreichend detaillierter Plan war.

Er legte seine Hand auf ihren Bauch, und seine Augen verdunkelten sich vielversprechend. »Aber ich denke, eine kleine Verzögerung von ein oder zwei Minuten wäre akzeptabel.«

Diana küsste ihn erneut und gab sich einige Momente seiner Wärme und Stärke hin. »Ich habe dich vermisst.«

»Ich dich auch, Wildkatze. Niemand hat Feuer auf mich gespuckt. Oder mit Speisen nach mir geworfen.«

»Ich werfe nicht die ganze Zeit mit Essen nach dir, James.« Sie gab sich Mühe, tadelnd zu klingen.

»Nein. Aber es würde mir nichts ausmachen, wenn wir ein paar Erdbeeren und etwas Sahne fänden.«

Ihr wurde warm. »Ich könnte mit der Köchin sprechen.«

»Später.« Er lehnte sich an das Kopfteil des Bettes und zog Diana auf seinen Schoß. »Wenn du aufstehst und hinuntergehst, dann kämmst du dir das Haar und knöpfst dein Kleid zu. Ich mag es, wenn du etwas zerzaust aussiehst. Es ist sehr einladend.«

Er demonstrierte ihr, was er meinte, indem er seine Hand in ihr Mieder über ihre Brüste schob. Diana schloss die Augen.

Ihr Gewissen ließ ihr keine Ruhe. Er sollte es erfahren, und zwar sofort, ganz gleich, wie egoistisch sie sich wünschte, diesen Moment zu verlängern. Sie öffnete die Augen und seufzte. »James«, sagte sie. »Was Honoria angeht …«

»Hmmh?« Seine Lippen streiften ihr Haar. »Worüber beschwert sie sich denn jetzt?«

Diana setzte sich auf. Sie strich ihr Haar zurück, nahm seine Hände in ihre und holte tief Luft.

»Nun«, meinte sie dann. »Ich weiß nicht genau, wie ich es dir sagen soll …«

In der Themsemündung umrundete ein Schiff namens *Starcross* eine Landzunge und bog in den Kanal ein. Es war ein schöner Tag, und der Wind wehte beständig. Das gedämpfte Grün von England glitt an Steuerbord vorbei. Die Seeleute auf der Rahnock machten die großen Segel los, die rauschend herabsanken und knallten, als sich der Wind darin fing.

Honoria setzte sich auf eine Bank an die Heckreling und atmete tief den süßen Duft des Meeres ein. Sie hatten den stinkenden Hafen nur zu gern hinter sich gelassen. Kein morastiger, muffiger Fluss mehr, keine Fischstapel auf den Molen, keine von Leibern überquellende Stadt mehr. Nur der Ozean und der frische Wind.

Die Mannschaft arbeitete in Hosen und offenen Hemden an Deck; die Männer lösten die Segel, schrubbten die Planken, putzten und hackten Gemüse für den Eintopf oder gingen ihren anderen Tätigkeiten nach.

Die steife Brise spielte mit Honorias Zopf, wehte ihn hierhin und dorthin. Sie hatte beschlossen, ihn über den Rücken hängen zu lassen, weil der Wind ohnehin nur die Nadeln lösen würde, die sie mühsam hineinsteckte. Das Schiff begann mittlerweile zu rollen, aber ihr Herz hob und senkte sich voll Freude mit ihm. Seereisen erinnerten sie immer an die glückliche Zeit, als sie mit James gesegelt und Paul noch am Leben war.

Diese Reise jedoch würde sie zu einem neuen Leben bringen. Sie hatte letztlich keine Ahnung, wohin sie fuhren. Christopher hatte ihr niemals direkt gesagt, dass ihr Ziel tatsächlich Charleston war. Nicht einmal eine eindeutige Frage hatte ihr eine klare Antwort eingebracht.

Ihr Ehemann stand nicht weit von ihr entfernt. Er hatte

ihr den Rücken zugekehrt, und sein Gehrock blähte sich wie eine Fahne. Er hielt das Ruder des Schiffes und sprach mit Manda und Mr. St. Cyr über seemännische Dinge. Manda trug eine Hose, ein Hemd und dazu einen ähnlichen Gehrock wie ihr Bruder. Sie hatte die Arme vor der Brust verschränkt und kommentierte die Worte ihres Bruders gelegentlich mit einem Nicken.

Heute Morgen hatte sich Honoria von ihren Freunden und Diana verabschiedet, die Nabelschnur zu ihrer Familie und ihrem Heim durchtrennt und sich auf den Weg ins Unbekannte gemacht, mit einem Ehemann, den sie kaum kannte. Merkwürdigerweise hatte sie kein bisschen Angst. Sie hatte einen Piraten geheiratet und segelte jetzt auf einem Piratenschiff. Trotzdem empfand sie keine Panik, als sie die Küste allmählich hinter sich ließen und Kurs auf das offene Meer nahmen.

Dafür dachte sie sehr viel darüber nach, wohin Christopher wohl segelte und was er tun würde, wenn sie dort waren. England und Amerika befanden sich im Krieg, was die Angelegenheit noch verkomplizierte. Häfen lagen unter Blockaden, und englische Fregatten suchten die Meere heim. Diese Hindernisse hatten ihren Bruder James allerdings niemals aufhalten können, der sie nur als eine Herausforderung betrachtete. Honoria vermutete, dass Christopher dies ganz ähnlich sah. Die amerikanische Marine war zwar im Vergleich zur englischen lächerlich klein, doch in den Gewässern wimmelte es von Freibeutern und Handelsschiffen, die nur zu gern englische Schiffe jagten. Christopher war zwar Franzose und Engländer, aber Honoria vermutete, dass er sich weder von Fregatten noch von Freibeutern irgendeiner Nation aufhalten lassen würde.

Ebenso wenig wie ganz offensichtlich von seiner Frau. Er hatte ihr nur einen rätselhaften Blick zugeworfen, als sie heute Morgen nach ihrem Ziel gefragt hatte und erwidert, dass er es ihr nicht verraten wollte, solange sie noch im Hafen lagen. Mittlerweile waren sie bereits weit im Kanal. Aber Honoria sagte sich, dass es ohnehin keine Rolle spielte, weil das Schiff sie dorthin bringen würde, wohin Christopher wollte, ganz gleich, ob sie das Ziel kannte oder nicht.

In diesem Moment blicke er zu ihr zurück. Sein blonder Zopf glitt über seine Schulter. »Honoria!«, rief er. »Übernimm das Ruder!«

Sie blinzelte. »Wie bitte?«

Er zog die Brauen zusammen. Er betrachtete sie nicht wie ein Ehemann, der sich über seine begriffsstutzige Frau ärgert, sondern wie ein Captain, der einen ungehorsamen Seemann musterte. Sein Blick verriet, dass er mit dem Gedanken spielte, sie in die Rahen zu hängen.

Ich erwarte, dass du gewissen Befehlen ohne Widerspruch gehorchst, hatte er ihr gesagt. Sie hätte einen Befehl verstanden, ihm aus dem Weg zu gehen, um ihr Leben zu retten, aber das Ruder des Schiffs zu übernehmen? In ihrem blauen Leinenkleid, das sich so gefährlich im Wind hob? Sie hatte sich genau aus diesem Grund so hingesetzt, dass sie die Beine unter sich verschränken konnte.

Sie erhob sich, den Wind, der ihr Kleid aufbauschte, ignorierend, und ging die wenigen Schritte zum Ruder hinüber. Christopher stand daneben, mit einer Hand auf dem Steuerrad. Seine grauen Augen verrieten seine Ungeduld. »Ich habe zu wenig Leute«, sagte er. »Du weißt, wie man ein Schiff führt?«

»So ungefähr«, erwiderte sie. Sie hatte James und seinem Steuermann dabei zugesehen, wie sie das Schiff steuerten. Er hatte jedoch niemals erlaubt, dass sie irgendetwas auf seinem Schiff anfasste, jedenfalls nicht mehr, seit sie und Paul die Takelung an seinem Bugspriet bei einem ihrer wenigen kühnen, dummen Streiche heruntergeholt hatten. Danach hatte James sie dazu verdonnert, in ihren Kabinen zu bleiben oder sich an Deck dorthin zu setzen, wo er sie sehen konnte, und zwar zu jeder Zeit.

Sie war damals sechzehn gewesen. Aber selbst wenn sie jetzt auf der *Argonaut* segelte, beobachtete James sie scharf, als wäre seine Takelung immer noch in Gefahr.

Christopher schlang seinen Arm um sie und zog sie ans Ruder. »Leg deine Hände hierhin und dorthin.« Er nahm sie und plazierte sie auf die Speichen. »Blick am Bug entlang, und halte sie genau so weit backbord an der Küste.« Er spreizte Daumen und Zeigefinger. Durch die Lücke blickte sie auf ein großes Stück Wasser zwischen Englands Klippen und dem offenen Meer. »Halt sie einfach nur auf Kurs.«

Honoria versuchte, sich nicht von der Wärme seines Körpers an ihrem Rücken ablenken zu lassen, von seinen Armen, die sie umschlossen, und seinem Atem an ihrem Ohr.

Sie nickte, und er ließ sie los. Kalter Wind und Enttäuschung nahmen seinen Platz ein. Sie spielte mit der Idee, es sich noch einmal von ihm zeigen zu lassen, aber er hatte sich schon abgewandt.

Manda grinste sie an, als wollte sie ihr viel Glück wünschen, und folgte Christopher und Mr. St. Cyr. Und ließ sie zurück. Um das Schiff zu steuern. Ganz allein.

»Christopher!«

Er drehte sich herum. Die Sonne schimmerte auf seinem blonden Haar und ließ seine Haut noch goldener leuchten. »Was?«

»Was mache ich, wenn wir auf ein anderes Schiff stoßen?«

»Ramm es möglichst nicht«, erwiderte Christopher, drehte sich um und ging davon.

Sie biss die Zähne zusammen, während sie ihm nachsah. Sie beschimpfte ihn leise, wurde jedoch schon bald von ihrer Aufgabe zu sehr in Anspruch genommen, einer Arbeit, die ihr zu ihrer Überraschung gefiel.

Sie konnte das ganze Schiff durch das Ruder fühlen, jede Wendung der Segel, jedes Spannen der Taue, jede Windbö. Es war berauschend. Die *Starcross* wurde plötzlich zu einem lebendigen, atmenden Wesen, das jede seiner Bewegungen vom Ruderblatt durch die Decks hinauf zum Steuerrad und in die Muskeln ihrer Arme schickte.

Sie bewegte das Ruder ein wenig, und sofort reagierte das Schiff und schwang seinen Bug nach links. Sie korrigierte den Kurs, bevor Christopher es bemerkte.

Sie beobachtete die Küste, um sicherzustellen, dass sie sich genau an Christophers Angaben hielt. Ihr Respekt wuchs, dass James und seine Mannschaft die *Argonaut* auf dem Meer auf Kurs halten konnten. Es war leicht zu navigieren, wenn sie das Land zu ihrer Rechten sehen konnte, aber auf dem Ozean, vor allem wenn die Sonne hinter Wolken verschwunden war, musste es eine schwierige Aufgabe sein, die gewünschte Richtung zu halten. Der Kompass vor ihr zeigte ihr, dass sie nach West-Südwest segelten, aber die Buchstaben auf der Scheibe wirkten längst nicht so real wie die grünbraune Küstenlinie zu ihrer Rechten.

Die Sonne erinnerte sie an ein anderes Problem. So sehr sie es auch genoss, auf Deck in der Wärme und dem Wind zu stehen, würde es ihre Haut bräunen, bis sie aussah wie altes Leder. Eine Lady hatte weiße, weiche Haut und sah nicht aus wie eine Bauersfrau. Honoria kam aus Charleston und war damit vertraut, wie sie sich vor der Sonne schützen konnte, aber hier würde sie etwas mehr als Spitzenschals und Sonnenschirme brauchen. Sie musste mit Mrs. Colby reden, ob die ihr etwas empfehlen konnte.

Manda schien sich weniger um die Sonne zu kümmern oder darum, eine Lady zu sein. Sie kleidete sich wie ein Seemann, redete wie einer und arbeitete auch so. Christopher verschonte sie vor keiner Aufgabe, sondern schien es für selbstverständlich zu halten, dass sie ins Krähennest hinaufkletterte oder ein Segel löste, genau wie alle anderen.

Honoria betrachtete die große Frau, bewunderte ihre markanten Gesichtszüge und ihren schlanken, biegsamen Körper. Honoria hatte befürchtet, dass Manda ihr mit Verachtung oder Widerwillen begegnen könnte, aber Christophers Schwester schien sich, wenn überhaupt, nur über Honoria zu amüsieren. Die zotigen Witze, die diese Frau riss, ließen darauf schließen, dass Christophers Ehe mit ihr das Komischste war, was sie seit langer Zeit gehört hatte. Christopher ertrug ihren Spott ohne jeden Kommentar oder auch nur Groll. Honoria dagegen errötete jedes Mal heftig, was Mandas Belustigung nur noch steigerte.

Honoria hoffte sehr, dass Christopher nicht etwa auch von ihr erwartete, dass sie auf ein Rahnock kletterte oder Segel einholte. Sie blickte am Hauptmast hoch, von dem sich die Rahen weit, weit über dem Deck spreizten. Aber wie auf

James' Schiff erledigte auch auf der *Starcross* jeder Seemann jede Aufgabe. Die Offiziere hier waren nicht mit Offizieren auf einem Schiff der Marine zu vergleichen. Es war kein formeller Rang, sondern sie hatten nur zusätzliche besondere Aufgaben. Sie mussten navigieren, die Mannschaft beaufsichtigen, die Karten führen, das Kommando übernehmen, wenn der Captain schlief, und die Waffen und die Kanonen beaufsichtigen.

Diese Offiziere hängten sich genauso mit bloßem Oberkörper in die Winsch wie die anderen Seeleute, wenn es nötig war, schöpften Wasser oder holten die Brassen ein, ohne lange auf einen Befehl zu warten. Selbst Mr. Henderson hatte heute Morgen geholfen, Segel zu setzen, weil Christopher keine vollständige Mannschaft an Bord hatte.

Honoria sah, wie der geschniegelte Engländer jetzt an Deck kam und ein Gespräch mit Mr. St. Cyr begann. Mr. Henderson hatte seine elegante Londoner Kleidung gegen eine einfache Hose, Stiefel und eine Jacke eingetauscht, die besser für die Arbeit auf einem Schiff geeignet waren. Trotzdem gelang es ihm, wie ein Gentleman auszusehen, der sich nur für einen Spaziergang auf dem Land umgezogen hatte.

Warum Mr. Henderson sich überhaupt entschieden hatte, sie zu begleiten, gab Honoria Rätsel auf. Er war heute Morgen gekommen und hatte Christopher gebeten, ihn mitzunehmen und in Tanger abzusetzen, wo er auf die *Argonaut* wechseln wollte. Als Christopher erwidert hatte, dass er kein Passagierschiff wäre, hatte Mr. Henderson ihn angefahren, dass er ihn überall absetzen könnte, ihm wäre es gleich. Ganz offensichtlich hätte Christopher zu wenig Leute, und er, Henderson, wäre ein erfahrener Navigator.

»Nimm ihn mit, Christopher«, hatte Manda gesagt. »Vermutlich hat er eine Tochter aus der besseren Gesellschaft in Schwierigkeiten gebracht und muss jetzt vor ihrem Vater davonlaufen.«

Das hatte Mr. Henderson zwar gar nicht gefallen, aber er war trotzdem an Bord gekommen.

Honoria hatte zuerst geglaubt, dass Mr. Henderson nur mitgekommen wäre, weil er sie selbst für James im Auge behalten wollte, aber sie änderte ihre Meinung augenblicklich, als er sich jetzt Christopher und Manda näherte.

Hendersons Blick glitt zu der großen schwarzen Frau, und seine Miene verriet seine Unsicherheit. Manda bemerkte ihn zunächst nicht. Als sie sich zu ihm herumdrehte, versteifte sich Henderson, und seine Miene, nein, seine ganze Haltung wurde wachsam.

Honoria kniff die Augen zusammen und hätte fast das Schiff vergessen.

Manda begann wie üblich ein Wortgeplänkel mit ihm. Honoria war zu weit entfernt, als dass sie hätte hören können, was sie sagte, aber Mr. Henderson errötete, und seine Haltung wurde noch steifer als zuvor.

Der arme Henderson. Für ihren Geschmack war er viel zu korrekt, arrogant und *englisch*, aber als sie ihn jetzt beobachtete, empfand sie zum ersten Mal einen Anflug von Mitleid mit ihm.

Und sie war neugierig. Ganz sicher würde sie im Auge behalten, wie sich die Dinge entwickelten.

Christopher befreite Honoria von ihrer Pflicht, als sich der Himmel im Westen bereits rötete. Die untergehende Sonne tauchte die Unterseite der vereinzelten Wolken in ein goldenes Licht. Honoria taten die Arme weh, ihr Gesicht war von Wind und Sonne verbrannt, und ihre Beine waren schwach von der Anstrengung, sich gegen das Rollen und Schwanken des Schiffes zu stemmen. Kurz gesagt, sie fühlte sich großartig.

Machte ihr Christopher ein Kompliment, weil sie das Ruder so geschickt bedient hatte? Nein, er sagte ihr nur im nüchternen Ton eines Captains, dass der junge Carew jetzt das Steuerrad übernehmen würde und sie zum Essen unter Deck gehen sollte.

Honoria öffnete die Hände, mit denen sie die Speichen umklammerte. Jedenfalls wollte sie das tun. Es gelang ihr, die Finger ein wenig zu strecken, aber dann setzten schmerzhafte Krämpfe ein, und sie schrie auf.

Christopher nahm ihre Hände und löste sanft ihre Finger von den Speichen. Aber sie wollten sich einfach nicht strecken. Rot-weiße Striemen schimmerten auf ihren Fingern und Handflächen. »Verdammt, Honoria!« Er rieb sanft ihre Hände. Seine Berührung wärmte sie.

»Ihr braucht das Ruder nicht so fest zu umklammern, Ma'am«, sagte Carew freundlich. »Legt einfach Eure Hände so darauf.« Er zeigte es ihr und legte seine Finger leicht auf die Speichen des Steuerrades.

Honoria versuchte, eine Faust zu machen. »Ja, danke«, sagte sie gepresst. »Ich werde daran denken.«

Christopher führte sie hinunter. Er war sichtlich verstimmt.

Der Captain und seine Offiziere aßen im Kartenraum. Die

Karten waren zusammengerollt und sicher in einem Mahagonischrank verstaut. Das Licht der Kerzen in den Laternen ließ das Holz des Mobiliars rot schimmern. Der Raum war groß genug für einen Tisch und sechs Stühle. Wenn sie besetzt waren, stießen die Lehnen an die Wände und die Schränke. Der Koch, ein kleiner schwarzhaariger Mexikaner mit spindeldürren Beinen, stand in der Tür, bereit, die Speisen zu reichen.

Christophers Stuhl stand am nächsten an der Tür. Die anderen saßen bereits am Tisch, als er mit Honoria hereinkam. Der einzige andere freie Stuhl war am anderen Ende des Tisches, und Honoria würde ihn niemals erreichen, es sei denn, sie kletterte über die anderen hinweg.

Wenigstens zwang Christopher sie nicht dazu. Er gab Manda ein Zeichen mit dem Daumen, die grinsend aufstand und sich auf den freien Stuhl setzte. Colby, der riesige, bärenhafte Mann, rückte ebenfalls einen Platz weiter, wenngleich auch längst nicht so elegant, und gab den Stuhl für Honoria frei.

Sobald Christopher sich gesetzt hatte, reichte ihm der Koch die Terrine. Christopher stellte sie auf den Tisch. »Setz dich«, sagte er zu Honoria. Sein Ton duldete keinen Widerspruch.

Honorias Beine reagierten auf den Befehl, bevor sie sie daran hindern konnte. Wenigstens gelang es ihr, die Bewegung einigermaßen anmutig zu gestalten, statt sich einfach auf den Stuhl fallen zu lassen, den Colby bereits angewärmt hatte.

Auf dem Tisch lag eine Decke, die ein wenig angefeuchtet war, damit die Teller nicht darauf rutschten. Sie war vergilbt und ausgefranst. Auf der anderen Seite neben Christopher saß der blasse St. Cyr, neben ihm Mrs. Colby, deren rot gefärbtes Haar fast genauso warm wie die Mahagonimöbel schimmerte.

Christopher schöpfte erst Suppe in ihre Schüssel, dann in seine. Große Fettaugen bedeckten Karotten, anderes Gemüse und Fleischstücke. Trotz ihres Aussehens duftete sie himmlisch. Christopher schob die Terrine nach links, und St. Cyr bediente sich.

Danach schob er die Schüssel weiter und verbeugte sich knapp vor Honoria. »*Bon appétit, Madame.*«

Honorias Schulbildung reagierte ohne ihr Zutun. »*Merci, Monsieur*«, sagte sie und senkte den Kopf, als würden sie Kanapees auf einer Gartenparty zu sich nehmen.

Colby kicherte. Christopher hob eine Braue und sagte etwas Deftiges in fließendem Französisch. Etwas, das Honoria eigentlich auf ihrer Schule nicht hätte lernen sollen. Aber sie verstand es trotzdem und errötete. In Christophers Augen funkelte Belustigung.

Einen Moment spielte Honoria mit dem Gedanken, ihm ihren gefüllten Teller an den Kopf zu werfen. Diana hatte Honoria verraten, dass sie einmal eine ganze Terrine mit Suppe auf James geschleudert hatte. Kartoffelsuppe. Diana war der Meinung, dass sich James in diesem Moment in sie verliebt hatte.

Honoria fand ihre Situation ein wenig komplizierter. Wenigstens hatte James Diana Zeit gelassen, sich an ihn zu gewöhnen, bevor er sie geheiratet hatte.

Also tat sie, als ignorierte sie Christopher, während sie die Suppe löffelte. Sie schmeckte pfeffrig und war einfach köstlich.

»Also, wie hoch ist ihr Anteil?«, fragte Colby plötzlich.

Manda schlürfte geräuschvoll ihre Suppe. »Was kümmert es dich?«

Colby tippte mit dem Griff seines Löffels auf den Tisch. »Wir haben die Anteile schon vorher aufgeteilt. Es wäre vernünftig anzunehmen, dass wir nicht deshalb weniger bekommen, weil der Captain geheiratet hat. Sie sollte einen Teil von seinem Anteil bekommen.«

Manda und Mrs. Colby beobachteten Christopher. Mr. St. Cyr fuhr fort, seinen Teller mit kleinen, diskreten Schlucken auszulöffeln.

»Sie bekommt ihren eigenen Anteil«, erklärte Christopher.

»Was bedeutet, dass wir weniger bekommen«, erwiderte Colby.

»Aber wir haben eine kleinere Mannschaft, Colby«, gab Manda zurück. »Das bedeutet, dass alle einen größeren Anteil erhalten.«

»Ich sage, wir stimmen ab. Wir haben auch abgestimmt, als ich geheiratet habe.«

»Mit dem Ergebnis, dass Mrs. Colby ihren eigenen Anteil bekommen hat«, antwortete Christopher entschieden. »So wird es auch bei Mrs. Raine gehalten. Es gibt keine Abstimmung.«

Colby wollte etwas erwidern, doch dann fing er Christophers Blick auf und klappte den Mund mit einem vernehmlichen Klacken seiner Zähne zu.

Der Koch brachte eine Schale mit Brot. Christopher riss ein Stück ab und reichte es an Honoria weiter. In dem Moment erhob sich der Schiffskörper unter einer Welle. Alle hielten automatisch ihre Teller fest und drückten sich gegen die Wand. Ansonsten aßen sie gelassen weiter. Das Schiff erreichte den Wellenkamm und tauchte in das Tal hinab. Wind fegte durch den Flur, als der Koch wieder hinausging.

Honoria brach vorsichtig ein Stück Brot ab und reichte es dann an Colby weiter. Der nahm es in seine große Hand, riss einen Brocken ab und reichte es Manda. Es war kein sehr gutes Brot. Der Laib war dunkel von Roggenmehl und Zuckersirup, und es fühlte sich unter ihren Fingern grob an. Sie konnte es auf ihren Teller zurücklegen oder es dem Franzosen anbieten, aber Christopher beobachtete sie.

»Meinen eigenen Anteil wovon?«, fragte sie.

»Puh!«, knurrte Colby. »Wahrscheinlich von gar nichts.«

Alle sahen Christopher an. »Nein«, widersprach er ruhig. »Ich habe das alles nicht für nichts überlebt.«

»Das glaube ich erst, wenn ich es sehe.«

»Ihr werdet es sehen«, sagte Christopher.

Drückten sie sich absichtlich so rätselhaft aus, um sie in den Wahnsinn zu treiben? »Was wird er sehen?«, hakte sie nach.

Erneut sahen sich die anderen an. Sie alle schienen genau zu wissen, worum es hier ging.

Christophers Augen leuchteten und wirkten fast rauchgrau. »Iss dein Brot, Honoria.«

Sie sah ihn finster an. Diese Heimlichtuerei zeugte von schlechter Erziehung. Wenn sie etwas zu diskutieren hatten, konnten sie gefälligst warten, bis sie verschwunden war, und sich bis dahin seltsamer Andeutungen in ihrer Gegenwart enthalten.

Honoria biss ein Stück Brot ab. Winzige Steine knirschten zwischen ihren Zähnen, und sie hörte auf zu kauen. Sie konnte die Steine nicht aus dem Mund nehmen, aber essen konnte sie sie auch nicht.

»Verfluchte Kiesel!«, schnauzte Colby neben ihr und spie einen über den Tisch. St. Cyr duckte sich, und das Steinchen schlug hinter ihm mit einem leisen »Ping« gegen die Wand.

»Arthur!«, rief seine Frau. »So benimmt man sich nicht! Schon gar nicht in Anwesenheit einer Lady.«

Das Schiff erklomm die nächste Welle. Honorias Magen kletterte mit ihm. Sie schlug eine Hand vor den Mund.

»O nein!«, entfuhr es Colby. »Sie muss sich übergeben.«

Honoria sprang auf und hätte fast den Koch über den Haufen gerannt, der gerade mit einem nach Schnaps riechenden Krug auftauchte. Honoria stolperte über den Flur und hielt sich an den Wänden fest, als das Schiff schwankte. Sie zog sich die Treppe hinauf und trat an Deck.

Der kalte Wind schlug ihr ins Gesicht. Die Sonne war untergegangen, und es herrschte dunkle Nacht. Ein paar Wolken malten noch dunklere Flecken auf den Horizont, aber über ihr funkelten die Sterne wie Diamantenstaub am Himmel. Carew stand immer noch am Ruder. Eine Laterne zu seinen Füßen badete seinen Körper in goldenes Licht.

Honoria erreichte die Reling, beugte sich hinüber und spie das Brot ins Meer hinaus. Der scharfe Wind wehte ihr das Haar aus dem Gesicht und duftete nach Salz.

Sie war eine Närrin. Sie wusste, warum sie Christopher so beflissen gefolgt war, auf dieses Schiff mit all den Menschen, die sie nicht verstand. Sie redete sich nur ein, dass sie ihre Pflicht tat, aber Pflichtgefühl und gesunder Menschenverstand hatten in letzter Zeit nur sehr wenig mit ihren Entscheidungen zu tun gehabt.

Nein, sie war seinetwegen hier, wegen des Gefühls seiner Hände auf ihrem Körper, wegen der Leidenschaft, nach der sie sich förmlich verzehrte. Sie hätte bei Diana bleiben und einen legalen Weg aus dieser Ehe finden können. Heutzutage schienen Anwälte so ziemlich alles bewerkstelligen zu können.

Honoria war Christopher gefolgt, weil sie ihn begehrte, und jetzt zahlte sie dafür.

Sie hörte seine Schritte. Im Moment wollte sie ihrem Ehemann eigentlich nicht gegenübertreten, aber dann zog er sie an sich und hielt mit seinem warmen Körper den kalten Wind ab.

Es war sinnlos, sich zu wehren. Diese Leidenschaft war ihre Sucht, und sie genoss sie. Sie drehte sich in seinen Armen herum und legte ihren Kopf an seine Schulter. Er streichelte ihr Haar und drückte ihr einen Kuss auf den Scheitel. Er roch rauh und wild, wie das Meer selbst. Dieser Duft wurde unterlegt mit dem Aroma von Whisky.

Sie hob ihren Kopf und sah ihn an. Er beugte sich zu ihr hinab und küsste sie. Der scharfe Whiskygeschmack lag noch auf seiner Zunge.

»Meinen Anteil wovon, Christopher?«, fragte sie.

Er lächelte, ein sündiges, wissendes Lächeln, und hauchte ihr die Antwort ins Ohr. »Von einem vergrabenen Schatz, mein Engel.«

12. Kapitel

Du hast den Wegweiser zu einem verborgenen Schatz auf unsere Heiratsurkunde gezeichnet?«

Honoria ballte die Hände und versuchte, den Schmerz in ihren verkrampften Fingern zu ignorieren. Ihre Stimme klang schrill und brüchig. Sie waren in den Kartenraum zurückgekehrt, und Christopher hatte hinter ihnen die Tür versperrt. Colby stand an der Treppe, um jeden anzukündigen, der sich näherte, vor allem, hatte Christopher betont, wenn es sich um Henderson handelte.

»Keinen Wegweiser«, widersprach Christopher gelassen, während das Kerzenlicht seine Züge wie gemeißelt erscheinen ließ. »Nur die Koordinaten und die Himmelsrichtung.«

Die Heiratsurkunde lag in zwei Teile zerrissen auf dem immer noch klammen Tischtuch. Christophers Finger ruhten auf den schwach lesbaren Zahlen, die unter seinen Namen gekritzelt waren. Honoria hatte sich immer gefragt, was die wohl bedeuteten und sich vorgestellt, dass der Priester sie aus nur ihm bekannten Gründen niedergeschrieben hatte. Irgendwie waren sie ihr nie wichtig vorgekommen.

Jetzt dagegen waren sie ungeheuer bedeutsam. »Verstehe«, sagte sie kühl.

Christopher hatte keine weitere Erklärung dazu abgegeben, und seine restlichen Offiziere – sowie Mrs. Colby –

schienen auch keine zu erwarten. Nur Honoria stand steif und missbilligend da, während die Finger ihrer geballten Hände schmerzten.

»Dieses Schiff ist so gebaut, dass es schnell segelt«, fuhr Christopher fort. »Wenn das Wetter so bleibt, sollten wir unser Ziel in zehn Tagen erreichen.« Sein Blick glitt über jeden der Anwesenden. »Wir werden die Mannschaft in dem Glauben lassen, dass wir nach Charleston segeln, und zwar bis zum letztmöglichen Augenblick. Wir haben einen unerwünschten Gast an Bord, deshalb will ich nicht, dass die Männer über unseren Kurs spekulieren, bis sie es nicht unbedingt erfahren müssen. Das bedeutet, kein Wort verlässt diesen Raum. Wer redet, wird ausgepeitscht.«

Er drehte den Kopf und sah Honoria an. »Das gilt auch für dich, meine Gemahlin.«

»Ich pflege nicht Privatangelegenheiten mit Mr. Henderson zu diskutieren«, erwiderte sie steif.

»Mit niemandem!«, verbesserte er sie. »Nicht einmal mit einem von uns, jedenfalls nicht ohne meine Zustimmung. Ich will nicht, dass Henderson mein Schiff sabotiert oder möglicherweise noch drastischere Maßnahmen ergreift, um uns aufzuhalten. Immerhin ist er ein Piratenjäger.«

»Warum setzen wir ihn nicht in Tanger ab, wie er es erbeten hat?«, unterbrach St. Cyr.

»Nicht, solange James Ardmore diesen Teil der Welt unsicher macht. Ich habe einmal mit ihm zu tun gehabt; auf eine zweite Begegnung dieser Art lege ich keinen Wert.« Sein Blick glitt durch den Raum und blieb schließlich an Manda hängen. »Es war zu schwierig, Euch alle aufzuspüren. Ardmore mag in Betracht ziehen, dass ich meine Schuld beglichen habe, dennoch könnte er uns folgen, um herauszufinden, was wir vorhaben.«

»Außerdem hast du seine Schwester geheiratet«, warf Manda grinsend ein. »Colby hat vorgeschlagen, wir sollten Henderson und Honoria in einem Boot aussetzen. Als Beute für den Piratenjäger.«

»Colby ist nur gereizt, weil sie ihm über ist«, warf Colbys Frau mit einem erstickten Lachen ein.

Christophers Schweigen lastete schwer im Raum. »Falls noch jemand auf die Idee kommt«, meinte er schließlich, »meine Frau zurückzulassen, soll er mir das ins Gesicht sagen. Ich habe sie geheiratet; sie bleibt.«

Manda hob die Brauen, enthielt sich jedoch eines Kommentares. Mrs. Colby lächelte immer noch, und St. Cyr, stoisch wie immer, sagte gar nichts.

»Das wäre alles«, meinte Christopher. »Manda, löse Henderson von der Wache ab und schicke Colby zu mir.«

Seine Schwester nickte, und die anderen verließen den Raum. Honoria musste zur Seite treten, damit sie hinausgehen konnten. Christopher faltete die Heiratsurkunde zusammen und schob sie wieder in seine Tasche.

»Christopher«, sagte Honoria, als sie allein waren. »Wir müssen uns dringend unterhalten.«

»Später.« Er milderte dieses schroffe Wort ein wenig ab, indem er ihr Kinn anhob und ihr einen flüchtigen Kuss auf die Lippen drückte. »Wir unterhalten uns, wenn wir ins Bett gehen.«

»Da gibst du mir nie die Gelegenheit zu reden.«

Er grinste sie anzüglich an, weil er sehr genau wusste, was sie meinte, und schob sich ohne ein weiteres Wort an ihr vorbei. Draußen winkte er Colby zu sich, ging mit dem massigen Mann in seine Kajüte und schloss die Tür aus poliertem, mit Messing verziertem Holz vor Honorias Nase.

Kochend vor Wut stieg sie an Deck. Es war dunkel und kalt, aber Christopher hatte ihr den Weg in ihr Schlafzimmer versperrt. Sei's drum, dachte sie. Dafür hat er mir Gelegenheit zum Nachdenken gegeben. Sie hatte jetzt viel Zeit, sich zu überlegen, wie sie ihm sagen würde, was sie von ihm hielt.

Ein Stück von Honoria entfernt standen Manda und Henderson. »Ihr habt Freiwache. Ich löse Euch ab, und Ihr könnt nach unten gehen«, sagte Manda zu Alden Henderson.

Henderson rührte sich nicht von seinem Platz an der Deckreling. »Ich sehe mir gern die Sterne an«, erwiderte er steif.

Manda zuckte mit den Schultern, als würde sie das nicht interessieren. Der Wind blähte seine Jacke und zerzauste sein Haar, aber seine Haltung war immer noch die eines Raubtieres auf der Lauer. Sein Gesicht war auf eine gewisse britische Weise recht gutaussehend; selbst die Brille tat dieser Wirkung keinen Abbruch.

Warum hatte er, ein perfekter, hochnäsiger Gentleman, dieses Piratenschiff bestiegen, um wie ein gewöhnlicher Seemann Segel zu setzen und Winschen zu kurbeln?, überlegte Manda. Wenn er hier auf Piratenjagd gehen wollte, würde er sehr bald sterben. Das musste ihm doch klar sein. Also warum gab er die Bequemlichkeit eines Londoner Luxushotels auf, in dem er hätte warten können, bis sein eigener Captain ihn zu sich rief?

»Ihr sagtet, Ihr wäret ein guter Navigator«, meinte Manda gepresst. »Bedeutet das, Ihr könntet den Weg allein anhand der Sterne finden, wenn Ihr in einem Ruderboot ausgesetzt würdet?«

Er drehte den Kopf und sah sie an. Sie sah nur die Gläser seiner Brille, in denen sich das Mondlicht spiegelte. »Nur, wenn Ihr mit mir ausgesetzt würdet. Ich bräuchte Euch, um zu rudern.«

Warum kam ihr die Vorstellung, mit ihm allein in einem Boot zu sein, plötzlich so verlockend vor? Das war doch einfach lächerlich!

»Warum habt Ihr mich gerettet?«, fragte sie scharf. »Für einen Mann wie Euch bin ich doch nicht mehr als eine Dienerin oder eine Sklavin oder ein Vergnügen. Das ist doch für Euch alles dasselbe.«

Er blickte wieder aufs Meer hinaus. »Ich bin ein Gentleman.«

»Genau das meine ich.«

Jetzt verlor er seine Beherrschung. »Könnt Ihr nie mit mir sprechen, ohne mich absichtlich zu provozieren?«

Sie zuckte mit den Schultern. »Offenbar nicht. Und Ihr habt meine Frage nicht beantwortet.«

Seine Kiefer mahlten. »Ich sagte bereits, ich bin ein Gentleman. Dieser Dreckskerl Switton hat Euch in einem Käfig gehalten. Wäre es nach mir gegangen, hätte er dafür auf der Stelle mit seinem Leben bezahlt.«

Ein merkwürdiges Gefühl breitete sich von ihrem Magen aus. »Warum sollte Euch kümmern, was mir passiert?«

Er stieß ein gereiztes Schnauben aus. »Dürfen englische Gentlemen kein Mitgefühl haben? Er hatte nicht das Recht,

Euch festzuhalten, nicht das geringste Recht, Euch zu erniedrigen …«

»Er hat mich nie angefasst.«

»Das habe ich nicht gemeint. Er hat Eure Würde in den Dreck gezogen. Dafür verdient er Schlimmeres als den Tod.«

Sie standen in einer dunklen Ecke, zwischen den Lichthöfen der Laternen. Seine Augen hinter den schimmernden Brillengläsern waren nur undeutlich zu erkennen.

Sie hob die Hand und berührte sie mit einem Finger. »Setzt sie ab.«

Er zuckte zurück. »Warum?«

»Ich will Eure Augen sehen.«

»Es ist dunkel«, erklärte er.

»Das spielt keine Rolle.«

Er seufzte, nahm sorgfältig die Bügel von den Ohren, setzte die Brille ab und schob sie sofort in eine Tasche, als fürchtete er, dass sie sie ihm wegnehmen und über Bord werfen könnte.

Der Mond stand hoch am Himmel und spendete ein silbriges Licht. Seine Augen waren von einem sternenhellen Grau, ähnelten Christophers und blickten ebenso eindringlich.

Sie standen sich knapp einen halben Meter gegenüber, und Manda stellte fest, dass sie fast genauso groß war wie er.

Deshalb musste sie sich nur ein bisschen auf die Zehenspitzen stellen, um ihn küssen zu können.

Einen Moment lang tat er gar nichts. Sein Körper versteifte sich, und seine Lippen blieben unbewegt. Manda erwartete, dass er sich von ihr losreißen, einen angewiderten Laut ausstoßen und davonstürmen würde.

Stattdessen schlang er plötzlich seine kräftigen Hände um ihre Schultern und zog sie an sich. Dann teilte er mit der Zunge ihre Lippen und küsste sie mit einer Leidenschaft, die sie noch nie zuvor in ihrem Leben gefühlt hatte.

Honoria beobachtete diesen Kuss von ihrem Standort an Deck aus, tief im Schatten. Der arme Mr. Henderson. Er und Honoria waren der Familie Raine ganz schön verfallen.

Ein versteckter Schatz, also wirklich. Das klang wie die Geschichten über Christopher in den Heftchen, die Honoria vor so langer Zeit gelesen hatte, die Geschichten, wegen denen sie sich überhaupt in ihn verliebt hatte.

Mit achtzehn war sie eine alberne Närrin gewesen, und ihr wurde klar, dass sie genau das immer noch war. Warum sonst wäre sie so fröhlich mit Christopher davongesegelt? Er hatte sie mit seinem anzüglichen Lächeln und seinen liebevollen Zärtlichkeiten verführt, und sie war ihm bedenkenlos gefolgt und hatte dabei auch noch zufällig das Stück Papier mitgebracht, das ihm sagte, wo genau er seinen Schatz gelassen hatte.

Und jetzt wickelte Christophers Schwester Mr. Henderson um den Finger. Es war einfach unfair.

Manda und Henderson ließen voneinander ab und starrten sich an, ohne sich zu rühren. Nach einem Moment gespannten Schweigens sagte Mr. Henderson leise ein paar Worte. Honoria konnte Mandas Antwort ebenfalls nicht verstehen, aber sie klang ein wenig spöttisch. Mr. Henderson reagierte wütend, kehrte ihr den Rücken zu und schritt steifbeinig davon.

Manda sah ihm nach. Ihr langes Haar wehte im Wind, und sie stand hoch aufgerichtet da.

Als sie sich herumdrehte, fiel ihr Blick auf Honoria, die nach wie vor im Schatten stand. Manda sah Honoria einen Moment an und wusste, dass diese alles gesehen hatte. Dann drehte sie sich um und schlenderte zum Heck. Vollkommen unbekümmert. Genau wie ihr Bruder.

Der Wind frischte auf und riss an Honorias Kleid und Haaren. Sie wusste, dass sie nicht länger hier herumstehen und zittern sollte, aber sie war noch nicht bereit, in die Kajüte zu gehen, die sie mit Christopher teilte.

Wenn sie ihn dort allein vorfand, würde er sie wieder verführen, anfangen, sie zu »überzeugen«, dass ihre Heirat eine gute Idee gewesen war.

Und sobald er sie küsste, würde sie ihren Zorn vergessen und den Schmerz, der sich in ihrem Herzen breitmachte, und zulassen, dass er sie ablenkte.

Sie traf eine Entscheidung und ging erneut unter Deck, jedoch nicht zur Kapitänskajüte, sondern in die Kombüse, die vor dem Hauptmast lag, achtern von der Back, halb unter Deck, und über eine kurze Leiter zu erreichen war. Der warme Duft von Suppe und Kornbrot schlug ihr beim Eintreten entgegen. Mrs. Colby hatte die Rolle der Hilfsköchin übernommen und war dabei, das Abendbrot für die Seeleute zu richten, die von der Wache kamen.

Die Kombüse war eng und vollgestopft. Den größten Raum beanspruchte ein Tisch, an dem alle Speisen zubereitet wurden. In dem Ziegelofen an der gegenüberliegenden Wand loderte ein Feuer. Ein schwarzer Kessel mit Suppe hing an einem Haken über dem Feuer und brodelte fröhlich vor sich hin. Der dunkelhaarige Koch, der davorsaß, warf ab und zu Gemüse oder ein Stück Schweinefleisch hinein.

Honoria blieb direkt neben der Tür stehen und rieb sich die Arme. Es war stickig in dem kleinen Raum, aber die Wärme tat ihren kalten Gliedmaßen gut. Mrs. Colby, die gerade geschickt Kartoffeln schälte, blickte auf. »Ihr solltet im Bett liegen, Liebes. Auf dem Meer wird es früh hell.«

»Ich bin noch nicht müde«, antwortete Honoria. Im selben Augenblick wurde ihr klar, dass sie log. Ihre Arme schmerzten noch von der Anstrengung, den ganzen Nachmittag das Ruder zu halten, und ihre Augen brannten.

Mrs. Colby lachte leise. »Nun, Euer Ehemann wird sehr glücklich sein, dass Ihr noch wach seid.«

Honoria errötete, worüber Mrs. Colby erneut schmunzelte.

In Charleston wäre Honoria nicht einmal im Traum auf die Idee gekommen, mit einem ehemaligen Barmädchen zu plaudern, ganz gleich, wie gutmütig sie auch sein mochte. *Aber wir sind jetzt beide Piratenbräute*, dachte sie mürrisch, *auf einem Piratenschiff.* Klassenunterschiede und die angemessene Ordnung der Dinge schienen auf einmal an Wert verloren zu haben.

Jedenfalls sagte das der vernünftige Teil von Honorias Verstand. Der Rest ihres Wesens war einfach nur froh, mit jemandem reden zu können.

»Ihr tut ihm gut, Liebes«, sagte Mrs. Colby und widmete sich wieder ihren Kartoffeln. »Ihr habt ihm die Schärfe genommen.«

Honoria sah sie überrascht an. »Habe ich das?«

»Meine Güte, aber ja doch! Er war schon immer ein harter

Mann, wenn auch gerecht. Er duldet keinerlei Ungehorsam, aber er ist immer gut zu seiner Mannschaft. Doch er kann auch so rücksichtslos wie ein streunender Hund sein, der ein Rudel übernimmt. Jetzt hat er etwas Neues, woran er denken kann. Etwas Nettes.«

Honoria betrachtete die Frau verblüfft. Wenn Christopher seine Schärfe tatsächlich verloren hatte, war sie nur froh, dass sie ihn damals nicht erlebt hatte.

»Er hat im Orient einiges durchstehen müssen«, meinte Honoria. »Vielleicht hat ihn das ein wenig zurechtgestutzt.«

»Oh, aye. Seine Abenteuer haben sicherlich seinen Stolz erschüttert. Aber er hat sie nur wegen seiner Härte überstanden. Ihr seid es, Liebes, die dieses Funkeln in seinen Augen auslöst.«

»Ihr meint diesen Blick, mit dem er mich ansieht, als wollte er mich verschlingen?«

Mrs. Colby lachte erneut. »Genau das meine ich. Lasst ihm das Vergnügen, Liebes. Er hat etwas Schönes verdient.«

Er hätte es viel mehr verdient, dass man ihn über Bord wirft, dachte Honoria. Sie warf einen kurzen Seitenblick auf den Koch, aber der beugte sich über seinen Suppentopf und schien sich nicht für das Geplapper der Frauen zu interessieren.

Mrs. Colby fuhr fort, die Kartoffeln in Stücke zu schneiden. Honoria setzte sich auf einen Stuhl und sortierte die ungeschnittenen Kartoffeln nach ihrer Größe.

»Er hat es verdammt schwer gehabt«, fuhr Mrs. Colby fort. »Unser Captain musste zusehen, wie sein Vater erschossen wurde und seine Mutter mit den Mördern davonlief. Das hat ihn innerlich versteinern lassen, und dabei war er noch so jung.«

»Oh«, sagte Honoria. Ihr verräterisches Herz begann, mit ihm zu leiden. Einen Moment fragte sie sich, ob Mrs. Colby ihr das erzählte, weil sie gesehen hatte, wie wütend Honoria wegen der Schatzkarte gewesen war. Vielleicht hatte Christopher sie sogar instruiert, Honorias Mitgefühl für ihn zu wecken.

»Er wird gut zu Euch sein, Liebes«, fuhr Mrs. Colby fort. »Aber auf seine Art und Weise.«

»Bedeutet das, dass er mich in den Wahnsinn treibt?«

Die Köchin lächelte. »So ist die Liebe, Liebes. Als Colby mir den Hof gemacht hat, hätte ich ihm am liebsten einen Krug zwischen die Augen gerammt. Er trat in mein Leben und verschwand, ohne auch nur um Erlaubnis zu fragen, und erwartete von mir, dass ich da wäre, wenn er zurückkam. Und dann, eines Tages, war ich nicht da.«

Honoria schob eine größere Kartoffel ans Ende der Reihe. »Was habt Ihr gemacht?«, fragte sie neugierig.

Mrs. Colbys Lächeln wurde strahlender, als sie sich erinnerte. »Meine Güte, war er wütend! Er ist ein sehr sanfter Mann, auch wenn er so stark ist, aber er hat durchaus Temperament. Er hat versucht, *es* von mir zu verlangen, aber ich habe ihm gesagt, wenn ihm so wenig an meinen Gefühlen läge, dann könnte er für das Vergnügen bezahlen, genau wie für eine gewöhnliche Hure.« Sie schüttelte sich vor Lachen. »Er war vielleicht schockiert. Man hätte nicht glauben mögen, dass Colby so zimperlich sein könnte. Aber das ist er. Also hat er mich gepackt und geheiratet.«

Sie griff nach einer Kartoffel aus der Mitte von Honorias hübsch geordneter Reihe. »Dann wollte er, dass ich doch schön in England auf ihn warten sollte. Kommt nicht in Frage, erwiderte ich. Unser Schwur lautete ›bis dass der Tod uns scheide‹, nicht ›bis dass dein Schiff auslaufe‹. Also bin ich mitgekommen. Er braucht eine Frau, Gott segne ihn.«

Honoria dachte daran, wie der massige Colby seine Frau mit ruppiger Zärtlichkeit behandelt und wie sie ihn ohne jede Verlegenheit hin und her gescheucht hatte. Sie schienen irgendwie zusammenzupassen, dieser Bär von einem Mann und die dicke, kleine Frau. Sie, die immer lächelte, und er mit seiner ständig mürrischen Miene. Honoria konnte das starke Band zwischen ihnen spüren.

Sie seufzte auf. Sie hatte auch immer das Band zwischen sich und Christopher gespürt, ein Seil, das um sie geschlungen war, selbst in den Jahren, in denen sie ihn für tot gehalten hatte. Sie hatte ihm gesagt, dass sie ihn in ihrem Herzen losgelassen hatte, doch in Wahrheit vermochte sie das nicht, würde es niemals können.

Zum Beispiel spürte sie sofort, dass er hinter ihr in die Kombüse getreten war. Es lag weder an Mrs. Colbys plötzlich so unschuldigem Gesichtsausdruck noch an ihrem unvermittelten Interesse an den Kartoffeln, dass Honoria wusste, zu wem die Schritte hinter ihr gehörten. Es war vielmehr eine Veränderung in der Luft, ein Kribbeln auf ihrer Haut, das ihr sagte, dass Christopher hinter ihr stand, noch bevor sie sich umgedreht hatte.

Seine Gestalt füllte den Türrahmen aus, und seine grauen Augen funkelten wissend. Honoria fragte sich, wie viel er wohl gehört hatte.

Mrs. Colby lächelte ihn an. »Ich habe sie nur für Euch warm gehalten.«

»Dafür bin ich sehr dankbar«, erwiderte Christopher. In

dem harten Licht des kleinen Raumes wirkte sein Gesicht noch kantiger als vorher. Er hielt Honoria die Hand hin. »Komm mit, werte Gemahlin.«

Mrs. Colby zwinkerte. Falls Christopher das gesehen hatte, ließ er es sich jedenfalls nicht anmerken. Als Honoria wie angewurzelt auf ihrem Stuhl sitzen blieb, packte er ihren Ellbogen und zerrte sie aus der Kombüse.

Doch sie folgte ihm eigentlich recht bereitwillig. Sie hatte ihm nicht nur einiges zu sagen, sondern außerdem führte er sie zu ihrem warmen und sehr interessanten Bett.

Christopher wusste, dass Honoria Streit suchte. Sie würde anfangen, ihn zu beschuldigen, dass er nur zu ihr zurückgekehrt wäre, weil er die Heiratsurkunde wollte, auf der die Lage des mexikanischen Goldes der *Rosa Bonita* eingetragen war.

»Es war genau andersherum, Darling«, würde er dann antworten, und sie würde ihm nicht glauben. Trotzdem würde die gut erzogene Honoria Ardmore nicht schmollen, sondern darüber reden wollen.

Honoria wollte immer über ihre Gefühle reden. Christopher dagegen wollte sie nur empfinden.

Er führte sie in ihre Kabine, die der Nachtwind, der durch das geöffnete Fenster wehte, ein wenig abgekühlt hatte. Er schloss die Tür, und sie öffnete den Mund, um den zu erwartenden Streit anzufangen. Also drückte er sie mit dem Rücken gegen die Tür und küsste sie.

Sie öffnete sofort und ohne jede Gegenwehr die Lippen. Christopher mochte die Form ihres Mundes, seine Weichheit, den Geschmack ihrer Zunge und den Eifer, mit dem sie sie an seiner bewegte. Sie schmeckte heute noch so süß wie damals, als er sie zum allerersten Mal geküsst hatte.

Da hatte sie in diesen hübschen Wintergarten gehört, dort im Anwesen ihrer Familie, in ihrem weißen Musselinkleid und mit ihrem Parfüm. Jetzt war ihre Haut von der Sonne gerötet, ihr Haar vom Wind zerzaust. Ihr blütenzartes Gesicht war zu dem einer Frau gereift, mit einem scharfen Kinn und feinen Fältchen in den Augenwinkeln. Sie war jetzt noch schöner, obwohl sie ihm auch das nicht glauben würde.

Sie stöhnte leise und schlang die Arme um seinen Hals. Das hatte sie damals auch getan. Sie zog ihn immer dicht an sich, als wollte sie verhindern, dass er ging, bevor der Kuss zu Ende war.

Davor brauchte sie sich wirklich nicht zu fürchten.

»Christopher«, flüsterte sie.

»Nicht jetzt«, knurrte er leise.

»Ich wollte nur fragen …«

»Nein.« Er knabberte an ihrer Unterlippe.

»Du weißt doch gar nicht, was ich sagen will.«

Er machte sich an die angenehme Aufgabe, die Haken ihres Gewandes zu lösen. »Ich habe so eine Ahnung.«

»Ich wette, das hast du nicht.«

Ihre grünen Augen funkelten, und ihre Stimme klang recht hochnäsig.

»Nein?« Er stützte sich mit der Hand gegen die Tür, direkt neben ihrem Kopf. »Und um was wetten wir? Um einen Kuss?« Er drückte ihr einen schnellen Kuss auf die Lippen. »Zu spät.« Er legte seine Hand auf ihre Brust. »Um deine Tugend? Auch dafür ist es längst zu spät.«

Er sah den störrischen Ausdruck in ihren Augen. Das war seine Honoria, immer bereit für einen Kampf. »Wenn ich gewinne«, sagte sie klar und deutlich, »dann wirst du mir eine Bitte erfüllen, ohne Frage, ganz gleich, was es ist.«

»Also gut«, erwiderte er leichtsinnig. Sein Blut kochte viel zu sehr, als dass er sich deshalb Sorgen gemacht hätte. »Und du wirst eine von mir erfüllen. Keine Fragen.« Er hob ihren Kopf an. »Und kein Gerede.«

»Einverstanden.«

Er drückte sie erneut gegen die Tür. »Also, was wolltest du wissen?« Selbst wenn er endlose Fragen wegen dieser Heiratsurkunde über sich würde ergehen lassen müssen, hatte er gegen ihre Neugier gerade eine sehr schöne Belohnung ausgehandelt.

Sie räusperte sich und versuchte, so sittsam zu wirken, wie das mit einem halb geöffneten Mieder möglich war. »Darf ich das Schiff morgen noch einmal steuern?«

Er versuchte, sein Zucken zu verbergen, aber vergeblich. Verflucht! »Das war deine Frage?«

»Ja.« Sie lächelte triumphierend. »Ich habe gewonnen?«

»Hast du. Also, welche verfluchte Narrheit soll ich tun?« So, wie er Honoria kannte, würde sie vermutlich von ihm verlangen, auf einem Bein im Heck zu stehen und irische Shantys zu singen oder etwas ähnlich Lächerliches.

»Beantworte erst meine Frage«, befahl sie.

»Welche Frage? Ach so, ob du das Ruder übernehmen kannst? Das wirst du. Deine Wache beginnt um zehn.«

Sie hob überrascht die Brauen. »Meine Wache?«

»Der junge Carew wird dir helfen. Er bildet die Neulinge aus.«

Ihre Brust hob sich an seiner. »Gehöre ich jetzt zur Mannschaft?«

»Ich habe nicht genug Leute, um dir eine freie Überfahrt zu gewähren. Alle arbeiten, und alle bekommen einen Anteil. Das schließt dich mit ein.«

»Verstehe.« Sie sah ihn besorgt an.

»Du wirst deine Sache gut machen. Carew wird dir nur Dinge zeigen, die sogar eine Südstaatenlady fertigbringt, die dazu ausgebildet worden ist, Teepartys zu veranstalten.«

Sie lachte leise. »Wirklich vornehme Ladys geben keine Teepartys. Das ist nur etwas für Emporkömmlinge.«

Er schüttelte den Kopf in gespielter Zerknirschung. »Verdammt, ich hätte doch nicht einfach von der Schule weglaufen sollen.«

Sie lachte wieder, und ihre roten Lippen leuchteten einladend.

»Und jetzt sag mir, was meine Buße ist«, sagte er und wappnete sich gegen das Unausweichliche. »Bringen wir's hinter uns.«

Honoria wurde still, und ihre Wangen leuchteten rosa. Er erwartete, dass sie ihn auffordern würde, ins Krähennest zu klettern und hinabzuspringen.

Sie stellte sich auf die Zehenspitzen und legte ihren Mund an sein Ohr. Sie flüsterte etwas, und er lauschte.

Dann weiteten sich seine Augen, und es fuhr heiß durch seine Lenden. *O meine süße Honoria. Kein Wunder, dass ich dich liebe!*

13. Kapitel

Honoria fühlte, wie Christophers Körper sich verspannte, als sie ihren Wunsch erklärte. Sie brachte es nicht über sich, es laut zu sagen, weil sie es dann selbst hören konnte, aber wenn sie es leise in sein Ohr flüsterte, dann schien es zu funktionieren.

Er legte seine Hände auf ihre Schultern. Sein Augen waren von einem fast farblosen Grau. »Das hast du aber nicht auf der Schule gelernt.«

Wenn er das glaubte, hatte er keine Ahnung, worüber ein Dutzend fünfzehnjähriger junger Ladys redete, wenn das Licht gelöscht war. Aber sie hatte es trotzdem nicht auf der Schule erfahren. »Von Alexandra«, platzte sie heraus und errötete. Sie hatte es eigentlich nicht sagen wollen.

Er legte seinen Mund an ihr Ohr. »Nur um sicherzugehen, dass ich dich richtig verstanden habe. Meine Strafe besteht darin, dass ich …«, er flüsterte einen sehr anzüglichen und unverschämten Satz.

Ihr Gesicht brannte. »Das habe ich nicht gesagt!«

»O doch. Du hast nur andere Worte benutzt. Ist es das, was du willst?«

Sein stählerner Blick sagte ihr, dass er ein Nein nicht akzeptieren würde. Außerdem würde sie es auch niemals sagen. »Ja.«

Er küsste sie auf die Nase. »Weißt du, ich hätte dich schon mitnehmen sollen, als ich dich das erste Mal gesehen habe. Mein Leben wäre viel glücklicher gewesen.«

»Du warst ein Pirat!«, widersprach sie.

Er zuckte mit den Schultern. »Und du eine Lady. Das hat schon vorher funktioniert.«

»Du bist immer noch ein Pirat«, bemerkte sie.

»Aber keine Lady würde einen solchen Vorschlag machen. Du leichtfertiges Flittchen.«

Sie richtete sich auf. »Leidenschaft zwischen einem Ehemann und seiner Gemahlin ist vollkommen akzeptabel.«

»Hat Alexandra dir das auch beigebracht? Allmählich fange ich an, Grayson Finleys Gattin zu mögen.«

»Sie war sehr lehrreich«, gab Honoria zu.

Seine Stimme wurde rauher. »Irgendwann kannst du mir alles erzählen, was ihr besprochen habt. Aber jetzt sollten wir uns damit beschäftigen, deine Kleidung abzulegen.« Er machte sich daran, weiter die Haken ihres Mieders zu lösen.

»Bist du sicher, dass das Schiff nicht zu sehr schaukelt?«

Christopher öffnete einen weiteren Haken. »Das Meer ist so glatt wie ein Spiegel in einer Sommernacht.«

Er streifte ihr das Kleid über die Arme hinunter, bis es zu Boden fiel. Während er die Bänder ihres Untergewandes löste, küsste er sie.

Dann hob er ihre Faust und küsste ihre Finger. »Tut es noch weh?«

»Was?«

»Deine Hände waren verkrampft. Geht es besser?«

Sie fühlte sie kaum noch. »Ja. Nein, ich meine, ich glaube schon.«

Seine Lippen waren warm und trocken. Er öffnete ihre Faust und küsste die einzelnen Finger. »Du bist stark. Wusstest du das?«

Sie schluckte. »Das bin ich nicht, nicht besonders.«

»Du hättest die erste Begegnung mit mir nicht überstanden, wenn du nicht stark wärst. Ganz zu schweigen davon, dass du mich geheiratet hast. Oder hättest das Ruder meines Schiffes übernommen, ohne Frage, ohne Tränen.«

»Ich habe dir bereits gesagt, dass ich nie weine. Außerdem, wie hätte ich sehen sollen, wohin ich steuern muss, wenn ich geweint hätte?«

Er gab ein Geräusch von sich, das einem Lachen verdächtig ähnlich war, senkte den Kopf und küsste ihren Hals. Sie schloss die Augen und versank in dem wundervollen Gefühl seines Mundes auf ihrer Haut. Er verblüffte sie erneut, und genau wie sie vermutet hatte, ließ sie es ohne Widerstand geschehen.

»Ich liebe es zu segeln«, murmelte sie. »Mein Bruder Paul und ich sind auf James' Schiff oft bis ganz nach vorn geklettert und haben uns mit ausgebreiteten Armen in den Bug gestellt. Es fühlte sich an, als würden wir fliegen.«

Er schnaubte. »Was für eine närrische Idee. Ein Wunder, dass ihr euch nicht das Genick gebrochen habt.«

»Ich weiß. Wir haben dabei einmal James Takelung zerrissen. Er hätte uns fast umgebracht. Oh …«

Christopher beugte sich und liebkoste mit der Zunge den warmen Spalt zwischen ihren Brüsten. Ihre Wut, die sie vor einer, wie es ihr erschien, Ewigkeit empfunden hatte, löste sich in nichts auf.

Er küsste sich bis zu ihrem Bauch herunter, und seine

Lippen schienen eine glühende Spur auf ihrer Haut zu hinterlassen. Schließlich ging er in die Knie, und sein heißer Atem strich über das lockige Vlies zwischen ihren Beinen. Ihre Füße schienen sich wie aus eigenem Antrieb ein wenig weiter zu spreizen.

»Erzähl mir von deinem Bruder«, sagte er.

»James?«, stöhnte sie verwirrt. Warum um alles in der Welt wollte er über James reden?

»Nein, über den anderen. Der gestorben ist.«

»Paul? Ich will jetzt nicht über ihn sprechen. Ich will …«

»Ich weiß, was du willst. Du hast es mir gesagt.« Er küsste sie genau dort, wo ihre Sehnsucht nach ihm am größten war. »Ich möchte mehr über ihn erfahren.«

»Warum?«

»Weil er mein Rivale ist.«

Honoria starrte auf seinen Kopf hinunter. Das Kerzenlicht ließ sein Haar golden schimmern, aber sie sah, dass sich bereits ein paar weiße Strähnen daruntergemischt hatten.

»Wie könnte er dein Rivale sein?«

Christophers Zunge zuckte vor und zurück. Honoria ballte ihre immer noch schmerzenden Hände, als eine unerträgliche Hitze sie durchflutete.

»Du hast ihn geliebt«, sagte er undeutlich. »Ich will, dass du mich liebst. Also möchte ich etwas über ihn erfahren.«

»Das ist nicht dasselbe«, keuchte sie. Ihr Körper zog sie in die eine, ihre Gefühle in eine ganz andere Richtung. »Er war mein bester Freund. Ich habe euch beide geliebt, aber jeden von euch anders. Und ihr habt mich beide verlassen.«

Die Worte schienen laut durch die winzige Kabine zu hallen.

Christopher erhob sich, zu ihrer ungeheuren Enttäuschung. Er legte seine Hände auf ihre Arme. »Aber ich bin jetzt hier. Ich bin deinetwegen zurückgekehrt, und ich werde dich nie wieder verlassen. Ich möchte, dass du das begreifst.«

»Du bist wegen deiner blöden Schatzkarte zurückgekommen.«

»Verdammt sei sie. Ich brauche sie nicht. Die Zahlen kenne ich auswendig.«

Sie starrte ihn an. »Das verstehe ich nicht. Warum hast du sie dann auf die Urkunde geschrieben?«

»Weil ich eine Möglichkeit gesucht habe, sie Manda mitzuteilen. Etwas anderes hatte ich nicht zur Hand. Ich habe nicht gewagt, etwas in mein Logbuch zu notieren, nicht, solange dein Bruder mich verfolgte. Ardmore hat die Logbücher ohnehin gestohlen, also war es nur gut, dass ich es nicht getan habe. Und ich konnte Manda kaum eine Nachricht mit dem Wortlaut ›Übrigens, das Gold ist an der Stelle x-ter Längengrad und x-ter Breitengrad versteckt!‹ zukommen lassen. Also habe ich sie auf die Urkunde geschrieben. Keiner hat mich dabei beobachtet.«

»Was war dann der Sinn des Ganzen?« Ihr Körper schrie danach, dass er aufhörte zu reden und mit dem weitermachte, was er gerade begonnen hatte, aber ihre Gedanken wirbelten durcheinander und wollten eine Erklärung. »Hast du mich geheiratet, damit du ein Stück Papier bekamst, auf das du eine Nachricht schreiben konntest?«

»Nein, du halsstarriges Weib. Ich habe dich geheiratet, weil ich dich wollte. Die Urkunde kam da zufällig sehr gelegen.«

»Aber du wusstest, dass du gehenkt werden würdest.«

»Ja. Aber wenn Manda mich suchen würde, würde sie, so

dachte ich, von der Hochzeit erfahren und dich finden. Sie würde darauf bestehen, dass du ihr die Heiratsurkunde zeigst. Sie würde die Zahlen sehen und sofort wissen, was sie bedeuteten.« Er sah sie missbilligend an. »Ich hatte nicht erwartet, dass du so ein großes Geheimnis aus deiner Ehe machen würdest. Aber ich hätte es mir denken sollen.«

Honoria legte ihre Hand auf seine Schulter und stieß ihn zurück. Sie kam sich zwar albern vor, als sie hier so nackt stand und ihn finster anstarrte, aber sie musste ihre Entrüstung äußern. »Du hättest es mir einfach sagen können.«

»Der Schwester von James Ardmore? Ich konnte nicht riskieren, dass du sofort zu ihm gelaufen wärest und verkündet hättest, dass du wüsstest, wo ich das mexikanische Gold versteckt hätte. Es gehört Manda, Colby, St. Cyr und der Mannschaft, die damals bei mir war.«

»Das tut es nicht!«, fuhr sie ihn an. »Ihr seid verdammte Diebe!«

Er drückte sie wieder gegen die Tür. Das Holz fühlte sich kalt unter ihrer nackten Haut an. »Wir sind Piraten, Honoria. Wir rauben Schätze. Piraten machen so etwas. Wir sind nicht die romantischen Helden aus deinen Heftchen.«

»Oh, dessen bin ich mir sehr wohl bewusst.«

Er drückte sein Knie zwischen ihre Beine, und der rauhe Stoff seiner Hose kratzte über ihre Schenkel. »Du solltest selbst so etwas verfassen.«

»Du meinst, ich sollte andere Frauen vor Piraten warnen?«

»Eine, die den Ladys rät, den Piraten zu geben, was sie wollen.«

Honoria kochte und versuchte, nicht zuzulassen, dass seine Berührung ihren Zorn vertrieb. »Eine Anleitung, wie man eine Piratenbraut wird? Mal sehen … Erstens muss eine Frau außerordentliche Geduld und Kühnheit besitzen.«

Er lächelte, und der Blick seiner grauen Augen wurde wärmer. »Und Widerstandskraft. Vergiss die Widerstandskraft nicht.«

»Ja, für die zahllosen Male, die ihr Frauen zu Boden werft und über sie herfallt.«

»Ich glaube, heute wird die Koje genügen.«

Er hob sie abrupt in die Arme und warf sie auf das Bett. Sie landete in dem Haufen von Decken und Kissen und dem richtigen Federbett, das Diana ihr gegeben hatte.

Sie wollte schäumen, ihrem Zorn auf ihn Ausdruck verleihen, weil er sie so hintergangen hatte. Etwas in ihr sagte ihr, dass sein Verhalten unter den gegebenen Umständen nur vernünftig gewesen war. Aber ihre Gefühle waren da anderer Meinung.

Dann begann er, sich auszuziehen. Als er sein Hemd und seine Hose ablegte, erwärmte sich ihr Blut, und ihr Ärger ebbte ab, obgleich sie verzweifelt versuchte, sich an ihn zu klammern.

Sein Körper war einfach unglaublich, trotz der schrecklichen Narbe. Er hatte kräftige Schenkel, eine schmale Hüfte, einen festen Bauch und muskulöse Arme. Dieser chinesische Drache mit dem zusammengerollten Schwanz auf seinem Schlüsselbein wirkte fast ein bisschen selbstgefällig.

Sie drehte eine Locke ihres Haares um ihren Finger und überlegte, warum Seeleute ihre Körper so gern mit Bildnissen von exotischen Häfen verzierten, in denen sie gewesen waren. Reisende Ladys begnügten sich für gewöhnlich mit einer Vase oder einer Tasse, auf die der Name der Stadt gemalt war.

Verdammt sollte er sein! Er hatte es schon wieder geschafft und sie von ihrem vernünftigen, berechtigten Ärger abgelenkt.

Er trat an das Bett, duckte sich unter dem Deckbalken hindurch und kniete sich mit einem Knie auf die Decken. »Öffne deine Beine«, sagte er leise.

Sie gehorchte ohne das geringste Zögern. Ihre Schenkel waren bereits feucht von ihrer Lust.

Er küsste sie kurz auf den Mund, dann glitt er mit den Lippen über ihren Körper, liebkoste ihren Nabel mit der Zunge. Dann fuhr er weiter hinab, über ihren Unterleib zu dem Vlies zwischen ihren Schenkeln und noch weiter, zu ihrer feuchten, heißen, sehnsüchtigen Spalte.

Sein Atem strich über ihre Locken, als er ihre schwellende Knospe dort küsste und dann mit der Zunge in sie eindrang.

Sie konnte den Schrei nicht unterdrücken, der ihr entfuhr. Ihre Finger verkrampften sich in den Decken. Er fing an, sie zu erforschen, langsam, sie zu küssen, sie zu lecken. Er verstand es wahrhaftig, die unglaublichsten Dinge mit seiner Zunge zu tun.

Sie hatte ihn darum gebeten, gewiss, aber sie hätte sich niemals träumen lassen, wie es sich anfühlte. Er liebkoste sie geschickt und strich mit der Zunge immer wieder über ihre empfindliche Knospe, die kribbelte und pochte, und drang dann wieder in sie ein.

Sie schrie immer wieder seinen Namen in beinah hysterischem Verlangen. Sie schrie, dass sie ihn wollte, und noch viele andere Dinge, über die sie später zutiefst erröten würde.

Als sie glaubte, dass sie vor lauter Schreien heiser werden würde, zog er sich von ihr zurück. Unsanft landete sie wieder auf der Erde. Sie lag im Bett, wie betäubt und nach Luft ringend, und fühlte sich sehr nass und sehr verrucht.

Sein Lächeln war heiß und böse. »Ich bin deinetwegen zurückgekehrt, meine Gemahlin. Alles wollte ich wiederhaben, meinen Schatz, meine Mannschaft, dich. Ich werde nicht aufgeben, bis ich alles habe. Vergiss das nicht.«

»Du hast mich«, keuchte sie.

»Verflucht richtig«, erwiderte er.

Ohne weiteres Vorspiel glitt er über sie, spreizte ihre Schenkel und drang in sie ein.

Honoria schrie auf. Er drückte sie auf das Bett und stieß immer und immer wieder in sie hinein, bis er sich in sie ergoss.

Dann glitt er mit letzter Kraft aus ihr heraus und sank neben sie, seine Beine mit ihren verflochten. Dort blieb er keuchend liegen, die Augen geschlossen, und seine Muskeln waren angespannt, als wäre er gerade viele Meilen geschwommen und glücklich, dass er es bis zum Strand geschafft hatte.

Sie strich ihm eine Strähne aus dem Gesicht, deren Blond sich von der bronzenen Haut deutlich abhob. Seine Wimpern hatten dieselbe goldblonde Farbe. Sie zuckten, als er sie wieder ansah. Seine grauen Augen wirkten träge. »Ist meine Buße vorbei?«

»Was? Ach so, die Wette. Ja, ich denke schon.«

Er lächelte sie an. »Schade.« Er küsste ihren Hals. »Aber das heißt, dass ich jetzt tun kann, was ich will.«

Sie schluckte. Bedeutete das, dass er wieder an Deck eilen und sich überzeugen wollte, dass sein Schiff richtig gesegelt wurde? »Das nehme ich an, ja.«

Er jedoch zeigte ihr, dass er gerade überhaupt nicht ans Segeln dachte.

Was er stattdessen tat, wäre richtiggehend sündig gewesen, wären sie nicht verheiratet gewesen. Vielleicht war es das trotzdem. Sie wusste nur, dass er genau dieselben Handlungen wiederholte, die sie eben noch in den Wahnsinn getrieben hatten, nur diesmal weit kreativer und mit noch mehr Begeisterung. Die Dinge, um die er sie anschließend bat, waren genauso verrucht und verstießen wahrscheinlich gegen alle möglichen Gesetze.

Er war zärtlich und liebevoll, rauh und verspielt. Er tat ihr weh, und das erregte sie umso mehr. Die vornehme Honoria Ardmore, die Alabasterstatue, zerbröselte unter seiner Berührung wie Sandstein bei einem Erdbeben.

Als sie fertig waren und Honoria sich am liebsten an ihm zusammengerollt und geschlafen hätte, stand er auf. Die Koje war heiß und zerwühlt von ihrem Liebesspiel, und auf seiner Haut glitzerte der Schweiß.

Er zog seine Kleider an und küsste sie sanft. »Schlaf jetzt«, sagte er und verließ den Raum. Nur ein kalter Luftzug blieb zurück.

Sie legte sich in das zerwühlte Bett, zu müde, um sich zu ärgern, nachdem er sie so wirkungsvoll abgelenkt hatte. Sie war eine vollkommene Närrin, und sie hatte nicht die geringste Ahnung, was sie dagegen tun konnte.

Christopher fand Manda im Heck, wo sie den Horizont und die Sterne beobachtete. Ihre Zähne blitzten im Licht der

Laterne, als er sich ihr näherte. »Kannst du noch laufen?«, erkundigte sie sich.

Er lehnte sich gegen die Heckreling und lockerte seine verkrampften Muskeln. »Kaum.« Er fühlte immer noch Honorias Körper an seinem, nicht nur ihre Enge und ihre Küsse, mit denen sie ihn eingedeckt hatte, sondern auch die Striemen und Kratzer auf seinem Rücken.

»Du magst das Mädchen wirklich, stimmt's?«, fuhr Manda fort.

Er zuckte mit den Schultern und ließ sie kichern. Seine Gefühle für Honoria machten ihn nicht im Geringsten verlegen.

Sie standen allein am Heck, deshalb hatte Christopher das Gefühl, er könnte ungestört reden. Trotzdem sprach er leise. »Ich habe gesehen, wie du Henderson geküsst hast, Manda.«

Ihr Lächeln erlosch, und sie tat, als konzentriere sie sich auf das Muster des Orion hoch oben am Himmel. »Ich habe schon häufiger Männer geküsst.«

»Küss ihn, so viel du willst. Aber rede nicht mit ihm.«

Sie sah ihn beinahe genauso vernichtend an, wie Honoria das konnte. »Ich würde dich – und uns – niemals für ein paar Küsse hintergehen.«

»Ich weiß. Aber wenn man sich verliebt, dann verändert dies das Denken. Es bringt Männer und Frauen dazu, dumme Dinge zu tun.«

»Ich liebe diesen bebrillten, steifen Engländer nicht«, erwiderte Manda verächtlich. Aber ihre Antwort kam ein bisschen zu schnell, fand Christopher. Er sagte nichts. Sie blickte auf den Horizont hinaus. »Willst du damit sagen, dass du deine kleine Frau liebst?«

»Ich glaube schon.«

Es tat nicht weh, es auszusprechen. Es waren nur Worte. Und Worte waren Luft, nicht wahr?

Seine Schwester sah ihn neugierig an. »Warum hast du sie geheiratet? Ich meine, am Tag, bevor du gehenkt werden solltest, kommst du plötzlich auf die Idee zu heiraten?«

Er zuckte wieder mit den Schultern, als er sich an die heiße Zelle erinnerte, die nach Feuchtigkeit und Abfall stank, und dann an sie, Honoria, die so hübsch, so sauber war, ihn so bestürzt ansah und deren weiche Lippen an seinem Mund flüsterten. Eine Stimme in seinem Hinterkopf hatte ihn gedrängt, sie nicht gehen zu lassen, nicht ganz, nicht jetzt.

Er hatte ihr schönes Gesicht zwischen seine schmutzigen Hände genommen. »Heirate mich, Honoria«, hatte er gesagt. Einen Moment lang hatte sie ihn wie eine verschreckte Taube angestarrt, dann hatte sich der Blick ihrer grünen Augen verändert, war entschlossen geworden, und sie hatte »Ja« gesagt. Unglaublicherweise.

»Ich weiß es nicht«, antwortete Christopher jetzt. »Ich glaube, ich wollte einfach nicht allein sterben.«

Er erwartete eine spöttische Bemerkung. Seine Schwester hatte Gefühlen nie viel Raum in ihrem Leben zugestanden.

Warum auch? Sie hatte ihre Mutter niemals kennengelernt, und ihr Vater, ihrer beider Vater, hatte sie nicht gewollt. Nur Christopher hatte zu ihr gehalten. Er hatte ein Band zwischen ihnen gespürt, trotz ihrer unterschiedlichen Hautfarben und ihres Geschlechts. Christopher hatte seinen Vater überredet, Manda nicht zu verkaufen, und er hatte sie selbst großgezogen, sie gelehrt, ein Seemann zu werden, ein Pirat.

Manda war immer stark gewesen, nicht nur körperlich.

Ihr hochgewachsener Körper, ihre Schnelligkeit, ihre Kraft ließen ihn oft vergessen, dass sie so verletzlich sein konnte wie er selbst.

Manda richtete ihren durchdringenden Blick auf ihn. »Ich glaube, das verstehe ich.«

Er wusste, dass sie es tat; er musste nicht daran zweifeln.

Honorias Sorge um Mandas Leiden kam ihm in den Sinn. Er räusperte sich und überlegte, wie er diesen ungewohnten Satz am besten äußern sollte. »Möchtest du darüber reden?«

Sie blinzelte verständnislos. »Worüber?«

»Du weißt schon, was du bei Switton durchgemacht hast.«

Ihre Brauen hoben sich wie die Schwingen einer Amsel. »Ich kann mich an nicht mehr viel erinnern«, erwiderte sie. »Und nein, ich will nicht darüber reden. Warum willst du es?«

»Honoria glaubte, du müsstest darüber sprechen. Sie mag es, wenn alle über ihre Gefühle reden.«

Manda starrte ihn an, als wäre er verrückt geworden. Nach einem Moment zuckten ihre Lippen. Sie kicherte, bis sie schließlich schallend lachte. Es war ein verächtliches und gleichzeitig liebevolles Lachen, von einer Frau, die sich königlich über das Unglück ihres Bruders amüsierte. »Chris, du armer Teufel!«

Christopher verschränkte die Arme und ließ sie lachen. »Sie macht es wieder gut.«

»Das habe ich gehört. Ich musste mich fast ins Wasser hängen, um das Geschrei zu übertönen.«

Er lächelte, als er sich daran erinnerte, was den Lärm ausgelöst hatte.

Manda lachte weiter. »Himmel, sieh nur, wie du grinst.« Ihr perlendes Lachen wurde vom Wind verweht. Es sank immer wieder zu einem Kichern herab, dann wiederholte sie »Über Gefühle reden« und brach erneut in Gelächter aus.

Christopher sah ihr nur zu und genoss es, ihr endlich wieder so nahe zu sein, dass er ihr Lachen hörte.

Das gute Wetter – kaum Wolken, keine Stürme – veränderte sich, als sie nach Süden segelten. Es wurde drückend heiß. Die Männer zogen alles bis auf die Hosen aus. Die beiden Seeleute, die Christopher in Siam an Bord genommen hatte, trugen nur Lendenschurze, die ihre Geschlechtsteile verbargen, und sonst nichts. Manda hatte sich ein buntes Tuch um ihre Brüste geschlungen und trug dazu eine Hose. Ihre braune Haut schimmerte in der Sonne.

Selbst Honoria hatte immer weniger unter ihren Leinen- und Musselinkleidern an. Christopher fiel diese hinreißende Tatsache jedes Mal auf, wenn sie an Deck kam. Wenigstens war das eine kleine Entschädigung für die sengende Hitze.

Ihre Nase wurde erst leuchtend rot, dann schälte sich die Haut ab. Mrs. Colby versorgte sie mit einer Creme, und Honoria lief mit einem graugrünen Tupfer auf der Nase herum. Aber niemand lachte über sie. Stattdessen machte die stark nach Eukalyptus riechende Creme sehr rasch die Runde unter den anderen Seeleuten.

Christopher beobachtete die gleißende Sonne, die immer heißer vom Himmel brannte. Die Wolken wurden weniger und verschwanden schließlich ganz. Bis sich letztendlich, wie er es befürchtet hatte, auch der Wind vollkommen legte. Das Schiff wurde langsamer, bis es mit schlaffen Segeln nur noch dahindümpelte. Wie sehr sie es auch versuchten, sie fanden keine Brise.

Er befahl den Männern, unter Deck zu bleiben, damit sich so viele wie möglich vor der Sonne schützen konnten, obwohl es im Vordeck und den Kabinen genauso stickig war. Die Stimmung war gereizt, und das Wasser wurde knapp.

Christopher hatte schon früher mit Wassermangel zu tun gehabt. Die meisten Seeleute kannten das Problem. Er befahl sofort eine drastische Rationierung des Trinkwassers. Ein Becher pro Tag für jeden Mann und jede Frau, außer für die Kranken.

Zwei Dutzend Peitschenhiebe und Kürzung der Ration waren die Strafe für jeden, der Wasser stahl oder darum kämpfte. Auf einigen Schiffen stand darauf sogar die Todesstrafe. Wenn jemand deswegen starb, war für die anderen mehr Wasser übrig. Aber Christopher brauchte seine Mannschaft lebendig.

»Ein kranker Mann braucht mehr Wasser«, versuchte Honoria zu erklären.

»Ein kranker Mann schläft den ganzen Tag in seiner Hängematte«, konterte Christopher. »Während die anderen in der Hitze arbeiten. Also bekommt er weniger. Außerdem wird sich morgen früh die halbe Mannschaft krankmelden, wenn ich verkünde, dass Kranke mehr Wasser bekommen.«

Honoria wirkte nicht überzeugt.

Sie stritt mit ihm darüber, weil der junge Carew krank geworden war. Er hatte nicht die Pest, Gott sei Dank, oder die Cholera oder etwas anderes, was die *Starcross* zu einem

Geisterschiff machen würde. Er hatte nur Fieber, von zu viel Arbeit und Sonne.

Honoria übernahm es, sich um ihn zu kümmern. Sie mochte Carew. Er hatte ihr gezeigt, wie man das Schiff steuerte und wie man erkannte, wann zusätzliche Segel gesetzt werden sollten oder der Wind gefährlich umschlug. Alles, ohne sie anzuschreien. Er war ein sehr geduldiger Lehrer, wofür sie ihm sehr dankbar war. Und jetzt war sie seine sanfte Krankenschwester, sehr zu Christophers Missfallen.

Als er sie deshalb tadelte, hatte sich Honoria innerhalb eines Herzschlages von der verführerischen Piratenbraut in die vornehme Südstaatenlady zurückverwandelt. »Du hast keinen Funken Mitgefühl im Leib, Christopher. Ich tue einfach nur meine Pflicht an jemandem, der weniger Glück hat als ich.«

»Er hat Schnupfen, keine Pocken!«, fuhr Christopher sie an. »Und deine Pflicht ist es, dich um mich zu kümmern!«

Sie warf ihm einen hochmütigen Blick zu. »Ich weiß, du wurdest ausgeraubt und abgeschlachtet, damals in China oder wo auch immer. Du tust uns allen sehr, sehr leid.« Sie schritt davon und weigerte sich den Rest des Tages, auch nur mit ihm zu reden.

Er rächte sich, indem er sie in dieser Nacht liebte, bis sie keuchend nach Luft rang und nicht mehr stehen konnte. Erst dann erlaubte er ihr, sich hinzulegen.

Es war die reinste Hölle, mit einer Frau verheiratet zu sein, die einfach das Prinzip von Gehorsam nicht verstehen konnte. Vermutlich hatte man ihr in ihrem vornehmen Elternhaus in Charleston niemals etwas abgeschlagen. Die hübsche einzige Tochter einer wohlhabenden Familie hatte Gehorsam befohlen, ihn aber nie selbst geleistet.

Christopher wünschte sich, sie hätte es gelernt, und zwar mit Gewalt. Denn das Wetter blieb unverändert heiß, und es regte sich kein Lüftchen. Die schwitzenden Männer stanken, die Nahrungsmittel vergammelten. Und ausgerechnet in diesem Moment erwischte er Honoria dabei, wie sie ihrem kranken Freund Mr. Carew heimlich eine Extraportion Wasser gab.

14. Kapitel

Honoria hatte Christopher noch nie so wütend erlebt wie in diesem Moment, als er sie im Heck zur Rede stellte. Seine Miene war wie aus Stein gemeißelt, doch seine Augen loderten vor Zorn.

Honoria hielt mit erhobenem Kopf dagegen. »Ich habe es nicht gestohlen! Es war meine Ration. Damit kann ich machen, was ich will.«

»Nein. Entweder du trinkst es oder gießt es über Bord.«

»Lächerlich. Außerdem brauchen Ladys nicht so viel Wasser wie Männer.« Sie schluckte, was ihr schwerfiel, weil ihre Kehle bereits ausgetrocknet war. »Jedenfalls hat es sein Fieber gesenkt.«

Christophers Augen funkelten drohend. »Das ist mir gleichgültig, selbst wenn er jetzt eine Hornpipe tanzen würde! Du brauchst das Wasser, Honoria. Du kannst schneller an einem Hitzschlag sterben, als du ahnst.«

Sie glaubte ihm. Die Hitze lastete schwer auf ihnen, und ihr dünnes Kleid war vollkommen durchgeschwitzt. Sie wünschte, sie würde es wagen, ihren Oberkörper zu entblößen, wie Manda es mit ihrem merkwürdigen Tuchstreifen um die Brüste tat, aber vor einigen Dingen schreckte die sittsame Honoria tatsächlich zurück.

»Er brauchte das Wasser«, wiederholte sie eigensinnig.

Christopher sah sie böse an. »Geh nach unten und bleib dort. Carew wird heute Nachmittag ohne dich auskommen müssen.«

Sie stapfte davon, behielt jedoch das letzte Wort. »Ich weiß«, warf sie über die Schulter zurück, »warum du nicht über deine Gefühle reden willst, Christopher Raine. Du hast nämlich keine!«

Noch in derselben Nacht widerlegte er sie. Er nahm sie mit zum Heck, als die Sonne gerade den Horizont küsste und der Himmel sich zu einem kühlen, bläulichen Zwielicht verfärbte.

Er hat sich in letzter Zeit wirklich angewöhnt, mich herumzukommandieren, dachte Honoria, aber es war jetzt viel zu schwül, um zu streiten. Letzte Nacht hatte er nicht einmal mit ihr geschlafen; sie hatten nur nebeneinander gelegen und die kühle Nachtluft eingesogen, die durch das offene Fenster in die Kabine strömte. Sie waren erschöpft von Hitze und Durst.

Statt dieses verrückten Verlangens hatte sie Frieden und Trägheit gespürt, das Wohlgefühl genossen, seinen kräftigen Körper neben dem ihren zu spüren. Sie hatte wach gelegen und beobachtet, wie das Mondlicht über seinen nackten Oberkörper glitt. Die Schatten hatten seine Narbe ebenso umspielt wie seine perfekte Brust und seine Schultern.

Auch jetzt zog seine Schönheit sie in ihren Bann, als er am Heck auf sie wartete. Das Abendlicht umschmeichelte seine hochgewachsene Gestalt. Er trug wegen der Hitze nur eine Hose, was ihr nicht schlecht gefiel.

Ungeduldig winkte er sie zu sich, also riss sie sich aus ihrer Verzückung und ging zu ihm.

Er führte sie zu der Bank am Heck und setzte sie sanft hin, nahm neben ihr Platz, streckte sein langes Bein hinter ihr aus und zog sie in seine Arme. Dann nahm er eine Tasse Wasser vom Deck. Sie war aus Kupfer und bereits am Rand grün angelaufen, gleichzeitig jedoch von Tau überzogen. Ihr trockener Mund sehnte sich danach.

Christopher hielt ihr die Tasse an die Lippen. »Trink.«

Dieser Aufforderung hätte es nicht bedurft. Honoria öffnete den Mund, und er goss die kühle Flüssigkeit zwischen ihre Lippen. Hinreißendes, wunderbares Wasser! Es störte nicht im Geringsten, dass es ein wenig muffig und kupfern schmeckte.

Sie trank einen zweiten Schluck und spürte dem kühlen Nass nach, als es durch ihre Speiseröhre floss. Hätte man ihr zu Hause so etwas angeboten, hätte sie nur hochmütig abgelehnt. Sie bevorzugte Saft mit etwas Zucker und Zimt. Doch in diesem Moment kam ihr dieses abgestandene, laue Wasser absolut himmlisch vor.

Christopher beobachtete, wie sie trank. Seine Wimpern verhüllten seine Augen. Es überraschte sie, dass er ihr eine Extraportion zugestand. Christopher beharrte darauf, dass sich alle an die Regeln hielten, und verlangte sich selbst dabei viel härtere Mühsal ab.

Honoria nahm einen dritten Schluck, bevor sie es begriff. »Das ist deine Ration!«, stieß sie hervor.

»Ja, und ich kann damit verfahren, wie es mir beliebt.«

Sie verzog das Gesicht. »Du musst es trinken. Ich brauche es nicht.«

»Sei nicht albern. Du brauchst es.«

»Mir geht es schon besser.«

Er sah sie prüfend an. »Ich will keine heroische Frau, sondern eine mit gesundem Menschenverstand. Den du in letzter Zeit bedauerlicherweise hast vermissen lassen. Vermutlich liegt es an der Hitze.« Die Trockenheit ließ seine Stimme noch brüchiger klingen.

»Du bist derjenige, der sich hier heldenhaft aufführt«, erwiderte sie.

»Ich bin kein Held«, brummte Christopher. »Ich bin ein Schurke. Und wenn du das Wasser nicht trinkst, werde ich etwas noch viel Schurkischeres tun.«

»Und was?«, fragte sie fasziniert.

Sein Blick ließ sie erschauern. »Erstens könnte ich dir die Nase zuhalten und dir das Wasser einfach in den Mund gießen.«

»Das wäre dumm. Du könntest es verschütten.«

Seine Miene wurde noch düsterer. »Oder ich könnte dich ins Wasser werfen. Du sagtest doch, dass du baden wolltest.«

»Wir alle müssen baden«, erwiderte sie kühl. »Allerdings denke ich, dass die Salzschicht auf der Haut es hinterher noch schlimmer machen würde.«

»Dann gehorche deinem Ehemann und trink.«

»Du musst auch trinken«, antwortete sie störrisch. Ihr Mund fühlte sich besser an, weniger trocken und geschwollen. Trotzdem war sie noch durstig.

Er sah sie einen Moment gelassen an. Hinter dem Schiff war der Himmel im Osten bereits dunkel, und ein blasser Mond stand dicht über dem Horizont.

Christopher hob die Tasse an die Lippen und trank. Sie verfolgte mit ihrem Blick, wie er schluckte, sah den Adamsapfel unter seiner braunen Haut hüpfen. Er nahm noch einen Schluck, und Honorias Mund zitterte vor Neid.

Dann legte er seinen Finger unter ihr Kinn, hob ihren Kopf an und küsste sie. Wasser, wunderbares, weiches Wasser liebkoste ihre Zunge. Sie genossen die Flüssigkeit gemeinsam, und er löste seinen Mund von ihren Lippen. Sie teilten auch den nächsten Schluck und den nächsten. Dann hielt Christopher Honoria die Tasse hin. »Einer ist noch drin.«

»Nimm du ihn.«

»Spielst du wieder die Heldin? Trink ihn, verdammt.«

Sie gehorchte, als er sie streng ansah. Bevor sie das Wasser herunterschluckte, küsste sie ihn. Er grinste und tauchte noch einmal seine Zunge in ihren Mund, bevor er den Kuss beendete.

Dann zog er sie mit dem Rücken an sich und stellte die leere Tasse auf das Deck. Es war endlich ein wenig frischer geworden. Trotz der heißen Tage waren die Nächte noch kühl. Honoria schmiegte sich an Christophers Brust, froh über seine Wärme. Sie streckte ihre nackten Füße auf der Bank aus und streichelte mit den Zehen Christophers Wade.

Wenn es immer so wäre, dann wäre sie glücklich. Wenn eine Ehe nur aus zärtlichen Liebkosungen und Trost bestünde, gelegentlich akzentuiert durch Anfälle wilder Leidenschaft, dann hätte sie wahrhaftig eine großartige Partie gemacht.

Sie verschränkte ihre Finger mit denen ihres Gemahls und fuhr mit dem Fuß über sein Bein. Zu Hause in Charleston verbrachten die Gentlemen sehr viel Zeit im Club mit ihren Kumpanen, während die Ladys das Haus führten, nähten und Veranstaltungen für wohltätige Zwecke organisierten. Piraten traten, soweit sie wusste, nicht in Clubs ein, Grayson Finley ausgenommen. Wahrscheinlicher war, dass sie ihre Zeit in irgendwelchen Hafenkaschemmen verbrachten, in denen höchst liederliche Frauen verkehrten. Beschäftigten sich die Piratenfrauen mit Stickereien oder kümmerten sie sich um die Kinder, während ihre Piratengatten in stinkenden Hafenkneipen Bierkrüge leerten und zotige Lieder sangen?

Honoria hatte den Eindruck gewonnen, dass Mrs. Colby einiges dagegen einzuwenden hätte, wenn ihr Ehemann eine ordinäre Frau auf seinem Knie balancierte. Wahrscheinlich würde sie höchstpersönlich in die Kaschemme marschieren und einen Bierkrug über Colbys Lockenkopf ausleeren. Honoria lächelte, als sie es sich vorstellte, während ihr gleichzeitig die Augen zufielen.

Durch ihre schläfrige Mattigkeit drang Christophers Stimme. »Dieses Leben ist hart für dich«, sagte er.

Das stimmt, dachte sie. Sie hatte Schwielen auf den Handflächen, und ihr Haar war trocken und verfilzt. Sie benötigte dringend eine Rosenwassercreme für ihre Hände und eine Lavendelspülung für ihr Haar.

»Wir segeln bald nach Charleston«, fuhr Christopher fort.

Tatsächlich? Charleston schien ihr so weit weg und war so unwichtig. »Werden wir dorthin rudern?«, erkundigte sie sich.

Christopher musste sich zu ihr herunterbeugen, um sie zu verstehen. »Wenn es sein muss.«

»Ich will nicht dorthin.« Die Worte kamen wie ein Hauch über ihre Lippen.

»Du gehörst dorthin. Da hast du Federbetten, Gärten und Diener, die dir deinen Tee bringen.«

»Ich gehöre zu dir.«

Er schwieg sehr, sehr lange. Sie schlug die Augen auf. Sein Gesicht schwebte über ihrem, eine dunkle Silhouette vor dem Zwielicht.

»Du musst einen Sonnenstich haben«, meinte er.

»Es ist schon dunkel«, erwiderte sie.

Er schloss sie in seine Arme, atmete in ihr Haar. »Ich will nicht deinen Tod, Honoria.«

»Ich komme aus einer zähen Familie, Mr. Pirat. Sieh nur meinen Bruder an.«

»Mmm. Das fördert nicht gerade meine Zuversicht.«

Der Gedanke an James erzeugte in ihr wie immer eine Mischung aus Melancholie und Ärger. »James ist ein wenig verrückt geworden, vor Rache, denke ich. Bevor er Diana kennenlernte. Paul war genauso. Es hat ihn verändert. Aber er hat seine Rache nie bekommen, ist gestorben, bevor er die Identität des Mannes herausfinden konnte, der seine Frau getötet hatte. James musste die Angelegenheit für ihn zu Ende führen.«

»Ich weiß«, murmelte Christopher.

»Vermutlich hat sich diese Geschichte bereits über den ganzen Atlantik verbreitet.« Letztes Jahr hatte James endlich den Piraten aufspüren können, der sich Black Jack Mallory nannte und der gestanden hatte, Pauls Frau und seine Töchter ermordet zu haben. Diana hatte bei dieser Verfolgungsjagd eine gewisse Rolle gespielt.

»Ich weiß es«, erwiderte Christopher, »weil ich derjenige war, der Ardmore verraten hat, wer die Familie deines Bruders ermordet hat.«

Honoria blieb eine Minute lang regungslos liegen, lauschte der Stille der Nacht, hörte das gedämpfte Gemurmel der

Männer unter Deck, das leise Plätschern der Wellen am Schiffsrumpf, während sie überlegte, ob sie eben gerade richtig gehört hatte.

Dann richtete sie sich mit einem Ruck auf und starrte ihn an. »*Du* hast es ihm gesagt?«, fragte sie ihn. Es dauerte etwas, um diese Worte über ihre trockenen Lippen zu bringen.

»Deshalb hat er mich vor dem Galgen gerettet. Wusstest du das nicht?«

Honoria starrte ihn an, während sich alles in ihr verkrampfte. »Du wusstest es?« Ihre Stimme hob sich. Einige Seeleute hoben den Kopf und sahen zu ihnen hinüber. »Du wusstest es die ganze Zeit? Warum hast du es mir nicht erzählt?«

Er runzelte die Stirn. »Ich dachte, dein Bruder hätte es dir gesagt.«

»Hat er nicht. Wie hast du es erfahren? Und warum hast du es uns verheimlicht? Wie konntest du das tun?«

Ihre Brust krampfte sich zusammen, und alle Mattigkeit war verflogen. Christopher beobachtete sie mit unbewegter Miene. »Ich habe die Information nur durch Zufall erhalten, als ich nach der *Rosa Bonita* gesucht habe«, erwiderte er. »Dem Mann, der es mir erzählte, war nicht klar, was er da verriet, er hatte wahrscheinlich nicht einmal eine Ahnung von der Bedeutung dessen, was er da sagte. Ich habe die Puzzlestücke zusammengesetzt und es Ardmore erzählt, als er mich gefangen genommen hat.«

Honoria ballte die Fäuste. Ihr war eiskalt. »Du hast sie für dein Leben eintauscht? Er hat damit gehandelt?« Tränen der Wut traten ihr in die Augen. »Du hättest wissen müssen, was es mir bedeutet. Wie konntest du sie als ein Unterpfand benutzen? Du, du … Pirat!«

»Das war kein Handel, Honoria«, erwiderte er ernst. »Ich habe es ihm einfach nur erzählt. Er hat kein Wort dazu gesagt, sich nicht einmal bedankt. Als du in dieser Zelle zu mir kamst, hatte ich keine Ahnung, dass er mich retten würde.«

Honoria drehte sich zu ihm herum. Sie atmete schwer und presste die Fäuste gegen ihren Unterleib. Sie glaubte ihm, trotz ihrer Wut. Es sah James viel zu ähnlich, dass er Christopher nicht sagen würde, dass er ihm das Leben retten wollte, bis er es getan hatte. Sie konnte sich vorstellen, wie ihr Bruder Christophers Bericht mit einem ausdruckslosen, leeren Blick seiner grünen Augen aufgenommen und wie er dann wortlos davongegangen war.

»Du hast es mir nicht gesagt«, fuhr sie fort. »Du hast mir den Namen nicht verraten.«

»Damals dachte ich, du würdest all das deinem großen Bruder überlassen, und ich hatte andere Sorgen. Hat er es denn niemals erwähnt?«

»Nein.« Sie atmete tief durch und wunderte sich, dass sie kein Feuer spuckte. »Er hat mir nie verraten, dass du von Black Jack Mallory wusstest, ebenso wenig, wie er mir gesagt hat, dass er dich freigelassen hat.«

»Ich nehme an, dass er seine Beute nicht warnen wollte.«

»Ich bin nicht seine Beute!«, fuhr Honoria ihn an. »Ich bin seine Schwester!«

Der Mond ließ sein weizenblondes Haar golden schimmern. »Im Moment kann ich James Ardmore nur bedauern, wenn du ihn zur Rede stellen wirst.«

»Du hättest es mir trotzdem sagen können«, fuhr sie fort. Sie wollte weiter wütend auf ihn sein. James war unerreichbar im Moment, aber Christopher saß hier, direkt vor ihrer Nase.

»Als du in meine Zelle gekommen bist, hatte ich andere Dinge im Kopf.« Er zog sie wieder in seine Arme. Die Wärme seines Körpers durchdrang selbst ihre kalte Wut. »Ich wollte meine letzten Momente genießen. Ich habe nur an das Letzte gedacht, was du zu mir sagtest, bevor du gingst. Das wollte ich mit ins Grab nehmen.«

Honoria erinnerte sich auch daran. Ihr Herz hatte ihr bis zum Hals geschlagen, und sie spürte noch seinen Samen auf ihren Schenkeln, als sie laut und deutlich zu ihm sagte: »Ich liebe dich.«

Er schlang seine Arme um sie, streichelte ihren Bauch. »Ich liebe dich auch«, murmelte er.

»Das ist jetzt nicht mehr dasselbe.«

Seine Stimme nahm einen warnenden Unterton an. »Wenn du nicht weitersprichst, Honoria, dann werde ich dich auch nicht über Bord werfen.«

Sie holte protestierend Luft. Seine Arme umschlangen sie fester. Er war viel stärker, als sie jemals sein würde. »Kein Wort mehr. Gehorche deinem Ehemann.«

»Du sagst das viel zu gern.«

»Ich weiß.« Sie fühlte, wie er in ihr Haar lächelte. »Ich genieße es.«

Honoria gab auf. Sie war zu wütend, um einzudösen, aber sie gab sich dem Trost hin, den er spendete. James würde für einiges Rede und Antwort stehen müssen. Er hatte von ihrer Leidenschaft für Christopher nichts gewusst, also konnte sie ihm vielleicht verzeihen, dass er ihr nicht erzählt hatte, dass er Christopher begnadigen ließ. Aber sie würde James niemals vergeben, dass er ihr etwas über Paul vorenthalten hatte. Ganz gleich, was es war. Niemals.

James hatte genau gewusst, was sie für Paul empfand, und dennoch hatte er entschieden, dass er allein für die Vergeltung zuständig war. Er hatte sie nicht daran teilhaben lassen.

Sie schloss die Augen. Die Erinnerungen an Paul kamen sofort, viel zu lebhaft, selbst nach all den Jahren – seine lachenden Augen, sein schwarzes Haar, das im Sonnenlicht schwarzblau schimmerte, seine gedehnte Stimme, wenn er sie neckte, bis sie glaubte, vor Lachen sterben zu müssen. Sie hatten gemeinsam Streiche gegen ihren großen Bruder James ausgeheckt, ihn hinter seinem Rücken verspottet und sich gemeinsam seiner Wut gestellt.

Es war schon so lange her, und dennoch hatte Honoria das Gefühl, sie müsste nur die Hand ausstrecken, dann wäre er da.

Sie hatte mitangesehen, wie er sich innerhalb nur eines Tages von einem unbekümmerten jungen Mann in eine leere, trauernde Hülle verwandelt hatte. Sie waren zusammen gewesen, als er erfuhr, dass seine Frau und seine Kinder ermordet worden waren. Honoria hatte Paul gehalten, während er geweint hatte. Sie hatte ebenfalls geweint, weil sie die zärtliche, braunhaarige Lady gemocht hatte, die seine Frau geworden war.

James hatte davon erfahren und war mit versteinerter, grimmiger Miene nach Hause gekommen. Als Paul erklärte, dass er den Mann finden würde, der das getan hatte, ganz gleich, was es kostete, hatte James nur schweigend genickt. James und Honoria hatten Paul in seinem Entschluss gestützt, ein Piratenjäger zu werden, nicht ahnend, dass diese Entscheidung seinen eigenen Tod herbeiführen würde.

Ein sanfter Windhauch fuhr durch ihre Locken und verschaffte ihrer schmerzenden Stirn Linderung. Nach Pauls Tod hatte James Honoria aus seinem Leben ausgeschlossen, aus seiner Trauer, seiner Rachsucht, schlicht aus allem. Er hatte nie begriffen, dass Honoria ihn ausgerechnet jetzt am dringendsten gebraucht hätte.

Der Wind wurde kräftiger. Sie schloss ihre brennenden Augen und versuchte, ihren Kummer zu unterdrücken, nur an den kühlen Wind zu denken, unter dem sich ihre Nackenhaare aufrichteten …

Sie riss die Augen im selben Moment auf, in dem Christopher sie beiseiteschob und aufsprang. Das Schiff schaukelte heftig, und die Toppsegel am Fockmast, die immer gesetzt waren, blähten sich auf.

»Wind!«, schrie Christopher. In seiner kräftigen Stimme schwang Freude mit. »Alle Mann an Deck, Segel setzen, sofort!«

Das Schiff explodierte förmlich vor hektischer Geschäftigkeit. Die Seeleute warfen die Decken beiseite und strömten an Deck. Sie jubelten und lachten und kletterten blitzschnell in die Wanten.

Honoria hielt sich an der Bank fest und atmete den süßen Wind ein. Sie schloss die Augen, zwang sich, sich auf die berauschende Wirkung der frischen Brise zu konzentrieren, auf die Bewegung des Schiffes, als die Segel sich aufblähten. Bewegung bedeutete Hoffnung. Sie würden nicht hier sterben.

Honoria öffnete die Augen. Christopher half seinen Männern an den Winschen. Die Muskeln spielten auf seinem nackten Rücken. Colby stand neben ihm und brummte mit seiner tiefen Stimme vollkommen falsch ein Lied.

Manda war nicht bei ihnen. St. Cyr hatte das Ruder übernommen, und auch bei ihm war nichts von Manda zu sehen. Honoria kniff die Augen zusammen und ließ ihren Blick über das Deck gleiten. Christophers Schwester war nirgendwo zu entdecken.

Obwohl die gesamte Mannschaft des Schiffes an Deck war, einschließlich Mrs. Colby, die wie ein Seemann die Leinen straffte, waren Manda Raine und Mr. Henderson auffallend und interessanterweise abwesend.

15. Kapitel

Sie segelten in den nächsten drei Tagen vor dem Wind und machten gute Fahrt Richtung Westsüdwest. Das Wasser war zwar immer noch rationiert, aber die Zuteilungen wurden größer, je näher sie ihrem Ziel kamen.

Trotz Christophers Enthüllung von James' perfidem Verhalten fühlte Honoria sich so glücklich wie schon viele Jahre nicht mehr. Sie erwachte bei Sonnenschein, frischer Luft und Christophers Schnarchen, frühstückte gemütlich mit Mrs. Colby in der Kombüse, übernahm das Ruder unter Mr. Carews Aufsicht, dinierte mit Christopher und den Offizieren in seinem Kartenraum und lehnte sich an die Heckreling, um die Sterne zu studieren, bis Christopher sie unter Deck ins Bett brachte.

Dort erinnerte er sie mit seinem Mund, seinen Händen und seinem ganzen Körper daran, dass er ihr Ehemann war.

Allerdings enthielt er sich jeder Anmerkung zu den Themen Liebe, Charleston und der Zukunft. Was ihr nur recht war. Sie wollte das Hier und Jetzt genießen, mit ihm, in der Sonne und der Freiheit dieses Schiffes. Die schwierigen Entscheidungen konnten sie auch an einem anderen Tag treffen.

Allerdings ergab sich nie die Gelegenheit, mit Manda zu reden, obwohl sie davon überzeugt war, dass die junge Frau ein Gespräch dringend brauchte. Christopher beschäftigte seine Schwester ständig, und er hielt sie dabei auch stets von Mr. Henderson fern. Christopher hatte Mandas Abwesenheit auf Deck, als der Wind auffrischte, ebenfalls bemerkt, auch wenn er nichts gesagt hatte.

Wenn Manda jetzt mit ihnen aß, war Mr. Henderson auf Wache und umgekehrt. Wenn die beiden zusammen an Deck waren, arbeitete Manda am Heck, während Henderson im Bug beschäftigt war.

Honoria versuchte mehrmals, das Thema Manda und Mr. Henderson bei Christopher zur Sprache zu bringen, aber er knurrte nur und brachte sie auf höchst einfallsreiche und faszinierende Art und Weise zum Schweigen.

Christopher wollte sein Gold, und er konzentrierte sich vollkommen darauf. Die Mannschaft kannte ihr wahres Ziel immer noch nicht, obwohl Honoria gehört hatte, wie einige Seeleute gemurmelt hatten, dass ihr Kurs nach Charleston nicht mehr stimmte. Aber sie vertrauten ihrem Captain.

Seine rastlose Energie überwältigte Honoria manchmal geradezu. Er hatte so viel erreicht, seit er auf der anderen Seite der Welt ausgesetzt worden war. Er hatte seine Mannschaft gefunden, seine Offiziere, seine Schwester, ein neues Schiff, und hatte dabei noch seine Frau eingesammelt. Jetzt wollte er sein Gold und damit zu Ende führen, was er begonnen hatte. Dabei würde er sich durch nichts aufhalten lassen, weder durch das wachsende Interesse seiner Schwester an Henderson noch durch seine unruhige Mannschaft, noch durch seine Gemahlin.

Und ganz bestimmt nicht durch das Schiff, das hinter ihnen im Norden am Abend des vierten Tages auftauchte.

Sie scharten sich beim Schrei des Ausgucks an Deck. St. Cyr betrachtete das Schiff in gewohntem Schweigen, Colby fluchte leise, und Manda spähte besorgt durch ihr Fernrohr. Henderson lehnte sich an die Reling, nicht weit von ihr entfernt. Seine Brille glänzte in der grellen Sonne.

Christopher wusste sehr genau, wer ihnen da gefolgt war. Honoria, die neben ihm stand, legte schützend die Hand über die Augen und spähte in die Sonne. Er sah, wie sie errötete, als sie die Umrisse des Schiffes erkannte. Sie wusste es also auch.

Er sagte nichts, bis der Seemann es von dem Krähennest auf dem Hauptmast herunterrief: »Er ist es, Sir! Es ist die *Argonaut!*«

»Sicher?«, blaffte Colby hinauf.

»Er hat gerade die Fahne gehisst. Mitternachtsblau mit einem goldenen Strich.«

»Das ist James, richtig«, murmelte Honoria.

Colby tobte. »Verdammt, das ist so ziemlich das schnellste Schiff auf allen Meeren. Warum lässt er uns nicht in Ruhe, zum Teufel?« Er warf einen argwöhnischen Seitenblick auf Honoria.

Nur St. Cyr war unbewegt. »Unser Schiff ist fast genauso schnell, Captain. Durch unsere Umbauten. Sollen wir fliehen?«

Christopher beobachtete lange das weit entfernte Segel. Zweifellos gratulierten die Seeleute auf diesem Schiff einander im Moment, weil sie ihn eingeholt hatten. Er stellte sich vor, wie Ardmore an Deck stand und ihn auf seine kalte Art beobachtete. Seine Frau stand vielleicht neben ihm, und ihr rotes Haar schimmerte in der Sonne.

»Nein«, sagte er abrupt. »Wir fliehen nicht.«

Colby starrte ihn verblüfft an. »Habt Ihr zu viel Sonne abbekommen?«

Christopher sah ihn kühl an. »Warum sollten wir fliehen? Wir segeln in offenem Wasser, haben keine Schiffe gekapert und kümmern uns um unsere eigenen Angelegenheiten.«

»Er wird versuchen, an Bord zu kommen, Sir«, bemerkte St. Cyr.

»Das kann er herzlich gern. Ein Captain kann einen anderen um ein Gespräch ersuchen. Das gebietet die Gastfreundschaft.«

Colby kniff die Augen zusammen. »Was ich gern wüsste, ist, wie er uns gefunden hat.« Er richtete den Blick seiner braunen Augen erneut auf Honoria.

Sie hob das Kinn. »Was starrt Ihr mich so an, Mr. Colby? Ich habe meinen Bruder nicht mehr gesehen, bevor wir London verließen, und Christopher hat mir nicht gesagt, wohin wir segeln. James hat einfach nur eine Begabung dafür, dort aufzutauchen, wo er nicht erwünscht ist.«

Colby wirkte nicht überzeugt.

»Ich habe es ihm verraten«, erklärte Christopher.

Alle sahen ihn an. In dem Schweigen knallte ein Segel, als es kurz schlaff wurde und der Wind sich anschließend wieder darin fing. »Ihr, Captain?«, erkundigte sich Colby.

Christopher hob das Fernrohr ans Auge, um die Umrisse des Schiffes zu betrachten, das sich ihnen näherte. Die *Argonaut* war ein bemerkenswerter Anblick mit ihren klaren Linien, dem niedrigen Rumpf, dem breiten Hauptmast, dem Fockmast und den Klüvern. Er betrachtete sie ausgiebig und ließ die Spannung anwachsen, bevor er antwortete.

»Ich habe seiner Frau meine Heiratsurkunde gezeigt. Sie hat zweifellos sofort begriffen, was diese Zahlen bedeuten, und hat es Ardmore gesagt. Sie ist immerhin die Tochter eines Admirals.«

Die Leute starrten ihn an, manche mit offenem Mund. Die Gesichter verzogen sich vor Bestürzung.

Manda war die Erste, die begriff, was er getan hatte und warum. Sie wandte sich ab und lächelte unmerklich.

St. Cyr war der Zweite. Er drehte sich entspannt um und trat ans Ruder. Colby starrte ihn immer noch böse an. »Welche Zahlen?«, fragte Henderson schließlich ruhig.

Christopher ließ das Fernglas sinken. »Das wird Manda Euch erzählen.«

Manda fuhr herum, und Henderson errötete.

Christopher ließ ihnen keine Zeit, ihn anzuschreien, ebenso wenig wie er zuließ, dass Colby weitere Fragen herausstammelte. Mit einem knappen Befehl schickte er alle wieder an die Arbeit. Selbst seine entzückende Frau. Der Ausdruck in Honorias Augen sagte ihm, dass sie immer noch wütend auf ihren Bruder war, weil er sich geweigert hatte, ihr gewisse Dinge zu erzählen. Als er zusah, wie sie steif davonging, kam er zu dem Schluss, dass es wohl sicherer für Ardmore war, wenn er Honoria von der Kanone fernhielt.

Honoria hob das Messer, legte ihr Opfer längs vor sich und ließ die Schneide scharf herunterfallen. Den Kopf warf sie auf den Haufen Abfall und machte sich jetzt über den Körper her.

Sie hämmerte immer wieder mit dem Messer zu. Brocken flogen durch die Luft, und der Saft strömte nur so. Als sie fertig war, trat sie keuchend einen Schritt zurück.

»Sehr gut«, bemerkte Mrs. Colby. »Diese Karotte wird niemandem mehr gefährlich werden.«

Honoria antwortete nicht. Sie sammelte die Stücke ein, warf sie in den Kochtopf und suchte sich ein anderes Opfer. Dieses war ein bisschen verschrumpelt von den vielen Tagen auf See. Aber das störte sie nicht. Sie ließ das Messer heruntersausen und trennte der Möhre sauber den Kopf ab.

»Bedrückt Euch etwas, Liebes?«

»Männer!«, fauchte Honoria.

Mrs. Colby verdrehte den Kopf und warf einen prüfenden Blick auf die Karotte. »Ein Mann im Besonderen?«

»Allesamt!«

Der Koch, der gerade ein Hühnchen rupfte, das in den heutigen mageren Eintopf kommen würde, sah kurz hoch, beäugte misstrauisch die Klinge in Honorias Hand und wandte dann rasch den Blick ab.

Das Messer zuckte hoch und wieder herunter. »Mein Bruder, mein Ehemann, alle!« Hack, hack, hack! Sie warf die Stücke in den Topf und schnappte sich wütend die nächste Karotte.

»Sagt, Honoria«, meinte Mrs. Colby verräterisch friedfertig. »Wenn Ihr so hackt, denkt Ihr dann an den ganzen Mann oder nur an ein gewisses Teil von ihm, hm?«

Honoria blickte auf die Karotte, die lang, fest und spitz zulaufend vor ihr lag. Sie hatte nicht darüber nachgedacht, aber vielleicht gab es tatsächlich einen Grund, aus dem sie sich dieses besondere Gemüse ausgesucht hatte.

»Ich weiß es nicht«, erwiderte sie finster. »Es ist nur eine Karotte.«

Der Koch beugte sich über sein Hühnchen. Sein Rücken zuckte sichtlich.

»Ich habe ja auch nur gefragt, Liebes«, meinte Mrs. Colby.

Honoria erstarrte, das Messer erhoben. »Bin ich ein lebendes, atmendes, menschliches Wesen?«

»Aber ganz gewiss seid Ihr das, Liebes.«

Das Messer fiel. »Und warum glauben mein Bruder und mein Gemahl dann, dass ich ohne ihre Erlaubnis weder denken noch fühlen sollte? Ich darf nichts tun, nichts sagen, nichts denken, das sie nicht zuvor entschieden haben.«

Mrs. Colby hob die Schultern in der universellen weiblichen Geste der Verachtung gegenüber den männlichen Schrullen. »Es ist ihre Art, fürchte ich. Der Herr hat ihnen erzählt, sie wären die Herrscher, und natürlich haben sie es ihm sofort geglaubt. Kurz nach der Hochzeit üben sie noch, aber nach einer Weile fangen sie an, zu lernen, wie die Dinge laufen. Man muss Geduld mit ihnen haben.«

Honoria hackte wütend einer weiteren Karotte den Kopf ab. »Ich war mein ganzes Leben lang die perfekte Lady. Jahrelang habe ich unser Haus geführt. Hat James sich auch nur einmal dafür bedankt oder es überhaupt bemerkt? Nein. Und jetzt, nachdem ich einmal etwas für mich selbst getan habe, verfolgt er mich, um mich wie ein ungehorsames Schulmädchen nach Hause zu holen. Das einzig Gute, was meine Ehe mir gebracht hat, ist, dass ich meinem Bruder jetzt keine Rechenschaft mehr schulde. Ich muss jetzt meinem Ehemann gehorchen, und mein Bruder hat in dieser Angelegenheit nichts mehr zu sagen.«

Mrs. Colby beobachtete sie eine Weile. »Habt Ihr Angst, dass Captain Raine Euch ihm ausliefern wird? Keine Sorge, er lässt Euch nicht gehen. Er braucht Euch.«

»Ha!«

Mrs. Colby lächelte. »O doch. Ich sehe ja, wie er Euch ansieht. Wie ein Mann, der etwas wirklich Gutes gefunden hat, das er nicht so schnell aufgeben wird.«

Honoria schüttelte den Kopf. »Er spricht ab und zu von Liebe. Aber ich glaube, er mag es einfach, jemanden um sich zu haben, den er herumkommandieren kann. Manda behandelt er ganz anders.«

»Nun, Manda und er sind zusammen, seit sie Kinder waren. Mr. Raine hat sie selbst großgezogen.« Sie putzte weiter Rüben, eine etwas gemäßigtere Tätigkeit. »Aber ein Junge will nicht viel mit einem kleinen Mädchen zu tun haben, richtig? Also hat er sie behandelt wie einen kleinen Bruder und ihr dasselbe beigebracht, was er einen Jungen gelehrt hätte. Sie sind aneinander gewöhnt. Sehr wahrscheinlich weiß er gar nicht viel mit Euch anzufangen.«

»Ich werde aus ihm auch nicht schlau«, presste Honoria zwischen den Zähnen hervor.

»So etwas passiert, wenn man sich liebt, Liebes.«

Honoria richtete sich auf ihrem Stuhl auf. »Ich liebe ihn nicht.« Sie blickte hoch. »Oder doch?«

»Ihr wäret nicht so wütend, wenn Ihr ihn nicht lieben würdet. Und Ihr würdet auch nicht erröten, wenn Ihr darüber sprecht.«

Honoria legte das Messer weg. »Ich kann keine Liebe mehr empfinden. Ich glaube, ich habe sie ganz und gar aufgebraucht. In mir ist nur noch Zorn.«

Mrs. Colby lächelte. Ihr Gesicht legte sich in viele Falten, wenn sie das tat, und ihre freundlichen Augen verschwanden fast hinter ihren Lachfältchen. Honoria konnte sich vorstellen, wie diese Frau als Barmädchen gewesen war. Sie hatte immer gelächelt und allen gern Bier ausgeschenkt. »Ihr habt noch frischen Zorn in Euch, und Ihr seid verletzt worden, wie kein Mädchen verletzt werden sollte. Seid nicht zu hart mit Euch, Mrs. Raine. Dreißig ist noch jung.«

»Einunddreißig«, erwiderte Honoria mürrisch. Sie wünschte sich plötzlich, dass sie keine so glückliche Kindheit verlebt hätte. Das hatte sie verleitet, zu glauben, dass ihr Erwachsenenleben ebenso sorglos sein würde.

Mrs. Colby lenkte lächelnd ein. Honoria wusste, dass die Frau sie besänftigen wollte. Christopher war ein arroganter Kerl, der sich in alles einmischte und glaubte, dass Frauen tun sollten, was er wollte. Ihr Bruder war genauso. Warum sich Frauen in Männer wie sie verliebten, ging über ihren Horizont.

Sie legte sich eine andere Karotte zurecht, hob das Messer und hackte sich wütend vom Kopf des unschuldigen Gemüses bis zur Spitze.

In einem anderen Raum des Schiffes kam Manda Raine gerade zu einer ganz ähnlichen Schlussfolgerung über Männer. Alden Henderson stand auf der Schwelle ihrer Kabine, versperrte ihr den Ausgang und erhitzte ihr Blut. Seine breiten Schultern schienen die ganze Türöffnung auszufüllen, sein Haar schimmerte im Licht der Laterne, und seine grauen

Augen betrachteten sie ungerührt. Sie wusste, dass sein Haar sich wie Seide anfühlte, was sie nur noch ärgerlicher machte.

Die Kabine war nur eine Nische, die etwa die Länge ihrer Koje hatte. Der Platz genügte gerade, um darin zu stehen, sich anzukleiden, sich in dem winzigen Becken zu waschen und eine Truhe aufzustellen, in der sie ihre wenigen persönlichen Dinge verwahrte. Es gab nicht genug Platz für sie beide, und das fühlte sie mit jeder Faser ihres Körpers.

Vermutlich könnte sie Henderson einfach niederschlagen und über ihn hinweg davonmarschieren. Nur wollte sie das nicht.

»Wenn ich Euren Bruder recht verstanden habe, werdet Ihr mir sagen, was hier los ist«, meinte Henderson jetzt.

Manda verschränkte die Arme. Diese Geste grenzte sie von ihm ab, und sie fühlte sich irgendwie geschützter. »Eigentlich meinte er, ich sollte meine weiblichen Reize nutzen, um Euch auf unsere Seite zu ziehen.«

Seine Brauen, zwei perfekte goldene Linien, zogen sich zusammen. »Ich bezweifle, dass er das angedeutet oder auch nur gemeint hat.«

Dass er kein bisschen spöttisch klang, reizte sie aus irgendeinem Grund. »Vielleicht hat er das nicht. Aber er meinte, dass Ihr eine Bedrohung darstellt und ich Euch unter Aufsicht behalten soll.«

Eine Falte bildete sich über dem Nasenbügel seiner Brille. »Warum sagt Ihr mir nicht, worum es eigentlich geht? Dann können wir uns immer noch über Kontrolle unterhalten.«

Sie ballte die Fäuste, plötzlich unsicher geworden. Manda Raine war niemals nervös. Sie schätzte eine Situation ein und fand einen Ausweg. Selbst als sie im Käfig dieses schrecklichen Switton gesessen hatte, war sie nicht übermäßig besorgt gewesen. Sie wäre schon irgendwie herausgekommen, davon war sie überzeugt gewesen.

Nur war sie noch nie jemandem wie Alden Henderson begegnet. Sie wollte nicht gegen ihn kämpfen, obwohl sie seit einiger Zeit das Gefühl hatte, dass sie sich besser fühlen würde, wenn sie ihm eine ordentliche Tracht Prügel verabreichte.

Er hatte sie wieder geküsst, unmittelbar bevor der Wind aufgekommen war. Sie waren sich im Kartenraum begegnet, und nach einigen kleinen Wortgefechten hatte er einfach ihr Gesicht zwischen seine Hände genommen und sie geküsst, lange und leidenschaftlich.

Sie hatte alles um sich herum vergessen, selbst die subtilen Anzeichen, dass der Wind endlich wieder aufgefrischt hatte. Deshalb war sie war viel zu spät an Deck gekommen, zum ersten Mal in ihrem Leben, und Christopher hatte ihr einen finsteren Blick zugeworfen.

Ihr war klar geworden, dass Henderson etwas in ihr ausgelöst hatte, und sie verstand dieses Gefühl weder, noch wusste sie, wie sie darauf reagieren sollte.

»Ich kann mir vorstellen, dass Ihr Euch von niemandem kontrollieren lasst«, sagte sie abrupt. »Ihr tut, was Ihr wollt, und geht, wohin Ihr wünscht, wie ein eingebildeter englischer Gentleman.«

»Und Ihr zerrt die Tatsache, dass ich ein Engländer bin, in jedes Gespräch hinein.«

»Ihr seid nicht einfach nur ein Engländer«, verbesserte sie ihn kühl. »Ihr seid ein englischer Gentleman. Die ganze Welt existiert praktisch nur, damit Ihr sie nutzen könnt.«

Das wütende Funkeln in seinen Augen freute sie. Endlich hatte sie einen wunden Punkt getroffen.

»Wenn das stimmte«, fuhr er sie an, »warum habe ich dann mein vornehmes englisches Zuhause verlassen, um Piraten zu jagen? Das Leben an Bord von James Ardmores Schiff ist nicht gerade ein Zuckerschlecken!«

Sie zuckte lässig mit der Schulter. »Vielleicht brauchtet Ihr Abwechslung?«

»Wenn Ihr es unbedingt wissen müsst, ich brauchte einen Sinn«, knurrte er. »Ich sollte eigentlich Pfarrer werden.«

Sie riss die Augen auf. »Ihr?«

»O ja. Ein ehrbarer Vikar mit der Aussicht auf ein Bischofsamt. Mir wurde von einem Earl eine Anstellung in Aussicht gestellt, nachdem der jetzige Vikar verschieden wäre, selbstverständlich, wozu er aber all die verdammten Jahre lang keinerlei Neigung zu verspüren schien. Ich habe James Ardmore zufällig kennengelernt und bewundert, was er tat.«

»Verstehe. Also, wenn Ihr schon keine Seelen retten konntet, dann doch wenigstens Leben, hm?«

»So ähnlich.«

Er sagte es so unbeteiligt, als wäre es vollkommen bedeutungslos für ihn, einfach nur ein Gesprächsthema.

Manda hatte es in ihrem ganzen Leben nur mit zwei Arten von Männern zu tun gehabt: denjenigen, denen sie Angst einflößen konnte, und den anderen, bei denen das nicht funktionierte und denen sie deshalb aus dem Weg ging. Einen Mann wie Henderson hatte sie noch nie getroffen. Einen, der Reden dem Gefecht vorzog. Obwohl sie ihn bei diesem Earl von Switton hatte kämpfen sehen. Sein Schläge waren präzise und sehr wirkungsvoll gewesen, und er hatte geholfen, ihr einen Weg aus dem Garten zu bahnen, ohne dass auch nur seine Brille verrutscht wäre.

Aber auch Worte waren seine Waffe, und da fühlte sich Manda zum ersten Mal in ihrem Leben unsicher. Christopher und sie hatten gelernt, fast stumm miteinander zu kommunizieren. Wenn sie sich mit Henderson auf ein Wortgefecht einließ, wusste sie nicht so recht, was sie tun sollte. Oder sagen.

»Also?« Hendersons aristokratische Brauen hoben sich. Sein Haar war in den letzten Wochen ein wenig länger geworden, und eine blasse Locke fiel ihm in die Stirn. »Was also möchte Mr. Raine, dass Ihr mit mitteilt?«

Manda seufzte. Manchmal wünschte sie, dass das gesamte männliche Geschlecht in einem Sturm unterging.

»Er will das Gold holen, das er verstecken musste. Ich wette, dass James Ardmore hier ist, um ihn daran zu hindern.«

Henderson starrte sie ein paar Herzschläge lang an. »Das Gold von der *Rosa Bonita?*« Sie nickte. Er spitzte die Lippen. »Ich erinnere mich. Das mexikanische Gold, das für Napoleon bestimmt war und spurlos verschwunden ist. Napoleon war außer sich.«

»Es hat mich überrascht, dass Euer Held James Ardmore Christopher nicht gezwungen hat, ihm zu verraten, wo er es versteckt hat.«

Henderson schnaubte verächtlich. »Mich nicht. Ardmore interessiert sich keinen Deut für Gold. Und ganz gewiss würde er es nicht Napoleon aushändigen, oder, noch schlimmer, den Engländern. Er begnügt sich vollkommen damit, dass es vergraben ist.«

»Warum verfolgt er Chris dann jetzt?«

Hendersons graue Augen funkelten. »Weil er auch nicht will, dass Euer Bruder das Gold bekommt. Raine ist ein Pirat. James würde niemals zulassen, dass ein Pirat am Ende gewinnt.«

»Zudem einer, der ihm auch noch die Schwester weggenommen hat.«

Henderson nickte nachdenklich. »Wisst Ihr, wenn das Gold nicht wäre, dann würde James uns nicht jagen, das glaube ich ehrlich. Honoria und er kommen nicht gut miteinander aus. Ganz und gar nicht. Und das ist noch eine Untertreibung.«

»Das habe ich schon vermutet.«

Manda konnte sich nicht vorstellen, einen Bruder zu haben, den sie hasste. Sie und Chris waren Freunde und Partner. Sie beide gegen den Rest der Welt. Sie redeten zwar nie über ihre Gefühle oder weinten sich an der Schulter des anderen aus, aber sie wussten beide, dass der eine immer für den anderen da war. Immer.

»So. Ich habe es Euch gesagt«, meinte sie und zog sich wieder in sich zurück.

Sie wünschte, er würde weggehen. Sie mochte keine Männer mit hellen Haaren. Sie mochte Männer mit dunklen Haaren, dunkler Haut und weichen dunklen Augen, keine großen Männer, die aussahen wie farblose Statuen. Sein Haar war so hell, dass es fast weiß wirkte, und seine Augen waren von einem klaren Grau. Die Sonne hatte seine Haut honigbraun gefärbt, nicht verbrannt.

Seine Lippen waren dünn und so trocken wie Seide. Das wusste sie. Sie konnte nichts dagegen tun, dass sie sich auf die Zehenspitzen stellte und ihn küsste.

Er schlang seine Arme um sie und küsste sie so zärtlich, als hätte ihre wütende Unterhaltung niemals stattgefunden.

Sie schob die Haarlocke aus seiner Stirn und genoss das seidenweiche Gefühl unter ihren Fingerspitzen. Er schmeckte immer, als hätte er gerade ein Glas guten Weines getrunken, obwohl sie wusste, dass sie keinen Wein an Bord hatten.

Er zog sie dichter an sich, vergrub seine Hände in ihrem Haar und streichelte ihren Nacken.

Wenn sie nur nicht miteinander reden würden! Was für eine wundervolle Affäre sie dann mit diesem Mann haben könnte. Aber er würde niemals den Mund halten, und sie konnte es in seiner Gegenwart einfach auch nicht.

Seine Zunge glitt spielerisch in ihren Mund, und ihr wurde heiß. In ihrem ganzen Leben hatte Manda Raine noch nie vor jemandem Angst gehabt. Aber was jetzt in ihrem Herzen passierte, flößte ihr sehr viel Furcht ein. Und es verwirrte sie. Sie fühlte sich wie ein flaumiges Küken, das gerade ausgeschlüpft war, eines, das in den großen Himmel starrte und sich fragte, was er wohl bedeutete.

Er wich etwas von ihr zurück. Der Blick seiner Augen hinter den Brillengläsern war zurückhaltend. Sie packte sein Revers und versuchte, ihn in ihre Kabine zu ziehen.

Er blieb stehen, wo er war, und schüttelte den Kopf. Seine Miene blieb unverändert.

Schmerz und Verwirrung stiegen in ihr auf, als hätte jemand das flaumige Küken mit einem unfreundlichen Tritt seines Stiefels zur Seite geschleudert. Sie ließ ihn abrupt los und starrte ihn böse an.

Er betrachtete sie noch einen Moment, drehte sich dann schweigend um und ging davon.

Manda Raine hätte ihn mit bösartigen Beschimpfungen überschütten oder ihm zumindest einen saftigen Kinnhaken versetzen sollen. Aber sie stand nur hilflos da, während er, der steife Engländer, davonging, als interessierte er sich überhaupt nicht für sie.

Sie wirbelte herum und trat gegen ihre Koje. Immer wieder trat sie zu, bis ihr Fuß schmerzte.

Als sie aus ihrer Kabine stürmte, ein klein wenig humpelnd, fiel ihr Blick auf ihre Schwägerin, die sie mit ihren hellgrünen Augen mitfühlend betrachtete.

»Möchtet Ihr reden?«, erkundigte sich Honoria.

Mandas Wut entlud sich in einem Schrei. »NEIN! Ich will nicht reden, mit niemandem, nie mehr!«

Sie fegte an Honoria vorbei und trampelte die Treppe hinauf. Ihr war bewusst, dass sie Honorias Gefühle verletzt hatte, aber sie war weit davon entfernt, darauf Rücksicht zu nehmen. Sie ignorierte Henderson, ihren Bruder und auch alle anderen und flüchtete sich stattdessen in den Schatten des Mastes, wo sie sich mit Segeln und Tauen beschäftigte, Dingen, die sie nicht verwirren und ihr das Gefühl geben würden, innerlich vollkommen wund zu sein.

Christopher beobachtete, wie die *Argonaut* näher kam. Das andere Schiff hatte ihn einen ganzen Tag und eine Nacht gejagt und sich langsam genähert. Ihm war klar, dass seine Männer wussten, dass die *Starcross* der *Argonaut* entkommen konnte, wenn Christopher es gewollt hätte. Ebenso war ihnen bewusst, dass Christopher Raine niemals etwas ohne einen guten Grund tat. Falls er also wollte, dass James Ardmore sie einholte, dann musste ihnen das zum Vorteil gereichen. Jedenfalls hofften sie das.

Als am zweiten Tag die Sonne unterging, war die *Argonaut* so nahe, dass sie ein Signal senden konnte. Ihre Geschützpforten waren geöffnet, und dahinter schimmerten die schwarzen Öffnungen der Kanonen im Licht der untergehenden Sonne. Christopher ließ seine Klappen geschlossen.

St. Cyr betrachtete die Flaggensignale von der *Argonaut* durch sein Fernrohr. Christopher stand neben ihm, die Hände auf die Reling gestützt, und wartete.

»Er will an Bord kommen«, berichtete St. Cyr. »Und sich mit Euch treffen.«

Christopher nickte kurz. Das war keine Überraschung. Ardmore wollte ihn natürlich von Angesicht zu Angesicht stellen.

»Sagt ihm, dass er kommen kann«, erwiderte er. »Aber nur, wenn er seine Frau mitbringt.«

St. Cyr sah ihn unbeteiligt an. »Haben wir dafür Flaggen?«

»Schickt einen Boten mit einem Boot hinüber. Er soll sie gleich mitbringen.«

St. Cyr nickte, drehte sich um und gab der gespannt wartenden Mannschaft die entsprechenden Befehle.

»Verzeihung, Sir«, knurrte Colby und dehnte seine großen Hände. »Werden wir nicht kämpfen?«

Christopher sah Honoria an. Die untergehende Sonne schimmerte auf ihrem schwarzen Haar, und der Wind schmiegte ihr dünnes Kleid an ihren wundervoll geformten Körper.

»Nein«, antwortete er, während er Honoria unverwandt in die Augen blickte. »Wir kämpfen nicht. Stattdessen werden wir James Ardmore genau das geben, was er haben will.«

16. Kapitel

»Ich segle nicht mit ihm zurück, Christopher.«

Honoria sprach ruhig, aber ihre Augen brannten vor Wut. Christopher richtete einen Teil seiner Aufmerksamkeit auf sie, den anderen auf den winzigen Lichtpunkt, der sich auf sie zubewegte. Er stammte von der Laterne der Gig, die James Ardmore und seine Gattin zur *Starcross* brachte. Er konnte in dem Zwielicht Dianas schimmerndes rotes Haar sehen.

Honoria gab nicht nach. »Befiehlst du mir, mit ihnen zu rückzusegeln?«

Sie wollte Streit. Aber Christopher war nicht in der Stimmung dafür. »Ich lasse dir die Wahl.«

Sie hob ihre fein geschwungenen Brauen. »Sehr gut. Dann wissen wir ja jetzt, wo wir stehen.«

Ihre Lippen glänzten blassrosa in der Dämmerung. Christopher konnte nicht widerstehen; er beugte sich vor und küsste sie.

Ihr Mund gab unter der Berührung seiner Lippen nach. Ihr Begehren schlummerte nur dicht unter der Oberfläche. Er hatte zwar gesagt, dass er ihr die Wahl lassen würde, aber in seinem Herzen wollte er das eigentlich nicht. Sie könnte sich auch entscheiden, dass es das Beste für sie wäre, in ihr Haus in Charleston zurückzukehren, in duftendem Rosenwasser zu baden und sich von Dienern die Speisen auf Tabletts bringen zu lassen. Christopher musste ihr klarmachen, dass dies keineswegs das Beste für sie war.

Das kleine Boot stieß gegen die *Starcross*. Christopher küsste Honoria weiter, bis er sicher war, dass Ardmore sie gesehen hatte.

Die *Starcross* hatte eine kurze, schmale Treppe direkt im Rumpf, und die Gig hatte daran angelegt. St. Cyr hatte Taue heruntergelassen, an denen sich die Leute im Boot beim Hinaufsteigen festhalten konnten. Außerdem hatte Christopher ein Geschirr aus Seilen anfertigen lassen, mit dem Mrs. Ardmore an Bord gehievt werden konnte, aber sie kletterte hinter ihrem Ehemann her und bediente sich geschickt der Taue.

Schließlich stand ihm Ardmore an Deck gegenüber. Christopher vermutete, dass ein Treffen zwischen den Admirälen verfeindeter Flotten ganz ähnlich ablaufen musste. Angespannte Höflichkeit, übertriebene Förmlichkeiten. Alles nur gespielt. Sie wollten kämpfen und taten, als wollten sie es nicht.

Ardmore hatte noch einen Offizier mitgebracht, einen Iren namens Ian O'Malley. Und dazu ein Fass Wasser, das soeben an Bord geholt wurde. Das Holz war verlockend nass.

»Habe gehört, dass Ihr knapp mit Wasser seid«, erklärte Ardmore.

Christopher blickte in Augen, die ebenso kühl waren wie die von Honoria. Sie waren sich ähnlich, die Geschwister, hatten beide schwarzblaues Haar und eisgrüne Augen. Zudem war beiden dieser arrogante Zug um den Mund eigen und der leichte Sarkasmus hinter dem höflichen Südstaatenakzent.

»Wir waren länger in der Flaute, als ich erwartet hatte«, antwortete Christopher. Er verbeugte sich vor Diana. »Mrs. Ardmore. Ich bin erfreut, Euch wiederzusehen.«

Sie nickte, doch ihre Augen verrieten keinerlei Regung.

Auf dem Deck der Brigantine drängten sich wie üblich die Seeleute. Den meisten Raum nahmen die Masten, die Takelung und die Winschen ein, obwohl Letztere unter Deck verstaut waren, wenn sie nicht gebraucht wurden. Ardmore und Christopher standen sich dicht gegenüber, während Diana durch einen Vorbau von ihnen getrennt war. Honoria beobachtete sie störrisch vom Heck aus.

Ardmore richtete seinen frostigen Blick auf seine Schwester, dann wieder auf Christopher. »Ich nehme an, Ihr habt Mrs. Ardmore eingeladen, damit ich nicht den Befehl gebe, das Feuer auf Euch zu eröffnen, während ich auf Eurem Schiff bin.«

»Das stimmt«, gab Christopher zu.

»Und was gibt mir die Sicherheit, dass Ihr nicht auf die *Argonaut* feuert?«

»Mein Wort.« Christopher sah kurz zu dem anderen Schiff hinüber. »Wenn ich recht sehe, sind Euer Sohn und Eure Stieftochter ebenfalls an Bord?« Er drehte sich zu Diana herum, die zögernd nickte. »Dachte ich mir. Ich bin nicht barbarisch genug, um auf unschuldige Kinder zu schießen.«

»Sehr freundlich von Euch«, mischte sich Ian O'Malley ein. Seine Augen blitzten vor Vergnügen. »Obwohl die kleine Isabeau nicht ganz so unschuldig ist. Sobald Ihr ihr auch nur den Rücken kehrt, ist sie im Nu halb in den Wanten.«

Dianas Blick war ein wenig gequält, und Christopher lächelte kurz.

»Ihr wisst, warum ich hier bin«, unterbrach Ardmore ungeduldig das Gespräch. Er sah Honoria vielsagend an, die seinen Blick mit derselben streitlustigen Feindseligkeit erwiderte.

Der böige Wind zerrte an Christophers Zopf. »Wenn Ihr mit ihr sprechen wollt, bitte. Ich habe keinerlei Einwände.«

Ardmore sah ihn scharf an. »Zunächst müssen wir etwas anderes besprechen. Wollt Ihr unter Deck gehen oder es vor Euren Männern bereden?«

»Ich vertraue meiner Mannschaft«, erwiderte Christopher. »Aber es wäre vielleicht sicherer für Euch, wenn wir nach unten gingen.«

Ardmore nickte. »Das glaube ich. Diana, du bleibst hier bei Honoria.«

»Wohl kaum«, schoss Diana zurück. »Ich traue Euch beiden nicht zu, dass Ihr liebenswürdig miteinander umgeht, und ich will wissen, worum es hier geht. Deshalb bleibe ich bei dir.«

James sah seine Frau erstaunt an, aber er widersprach nicht. Christopher schien es, als hätten Ardmore und er eines gemeinsam: Ehefrauen, die mit der Einhaltung des gelobten Gehorsams Probleme hatten.

»Wie Ihr wünscht«, sagte Christopher und ging zum Heck voraus.

Am Ende leisteten Manda, Diana, Henderson, St. Cyr und Honoria den beiden Captains in dem engen Kartenraum Gesellschaft. Sie saßen alle um den leeren Tisch. Ardmore hatte auch ein kleines Fass Brandy mitgebracht. Henderson öffnete es und reichte kleine Becher herum.

Die Diskussion, die anschließend folgte, überraschte

niemanden. Ardmore wusste, dass Christopher das Gold der *Rosa Bonita* holen wollte, und er war hier, um ihn daran zu hindern. Christopher fragte ihn, wie er das bewerkstelligen wollte.

»Ich würde Euch versenken«, antwortete Ardmore gelassen. »Es ist genug Platz für Euch und Eure Mannschaft auf der *Argonaut*. Ich bringe Euch zu einem Hafen und lasse Euch dort frei. Sicher hat es Euch viel Zeit gekostet, dieses Schiff zu finden und auszustatten. Deshalb stelle ich mir vor, dass es noch viel länger dauern wird, ein neues aufzutreiben.«

Christopher betrachtete den honigfarbenen Brandy in dem Kupferbecher. Es war eine Sünde, Brandy aus einem solchen Gefäß zu trinken, aber er hatte nicht viel Geld in Kristall investiert. Zweifellos würde Honoria das korrigieren, sobald sie den nächsten Hafen erreichten.

»Ihr würdet einen Kampf bekommen«, erwiderte er gelassen. »Meine Männer sind ganz wild darauf. Jedenfalls würden wir nicht friedlich herumsitzen und uns von Euch auf den Meeresgrund schießen lassen.«

James beugte sich vor. Seine Augen lagen im Schatten. »Ich habe mehr Kanonen und mehr Männer als Ihr, und ich bin schneller. Ihr würdet keinen Kampf gegen die *Argonaut* gewinnen.«

Christopher zuckte mit den Schultern, als spürte er die Anspannung nicht, die ihm über den Rücken kroch. »Ich habe gehört, dass Freibeuter Schiffe gegen englische Fregatten in dem Krieg zwischen Amerika und England erobert haben. Schiffe mit weit weniger Kanonen.«

»Das stimmt«, nickte Ardmore. »Ich bin einer dieser Freibeuter. Ihr hättet gegen mich keine Chance. Wenn Ihr kämpft, versenke ich Euch. Leistet Ihr großen Widerstand, habt Ihr den Tod Eurer Leute zu verantworten!«

Christopher trank einen Schluck und stellte den Becher ab. Ardmore hatte sein Getränk nicht angerührt. »Ihr würdet auf ein Schiff feuern, auf dem sich Eure eigene Schwester befindet«, erwiderte er.

»Das weiß ich. Seid Ihr bereit, sie für Euer mexikanisches Gold sterben zu lassen?«

Christopher zwang sich zu einem Lächeln. »Würdet Ihr sie dafür töten? Ihr braucht Honoria nicht als Geisel für mein Wohlverhalten zu missbrauchen. Wir schicken die Frauen und Kinder mit den Gigs aufs Meer hinaus, bevor wir kämpfen.«

»Honoria kann auch auf die *Argonaut* zurückkehren«, erklärte James kalt. »Es ist ihre Entscheidung. Sie kann mit mir kommen oder bei Euch bleiben, während Ihr sinkt.«

»Rede nicht so, als wäre ich nicht hier, James Ardmore!«, peitschte Honorias Stimme durch den Raum. »Was willst du überhaupt mit dem Gold? Was hast du damit vor?«

James drehte sich langsam zu ihr herum. Die Kälte zwischen ihnen hätte die Luft gefrieren lassen können. »Ich gebe es der amerikanischen Marine«, antwortete er. »Sie können jede Hilfe gebrauchen.«

»Sehr patriotisch!«, fuhr Honoria ihn an. »Und woher weißt du, dass das Gold noch da ist? Es ist mittlerweile vier Jahre her. Zweifellos sind andere Piraten bereits darüber gestolpert und haben es eingesammelt.«

»Dieses Risiko besteht natürlich«, erklärte Christopher.

»Und ich gehe es ein«, versetzte Ardmore.

»Ich habe eine viel bessere Idee, James«, sagte Honoria

kalt. »Warum verschwindest du nicht einfach? Du bist hier nicht erwünscht. Seit ich auf diesem Schiff bin, sind keinerlei Akte von Piraterie begangen worden, also hast du hier nichts zu suchen. Geh und jag woanders Piraten!«

Ardmores Stimme wurde noch eisiger. »Das ist kein Spiel, Honoria.«

»Aber natürlich ist es das. Ihr seid Männer! Aus allem macht ihr einen Wettkampf. Ihr seid wie Hähne, die auf dem Hof herumstolzieren und miteinander wetteifern, wer am lautesten krähen kann!«

»Der Vergleich ist recht passend«, ließ sich Diana zum ersten Mal vernehmen.

»Ladys!«, begann Ardmore schneidend.

»Nein, James, du wirst uns nicht zum Schweigen bringen«, unterbrach Honoria ihn. »Für uns steht genauso viel auf dem Spiel wie für dich. Ich bleibe bei Christopher. Er ist mein Ehemann. Versenke uns, und sei verdammt!«

St. Cyr wirkte betreten. Henderson hatte kein einziges Wort gesagt. Und Manda sah aus, als hätte sie Ardmore am liebsten auf der Stelle erschossen.

»Ich werde es tun, Honoria«, sagte Ardmore. »Bist du dir sicher, dass du seinetwegen sterben willst?«

Honoria warf Christopher einen kurzen Seitenblick zu, in dem jedoch keinerlei liebende Hingabe lag, sondern nur flammender Zorn. »Ich werde bei meinem Ehemann bleiben, James. Ich habe ein Gelübde abgelegt. Mir bedeutet Loyalität etwas.«

Ardmore warf ihr einen kühlen Blick zu. »Ich nehme an, dass du mit dieser Bemerkung sagen willst, mir bedeute sie nichts. In dem Punkt hast du dich schon immer geirrt.« Er richtete seine durchdringenden Augen auf Christopher. »Falls Ihr mir damit den Fehdehandschuh hingeworfen habt, dann sei dem so. Solltet Ihr das Gold holen, versenke ich Euch.«

Christopher fuhr mit dem Finger über den Rand seines Bechers. »Und wenn ich Euch nun sage, dass ich nicht die Absicht habe, das Gold zu holen, würdet Ihr mir trotzdem folgen, um sicherzugehen?«

»Allerdings«, sagte Ardmore.

»Klingt nach einer Menge Schwierigkeiten für Euch und Eure Männer.«

Ardmore nahm seinen Becher und trank einen Schluck. »Ihr vergesst da etwas. Ich weiß, wo das Gold ist. Wenn Ihr davonsegelt, hole ich es mir einfach selbst.«

Christopher lachte kurz. »Ihr wisst ungefähr, wo das Gold ist. Das ist nicht ganz dasselbe, wie es genau zu wissen.«

»Dann könnt Ihr mich dorthin führen.« Ardmore trank noch einen Schluck Brandy. »Oder ich kann Euch versenken, Euch gefangen nehmen und Euch zwingen, es mir zu sagen.«

»Euch steht ein höllischer Kampf bevor, wenn Ihr das versucht«, stieß Manda fast erstickt vor Wut hervor.

»Das klingt gut«, erwiderte Ardmore. »Eure Mannschaft ist nicht die einzige, die streitlustig ist.«

»Gut, dann bekommst du ihn!«, spie Honoria hervor.

Manda und auch Christophers Gemahlin sahen wütend genug aus, um über den Tisch zu klettern und Ardmore auf der Stelle zu erwürgen. Henderson sah seinen Captain genauso kriegerisch an wie Honoria und Manda. Nur St. Cyr behielt wie immer seine unbeteiligte Miene bei und nippte genießerisch an seinem Brandy.

Christopher fing plötzlich an zu lachen, tief und rumpelnd, bis sein Gelächter den ganzen Kartenraum erfüllte. Manda und Honoria starrten ihn wütend an. Ardmore betrachtete ihn nur kalt.

»Ende des Spiels, Ardmore«, sagte Christopher. »Es wird keinen Kampf, kein Versenken und keine Gefangenen geben. Wenn Ihr das verdammte Gold wollt, könnt Ihr es gern haben. Ich führe Euch hin. Nehmt Euch, was Ihr wollt.« Er hörte auf zu lachen, leerte seinen Becher und deutete damit auf Ardmore. »Dafür gebt Ihr mir Euer Wort, Euch aus meinem Leben herauszuhalten.«

»Christopher!«, begann Honoria.

Er ignorierte sie. »Ich will meine Frau, meine Freiheit und mein Schiff. Alles andere interessiert mich nicht.« Er beugte sich vor. »Ihr bekommt das Gold, ich bekomme mein Leben.«

Ardmore warf Honoria einen langen, abschätzenden Blick zu, den sie, ohne mit der Wimper zu zucken, erwiderte.

Dann streckte er Christopher über den Tisch hinweg seine Hand hin. »Abgemacht«, sagte er.

»Christopher«, sagte Honoria. Sie lag auf der breiten Koje.

Ihr Ehemann war gerade dabei gewesen, sein Hemd aufzubinden, und hielt jetzt damit inne. Seine Muskeln spannten sich an, und sein Blick wurde wachsam. »Was?«

Er hatte seit dem Treffen im Kartenraum nicht mehr mit Honoria gesprochen, und das war bereits Stunden her. James dagegen hatte verlangt, mit ihr zu reden. Er hatte Christopher um Erlaubnis gebeten. Honoria hatte sich schlicht geweigert.

Diana war bestürzt gewesen, aber Honoria hatte sie beiseite genommen und ihr den Grund erklärt. Schließlich hatte Diana verstanden, auch wenn es ihr nicht gefiel. Sie war dann ohne weitere Einwände mit James von Bord gegangen.

Mr. Henderson war mit ihnen zur *Argonaut* zurückgekehrt. James hatte ihn von oben bis unten gemustert und ihn dann darüber informiert, dass er immer noch eine Arbeit auf der *Argonaut* hätte, falls er das wollte. Honoria hatte einen Moment erwartet, dass Henderson seinen Captain zum Teufel wünschen würde. Er hatte schließlich mehr als einmal gedroht, sich von ihm zu trennen.

Diesmal jedoch hatte Henderson nur genickt und war mit James in das wartende Boot hinabgeklettert. Dabei hatte er es vermieden, Manda anzusehen. Die wiederum war störrisch am Steuerrad geblieben und hatte sich geweigert, ihn auch nur eines Blickes zu würdigen.

Honoria seufzte und fragte sich, warum Henderson Manda das Herz brechen musste. Wahrscheinlich, weil er ein Mann war.

Christopher unterbrach ihre Gedanken. »Was wolltest du mich fragen, meine Gemahlin?«

Er streifte sich das Hemd über den Kopf. Die Muskeln spielten unter seiner Haut, und Honoria verlor sich einen Moment darin, den Anblick zu bewundern, bis ihr wieder einfiel, was sie hatte fragen wollen.

»Liebst du mich?«

Er legte das Hemd sorgfältig über einen Stuhl. »Du kennst die Antwort.«

Sie verfolgte mit den Augen, wie sein blonder Zopf über seinen Rücken schwang, als er sich die Stiefel auszog. Das Licht der Laterne warf Schatten über die Knochen seines Rückgrats und die Mulden an seinem Kreuz.

Nur mit seiner Hose bekleidet setzte er sich auf das Bett. Die Decken trennten sie von ihm, aber seine Wärme drang durch sie hindurch. Sie ließ ihren Blick über seine Narben gleiten, die silberhelle Stelle, wo ihm unbekannte Schurken die Haut von den Rippen geschnitten hatten.

»Vielleicht stelle ich ja die falsche Frage«, sagte sie.

Er sah sie wachsam an. »Was meinst du damit?«

»Christopher, warum um alles in der Welt hast du eingewilligt, James das Gold zu geben?«

Er hob die Brauen. »Du wechselst etwas abrupt das Thema.«

»Eigentlich nicht. Warum hast du es getan?«

Er zuckte mit den Schultern, und sie verfolgte das Spiel seiner Muskeln bis zu seinen Schulterblättern. »Vielleicht, weil es mich nicht interessiert.«

»Aber es ist Gold!«

Christopher lächelte sie spöttisch an. »Du bist eine käufliche Seele, hm? Wolltest du, dass ich dir von dem Gold hübschen Tand kaufe?«

»Das habe ich nicht gemeint. Du hast darum gekämpft, es versteckt und wurdest sogar deswegen gefangen.«

»Das ist schon lange her.«

»Christopher!« Sie richtete sich auf. »Der entscheidende Punkt ist, dass du James gewinnen lässt.«

Er hob seine Brauen. »Tue ich das, ja?«

»Ja. Lächele mich nicht an, als hättest du etwas besonders

Schlaues getan. Wenn du glaubst, dass du ihn in die Irre führen oder ihm entkommen kannst, dann täuschst du dich. Er hat recht, er wird dich finden und versenken. Und er wird sich auch nicht davon abhalten lassen, dass ich an Bord bin, sondern glauben, dass ich nur das bekomme, was ich verdiene.«

Christopher stützte seine kräftigen Hände neben Honoria auf das Bett. Sein Atem strich über die Locken auf ihrer Stirn. »Du riechst gut«, murmelte er, wohl wissend, dass er sie ärgerte, weil er nicht antwortete. »Hast du das Bad genossen?«

Sie nickte. Dank James' Geschenk hatten sie genug Wasser übrig gehabt, um sich gründlich zu reinigen. Sie hatte noch ein wenig Lavendel in die Schüssel gegeben und es genossen, das duftende Wasser mit dem Schwamm auf ihrer Haut zu verteilen.

Seine Augen verdunkelten sich. »Schade, dass ich es versäumt habe.«

Honoria tat es ebenfalls leid. Sie konnte sich vorstellen, wie er mit dem nassen Schwamm über ihren nackten Körper fuhr und die Tropfen erst mit den Fingern nachzeichnete und dann mit der Zunge.

Ein Schweißtropfen schimmerte in der Mulde über seiner Oberlippe. Sie könnte ihn mit der Zunge ablecken …

Honoria wich zurück. Ihr Mund war trocken. »Du lenkst mich absichtlich ab.«

Er tat überrascht. »Wovon lenke ich dich ab?«

»Wir haben von James gesprochen und dem Grund, warum du ihm nachgegeben hast.«

»Ach das. Ich dachte, wir wären damit fertig.«

»Ich verstehe immer noch nicht, warum du eingewilligt hast, ihm das Gold zu geben.«

Das Kerzenlicht schimmerte warm in seinen Augen, aber hinter dieser Wärme funkelte etwas, das sie nicht entschlüsseln konnte.

»Kannst du es so schwer glauben, dass ich bereit bin, auf das Gold zu verzichten?«, erkundigte er sich.

»Ja.«

Er lachte leise. »Weil ich ein Pirat bin? Wer würde schon alles für ein paar Silberstücke riskieren? Du hast zu viele Romane gelesen.«

»Es ist Gold, kein Silber.« Sie versuchte, ihm einen strengen Blick zuzuwerfen. »Ich glaube nicht, dass du den Schatz meinetwegen aufgibst, auch wenn du das James so gesagt hast. Deshalb habe ich dich gefragt, ob du mich liebst.«

»Ich habe gesagt, dass ich den Schatz für dich und meine Freiheit aufgeben würde«, verbesserte er sie. »Ich glaube, diese beiden Dinge sind einen Haufen Gold wert.«

»Wie romantisch«, gab sie zurück.

»Nein, nur pragmatisch. Ich bin nicht bereit, für eine Höhle voller Goldbarren zu sterben. Ich habe genug Geld. Aber wovon ich nicht genug habe, bist du.«

»Manda und St. Cyr haben ebenfalls recht bereitwillig kapituliert.«

Er warf ihr einen gereizten Blick zu. »Du gibst nicht so schnell auf, oder?«

»Ich will es einfach nur verstehen.«

»Nein, willst du nicht. Du bist wütend, weil ich deinem Bruder nicht gesagt habe, dass er sich zum Teufel scheren soll.«

Er deutete mit einem Finger auf sie. »Du hast eine Fehde mit ihm, nicht ich.«

»Er hat dich gefangen und dir alles weggenommen, was du hattest!«

Christopher rieb sich mit seiner sehnigen Hand über das Gesicht. »Darling, bei meiner Arbeit lernt man sehr schnell einige einfache Regeln. Bleib am Leben, werde nicht gierig, und hänge keinen alten Fehlern nach. Ich muss die ganze Zeit sehr wachsam sein, und das kann ich nicht, wenn ich immer nur an Vergeltung denke oder an eine zu große Beute.«

»Wie das mexikanische Gold.«

»Wie das mexikanische Gold. Es ist der Mühe nicht wert.«

Sie legte ihr Kinn auf die Knie. »Du bist aber immer noch sehr nachsichtig James gegenüber«, bemerkte sie.

»Ich dachte, du würdest es verstehen. Ich wollte damals, dass Ardmore mich fängt. Ich hatte drei Schiffe. Manda und St. Cyr habe ich mit je einem in unterschiedliche Richtungen geschickt und bin ein wenig langsamer gesegelt, damit dein Bruder mich verfolgte, nicht sie. Es hat funktioniert. Manda und St. Cyr konnten entkommen.«

Sie starrte ihn an. Er sprach so sachlich darüber, tat diese lange Jagd durch die schwarzen Wogen einfach so ab, die Tatsache, dass sein Schiff sank, als James es mit einem Kanonenschuss durchlöcherte, seine Gefangennahme, seine Verurteilung zum Tod. Er war durch puren Zufall vor dem Strick des Henkers gerettet worden, musste sich mühsam eine neue Existenz aufbauen und hatte auf seinem langen Heimweg Mördern und Gott weiß wem noch getrotzt.

»Du warst bereit, für sie zu sterben«, flüsterte sie.

Sein Blick war unergründlich. »Natürlich. So wie sie für mich gestorben wären.«

Der Schmerz in ihrer Kehle verstärkte sich. Er sprach so beiläufig darüber, dass er für seine Schwester und seine Freunde in den Tod gegangen wäre. Nicht viele Männer würden freiwillig für jemand anderen ihr Leben opfern, ganz zu schweigen davon, dass sie es mit einem Schulterzucken und den Worten »Nun ja, es war für alle das Beste« abtun würden. Es berührte sie und machte sie gleichzeitig wütend.

»Du hast vor all den Jahren zugelassen, dass er dich fing«, sagte sie. »Und dasselbe hast du jetzt auch getan.« Sie strich mit ihrem Daumen über seinen Wangenknochen und zwang ihn sanft, sie anzusehen. »Was beschützt du diesmal?«

Er lächelte, aber seine Augen verbargen all das, was er ihr nicht enthüllen wollte. »Dich, mein Engel.«

»Weil du mich liebst?«

»Das haben wir doch schon geklärt.«

»Woher weißt du, dass du mich liebst?«

Sein Lächeln erlosch. »Honoria, findest du nicht, dass wir lange genug über unsere Gefühle geredet haben?«

Sie runzelte die Stirn. »Wir haben noch nicht einmal richtig angefangen, über unsere Empfindungen zu sprechen.«

Er verdrehte die Augen. »Verflucht! Heißt das, es gibt noch mehr zu bereden?«

»Natürlich, viel mehr. Du weichst mir aus.«

Er drückte sie mit seinem kräftigen Körper in die Kissen. »Du musst doch wissen, dass ich dich liebe. Ich habe nicht dich aus dem Fenster geworfen, sondern das Bettzeug, obwohl du mir jede Menge alberner Fragen stellst.«

Sie gab nicht auf. »Das ist keine Antwort.«

Er hämmerte mit den Fäusten in die dicken Decken, als ihm der Geduldsfaden riss. »Verdammt, Honoria! Genau deshalb treiben Frauen mich in den Wahnsinn! Ihr beschuldigt uns, dass wir euren Fragen ausweichen, und dann glaubt ihr unseren Antworten nicht!«

»Ich will es einfach nur wissen.«

»Also gut.« Er hob resignierend die Hände. »Also gut, ich verrate dir, warum ich weiß, dass ich dich liebe.« Er beugte sich vor und sah sie an. Seine grauen Augen glühten. »Ich weiß es, weil ich damals, als ich halb tot Tausende Meilen von zu Hause entfernt war, nur an dich denken konnte. Du warst mein letzter Gedanke, bevor ich einschlief, und der erste nach dem Aufwachen. Ich habe daran gedacht, wie du mich angesehen hast, als würde auf der ganzen Welt nur ich existieren.« Er strich ihr die Locken aus der Stirn. »Ich dachte daran, wie grün deine Augen waren, wie süß deine Lippen schmeckten. Und ich dachte an die entzückenden Geräusche, die du gemacht hast, wenn ich in dir war.«

Er beugte sich noch dichter zu ihr und stützte seine Hände auf die Wand hinter ihr. »Ich bin nur am Leben geblieben, um dich wiederzufinden. Damit ich dich ansehen, dich schmecken und fühlen konnte, wie du mich in dir aufnimmst. Ich lebe nur deinetwegen.« Er drückte sie auf das Bett, seine Lippen nur einen Zentimeter von den ihren entfernt. »Deshalb weiß ich, dass ich dich liebe. Und jetzt, um Gottes willen, hör auf, Fragen zu stellen und lass mich endlich meine ehelichen Pflichten erfüllen.«

17. Kapitel

Honoria starrte ihn an. Sie hatte die Lippen leicht geöffnet, und ihr Herz hämmerte hart gegen ihre Rippen. Sein Atem roch nach dem Brandy, den er mit James getrunken hatte. Seine Enthüllung überraschte sie, und gleichzeitig löste sie eine tiefe Freude in ihr aus.

Er hatte an sie gedacht, hatte sich zu ihr zurückgekämpft, wollte sie. Sie hatte nicht ganz geglaubt, dass er nicht nur wegen des Goldes und seiner Schwester zurückgekommen war, aber das Leuchten in seinen Augen sagte ihr etwas anderes. Natürlich hatte er alles gewollt, was er ihr gesagt hatte. Aber wirklich wollte er sie.

»Das ist nicht fair«, flüsterte sie.

Er kletterte ins Bett und duckte sich unter die niedrige Decke. »Ich habe gerade deinem Bruder ein Vermögen in Gold überlassen. Es interessiert mich nicht mehr, was fair ist.«

Bevor sie erklären konnte, was sie meinte, packte er ihr Nachthemd und riss es ihr vom Leib.

Sie kniete zitternd da, während er das zerfetzte Kleidungsstück beiseite warf und seinen Blick besitzergreifend über ihren Körper gleiten ließ.

Sie war sich nicht sicher, was sie mehr erregte: wenn Christopher sie langsam und neckend verführte oder wenn er abrupt und wild über sie herfiel.

Er packte ihr Haar mit der Faust und zog sie zu sich. Er hielt sich nicht lange mit einem zärtlichen Kuss auf. Wenn Christopher wütend war, war er gefährlich, und trotzdem erregte er sie. Er beherrschte seine Kraft ihretwegen, und es war diese Anspannung, dieser Vulkan, der nicht explodierte, der ihren Herzschlag so beschleunigte.

Er zog ihre Beine unter ihrem Körper hervor und warf sich der Länge nach über sie auf das Bett.

Diesmal gab es keine Neckereien. Er riss seine Hose auf, drückte ihre Beine auseinander und drang in sie ein, ohne sie erst lange für sich bereit zu machen. Doch das spielte keine Rolle, sie war bereits vollkommen nass und umklammerte ihn, als er immer wieder in sie hineinstieß.

Sie schrie ihren Höhepunkt heraus, unmittelbar vor seinem. Aber er machte weiter, zeigte ihr unwiderlegbar, dass er ihr Ehemann war und sie ihm gehörte.

Als sie sich beruhigt hatten, blieb er in ihr und küsste sie zärtlich, während ihre Erregung langsam abebbte. Sie genoss es, glücklich und befriedigt.

Lange nachdem der Mond an ihrem Fenster vorübergezogen war, zog sich Christopher aus ihr zurück, schleuderte seine Hose zur Seite und zog die Decke über sie beide.

Sie drehte ihm das Gesicht zu und küsste ihn, als er neben ihr lag. »Christopher«, flüsterte sie.

Er grollte tief in der Kehle. »Keine weiteren Gespräche!«, fuhr er sie an und schlief einfach ein.

Jedenfalls tat er so. Sein Schnarchen wirkte nicht sehr überzeugend.

Der Wind hielt an und trieb die beiden Schiffe nach Westen. Honoria betrachtete die gehorsame Brise mit Missfallen. Sie wünschte sich, der Himmel wäre nicht so strahlend blau und das Meer nicht so zermürbend ruhig. Ein guter Sturm hätte sie vielleicht vom Kurs abgetrieben, die Schiffe so weit voneinander getrennt, dass James sie in der Dunkelheit verloren hätte.

Die Wut auf ihren Bruder war kein bisschen abgeklungen. Sie hätte ihn gern in die Ecke getrieben und ihm genauestens auseinandergesetzt, was sie von ihm hielt. Aber sie würde ihn anschreien, wenn *sie* es wollte, nicht zu James Ardmores Vergnügen.

Sie betrachtete die *Argonaut*, die mehrere Schiffslängen hinter der *Starcross* segelte. Es war ein schlankes, wunderschönes Schiff – auf dem sich Diana mit ihren beiden Kindern befand. Diana hatte James ein klein wenig weicher gemacht, das musste Honoria zugeben, aber es würde noch lange dauern, bis Honoria ihren Bruder ansehen konnte, ohne vor Wut zu zittern.

Honorias eigener Gemahl erwies sich in den folgenden Tagen als ebenso arrogant und aufreizend wie ihr Bruder.

Wann immer sie versuchte, das Gespräch über ihre Liebe fortzusetzen, starrte Christopher durch sie hindurch, als wüsste er nicht, wovon sie redete. Fragen nach ihrem Vorgehen, nachdem er James zu dem Gold geführt hatte, wurden mit dem Hinweis abgeschmettert, dass er zu beschäftigt sei für ein Gespräch.

Die arme Manda fluchte derweil ebenfalls leise über die Männer. Nachdem Henderson von Bord gegangen war, war Manda so aggressiv, dass sich keiner in ihre Nähe wagte, und sie ließ nicht einmal Christopher an sich heran. Die Besatzung lernte schnell, einen großen Bogen um sie zu machen. Christopher ertrug ihren bissigen Sarkasmus mit stoischer Ruhe. Entweder hatte er eine Haut, die mindestens einen Meter dick war, oder aber er war an ihre Wutanfälle gewöhnt. Honoria hatte nach ihrem kurzen Versuch, Manda in ein Gespräch von Frau zu Frau zu ziehen, beschlossen, sie in Ruhe zu lassen. Die Lady wollte ganz offenkundig nicht über ihren Kummer reden. Anscheinend lag das in der Familie.

Sie näherten sich Christophers Versteck ohne weitere Zwischenfälle. Wenn sie allein in ihrer Kabine waren, führte Christopher Honoria in eine Welt der Lust ein, von deren Existenz sie nicht einmal etwas geahnt hatte. Als Christopher und sie vor vier Jahren ihre Ehe vollzogen hatten, hatte sie geglaubt, sie wüsste, wie es war, mit einem Mann zusammen zu sein. Jetzt jedoch wurde ihr klar, dass ihre kurze Begegnung in Christophers Zelle genau das gewesen war: kurz und bündig.

Christopher zeigte ihr, wie es war, wenn er sich Zeit ließ, sie langsam liebte, sie beinahe zum Höhepunkt brachte und sie wieder zu herzklopfender Erwartung zurückholte. Er neckte sie lange, bevor er schließlich ihrem Flehen nachgab, für gewöhnlich mit einem zufriedenen Lachen, und sie endlich nahm. In anderen Nächten fiel er schnell und wild über sie her, bis sie vor Lust schrie.

Er brachte ihr auch bei, ihn mit Händen und Mund zu befriedigen. Sie lernte die berauschende Freude kennen, ihn zu erregen und zum Höhepunkt zu bringen, bevor er überhaupt in sie eingedrungen war.

Ihre neu gewonnenen Fähigkeiten bereiteten ihr ein gewisses Gefühl von Überlegenheit, vor allem, wenn er sie in die Arme nahm und küsste, als könnte er einfach nicht anders. *Mein Piratenehemann*, dachte sie dann. *Du bist erobert worden.*

Jedenfalls im Bett. Außerhalb des Schlafzimmers jedoch ließ er sie nie gewinnen.

Drei Tage nachdem James sie abgefangen hatte, kam die Insel in Sicht. Die kleine Landmasse erhob sich mit ihren spitzen Klippen aus dem Meer und umrahmte eine winzige Bucht, die zu flach für Schiffe war.

Honoria sah durch das Fernrohr die dichte Vegetation und dünne silberne Wasserfälle, die die Klippen hinabstürzten. Diese Insel erinnerte sie ein wenig an Jamaika, das sie früher mit Paul besucht hatte, auch wenn sie gerade weit davon entfernt waren.

»Hier gibt es genug frisches Wasser«, erklärte Christopher. »Wir können unsere Vorräte auffüllen.« Er warf Honoria einen Seitenblick zu. »Und meine Frau kann ein Bad nehmen.«

»Wir alle können baden«, antwortete Honoria entschlossen. »Und unsere Kleidung waschen. Und zwar sofort. Du solltest es anordnen, Christopher.«

»Honoria«, begann Christopher warnend.

»Ich habe es ziemlich satt, dass alle so stinken«, fuhr sie fort. »Ich kann mittlerweile schon am Geruch erkennen, wer hinter mir steht. Wenn ich auf diesem Schiff bleiben soll, dann sind regelmäßige Bäder eine absolute Bedingung.«

Christopher musterte sie kühl. »Versuchst du, eine Meuterei anzuzetteln?«

»Natürlich nicht. Ich versuche nur, die letzten Reste meines Verstandes zu retten. Und meines Geruchssinns.«

Er betrachtete sie noch einen Moment ausdruckslos. Dann drehte er sich zu seiner Mannschaft herum, legte seine Hände um den Mund und schrie: »Neue Befehle! Alle Männer – und auch die Frauen – auf diesem Schiff melden sich an den Quellen zum Bad. Und zwar ein richtiges, mit Seife. Jeder, der dieser Anweisung nicht nachkommt, erhält dafür zehn Peitschenhiebe.« Er sah zu Honoria. »Einverstanden?«

Sie runzelte die Stirn. »Du hättest mich nicht so wörtlich nehmen müssen!«

Die Seeleute murrten, und einige warfen Honoria vorwurfsvolle Blicke zu. »Sollen wir auch einen Spiegel mitnehmen, um uns fein zu machen?«, schrie einer.

Ein anderer lachte und rief mit gekünstelt hoher Stimme: »Oh, ich bringe mein bestes Parfüm mit!«

Wieder brandete Gelächter auf. Einige taten, als schüttelten sie ihre Locken aus, ein anderer schrubbte sich mit einer imaginären Bürste.

»Zurück an die Arbeit!«, rief Christopher, aber er klang nicht sonderlich ärgerlich.

Sie ruderten in den drei kleinen Gigs an Land, zwei von der *Argonaut* und eins von der *Starcross.* Christopher erlaubte Honoria nicht, mit der ersten Gruppe an Land zu gehen, sondern wollte erst, wie er sagte, sicherstellen, dass alles in Ordnung war.

»Piraten oder Schmuggler könnten hier ihr Lager errichtet haben«, erläuterte er. »Ich habe zwar keinen Rauch gesehen, aber die Insel hat viele versteckte Täler. Und jeder, der am Strand gewesen ist, hat gesehen, wie wir näher kamen.«

James schien dieselbe Idee gehabt zu haben. Er ruderte Diana zur *Starcross* hinüber, damit sie mit Honoria auf das Zeichen wartete, dass die Ladys sicher an Land kommen konnten.

Diana kochte, als James mit den anderen davonruderte. Honoria hatte Christophers Plan dagegen für recht vernünftig gehalten, obwohl sie zugeben musste, dass sie vor Neugier brannte. Wenn feindliche Piraten oder Schmuggler sich auf der Insel niedergelassen hatten, war es das Beste, wenn sich Christopher und James zuerst um sie kümmerten.

Das sagte sie auch Diana. Die hochgewachsene Frau beugte sich über die Reling, und ihr Haar flatterte im Wind. »Sicher«, erwiderte Diana gereizt. »Aber sie haben den ganzen Spaß für sich, stimmt's? Wenn wir auf die Insel kommen, wimmelt es dort von Seeleuten. Und wenn sie nun auf freundlich gesinnte Schmuggler treffen, die sie mit einem großen Fass Rum empfangen? In dem Fall werden wir sie den ganzen Tag nicht wiedersehen, und sie denken bestimmt nicht daran, uns zu holen.«

Honoria lachte. »Das ist ein bisschen weit hergeholt, Diana.«

»Eigentlich nicht«, erwiderte Diana finster. »Eine Bande von Piraten hat einmal versucht, James freundlich zu stimmen, indem sie ihm Rum, einen Anteil ihrer Beute und andere – weibliche – Verlockungen angeboten haben.«

Honoria hob die Brauen und verfiel in den Tonfall einer vornehmen Charleston-Lady. »Unsinn. Ich bin mir sicher, dass diese Bestechungsversuche James noch weit mehr in dem Entschluss bestärkt haben, sie gefangen zu nehmen. Und über weibliche Gesellschaft brauchst du dir keine Gedanken zu machen. James mag keine liederlichen Frauen.«

Jedenfalls konnte sie sich das nicht vorstellen. Früher hatte sich James Frauen gelegentlich aus einem hintergründigen Motiv genähert, zum Beispiel Rache oder dem Wunsch nach Informationen. Er jagte nur selten einer Lady aus reinem Vergnügen nach, was die Damen von Charleston sehr zu ihrem Ärger hatten feststellen müssen. James war sehr ausweichend. Und jetzt war er natürlich vollkommen auf Diana fixiert.

Sie drehte sich wieder zu der Insel herum und sprach ihren anderen Gedanken nicht laut aus. *Was ist mit Christopher?*

Er war ein sehr charmantes Rauhbein, und Honoria war nicht so naiv zu glauben, dass sie die einzige Frau wäre, die er in seinem Leben jemals gehabt hätte. Sie hatte ihn zwischen ihrer ersten und zweiten Begegnung neun lange Jahre nicht gesehen, und nach ihrer Heirat war er erneut vier Jahre in fernen Ländern verschwunden gewesen. Was er in dieser Zeit getan hatte, konnte sie sich nicht einmal annähernd vorstellen, und außerdem wollte sie es auch gar nicht wissen.

Wirklich nicht. Oder?

Sie biss sich auf die Lippen und verrenkte sich fast den Hals, um den Booten nachzusehen, die sich dem Strand näherten.

Die Männer fanden die Insel verlassen vor. Sie hatte keinen Namen, lag außerhalb der Hauptschifffahrtsrouten und wies außer dem frischen Wasser, das von den Spitzen der Klippen in brodelnde Becken fiel, nur wenig Einladendes auf. Die Bäume waren nicht kräftig genug für Masten, und der winzige Hafen bot keinen Schutz bei einem Sturm.

Christopher wusste, dass hier gelegentlich Piraten und andere Reisende vor Anker gingen und ihre Wasservorräte auffrischten, aber er fand keinerlei Anzeichen dafür, dass jemand hier mehr als nur einen kurzen Zwischenhalt eingelegt hätte. Und der letzte Besuch musste ebenfalls schon sehr lange zurückliegen.

James Ardmore ging neben Christopher, als der ihn zu dem Pfad führte, der sie zum Versteck des Goldes bringen würde. Immer wieder drehte sich Ardmore um und blickte zu den Klippen hinauf oder dem Weg hinter sich. Christopher wusste, dass Ardmore sich fragte, ob Christophers Männer einen Hinterhalt legen würden, denn er hatte dieselben Bedenken bei Ardmores Mannschaft.

Es war ein sonniger, warmer Sommertag. Die schwüle Luft lastete unter den dschungelartigen Bäumen auf ihnen, und Christopher rann der Schweiß über den Rücken. Ardmore trug nur eine Jacke, kein Hemd, und seine Haut glänzte feucht.

Es war ein steiler Aufstieg über einen schwach zu erkennenden Pfad, der bereits fast vollständig überwuchert war. Die dichte Vegetation, das Summen der Insekten und die drückende Hitze konnten einen so verwirren, dass man sich leicht verirrte. Manda und Ian O'Malley führten die kleine Gruppe an und schlugen mit den Macheten den Weg frei, gefolgt von ihren beiden Captains. Obwohl Ardmore ihn mit dem ersten Boot an Land gebracht hatte, war Henderson am Strand zurückgeblieben. *Das war klug*, dachte Christopher, *solange Manda eine Machete in der Hand hatte.*

»Ihr versteht jetzt, was ich meinte«, Christopher deutete auf die Umgebung. »Wenn man ungefähr weiß, wo es ist, bedeutet das noch lange nicht, dass man das genaue Versteck kennt.«

»Und Ihr könnt Euch nach vier Jahren noch daran erinnern?«, erkundigte sich Ardmore mit deutlicher Skepsis.

»Ich glaube schon. Aber selbst wenn nicht, habt Ihr gewonnen.«

»Nicht, wenn wir das Gold nicht finden. Oder Beweise, dass jemand anders sich damit aus dem Staub gemacht hat. Ich würde Euch durchaus für fähig halten, mich absichtlich in die Irre zu führen, zu warten, bis ich verschwunden bin, und es dann plötzlich doch noch zu ›finden‹.«

Christopher strich sich mit dem Ärmel über die Stirn. »Dazu kommt es nicht. Ihr würdet Euch in den Hinterhalt legen und mir folgen, um ganz sicherzugehen.«

Ardmore nickte knapp. »Stimmt.«

»Niemand wird Euch jemals nachsagen können, dass Ihr nicht gründlich wäret.«

Ardmore wurde langsamer und ließ O'Malley und Manda vorausgehen. Christopher passte sich seinem Tempo an.

»Es ist sehr interessant«, meinte Ardmore in der gedehnten Sprechweise der Südstaaten, »wie bereitwillig Ihr mich zu diesem Schatz führt. Und auch Eure Mannschaft.«

»Das Gold ist vermutlich verschwunden. Es liegt schon vier Jahre dort.«

Ardmore betrachtete ihn mit zusammengekniffenen Augen. Das Blätterdach der Bäume umhüllte die beiden Männer wie die schattigen Wände einer Höhle. »Also würdet Ihr mir das mexikanische Gold geben, wenn ich Euch und meine Schwester in Ruhe lasse?«

Christopher nickte. Die Stimmen von Manda und

O'Malley und das metallische Singen ihrer Macheten wurden leiser.

»Vielleicht glaubt Ihr nicht, dass Honoria eine Schiffsladung Gold wert ist«, sagte Christopher. »Ich allerdings schon.«

»Wie romantisch.«

»Dasselbe hat auch Honoria gesagt. Aber seht es einmal so, Ardmore: Wäre Eure eigene Frau Euch eine Schiffsladung Gold wert?«

Ardmore blieb regungslos stehen. Er konnte vollkommen erstarren, und hier, zwischen den Bäumen, bewegten sich selbst seine Haare nicht im Wind.

Christopher war nicht entgangen, wie James Ardmore die wunderschöne rothaarige Diana ansah. Die Male, denen er Ardmore zuvor begegnet war, erst als Partner, dann als Feind, hatte sich der Mann für nichts und niemanden interessiert. Dies schien sich geändert zu haben.

Nach allem, was Christopher über ihn wusste, war Ardmore in jungen Jahren von Piraten gefangen genommen und selbst zum Piraten geworden. Was auch immer ihm auf diesem Schiff passiert war, hatte tiefe Narben in ihm hinterlassen. Er war ein Piratenjäger geworden, nachdem die Frau seines Bruders von einem Piraten ermordet worden war, und er hatte seinem Bruder bei der Jagd auf diesen Mörder geholfen.

Jetzt jedoch war das Eis in James Ardmore aufgetaut, jedenfalls ein wenig. Dem gefürchteten Jäger war jetzt noch etwas anderes wichtig als seine fanatische Verfolgung von Piraten.

»Ja«, erwiderte Ardmore schließlich scharf. »Diana wäre es wert.«

»Das würde sie sicher gern hören.« Christopher verscheuchte mit der Hand eine Fliege, die seinen Schweiß offenbar genau für das hielt, was sie jetzt gerade brauchte. »Honoria ist es mir ebenfalls wert.«

»Ihr liebt sie«, meinte Ardmore, immer noch zweifelnd.

»Ja«, antwortete Christopher. »Ihr nicht?«

Die beiden Männer musterten sich eine Weile schweigend. Keiner von beiden zuckte mit der Wimper.

Schließlich drehte sich Ardmore herum und stapfte weiter den Pfad hinauf.

Christopher betrachtete den Rücken des anderen Mannes, als sie den Hügel hinaufstiegen. James und Honoria hatten eines gemeinsam: eine unnachgiebige Halsstarrigkeit.

Am späten Nachmittag erreichte die kleine Gruppe eine Lichtung im Wald. Sie standen auf einer Klippe, von der eine tiefe Schlucht hinabging. Christopher spähte in das schmale Tal hinab. Insekten summten um ihn herum, und im Gebüsch raschelten Vögel und unsichtbare Reptilien.

Wenn er sich nach links drehte, konnte er weit unten die Bucht sehen und dahinter das glitzernde Wasser des Meeres. Dort unten holte gerade ein Boot die Ruder ein, um auf dem Strand zu landen. Christopher brauchte kein Fernglas, um zu erkennen, wie rote und schwarze Haare in der Sonne leuchteten. »Verflucht!«

Ardmore fuhr herum und sah, wohin Christopher blickte. Er zog sein Fernglas heraus und starrte auf das Landungsboot. »Wer hat den Befehl gegeben?«, fragte er ungläubig.

Christopher sah, wie sich Henderson dem Boot näherte und Honoria über das Dollbord hob. »Wer von den beiden war es, was glaubt Ihr? Eure oder meine?«

Ardmore warf ihm einen finsteren Blick zu. »Wahrscheinlich beide.« Er schob das Fernglas zusammen. »Gehen wir weiter oder kehren wir um? Wir können den Gipfel des Hügels nicht vor Einbruch der Dämmerung erreichen.«

»Wir gehen zurück.« Christopher deutete auf das schmale Tal, das zu der nächsten steilen Klippe führte. »Das hier ist der falsche Hügel. Wir müssen dort hinauf.«

Manda, die gerade zu ihnen zurückschlenderte, blieb wie angewurzelt stehen. Ihr schwarzes Haar schwang um ihre Schultern. »Was? Du machst wohl Witze!«

»Ich war nur einmal hier, vor vier Jahren, und ich hatte es eilig. Wir haben bereits unten den falschen Weg eingeschlagen.«

Manda verdrehte die Augen und ließ sich ins Gras fallen. Ihr Hemd war fleckig von Schweiß und voll grüner Streifen. O'Malley ließ sich auch auf die Hacken sinken. Er wirkte ein wenig erschöpft.

Von der nächsten Klippe ergoss sich ein Wasserfall mehrere hundert Meter ins Tal. Christopher wusste, dass das Wasser dort in mehrere terrassenförmige Becken floss, obwohl er es von hier aus nicht sehen konnte. Dann strömte es über schwarze Felsen ins Meer. »Es ist dort«, sagte er.

Ardmore betrachtete den Wasserfall und sah dann Christopher an. »Das wäre auch besser.«

»Wir gehen morgen dorthin«, antwortete Christopher. »Es ist zu spät, um heute Nacht noch hinaufzusteigen. Wir lagern am Strand und gehen in aller Frühe los.«

Er drehte sich um. Manda warf ihm einen gequälten Blick zu, rappelte sich auf und stapfte neben ihm hinab.

Christopher war der harte Blick nicht entgangen, den

Ardmore ihm zugeworfen hatte. Der Piratenjäger traute ihm nicht, sondern argwöhnte, dass Christopher ihn in die Irre leitete oder einen Hinterhalt plante. Christopher hatte jedoch tatsächlich am Anfang die falsche Richtung eingeschlagen, seinen Irrtum allerdings erst eine Stunde nachdem er ihn bemerkt hatte zugegeben. Ardmore musste ständig überrumpelt werden.

Er hörte, wie Ardmore und O'Malley hinter ihm leise miteinander sprachen. Christopher hielt es für eine ausgezeichnete Idee, wenn er und Manda heute Nacht abwechselnd Wache hielten.

Als sie die Bucht schließlich wieder erreichten, stand die Sonne dicht über dem Horizont, und von den beiden Frauen war weit und breit nichts zu sehen.

18. Kapitel

St. Cyr klärte sie auf. »Sowohl Madame Ardmore als auch Madame Raine gaben ihrem Wunsch Ausdruck zu baden. Sie sind zu den Becken gegangen. Mr. Henderson hat sie begleitet.«

»Henderson?«, knurrte Ardmore. Sein gebräuntes Gesicht wurde noch dunkler, und seine Augen funkelten mörderisch.

»Um sie vor Unheil zu bewahren«, erklärte St. Cyr. Seine Miene blieb ausdruckslos, obwohl Christopher hätte schwören können, dass er ein belustigtes Funkeln in den Augen des Mannes sah.

Ardmore ging bereits mit großen Schritten auf den Pfad zu, der zu den Becken führte. Christopher musste laufen, um ihn einzuholen. Ohne ein Wort zu wechseln, stürmten die beiden Captains durchs Unterholz und rutschten gelegentlich auf den feuchten Steinen aus.

Das Rauschen des Wasserfalls kam näher. Christopher sah unverkennbare Hinweise darauf, dass die Ladys hier entlanggegangen waren – abgebrochene Zweige und ein kleiner lavendelfarbener Fetzen von Honorias Kleid.

Christopher kannte jedes Kleidungsstück, das Honoria besaß, und er wusste auch, wie sie in jedem aussah. Das aus cremefarbenem Musselin schmiegte sich wundervoll um ihre Hüften, in dem korallenroten sah sie aus wie ein Pfirsich, in den er am liebsten hineingebissen hätte. Das grüne Kleid hob ihre Brüste und hatte kleine schwarze Knöpfe die ganze Vorderseite hinunter. Er amüsierte sich oft damit, jeden einzelnen davon zu öffnen.

Am meisten gefiel ihm jedoch an den Gewändern seiner Frau, dass er sie ihr ausziehen konnte. Sie hatte jetzt gewiss das lavendelfarbene Kleid abgelegt und planschte in dem klaren Wasser des Beckens herum. Wassertropfen hingen an ihren Wimpern, und sie würden ihren Hals hinunterlaufen zu dem Spalt zwischen ihren Brüsten. Sie würde langsam in dem kleinen Becken herumschwimmen und sich in der Sonne drehen. Sie wartete auf ihn, süß und nass, und ihre Haut war glatt vom Wasser …

Und Henderson würde sie bewachen. Christophers Schritte beschleunigten sich im Gleichklang mit seinem Pulsschlag.

Tropfen der kühlen Gischt des Wasserfalls überzogen die Pflanzen an der Stelle, an der sich der Pfad vor einem riesigen Felsen verengte, an dem Mr. Henderson lehnte und den beiden Männern entgegenblickte. Ardmore versuchte, an Henderson vorbeizusehen, doch hinter dem Felsbrocken war nur Dickicht.

»Sehr nobel von Euch, Henderson«, erklärte Christopher trocken, »dass Ihr die Sicherheit der Ladys gewährleistet.«

Henderson sah ihn hölzern an. »Bevor Ihr zu irgendwelchen voreiligen Schlüssen gelangt, ich bewache den Pfad. Niemand kommt zu dem Becken, ohne vorher an mir vorbeizumüssen. Oder wäre es Euch lieber, wenn die Seeleute Eure Ehefrauen ausspionierten?«

Ein Busch hinter dem Felsen bewegte sich, und dann kletterte Diana Ardmore über den Stein zu ihnen. Sie war vollkommen angekleidet, sogar, wie Christopher sah, als sie den Saum anhob, um hinabzuspringen, mit Hose und Stiefeln unter ihrem Kleid. Henderson reichte ihr galant die Hand, die sie anmutig nahm, bevor sie auf dem Boden vor ihrem Ehemann landete.

»James«, sagte sie und lächelte ihn strahlend an.

Sie musste die einzige Person auf Erden sein, die sich freute, Captain James Ardmore zu sehen. »Mr. Henderson war die Galanterie in Person«, fuhr sie fort, während ihre blauen Augen funkelten. »Also lass ihn in Ruhe, James.«

»Mr. Henderson ist immer galant«, knurrte Ardmore.

»Wo ist meine Frau?«, fragte Christopher Diana.

»Sie wollte so lange schwimmen, wie sie kann, sagte sie mir.«

Natürlich. Honoria war wild darauf gewesen, endlich baden zu können. Und selbstverständlich würde sie versuchen, so viel Wasser wie möglich aufzusaugen, um sich im Voraus für den Mangel an Bädern zu entschädigen.

»Ihr könnt jetzt gehen, Henderson«, erklärte Christopher.

Diana schob ihre Hand unter Ardmores Arm und steuerte ihn denselben Weg zurück, den er gerade gekommen war. Henderson folgte ihnen ohne ein weiteres Wort. Christopher hörte, wie Diana nach dem Gold fragte, doch das Rauschen des Wasserfalls übertönte Ardmores knurrige Antwort.

Christopher stieg über den Felsbrocken und ging weiter zu den Becken. Der Wasserfall war noch etwa fünfhundert Meter entfernt und ergoss sein Wasser in von Felsbrocken übersäte Stromschnellen. Der Fluss rauschte den Berg hinab, wurde jedoch an einer Stelle von einem kleinen Weiher aufgehalten, in dem die Strömung langsamer floss, so dass man ohne Gefahr schwimmen konnte.

In eben diesem Becken fand er seine Frau.

Sie hatte ihr Haar nicht hochgesteckt, sondern nur zurückgebunden. Ihre schwarze Mähne schwamm auf dem Wasser. Ihr schlanker weißer Körper schimmerte in der Sonne, als sie anmutig durch das Wasser glitt.

Sie sah ihn zunächst nicht. Christopher blieb am Ufer stehen und stützte sich auf den Ast eines Baumes. Sie war so entzückend, so perfekt wie die Galionsfigur einer Göttin, die den Bug eines Schiffes schmückte. Ihre weißen Brüste erhoben sich aus dem Wasser, gekrönt von den dunklen Spitzen. Zwischen ihren Schenkeln schimmerte ihr schwarzes Vlies. Sie rollte sich herum und entblößte ihre cremigen runden Pobacken, bevor sie tauchte.

Als sie wieder an die Oberfläche kam, sah sie Christopher. Sie strich sich das Haar aus den Augen, das herunterhing und ihre Brüste bedeckte. »Hallo, Christopher. Hast du das Gold gefunden?«

Seine Erektion pochte und verlangte nachdrücklich, dass er sich augenblicklich die Kleider vom Leib riss und seiner Frau in dem Becken Gesellschaft leistete. »Nein, wir suchen morgen weiter.«

Die Verführerin lächelte. »Ich kann mir vorstellen, dass James vor Ungeduld fast platzt.«

Christopher nickte. »Ich glaube, er würde am liebsten durch die Bucht rudern, eine große Kiste mit der Aufschrift *Mexikanisches Gold* finden und sie wegschleppen.«

Sie lachte. Honoria war einfach hinreißend. Das Wasser plätscherte gegen ihre Hüften, und ihr langes dunkles Haar lockte sich vor Feuchtigkeit.

Es gab keine andere Wahl. Er zog erst Hemd und Stiefel

aus, danach die Hose. Dann glitt er ins Becken und ignorierte das kalte Wasser.

Sie wartete auf ihn, während er auf sie zuschwamm, und beobachtete mit ihren grünen Augen jede seiner Bewegungen. Er tauchte und kam unmittelbar vor ihr hoch, richtete sich zu seiner vollen Größe auf.

Der Auftrieb des Wassers half ihm, sie hochzuheben. Er sog ihren Duft ein, der ebenso frisch und klar war wie das kühle Nass.

Sie schlang ihre Beine um seine Taille und drückte ihren Schoß gegen seine Erektion, ohne ihn jedoch eindringen zu lassen. Stattdessen rieb sie sich ein wenig an ihm, die kleine Hexe. Er wusste nicht, ob sie es absichtlich oder unbewusst tat.

Er hatte sie so viel gelehrt, seit sie sich das erste Mal getroffen hatten. Damals war sie ein unschuldiges Mädchen gewesen, das vor Schreck gekeucht hatte, als sich ihre Lippen berührten. Er hatte ihr eine gewaltige Nachhilfestunde in fleischlichen Gelüsten erteilt, damals, in dem elegant gefliesten Wintergarten ihres Hauses in Charleston. Sie war zwar überrascht gewesen, aber nicht gerade unglücklich.

Die Frau heute schmeckte noch genauso süß wie das Mädchen von damals. Er ließ sie mit ihrer Zunge in seinem Mund spielen, dann bog er ihren Kopf zurück und liebkoste ihren Hals.

»Christopher«, flüsterte sie. Sie hatte die Augen halb geschlossen und sah ihn sinnlich an.

»Mmm?«

»Ich habe immer noch das Gefühl, als wäre ich auf dem Schiff. Als würde das Land schwanken.«

»Das wird noch eine Weile andauern, bis du dich wieder an das feste Land gewöhnt hast.«

»Und dann gehe ich zurück an Bord und muss mich erneut an das Schaukeln anpassen.«

Er hob den Kopf und lächelte. »Ich muss einfach nur dafür sorgen, dass du regelmäßig von Bord und wieder zurück gehst. Dann bist du immer daran gewöhnt.«

Sie presste ihr Gesicht an seine Schulter. »Das würde mir gefallen.«

»Tatsächlich, du leichtfertiges Flittchen?«

»Ich mag es, wie ich mich bei dir fühle. Ist das falsch?«

»Ich habe keinerlei Einwände dagegen.« Er strich ihr durchs Haar und drückte das Wasser heraus. »Sei bei mir so kühn, wie du willst.«

Sie hob den Kopf. Ihre Augen funkelten mutwillig. »Immerhin sind wir verheiratet, Christopher.«

»Du warst mir gegenüber auch schon so, bevor wir verheiratet waren«, erinnerte er sie.

»Weil ich dich liebte.«

Er hatte nicht die Absicht, ein weiteres Gespräch darüber zu führen, ob sie ihn liebte oder nicht. Er küsste sie, damit sie nicht weitersprechen konnte.

Als sie sich mit ihrem feuchten Körper an ihn klammerte, löste sie herrliche Gefühle bei ihm aus, aber er zögerte die Befriedigung, sie zu nehmen, noch ein wenig hinaus. Er kam so selten dazu, sie einfach nur in den Armen zu halten. Er wusste, dass er aus dem Nichts in ihr Leben gesprungen war und sie vermutlich zu Tode erschreckt hatte. Es war keine Zeit geblieben, ihr Vertrauen in ihn aufzubauen.

»Bleib nicht bei mir, weil es deine Pflicht ist, Honoria«,

sagte er leise. »Das will ich nicht. Geh mit deinem Bruder nach Hause, wenn du nur deinem Gelöbnis genügen willst. Sei ihm gegenüber pflichtbewusst, aber verschone mich damit.«

Sie hob den Kopf und sah ihn ruhig an. »Du sagst doch immer, dass ich dir gehorchen soll.«

»Das hier ist etwas anderes.« Das kalte Wasser konnte seine Erektion nicht im Geringsten mindern. »Ich mag es, dich herumzukommandieren. Was nicht heißt, dass du gehorchen würdest.«

An ihren Wimpern hingen kleine Wassertropfen. »Ich gehorche nie bedingungslos. Wenn deine Befehle zum Beispiel keinen Sinn ergeben würden.«

»Du solltest darauf vertrauen, dass dein Ehemann weiß, was am besten ist.«

Sie schnaubte verächtlich. »Du bist so ein typischer Mann, Christopher.«

Er nahm ihre Hand und legte sie um sein Glied. Es pochte noch heißer und wurde so hart und groß, wie es nur ging. »Ich denke, das kannst du fühlen.«

Sie errötete. Er löste seine Finger von ihrem Handgelenk. Sollte sie tun, wonach ihr war.

Sie drückte ein wenig zu, experimentierte. Sein Herz schien sich auch zusammenzuziehen.

»Ich meine«, fuhr sie fort, »dass ein Mann unmöglich wissen kann, was das Beste für eine Frau ist.«

Er schloss die Augen und genoss die Empfindungen, die ihre Hand auslösten. »Manda gehorcht meinen Befehlen widerspruchslos.«

»Manda ist an dich gewöhnt. Sie hat gelernt, wann sie auf dich hören muss und wann sie dich ignorieren kann.«

»Das stimmt.«

Honoria schmiegte sich enger an ihn, während sie mit den Fingern über sein Glied strich. Christopher verstand nicht mehr, was sie sagte, hörte nur ihre Stimme, diesen sanften Südstaatenakzent, der ihn immer verrückt machte.

»Ich kann mir vorstellen, dass ich auch lernen kann, wann ich auf dich hören und wann ich dir sagen sollte, dass du zum Teufel gehen kannst.«

»Da bin ich aber froh«, stieß er zwischen den Zähnen hervor. Sie drückte so fest zu, dass er fast das Gefühl hatte, in ihr zu sein. »Wenn du damit weitermachst, kannst du so lange bei mir bleiben, wie du willst.«

Smaragdgrüne Flecken schimmerten in ihren hellgrünen Augen. »Ich will nicht mit James nach Hause segeln.«

»Das sieht er anders.«

Sie ballte unwillkürlich die Faust, um ihren Worten Nachdruck zu verleihen. Es fühlte sich himmlisch an. »Es ist mir egal, was er denkt. Ich bin rechtmäßig mit dir verheiratet, und er kann mich nicht länger herumschubsen.«

Also war sie diese Ehe eingegangen, um von ihrem lästigen älteren Bruder wegzukommen? Und wenn schon, solange sie nur weitermachte.

Die Sonne ging rasch unter. Wenn sie jetzt nicht bald aufbrachen, würden sie im Dunkeln über die Felsen klettern müssen. Aber es fiel Christopher schwer, darauf Rücksicht zu nehmen. Ihm war im Augenblick nur wichtig, dass er seine entzückende Frau in den Armen hielt, und sie gerade erklärt hatte, mit ihm durch dick und dünn zu gehen, ob es ihr nun gefiel oder nicht.

Sie war eine widerspenstige, stolze Frau, die sein Herz vor

Entzücken tanzen ließ. Er atmete ihren Duft nach Quellwasser, Honig und irgendeinem köstlichen Gewürz ein. Er bekam einfach nicht genug von ihr.

Sie brachte nicht nur sein Herz zum Hüpfen, sondern auch seine Erektion. O, süße, hinreißende Honoria. Keuchend zog er ihre Finger von seinem Glied. Das Wasser machte sie noch leichter, und es war ganz einfach, sie anzuheben und auf sich zu setzen.

Das war es, sie passten einfach so gut zusammen. Ihre Körper wussten, dass sie füreinander bestimmt waren. Ihre Gedanken und ihre Gespräche kamen ihnen zwar manchmal in die Quere, aber ihre Körper wussten es besser. Deshalb würden sie niemals die Hände voneinander lassen können, wenn sie sich begegneten.

Er hatte zu lange gewartet. Sie war so hinreißend, so schlüpfrig und so warm. Er drang einmal, zweimal in sie ein, bevor er sich in sie ergoss. Sie schrie auf, schloss die Augen, und er küsste sie.

»Ich liebe dich«, stieß er rauh hervor. »Und ich schere mich keinen Deut darum, ob du mir glaubst.«

»Ich glaube dir«, flüsterte sie.

19. Kapitel

Christopher behielt Honoria in dieser Nacht bei sich am Strand; er wollte sie in seiner Nähe haben. Er hatte seit zwei Wochen jede Nacht bei ihr geschlafen und wollte mit dieser Gewohnheit nicht ausgerechnet jetzt brechen. Sie hüllten sich vor dem Lagerfeuer in ihre Decken ein. Honoria schmiegte sich mit ihrem Rücken an ihn, suchte seine Wärme.

Es wurde kälter, als die Nacht sich herabsenkte. Die Feuer waren nur klein, weil trockenes Holz schwer zu finden war. Die Flammen knackten und knisterten, doch der Schein lullte Christopher ein, und er schloss die Augen.

Das Feuer und Honoria waren allerdings das einzig Beruhigende am Strand. Selbst als er ruhig neben seiner Frau lag, spürte er die Spannungen unter den Mannschaften, sowohl unter seinen Männern als auch unter denen von Ardmore. Gold war in der Nähe, und ganz gleich, wie beiläufig Christopher tat, seine Mannschaft wollte es, und es gefiel ihr gar nicht, dass Ardmore es bekommen sollte. Wenn Christophers Männer taten, was man ihnen befohlen hatte, würde alles gut gehen. Dennoch bestand die Möglichkeit, dass einer von ihnen den Plan vergaß und einen Kampf um die Beute anzettelte.

Das war das Problem mit dem Gold. Sie mussten den Schatz finden – oder eben auch nicht –, es musste jedenfalls schnell geschehen. Er wollte nicht seine halbe Mannschaft wegen eines Schatzes verlieren, der gar nicht mehr existierte.

Der einzige Grund, warum er es zuließ, dass er einschlief, war Manda, die Wache hielt und aufpasste. Er hatte vier Jahre lang auf das tröstliche Wissen verzichten müssen, dass Manda ihm den Rücken freihielt. Es gefiel ihm sehr, diesen Luxus wieder genießen zu können.

Christopher schloss die Augen, küsste Honorias duftendes Haar und überließ sich dem Schlummer.

Manda lehnte an dem Langboot und kreuzte die Füße in ihren Stiefeln. Träge ließ sie ihren Blick von der schlafenden Gestalt ihres Bruders zu dem bebrillten Gesicht von Alden Henderson gleiten, der nicht weit entfernt an Ardmores Boot stand.

Sofort kochte ihr Blut. Sie wünschte sich, dass dieser verdammte Mann an Bord der *Argonaut* geblieben wäre. Denn jetzt, wo sie ihn sah, wurde ihr wieder unmissverständlich vor Augen geführt, dass sie sich in ihn verliebt hatte. So etwas Dummes hatte Manda Raine in ihrem ganzen Leben noch nicht getan.

Er war nur mit der *Starcross* gesegelt, um sich wieder mit seinem Captain zu treffen. Das wusste sie doch. Warum hatte es dann so weh getan, als er wortlos in die Gig geklettert und zu seinem Schiff zurückgerudert war?

Es sollte eigentlich keine Rolle spielen, ihr eigentlich nicht so nahe gehen. Sie hatte ertragen, dass Switton sie wie ein wildes Tier eingesperrt hatte, ohne dass sie deswegen zusammengebrochen war, aber die Zurückweisung des vornehmen

Engländers hatte ihr einen derartigen Stich ins Herz versetzt, wie sie es noch nie erlebt hatte.

Allerdings hatte sie immer ganz tief drinnen geglaubt, dass Christopher sie retten würde, als Switton sie in ein Zimmer gesperrt oder im Käfig in den Garten geschafft hatte. Er hatte ihr durch alle Härten in ihrem Leben geholfen, und das würde er auch wieder tun. Obwohl ihr Verstand ihr sagte, dass Christopher tot war, hatte ihr eine kleine Stimme zugeflüstert, dass er sie holen würde.

Und dann hatte sie durch die Stäbe des Käfigs geblickt und unglaublicherweise Christopher gesehen, der ihren Blick erwiderte. Vor Staunen hatte sie fast keine Luft mehr bekommen. Sie wusste nicht, wie er es geschafft hatte, aber er war gekommen, um sie zu retten. Er hatte selbst den Tod bezwungen. Nichts war unmöglich für ihn. Das hatte sie schon immer gewusst.

Auf dem Gebiet der Liebe jedoch konnte er ihr nicht helfen, auch das war ihr klar. Hier war Manda auf sich allein gestellt, und der Gedanke flößte ihr Angst ein.

Andererseits betete Christopher dieses schwarzhaarige Südstaatenweib förmlich an, die zu allem Überfluss auch noch James Ardmores Schwester war. Sie warf einen kurzen Blick zu Christopher, der in seine Decke gehüllt dalag und einen muskulösen Arm über die Hüfte seiner Frau gelegt hatte. Sie unterdrückte ein Lachen.

Christopher redete sich ein, dass er in dieser Ehe die Oberhand hätte, aber Manda wusste sehr genau, dass dem nicht so war. Das kleine Weibsstück hatte ihn um seine hübschen Finger gewickelt, und Christopher ließ sich nur zu gern verzaubern.

Manda sah wieder zu Hendersons Gestalt hinüber, doch er war verschwunden.

Ihr Herz setzte einen Schlag aus. Sie musterte prüfend den Strand, aber er war nirgendwo zu sehen.

Der Ozean spülte leise seufzend an den Strand. Der Schaum glänzte im Mondlicht, das auch die kahlen Masten der beiden Schiffe umrahmte, die weitab vom Ufer in tiefem Wasser lagen. Sie sollten sich so weit entfernt halten, dass ihre Kanonen das Land nicht erreichen konnten, darauf hatte Christopher bestanden. Um das Lagerfeuer scharten sich schlafende Gestalten in ihren dunklen Decken, die wie große Pilze wirkten. Ein paar Männer wanderten rastlos herum, gerade außerhalb des Lichtkegels des Feuers. Sie beäugten sich angespannt. Manda suchte vergeblich nach einem blassblonden Haarschopf oder dem Schimmern einer Brille.

Dann hörte sie ein Geräusch hinter sich, das Scharren von Füßen im Sand. Sie wirbelte herum, während sie blitzschnell ihr Messer zog.

Hinter dem Ende des Langbootes rangen zwei Männer im flachen Wasser miteinander. Der eine war klein und drahtig, der andere hatte seinen Gehrock ausgezogen, und die Ärmel seines Leinenhemdes schimmerten fahl in der Dunkelheit. Das Mondlicht blitzte auf der Klinge seines Messers und seiner goldenen Brille.

Henderson kämpfte lautlos und erbittert und wehrte die Messerhiebe seines Gegners mit seiner Klinge ab. Manda blieb eine Ewigkeit so stehen und sah zu, bis sie sich aus ihrer Erstarrung riss, alle Vorsicht in den Wind schlug und Henderson zu Hilfe eilte.

Sie rannte platschend durch das flache Wasser, zerrte den

drahtigen Mann von Henderson weg und hielt ihm ihr Messer an den Hals. Henderson wich keuchend zurück. Sein Hemdsärmel war rot vor Blut.

Erst jetzt erkannte Manda den Mann, den sie festhielt. Es war Ian O'Malley, James Ardmores Leutnant.

»Was zum Teufel soll das?«, fauchte sie.

O'Malley starrte Henderson wütend an. »Eingebildeter englischer Trottel! Auf welcher Seite steht Ihr, zum Teufel?«

»Sagt Ihr es mir!«, konterte Henderson wütend. »Ich habe gesehen, wie Ihr Euch an die Frau, die ich liebe, herangeschlichen habt und sie erstechen wolltet. Was sollte ich Eurer Meinung nach tun, hm? Abwarten und Tee trinken?«

»Ah, jetzt liebt Ihr *sie*, ja?«, fragte O'Malley ungläubig. »Das ist wirklich eine Veränderung, Mr. Überheblich, der sich nur für die vornehmsten Ladys gut genug ist!«

»Wechselt nicht das Thema«, presste Henderson heraus.

Manda starrte ihn verwirrt an, aber sie ließ weder O'Malley los, noch nahm sie das Messer von seinem Hals.

»Warum habt Ihr versucht, sie umzubringen?«, fuhr Henderson fort.

»Das habe ich gar nicht.«

»Ihr habt Euch mit einem Messer in der Hand an sie herangeschlichen, hol Euch der Teufel! Auf den Befehl Eures Captains?«

»Nein.« Die Stimme von James Ardmore durchbrach die Stille hinter ihnen. Er trat aus dem Licht des Feuers zu ihnen, dicht gefolgt von Christopher.

Manda sah, dass Christopher außer sich vor Wut war und sich nur mit Mühe beherrschen konnte. Ardmore dagegen war wie immer eiskalt.

Henderson zitterte vor Zorn. Der Blick, den er Ardmore zuwarf, hätte einen geringeren Mann erbeben lassen. »Was habt Ihr ihm dann befohlen?«, wollte er wissen.

Ardmores Blick zuckte zwischen den beiden Kampfhähnen hin und her. Hinter ihm standen Honoria und Diana nebeneinander am Lagerfeuer und beobachteten den Tumult.

»Ich habe O'Malley befohlen, sie gefangen zu nehmen«, erklärte Ardmore. »Es wäre ihr kein Leid widerfahren.«

»Aber ihm«, fauchte Manda und deutete mit dem Kinn auf O'Malley. »Wenn er mir zu nahe gekommen wäre.«

»Ich war bereit, dieses Risiko in Kauf zu nehmen«, gab Ardmore zurück.

»Vielen Dank, mein o so mitfühlender Captain«, knurrte O'Malley.

»Ihr wolltet sie als Geisel nehmen?« Christophers Stimme war gefährlich ruhig.

»Um Euer gutes Benehmen zu garantieren. Ihr führt etwas im Schilde, Raine.«

Christopher drehte sich schweigend zu ihm herum. Manda hielt den Atem an und fragte sich, ob Ardmore gerade sein letztes Wort gesprochen hatte.

Dann trat Christopher einen Schritt zurück und zuckte bedächtig mit einer Schulter. »Dann nehmt sie.«

Manda und Henderson starrten ihn ungläubig an. Selbst Ardmore sah ihn erstaunt an. »Manda«, sagte Christopher, »lass O'Malley los.«

Er hatte also tatsächlich etwas vor. Manda ahnte, was es war, aber es würde eine Weile dauern, bis sie mit ihm allein sprechen und ihn dazu bringen konnte, es ihr ebenfalls mitzuteilen.

Allerdings vertraute sie ihm genug, um ihm jetzt zu gehorchen, ganz gleich, was sie insgeheim davon hielt. Sie nahm das Messer von O'Malleys Kehle und zog ihn auf die Füße.

Der Ire betastete seinen Hals, als wollte er sich überzeugen, dass er keinen Schaden genommen hatte. »Sehr verbunden, Schätzchen!«

Christopher wandte sich Ardmore zu. »Ihr wollt eine Versicherung für mein Wohlverhalten, bitte, das dürfte genügen. Jeder weiß, dass ich nichts tun würde, was Manda schaden könnte.« Er starrte den anderen Mann lange an. »Aber ich traue Euch auch nicht, Ardmore. Also hätte ich ebenfalls gern eine Geisel. Eure Frau.«

Ardmore erstarrte. In der plötzlichen Stille rauschten die Wellen laut an den Strand, ungeachtet der Anspannung, die dort herrschte. Ardmore und Christopher musterten sich scharf. Manda hielt die Luft an.

»Ihr habt bereits meine Schwester«, meinte Ardmore schließlich.

»Eure Schwester mag Euch nicht«, antwortete Christopher. »Und ich habe den Eindruck gewonnen, dass Ihr sie für Eure Pläne opfern würdet, wenn es sein müsste.«

Ardmore presste die Lippen zusammen. »Da irrt Ihr Euch.«

Manda sah, wie Ardmore die Situation abwog: Sollte er die Sicherheit seiner Frau aufs Spiel setzen? Oder bestand die Möglichkeit, dass einer seiner eigenen Leute etwas Dummes tun würde? Manda wusste, dass Christopher Diana niemals auch nur ein Haar krümmen würde, das entsprach nicht seinem Charakter, aber Ardmore wusste es nicht. Für ihn war Christopher nur ein weiterer Pirat.

Schließlich brach Diana das Schweigen. »Es ist schon gut, James. Ich gehe.«

»Nein«, widersprach Ardmore kalt.

»Es ist sinnvoll«, fuhr Diana fort. »Wenn Ihr beide jemanden als Geisel habt, wird der Frieden gewahrt.«

»Gut«, sagte Christopher. »Sie kann auf der *Starcross* bleiben. Mrs. Colby wird sich um sie kümmern, bis wir hier fertig sind.«

»Ich gehe mit ihr«, erklärte Honoria rasch.

Christopher schüttelte den Kopf. »Nein, das tust du nicht. Ich will dich hier bei mir haben, wo ich dich im Auge behalten kann.«

Honoria warf ihm einen bitterbösen Blick zu, widersprach jedoch nicht. Ardmore verfolgte den Wortwechsel in stummem Zorn.

»Es ist besser so«, erklärte Christopher. »Wenn Manda weiß, dass das Leben Eurer unschuldigen Frau auf dem Spiel steht, wird sie nicht versuchen, Eure Mannschaft umzubringen und Euer Schiff zu übernehmen.« Er sah O'Malley vielsagend an, der sich immer noch den Hals rieb.

Ardmore trat einen Schritt auf Christopher zu. »Wenn Diana in irgendeiner Weise etwas geschieht, dann wird Manda Raine einen sehr schmerzhaften Tod sterben, das schwöre ich Ihnen.«

Christopher erwiderte seinen Blick vollkommen gelassen. »Das weiß ich.« Er drehte sich um. »Henderson, rudert die Ladys zurück. Und sorgt dafür, dass Ihr die richtige Lady auf das richtige Schiff bringt.«

»Nicht Henderson!«, fuhr Ardmore hoch.

»Warum nicht?«

»Ihr habt gehört, wie er sagte, dass er Eure Schwester liebt. Ich traue ihm nicht.«

»Das ist doch noch viel besser. Wenn ihm etwas an Manda liegt, wird er ihr nichts tun, und Mrs. Ardmore wird er schon aus Prinzip nicht zu nahe treten. Er ist ein wahrer Gentleman. Und außerdem wird Manda ihm sehr wahrscheinlich nicht die Zähne eintreten.«

Das stimmt, dachte Manda. Wahrscheinlich nicht.

Ardmore gab am Ende nach, obwohl er sichtlich unglücklich über dieses Arrangement war. Selber schuld, dachte Manda grimmig. Er hat es selbst herbeigeführt, als er mir O'Malley auf den Hals gehetzt hat. Sie machte sich nur Sorgen, dass Christopher seine Männer nicht im Auge behalten konnte, wenn sie nicht hier war.

Henderson half Diana mit übertriebener Umsicht in die Gig und schob das Ruderboot dann mit Mandas Hilfe ins Wasser. Die Seeleute zerstreuten sich, nachdem das Spektakel vorüber war. Als sie über das Dollbord ins Boot stieg, schnappte Manda Gesprächsfetzen hinter sich auf.

»Schön zu sehen, dass Euch doch etwas an jemandem liegt«, sagte Christopher. »Ich dachte immer, Ihr wäret ein kaltherziger Mistkerl.«

»Das bin ich auch«, antwortete Ardmore. »Nur liebe ich zufällig meine Frau.«

Das Boot schwankte über eine Welle, und dann hörte sie nur noch das Rauschen des Meeres.

Henderson setzte Diana an Bord der *Starcross* ab und übergab sie der Obhut der verblüfften Mrs. Colby. Diana verabschiedete sich mit ausgesuchter Höflichkeit. Henderson stand ihr in nichts nach.

Dann ruderte er mit Manda zur *Argonaut*. Manda saß an der Ruderpinne. Der Mond schien so hell, dass es kein Problem war, den Weg zu dem anderen Schiff zu finden. Gelbes Laternenlicht tauchte die Umrisse der *Argonaut* vom Bug bis zum Heck in einen warmen Schein, dem das Mondlicht einen weißen Glanz verlieh.

Henderson ruderte unbeeindruckt von Mandas prüfendem Blick, und seine Muskeln spannten sich unter seinem Hemd. Er schaffte es, selbst bei dieser körperlichen Tätigkeit elegant zu wirken.

Wo sollte sie anfangen? Sollte sie sagen: »Ihr liebt mich also, hm?« Das klang ein bisschen abgedroschen und ziemlich hilflos. Sie hätte Honoria fragen können, wie sie über Gefühle redete. Das hatte Manda niemals gelernt. Plötzlich hörte Henderson auf zu rudern. Er zog die Ruder ein, lehnte sich zurück und atmete durch. Das Mondlicht machte die Gläser seiner Brille zu schwarzen Spiegeln.

»Wir sind noch nicht da«, erklärte Manda heftig.

»Weiß ich.« Er holte tief Luft. »Aber ich denke, wir müssen ein paar Dinge klären.«

»Ihr meint, wir müssen über unsere Gefühle reden?«

Selbst in dem spärlichen Licht sah sie, wie er errötete. »Ihr habt gehört, dass ich sagte, ich würde Euch lieben. Also gut, wo bleiben die sarkastischen Kommentare? Wo bleiben Eure herablassenden Frotzeleien?«

Ihr Herz hämmerte heftig gegen ihre Rippen. »Wenn

Ihr mich so liebt, warum seid Ihr dann zur *Argonaut* zurückgegangen?«

Er stützte seine kräftigen Arme auf seine Schenkel und betrachtete sie ruhig. »Weil dort all meine Habseligkeiten sind. Ich habe eine seidene Weste und ein Paar Stiefel, die ...« Er brach ab. »Schon gut. Ich wollte sie einfach holen. Ich bin fertig mit Ardmore, und das habe ich ihm auch gesagt. Ich verlasse ihn.«

Ihre Kehle schnürte sich zusammen. »Wirklich?«

»Ich habe ihm auch gesagt, warum.« Er lächelte. Was ihm ausgezeichnet stand. »Ich habe mich in eine Kriegerin verliebt. Ich, der korrekte englische Gentleman.«

Die Wellen schwappten sacht an den Rumpf des Bootes, und die Pinne tanzte ein wenig. Manda wünschte sich, sie könnte seine Augen sehen. »Warum habt Ihr es mir nicht gesagt?«

»Damit Ihr mir ins Gesicht spuckt? Ich wollte es auch vorhin eigentlich nicht preisgeben. Es ist mir einfach herausgerutscht, als ich O'Malley mit dem Messer sah.«

Manda ließ die Ruderpinne los. Sie bewegten sich nicht vorwärts, sondern dümpelten nur auf den Wellen. Sie kletterte über die Bänke, bis sie sich direkt vor Henderson setzen konnte. »Ich will Euch gar nicht ins Gesicht spucken.«

»Oder mir die Zähne einschlagen. Ich habe gesehen, wie Ihr tretet.« Sein Lächeln verstärkte sich. »Ihr habt einen Mann mit Eurem nackten Fuß zu Boden geschickt. Ich bewundere Eure Technik. Und Eure Beine. Ihr habt wunderschöne Beine, Manda.«

Die Hitze stieg ihr ins Gesicht. »Vergesst meine Beine.« Aber warum freute sie sich dann so darüber, dass sie ihm gefielen? »Ich dachte, Ihr würdet nur vornehme, korrekte Ladys mögen, wie Honoria.«

»Das dachte ich auch. Ich glaube …«, er unterbrach sich und starrte auf das dunkle Wasser hinaus. »Ich glaube, dass ich früher Ladys wie Honoria und Alexandra den Hof gemacht habe, weil sie für mich unerreichbar waren. Ich wollte sie nicht wirklich. Ich denke, ich will stattdessen lieber etwas Wildes in meinem Leben.« Er sah sie wieder an, seine Augen immer noch hinter der Brille verborgen. »Nein, auch das stimmt nicht. Ich will Euch. Das wusste ich, als ich Euch das erste Mal gesehen habe.«

Manda beugte sich vor und riss ihm die verdammte Brille von der Nase. Der Blick seiner ruhigen grauen Augen war auf sie gerichtet. In der Dunkelheit hatten seine Pupillen sich geweitet. Sie wollte eigentlich nichts darüber hören, wie er anderen Ladys den Hof machte. »Und, was wollt Ihr jetzt machen?«

Er richtete sich auf und legte eine Hand auf sein Herz. »Ich werde Euch bitten, teuerste Lady, mich zu heiraten.«

Ihr Unterkiefer sackte herab. »Was?«

»Sobald wir im nächsten Hafen einlaufen. Ich habe Geld und die notwendigen Papiere. Ich brauche nur noch eine Braut.«

Er meinte es ernst. Ihr Herz schlug so schnell, dass ihr fast schlecht wurde. Aber seine Augen waren so warm, sein Lächeln so wehmütig und so anziehend. Und das Lächeln war nicht das einzige Attraktive an Alden Henderson. Seine breiten Schultern spannten sein elegantes Hemd, und sie wusste, wie es sich anfühlen würde, von diesen Armen gehalten zu werden.

Sie schluckte. »Ich bin die uneheliche Tochter eines freigekauften Sklaven.«

»Ja, meine Familie wird schockiert sein. Aber sie wird es irgendwann akzeptieren; es sind gute Menschen. Sie haben sich mittlerweile auch schon an die Idee gewöhnt, dass ich ein Piratenjäger bin, der mit dem gesuchten James Ardmore herumschippert.«

Sie hörte seine Worte kaum, die er in dem korrekten Ton eines englischen Gentleman äußerte. »Also gut«, unterbrach sie ihn hastig. »Ich heirate Euch.«

Sein Lächeln wurde strahlender. »Ihr habt mich gerade zum glücklichsten Mann der Welt gemacht, meine Liebe.«

Er legte seine Hände auf ihre Schultern und zog sie an sich. »Ich werde Euch bestimmt nicht glücklich machen«, plapperte sie los, um ihre Unsicherheit zu überspielen. »Ich bin ein Pirat. Ihr seid ein Piratenjäger.«

Seine Augen verdunkelten sich. »Ich glaube, dieses Arrangement wird ganz wunderbar funktionieren.« Er küsste sie auf den Mund und hob sie dann auf seinen Schoß. »Ich liebe deine Beine, Manda«, murmelte er, während er mit der Hand darüberstrich. »Und den Rest von dir auch.«

Sie hielt sich an ihm fest, suchte seinen Mund. Nach einer ganzen Weile flüsterte sie: »Das Boot treibt.«

»Hm, tatsächlich?« Sein Atem war heiß auf ihrem Gesicht, und seine Finger auf ihrer Haut fühlten sich himmlisch an. »Das kümmert mich nicht besonders. Dich?«

O nein, sie auch nicht. Sie trieben noch eine Zeitlang über das Meer, bis ihr Ruderboot schließlich gegen die *Argonaut* stieß. Sie kletterten rasch an Bord und ignorierten die anzüglichen Kommentare von Ardmores Mannschaft. Henderson führte sie nach unten in seine Kabine, die warm war und deren Koje, wie sie schnell feststellten, genau die richtige Größe hatte.

Am nächsten Morgen verließen Christopher, Ardmore, St. Cyr und O'Malley die Bucht und stiegen den Hügel hinauf, um nach dem Gold zu suchen. Honoria blieb im Lager, mit hartem Zwieback und verschrumpelten Orangen als Frühstück. Sie war besorgt und unglücklich.

Ihr war klar, warum Christopher zugelassen hatte, dass Manda als Geisel zu Ardmore ging, und warum er selbst Diana als Unterpfand genommen hatte. Weil er nicht wollte, dass es bei dieser Expedition zu einem Kampf kam. Der Mannschaft der *Starcross* war bewusst, dass jede Handlung, die Manda in Gefahr brachte, mit dem Tod desjenigen endete, der sie beging.

Sie wusste, wie viel Christopher an Manda lag, auch wenn er das niemals laut sagen würde. Aber es war offenkundig, was sie einander bedeuteten, schon allein aufgrund der Blicke, die sie sich zuwarfen, ihrer Art, sich zu unterhalten, selbst wenn sie verschiedener Meinung waren.

Manchmal schien es, als würden sie mit ihren Gedanken nur den des anderen beenden. Honoria beneidete die beiden um ihre zwanglose Zuneigung, etwas, was sie mit ihrem Bruder niemals erleben würde und mit Christopher noch nicht aufgebaut hatte.

James wiederum würde nichts tun, was Diana in Gefahr brachte. Er liebte sie mit glühender Intensität. Kein Mann würde es wagen, sich James' Zorn auszusetzen, wenn Diana etwas widerfuhr.

Aber Honoria wusste mehr als James, nämlich dass Christopher ein wirklich sanfter Mann war. Er mochte zwar finster dreinblicken, aber wann immer er Honoria berührte, zügelte er seine Kraft, so dass er ihr nicht weh tat. Er schwächte seine finstere Miene mit Zärtlichkeit ab, ließ sie tun, was sie wollte, obwohl er das Gegenteil behauptete. Christopher schüchterte all jene ein, die ihn nicht kannten, aber alle, die ihm näherstanden, glaubten an ihn. Deshalb wusste sie, dass seine Männer James niemals aufhalten oder Diana etwas antun würden, es sei denn, Christopher gab ihnen einen direkten Befehl dazu.

Honoria wanderte im Lager herum, zog die Schuhe aus, schlenderte durch die Brandung, sammelte Muscheln und versuchte, nicht zu grübeln. Sie rieb sich die Nase mit Creme ein und setzte einen Hut gegen die glühend heiße Sonne auf.

Gerade als die Sonne ihren Zenit erreicht hatte, kamen die vier Männer zurück. Sie waren schlammbedeckt und müde, und schmutzige Linien zogen sich über ihre Gesichter.

Dennoch wirkte Christopher sehr zufrieden mit sich, James kalt, St. Cyr unbeteiligt wie immer und O'Malley ehrfürchtig. Sie hatten das mexikanische Gold gefunden.

20. KAPITEL

Genau da, wo ich es versteckt habe«, erklärte Christopher.

Honoria beobachtete, wie das Sonnenlicht Schatten auf sein Gesicht warf, das im Moment zu einem selbstgefälligen Grinsen verzogen war. Er wirkte entspannt, als wäre er erfreut, dass er sein ganzes Gold James aushändigte. Ardmore dagegen schien der Angespanntere der beiden zu sein.

Die beiden Mannschaften sammelten all die Taue, Winden und Flaschenzüge ein, die sie benötigten, um das Gold wegzuschleppen. Der Schatz läge in einer Höhle fast ganz oben auf der Klippe, erklärte Christopher. Die Öffnung war ein kleines Loch hinter einem Vorsprung. Ein kurzer Tunnel führte von dem Eingang nach unten, von dem wiederum ein weiteres Loch direkt in die Höhle abging, die aus der Klippe herausgespült worden war. Die Kisten mussten mit Tauen herausgezogen und dann den Hügel hinuntergetragen werden.

Die Mannschaften beider Schiffe willigten fast ohne Zögern ein, als Lasttiere zu dienen. Diese riesige Menge Gold flößte der kleinen Gruppe eine tiefe Ehrfurcht ein. Honoria konnte beinahe spüren, wie der Schatz in der feuchten kleinen Höhle da oben wartete. Seine Gegenwart war fast fühlbar, wie ein Wesen, das sie beobachtete.

Honoria bestand darauf, mit der ersten Gruppe auf den Hügel zu steigen. Zu ihrer Überraschung hatte Christopher keine Einwände dagegen.

Christopher und James hatten bereits das Unterholz und ein paar große, mit Pilzen überwucherte Steine von dem Eingang weggeschafft, als Honoria diesen keuchend erreichte. Sie beugte sich zu den beiden Männern vor, die vor der Öffnung hockten, und spähte hinein. Sie blickte an Christophers muskulösem Bizeps vorbei in ein feuchtes, stinkendes Loch.

»Wenn die Kisten aus Holz waren, sind sie sicher längst verrottet«, bemerkte sie.

Christopher drehte sich um und sah sie stirnrunzelnd an, als wollte er fragen, was sie hier wollte. Sie ignorierte ihn und blickte weiter in das Loch hinein, in das sie eine flackernde Laterne hinabgelassen hatten, die feuchten Fels beleuchtete.

»Die Kisten sind aus Metall«, antwortete Christopher schließlich. »Aus Zinn und Messing. Sie sind vermutlich verrostet und angelaufen, aber noch intakt.«

»Seid Ihr schon hinabgestiegen?«, wollte Honoria wissen.

»Wir müssen erst den Eingang breiter machen«, erwiderte Christopher. »Jemand muss dazu von innen arbeiten. Eine kleine Person.«

Alle sahen den Iren an, Ian O'Malley. Er war der kleinste Mann von beiden Mannschaften. Er wurde blass. »Ich mag Höhlen nicht sonderlich.« Er schüttelte sich. »Habe ich schon erwähnt, dass diese verdammten englischen Soldaten mich einmal in so ein Loch gesteckt haben? Ganze drei Monate!«

James und Christopher starrten ihn wortlos an, und O'Malley wurde noch bleicher.

»Zwingt ihn nicht dazu!«, rief Honoria. »Das ist grausam. Ich gehe.«

»Nein, das tust du nicht«, erwiderten Christopher und James gleichzeitig.

»Habt ihr kleinere Leute in euren Mannschaften als mich? Ich habe keine Angst davor, dort hineinzukriechen. Und es kann nicht schlimmer sein, als in meinem Garten zu graben. Die Erde ist locker und feucht, nicht fest.« Sie demonstrierte es, indem sie mit den Fingern ein paar Brocken aufnahm.

»Honoria.« Christophers Stimme war ein drohendes Knurren.

Sie erwiderte ungerührt seinen Blick. »Hast du Angst, dass die Höhle einstürzen könnte?«

»Woher zum Teufel soll ich das wissen? Ich bin auf einem Schiff geboren und aufgewachsen. Aber darum geht es hier nicht!«

»Nein, es geht darum, dass ich dir ohne Widerspruch gehorchen soll, richtig?«

»Ja.«

»Davon war in dem Ehegelöbnis nicht die Rede«, konterte Honoria.

»Streiten wir wieder darüber, ja? Das Gelübde besagt, dass dein Ehemann es am besten weiß, also solltest du auf ihn hören.«

»Daran kann ich mich überhaupt nicht erinnern.«

»Ich glaube, wir beide müssen uns unterhalten.«

»Wir haben das schon öfter getan«, erwiderte sie leise. »Wir wissen beide, wie das normalerweise endet.«

Seine Augen verdunkelten sich. Erinnerte er sich daran, wie sie ihn in Alexandras Gästezimmer eingeölt hatte, und an das rauhe, wilde und sehr schlüpfrige Liebesspiel danach? Oder daran, wie er ihr vor ein paar Tagen in ihrer Kabine beim Ausziehen geholfen und ihren Körper mit dem Schwamm gewaschen hatte? Es war ein wenig nass und seifig geworden, und Honoria war am nächsten Morgen heiser gewesen.

Christophers Stimme war jetzt ebenfalls ein bisschen rauh. »Spiel hier nicht die Unschuldige, Miss. Dafür wirst du später bezahlen.«

»Dieses Risiko gehe ich gern ein. Und es heißt *Mrs.!*«

Sein Blick wurde drohend, und ihr Herz hämmerte vor Aufregung. Sie hätte nie gedacht, dass ein Wortgefecht mit einem Mann so erregend sein könnte. Andererseits war dieser Mann Christopher, dessen Küsse wie Feuer brannten und der sie berührte, wie es vorher noch nie jemand getan hatte.

Sie konnte kaum fassen, dass sie sich einmal vorgestellt hatte, sich von einem höflichen Mann den Hof machen zu lassen, der seidene Westen trug und sie zu Bällen geleitete. Alberne Phantasien eines albernen Mädchens. Mittlerweile war sie überzeugt, dass es kein Zufall war, dass sie jeden Heiratsantrag abgelehnt hatte, nachdem sie Christopher Raine kennengelernt hatte.

Ein Schatten fiel über sie. »Wenn Ihr beiden mit Eurer interessanten Diskussion fertig seid«, knurrte James Ardmore, »dann sollten wir sie endlich in die Höhle herunterlassen. Wenn sie sich dreckig macht und heult, ist sie selbst schuld.«

Die Wärme verschwand aus Honorias Körper. Sie erhob sich, jeder Zoll eine Lady. »Also wirklich, James«, näselte sie. »Es ist höchst unhöflich, ein privates Gespräch zu belauschen!«

Ihr Bruder warf ihr einen seiner berüchtigen Ardmore-Blicke zu, und Honoria stand ihm mit ihrer Antwort in nichts nach.

Christopher räusperte sich. »Ich könnte Euch Pistolen geben und Euch jeden zehn Schritte zurücktreten lassen. Aber für so etwas haben wir keine Zeit. Also, St. Cyr, holt Taue, die stärksten, die wir haben. Meine Frau möchte gern Höhlenforscher spielen.«

Aus den starken Tauen fertigten sie ein Geschirr für Honoria an. Christopher selbst hielt das Seil, während St. Cyr hinter ihn trat und ihm half. Er ließ nicht zu, dass James es auch nur berührte.

Honoria küsste Christopher auf den Mund, als Glücksbringer und aus Dankbarkeit, dann schob sie die Füße in das Loch und ließ sich von den Männern abseilen.

Es war keine weite Strecke bis zum Boden der Höhle. Sie hatte das Geschirr zwar für unnötig gehalten, aber Christopher hatte darauf bestanden. Er wollte sie, wenn nötig, augenblicklich hochziehen können. Honoria wusste jedoch, dass Christopher ihr niemals nachgegeben hätte, wenn es wirklich so schrecklich gefährlich gewesen wäre. Dann hätte er sie einfach nur gefesselt und zum Strand zurückgeschleppt.

In der Höhle roch es nach Erde und verrottender Vegetation. Drei Wurzeln ragten oben aus der Öffnung heraus, aber der Rest war aus dem soliden Fels herausgewaschen worden. Sie hatten zunächst ein paar Laternen mit Kerzen heruntergelassen, und ihr schwacher Schein glitzerte auf den feuchten

Wänden, auf denen Moos und rote Pilze wuchsen. Die Luft fühlte sich nach der glühenden Hitze draußen wundervoll kühl an.

Als ihre Füße den Boden berührten, befand sich der untere Rand des Tunnels in Augenhöhe. Sie sollte Schaufel und Hacke benutzen, die sie ebenfalls zuvor heruntergelassen hatten, und damit die Öffnung erweitern, so dass größere Männer, wie Christopher und James, leichter hinein- und hinausgelangen konnten.

Doch zunächst ignorierte sie das Werkzeug und sah sich um. Die Kisten, deren Messing im Licht der Laternen glänzte, nahmen fast die gesamte Fläche der Höhle ein. Es waren mindestens vierzig oder fünfzig, die nur darauf warteten, entdeckt zu werden.

Honoria trat zu der am nächsten stehenden Kiste und legte die Hand auf den Deckel. Das eiserne Schloss hing noch am Haken, aber das Schließband war durchgerostet.

»Wohin gehst du?«, brüllte Christopher durch den Tunnel herunter.

»Ich will das Gold sehen«, antwortete sie. Sie hob eine der Laternen hoch, um die Kiste zu beleuchten. Das unschuldige Messing schimmerte. Sie suchte den Deckel vorsichtig nach Spinnen ab und klappte ihn dann zurück.

Die rostigen Angeln quietschten protestierend. Das Licht der Laterne fiel auf die Reihen glänzender Goldbarren.

Honoria hielt den Atem an. Das Gold war nicht mit einem Stempel versehen, sondern für den Transport einfach nur in kleine Barren gegossen worden. Es mussten Hunderte in diesen Kisten sein, von denen mindestens vierzig in dieser Höhle standen.

Napoleon musste krank vor Ärger geworden sein, dass er so viel Gold verlor. Der Krieg in Spanien lief schlecht für ihn, und was hätte er nicht darum gegeben, diesen Schatz zurückzubekommen. James würde ihm das Gold natürlich niemals aushändigen. Er schätzte keine Tyrannen. Außer sich selbst.

Honoria verstand plötzlich, warum Gold so viel Macht besaß. Es war wunderschön, sein Anblick, sein Gewicht. Männer töteten einander deswegen, bewunderten und horteten es. Und sie kauften sich damit Frauen, indem sie ihnen Juwelen, Häuser und Kleider schenkten. Wer Gold besaß, hatte die Macht.

Und Christopher würde es einfach so weggeben.

Ein harter Ruck an ihrem Geschirr riss sie wieder in die Gegenwart zurück. »Honoria, was machst du da?«, schrie ihr Ehemann.

Sie schloss den Deckel und ging zu dem Loch, bevor Christopher sie dorthin zerren würde. »Es ist da«, rief sie keuchend. »Es ist wirklich da. Alles.«

»Danke für den Bericht«, knurrte Christopher. »Und jetzt fang an zu graben, bevor ich dich an deinem Hintern hier heraufziehe.«

»Natürlich, Liebster«, erwiderte Honoria sarkastisch. Sie nahm den Spaten und fing an, die feuchte Erde von dem Eingang wegzuhacken.

Sie hörte, wie Christopher lachte. »Das gefällt mir. Meine Frau am Ende meiner Leine.«

»Das kann ich mir denken«, erwiderte Honoria düster.

Nach einer halben Stunde ermüdender Arbeit war der Gang groß genug, befand Christopher. Honoria ließ ihre schmerzenden Arme sinken, während ihr Ehemann durch den Tunnel rutschte und neben ihr zu Boden sprang. Er hatte die Leine immer noch in der Hand.

»Dein Gesicht ist schmutzig«, meinte er. Seine Augen funkelten im Licht der Laternen.

»Ich sehe keinerlei Anlass für deine Fröhlichkeit«, erwiderte sie und rieb sich die Arme. »Du wirst dieses ganze wundervolle Gold einfach weggeben.«

Christopher öffnete die Kiste, in die sie hineingeschaut hatte. Die Reflexion des Kerzenlichtes auf dem Gold beleuchtete sein Gesicht. Er starrte einen Moment ernst hinein und schlug die Klappe dann mit einem Knall zu.

»Zu viel Gold ist ein Fluch, meine Gemahlin«, sagte er. »Ich bin froh, dass ich es los bin.« Und dann zwinkerte er ihr zu.

Sie starrte ihn an, und ein Verdacht regte sich plötzlich in ihr.

Aber sie hatte keine Chance, ihn zu fragen, was er vorhatte, weil in diesem Moment James in das Loch hinunterglitt, direkt hinter ihnen, und alle Geheimnisse vorerst ungelüftet bleiben mussten.

Kurz darauf machten sich Christophers und James' Männer an die mühsame Aufgabe, jede einzelne Kiste aus der Höhle zu hieven. Sie konnten immer nur eine auf einmal hinaufziehen, weil der Tunnel nicht groß genug war und die Kisten trotz ihrer eher geringen Größe unglaublich viel wogen.

Sie befestigten Flaschenzüge an den überhängenden Ästen der Bäume um den Eingang. Die Männer in der Höhle banden Seile um eine Kiste, und die oben Stehenden zerrten sie an die Oberfläche. Christopher baute einen behelfsmäßigen Schlitten aus Planken und Seilen, mit dem sie das Gold zur Bucht schleppen konnten. Drei Kisten passten darauf. Ein Mann konnte den Schlitten ziehen, während ein zweiter hinterherging, das Gefährt lenkte und bremste.

Sie kamen nur langsam voran, und am späten Nachmittag hatten sie erst die Hälfte der Kisten den Hügel hinabgeschafft.

Sie stiegen mit der letzten Fuhre ab und lagerten erneut am Strand. Diesmal hielt James selbst Wache.

»Ich beneide ihn wirklich nicht«, flüsterte Christopher Honoria ins Ohr, als sie aneinandergeschmiegt am Feuer lagen. »Wenn das Gold auf mein Schiff käme, wüssten meine Leute wenigstens, dass sie einen gerechten Anteil bekommen. Seine Männer müssen zusehen, wie er es der amerikanischen Marine aushändigt.«

Honoria war beunruhigt. »Glaubst du, dass er in Gefahr schwebt?«, fragte sie über die Schulter. »Vielleicht sollten wir Diana und die Kinder mit uns nehmen, bis er das Gold abgeliefert hat.«

Christopher küsste sie auf die Schläfe. »Nein, meine Süße. Wenn Ardmore seine Männer jetzt nicht im Griff hat, kann keiner sie kontrollieren. Er wäre nicht so weit gekommen, wenn er seiner Mannschaft erlauben würde, ihn einfach niederzutrampeln.«

»Das würde ich manchmal selbst auch gerne tun«, stieß sie zwischen den Zähnen hervor.

Christopher lachte nur, rollte sie zu sich herum und küsste sie.

Sie sollte sich an diesen Kuss und sein Lachen noch sehr, sehr lange erinnern.

Am nächsten Morgen wurden sie von Regen geweckt, der sich bald zu einem Wolkenbruch auswuchs. Die schlaftrunkenen Männer suchten mitsamt ihren Decken und ihrer Kleidung Schutz zwischen den Bäumen.

Honoria wartete mit ihnen, keuchend und tropfnass, während James das Gold von ausgesuchten Leuten seiner Mannschaft zur *Argonaut* rudern ließ. Ein bisschen Regen würde ihnen nicht wehtun, verfügte er. Honoria fragte sich, ob er die Männer oder die Goldbarren meinte.

Sie sahen zu, wie das Boot dreimal zur *Argonaut* ruderte, bis die Kisten alle auf dem Schiff verladen waren. Als die Gig nach der letzten Fuhre zurückkehrte, regnete es so stark, dass die Schiffe von einer grauen Regenwand verhüllt wurden.

Unter dem Blätterdach war der Niederschlag weniger stark, und Christopher befahl sie alle wieder auf den Hügel und in die Höhle.

Honoria bestand darauf, in die Tiefe herabgelassen zu werden, wo sie vor dem schlimmsten Sturm geschützt blieb. Sobald sie unten war, drückte sie ihr regennasses Haar aus und beobachtete Christopher.

Er zog sein Hemd aus und arbeitete mit nacktem Oberkörper. Seine Muskeln und Sehnen spielten unter seiner Haut. Honoria freute sich schon darauf, wenn sie zur *Starcross* zurückkehrten, wo sie neben ihm in der Koje liegen und diese Muskeln nach Herzenslust streicheln konnte.

Selbstverständlich, nachdem sie ausgiebig gebadet hatten. Die Höhle war sehr schlammig, und sie sehnte sich nach Seife und sauberem Wasser. Vielleicht könnten Christopher und sie ja noch einmal zusammen baden …

Sie ließ ihren Gedanken freien Lauf, als sie die Taue um ihrer Taille justierte, damit sie nicht scheuerten. Christopher hatte sie nicht ohne das Geschirr in die Höhle herunterlassen wollen, und er hatte das Ende um einen Baumstamm geschlungen. Sie fühlte sich zwar eher wie ein Hund an der Leine, aber er hatte ihr unmissverständlich klargemacht, dass sie sich entweder fügte oder zur Bucht zurückging.

Schließlich wurde es draußen dunkel, und die letzte Kiste hing am Rand des Eingangs bereit. Christopher schickte erst die Männer, die ihm geholfen hatten, hinauf, dann wandte er sich Honoria zu. »Hinauf mit dir, Süße! Das Abenteuer ist vorbei!«

»Das war aber nicht gerade ein großes Abenteuer«, erwiderte Honoria und trat zu ihm. »Ich habe eigentlich erwartet, dass du hier einen Piraten lebendig begraben hättest, damit sein Geist den Schatz bewachen würde.«

Christopher sah sie ungläubig an. »Warum zum Teufel sollte ich das tun?«

»Oder du hättest raffinierte Fallen ersinnen können, um andere daran zu hindern, das Gold zu stehlen. Zum Beispiel Stöcke, die aus der Wand fahren, wenn man auf einen Felsen tritt.«

Er fing an zu lachen. »Meine Güte, Honoria, woher hast du denn so was?«

»Aus Büchern.« Sie schlang die Arme um ihn, als er sie hochhob.

»Ich habe nur zwei Bücher in meinem ganzen Leben gelesen«, antwortete er. »In denen war von so etwas nie die Rede.«

Sie lächelte und strich ihm das schweißnasse Haar aus der Stirn. »Vielleicht wirst du ja eines Tages der Held in einem Buch sein. In einem mit all deinen Abenteuern.«

Er schüttelte den Kopf und grinste spitzbübisch. »Du bist eine wahrhaft erstaunliche Frau, meine Gemahlin. Küss mich.«

Sie gehorchte. Es war ein leidenschaftlicher, befriedigender Kuss, einer, der niemals geendet hätte, wenn es nach ihr gegangen wäre.

»Und rauf mit dir!«, sagte er.

Etwas enttäuscht, aber wohl wissend, dass sie später weitermachen konnten, trennte sie sich von ihm. Über ihnen begann ein Seemann, das Seil einzuholen.

Als sie mitten im Tunnel war, hörte sie, wie die Männer über ihr anfingen zu schreien. James' Stimme dröhnte deutlich heraus. Dann wurden die Schreie plötzlich von einem dröhnenden Rauschen übertönt, als würde der ganze Regen, der an diesem Tag gefallen war, in einer einzigen riesigen Woge über sie hereinbrechen.

Schlamm spritzte ihr ins Gesicht. Aus den feinen Tröpfchen wurden schnell erst dicke Tropfen, dann Lehmklumpen. Sie hüllten sie ein und verwandelten sich kurz darauf in einen Sturzbach aus Erde und Schlamm, der an ihr vorbei auf Christopher zustürzte, der immer noch im Loch wartete.

»Die Höhle bricht ein!«, übertönte James' Brüllen den Lärm. »Zieht sie raus!«

Der Tunnel begann einzustürzen. Sie sah entsetzt zu, wie

die Erdmassen an ihr vorbei auf ihren Ehemann zurasten. »Christopher!«, schrie sie. »Halt dich an meiner Hand fest. James, zieh uns raus!«

Sie spürte Christophers kräftige Finger um ihr Handgelenk, doch dann rauschte ein Sturzbach aus Wasser und Schlamm auf sie herab, drang ihr in Nase, Mund und Ohren und drohte, sie wieder zurückzuschleudern. Die Taue um sie herum zogen sich fester zusammen, und sie wurde nach oben gezogen. Ihr Körper schrammte an den sich verengenden Tunnelwänden entlang.

Christophers Hand um ihr Handgelenk verschwand. Sie spie den Schlamm aus dem Mund. »James, warte! Christopher, halt meine Hände fest!«

Sie fühlte, wie er durch den Schlamm nach ihr tastete, doch sie konnte ihn nicht sehen. Eine Wand aus Erde brach über ihr zusammen, und gleichzeitig wurde sie mit Gewalt nach oben gezogen. Ihre Protestschreie wurden von dem Tosen der Schlammlawine erstickt.

Die Erde teilte sich über ihr, und ein kreidebleicher James packte sie unter den Armen, zog sie aus dem Loch und trug sie davon.

»Warte!«, schluchzte sie. »Christopher ist noch da unten!«

James ignorierte sie. Er schleppte sie zu dem Baum, an dem das Seil ihres Geschirrs festgebunden war, und durchtrennte es mit einem Schlag seines Messers.

Sie wirbelte herum und wollte zum Tunnel zurücklaufen, wo die Männer bereits mit Händen und Spaten gruben, um Christopher zu retten.

In dem Moment ertönte ein weiteres ohrenbetäubendes Krachen, und die Männer sprangen hastig zurück. St. Cyr stieß einen lauten Fluch auf Französisch aus, während James Honoria um die Taille packte und loslief.

Vor ihren Augen brach der ganze Hügel zusammen. Felsen, junge Bäume und ausgerissene Wurzeln, die vom Regen freigewaschen worden waren, polterten den Hang herunter und verschlossen die Öffnung der Höhle. Der Erdrutsch bedeckte den gesamten Boden rund um den Eingang und die beiden Kisten, die noch nicht auf den Schlitten gehoben worden waren.

Sie waren etwa zwanzig Meter gelaufen, als der Erdrutsch auf einmal zum Stehen kam. Ebenso plötzlich, wie es angefangen hatte, hörte es auf. Ein paar Felsbrocken und Äste rutschten noch weiter hinab, bis auch sie zur Ruhe kamen. Das Tosen war einer betäubenden Stille gewichen, die nur von dem leisen Prasseln des nachlassenden Regens gestört wurde.

21. Kapitel

»Christopher!«, schrie Honoria. Sie rannte zu dem Tunnel zurück, der von Felsen, Büschen und Holztrümmern bedeckt war. Sie scharrte wie verrückt mit ihren bloßen Händen in dem Schlamm herum und versuchte, die vielen Schichten wegzugraben, die ihren Ehemann in der Höhle gefangen hielten.

Sie schlug und kratzte, bis ihre Finger bluteten. Rote Tropfen fielen auf die Felsen, die sie von ihm trennten.

Ein kräftiger Arm schlang sich um ihre Taille, und jemand hob sie von dem Schlammhaufen. Es war James. Ihr Musselinkleid war mit Matsch überkrustet, nass und mit dem Blut von ihren Fingern verschmiert. Sie schlug vergeblich auf seine Arme ein. Er trug sie von dem Hang weg zu einem umgefallenen Baumstamm und setzte sich und nahm sie auf seinen Schoß.

Schließlich schluchzte sie, und Tränen benetzten ihre brennenden Augen. »Wir müssen ihn ausgraben. Bitte, James, hol ihn heraus!«

»Schhh«, sagte er und drückte seinen Mund in ihr Haar. »Sie arbeiten schon, Honoria, so schnell sie können.«

Sie sah mit tränenverschleiertem Blick, dass St. Cyr und O'Malley bereits Leute organisiert hatten, die mit Schaufeln und Spitzhacken anrückten. Sie konnte kaum verstehen, was sie taten, wusste nur, dass sie nicht schnell genug waren. Sie musste zurück und selbst graben.

Aber sie merkte, wie James sie dichter an sich zog und sie festhielt. »Nicht. Lass sie arbeiten.«

»Sie müssen ihn retten. Ich darf ihn nicht verlieren.«

»Ich weiß.«

Sie brach in seinen Armen zusammen und zitterte am ganzen Körper. Er versicherte ihr nicht, dass alles gut werden würde, nicht James, der zugesehen hatte, wie sein jüngerer Bruder in seinen Armen starb, der die Welt viel zu gut kannte, um sie mit falscher Hoffnung in die Irre zu führen. Doch sie wünschte sich, dass er sie wenigstens mit ein paar leeren Worten trösten würde. Ihr Herz war schwer und fühlte sich an wie Blei.

Dieser Schock war schlimmer, viel schlimmer als damals, als sie glaubte, Christopher an den Henker verloren zu haben. Sie hatte ihn zu diesem Zeitpunkt kaum gekannt, jetzt aber war er ihr vertraut. Sie war mit ihm in jeder Hinsicht verheiratet, sie schlief in seinem Bett, liebte sich leidenschaftlich mit ihm, stritt mit ihm, lachte mit ihm, half ihm, behinderte ihn. Er war ihr Ehemann, jetzt weit mehr als früher, als sie einfach nur ein Papier unterschrieben hatten.

»Ich darf ihn nicht verlieren, James«, wiederholte sie gebrochen.

James hielt sie und wiegte sie sanft, wie er es getan hatte, als sie noch ein kleines Mädchen gewesen war und sich vor dem Sturm fürchtete. Sie hatte immer geglaubt, dass James stark genug wäre, um sich allem zu stellen, ganz gleich, wie sehr er ihr auch auf die Nerven gehen mochte. Als ihre Eltern gestorben waren, hatte sie trotz ihrer Trauer gewusst, dass es ihr und Paul gutgehen würde, weil James da war und sich um sie kümmerte.

Sie hatte dieselbe Wärme, Stärke und darüber hinaus auch Liebe durch Christopher erfahren.

Jetzt jedoch fühlte sie nichts. Sie konnte nur wie betäubt in James' Armen sitzen, während seine und Christophers Männer gruben und gruben, erfolglos. Der Regen ließ nach, und die tiefstehende Sonne durchdrang die Wolken. Und immer noch konnten sie nicht zu dem Eingang des Tunnels vordringen, als würde er einfach nicht mehr existieren.

Die Sonne versank schließlich gänzlich hinter dem Horizont, und die Nacht brach an. Es wurde kalt. Die Männer gruben weiter, jedoch immer noch vergeblich.

Lebendig begraben, um den Schatz zu bewachen. Der Gedanke glitt Christopher durch den Kopf, halb benommen, wie er war. *Was für eine wundervolle Idee, meine Gemahlin!*

Der Erdrutsch hatte ihn vom Rand des Tunnels quer durch die Höhle geschleudert, bis an die hintere Wand. Scharfkantige Felsen pressten sich in seinen Rücken, und er war von Wasser und Schlamm bedeckt.

Der Tunnel hatte sich verschlossen, und die Flut ging langsam zurück. Schließlich kam der Boden der Höhle zur Ruhe, voller Matsch und Geröll. Christopher befand sich am anderen Ende der Höhle, schmutzig, nass, kalt und von jeglicher Fluchtmöglichkeit abgeschnitten.

Sein erster zusammenhängender Gedanke, als er sich aufrappelte, galt Honoria. Gott sei Dank war sie hinausgezogen worden, bevor es zum Schlimmsten gekommen war. Dafür hatte Ardmore gesorgt. Was auch immer Christopher von dem Mann halten mochte, er wusste, dass der Piratenjäger Honoria beschützen würde.

Wie zum Teufel komme ich hier heraus?, war sein zweiter Gedanke.

Mindestens zwei Meter Erde und Steine trennten ihn vom Eingang. Wer wusste, wie hoch der Geröllberg sich von außen aufgetürmt hatte? Der Schlamm war zwar noch locker und ließ sich leicht mit bloßen Händen wegschaufeln, aber er fürchtete, wenn er zu viel abtrug, könnte der Rest zusammenbrechen und auf ihn stürzen. Die Hacken und Schaufeln hatten sie hochgezogen, bevor der Erdrutsch begann. Das Einzige, was noch mit ihm in der Höhle war, war eine Kiste mit Gold, die jetzt unter einigen Tonnen Schlamm begraben war, und eine Laterne, die auf einem Felsvorsprung an der gegenüberliegenden Wand stand.

Unglaublicherweise brannte die Kerze noch. Die Scheiben des Gehäuses hatten die Flamme vor dem Windstoß geschützt, der mit dem Schlamm in die Höhle gebraust war. Die Kerze flackerte fröhlich und beleuchtete den Matsch auf dem Boden.

Christopher starrte lange in die Flamme, bis er begriff, was das bedeutete. Das Flackern hieß, dass die Höhle noch von einer anderen Öffnung als dem Eingang Luft bekam.

Sollte er herausfinden, dass der Sauerstoff nur aus einigen winzigen Spalten in der hoch oben liegenden Decke kam, würde er nur verhungern und verdursten, statt zu ersticken. Kein sonderlich erfreulicher Gedanke.

Andererseits konnte die Luft aber auch von einem richtigen Zugang kommen, was bedeutete, er hatte einen anderen Ausweg gefunden.

Er arbeitete sich über den rutschigen Schlamm und die Steine zu der Laterne vor, hob sie von dem Felsen und erforschte die Umgebung.

Schließlich fand er ein kleines Loch am Boden, gegenüber vom Eingang, das jetzt halb mit Erde bedeckt war. Es könnte, wenn es sich freischaufeln ließ, gerade groß genug für seinen Körper sein. *Ein verzweifelter Versuch*, dachte er. Vielleicht kam er ein Stück hindurch und würde dann feststecken.

Aber das war immer noch besser, als einfach hier herumzusitzen und sich zu fragen, ob Ardmore und die anderen ihn ausgraben konnten. Falls Ardmore es überhaupt versuchte. Christopher konnte sich auch vorstellen, dass der Piratenjäger sich einfach nur mit den Worten »Gute Reise« die Hände abklopfte, mit dem Gold zur *Argonaut* zurückkehrte und einen weiteren Piraten von seiner Liste strich. Honoria würde er auch mitnehmen.

Das Loch schien die bessere Möglichkeit zu sein. Er räumte den größten Teil der Erde mit den Händen weg, schob die Laterne hinein und kroch hinterher.

Er würde hier herauskommen, so oder so. Er musste es schaffen. Er stellte sich Honoria vor, die glaubte, ihren unbequemen Ehemann los zu sein, und sich fröhlich bereitmachte, mit ihrem Bruder und Diana nach Hause zu fahren. Christopher würde vor ihr auftauchen, mit Schlamm und Dreck bedeckt, und sagen: »Hallo, Liebes. Hast du mich vermisst?«

Er fragte sich, ob sie ihn bestürzt ansehen oder ob ihr Gesicht vor Freude strahlen würde. Letztlich spielte es jedoch keine Rolle. Er war entschlossen, sie dazu zu bringen, ihn zu lieben, ganz gleich, was es kostete. Selbst wenn es sein ganzes Leben dauerte, er jede Nacht mit ihr schlafen und jeden Tag mit ihr streiten würde, er würde sie dazu bringen, ihn zu lieben.

Er liebte sie jedenfalls mit jeder Faser seines Körpers.

Flach auf dem Bauch zwängte er sich durch den Gang und schob die Laterne vor sich her. Das Licht zeigte ihm einen langen, niedrigen Schlauch, der gerade groß genug war, um hindurchzukriechen. Über ihm ragten trockene Felsen hervor, und seine nackte Brust schürfte über feuchten Stein.

Christopher war schon oft dem Tod nahe gewesen, vor allem, als er sich durch China und Siam geschlagen hatte. Er hatte sich damals durchgebissen, so wie er sich jetzt durch diesen Gang kämpfte, während er an Honoria dachte.

Er stellte sich ihre grünen Augen vor, das Gefühl ihrer Haut, den Geschmack ihrer Lippen. Er malte sich aus, wie er sie küsste, ihre Zunge an seiner spürte, ihre weichen Lippen fühlte, wenn sie seinen Kuss erwiderte. Sie war seine Flamme, die ihn durch die Dunkelheit führte.

Sie hatte angedeutet, dass es nicht fair von ihm war, sie zu seinem Licht zu machen, aber das kümmerte ihn nicht. Sie gehörten zusammen, Christopher Raine und Honoria Ardmore. Das mochte sie ärgern, aber sie konnte der Tatsache nicht entfliehen. Er würde sie nicht entkommen lassen.

Es dauerte eine Weile, bis Christopher begriff, dass er fast eingeschlafen war. Mit einem Ruck wurde er wieder wach und stieß sich den Kopf an dem Fels über ihm. Er fluchte, schob die Laterne voran und kroch weiter.

Irgendwann blockierte ein kleines Stück Fels seinen Weg. Er hämmerte mit seiner Faust so lange dagegen, bis es sich aus der Erde löste, dann schob er es hinter sich. Danach musste er einige Minuten liegenbleiben, keuchend von der Anstrengung. Die stickige Luft und die Schlammlawine, die auf ihn heruntergeprasselt war, forderten ihren Tribut.

Als er wieder zu sich kam, war die Kerze halb abgebrannt. Er fluchte laut, ließ sich von seiner eigenen rauhen Stimme wachrütteln. Warum war er eingedöst? Dann merkte er, dass die Kerzenflamme kleiner geworden war und blau brannte. Der Sauerstoff wurde weniger.

Er musste zurück und bereitete seine schmerzenden Muskeln auf den anstrengenden Rückweg vor.

Nein, sagte etwas in seinem Hirn. Er konnte nicht zurückgehen. *Gehe niemals zurück.* Hatte er das nicht Manda gelehrt? Geh immer nur nach vorn.

Zum Teufel. Er wachte erneut auf. Die Kerze war erloschen. Er war allein, im Dunkeln unter einem Berg.

Er schob sich entschlossen vorwärts und stieß die Laterne weiter. Obwohl er sie nicht anzünden konnte, falls überhaupt etwas von dem Kerzenstummel übrig geblieben war. *Ich will hier nicht sterben*, summte sein Verstand. *Ich will Honoria noch einmal küssen. Sie ist es wert, geküsst zu werden, da würde mir jeder Mann recht geben.*

Sie war es auch wert, dass man noch ganz andere Dinge mit ihr tat. Seine Lenden regten sich. Er dachte an Honoria mit offenem Haar, den Kopf zurückgebeugt mit leicht geöffneten Lippen. Sie besaß ein aufrichtiges, schamloses Verlangen – nach Christopher.

Wann immer er ihr das vorhielt, sah sie ihn sittsam an und sagte ihm, dass sie ihn begehren durfte. Immerhin waren sie verheiratet. Aber das war nur ein Vorwand. Sie tat so, als gehorche sie nur ihrer Pflicht, aber sie war eine kleine Lügnerin. Sie begehrte ihn. Er lachte leise.

Er wollte sich an all ihre wunderbaren, wilden Liebesspiele erinnern, aber das Bild, das sein Gedächtnis beschwor, war das, wie sie ihn mit den Händen auf die Hüften gestützt und mit der Sonnencreme auf ihrer Nase darüber informierte, dass sie selbstverständlich mit auf den Hügel kommen und das Gold sehen wollte.

Er hasste sich dafür, dass er sie überhaupt in die Höhle gelassen hatte. Sie hätte noch darin sein können, als der Erdrutsch anfing. Sie könnte jetzt sogar unter dem ganzen Geröll begraben sein. Das war dumm gewesen. Er hätte sie zum Schiff zurückschicken und sie einsperren, ihr drohen sollen, sie auszupeitschen, wenn sie nicht dortblieb.

Natürlich hätte Honoria ihm kein Wort geglaubt. Er fragte sich, wie es sein musste, eine Frau zu haben, die ihrem Ehemann tatsächlich gehorchte. Wahrscheinlich sterbenslangweilig. Er lächelte.

Erneut wurde Christopher mit einem Ruck wach. Er atmete schwer. Verdammt! Er musste zurück. In der Höhle war wenigstens Luft, vermutlich von den kleinen Spalten in der Decke. St. Cyr und Colby könnten es vielleicht schaffen, ihn auszugraben. Irgendwann.

Er schob die Laterne noch ein paar Zentimeter weiter und kroch hinterher, ohne nachzudenken. Bei seinem nächsten Stoß verschwand sie auf einmal.

Er hielt inne, weil er nicht wusste, was da gerade passiert war. Und schüttelte sich ein bisschen, falls er schon wieder eingeschlafen war.

Vorsichtig streckte er einen Arm aus. Seine Finger

berührten Felsen und dann … nichts. Nur ein kalter Hauch strich über seine Hand.

Er kroch weiter, so schnell er konnte. Schließlich packte er den Rand des Lochs und atmete tief die Luft ein, die zu ihm hochstieg. Unter ihm tröpfelte Wasser. Der ganze Fels war schlüpfrig davon. Er tastete weiter umher, versuchte, die andere Seite der Nische zu finden, zu erkunden, ob der Tunnel dort weiterging. Sein Körper war müde und schwer und rutschte. Dann fiel er, stumm. Seine Kehle war zu trocken, als dass er hätte schreien können.

Er schien durch einen langen Schlot hindurchzufallen und prallte von den Felsen um ihn herum ab. Mit letzter Kraft bedeckte er schützend sein Gesicht mit den Armen.

Lange polterte er diesen Gang hinab, während seine Haut glitschig wurde von seinem Blut. Er versuchte vergeblich, sich an Vorsprüngen und Felsen festzuhalten, die aber nur in seine Hände schnitten und seinem Griff auswichen. Nach einer Weile war sein Körper so abgestumpft, dass er die Stöße nicht einmal mehr fühlte. Er gab seine Versuche, sich festzuhalten, auf.

Der schräge Tunnel hörte abrupt auf, und er fiel durch die Luft. Als er zu dem Schluss kam, dass er tot wäre, hüllte etwas Kaltes ihn ein und verschluckte ihn.

Honorias Schluchzen war schon lange verklungen. Sie saß allein da, James' Jacke über den Schultern, und starrte ins Nichts. Es war Nacht geworden, aber die Männer gruben immer noch im Licht der Laternen.

Ohne Erfolg. Die schwarzen Felsen, die den Eingang blockierten, wollten einfach nicht nachgeben. Sie mussten entweder darum herumgraben, was unmöglich war, oder einen anderen Eingang suchen.

James' muskulöse Gestalt blockierte das Licht. »Honoria«, sagte er und wartete einen Moment auf eine Antwort. Als sie schwieg, fuhr er fort: »Wir gehen zur Bucht zurück.«

Honoria schüttelte den Kopf, ohne ihren Bruder anzusehen. »Ich will nicht.«

Er hockte sich vor sie. »Du kannst hier nichts ausrichten, Honoria. Du musst dich aufwärmen und schlafen.«

»Ich will nicht schlafen.«

»Du musst«, wiederholte er hartnäckig. »Morgen früh bringe ich dich zur *Argonaut.*«

Ihr Kopf ruckte hoch. »Du gibst ihn auf!«

James warf einen kurzen Blick zu der Stelle, an der seine Leute und die von Christophers Besatzung noch arbeiteten. Im Licht der Laterne wirkte sein ohnehin hartes Gesicht wie gemeißelt. »Sie werden vielleicht irgendwann durchbrechen. Aber es könnte zu spät sein.«

Er meinte, dass Christopher schon tot sein könnte, erstickt in der abgeschlossenen Höhle oder unter den Schlammmassen begraben. Honoria ließ den Kopf hängen.

Sie fühlte James' Hand auf ihrer. Er war überraschend sanft. »Es ist das Beste, wenn du mitkommst, Honoria. Auf die *Argonaut.* Diana wird sich um dich kümmern.«

Sie schüttelte den Kopf. »Noch nicht.«

James umfasste ihr Gesicht und streichelte ihre Wange mit dem Daumen. »Es ist besser, wenn wir jetzt fahren. Ich möchte nicht, dass du siehst …« Er unterbrach sich. »Wir bringen dich nach Hause nach Charleston zurück. Ein paar Tage auf See, dann sind wir da.«

»Es ist nicht mehr mein Zuhause. Es ist deines, und Dianas.«

Seine finstere Miene wurde weich. »Glaubst du das? Das stimmt nicht, Honoria. Das Haus in Charleston war schon immer dein Heim. Ich kann es mir ohne dich nicht vorstellen.«

»Wie ein Möbelstück«, sagte sie dumpf.

Er stieß gereizt die Luft aus. »Nein, wie eine Lady, die sich darum kümmert. Ich habe mir nie Sorgen um unser Haus gemacht, ganz gleich, wie lange ich unterwegs war. Ich wusste, dass du da warst und dich besser darum gekümmert hast, als jeder andere es hätte tun können. Ich wusste, dass ich dort immer zur Ruhe kommen konnte.«

»Wie gut, dass es dir auffällt«, murmelte Honoria.

»Natürlich ist mir das aufgefallen. Diana weiß es auch. Ich will, dass du da bist, Honoria. Es gefällt mir zu wissen, dass du da bist.«

Sie blickte hoch, und ihre Wut regte sich, trotz ihrer Verzweiflung. »Und was weiß ich, James Ardmore? Du warst dir sicher, dass ich immer zu Hause sein würde. Was wusste ich von dir? Dass du nach Hause kommen würdest, wenn dir gerade danach war? Wenn zwei bis drei Jahre verstrichen, bis ich dich wiedersah oder auch nur etwas von dir hörte, was machte das schon aus? Du wusstest ja, dass ich auf dich warten würde. Außerdem, welche Wahl hatte ich schon?«

Er zeigte wieder seine übliche strenge Miene. »Du bist aufgewühlt. Wir müssen hinunter zur Bucht gehen.«

»Natürlich bin ich das! Er ist mein Ehemann! Weißt du, was das bedeutet?«

»Ich habe so eine Ahnung«, erwiderte James ungerührt.

»Nein.« Sie stand auf. Ihre Beine zitterten, und ein glühender Stich durchzuckte sie. »Du hast keine Ahnung, was das für mich bedeutet. Du weißt nicht das Geringste von mir.«

Er fing sie auf, als ihre Knie nachgaben. »Verdammt, Honoria. Ich werde dich über die Schulter legen und dich hinuntertragen, wenn es sein muss.«

Sie blickte in seine Augen, die im spärlichen Licht der Laterne noch dunkler wirkten. Er sorgte sich um sie, das spürte sie, aber er verstand sie nicht.

»Ich muss hierbleiben«, stieß sie hervor. »Ich muss es wissen.«

Er legte ihr den Arm um die Schultern und zog sie an sich. Es kam sehr selten vor, dass ihr älterer Bruder ihr diese Art von Zuneigung zeigte. »Ich verspreche dir, Honoria, sobald wir ihn finden, sage ich es dir.« Er strich ihr eine Locke aus der Stirn. »Aber ich glaube, du weißt es bereits.«

In ihrem Magen lag ein eisiger Kloß einer Angst, die sie nicht benennen mochte. »Ich hasse dich, James, wirklich.«

»Ich bin mir dessen sehr deutlich bewusst.«

Ohne weiteren Widerspruch zu dulden, führte er sie den Hügel hinab. Sie brach schon nach wenigen Schritten zusammen, und er musste sie den Rest des Weges hinabtragen.

Irgendwo unter ihrer dumpfen Trauer hoffte sie zynischerweise, dass er sich den Rücken verletzte.

Sie schlief, weil James ihr eine Menge Rum einflößte, der sie mit einer falschen Entspannung erfüllte. Sie lag auf ihren Decken auf dem weichen Sand, und ihr war schwindlig. Die kühle Luft strich über ihr Gesicht, das Feuer wärmte ihre Füße, der Rum ihren Körper, und sie döste ein.

Sie träumte von Christopher. Sie erinnerte sich an ihre erste Begegnung, als er noch jung und unglaublich attraktiv ausgesehen und im Wintergarten ihres Zuhauses gestanden hatte. Als sie leise hereingekommen war, hatte er sich umgedreht, sie lange betrachtet und dann gegrinst. »Und zu wem gehört Ihr?«, hatte er gefragt.

Das war nicht gerade ein besonders vielversprechender Anfang, aber sie hatte ihn nur verzückt anstarren können. Hier stand ihr Idol, ihre Phantasie, leibhaftig vor ihr. Sie stammelte etwas und reichte ihm das Heftchen, damit er es unterschrieb. Er hatte es benutzt, um ihr einen Kuss zu stehlen.

Sie durchlebte diesen Kuss in ihrem Traum aufs Neue. Die Verspieltheit war beinahe schlagartig verschwunden. Sie hatte sich wie durch einen Nebel dabei beobachtet, wie sie ihn packte und an sich zog. Er hatte seine Hand auf ihren Rücken gelegt, direkt über ihrem Gesäß, und hatte seine Zunge in ihren Mund geschoben. Honoria hatte keine Ahnung gehabt, dass Männer so etwas tun würden. Sie war über diese Entdeckung äußerst entzückt gewesen.

Der Kuss war immer leidenschaftlicher geworden. Er hatte sie an sich gepresst, und sie hatte seine männliche Härte durch ihre dünnen Röcke gefühlt.

Nachdem er sie ausgiebig geküsst hatte, hatte er sie sanft auf den Boden gelegt. Seine grauen Augen glühten vor Verlangen. Er hatte mit seinen kräftigen Fingern ihre Kleider geöffnet und sie dann berührt. Er war nur mit seinen Fingern in sie eingedrungen, aber er hatte ihr einen Vorgeschmack darauf gegeben, wie es sich anfühlen würde, wenn er ganz in ihr war.

Als es vorbei war, hatte er sie hochgezogen und ihr geholfen, ihre Kleider zu glätten. Dann hatte er sie ruhig angesehen, ohne eine Spur seiner üblichen Arroganz. Er hatte seine Hände um ihr Gesicht gelegt, hatte mit den Daumen über ihre Wangenknochen gestrichen, und gerade, als sie glaubte, dass er sagen würde, er liebte sie, hatte er sich aufgerichtet, sich geschüttelt, ihr zugeblinzelt und gesagt: »Schön, Euch kennenzulernen, Miss Ardmore.« Dann war er davongeschlendert.

Neun Jahre später war seine Unbekümmertheit fast gänzlich verschwunden. Ebenso wie sein großspuriger Gang. Aber er hatte sie fast so selbstbewusst wie damals angelächelt, als man sie in seine Zelle in diesem Festungsgefängnis vorgelassen hatte. Er war zwar zum Tode verurteilt worden, aber seine Kraft hatte man ihm nicht genommen.

Sobald der Gefängniswärter sie allein gelassen hatte, hatte Christopher sie in seine Arme gezogen und sie anstatt einer Begrüßung geküsst.

»Honoria.« Seine Stimme schien durch ihren Traum zu dringen, obwohl sie gleichzeitig ein Teil von ihm war. »Du bist das Beste, was mir je unter die Augen gekommen ist.«

Sie berührte sein Gesicht, wunderte sich, dass sie wieder zusammengekommen waren, und war gleichzeitig traurig, dass es das letzte Mal sein würde. »Ich liebe dich«, flüsterte sie.

Diesmal vollzogen sie ihre Liebe auf dem Steinboden. Dann heiratete sie ihn.

»Honoria, ich liebe dich«, hatte er gesagt, nachdem sie Mann und Frau geworden waren.

Sie schien selbst jetzt zu hören, wie er es sagte, als würde er neben ihr knien und es ihr ins Ohr flüstern. Aber diesmal war er tatsächlich tot, in dieser Höhle begraben unter einer Tonne Erde und Felsen. James hatte ihn vor vier Jahren zwar vor dem Henker bewahrt, aber heute hatte er ihn nicht retten können.

Honoria. Der Ruf war ein wenig eindringlicher und eine Spur gereizt.

Sie wachte keuchend auf. Die Sterne breiteten sich über ihr aus, das Feuer war zu roter Glut heruntergebrannt, und alle Männer um sie herum schliefen, eingehüllt in ihre Decken oder einfach nur darauf liegend.

Sie setzte sich auf. Weit draußen auf dem Meer dümpelten die beiden Schiffe im Licht des Mondes und der Sterne. Sie war als Einzige wach. Selbst James schlief, mit einer Decke um die Schultern gewickelt, den Rücken an das Langboot gelehnt.

Lautlos schlug Honoria die Decke zurück und stand auf. Ihre Beine taten weh, und ihr Kopf schmerzte. Sie verzichtete darauf, ihre Stiefel anzuziehen, und ging stattdessen barfuß durch den Sand. Er krümelte weich und tröstlich zwischen ihren Zehen.

Honoria. Wieder hörte sie ihren Namen, so deutlich wie das Rauschen des Meeres. Sie ging allein auf den Pfad zu, der zu den Becken führte, bewegte sich wie betäubt auf die Stimme zu, die sie rief. Sie wich automatisch den Wurzeln auf dem

Weg aus und stieg über Felsbrocken. Ihre Füße würden später wund sein und schmerzen, aber jetzt fühlte sie kaum etwas.

Sie kam an den großen Felsbrocken am Ende des Pfades und kletterte darüber, ohne auch nur innezuhalten. Sie drängte sich durch das Unterholz und spürte jetzt auch ihre schmerzenden Füße, bis sie endlich das Becken erreichte.

Es lag ruhig und klar im Mondlicht, das auf seiner Oberfläche leuchtete wie ein silbernes Tuch. Sie tauchte ihre Füße in das angenehm kühle Wasser, und die Wellen wogten bis zur anderen Seite hinüber. Sie schloss die Augen und genoss das lindernde Nass.

»Honoria.«

Sie öffnete schlagartig die Augen. Er stand auf der anderen Seite des Beckens. Das Mondlicht spielte auf den Muskeln seiner Schultern und seiner Brust und färbte sein goldblondes Haar beinahe weiß. Seine Hose war nass und zerrissen. Aber er ging auf sie zu, durch das Wasser, und grinste spöttisch.

»Du hast doch wohl nicht wirklich geglaubt, dass mich so ein Erdrutsch umbringen kann, oder?«, fragte er.

Sie riss sich aus ihrer Erstarrung, watete durch das Wasser, ohne auf ihre Röcke zu achten, rannte auf ihn zu und streckte die Arme nach ihm aus. Er fing sie auf halbem Weg auf und hob sie in seine Umarmung.

Sie küsste seine Lippen, sein Gesicht, und Tränen liefen ihr über die Wangen. »Christopher«, sagte sie heiser. »Ich liebe dich. Ich liebe dich so sehr.«

»Ich weiß, Liebste. Das habe ich dir doch schon immer gesagt, stimmt's?«

»Du arroganter Kerl!«, sagte sie lächelnd und liebkoste seine Wange. »Ich wusste, dass du nicht tot bist.«

»Ich durfte doch nicht sterben, richtig. Wo ich doch zu dir zurückkommen musste!«

»Du liebst mich, stimmt's?«, flüsterte sie.

»Mit meinem ganzen schurkischen Herzen.«

Sie küsste die Drachentätowierung auf seinem Schlüsselbein. Die Linien waren aus Silber, als würden sie von einem inneren Feuer glühen. »Bleib bei mir, Christopher. Für immer, ja? Bitte.«

Er schwieg, und sie hob den Kopf. Ihr gefror plötzlich das Blut in den Adern. Er lächelte noch immer, aber seine Augen waren von einer unendlichen Trauer erfüllt. »Das kann ich nicht, mein Engel.«

»Warum nicht? Warum nicht, ich liebe dich doch!«

Er fuhr ihr mit den Lippen über die Stirn. »Das weiß ich. Aber ich kann dennoch nicht bleiben.«

Sie klammerte sich an ihn, voller Panik. »Nein! Bitte bleib bei mir. Verlass mich nicht schon wieder!« Tränen rannen ihr über das Gesicht.

Er küsste sie und drückte sie an sich. »Geh wieder schlafen. Und morgen früh kümmert sich dein Bruder um dich. Er ist ein Mistkerl, aber er wird dich nach Hause bringen. Dort bist du in Sicherheit.«

Sie riss sich von ihm los, fiel im Wasser auf die Füße. »Nein, du bist mein Ehemann. Ich gehöre zu dir. Ich liebe dich.«

Er sah sie erneut traurig an. In seinen grauen Augen spiegelte sich das Licht der Sterne. »So funktioniert es nicht immer, meine Gemahlin. Leb wohl und gute Nacht.« Er gab ihr einen kleinen Stups auf das Kinn, kehrte ihr den Rücken zu und ging davon.

Sie versuchte, hinter ihm herzulaufen, aber ihre nassen Röcke wickelten sich um ihre Beine, und sie konnte keinen einzigen Schritt tun. »Christopher!«, schrie sie verzweifelt.

Er ging weiter, bis er mit den Schatten unter den Felsen auf der anderen Seite des Beckens verschmolz. Dabei sah er sich kein einziges Mal um.

Honoria wachte mit einem heftigen Ruck auf. Sie lag in eine Decke gehüllt auf dem kalten Sand der Bucht. Die Sonne ging gerade auf, die Männer regten sich, und James sprach leise mit einem Mitglied seiner Mannschaft.

22. Kapitel

Honoria schob die Decken zur Seite und zog sich rasch ihre Halbstiefel an. Dann stand sie auf und ging schnell und entschlossen zu dem Pfad, der zu den Becken führte.

Sie hörte, wie James, aufmerksam wie immer, ihren Namen rief, aber sie blieb nicht stehen. Ihr Herz schlug so hart, dass sie kaum atmen konnte. Als sie den Felsen am Ende des Pfades erreichte, keuchte sie.

Die Sonne drang noch nicht durch das Blätterwerk, die Luft war kühl, und Dunst waberte zwischen den Bäumen, kalter Nebel, der sich auf ihre Haut legte. Ihr Füße taten trotz der Stiefel weh von den Steinen, auf die sie trat.

Ihr Traum war so lebhaft gewesen, aber jetzt wurde ihr klar, wie irreal er gewesen war. Sie hatte weder die Kälte noch die Erschöpfung gefühlt, den Geruch des modernden, feuchten Unterholzes wahrgenommen oder war über die spitzen Steine gestolpert. Aber sie hatte so deutlich gehört, wie diese rauhe, dunkle Stimme ihren Namen rief.

»Honoria!«

James rief hinter ihr her. Er klang wütend.

Sie kletterte über den Felsen und beschleunigte ihre Schritte Richtung Becken. Der vernünftige Teil ihres Verstandes wusste, dass Christopher dort nicht auf sie warten, dass er nicht grinsend und nur spärlich bekleidet auf sie zugehen würde. Er hatte auch ihren Namen nicht gerufen; das hatte sie nur geträumt. Aber sie musste sich selbst davon überzeugen, sie musste es sehen, ein für alle Mal.

Sie zwängte sich durch das dichte Gestrüpp. Die Blätter schlugen klatschend gegen ihre Haut und verteilten kühle Tautropfen auf ihrem Gesicht. Immer wieder glitt sie im Schlamm aus.

Als die Sonne gerade über die Bäume stieg und die Lichtung in ihre Strahlen tauchte, erreichte sie das Becken. Das Wasser kräuselte sich, während es von der Strömung gespeist wurde, etwas, das der Traum ausgelassen hatte. Die Sonne spiegelte sich auf der Bergflanke, deren Gestein von dem Wasserfall befeuchtet wurde, und blendete sie einen Augenblick.

Sie legte ihre Hand schützend an die Stirn und spähte in das Becken. Die Sonne reichte bis in die entferntesten Ecken. Auf der anderen Seite, in den kühlen Schatten der Klippe, trieb etwas im Wasser.

Sie stürmte in das Becken, als James knurrend durch das Unterholz hinter ihr brach. Ihre Röcke verfingen sich zwischen ihren Beinen, wie in ihrem Traum, aber diesmal raffte sie sie, um ungehindert laufen zu können. Sie hörte, wie James hinter ihr ins Wasser watete und sie anfauchte stehenzubleiben.

Honoria erreichte den Schatten der überhängenden Felsen. Dort trieb Christopher im Wasser, mit dem Gesicht nach oben und geschlossenen Augen.

Sein nackter Oberkörper war von blauschwarzen Prellungen übersät, und seine Hose hing in blutigen Fetzen von seinen Beinen.

Honoria packte ihn unter den Armen und zog ihn in die Sonne. Er war schwer, aber sie spürte die Anstrengung kaum.

Dann stieß James zu ihr. Ohne ein Wort zu sagen, schob er sie zur Seite und zog Christopher selbst durch das Becken zum Ufer.

Als sie dort ankamen, hob James Christopher aus dem Wasser und legte ihn auf den schlammigen Boden. Christophers Gliedmaßen hingen schlaff herunter, und sein Gesicht war totenbleich. Die Drachentätowierung zeichnete sich schwarz auf seiner Haut ab.

Honoria berührte Christophers Hals, auf der Suche nach einem Puls. Seine Haut war kalt und klamm, und er lag so reglos da. Aber schließlich fühlte sie ein sachtes Pochen unter ihren Fingerspitzen, ein schwaches Pulsieren, das bedeutete, dass sein Herz noch schlug. »James, er lebt.«

Ohne zu antworten, drehte James Christopher auf den Bauch und drückte fest gegen seine Rippen. Wasser quoll aus Christophers Mund, doch er zeigte keine weitere Reaktion.

Eine grüne Schlange glitt aus dem Dickicht. Sie hielt in ihrer Bewegung inne und betrachtete Christophers mit Wasser vollgesogenen Stiefel mit ihrem Facettenauge.

James erhob sich mit grimmiger Miene. Die Schlange huschte eilig davon. Die Blätter raschelten, wo sie sich entlangschlängelte. James setzte seinen Stiefel auf Christophers Rücken, verlagerte sein Gewicht und drückte noch mehr Wasser aus den Lungen des Verletzten.

Honoria fühlte, wie ihr Gemahl zuckte, dann hustete er plötzlich. Ihr Herz hämmerte gegen ihre Rippen, als Hoffnung in ihr aufkeimte. Christophers Lider zuckten ein wenig, dann drehte er den Kopf zur Seite und erbrach das restliche Wasser.

Nach einer Weile richtete James ihn sanft auf. Honoria zog Christophers Kopf in ihren Schoß und strich ihm das nasse Haar aus dem Gesicht. Seine Lider flatterten erneut, und schließlich schlug er die Augen ganz auf.

Sie waren blutunterlaufen, und ihr wilder Blick zuckte von Honoria, die vor Freude lächelte, zu James, der über ihm stand, angespannt und aufmerksam.

»Bin ich im Himmel oder in der Hölle?« Christophers Stimme war ein heiseres Krächzen, aber Honoria konnte die Worte verstehen.

Sie beugte sich hinunter und küsste ihn. »Sei still, Christopher.« Ihr stiegen die Tränen in die Augen. »Ich liebe dich«, erklärte sie dann. »Du wundervoller, arroganter, nervenaufreibender Mann!«

Christopher genoss es, in der Sonne auf einer Decke im Sand zu liegen und sich von Honoria bedienen zu lassen. Immer wieder unterbrach sie ihre Tätigkeiten und küsste seine aufgesprungenen Lippen.

Und mit jedem Kuss fühlte er, wie er kräftiger wurde.

Er hatte keine Ahnung, wie er in dem Becken gelandet war. Er musste aus dem Tunnel in eine der Quellen gefallen sein, die aus den Bergen gespeist wurden. Wäre er über den Wasserfall hinabgespült worden, hätte er das kaum überlebt. Vermutlich war er durch eine vom Wasser gegrabene Röhre gestürzt, durch die sich das Regenwasser in die Quellen ergoss, und die

Quelle war tief genug gewesen, um seinen Sturz zu dämpfen. Von dort aus war er wahrscheinlich bewusstlos in das Becken getrieben, in dem Honoria ihn gefunden hatte.

Sie wollte nicht erklären, woher sie gewusst hatte, dass sie dort nach ihm suchen musste, sondern lächelte nur geheimnisvoll auf seine Fragen und küsste ihn. Er beschloss, die Augen zu schließen und es einfach hinzunehmen.

Als er die Augen das nächste Mal aufschlug, verdunkelte ein Schatten sein Gesicht. Er gehörte nicht seiner wunderschönen Frau. Sondern dem Bruder seiner wunderschönen Frau.

Christopher setzte sich langsam und umständlich auf. Auf seiner Brust prangte ein Verband, den Honoria selbst angelegt hatte. Er hatte das Gefühl ihrer kleinen festen Hände auf seinem Körper sehr genossen.

»Immer noch hier?«, fragte Christopher Ardmore.

James' Miene war wie üblich wie aus Granit gemeißelt. »Wir stechen in See. Wir haben den Rest der Insel abgesucht, nur für den Fall, dass es noch mehr Höhlen mit Gold gab, die Ihr zufällig vergessen habt zu erwähnen. Doch wir haben keine gefunden. Wie es scheint, habt Ihr mich direkt zu dem Gold geführt und es mir überlassen. Warum?« Seine Stimme war kühl, ruhig, abwartend.

Während Christopher den Morgen über halb bewusstlos am Strand gelegen hatte, hatte James den Befehl gegeben, Manda freizulassen. Christopher hatte selbstverständlich ebenfalls angeordnet, Diana zur *Argonaut* zu rudern.

Aber hatten sich Diana und Manda zu ihren jeweiligen Schiffen bringen lassen wie die wohlerzogenen, fügsamen Ladys, die sie waren? Nein, selbstverständlich nicht. Sie waren auf die Insel gestürmt und hatten wissen wollen, was passiert war. Diana hatte sich zuerst in die Arme ihres Ehemannes geworfen. Nachdem sie ihm die Hingabe einer Ehefrau entgegengebracht hatte, war sie einen Schritt zurückgetreten und hatte angefangen, ihn fuchsteufelswild anzuschreien.

Christopher hatte das Spektakel genossen. So lange jedenfalls, bis Manda zu ihm gekommen war und begonnen hatte, *ihm* lautstark Vorwürfe zu machen. Was zum Teufel fiele ihm ein, sich von Ardmore an der Nase herumführen und sich beinahe umbringen zu lassen? Für einen verfluchten Haufen blöden Goldes, das sie nicht einmal brauchten?

»Ich habe *ihn* übers Ohr gehauen!«, hatte Christopher gekontert. »Die einzige Person, die mich irgendwo herumführt, ist meine Frau, und sie führt mich nicht an der Nase!« Er hatte gegrinst, als Manda die Augen verdrehte.

Dann hatte sich seine Schwester neben ihn gekniet, ihn mit ihren schimmernden schwarzen Augen kriegerisch angestarrt und verkündet: »Ich werde Henderson heiraten.«

Christopher war amüsiert gewesen und hatte gleichzeitig einen kleinen, traurigen Stich verspürt. Er hatte Manda gerade erst wiedergefunden; er wollte sie nicht schon wieder ziehen lassen, nicht so schnell. »Bist du sicher, dass du das willst?«

Sie nickte und sah glücklich und elend zugleich aus. »Ich liebe ihn.« Sie warf Christopher einen trotzigen Blick zu. »Er versteht es zu kämpfen.«

Er unterdrückte ein Lachen. »Nun, in dem Fall habt ihr natürlich immer einen Platz auf meinem Schiff, das weißt du.«

»Weiß ich. Deshalb bleiben wir auch auf der *Starcross.*

Alden ist ein guter Navigator, auch wenn er ein bisschen verrückt ist, was seine Kleidung angeht. Du brauchst ihn.«

Christopher grinste. Als er jetzt am Strand lag und sich davon erholte, dass er fast gestorben wäre, überwältigen ihn seine Emotionen. Er zog Manda in seine Arme. Ihr schwarzes Haar fühlte sich weich an, und ihre glatte Wange lag an seiner.

»Was machst du da?«, wollte sie wissen.

»Ich umarme dich.«

Sie schlang verlegen die Arme um seinen Hals. »So was machen wir doch nicht.«

Er drückte sie fest an sich und gab ihr einen Kuss auf die Wange. »Ich verspreche, dass ich es nie wieder tun werde.«

Manda löste sich von ihm und sah ihn ungläubig an. »Du hast den Verstand verloren.«

»Meine wundervolle Frau hat heute mein Leben gerettet und mir gesagt, dass sie mich liebt. Deshalb bringe ich allen sehr viel Wohlwollen entgegen.«

»Pah. Ich sollte es wohl genießen, solange es anhält.«

Christopher stieß sie liebevoll von sich. »Geh und mach das Schiff fertig. Wir stechen in See, sobald ich Ardmore losgeworden bin.«

Sie wechselten einen vielsagenden Blick, wieder einmal Verschworene. »Segeln wir dorthin, wohin ich glaube, dass wir segeln?«, fragte Manda.

»Das weißt du besser als jede andere.«

»Ich muss es Henderson sagen«, warnte sie ihn.

»Ich möchte nicht, dass du ihm irgendetwas vorenthältst. Erzähl ihm, was du willst. Nur warte, bis wir hier weg sind.«

Sie lächelte strahlend und zwinkerte ihm zu. »Aye, Captain. Wir sehen uns an Bord.«

Sie stand auf und ging mit langen, beschwingten Schritten davon. Christophers Laune hob sich. Es war gut, wieder zu Hause zu sein.

Jetzt sah er zu James Ardmore hoch und beantwortete seine Frage. »Ich weigere mich, Männer und Zeit bei dem Versuch zu verschwenden, gegen Euch zu kämpfen. Ihr wolltet das verdammte Gold unbedingt, also nehmt es und verschwindet.«

Ardmore presste die Lippen zusammen. »Wollt Ihr mich bestechen, damit ich Euch von nun an in Ruhe lasse? Das funktioniert nicht, Raine. Ihr seid nach wie vor ein Pirat, und ich bin ein Piratenjäger. Unsere Schulden sind beglichen, aber wir fangen bei Null an.«

»Von mir aus«, gab Christopher zurück und gab sich Mühe, geschlagen auszusehen. »Aber um die Wahrheit zu sagen, Ardmore, ich glaube, ich werde mich aus dem Piratenleben zurückziehen. Ich nehme meine Frau und lasse mich in irgendeiner Stadt an irgendeiner Küste nieder, wo ich meine Pfeife rauchen, meine Kinder auf meinen Knien schaukeln und sie mit Geschichten meiner Heldentaten unterhalten kann.« Er grinste. »Ich werde ihnen auch Anekdoten über Euch erzählen, und sie werden Euch Onkel James nennen.«

Ardmore zuckte etwas zusammen, als wäre ihm erst jetzt klar geworden, dass Honorias Kinder auch mit ihm verwandt sein würden. Seine Mundwinkel hoben sich ein kleines Stückchen. »Klingt idyllisch. Ich nehme an, Honoria wird Diana und mich zum Sonntagsessen einladen, damit wir eine einzige, große, glückliche Familie sein können.« Er verstummte, während er und Christopher sich dieses düstere Szenario ausmalten.

»Gibt es noch etwas?«, erkundigte sich Christopher.

Ardmores Augen funkelten, und es war offenkundig, dass er etwas ausbrütete und mit sich kämpfte, ob er es aussprechen sollte. »Nein«, sagte er dann. »Außer, dass ich erwarte, dass Ihr und Honoria – wie sagt man noch – glücklich und zufrieden bis an euer seliges Ende leben werdet.«

Sie starrten sich eine Weile an. Das Funkeln in Ardmores Augen wurde beunruhigend und drückte gleichzeitig einen widerwilligen Respekt aus; er akzeptierte, dass Christopher diese Runde gewonnen hatte.

Mit anderen Worten, dieser verdammte Kerl hatte sehr genau verstanden, was Christopher getan hatte.

Christophers Puls beschleunigte sich. Ardmore überlegte, das sagte seine Miene, ob er den Piraten so einfach gewinnen lassen sollte. Vielleicht wegen Honoria oder wegen der Kinder, die noch kommen würden, oder vielleicht auch nur, weil Ardmore immer noch glaubte, in Christophers Schuld zu stehen.

Bevor Christopher etwas sagen konnte, grüßte Ardmore ihn lässig. »Bis zum nächsten Wiedersehen«, meinte er gedehnt. »Und lasst Euch von Honoria nicht in den Wahnsinn treiben. Sie hat eine sehr besondere Vorstellung davon, über welche Teppiche man gehen muss und auf welchen Kissen man schlafen sollte.«

»Danke für die Warnung.« Christopher hatte bereits Bekanntschaft mit ihren Vorstellungen von Bettzeug und Kissen gemacht. Und zwar eine sehr schmerzhafte, wie sein Hintern ihm ins Gedächtnis rief.

»Ich verabschiede mich von ihr«, meinte Ardmore. »Bevor ich in See steche.«

»Sie wird mit Euch über ihre Gefühle reden wollen«, warnte Christopher ihn.

»Ich weiß.« Ardmore nickte ihm knapp zu, und jede Freundlichkeit wich aus seinem eisgrünen Blick. »Auf Wiedersehen, Captain Raine.«

Christopher hatte nicht die Kraft aufzustehen, aber er grüßte seinen Gegenspieler wie ein Captain den anderen. »Jederzeit gern, Captain Ardmore.«

Die beiden Männer waren hierhergekommen, um den anderen zu besiegen, aber keiner hatte verloren. Dafür hatten sie beide gewonnen.

Ohne ein weiteres Wort marschierte James Ardmore davon, seiner letzten und schwersten Prüfung entgegen, einem Gespräch mit seiner Schwester.

Honoria biss die Zähne zusammen, als der Streit mit James schließlich abebbte. Sie hatten sich fast eine Stunde lang lautstark all die Dinge an den Kopf geworfen, die sie schon ihr ganzes Leben mit sich herumgeschleppt hatten. Er hätte ein kaltes Herz; sie täte immer nur, was sie wollte, ohne es ihm vorher zu sagen; James bliebe immer zu lange von zu Hause fort; Honoria gäbe ihm nie das Gefühl, zu Hause willkommen zu sein. Schließlich diskutierten sie darüber, dass Honoria Christopher geheiratet hatte, ohne es James zu sagen, und er Honoria verschwiegen hatte, wie er von dem Mörder von Pauls Familie erfahren hatte.

Honoria ging etwa zur gleichen Zeit wie James der Atem aus. Er starrte sie böse an und presste wütend die Lippen aufeinander. Sie konterte mit einem unnachahmlich hochmütigen Blick.

Diana, die mit finsterer Miene zugeschaut hatte, mischte sich ein. »Seid ihr jetzt fertig? Um Himmels willen, James, wir werden sie wahrscheinlich recht lange nicht mehr wiedersehen. Dir muss doch etwas Besseres einfallen, als sie einfach nur anzubrüllen!«

»Ich habe ihr gesagt, dass sie mit uns nach Charleston zurückkehren könnte, mit ihrem Ehemann.« Das Letzte stieß er abgehackt hervor, als bereitete es ihm Schmerzen. »Sie hat abgelehnt.«

Honoria hob ihre makellosen Brauen. »Ich soll mit dir in unserem Haus in Charleston leben? Christopher und du würdet euch nur fortwährend an die Kehle gehen. Das ist nicht gerade das, was ich mir unter einem gemütlichen Heim vorstelle.«

»Nein«, stimmte Diana ihr zu.

»Du kommst doch aber ab und zu nach Hause, oder nicht?«, fragte James finster. »Du vergisst nicht, wo du geboren und aufgewachsen bist?«

»Nein, natürlich nicht. Ich werde recht häufig nach Charleston kommen. Falls ich dort willkommen bin.«

James erwiderte ihren frostigen Blick mit einem ähnlich temperierten. »Natürlich bist du willkommen! Warum solltest du das nicht sein?«

Diana verdrehte die Augen. Sie ließ die beiden allein und ging zu Isabeau, die eigentlich verhindern sollte, dass der kleine Paul Sand in sich hineinstopfte.

Nach einem Moment des Schweigens fragte Honoria leise: »Warum hast du mir nicht gesagt, wie du herausgefunden hast, wer Pauls Frau ermordet hat?«

James holte tief Luft. Sein markantes Gesicht spannte sich an, doch dann stieß er den Atem aus und schloss die Augen. »Ich hatte es eilig. Das ist der einzige Grund, ich schwöre es dir. Ich wollte mich sofort auf die Fährte des Mannes begeben und hatte für nichts anderes Zeit.«

»Und du hast nicht daran gedacht, dass ich gern erfahren hätte, was du herausgefunden hast?«

»Ich habe gar nichts gedacht«, erwiderte er. Der Blick seiner grünen Augen wurde hart. »Ich wollte ihn einfach nur erwischen. Ich dachte …«, er seufzte. »Aus irgendeinem Grund dachte ich, wenn ich zurückkomme und dir Mallorys Leiche vor die Füße lege, dann wärst du zufrieden. Und stolz auf mich. Natürlich hat sich nichts so entwickelt, wie ich es angenommen hatte.«

Allerdings nicht. Honoria hatte die ganze Geschichte von Diana gehört.

»Ich war immer stolz auf dich, James.«

Er hob die Brauen. »Ach ja?«

»Ja, natürlich.«

Sie starrten sich an wie zwei Leute, die glaubten, sich sehr gut zu kennen, und plötzlich nicht mehr ganz davon überzeugt waren.

»Ich bin nicht stolz auf mich«, antwortete er beiläufig. »Wäre ich für Paul und seine Frau da gewesen, würden sie vielleicht jetzt noch leben.«

Honoria berührte seine Hand, als sie zum ersten Mal eine Ahnung bekam, was ihr kalter älterer Bruder durchgemacht hatte. »Das kannst du nicht wissen.«

Seine Augen verdunkelten sich. »Oh, ich weiß es. Aber ich lerne, damit zu leben.«

Sie schwiegen einen Moment. Die Männer um sie herum schrien und scherzten. Die Seeleute waren froh, dass diese Aufgabe vorbei war und sie wieder ihr normales Leben aufnehmen konnten. Ein Langboot legte vom Strand ab, und ein halbes Dutzend Männer sprang gleichzeitig hinein.

»Ich frage mich«, meinte Honoria leise, »was Paul wohl dazu gesagt hätte, dass ich Christopher geheiratet habe.«

James schnaubte. »Einen Piraten heiraten?« Ein missbilligender Ausdruck zuckte über sein Gesicht, doch dann entspannte er sich wieder. »Er wäre froh gewesen, dass du glücklich bist.«

Sie glaubte ihm. Trotz seiner Neckereien war Paul ein großherziger Mensch gewesen. »Er wäre auch froh gewesen, dass du Diana gefunden hast.«

»Ja.«

Erneut verfielen sie in verlegenes Schweigen. Der Wind um sie herum wehte den Sand hoch, und Diana, die ein Stück von ihnen entfernt saß, lachte fröhlich über die Scherze der beiden Kinder zu ihren Füßen.

Honoria und James beobachteten sie eine Weile. Dann sagte James: »Also gut, auf Wiedersehen.«

»Auf Wiedersehen.«

Sie blickte auf seinen großen gebräunten Körper, sein wehendes schwarzes Haar, die grünen Augen, denen nichts entging. Seine Frau liebte ihn so sehr, und Honoria hatte ihn als Mädchen bewundert. Jetzt standen sie sich gegenüber, starrten sich an und spürten die Distanz zwischen sich. Sie fühlte, dass er diesen Abstand bedauerte, und sie wusste ganz sicher, dass sie es tat.

»James«, sagte sie traurig.

Er breitete die Arme aus, und sie schmiegte sich für eine lange, enge Umarmung hinein. Es war schon ewig her, dass er sie so gehalten hatte.

»Danke, dass du Christopher gerettet hast«, flüsterte sie. »Du hättest ihn auch sterben lassen können. Aber du hast es nicht getan.«

Er hob ihr Kinn an. »Ich habe gesehen, wie du gelitten hast, als du ihn tot glaubtest. Ich wollte nicht zusehen, wie du leidest. Ich möchte, dass du glücklich bist, ob du es glaubst oder nicht.« Er lächelte, was sehr, sehr selten vorkam. »Außerdem, wenn ich ihn hätte sterben lassen, hättest du mir das bis an mein Lebensende vorgeworfen.«

»Allerdings!« Ihre Stimme klang sehr überzeugend.

Sein Lächeln verstärkte sich. »Auf Wiedersehen, Honoria.« Er beugte sich vor und küsste sie kurz auf den Mund. Dann drehte er sich um und ging zu seiner Frau.

Honorias Herz schmerzte, als sie ihn weggehen sah, aber diese Trennung schien ein Versprechen zu enthalten. Ihr Bruder und sie hatten vielleicht einen Spalt des Abgrundes überbrückt, der sie trennte. Das war immerhin etwas.

Die *Argonaut* segelte davon, mit James und Diana an Bord, ihren Kindern, Ian O'Malley und einem Frachtraum voll mit mexikanischem Gold. Honoria beschattete ihre Augen mit ihrer Hand und beobachtete vom Heck der *Starcross* aus, wie die *Argonaut* immer kleiner wurde.

Christopher steuerte sein Schiff entschlossen in die entgegengesetzte Richtung. Manda stand neben ihm, und Henderson lehnte an der Reling und überprüfte einen Sextanten, während die Sonne auf seiner goldenen Brille funkelte.

Honorias Herz quoll fast über vor Gefühlen, als das andere Schiff hinter dem Horizont verschwand. Sie hätte beinahe geweint, als sie sich von Diana und den Kindern verabschiedete, aber sie wusste, dass sie sich bald wiedersehen würden. Es gab Weihnachtsfeste und Mittsommerfeiern und viele andere Gelegenheiten, die ihr einen Vorwand gaben, nach Hause zu fahren.

Sie würde Christopher mitnehmen, die Kinder sehen, und eines Tages würde sie ihre eigenen Kinder mitbringen. Sie wären eine Familie, so wie James und Paul und sie und ihre Eltern einmal eine Familie gewesen waren.

»Honoria«, Christopher unterbrach ihre Gedanken, »hör auf zu träumen und übernimm das Ruder!«

Er stand da, hatte eine Hand leicht auf die Speichen gelegt und wirkte ein bisschen ungeduldig.

Sie seufzte, hob ihre Röcke an und stieg zum Achterdeck hinauf. Als sie das Steuerrad erreichte, ließ er es ohne ein weiteres Wort los und schlenderte mit Manda über das Deck davon.

Honoria betrachtete stirnrunzelnd Christophers schönen geraden Rücken. »Ich weiß, warum du Captain bist, Christopher.«

Er sah sie über die Schulter hinweg an. Seine grauen Augen waren klar, warm und aufmerksam. »Weil ich gewählt wurde.«

»Nein, weil es dir gefällt, alle herumzukommandieren.« Sie hielt das Steuer ruhig und dachte daran, wie Carew ihr gezeigt hatte, es nicht zu fest zu umklammern. »Würde es dir etwas ausmachen, mir zu sagen, welchen Kurs ich einschlagen soll?«

Christopher sah seine Schwester fragend an. »Manda?«

Ihre dunklen Augen glitten über den Horizont, und ihr schwarzes Haar kämpfte gegen den Zopf, zu dem sie es geflochten hatte. »Dreißig Grad Süd-Südost.«

Honoria drehte das Ruder. Mr. Carew hatte ihr auch gezeigt, wie man den Bug des Schiffes an den Punkten auf der Kompassscheibe ausrichtete.

»St. Cyr?« Christopher sah den Zweiten Offizier an, der unbeteiligt zusah, wie die Mannschaft das Focksegel setzte.

»Es ist korrekt, Sir«, antwortete St. Cyr.

Honoria warf Christopher einen scharfen Blick zu, als Argwohn in ihr aufflammte. »Was ist korrekt?«

Christophers markantes Gesicht blieb ausdruckslos, aber seine grauen Augen funkelten. »Die Bestimmung der genauen Lage des mexikanischen Goldes.«

»Aber …« Sie verstummte verwirrt. »Du hast das Gold James gegeben. Ich habe es selbst in den Kisten gesehen.« Sie runzelte die Stirn. »Es war doch echtes Gold, oder? Wenn du versuchst, ihn hereinzulegen, wäre das dumm. Er wird merken, ob es echt ist oder nicht!«

Seine Lippen verzogen sich zu einem Lächeln, als wäre er mit einem teuflischen Streich davongekommen. »Mach dir keine Sorgen, Liebste, wir haben deinem Bruder sehr viel echtes Gold von der *Rosa Bonita* gegeben. Nur war die *Rosa Bonita* ein sehr, sehr großes Schiff.«

Manda grinste.

St. Cyr, stoisch wie immer, ließ sich nichts anmerken, aber seine Augen verrieten seine Belustigung.

»Erklär mir genau, was das heißt, Christopher Raine«, sagte Honoria ernst.

Er stellte einen Fuß auf die Bank neben sich. Diese Haltung spannte seine Hose sehr verlockend über seine muskulösen Beine. »Einverstanden, meine Gemahlin. Ich werde dir eine Geschichte erzählen. Früher einmal besaß ich drei Schiffe. Die *Saracen* unter meinem Kommando und zwei weitere Schiffe unter dem Kommando von Manda und St. Cyr. Die *Rosa Bonita* war bis obenhin mit Gold beladen und viel zu langsam und auffällig, als dass wir sie hätten selbst segeln können. Also haben wir unsere Laderäume mit so viel Gold beladen, wie wir konnten, und sind in drei verschiedene Himmelsrichtungen davongefahren. James Ardmore hat nur mich erwischt.«

Honoria starrte ihn mit offenem Mund an. Hinter ihr lachte Henderson schallend. »Guter Gott, Raine!«

»Es gibt also noch mehr Gold?«, stieß Honoria krächzend hervor.

»Erheblich mehr. Wir müssen es nur holen.«

»Aber ...«, sie stammelte, während ihre Wut aufflammte. »Mein Bruder ist kein Narr. Er wird sich das ebenfalls gedacht haben. Er wird uns einfach nur zu den anderen Verstecken folgen.«

Christophers Blick glitt zum Horizont, wo die *Argonaut* verschwunden war. »Nein, das glaube ich nicht.«

»Woher willst du das wissen? Er ist heimtückisch und raffiniert und hat die Gewohnheit, überall dort aufzutauchen, wo er nicht erwünscht ist. Gerade ich muss das wissen!«

»Er wird uns nicht folgen, Honoria.«

Sie wollte weiter mit ihm streiten, doch dann überlegte sie

es sich anders. »Du hast eine Abmachung mit ihm getroffen, Christopher, stimmt's?«

Christophers Augen leuchteten zärtlich und amüsiert. »Sagen wir, dass Ardmore und ich uns ausgezeichnet verstanden haben, von Schurke zu Schurke.«

»Diana und ich waren uns jedenfalls einig, dass ihr beide ein Haufen übler Halunken seid!«, erwiderte sie finster.

Ihr Gesicht war warm von der Sonne und ihrem Ärger, und ihr Herz schlug heftig in ihrer Brust. Es fühlte sich gut an, böse auf ihn zu sein, ihn vor sich haben, gesund und stark, damit sie ihn ausschimpfen konnte. Sie wollte wüten und fluchen und ihn anfauchen, nur um genießen zu können, wie er hier stand und sie ansah. Sein Blick verriet ihr, dass er sie liebte und wunderschön fand.

»Honoria«, sagte er und unterbrach ihre Tirade. »Ich habe eine bessere Idee. Übergib Manda deinen Posten und geh nach unten.«

Honoria sah ihn finster an. »Es ist sinnlos, mich nach unten zu schicken, Captain. Du brauchst jeden Mann hier oben.«

Christopher runzelte die Stirn. »Das war kein Befehl von deinem Captain. Es war ein Befehl von deinem Ehemann, dem zu gehorchen du geschworen hast, schon vergessen?«

»Gehorchen schon, aber nur, wenn er vernünftig ist.«

Das Funkeln in seinen Augen machte sie ein kleines bisschen nervös. Sie umklammerte das Ruder und starrte ihn über die Speichen hinweg an.

»Manda«, befahl er in einem Ton, der keinen Widerspruch duldete. »Übernimm das Steuerrad.« Und dann stürzte er sich auf Honoria.

Er trug sie über der Schulter in ihre Kabine und ließ sie die ganze Zeit so viel kreischen und protestieren, wie sie wollte. Er schlug die Tür hinter ihnen zu und warf sie aufs Bett.

Sie wand sich auf der Decke wie ein Käfer auf dem Rücken, während sich ihre wohlgeformten Beine in ihren Röcken verhedderten. Ihre grünen Augen funkelten wütend.

»Das war alles andere als würdevoll!«, sagte sie und bemühte sich, sich aufzusetzen. »Was soll die Mannschaft denken?«

»Sie wird denken, dass ich verrückt nach dir bin.« Er drückte sie wieder auf die Decke zurück. »Und sie werden es mir kaum verübeln, wenn ich die Tatsache feiere, dass ich noch am Leben bin.«

Als sich Honoria an seine Leiden in der Höhle erinnerte, füllte sich ihr Blick mit höchst schmeichelhafter Besorgnis. »Christopher, ich habe wirklich geglaubt, ich hätte dich verloren.«

Er streckte sich neben ihr aus, zog sie mit dem Rücken an seine Brust und legte seine Hand auf ihre wohlgeformte Hüfte. »Das dachte ich auch.« Er machte eine kurze Pause. »Da wir jetzt allein sind, kannst du mir sagen, wieso du wusstest, dass du mich in dem Becken finden konntest. Meinen Sturz dort hinein kannst du unmöglich gesehen haben.«

Sie hörte auf, sich zu wehren, was sehr bedauerlich war, weil ihr Gesäß sehr verführerisch an seinen Lenden gerieben hatte. Sie drehte den Kopf herum und sah ihn an. Ihre Augen schimmerten in der dämmrigen Kabine. »Ich habe von dir geträumt. Du hast in dem Becken gestanden und mich ausgelacht, weil ich mir solche Sorgen machte. Und dann hast du mich verlassen.«

Er strich mit den Fingern über ihre Hüfte, während er darüber nachdachte. »Hmm.«

»Hast du von mir geträumt?«, fragte sie. »Vielleicht haben wir uns ja dort getroffen, wo man hingeht, wenn man träumt.«

Er lächelte. »Die so praktisch veranlagte Miss Honoria Ardmore glaubt an so etwas? Ich habe nicht von dir geträumt, nein. Jedenfalls nicht so.«

Sie runzelte die Stirn. »Wie dann?«

»Wie damals in Asien. Ich habe mir dein wunderschönes Gesicht vorgestellt.« Er streichelte es. »Deinen ungeheuer sinnlichen Körper.« Er fuhr mit der Hand von ihren Brüsten zu ihrer Hüfte. »Deine Lippen.« Er strich mit dem Daumen darüber. »Ich habe mir vorgestellt, wie deine Augen glühen, wenn du mit mir schimpfst.« Er grinste. »Ich wusste, dass ich unbedingt zurückkommen musste, sogar wenn ich mir dafür anhören muss, wie du mich anschreist.«

Tränen traten ihr in die Augen. »Ich dachte, ich würde dich nie wiedersehen.«

Christopher fuhr ihr tröstend mit den Lippen über die Stirn. »Aber du hast mich gerade noch rechtzeitig gefunden. Wir Raines sind schwer umzubringen.«

Wie er gehofft hatte, verwandelte sich die Trauer in ihrem Blick in Ärger. »Raines sind auch verdammt arrogant!«

»Na, was für eine Ausdrucksweise. Du wirst allmählich eine echte Piratenbraut, meine Gemahlin!«

»Ganz bestimmt nicht.«

Er küsste ihre Lider, und ihre Wimpern kitzelten seine Lippen. »Was ich gern hören würde, sind die Worte, die du zu mir gesagt hast, als du mich aus dem Becken gezogen hast. Mal sehen, was war das noch gleich?«

Ihre Brauen bewegten sich unter seinen Lippen, als sie sie runzelte. »Du weißt sehr genau, was ich gesagt habe.«

»Ich möchte es noch einmal hören. Ich befehle dir, sie zu wiederholen, als dein Captain und Ehemann.«

Honoria lag ruhig da und starrte lange auf die gekalkten Bretter über ihnen, ohne ihre Augen zu bewegen. Er wartete. Er hatte alle Zeit der Welt, das konnte er ihr zeigen.

Schließlich öffnete sie den Mund. »Ich sagte: ›Ich liebe dich‹.«

Er beugte sich zu ihr. »Wie? Was war das? Ich habe es nicht genau verstanden.«

»Du hast mich sehr genau gehört, Christopher«, stieß sie zwischen den Zähnen hervor.

»Du hast deine Lippen kaum bewegt.« Er drehte sie zu sich herum. »Ich möchte es laut und deutlich hören, meine Gemahlin.«

Das Glühen in ihren Augen hätte die Kabine erleuchten können. Sie streifte seine Hand ab, setzte sich abrupt auf und hätte sich dabei beinahe den Kopf am Deckbalken gestoßen.

»Ich sagte, ich liebe dich, Christopher Raine!«, schrie sie.

»Ach ja, richtig, das war es.« Er streichelte ihre weiche, runde Wange. »Ich liebe dich auch, Honoria.«

»Verdammt sollst du sein! Ich sollte dir die Haut abziehen!«

»Ich bin bereits verdammt«, erwiderte Christopher trocken. »Und von meiner Haut ist ohnehin nicht mehr viel da.« Das meiste davon hatte er sich in dem Gang und bei seinem Sturz abgeschürft. Die Heilung war sehr schmerzhaft.

Honorias Verhalten änderte sich schlagartig. »Geht es dir gut?«, fragte sie besorgt. »Soll ich deine Verbände wechseln?«

Auch wenn er das Gefühl ihrer Hände auf seinem Körper genoss, schüttelte er jetzt den Kopf und zog sie wieder an sich. »Ich fühle mich schon besser. Bleib einfach eine Weile mit mir hier liegen.«

Sie ließ sich wieder zurücksinken, verschränkte ihre Finger mit den seinen und zog seine Hand über ihre Taille. Das Sonnenlicht, das vom Wasser reflektiert wurde, tanzte auf den weißgekalkten Deckbalken. »Christopher?«

»Mmh?«, murmelte er, während er den Duft ihres Haares einsog.

»Was machen wir mit all dem Gold?«

Er lachte leise. »Ich kaufe dir ein prachtvolles Haus und eine vornehme Kutsche und elegante Kleider. Du wirst leben wie eine Prinzessin.«

»Ich steuere lieber dein Schiff in alten Musselinkleidern.«

Er strich mit seiner Hand bis zu ihrem Busen. Unter dem Kleid trug sie nur ein dünnes Hemd, damit sich nicht zu viel zeigte. Es gefiel ihm, dass sie keine Korsetts trug, nichts, was ihn von ihr fernhielt. »Ich genieße das auch«, murmelte er.

»Es war sehr nett von dir, dass du dich mit James versöhnt hast.«

»Er ist bedauerlicherweise ja jetzt mein Schwager. Es ist besser, die Harmonie in der Familie aufrechtzuerhalten, findest du nicht?«

Sie drehte ihm den Kopf zu und lächelte ihn so hinreißend an, dass ihm fast der Atem stockte. »Danke, Christopher. Ich liebe Diana sehr, und es wäre schrecklich gewesen, sie nicht mehr sehen zu können. Um ihretwillen ertrage ich auch James.«

»Du liebst deinen verkommenen Bruder, stimmt's?«

Sie überlegte. »Ich glaube schon, letztendlich. James vermag es einfach nicht besonders gut, seine Zuneigung zu zeigen. Ich auch nicht, fürchte ich.«

Sein warmes Gefühl der Liebe zu ihr wurde von dem dunkleren Brodeln des Verlangens durchsetzt. »Du kannst sehr gut deine Zuneigung zeigen. Jedenfalls mir.«

Ihr Blick war ernsthaft. »Das ist Lust. Es ist nicht dasselbe.«

»Lass Liebe und Lust zusammenfließen, und sieh dann, wie du dich fühlst.«

Sie starrte ihn an, als hätte sie noch nie darüber nachgedacht. Dann sah sie in die Ferne, und ein Lächeln zog sich über ihr Gesicht.

Christopher erwiderte es. Er hatte sie schon so lange geliebt, aber es war nur ein Bild von ihr gewesen, das er in sich getragen hatte. Zuerst hatte er sich an Honoria als ein hübsches, süßes Mädchen erinnert, dann an eine verführerische, wunderschöne Frau.

Seit er zurückgekommen war, um sie zu holen, hatte er herausgefunden, dass sie beides war und noch viel mehr. Sie war sinnlich, komisch, enervierend, hochmütig, liebenswürdig, sorgend, stolz und wunderschön. Sie war seine Frau in jeder Bedeutung dieses Wortes, und er liebte sie.

Der Blick, den sie ihm jetzt zuwarf, brachte sein Blut zum Sieden. »Was denkst du gerade?«, wollte er wissen.

Statt einer Antwort drückte sie ihn auf den Rücken und legte die Hand auf die Knöpfe seiner Hose.

»Du Teufelin«, sagte er.

Ihr Lächeln verstärkte sich. Sie öffnete den ersten Knopf, dann den nächsten. Seine Erektion, die viel zu lange eingesperrt gewesen war, schnellte heraus.

Honoria nahm sein Glied in die Hand. Es lief ihm heiß über den Rücken, und sein Herzschlag beschleunigte sich.

Sie neckte ihn, und wie sie das tat! Fast eine Stunde lang spielte sie mit ihm, mit den Fingern, mit den Lippen und ihrer Zunge. Er lag auf dem Rücken, ein Invalide, und ließ sie gewähren.

Gerade als er glaubte, dass er es nicht mehr länger ertragen konnte, schob sie ihr Bein über seine Hüften und setzte sich auf ihn. Er glitt sofort in sie hinein; sie war schlüpfrig, heiß und einladend.

Ihre grünen Augen waren weit geöffnet und starr. »Du hast recht, Christopher. Es ist viel besser, wenn es mit Liebe gepaart ist.« Sie keuchte, als die Lust sie übermannte. »Ich liebe dich so sehr, Christopher.«

»Ich dich auch, meine Gemahlin«, sagte er aus tiefster Überzeugung.

»Und ich will dich.« Sie schloss die Augen. »Bitte, Christopher, ich will dich. Jetzt.«

»Ich möchte es nicht anders haben«, erwiderte er, zog sie an sich und brachte es zu Ende.

Epilog

Sie fanden das mexikanische Gold genau an der Stelle, an der Manda es versteckt hatte. Sie luden es ein und segelten weiter, um den Rest zu holen, um den St. Cyr sich gekümmert hatte.

Auch diesen Schatz fanden sie und teilten am Ende die Beute. Jeder Mann und jede Frau bekam den gleichen Anteil, und der Captain, weil er der Captain war, bekam zwei.

Christopher übergab die *Starcross* Manda. Sie segelte damit davon, um einen Ort zu finden, an dem sie ihren Mr. Alden Henderson heiraten konnte. Der hatte Christopher die Hand geschüttelt, Honoria zum Abschied auf die Wange geküsst, seinen Arm um Mandas Taille geschlungen und war mit ihr davongeschlendert. Seine Brille hatte noch nie so gefunkelt wie an diesem Tag.

Christopher sah ihnen ein wenig traurig nach, aber er war froh, dass seine Schwester ebenfalls ihr Glück gefunden hatte, so wie er. Außerdem würde sie zurückkommen. Christopher und sie waren immer durch ein Band verbunden, das niemand durchtrennen konnte.

Christopher nahm Honoria mit in eine Küstenstadt in Carolina, die nicht weit von Charleston entfernt lag, kaufte ihr ein prachtvolles Haus, eine vornehme Kutsche und elegante Kleider.

Das Anwesen lag in der Nähe eines einsamen Strandes, und sie unternahmen endlose Spaziergänge in dem warmen Sand, den sie auch für andere Aktivitäten nutzten. Meist endete es damit, dass sie vor ihm weglief, nachdem sie ihre Kleider abgelegt hatte, und er sie verfolgte, während das Blut in seinen Adern kochte.

Ihr erstes Kind war ein kleines Mädchen, dem ein Junge und noch ein Mädchen folgten. Christopher brachte ihnen bei, wie man ein Piratenschiff segelte, wie man Beute fand und an Bord nahm und wie man sie verkaufte. Er schaukelte sie auf seinen Knien, während er ihnen von seinen Abenteuern erzählte, und sie bestürmten ihn, sie mit aufs Meer zu nehmen, damit sie selbst auch so etwas erleben konnten.

Honoria Raine schrieb ein Buch über ihre eigenen Erlebnisse. Darin erklärte sie jungen Ladys, was sie von einem Piraten erwarten konnten, dem sie möglicherweise begegneten. Sie berichtete, was Piraten mochten und was nicht, wie sie sich benahmen, welche Worte sie benutzten und was diese bedeuteten, welche Schiffe sie segelten und welche Schätze sie bevorzugten. Sie beschrieb sehr ausführlich, was Piraten von ihren Frauen erwarteten, und nannte auch die Gründe, warum man ihren Befehlen nicht immer gehorchen sollte.

Honoria hatte sich mit Christopher wegen des Titels beraten, und sie entschlossen sich, das Buch *Über die Aufzucht und Pflege von Piraten* zu nennen.

Das kleine Büchlein verkaufte sich entlang der Küste in Tausenden von Exemplaren und war selbst in England ein Erfolg. Es wurde von den Ladys in London gelesen, die Alexandras Soireen genossen, und in die Pensionate junger Ladys in Charleston geschmuggelt.

Diana und Alexandra sorgten natürlich dafür, dass sie beide je ein Exemplar bekamen.

Christopher las Honoria daraus vor, wenn sie auf dem Strand faulenzten und ihre Kinder im Sand nicht weit von ihnen entfernt spielten. Dann hielt er das Buch über seinen Kopf und sagte ihr, dass er es ihr für einen Kuss wiedergeben würde.

»So hat alles angefangen«, erwiderte Honoria und lächelte hinreißend.

»Ich weiß«, erwiderte Christopher. Er betrachtete ihr glänzendes schwarzes Haar, ihre wundervollen eisgrünen Augen, die winzigen Linien um ihren Mund, wenn sie wie jetzt lachte. »Ich bin schlau genug, einen klugen Plan zu erkennen, wenn mir einer einfällt.«

Sie lachte schallend und küsste ihn, seine Südstaatenlady, und er verliebte sich erneut bis über beide Ohren in sie.

Danksagung

Mein besonderer Dank gilt den Mitgliedern des Valley of the Sun und Desert Rose Chapter der RWA für ihre Begeisterung und ihre Unterstützung und dafür, dass sie einfach so nette Leute sind. Vielen Dank auch den Ladys, die die Versammlungen namens Celebrate Romance auf die Beine stellen, auf denen gute Bücher gefeiert werden. Und wie immer Dank an meine Lektorin Kate Seaver für ihre wundervolle Aufmunterung und Unterstützung bei meinen verrückten Abenteuer-Liebesromanen.